东瞻西望

——四海行旅记趣

李传锋　著

中国文史出版社

图书在版编目(CIP)数据

东瞻西望：四海行旅记趣 / 李传锋著. -- 北京：中国文史出版社，2018.8（2021.5重印）

ISBN 978-7-5205-0518-5

Ⅰ.①东… Ⅱ.①李… Ⅲ.①游记—作品集—中国—当代 Ⅳ.①I267.4

中国版本图书馆 CIP 数据核字(2018)第 204682 号

责任编辑：赵姣娇
特约编辑：池 的
装帧设计：韩 静

出版发行：中国文史出版社
社　　址：北京市西城区太平桥大街 23 号　**邮政编码**：100811
电　　话：010-66173572　66168268　66192736(发行部)
传　　真：010-66192703
印　　装：武汉立信邦和彩色印刷有限公司
经　　销：全国新华书店
开　　本：787mm×1092mm　1/16
印　　张：25.5
字　　数：448 千字
版　　次：2018年8月北京第1版
印　　次：2021年5月第2次印刷
定　　价：78.00 元

2016 年 6 月李传锋(左二)在北京领取“骏马奖”长篇小说奖，颁奖领导：铁凝(左四)、玛拉沁夫(右三)、陈峥嵘(左一)

2012 年 12 月彭尤弟、杜丹娅、白景义、李传锋、邹成贵、江德寿在澳大利亚悉尼海湾

2011 年 8 月吉林省长白山天池

2009 年 8 月四川省海螺沟冰川

2000 年 6 月山西洪洞县大槐树寻根祭祖园

2010 年 9 月南岳衡山祝融峰

2013 年 7 月，贝锦三夫为写长篇历史系列小说《武陵王》在石柱土家族自治县万寿山古兵寨考察。从左至右：吴燕山、李传锋、李诗选

2006 年 6 月参观山西云冈石窟，从左至右：杨延昭、周瑞超、陈春林、李传锋、江德寿、刘睿

2015 年李传锋、蒋大国夫妇在宜昌市“三峡人家”

李传锋部分结集出版作品及获奖证书

1990 年 7 月美国纽约从世贸中心 110 层俯瞰曼哈顿

2006 年 7 月湖北新闻文化代表团在挪威奥斯陆，后右二张昌尔，右一毕志伦，后中本书作者

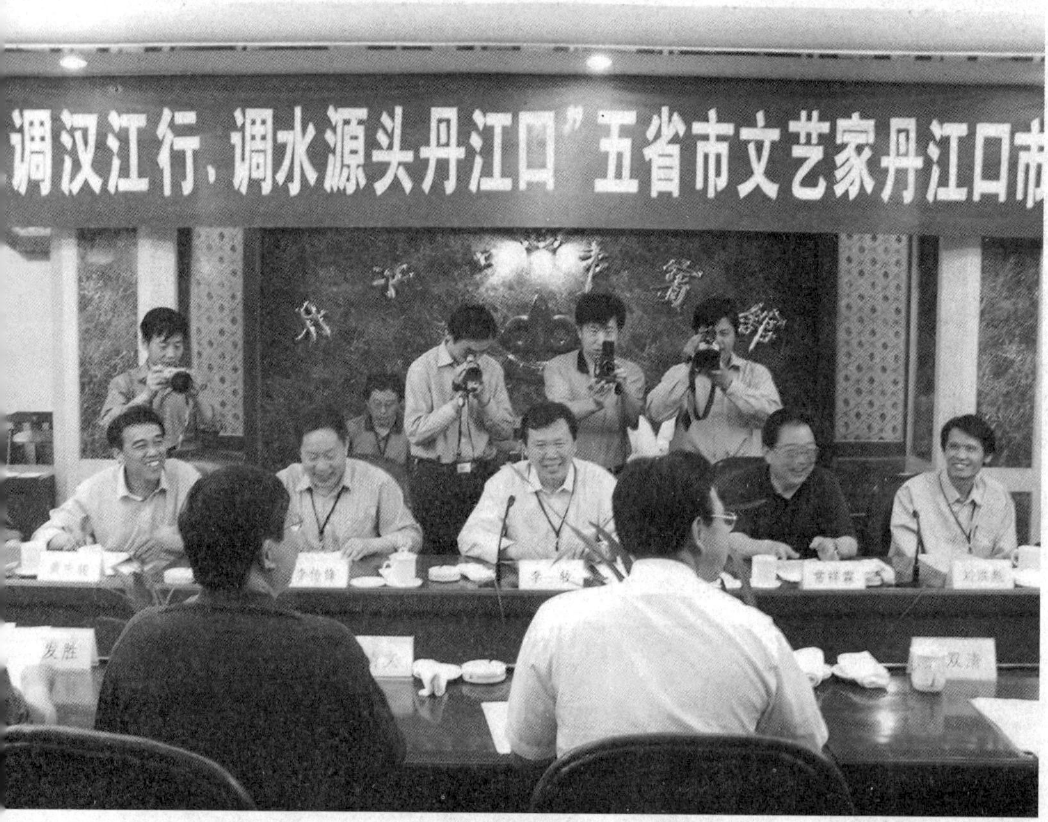

2004 年 5 月中国文联李牧副主席(图中)率五省市文艺家“南水北调”丹江口采风

1991 年 9 月斯里兰卡国中部省象村

1999 年 9 月中国作家代表团在斯里兰卡马拉底寺拜访最高长老

2009 年 9 月湖北省文联参访团在台湾南投县日月潭

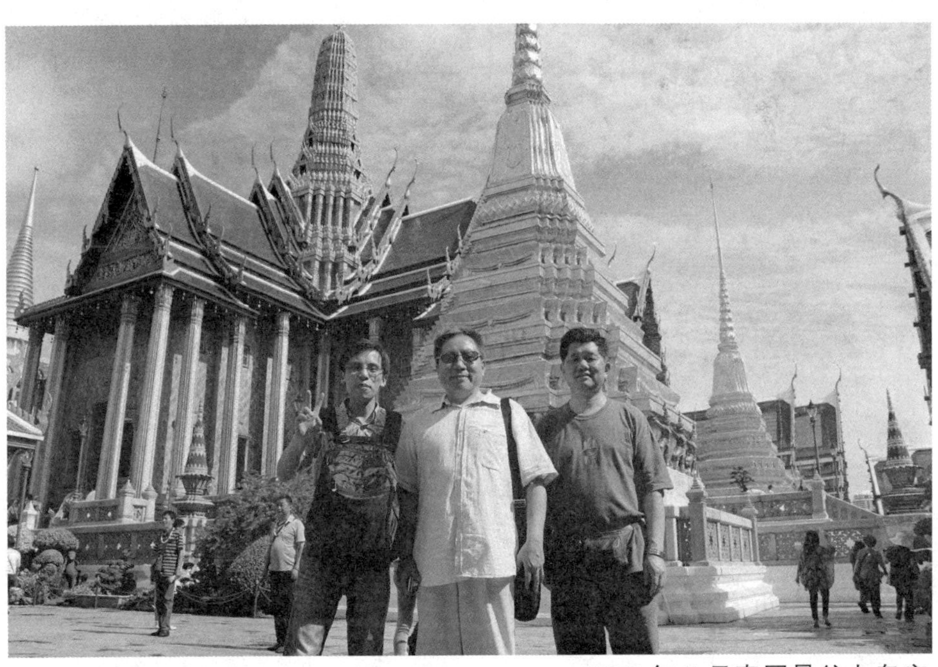

2013 年 5 月泰国曼谷大皇宫

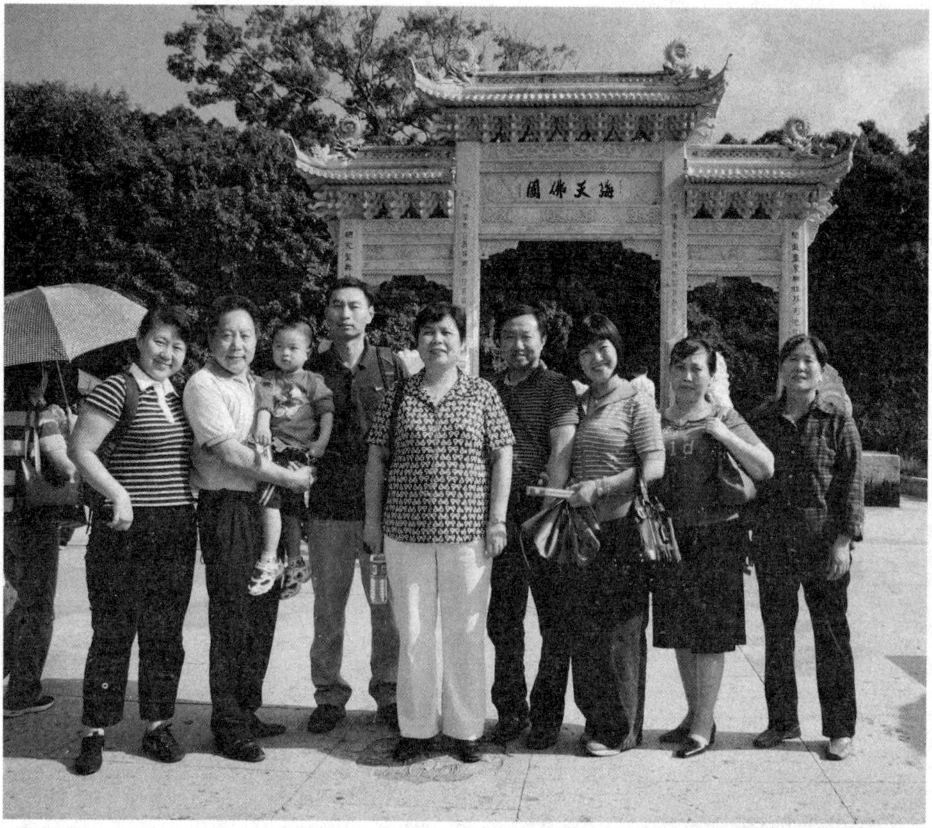

2000 年 7 月全家从上海坐船到普陀山

2008 年李家五兄弟传宗、传发、传银、传玉、传锋

2009 年渤海之滨明长城起点老龙头

2005 年 6 月俄罗斯圣彼得堡滴血大教堂

2005 年 6 月今古传奇参访团在克里姆林宫

2008 年 9 月在西双版纳泼水节

1998 年 11 月，广西北海街头，作家从左至右：李传锋、包明德、扎拉嘎胡，伊德尔夫、晓雪、伍略、杨盛龙

2003 年 8 月，在拉萨广场留影：朱纯宣（左六）、胡茂成（左四），陈洪波（左五）等

2005 年 9 月，呼和浩特市郊昭君墓前：作家冉庄（左一）、舒乙（左二）、降边嘉措（右二）、李传锋（右一）

第一辑 大江南北

第二辑 仙乡神游

第三辑 五湖四海

第一辑
大江南北

从这里出发

我的童年是在山里度过的，成天看着山青水绿，厌了，看见鸟儿在天上飞，就很羡慕，心想，它们真好！想去哪儿就能去那儿。那时候，还不知道山外是什么样子，更不知道什么叫作旅游。

我去县城上高中，要翻过好几座大山，要渡过一条汹涌的南渡江，山路上随时可能碰见野猪、蛇，四季都有奇花异草，喝山泉、摘野果，钻过一片原始森林，在这条路上去去来来近四年。我把这一段经历叫作无意识旅游。我第一次有意识旅游是在1966年冬天，那时候时兴的说法叫大串联，我们几个同学结伴，背了被子，穿着草鞋，打着红旗，我们要像红军二万五千里长征一样，走到北京去。我们沿途坚持学毛主席的红宝书，给田间劳动的农民唱语录歌，参观革命遗址，见了烈士纪念碑必去宣誓。印象极深的是，我们终于走出大山，冷不丁一下子站在了长江边上！那是一个晴天的傍晚，夕阳的万支金箭从云边射过来，而长江也是从太阳那边奔腾而来。我从来没有见过这样壮观的景象，确确实实受到了震撼！如此壮阔的大江，浑黄、沉雄、汹涌、浩大，它金光闪烁，如天河之水滚滚而来，它的咆哮从地底传出，让我不寒而栗，我上学路上见过的南渡江立刻变得很小很小了。紧接着还有见所未见的惊险，我们几个山娃子，平生第一次，坐在一条小木船上横渡长江，船到江心，已有必死的感觉。不意间一条江字号大轮船顺江而来，它掀起的巨浪把我们的小船一下子抬上了波峰，一下子又抛到谷底。我们惊叫着闭了眼，用双手死死抓住船边，颤抖着喊一不怕苦，二不怕死！靠了船工的功夫，我们没有死。

从鹤峰烈士陵园出发，近半个月，还只走到襄樊。现在想来是很有点幼稚，有点可笑，也有点可爱。当时，许多同辈拦汽车、爬火车，已经跑遍了大半个中国,我们却还在傻乎乎地用稚嫩的双脚去丈量上北京的路!今天想来,如果避开"文化大革命"的背景不说,那一段没有完成的"长征",倒算得上是一次红色旅游。

除了劳动,吃喝之后是玩乐,是人生最基本欲望之一,没吃喝的时候,把玩乐当奢侈,现在不愁吃喝了,就都想玩想乐。古人就提倡"读万卷书,行万里路",因此而有了"四大发明"。有些事,只怪我们没早点搞,闭目塞听。你看邓小平只说了四个字——改革开放,中国没几天就大变样了,外国的老太太成群结队地跑来中国到处瞄,中国的老爹爹也兴高采烈地去回访。一等的去美国,二等的跑上海,三等的也能到个武汉。更让人称奇的是,山里人要进城,城里人要进山,山里人说城里人过的神仙日子,城里人说山里人是生态环保。旅游真是个好东西,眼界开阔了,心胸博大了,朋友增多了,敌意减少了。旅游已经成了经济的一个增长点,有条件没条件都想上,它也成了人们生活的一个兴奋点,钱多钱少都想游。生活丰富多彩了,各样心事得到了满足,社会也和谐多了。

我从山里出来,登泰山、上天山,去西藏、下海南,各个省份都去过了,又想方设法出境出国。世界真是奇妙,越跑越想跑,越看越想看,跑遍了天下,人生是什么?世界什么样?反而有些说不准了!有人点醒我:到处玩乐不是旅游,真正的旅游,是一种文化,是一种追寻,可见你还跑的不够,看的还不多。

国宝曾侯乙墓是这样发现的

震惊世界的中国随州擂鼓墩曾侯乙墓被发现后,考古研究成果还没有正式公布出来,但在湖北省文化界已经口口传颂。复刊的《长江文艺》编辑部觉得这是一个重大文化新闻,决定要采写一篇文稿予以报道。这个任务落在了我的头上。

1978 年 7 月 3 日,随县文化局,陈彦昭同志接待了我,并向我介绍了当时的情况。

离湖北省随县县城西北约 2 千米的擂鼓墩,依山傍水,是绝佳的风水宝地。传说在战国时期,楚庄王为平息宰相斗越椒的叛乱,亲自在此擂鼓,指挥军队作战,将士奋力搏杀,一举而平叛乱。因为这场恶战,擂鼓墩的名字流传下来。1948 年抗日战争时期,日本兵在这个山包上做有工事,修过碉堡。前几年附近也陆续出土不少铜器,宋五铢钱几十斤、罐罐、车舆、车饰。那个山头上面住着部队,当地人叫他雷达修理所。

那是 1978 年 2 月,部队在山头施工,带班战士姓周,挖土机挖出了很大的石板,他就给县文化馆打电话。县文化馆叫管理员老李去看看。他去了,管理员说:这不是古墓,这是日本人做的工事,可以继续施工。施工又开始了,没几下,又挖出了石板。部队又报了一次。这次是副馆长王世振去了,他在武汉大学培训过三个月考古专业。他看了,有些拿不准,但他不准挖了,赶紧上报襄樊地区。3 月 6 日,地区文博馆来了几个人,看了,没作声,回去了。3 月 15 号又来了,还带了钻探工具。17 号,湖北省博物馆王正民等 3 人来了。19 号,谭馆长来了。据省博介绍,3 月 10 日,联合勘探小组成立。19 日,时任湖北省博物馆副馆长兼考古队队长的谭维四连同两名技术人员赶到现场。3 月 20

日起,考古人员开始对该墓葬进行钻探。他们手持探铲,向地下打孔探测,随着探孔越来越多,墓坑的范围也越来越清楚。探测表明,墓坑东西长 21 米,南北宽 6.58 米,总面积 220 平方米。单就椁室而言,就有 190 多平方米,比长沙马王堆一号墓大 6 倍,比湖北江陵凤凰山 168 号墓大 14 倍,比出土越王勾践剑的湖北江陵望山一号楚墓大 8 倍。这样大的木椁,在当时的中国尚属首例,这种构筑在岩石上的岩坑竖穴墓,在南方还是第一次发现。

陈彦昭同志说:我对考古感兴趣,还订了《文物》杂志,我主动要求参加对擂鼓墩的考古工作。我们先是钻探,把木椁走向、墓葬规模探明了,就打报告要求发掘。报告打给省委韩宁夫副书记,又给国家文物局打报告。我们说,根据木椁及木炭、白垩泥、木质结构,初步认定是西汉至春秋晚期(后期东汉都是砖石墓了)。这个古墓规模要比长沙马王堆大五六倍。即使这个规模,就已经很吸引人了。估计到如果考古发掘,各级会有不少名人要来,韩宁夫副书记批示:“组织强有力的发掘队。”只是因为发现了一个盗洞,担心文物已散失,韩宁夫才没当这个发掘组长。

陈彦昭接着说:21 号,我找到县委陈副书记和宣传部韩部长,陈书记听了汇报,很感兴趣。陈书记说:“这可是个大事,是个全民的事,可不是一个县的事,可马虎不得。为什么不早点给我反映?我昨天在食堂买饭才听说到一些。”陈书记说:“你们要在山上去表态,放硬实些,凡随县有的,都拿出来……我们县一年产十几亿斤粮,有吃的……”

挖掘准备工作时间长。住房、床、炊具、木箱子、泡沫、铁皮、塑料板、纸、绳子、包装卫生纸,棉花……准备了几个月。要估计到出了古尸的各种可能,能估计到的、能遇到的尽量做好准备,没充分准备好,不能轻易开挖。

方案一定,就调工作人员。5 月,拆了水塔。擂鼓墩发现了宝贝!这消息不胫而走。每天一下晚班,推自行车的、抱娃子的,谈恋爱的对子,特别是老人,都往山包上涌,人山人海,快挤不动了。接着,武汉空军的飞机来拍了发掘位置图。又请驻在随县的地质八队来帮忙认石头。他们是石头专家,把挖出来的那些大石板一看,就认定最远的来自 100 多里之外,最近的也有几十里路。可能是在当年这个小国家的势力范围之内,各地取石头来给国王筑陵,有象征性。

古人挖这么深这么大的陵坑,到底用的是什么工具?中国目前已知的最早冶炼铁器为三峡地区出土的虢国玉柄铁剑,距今 2800 年。那时候,除了青铜器,铁器恐怕不多。在陵坑的壁上留有铲凿的痕迹,只有两寸宽。却能造出如此大规模的陵坑来，着实让人吃惊。盗洞对大家的情绪影响很大，担心是一处空墓，但考古专家说，同类时期还没有见过这么大的墓，即使盗完了，这个大墓坑也是一个好文物。这话又给大家增添了信心。

5 月 15 日，我们开始打开椁盖板。此前，几个人议论要吊车才行，县里没有，哪里有呢？而且要长臂吊车。旁边有几个军人观众，他们几个人一天去几次，很关心，天天去看。他们中一人说："炮司有吊车。"某部队的一个战士说："我们就有呢。"

我听了，顺势就说："能不能借用一下？"

"那怎么不行，这么大的事还不支持？"

接着，他们就开来了一辆八吨大吊车。有了大吊车，开棺就好办了。那椁盖板说是板，那其实都是一根根巨大的原木，不知道古人是从哪里弄来，又是如何弄上去的，我们今天离了机械，只能徒手哀叹！

墓葬打开之前，按照考古规定，各种现象要搞清楚。开棺很复杂，要求很严，有三大常规记录：1.水洗，照相，主要是下葬情景。2.墓坑位置图，器物分布平面图、剖面图。3.文字记录，形状，放的位置及周围环境。

墓还没挖开，到处就在传播谣言："挖出了金人金马！""挖出来的人还活着！""挖出来的钟和今天的钟只差 3 分钟！"我们听了，哭笑不得。围观的人越来越多，使工作人员都无法进去。我哥是大队副书记，住在均川，有 40 里路，他晚上下工后都跑进城里来看稀奇，然后又连夜赶回去上工。县人武部、某部队出动一个班，还动员了民兵，大家来搞保卫。

6 月底，挖掘基本结束，开始转入清理工作。

考古界的大权威、国家文物局局长王冶秋说："我一生见过 2000 多个墓，没发现这么大的。要保管好，东西要集中一起放。"

7 月 20 日，我采访原随县空后雷达修理厂郑国贤副厂长。他们的单位就驻在擂鼓墩上，曾侯乙墓就是他们在施工中最先发现的。

他对我说：我 1970 年就开始订《考古》杂志，懂得一些考古知识，这为我识别擂鼓墩曾侯乙墓提供了帮助。

那是 1977 年底的春节，农闲，我们动用附近生产队的劳动力来平山头，周开国同志负责修建，生产队王家贵同志负责劳力。在平整土地过程中，发现几处汉墓，我们都及时报告给县文化馆。汉墓发现 5 个了，我们一发现有花纹的砖就报告。在曾侯乙大墓头上挖下去有一米半左右，发现了五花土层，我们打炮眼打到了石板。放炮规定要 1.8 米至 2 米的深度，规定打 2 米深就给 1.8

元钱一炮。打出石头了，一天就放了 20 多炮，1 米多就放一炮，一圈都发现了石板，用推土机推过。我们觉得有些不对劲，钢钎插下去已到达木椁，我亲自去捅过，感觉声音不同，钢钎一跳，不像是捅到石头。当时已是 3 月初，我心脏不好，要住院去，我不放心，又去看了一下。吃完晚饭又去，我说，再不能放炮了，从这以后就再没放炮。

我们又报告给文化馆。馆里来人看过，还用皮尺量过，来的人说“这不是墓”。他说：“古墓是拱形的，这个石板是平的，钢钎一插不成拱形(在我们国家，这种平椁墓也是第一次发现)。”我说：“不是墓，那为什么会有五花土呢？”有民工说：“日本人在这里挖过壕沟。”有一个七十多岁的老头来看稀奇，我问他：“你知道不知道日本人在这里盖过仓？”他说：“没有盖过。”

当时，地面上还留有三块大石头，高低不平。附近山头上都没有这种材料的大石头。我想，为什么这里会有三块大石头，是从哪里弄来的？这三块石头又大，一直没下土，就放在外面，在油漆房旁边放着。我敢肯定那是从别处运来的，干什么用的？不晓得，老年人也不知道哇。70 多岁的人也不记得，起码 70 多年前，即 1900 年之前的事了，那至少是清朝。

地下到底是什么？我不能肯定。再往下挖，石板出来了，我又打了电话，打了三次才来人。馆长来看了，还是说不是的。就这样，施工中已推出来了五六块大石头。我身体不好，童云喜、柒太平开推土机，我叫他推个沟出来看看。推土机一推开，我就看到石头下面有夯土层，有 10 多厘米厚。按我看《考古》学到的知识，知道夯窝越小越是古代，是用许多粗细不定的树捆在一起夯的，近代是用大木柱夯的。这里小夯窝只有酒杯大，因此，我判断，下面肯定有古东西。

民工又喊起来了，说出来第二层石头了，钢钎下去咚咚响。我说：“不能打了。”又给文化馆报告，正好地区有一个搞文物的姓王的人在县里，那是 3 月份，他来一看，就确定是墓，我们就没再动了，施工暂停。

4 月 5 号，我住在医院，还在叨咕，那下面是个什么呢？想给上级考古部门写个信。接着，就听说已探出下面是个大墓。

回想起来，前前后后，我们向地方主管部门报告了多次，我亲自打过电话，谢副所长也很关心，多次去报告。想想就有些后怕，这么大一个古墓，埋藏着那么多的宝物，你说是不是？我们若是不一再报告，再放他几十炮，责任也不大，但那就把咱国家的稀世珍宝给毁了啊！

雷达修理所的周开国同志说：我 1977 年 9 月调来修理所，搞营建工作，有一个老水塔，就压在曾侯乙墓的上面。旁边有一棵老树，老是长不高，还长虫。我们就想把那个老水塔拆了。我们挖了三个小时，请了附近老百姓来参加挖土。我负责丈方、量方、收方。在施工中挖出了铜钱、陶砖、陶碗。我都向谢副所长汇报，谢副所长让我吃过晚饭去文化馆汇报，文化馆一个姓李的跟我来工地转了一圈，回去了。他说这里不可能有古墓。后来挖出了大石头、发现了夯窝，十多厘米一层夯土，共有几十层，很整齐。第二次，馆里来了几个人，看了，他们还是说不像古墓的样子。我和老谢说，这不可能吧，石板从哪里来的？为什么埋这么深？为什么有五花土？我们当时就当面提出过这些问题。我们和他们争，但也说不出个所以然。

第二次，我们打电话，又去汇报，详细讲，正好碰上了地区文博馆下来检查工作的人。他来看了，才说下面可能是古墓。我们就确定不搞营建了。原先大石头是用推土机推，用钢钎打眼。厂党委研究，决定不推、不打炮了。雷修所专门开过几次会。确定停工之前也开过会。

当古墓被确定之后，准备开挖和正式开挖，这在我们营区，我们全都为这事忙得不得了，经常日夜不能睡觉。地方要什么给什么，什么时候要，什么时候给，会议室都让出来给他们放文物，珍贵的放在三楼，放不下了，食堂都放了。八一电影制片厂也来了人。武汉新闻电影厂也来了人。

在古墓开挖中，我看到，木炭下是芦席，席之下是椁板。顾铁夫一见开椁，简直高兴极了。顾老说，他考古几十年，还没发现这么大的墓，有多少珍贵的场面没能拍成电影。

省委、军区领导陈丕显、张玉华、潘振武、韩宁夫、姚喆都来了。后勤部领导一再指出，要人给人，要物给物。要大力支持这件事。

武空司令部雷达干部教导队指示让出房子，我们就让出房子，炮兵某部队也让出营房。开挖过程中，自始至终，没碰坏文物，没伤人，没出事故。七十一师专门派出专车(小车)、一台 8 吨吊车，因为 8 吨吊车随县没有，那棺材就有 7 吨半重。我们自己设计平板车拖那个巨大的棺材。我们自己有发电设备，发掘工地什么时候要发电，我们就什么时候给发，各种保卫，一声令下，所有战士、干部穿上军衣，扛了带子就去放哨站岗。

以上这些同志的精彩回忆，从不同的角度和视野，或多或少地还原了意外发现曾侯乙墓的情景。为了进一步弄清一些考古问题，我找到了湖北省博物馆程欣人同志采访，这是 1979 年 8 月 11 日。

程欣人告诉我:我们湖北省县级考古数鄂城最重视,自己挖,自己清理,还写文章。随县这次出了个大墓,现在许多问题还没定性,但随县很重视,一下子就搞了6个编制来搞文物管理工作。

程欣人回顾,1973年我们曾经跟湖南挖掘马王堆的同行开玩笑,你们湖南发现了一个"老太婆",我们湖北要发现一个"老太公",这话真给说灵了。1975年6月8号凌晨,我们在荆州开棺发现了西汉女尸、凤凰山168号男尸,我和谭维四、陈振玉、郭德维、陈忠信、老吴,我们7个人五天五夜没休息。

随县这次发现大墓,我们连夜报告,认定大墓不晚于西汉,规模比马王堆要大六倍,很重要。第二天,省委办公厅就来了电话,说:"这个发现很重要,已报告中央,并组织强有力的发掘队伍。"

古墓开挖一动工,消息传开,不管你出布告也好,说是军事重地也好,群众都蜂拥来看,没有办法,我们干脆就用广播喊,组织参观,免得搞乱了套。5月28日,随县县委发出通知,省委办公厅也通知,不让参观,怕影响发掘工作。

1978年6月9号,王冶秋局长亲自来到随县,指导我们对擂鼓墩大墓开棺。王冶秋、潘振武在场,盖板揭开之前,水淹在盖板之上,木炭层里含水饱和,我们排比、实践,归纳出断代标志。中室打开,发现水中有三条影子晃动,我们很是兴奋。

省军区首长张玉华接见雷达修理所郑国贤,要他们善始善终。随县文化局、文化馆每天要向省委书记汇报。我们从工地每天要给省文化局通长途电话。工地还编了简报,上上下下都动员起来了。

程欣人说,挖开的情形同钻探的基本一致,连椁板有多少块都是对的。开棺后,我当时在整理兵器部分,省委副书记韩宁夫来了,坐下来仔细看。他是从武当山上下来的。顾铁夫来了(顾是中国故宫博物院研究员)看到水中那么多棺材,又和省文化局邢西彬副局长去北京汇报,国家文物局王冶秋局长就来了。全省主要考古力量都集中到了随县,武汉大学考古系也来了人。

陈欣人还给我讲了一件他经历的故事。1953年,江陵县发生盗墓。春耕时,八宝山辽王墓中出土一个103两重的银酒壶。此前,政府有法令,不准盗卖,他们不听。群众说,不准卖,那银行为什么能收呢?我一听,这话有道理,能收怎么不能卖呢? 这是政策漏洞,我就赶快写报告给省里,给中央,指出这个法制不健全。中央银行总行就下达了命令,不准收出土金银。文物不让收,好,他们就把一把好壶打成三截再卖,好的不收,废品你得收。我就跟踪追击,那银酒壶是明代的。我找到当地银行,又赶到地区,又到沙市银行,才照到了相,省文管会给打条子才取回。那件文物上有字:剑江卓容造。底部文字:大银酒壶一把,重一百零三两,大明成化十一年。剑江骆守铸。中间有大牡丹花图案。

下面,是考古队的一段田野日志,我抄录下来:

1978 年 3 月 6 日,上午 9 时,刘炳同志和地区王少泉二人到随县,到某部队 74 分队(雷修所)施工现场。

10 多年前,部队工厂刚来时,在东团坡建了水塔。山坡上有平地、坡地,推土机推去二米,建小水塔。去年厂房扩建,想把东团坡,西团坡连平,发现有青灰色的泥土。

所长、张副政委于今年 2 月底,一天向随县文化馆反映三次。按施工要求,要挖到大石板以下 1.2 米才能和西团坡平齐,去年工地上挖到不少铜器,都交县文化馆了。水塔北侧还残留一片石板,东南西三边,墓口墓里明显可见,东西长 21 米。便向雷修所提出保护现场,墓坑内停止施工放炮,并函告省博物馆。

3 月 15 日,地区博物馆王少泉、曾宝敏、李祖才、刘炳四人下午 5 时到达县文化馆,又到部队,晚上安排工作:铲出墓口边,打探孔。

3 月 16 日,打三孔。打下 1 米多,见木炭 10 厘米,见木椁。

3 月 18 日,王正明由省博物馆来工地。

3 月 19 日,去车站接谭维四、陈锡岑。下午,随县韩部长、三位局长、文化馆王世振一起到工地,在雷修所三楼开会。谭说:这个墓如果没被盗,那就很重要,会出土很多文物,如铜器、漆木器、纺织品、帛艺。

3 月 20 日,中雨,打探孔。部队的胡同志给谭维四送雨具来。山头呼呼北风,手发僵,穿雨具。地委、县里韩部长来工地,县文教局、文化馆长来,住工地,一道工作。宣传橱窗加进了保护文物的内容,电影也加上了,还有文章图片。

3 月 23 日,参观的人增加。

4 月 1 日,襄阳军分区来人观看,武空后勤部也来了首长。梁柱辅导大家绘制剖面图。

4 月 6 日,黄喜全队长和湖北新影厂易光才来工地,借床,开伙。

4 月 8 日,学员上课。

4 月 11 日,西团坡施工中出现青铜车马饰,东西相对在一直线上。

4 月 13 日,石板编号。

4月19日，政治学习，学习全国五届人大文件、科学大会文件，晚上学习。

4月21日，省第八地质队黄同志来鉴定石头。1.杆兰灰长岩(火成岩)。2.斑状花岗岩。3.碳质板岩(变质岩)。4.绿泥片岩。5.云母片岩。6.大理岩。7.绿泥小千拨岩。8.泥灰岩。9.云母斜长片麻岩。

地质年代：白垩第三纪或红层，7000万年左右。

5月15日，下午2点起，飞机从上空飞过，拍摄12次。

5月16日，起吊椁板，来观看的人更多。墙推倒了，部队来人值勤。

郑家山化六建公司也发现了相似的墓。

5月18日，凌晨1点，开始起吊，满室清水，彩棺浮在水上。

5月19日，从18日晚11点到19日5点，拍电影，起吊。

5月20日，摄影师乘长臂吊车拍大场面。

5月22日，中室隔墙西壁，平行两排编钟，挂于钟架之上，一挂七枚，一挂六枚，靠南壁，一挂六枚，编钟横架两头有铜饰。

5月24日，钟现出第二层，甬钟24件，铜人支撑。

西室又发现彩棺，北室出现铜器，体积大，东室戈杆两件。

5月25日，舒(之梅)、程(欣人)到达。

5月26日，中室吊泥土，传达省委停止参观通知。

5月30日，武汉大学考古专业师生来工地实习。

6月5日，起吊钟架。

6月7日，王冶秋来工地。8日，开会。

6月9日，大甬钟起吊，中层起吊。

6月11日，开始清理主棺。编钟起吊。骨架由中科院古脊椎和古人类研究所张振标同志鉴定。

6月15日，编钟架、底座吊完。

8月19日，我采访随县文化馆王世振同志。

他说：1977年9月，雷修所兴建营地，平整山头，发现了异常，多次向县文化馆报告。第一次叫我去，我到了他们工地，见土中推出了石板，推了很深，老百姓说日本人修过工事，就叫下面不要推了，但没叫停工。不几天，图书管理员老李和王永谦去了，看后，不像墓，说不是墓。他们就继续施工。又第三次打来电话，暴露出来的石板很多了，还发现了盗洞，塌下去了。我们就谨慎起来了。

副馆长只是代管文物考古，没有人专管，有时这人去，有时别人去。我是1973年住了3个月短训班，出来后在机关，1973年10月来到县文化馆。1974年开始，住队2年，办农业学大寨展览一年，1978年才回到馆里。第三次我又去了，严荣辉是厉山干部，搞文物时间长。他用长钢钎从洞里打到了木炭声，一听声音不对，回来马上给地区打电话。1978年2月，地区15号来人看，就给地区文化局打电话，再来人一钻，就确定了，见到了木炭、椁板。县里2月下旬报地区，到3月中旬，省、地、县都惊动了。19号，我就背起被子上擂鼓墩搞挖掘准备工作去了。

雷达所谢副所长十分关心这个工作。部队对执行文物政策，保护文物工作十分重视。

省里来了人，打了30多个探孔，墓况清楚了，第一期简报发出去了。县委专门开了好多次会，组织人员、力量、协助做好工地工作。3月开始筹备，6月开始发掘，6月15日打开盖板。编钟的横梁铜头出来了，省博考古队长谭维四等人喜得不得了，伸手去水中摸，也摸不到什么。现场每天大约有2万人来围观，下班后往山上去的车、人成一条黑龙。工地要油布，铁路上送来了；要药水，医药公司送来了；要蒸馏水，化工厂用汽车送来了；要铁桶，一个女百货同志用板车拉上了山。一方需要，八方支援，少见的团结，少见的支援。为了拖运棺椁，部队工程师设计出平板车，公安抽10多人，部队也来了人，搞保卫，日日夜夜不能睡觉。

在今年4月，城郊八一大队一队一个社员，清沟排渍中挖出一个墓，有编钟，一对铜车饰，有铭文，可能是春秋晚期，他卖给收购部，又留下几件，送到文化局来了，他来看了擂鼓墩挖掘工地，就回去退了钱，把卖了的文物要回来，交了公。

省委副书记韩宁夫批示：请告国家文物局并同意组织强有力的发掘队从事发掘。省文化局于1978年3月25日提出《关于发掘随县擂鼓墩一号古墓的请示报告》，4月上旬开始筹备，5月上旬正式发掘，5月15日进行墓坑及木椁盖板的空中摄影，5月17—21日取出全部木盖板。5月24日开始清理椁内文物，6月底现场清理基本完成。

国家文物局先后派出老专家和文物保护技术科研人员前来工地指导，6月初，王冶秋局长专程来工地。

武大历史系、北大中文系、科学院古脊椎动物与古人类研究所、历史研究所、考古研究所、文化部艺术研究所、湖北艺术学院等单位的专家、教授都来指导协助。

注: 曾侯乙墓是战国时期曾国一个叫侯乙的君主的墓葬,位于湖北省随州城西两公里的擂鼓墩东团坡上。侯乙墓呈“卜”字形,墓坑开凿于红砾岩中,为多边形岩坑竖穴木椁墓。无墓道,南北向,墓坑南北长 16.5 米,东西宽 21 米,深 13 米,面积为 220 平方米。此曾国与史书中的姬姓随国一国两名,始祖为赫赫有名的周朝开国大将军南宫适(括)。曾国是西周初期周天子分封镇守南方的重要邦国。曾侯乙墓共出土文物 15404 件。墓中随葬有以九鼎八簋(guǐ,音轨)和编钟、编磬为主的礼乐器。九鼎八簋应为天子使用,诸侯应使用七鼎六簋,这反映出先秦社会严格的礼乐制度在后期已经出现裂缝,以及人们对天地、神明和祖先的敬畏。其中十二律俱全的 64 件青铜双音编钟(不包括楚王所送镈钟)、玲珑剔透的尊盘和完整地书写二十八宿(xiù,音秀)名称的衣箱等,体现了先秦时期中国在艺术、技术、天文等方面的极高成就。其中出土的曾侯乙编钟是迄今发现的数量最多、保存最好、音律最全、气势最宏伟的一套青铜编钟。

我到随县采访后,又到省博物馆采访舒之梅等专家,并搜读了几本有关考古、音乐方面的名著,写成报告文学《地下乐宫漫步》,发表于《长江文艺》1979 年第 10 期。这也是我国文艺界最早报道曾侯乙墓出土文物的文学作品。

东湖行吟阁的今生今世

《长江文艺》于 1978 年初夏复刊，出了几期，我们想在封面上刊登屈原像。要得到屈原的头像照片，最快的办法就是去东湖屈原纪念馆，他们曾经陈列有屈原塑像。

1979 年 7 月 6 日，我来到了东湖风景区。此时的东湖，也是百废待兴，游人开始多起来。东湖美工室负责人金启贤同志向我介绍了有关情况。

1955 年动工兴建行吟阁，老屈原纪念馆在湖边小楼。1956 年我调到皆馆，该馆陈列屈原全部著作。有关记载的书，如《荆楚岁时记》……有出土文物，有屈原的塑像（半身）、小站像、照片、剧照，省汉剧团演的，有屈原家乡的历史照片（墓、祠），有老字画（宋、明、清）几百件，书籍上千册，全国有关屈原的著作，要数我们这里收集最齐全。张老（张难先，湖北沔阳人。民主革命家、爱国进步人士。张难先生于清同治十二年（1874 年），卒于 1968 年。他历经清末、民国、中华人民共和国成立后的 20 年；他反清、反袁、反蒋而拥共，走过漫漫 94 年人生路。1949 年出席中国人民政治协商会议第一届全体会议。中华人民共和国成立后，历任中南军政委员会副主席，全国人民代表大会第一、第二、第三届代表及常务委员会委员。1968 年 9 月 11 日在北京病逝。张难先作为一位爱国民主人士，受到党和国家领导人的尊重与重用。2009 年被选“为新中国成立做出突出贡献的荆楚英雄模范人物”。是国共合作时期的老人，他赠送了不少书、字画给东湖屈原纪念馆。有一个画家王文龙（统战部，收藏家，到广州去了）也赠送了不少字画。

开办屈原纪念馆，从开始（一九五几年），从上到下都较重视。现在的展览馆是“大跃进”时修的，屈原馆也搬过来了，直到“文化大革命”。

“文化大革命”开始，除“四旧”，1967 年，单位成立了群众组织，贴大字报，要打倒旧文化。机关来了几个人，我们自己馆里无一人参加，要我们参加开会，我们不作声。结果，我们收藏的字画大部分被他们一把火烧了，烧了三天，仅存一小部分，如县志，药书如《本草》。一些名画家的画，如张善子(张善孖 1882—1940 年，男，中国四川内江人，名泽，字善，一作善子，又作善之，号虎痴。现代名画家，张大千的二哥，画虎大师。少年从母学画，曾拜李瑞清门下，喜爱武术，跟其弟张大千一起师从心意拳大师宝鼎习心意拳及内功十三段)的虎，与屈原无关，只因为存放在馆里，也被烧了。他们在古画上打了叉，在楼上，把画杆留下，把画一撕，从窗口往下一扔，点火就烧了。

我们尽量说服，说不要烧，这些东西留着是有用的，“来之不易”，但他们不听。这些珍贵的字画文物被毁，损失可说惨重，以致纪念馆关门至今，无法恢复。

说到这里，金启贤同志现出无可奈何的神情，摇了摇头，又说：目前，我们机关考虑要恢复屈原纪念馆，许多东西得重新弄，我们又去秭归拍照。有些东西是无价之宝，是唯一的，无法恢复了，实在可惜。

屈原纪念馆没有了纪念品，无从展出，后来就成了写语录牌子的地方。几个人专门搞红化，搞红海洋。全景区几十块牌子，时换时新。直到“四人帮”下台了，全部牌子才撤。现在增加了阅览室、展览室，我们就搞鲁迅展览。

金启贤同志说，行吟阁前的屈原像是 1957 年竖起来的，在“文革除四旧”时，我们单位自己的人马，在烧过字画稍后一些时去打掉的。他们说要在那个地方做毛主席像，口号是“工农兵占领文化阵地，打倒古人死人！”

那阵子，东湖的亭台楼阁都改了名，屈原纪念馆改名红卫楼，行吟阁改成红旗阁，屈原像改建工农兵像，落鱼桥、落花桥改成工农桥。原先所有亭名都是用的古诗词，改后的一些名字也无人承认，后来便遗忘了。

1978 年，“文革” 结束之后，日本一个研究屈原的学者专门来东湖看屈原，他说：“很遗憾，千里迢迢主要是想来看屈原纪念馆，没看到啊！”他后来寄来了一本郭沫若研究屈原的书，写了一封信。这本书现存市园林局政工科。

政工科办公室主任论平同志告诉我：最坏的时候，屈原馆的大门被砌了砖，封了楼，改名叫红卫楼(我回忆起 1967 年初，我和几个高中同学搞串联，来到东湖游玩，当时是看见过那个红卫楼)。他们拿了枪、长矛，在里面睡觉。我们屈原馆的同志共 8 人，尽管后来分裂成几派，但对屈原我们还是一致维护的。

叶剑英元帅今年4月来东湖，到了行吟阁，还题了诗："垂杨拂水，碧柳含烟，漫步礤间，轻松舒畅。登上行吟阁，回首下望，只见东湖水宽广异常，波光云影上下流动辉映，湖心亭横卧波心，西堤六桥伏压水面，远望磨山如黛。雨后晴天，连珞珈山上的……齐集眼底，构成一幅宏阔的图画，诗思奔涌，焉能不吟？"这样规模宏大，建筑精美的园林，体现了我国造园技术的光辉传统，表现了我国劳动人民高度的才智和水平。又经过了"文革"动乱，一代元勋难免诗兴勃发。叶帅的诗："泽畔行吟放屈原，为伊太息有婵娟，行廉志洁泥无滓，一读骚经一肃然。"这首诗好像是当年4月23日发在《湖北日报》上。

政工科美工组田影同志说：我是1963年进来的。1979年5月份计划在"十一"雕塑出屈原像，因为叶帅题了诗，要我们提前。我们有两个雕塑工，三个泥范工，翻制工，都曾亲身参加了毛主席纪念堂的工作，还得过奖。我们计划七一赶出来，6月28日就搞好了。有党委支持，下面支部讨论25天完成，"七一"正式竖起来了。有一个师傅累病了，住院了。

行吟阁修复后，我们在楼内放了一些当年的兵器、书籍。

注：行吟阁位于湖北省武汉市东湖西北岸听涛轩东侧小岛上。四面环水，由长堤上之荷风桥通达。1955年兴建，取《楚辞·渔父》中屈原"行吟泽畔"之意命名。阁系钢筋混凝土结构，仿古代砖木建筑形式，四角攒尖顶，飞檐三层，上覆翠瓦。檐下悬郭沫若手书"行吟阁"匾额。阁前竖有我国古代伟大诗人屈原的全身塑像。

大兴安岭两个猎人

我至今还记得读小学时，有一篇课文，开头两句“大兴安岭两个猎人……”山里孩子没见过地图，不知道中国有大兴安岭，老师让我们理解成有两个猎人，一个叫大兴，一个叫安岭，回想起来，哑然失笑。我现在就要去看看大兴安岭这两个猎人了。

1996 年 8 月，应《民族文学》副主编、蒙古族作家、文学史家特·赛音巴雅尔邀请，从武汉启程，3 号到北京，4 号坐 167 次火车经山海关、锦州，5 号晨 5 时到白城。有车来接，7 点到达乌兰浩特市，乌兰浩特也称科尔沁右翼前旗。

内蒙古自治区的地形就像是一只奔跑的猎狗，兴安盟就处于狗脖子部位，位于大兴安岭东南，在洮儿河和霍勒河之间。乌兰浩特是内蒙古兴安盟所在地。这里一马平川，水美草肥，空气清新，能见度高。吃罢早餐，住在兴安宾馆 418 房。

上午参观成吉思汗庙，就在宾馆旁。上罕山，从罕山顶上可以俯瞰全城。这里人口少，是一个新兴的工业城市。庙里有成吉思汗铜像，特·赛音巴雅尔主编给我讲解，汗王铜像重约 7 吨，旁边绘有四狗（武将）、四子之像，还挂有他的语录，由蒙文写成，历史考证他是否认字存有争议，但语录是可以留下来的。这个汗庙是日本人占领时修的，是为了争取当地民心，搞文化拉拢。

参观“五一会议”会址。五一会议在内蒙古很重要，这次会议成立了内蒙古人民党，这个党有早期共产党活动情况及反日斗争情况。1947 年成立的内蒙古自治政府，是我国第一个自治区，首府就设在这里。把王爷庙改为乌兰浩特，意为红色的城市。

下午。参观乌兰浩特钢铁厂，此厂为小型地方钢铁厂，7000 余人，年产值

4个亿,已连续10年利税超千万元,5年过5000万元。在全国164家同类钢铁厂中名列第一。这个厂最开始叫科右前旗反修钢铁厂,初期五个月才流出铁水,主要用于生产手榴弹弹壳之类。1970年重建。这里过去缺钢少铁,饭锅坏了还要补,现在已能兼并柴油机厂了。

下午还去参观水稻开发。开车至一草场的小山顶,可以俯瞰全城及万亩水田。包文成部长指点介绍万亩水田中的一处绿柳村庄,名叫三合村。我们驱车去全国民族团结先进单位乌兰哈达苏木,即红色山峰乡。蒙语苏木即乡。在一个小平方院中,乡党支书尹万铉接待了我们。这个村由蒙、鲜、汉三族人组成,原先这里是牧区、草地,不种水稻,土地肥沃,水源充足。1937年被日本占领,从韩国招一些人组成开拓团来到这里,开始种水稻,妄图永久占领。日本投降后,就把这些韩国人丢下了。尹万铉的父辈只得在这里住下来。三个民族互助,蒙古族人教汉族人放牧,朝鲜族人教种水稻,汉族人教务农,互相支持。少数民族布票来了共同分。现在人均5000元收入,30%家庭有了电话,村里有人回韩国探亲,韩国亲戚也来看过。尹万铉说,韩国亲戚也穷,住的比我们好,内部卫生好,但吃的不如我们丰富。这个村正有不少家庭在修新房子,改善居住环境,争取超过韩国亲戚。

有外商在这里建了康泰精米加工厂,把这里的米加工成精米,20斤一袋,卖100多元一袋,很赚钱。这里的米只种一季,生长慢,光照足,煮出的饭油汪汪,香喷喷,在全国有很好的市场。支书说,过些年,三合村的人会自己把精米卖到全国去。

6号,星期三。晨5点起床,门外一片喧哗,正是早市高潮。许多人到公园锻炼之后,顺路买菜买米。市场无所不有,百货、青菜,黄瓜1元4斤,我们去公园走了一趟,人们悠闲自乐。

上午开车去察尔森水库,这是水利部松江委员会管理的水库,天正下雨,蒙蒙一片,能见度差,雨中上船,周游一圈。这个水库是1958年修的,能防洪、灌溉、发电,在北方这是一个很大的水库了,但在我们南方人眼中不算大。上岸后,开车去察尔森草场上的旅游村,是盟政府外事办直属的,建有几个蒙古包和房子。

我们到了一个蒙古包里,围坐一席,兴安盟宣传部崔部长和包文成部长陪同,他们和特·赛音巴雅尔主编都是好朋友,我们吃烤羊肉、手扒羊肉、喝60度的白酒,唱歌。蒙古姑娘献哈达,敬酒。大家互相劝酒、唱歌,在村门口有蒙古青年献进门酒,离开时又喝送行酒。可惜没出太阳,草场上有水,不便进去骑马。回来时,有骑手20多人相送一里。这是蒙古族一种很隆重的迎送客人的礼节,我可惜不会唱歌和喝酒,否则我会放歌豪饮,一醉方休。10年前,我随中国作家协会南方作家采风团到新疆转了一月有余,住过哈萨克的毡房,也住过蒙古包,吃过手扒羊肉、手抓饭。这两次都给人留下了终生难忘的印象,这不只是吃喝方式的不同,其民族和历史文化余味无穷。

车在森林公园里行进,有茂盛的白杨林,大片大片的森林,路边是一片一片向日葵。我的家乡也种向日葵,那只是在田边地角栽几棵,秋天收了尝一尝。而这里是大片大片地播种和收获,开起花来,十里花海,那是对土地的一种驾驭,一种美化,是一种大气派。玉米正扬花,高粱正扬花,空气中弥漫着花香。

下午到商场买秋裤一条,38元,准备上阿尔山。

科右前旗是兴安盟最大的旗,还有科右中旗和科右后旗,盟相当于内地一个地区,而旗相当于县。随着经济的发展,区位作用的改变,兴安盟已分立出一个乌兰浩特市,明天又要分立一个阿尔山市。我们要去参加阿尔山市的成立大会。晨8点30分从乌兰浩特市坐火车,往东北方大兴安岭进发。去参加阿尔山市成立大会的客人不少,火车因此特别加挂了一节硬卧车。

沿途,火车走上坡,路边多草地、河流,过索伦河、五岔沟,进入山地,就能见大片次生林,有落叶松、白桦林、柞树,这些是主要树种。白狼站是大兴安岭的顶站,海拔已达1300米至1500米,此站停得较久,然后过一隧洞约10公里,再就是下坡,晚4点30分到达。阿尔山市处在大兴安岭西坡的一处山间平地,水系注入外蒙古,不远处和蒙古人民共和国交界。晚上,主人邀约我们去温泉澡堂洗澡,这是高山温泉,水温约45度。四人一池,洗得十分舒坦。我、老特、张常海共泡洗近一个小时,才回招待所休息。

8月8号。天空被浓雾笼罩,上午9时,举行阿尔山市成立大会,天气突然放晴,阳光万里,彩旗飞舞,全国各地来的客人坐在中间,全镇近万名群众都涌来了,大家都十分高兴,觉得这老天爷有意助兴,将预示着此后的好日子。

中苏关系紧张时,这个镇是反修前线,没能很好地建设,小火车站还是日本人修的,保留至今,通往杜鹃湖的火车还是窄轨,大约是日本当年为盗抢木料资源用的。成立大会仪式较简短,下午是文艺演出,自治区文工团来演出富有草原风格的歌舞,著名演员赵本山从铁岭自己驾车赶来参与祝贺,他演了一个老太婆唱卡拉OK的小品,唱了几支歌,给大家逗乐子。

这个地方从战略上看是一个十分重要的地方，内蒙古的阿尔山，外蒙古的乔巴山，这都是联合国准备建欧亚大陆桥的海关。到那时候，大铁路修通之后，这里就成了日本、韩国、中国等地通往独联体、欧洲的又一通道，比从黑龙江走大约近1000公里。从这个角度看，成立阿尔山市就是一种远大谋略了。目前，这个地方只是三个林业局，三个镇，也只四五万人，阿尔山不足1万人，伊尔施约4万人，白狼和五里岔还有一些人。伊尔施比阿尔山大、集中、机关多，但离边界太近，阿尔山适于重新规划。

晚上是篝火晚会，小学操场上点燃起五堆白桦木篝火，上万人跳起了舞，还燃放焰火，使高原的夜空五彩缤纷，少女敬酒，还有腰鼓队。我们几个人跳罢舞就往驻地走。夜空高阔，繁星点点，逐渐静寂的山庄，我们几个人唱着歌，唱《莫科科郊外的晚上》，触景生情，唱得很投入。我们高一脚低一脚在星空下踩着青青牧草，往招待所走，仿佛游子走在回家的路上。

8月9号。晨起，去旅游。

汽车在大兴安岭山间奔驰。这里的山林已被砍光，一部分地方有人造林，山间草场很宽，到处是黑土地，翻开来好像要流油，很肥沃。路边一些地还有拖拉机在翻开土地，可以种麦子，种蔬菜。路边的白桦林很好看，也有松林，大约是海拔1500米。车过伊尔施，是一个大镇，再过去有几个牧场，沿哈拉哈河上去，有火山爆发后的火山石，也有平地和山体，火山石可以吸水，上面生长着不少老松，有时有水沟，还有小河从林中流出，一派原始景象。极少村庄和人户。从地图上看，这里已经接近呼伦贝尔大草原的南端了。

路边有一些小木屋，据说多是盲流人，拾蘑菇搭的。8月还是拾蘑菇的好季节，每天可拾几十斤鲜蘑菇。我们的餐桌上天天有紫菇、花菇、黄菇。这些外地人来了，用石头和木头搭一个小房子，就算安了家，就去钻山捡菇，晒干再卖，5、6、7、8几个月，一人可以赚几千元钱。他们一般两人提个篮或背个篓子就进林子，一天翻10来个山包。据说也苦，也有危险，但来钱。地域很宽，人烟不多，很多外地人也过来捡拾蘑菇。同桌吃饭的一个镇委书记是个47岁的女同志，当年也是盲流，跟丈夫来到这里。这地方人少，外地人来了，也没关系，可以开荒，住久了，也就成了本地人。她是河北董存瑞家乡人。她说不悔，这里比家乡好，家乡人穷，石头跟着脚走，汽车不通。在这里，她一家8口人，几个参加了工作，自己当书记，生活也好，有的人家种上万亩地，办农场，固定资产几百万元。

我们上“天池”风景区，所谓“天池”是山顶火山喷口形成的水塘。周围是原始林。据说塘里还有小鱼。从天池再往前走，有杜鹃湖，也是一处火山石形成的小湖，有松树，有腐木。杜鹃花估计已经开过了。哈拉哈河曲折流淌，水却是茶水色，可能是腐殖质太多形成的吧。

这个林场已经几个月发不出工资了，树已砍光。日本人砍了一次，我们自己砍了几次，现在只有一些人工林，需要养护，森工没事做，转向农业又不习惯。国家林业正从以伐木为主转向造林、护林，他们正处于痛苦的转型期。

人们说，这里一到 10 月就下雪，冰雪世界，人们只能去拖树或打猎，女人只能躲在家里。一听说打猎，我又想起了小学课文中“大兴安岭有两个猎人”，不禁莞尔一笑。

8 月 10 日，从阿尔山回到乌兰浩特。8 月 11 日张常海和魏先生回了北京。科右前旗委副书纪陈锁同志、宣传部满部长、包文成部长、盟接待科长胡格吉勒图一行陪同特老和我去草原深处。我们刚从大兴安岭的深处出来，再去大草原的深处，这是让人兴奋的安排。我很感激特老的周到，因为他就是内蒙古人，在草原长大，去草原深处主要是为我安排的。

从乌兰浩特到桃合木苏木。桃合木是蒙语鞍鞯的意思，苏木是乡的意思。这个乡以牧业为主，是农牧结合的乡，有 2300 平方公里，只有 4520 人，10 万头大牲口，一只羊大约卖 200—300 元，一头牛可卖 2000 左右。最富的人家 1000 只羊，几百头牛。最贫困户约占 3%，这些人只好去给富户放牧。

公路两边十分辽阔。我在新疆见识过这种辽阔，但新疆的土地上很多地方缺水，是沙漠，这里的辽阔却绿草如茵，虽然没见“天苍苍，野茫茫，风吹草低见牛羊”的景象，可是“蓝蓝的天上白云飘，白云下面马儿跑”如童话一般展现。南方玉米已经在收割，这里的玉米正在扬花，大豆正茂盛，向日葵黄花万朵，一片片铺天盖地，金光灿灿，这情这景，有点儿让人回肠荡气。

我看到农区的羊因为圈养，就很脏，黑不溜秋，羊群像乌云。牧区的羊是白云，因为它最多 3 天换一次草场，不和泥地打交道。养牛羊以每年 6 月为一个牧业年分界，5 月前接完羔羊，就开始给公羊去势，再选一个日子，大家庆贺，吃肉喝酒跳舞，即小型拿达摩大会。大约在 6 月 20 号开始剪羊毛。这个桃合木苏木今年丰收了，大约增长 10%，这要从总头数、繁殖率、成活率、出栏率、商品率来计算。商品主要是卖羊毛，卖羊肉。这里民风淳厚，当地人很少有小偷，不玩牌、不卖淫，邻里关系很好，极少打架，邻里有事，全屯帮忙。好唱酒的风气也正在变化。唯房子多不理想，低矮，泥墙泥顶。牧民们一般有两处房子，在村子里定居，在牧杨上还要盖一处，便于放牧生产。屯里主要是让小孩上学,老人守家。最近一次蒙古国那边的草原大火,也烧到桃合木来了,大约烧了 100 华里地。

8 月 11 日。上午,我们去葛根庙参观,这是草原上的一处佛庙,玛拉沁夫先生小说《活佛的故事》即取材于此,此活佛后来学医,还俗,出车祸而亡。现在,灵童无法认定,因为活佛入了党,还了尘,当了医生,没有留下遗嘱。

夜住桃合木苏木,在这里,主人当场杀了一只二年龄的羊。杀法与新疆不同,是从羊肚子上割一个口子,伸手进胸腔,把背脊处的动脉掐断,让血流进胸腔,羊即死亡。你看,连这杀羊都各有各的杀法。草原的羊肉特别香,没有腥味,清水煮熟后,小刀就是筷子。用刀割肉吃,原汁原味,我吃了一斤多。

8 月 12 日。清早,起床后我们去参观牧场。汽车在草地上像骏马般飞奔,没见有公路,任意地开,司机当然知道方向和道路。简直就是在无边的场地上开车玩耍,简直就是在蓝天上开着飞机,我们的汽车在草地上飞了一阵,慢慢地进入山地,牛群羊群多起来了,草地上时时可见到零星小土屋。有一处土墙基的遗存,我们下车来辨认,陈锁同志说这里是金界壕,经国家文物专家认定为国家二级保护文物,是从甘肃伸延过来的,东端到达呼伦贝尔,有三条主线,有一部分在外蒙古,全长达 5500 公里,大约是完颜氏金国的国界吧。山间有一处四方形墙堡,圈内近 100 亩地,是当年屯兵用的。

中午到达全国劳动模范乌力吉巴雅尔家午餐,也是杀的羊,两桌。乌力吉外出,他的五弟和儿子在家接待我们。女人小孩共 18 口,一排五间房子,分居不分家,四代同堂。布仁门德是五弟,他敬酒、唱歌,乌力吉的儿子读过书,能唱很多歌,还唱得不错,刚成家生子。一家人在这辽阔的草原上自由自在地生活着,让人羡慕。他唱的歌词:牛马成群羊满坡,如今生活多快活。这是他们一家心语的流露。

这是一个十星文明户,屋前有一块铁牌,上面缀了十颗星。十项文明内容是什么,没能全记住,跟内地大致一样。他家有羊 800 头,牛 100 头,还有拖拉机 1 部,三轮车 1 部,打草机 1 部,水泵 1 部,摩托车 1 部。18 口人,三个小孩去大屯上学了。有一个人自称是乌力吉的干亲,说家里牛羊很少,没事做,自愿来乌力吉家帮工打草,打草机要三个人才能操作。做了事,乌力吉家每年给他几车干草。

离开前,我穿上了乌力吉家崭新的蒙古袍子照了一张相,我手握套马杆,还和他们全家合影。颇像一个肥硕的蒙古汉子。

下午去好仁苏木,这里是陈锁书记和特赛因的家乡,有 4000 多人,方圆

100华里，相当于南方一个县的地盘，半农半牧区，条件比桃合木要好一些。这里土地辽阔，一些机关占地数十亩上百亩，自成一体，在南方可以建一所学校或一个小工厂。

早晨，乡里干部不少人骑着摩托来上班，据说已不给干部发工资了，因为苏木无钱可发，就给政策，允许干部养羊放牧。干部家庭一般比牧民要富裕，要好，尽管没工资，但日子还是过得很好的。但我不知道这种局面能否维持下去。

在一片起伏的山场上，遇上一群牛，约100头，一只狍子从牛群中奔逃出来。放牛的小伙子骑在马上很精神，我忽然游兴大发，想骑他的马。第一次没能骑上去，第二次骑上去了，那马却突然惊跑起来，我十分紧张，想跳下来又不敢，只好用力拉马缰绳，但这马认生、嘴硬，很费了些力才控制住。后来，他们说，是因为我拿套马杆时不注意拍到了马屁股，发出了错误的指令。当时，其他同志一片惊慌，认为要出大事了，都忘了拍照，连随行记者也忘了录像。据说陈锁同志吓得下午心脏病也犯了，吃了几口药，晚上同宿舍，还做噩梦，一声喊，把我和老特都惊醒了。我自己倒没有这样害怕，事后是觉得有些冒失，也许是运气，没有从马背上栽下来。这很像上次在新疆参加姑娘追的情景，有惊无险。

下午回乌兰浩特。15日早，乘车赴白城子，上草原列车。16日晨到达北京，住内蒙古宾馆。17日晚，坐37次列车回武汉。

鸡公山之行

1980年7月10日。我坐113次直快火车，从武昌走4个钟头到达河南信阳鸡公山下，再坐公共汽车登山。公路盘旋着上山，约走20公里，林木逐渐葱茏茂密，上了山，便见各个山头立着一些古旧的小别墅，云在窗前过，山在阶下伏。极目远望，如在云端。我沿着一棵如盖大树的树荫往下走，前面是三一医院总部，右转下一小溪，有数十户人家，一式石头砌的房子，小巧玲珑。窄窄的小街，我忽然见一个人光光的头顶，在慢慢踏步于前，这不正是我要找的碧野同志吗！大约是写作中间出来散步或是出来思考某个情节。见面之后，不甚惊异。那时候，没有手机，不可能事前通知，在这远离人间的山头，真有他乡遇故知的感觉。我们走回住处，见到了省文联副主席吉学沛、专业作家洪洋，二位十分热情。

我没有急于说出来意，晚饭后，有点蒙蒙细雨，或是雾雨，我们持伞作环山游。从住所出发，过一三一医院总部，沿途有教堂，有欧式建筑。一路上，碧野同志给我导游，学沛同志补充。

鸡公山，位于河南省信阳市境内，桐柏山以东，大别山最西端，是中国四大避暑胜地之一（四大避暑胜地指的是：河北省秦皇岛市的北戴河，河南省信阳市的鸡公山，浙江省湖州市的莫干山，江西省九江市的庐山）。鸡公山有“青分豫楚、襟扼三江”之美誉，山上有清末民初不同国别和风格的建筑群，有“万国建筑博物馆”之美称，是中国历史上第一个公共租界。1902年平汉铁路通车，铁路交通直接经过鸡公山下。1903年，春末夏初，美籍传教士李立生、施道格，顺平汉铁路北上，登山游风观景。9月15日，他们在向信阳知州曹毓龄送了一点小礼之后，用156两白银从自称拥有鸡公山地权的大地主叶接三手里购买了长 1.5 公里、宽约 1 公里的随田山场。李立生和施道格在买来的土地上兴建了 4 幢别墅。次年，施道格又用 562 两白银在山上购买了方圆 2.5 公里的土地，建房两幢。两人分别于 1903 年 9 月，以 156 两纹银，1904 年 7 月，以 562 两纹银，在报晓峰下购地置墅。施道格买断山场，分片作价，专卖各国商人、富贾和社会名流。一时间，鸡公山成为洋人们在中华腹地变相的“公共租界”，先后有 20 多个国家的教士商人上山圈地建墅；国内以直系军阀靳云鹗将军为先锋，集聚吴佩孚、肖耀南、杜节义、吴庆桐、袁世凯家族之袁英等北洋军阀高级将领及许多富商豪绅纷至沓来，营造离宫行院。至中华人民共和国成立，鸡公山上建造有 500 多栋各式别墅。

我们一路走一路看一路说，便来到了鸡公山头。这里是山顶，满眼是巨大的石头，像是大山的骨头凸出表皮裸露出来。鸡头昂首向天，山上植被很少，有几棵松。鸡公山主体山系基本上分布在河南、湖北两省省界上，呈近东西走向。我们所在地是南主峰报晓峰，又名鸡公头，海拔 768 米。鸡公头上建有观景台，可凭栏远眺。学沛同志是河南人，他说，河南人多，黄河多灾，老百姓很穷，就说是这鸡公头朝河南，尾在湖北，它吃在河南却屙在湖北，这就是为什么河南穷而湖北富的原因。我们就笑。

“佛光、云海、雾凇、雨凇、霞光、异国花草、奇峰怪石、瀑布流泉”被称为鸡公山八大自然景观，山上四季多雾，只有三分之一的天气是晴天，非秋高之时难见晴空万里。时值盛夏，山头凉风习习，气温在十几度，我们环山一游，花了一个多小时。

晚上，我向三位作家说明了我上山来的使命，省文联领导和编辑部想请碧野、学沛二位去庐山给即将举办的三省青年作者创作讲习班讲课。

碧野同志去为我找来卧具，让我和他同卧一室。我们谈之良久。碧野同志是老革命，因为经历丰富，曾多次申请入党，未能如愿。在拨乱反正思想解放过程中，全国有一大批知名人士加入了中国共产党，湖北省文联就有姚雪垠、徐迟、碧野等同志被接纳入党，让他们在“文革”之后实现了多年的夙愿。我是机关党委委员，在讨论这几位老同志入党的问题上，我听了老同志情况介绍，也表达了自己的态度，我是支持的。

安排他们三位作家来鸡公山，名为避暑，其实是在艰苦写作。碧野刚刚入了党，去年底参加了全国第四次文代会，见到了许多老朋友，心情很好，创作激情正高涨。我们谈到湖北省委的工作千头万绪，他对陈丕显书记工作的难度表示担心，担心他会不会在困难面前退缩。讲到创作，他说他正在写三个中篇，都是写青年人的，抗日战争、解放战争、社会主义建设时期，共三个。他说他要趁这个机会在山上弄出初稿，然后一个个打磨。我知道，碧野同志也是在委婉地推辞去庐山的邀请。这个全国知名的大作家向来低调做人，他从来不会断然拒绝别人的要求，不会把别人弄得下不了台。他又说："我不想随便拿出去，拿一个要有点分量，要像个样子。"他说，他对很多刊物有欠账，如吴强同志主办的丛刊约稿，一直还没给。他在山上除写作，还正在看辛雷同志的作品，辛雷同志是我们单位的一位老作家，他写工业题材，碧野同志读得很仔细认真。他还谈到当前文学界创作发表的问题，说：现在出一本书真难，从前出一本书最多半年，现在一拖几年。他说，他已经校过清样的几个集子至今印不出来，他说这恐怕有管理问题。在一些人心中，出不出，出快出慢，关系不大，他们没有一股子向上的、想干事业的雄心。经过"文革"，人们的思想混乱，一些好的工作作风遭到破坏，散乱之风弥漫在各行各业。他说，他手中还有一个散文集，已经编好了，但现在不想出手，他说谁给印得快就给谁，这是唯一的要求。后来，我们谈到机关，谈到后勤工作与业务工作的关系，他指出机关有衙门化、官僚化的倾向，追求大而全的机构，对实际业务工作重视不够。我们还谈到文联的房子，因为我们当时还蜗居在武昌紫阳路一个小院里，省委省政府考虑给我们在东湖边兴建省文联大院。我们谈创作环境。老人兴致很高，他讲，我听，偶尔插话。我们谈得很投机，碧野同志对我这个年轻人毫不提防，我们无所不谈，谈得很晚。

一觉醒来，碧野同志已经起床，他每天清早起来，做甩手操，自己下楼打水。我走出房间，见学沛同志在打太极拳，洪洋同志散步去了。山上安静极了，晨雾弥漫，空气清新，水气较重，可以穿毛衣。远处传来一声鸡叫，啊，天鸡！天鸡之鸣。碧野同志说："鸡鸣桑树下。"我接道："声声云天里。"然后，我就跟学沛同志学打太极拳。

我没能在山上多留，匆匆下山。但这次上山，给我留下了很深的印象。特别是碧野先生那和善而智慧的形象，和他的一夜长谈，让我久久难以忘怀。

雾雨庐山三叠泉

“匡庐瀑布，素与泰岱青松、华岳摩岭、黄山云海、峨眉古寺称为天下山川之绝胜。而庐山瀑布，首推三叠。”

上庐山之后，当青年文学创作讲习班的伙伴们也动了观瀑的豪兴时，我就引经据典，极力鼓动着大家首先去游三叠鸣泉。听去过三叠泉的人讲，来去得翻三座大山，走五十多里山路。惯于以车代步的人对此视为畏途。偏偏天气也来捉弄人，记得我们是 7 月 30 日到达牯岭的，半月有余，成天细雨其蒙，云罩雾锁。我们一边听着老作家们讲课，一面注视着窗外的天空。我们已被一种涉幽探奇的强烈心情所支配。

15 日这天，云缝里忽然筛下几缕阳光来，南京的一群青年作者一声吆喝先走了。半个钟头之后，我们也朝大月山顶爬上去。没想到还没走出半里地，前面的路没有了。显然是把路走岔了，出师不利，这给了我们一次警告。浓浓的白雾中也实在辨不清方向，好在右上方林荫中隐隐约约现出一栋平房来，沈虹光前去问路，却出人意料地邀来两个姑娘，她们自告奋勇和我们结伴而行。

有了向导，我们的心踏实多了。谁都知道，在万山丛中走路，只要岔出一步，那我们去三叠泉的劲儿就白使了。我们的队伍变八为十，可以算是浩浩荡荡一行了。山坡上，松杉竞秀，桧柏争荣，空气被这些绿色卫士滤得是那样的清新、甜美，嫩枝儿同我们握手，肥叶儿跟我们亲吻。两个庐山姑娘是在山上长大的，看上去不过十六七岁，像是一对山间麋鹿，蹦蹦跳跳地走在我们前头，一个像只喜鹊叫着唱着，一个文文静静跟着走。她俩都时不时回头来，牵枝撷朵，嫣然一笑，等着我们跟上去。

山里的一切都是新奇的。脚下的山叫什么名字?路边的水库哪一年修成?这种花儿怎么从没见过? 到三叠泉还有多远……我们就在这样的重复问答中,不知不觉地爬过了第一座山。

夏天的山野并不比春天逊色。小路边,葳蕤的林莽之中还开放着各种各样的花朵,给人一种“步入青红紫翠间”的感觉。你看,一嘟噜一嘟噜的紫红色的火炬,烛照在草毡上,它那含苞未放的金针衬着翠绿的枝叶,是那样的动人;漏斗形的野百合花开了,它伸着长长的颈,或白或粉红,花瓣上还带着紫色的条纹;还有一种什样锦一类的金钱花儿,开在丛生的枝蔓之上,一片连一片。压得很低的云雾在草地上游荡,十步之外,什么都带着一种捉迷藏的味儿。雾里看花儿,是极有兴味的,花有一种含而不露的迷离之美。可也得小心,那是很容易把芍药认作牡丹的,只有当阳光出来之后,各种山花才肯露出它迷人的娇羞和鲜艳的色泽。我想,三叠泉边是应该开放这样的花的。

过了五老峰,云雾渐渐稀薄的天空,突然乌云四合,跟脚的雨点噼里啪啦就甩到脸上来了。我们只有两把小伞,没伞的人躲到松冠下面,雨滴儿却从松针间漏下来,滴在身上,真有一种“松里云深夏亦寒”的味道。躲也躲不了,也不能这样躲下去,我们索性淋着雨前进。泉水、雨水从草丛中,从树叶上,从岩隙里,从人的衣服上流下来,汇成条条小溪和我们争道。下吧,下吧,“七十二溪成一瀑”,雨越大,说不定三叠泉越是壮美呢。

刚刚转过一棵大树,居然发现雨帘中站着一群人,姑娘们三三两两,抱成一团挤在布伞下,雪白的太阳帽耷拉在头上,有的青年怀里护着照相机、食品袋。原来,他们遇到了岔路口,不知所从,个别姑娘甚至吵着要返回去。我们以一种自豪而傲慢的心情跟着小向导前行, 没想到两个姑娘走到路岔之后,左顾右盼,勇气全消,一脸难为情的神色。一个说:“是朝这一方来,可没想到路分岔!”是啊,路爱分岔,两个小姑娘向而不导了,但我们不愿半途而废。正好后面又来了一个本地孩子,他告诉我们朝右边走。可是,没走出三步却被一对兄妹拦住了。

“不能走那条路!”

我们一齐停下脚步,十双眼在他们脸上扫来扫去:“我们问过路的。”

“要走那边。”那个妹妹力排众议,态度是那样坚决,“我们去过三叠泉的。”

依了这兄妹的话,当我们走出一段路,并且确认路走对了之后,我们禁不住议论起来。面对素不相识的人,在那极不信任的众目睽睽之下,一个女孩子对一群迷路的人说:"不能走那条路!"这是很要一点真诚和勇气的,因为她也可以不说啊。在山里迷路的人是很多的,而在这种场合敢说真话的人都是吃过不少苦头的。我就想,旅游部门为什么不在这种地方立一个指路牌呢?

我们已被淋得透湿,但我们也赶过了几拨游人。从地图上看,我们到了七里冲末端,山脚有一个庐山垦殖场育种站。

路边有一个歇脚的小寮棚,几张凳,一面桌,有几个卖茶水香烟的小孩。天气不好,茶水生意不佳,倒是一捆竹木拐杖被一抢而空。爬山路,这东西方可以当一只脚用的。棚下坐着一些游客,裤腿上泥花点点,形露狼狈,但眼里仍然放射出许多光来,听人讲着三叠泉的趣闻。

古往今来,不知有多少观瀑者在幽谷冥壑之中探路前进。但听人说,这三叠泉飞瀑直到南宋之前还不为人所知晓。"一生好入名山游"的大诗人李白隐居在飞瀑上源,在它下游白鹿洞讲学的朱熹,也没有发现它。直到南宋时期,这个雄泉大瀑三叠泉才名播海内,慢慢招徕许多游客。看看眼前这峰俯崖斜的景象,看看这九曲回肠的鸟道,我想,能在八百年前发现它,这的确是一件偶然之至的事情哩。此前,药叟樵夫怕还是知道的,只是没当回事罢了。

大约已是巳午之交的时辰,我们时而蹒跚,时而疾走。"不到三叠泉,不算庐山客。"这话也成了一种支配力量。走过十里松阵,眼前突然一亮,我们已经立在孤岛似的山巅之上了。山腰以下雾茫茫一片,透过雾的缝隙,可以看到铁壁峰冷峻的山影。雄奇陡峭的高山上,立着许多松,有的把根扎在绝崖的缝隙之中,身子扭得像虬龙;有的从峭壁中横生出来,将枝叶展开,与云霞游戏;有的挺拔于山巅,显示出一种伟岸的大将军气概。我们已无意观赏这些"吸翠霞而夭矫"的庐山松,心中想到的是,"险峰之下必有流泉",三叠泉该要到了。

大家的情绪一齐高涨,歌儿也以各种调门飘扬而来,小向导在窃窃地笑。有人唱流行曲,有人唱俄罗斯小调:"一条小路曲曲弯弯细又长,一直通向那迷雾的远方……" 我们的队伍就在这弯弯曲曲的小道上向迷雾的深处走去。在一道桥似的山梁上,现出一座凉亭,我们凑过去,从浓雾中辨读出檐额上三个大字——观瀑亭。

"到了!观瀑亭,到了!"我如释重负,停下步来引颈四顾,想观一观心仪已久的大瀑布。

"早着呢,还要下 1400 步的石阶,来加点油吧。"一位卖稀饭的老人亲热地提醒我们,招呼我们。

名曰观瀑亭,这时只能观雾。数百步之外不见山影,有何瀑之可观呢?前方隐约传来飞瀑之声，但那声音又像是从云海深处传来。据导游书上说，观瀑有两条路，实际指两种观法。一条路从五老峰旁的“青莲寺茶场”顺山涧到屏风叠，由上“俯视”；一条路就是我们今天摸索而来的这一条，一直可以通到涧底而“仰视”。如果是朗朗晴空，这亭前的气势想必是非凡的，不过，那似乎只能叫作“遥望”了。

我们由雀跃而冷静下来，作冲刺前的休整。亭上有从山上来的农民，卖稀饭茶水瓜果香烟。我们是有点饥肠辘辘了。捧着一只煮鸡蛋，我不知道怎么突然想到：按前些年的眼光看，这儿可算是个“自发势力”和“闲情逸致”同流合污的地方啊！但眼前却显得十分必要。我又忍不住为这夏天古怪的联想而哑然失笑。

两个小向导已迫不及待了。从观瀑亭缘壁而下，过“竹影疑踪”，已听得见飞瀑在深壑中作龙虎吼，雨雾往袖口钻，盘道在脚下绕，石级像是新砌的，棱角还很锋利。下到半山，石道上前人接后人脚，后人踩前人发顶，像垒的一道人梯。惊险、紧张，加上对飞瀑将见未见的急切心情，召唤出一种力量，驱使着两条腿不停地一步一阶踏下去，游客们大都屏息静气边走边听那飞瀑之声。

粗一听，轰轰然似天崩地裂，作迅雷疾走，锵锵然，如铁骑驰野，有刀枪嘶鸣。我再细细一听，万籁齐鸣之中有琴师抚弦之妙，有春雨淅沥之声，有风走竹篁之韵，有百鸟噪林之趣。听之有声，闻之欲醉。当抛珠叠玉的巨泉终于展现于眼前时，大家都忍不住一声惊呼：“啊呀！”“啊呀！”之后不再有下文，什么“飘者如雪，断者如旒，持者如帘”这一类古旧的形容词好像都不及一声“啊呀”来得丰富，来得实在和动人。

所谓三叠泉，是因为瀑有三叠。我们驻足于第二叠的台阶上，“七十二溪”汇来的琼浆玉液到了第一级台阶，突然作银瓶炸裂抖腾而出，在半空中飘雪拖练形成一道巨大的帘，然后飞蹿而下，跌于中间台阶，碎玉摧冰成那“瑶虹界碧翻地轴，铁马盘涡卷天宇”之势，经三叠而成玉龙走潭之态，呼啸而下。

瀑下已聚集着许多观瀑者，从衣饰和徽章可以看出，有疗养的工人，有优秀教师，有地质爱好者，有夏令营的中学生，还有参加全国高等院校文艺理论讨论会的教授、作家和诗人，也有外国友人和自费旅游的新婚夫妇。这里生长着一些野花，我采了一枝抱在胸前。这时，南京的那一群青年朋友们气喘吁吁地出现在面前。很显然，他们是走岔了路，早发而迟至，我们相视大笑。

我静静地坐在润湿的石苔上，瀑布在天上倾注，大地在肢下颤震，耳畔风呼雷吼，云雾在身边奔涌，我感到一切劳顿都被冲刷得干干净净，一切怯弱都被武勇战胜，置身在这雄奇壮阔的境界之中，使人体味到一种从未领受过的快意。

历代诗人为三叠泉写下过不少赞美的诗章，宋人有这样的句子："激回涧底散冰花，喷上松梢飘雪楼"，"寒入山谷吼千雷，派出银河轰万古"。三叠泉给人启示出一条道理："舍死不能永生！"它寄身于奇峰险峡，保持着那种天然的古朴和雄奇，它发崩云裂石之声，把空谷装点得如此充实。面对万丈陡坎，它也敢一扑三叠而下，不惜粉身碎骨。它终究闯开了一条路，通向那广袤的田野去，以自身的血去滋润万物，抚育出野草、鲜花和粮食。这是一种伟大的探求精神，大诗人李白当年如若没有这种探求精神，他能造成悬流万古的一派诗瀑吗?!

那山间的路啊，那雾里的花呀，那岔路口的女同胞，那云中的松，那一对麋鹿样的小向导，还有那挂壁的小路，眼前这气宇恢宏的三叠鸣泉……这都是文学青年心中的诗。

在飞瀑下待久了，会感到袭人的凉意。我们和小向导一起分享了带来的干粮，游罢归去，那飞瀑好像还一直在耳边震荡，我的心也跳动不已。

本文发表于 1980 年 10 月《民族文学》

姑苏枫桥雅聚十日

1997年10月21—31日。参加中国作家协会枫桥文学创作基地揭牌仪式暨中国作协代表团赴枫桥深入生活纪实。

21日,我从武汉坐飞机到上海,再坐汽车到苏州,住枫桥新区枫桥宾馆。

22日,晨起,与辽宁省作协副主席刘兆林一起上何山公园。何山公园位于姑苏城外寒山寺西侧何山山麓,海拔只有63.8米,与狮子山、苏州乐园相隔1公里。何山原名鹤阜山,是鸟类、仙鹤栖息的地方。南朝梁代何求弃官隐居于山顶上,后来他弟弟何点也隐居山上。兄弟二人死后葬于此山。后人为纪念二人而改名何山。山上还有张王庙、烈士陵园等。公园里有很多早起晨练的人。

上午举行揭牌仪式。这是我们此行的主要活动。

下午随中国作协党组副书记王巨才、民族处尹汉胤、作家景宜和《文学报》记者陆梅一起去寒山寺。听寒山、拾得两个和尚的故事。吟张继《枫桥夜泊》诗:月落乌啼霜满天,江枫渔火对愁眠。姑苏城外寒山寺,夜半钟声到客船。《枫桥夜泊》是古诗中写愁的代表作。本诗问世后,寒山寺也因此名扬天下,特别是寒山寺的钟声,让人向往。我们交3元钱,上钟楼去撞钟三下,其声音果然洪亮辽远,亦长留心中。

我们从寒山寺上船,这船有点像鲁迅笔下那种乌篷船,不大,木板舱,篾篷顶。因为这船遍体用桐油漆过,日久便呈乌黑色,故名乌篷船。我们沿护城河去虎丘。古河道很窄,但两条船能顺利错过。河两边是民居,这些居民开前门做生意,开后门下河汲水洗菜、涮马桶,下河处多用石板横插入河墙作阶梯。船走约一小时,过上津桥、下津桥。王巨才先生爱照相,特别是遇河堤上有青草、绿树，他就要停船照相。船娘慢慢摇，我们就慢慢体会苏杭水乡民居生活的情景。

10月23日，在苏州新区参观。苏州市新区管委会副主任王福康说：苏州市，8848平方公里，管6县6市区。苏州6个县市全部进入全国百强县，其中有5个进入了前10位。全国经济平均增长12%，苏州有15%。张家港市是全国精神文明建设模范。苏州市管区6个，随大市发展而发展，构成了古城居中，东园西区，一体两翼的发展格局。古城区14.2平方公里，建城2000多年了。他说，古城区内有近100多处园林，要在保护古城风貌前提下发展经济，不能走两个极端。1985年，苏州向国务院报告，城市总体规划：保护古城风貌，加快发展新区建设。现在的新区是1991年启动的。

吴江是太湖之滨的明珠。我们去参观柳亚子故居。柳亚子先生曾关照过青年画家尹瘦石，尹汉胤是尹瘦石的公子，所以尹汉胤的出现，柳亚子故居管理人员很高兴，就要他题字。由柳亚子想到了南社，南社是清末民初很有政治影响的文人结社，差不多吸引了当时国内最有影响的一批文人学士。发起人中，吴江人陈去病、柳亚子是其中的主帅，在中国近代史上有“文有南社，武有黄浦”之说。可见其影响之大。

25日，参观昆山，周庄。周庄是江苏省昆山市的一个具有九百余年历史的水乡古镇，处于澄湖、白蚬湖、淀山湖和南湖的怀抱之中。近几年，周庄忽然声名鹊起，并散发出耀眼的光芒。细究之，是因为它的区位与古朴。就在拥挤而喧闹的大上海附近，竟然还保留下来这样一处历史悠久、民风淳朴的村庄，“镇为泽国，四面环水”，“咫尺往来，皆需舟楫”，特有的自然环境，造就了典型的江南水乡面貌。它有古朴典雅的明清宅院建筑，它有各具风格的石桥，它有很多人文名胜，更有清纯悠远的乡俗。在幽静的街巷中，在秀美的田野上，在清澄的河水上，可以欣赏历史的遗迹，探究民俗风情的渊源，体味到久违的闲适与安宁，就像从酷暑盛夏的难耐中忽然置身于清新凉爽的山村。当人们过上了安居乐业的日子，休闲便成为重要生活，沉默许久的周庄便在这种需求中喧闹起来。

23日，参观苏州新区工业。

登上新区大楼，这是新区管委会所在，船形，立于古运河边，可见楼下的古运河上百舸争流，一片繁忙，但运河水变成了乌黑色，发臭而难看。从楼上下来，去参观苏州富士胶片映像机器有限公司，日本独资，主要生产一次成相机。员工当场表演，为我们拍照。还生产数字式相机、APS胶卷和照相机，目前是100%出口,将来有一半在中国销售。日方常驻厂人员8名。

26日上午,参观苏州乐园。我们在乐园坐飞车,惊险至极,其中遨游宇宙一节,大家都担心林斤澜老人不行,他居然无事。进门处,有安全告示,比如有心脏病、高血压、恐高症等等的人不能坐,列了很多种情况。我们坐进一节车厢样座舱,扣好安全带。这机器一旦启动,中途是不会停的,速度越来越快,上天入地,缠绕穿梭,时时失重,说不紧张是假的。林老说,我经过了“文化大革命”,什么没见过,不怕的。辽宁作家刘兆林坐了,晚上回去做噩梦。北京市作家李金龙犹豫再三,还是坐了。这都是年轻人玩刺激的活儿,我一向很少参加,但此情此景,比我老的人都参加了,我也不甘落后。

夜色中,我们赶去昆山县(市)文联糊涂楼吃饭。饭局中,昆山文联主席杨守松要求每人写湖涂诗一首,不容推诿。我不会写诗,只好写顺口溜:走马昆山侧,看花太湖东。台榭高低接,新楼上碧空。改革复开放,古城唱大风。携得糊涂酒,弄墨写黄钟。书赠昆山文联。算是交差。

昆山实无山。27日,参观苏州园林。苏州园林百看不厌。留园,拙政园,环秀山庄,有苏州刺绣研究所,其中环秀山庄很美。我1981年读北京文讲所时来过,便陪林斤澜先生休息说话,等他们玩了出来。旁有假山一座,用太湖石所筑,造型之美为全国之最。

晚上,去老苏州酒楼,著名作家陆文夫女儿所经营。陆文夫,江苏泰兴人,曾任苏州文联副主席、中国作家协会副主席等职。在50年文学生涯中,陆文夫在小说、散文、文艺评论等方面都取得了卓越的成就,他以《献身》《小贩世家》《围墙》《清高》《美食家》等优秀作品和《小说门外谈》等文论集饮誉文坛,深受中外读者的喜爱。我以前拜访过他,认识的。在我们的队伍中,邵燕祥、林斤澜、徐城北等算是老一辈,我和刘兆林等年轻一些,我们对老同志待之以礼。高朋满座,陆氏父女很高兴,他戴着深度眼镜,着黑色西装、白衬衣,风度翩翩,微笑着。晚餐以吃苏州小点为主,十几种点心,都不大不多,精美可口,据说酒楼还经营有几种配套茶点。我们算是体验了一下典型的苏州小吃。接着,我们去《苏州杂志》拜访,办公地是叶圣陶故居,一个不大还精巧的小院。

28日,参观张家港市。从苏州走一小时又40分钟,经过常熟,到张家港。张家港已经成为中国改革开放的一种模式,又是全国精神文明城市,宣传力度很大。听了介绍,我们先是参观蔬菜园艺场,这是张家港市最大的规模化、集约化经营的蔬菜基地。玻璃温室内立着许多黑色薄膜包海绵的柱子,上面长着青翠的芹菜、生菜,用营养液培养,无土栽培,地下是泡沫板栽莴苣。我们所惯见的都是土地上长蔬菜,现在眼见的则是无土栽培,是树上长蔬菜,水上长蔬菜,是在工厂里大批量生产蔬菜,算是大开了眼界。接着,又看居民小区、看文化室、看船机厂、看码头和保税区、步行街。张家港的今天就是全国老百姓的明天,他们算是率先跨进了社会主义小康生活。

看蔬菜中心,也就是城市的蔬菜市场,他们要求市场环境做到无臭味无蚊虫。参观中,我们看到,整个菜市场都做到了这一点。

张家港市内不准吸游烟,也就是不能叼着烟到处跑,要吸就到吸烟区去吸,这一条不知能否长期坚持下去。城市卫生倒是无可指摘的。

29 日。游太湖西山。

西山景区是太湖风景名胜区的精华。它是以群岛风光、花果丛林、吴越以来的古迹见长,以浏览、度假为主的湖岛区。"石有族聚,太湖为甲",唐代就已闻名天下的"花石纲"就采于此地,并留下了"联云障"等遗迹。

当年,我看《水浒传》,说那青面兽杨志不仅把"生辰纲"弄丢了,还曾经使"花石纲"沉入黄河。我一直不明白"纲"是什么东西。原来,"纲"是旧时成批运输货物的组织,如盐纲、花石纲。历史上,宋徽宗是个有名的花鸟天子,他不懂得治理国家大事,只懂得尽情追求享乐腐朽的生活。宦官童贯为讨好主子,替他搜罗书画珍宝供他赏玩。日子长了,宋徽宗对那些玩意儿腻了,想弄一些奇草怪石来玩玩。蔡京、童贯立即在苏州办了一个"应奉局",专门搜罗花石。哪个老百姓家有好石块或者花木比较精巧别致,都会被他们盯上,用黄封条一贴,算是进贡皇帝的东西了。差官、兵士乘机敲诈勒索,被征花石的人家,往往被闹得倾家荡产。原来,这花石纲的发源地就在苏州一带。

山腰南部,有四角翘飞的御墨亭,因中置清世祖顺治御书"敬佛"石碑而得名,作为镇山之宝。"御墨亭"三字由傅杰所书。

林屋洞,为地下熔岩洞,号称天下道教十大洞天之九洞天。整个洞天就是一座巨大的太湖石。出洞而上驾浮阁,有"林屋晚烟"一景。

后园,是一座私家园林,又名席家花园,建于 1911 年,占地 50 多亩,依山而筑,傍湖而立,介乎山水之间。后园里有柳毅井,有古杨梅,传说乾隆南游时在此休息过。湖边有码头,乾隆三下江南时在此上岸靠船。

紫金庵,于园林中,金橘满枝,银杏已熟,我们在庵堂品碧螺春茶,山幽殿崇,有金桂玉兰,堂有 18 罗汉,雕塑极为精美,特别是衣服和神态,外衣有丝锦的质感,很飘逸。

山上有新建东山国宾馆,听说江泽民总书记住过之后,推荐各位政治局委员来住过。

晚餐后回到住处,王臣才同志给刘兆林25元钱买的枫桥拓诗轴题字:雅集枫桥留永忆,情别姑苏期华章。大家就在反面题诗。眉头由邵燕祥题诗:粉墙青瓦榜声凉,回溯从之水一方。安得云娇明月怒,诗思奇警写周庄。龚自珍诗云:西北有娇云,又云东海潮,来月怒明。予深爱之。丁丑秋月,来游昆山,以未访先生羽琌别馆为憾,幸一过周庄,略弥补之,即兴一首,书奉兆林兄。两正。邵燕祥。然后请徐城北题跋,尹汉胤书记其事,我们都签了名。

30日,总结会。晚,我请邵燕祥先生题诗,他用宣纸为我写了一首他的旧作:峨眉亦有横眉时,一女独违众女心。诔到芙蓉皆欲裂,怒书原不作哀音。旧作咏晴雯,书奉传锋兄两正,丁丑秋,邵燕祥。王巨才书记给我题字:妙悟自然。精思妙悟。

团长:王巨才。副团长:林斤澜、邵燕祥。团员:刘兆林、徐城北、吴志实、李金龙、景宜、冯京丽、谷叶、尹汉胤、李传锋。

1998年荆江看水记

今年从6月底就开始高温多雨，老天爷好像是发疯了，天上漏水，地球发烧！百年罕见的特大洪水从四面八方涌入长江。洪峰迭加，首尾相接，夕日千帆百舸的万里长江忽然间变成了一条张牙舞爪的孽龙！它伸出死神的巨舌和猛兽的利齿，疯狂撕咬，它想冲出江堤去吞噬江汉平原万顷粮棉，去席卷大武汉的工厂高楼！

进入主汛期以来，人们的灵魂就难得安稳了。电视里看到的抗洪抢险镜头更使人坐不住了，机关里抽调一批批干部赶赴堤上。对于作家来说，不去抗洪第一线看看百年罕见的洪水，不去亲身参加百万军民与洪水搏斗，那将是终生憾事。《今古传奇》杂志社舒少华社长很慷慨地给我们借用一部车，我邀约了十三个人，直奔荆江大堤而去！我们在车上贴了一张醒目标识：湖北省文联赴抗洪第一线采风慰问！

汽车直驶荆州市文联，谢声华主席、钱家璜副主席已经等在住所，他们从荆州市防洪指挥部弄来了车辆通行证。有了特别通行证。我们就能过江、上堤，在危险地段畅通无阻。

与大多数来抗洪第一线的人一样，我们第一站就来到了沙市的观音矶。此矶为南宋淳祐年间始建，初为土矶，形成象鼻，现在已改为石头矶。矶的作用是“顶承江流，挑杀水势”，观音矶至险至要。水已涨到44.67米了，达到了分洪水位。放眼望去，长江西来，浑黄而汹涌的江水已把两岸的防浪林完全淹没了，滚滚洪涛从江底发出咆哮，不断地向荆江大堤发起冲撞，水势凶猛，惊天动地！在随后的一段时间，从沙市到公安，从监利到洪湖，千里荆江，我们就像走在一条要吃人的巨蟒身上，所见所闻，惊心动魄。

当我们的汽车爬上沙市码头时，展现在眼前的江面一望无际。从轮渡下来进入公安县码头，汽车要从几尺深的水中行走一里多路，才能爬上 207 国道通向公安县城的路。行前已听说，荆江分洪区可能要启用，孟溪溃堤了，公安县城里猪牛满街，灾民塞道。而我们现在所看到的公安县城却是秩序井然，起码市容很正常。通过县文联主席李寿和的联系，我们住进了荆州市荆江分洪前线指挥部。这里是荆江分洪新闻中心，住满了全国各地赶来的记者，听说有 200 余人，消息灵通得很。荆州市委宣传部副部长李家栋很热情地接待了我们。他说，所有领导都上堤了。他接待了很多新闻记者，但是第一次在抗洪前线接待作家、画家、摄影家、编辑家。他说："你们虽然没能目睹五天前 33 万人马一夜间撤出分洪区的悲壮场面，但公安分洪区已进入最紧急时期，长江上游大面积降雨，明天早上 5 点，沙市水位可能达到 45 米。"分洪水位是 44.67 米。温家宝副总理已赶赴荆州，途中还给四川、湖南领导打电话，不准向长江排水。扒掉了几个守不住的垸子，加上清江隔河岩水库削减，孟溪溃口，这相当于局部分了洪。为了迎接 45 米洪水，随着指挥部一声令下，人们还没松弛的神经又都紧急运转起来。上午 10 时，公安全县已实施交通管制，一切人等只能进安全区不能出安全区。下午 4 时，要对分洪区实行拉网式清查，要将倒流回去的人员全部清出来。说不定今晚就会分洪！

我们顾不得休息，大家要去实地感受一下分洪区人民二次转移的情景。我们的车先在公安县城四周的保护堤上走了一圈。我们发现有一道大堤把县城围成了一个垸子，即所谓安全区，一旦分洪，县城即成孤岛。公安县经济效益最好的一家塑料管厂已经进水，笨重的机器已拆零转移到了堤上。分洪区各路口已被封锁，交警见我们车前贴有"荆江分洪指挥部专用车"通行证，才放我们进去。

一路上，大家都怀着沉重的心情注视着车窗外。"三袁故里"公安县在 1954 年分洪后，经过 40 多年的耕作建设，已成一片锦绣田园。绿树掩映的村舍、新修的小楼展示着农民的小康前景。今年的庄稼长得特别好，棉田翠绿千顷，稻田里稻穗已低下沉甸甸的头，梨树硕果累累，美不胜收的丰饶景象似乎是在尽力展示自己的存在，让人们难舍难离。成群结队的人已在向安全区转移，有的人拖着板车，有的人开着拖拉机，少数人骑了摩托，更多的人则肩挑背扛，拖的都不外乎粮食衣物，或是鸡鸭肥猪，据说耕牛已在第一次大转移时全部赶出去了。眼前是回流回来的人，他们第一次走得太匆忙，这一次是回来取点吃食，看看田里的虫情，顺便还要抢摘几个梨。看得出，农民们行色匆匆，心情沉重。

我们是与他们逆向行驶，车从坑坑洼洼的村路上艰难行进，愈往腹地走，人愈稀少了，最后是人去楼空。成千上万户人家，不管家贫家富，都按要求敞开门窗，为的是防止洪水来时冲垮房屋。这也给小偷提供了方便，据说大转移的前几天，小偷开了汽车去分洪区偷东西，入无人之境，盗走粮食、肥猪、电器、家具，闹得转移出去的人情绪不稳，后来公安县紧急从宜昌、武汉借调警力来保护分洪区人民的财产安全。我们走了几十公里，一直深入到了一个叫麻毫口的乡镇。这地方 40 年前修分洪区时是搬迁了的一个小村子，后来人们又慢慢搬回来，现在已小有规模，成了乡镇。十字长街、商店排列，还有洗发屋、卡拉 OK 厅。我们站在十字街头，有几个守村的民兵还没走，派出所还在值班，其他一切房屋都已人去楼空。昨日还热闹非凡，现在一片死寂，有点像恶战之后的战场，令人胆寒。荆江分洪区自 1954 年使用过，以后年年喊狼来了，狼却一直没有来。今年是第一次按分洪预案实施，人们还是相信政府，这一次狼真要来了。

今天的分洪与 1954 年的分洪不能同日而语了。当年受灾人口 20 万人，农民很穷，损失只 3 亿元。这一次受灾人口 30 多万人，损失 100 亿元，分洪区人民几十年积攒的家业将毁于一旦！尽管如此，党中央一声令下，分洪区人民说走就走，33 万人在不到 20 个小时之内基本上都转移出来了！这是一次悲壮而果决的大转移，为了江汉平原，为了大武汉，他们舍弃了自己的家园。

湖北省委书记贾志杰说，荆江分洪区的人民是最听话的人民，是最好的人民。信哉斯言！

为了做好分洪工作，8 月初就成立了省地市前线指挥部，下设转移组、前线抢救、后勤保障、围堤保护、治安等机构。8 月 6 日晚正式下达转移命令，全县 1630 个带队干部分片下村组织转移。按照预设方案，通知书要及时送达每一个家庭，上面写明何时必须到什么地方集合，由谁带队向哪个方向跑，包括在哪里乘船，去什么地方，是住什么房子或是搭棚子等等。33 万人一接到省防指的分洪指挥命令，就毅然舍弃小家，在 46 小时之内转移到达安全地带，其中 9 万多人和 1.1 万多头耕牛，分别安置在邻近的 5 个县市区的 1192 个村。为了确保转移群众的“吃、喝、住、医”，省防指荆江分洪前线指挥部在组织干部群众严防死守大堤的同时，抓紧转移群众的安置工作，组织调运搭帐篷所需的 20 多万根楠竹和配套材料；运送大量大米、食油和药品；派出多支医疗队并组织荆州市对口接待地区的各级领导和 10 多万名干部群众，为分洪区群众提供了周到的服务。

据说，命令刚下时，总部也出现过慌乱，有的人还哭了，有的人不知所措。因为他们只记住了坚决不分洪，只记住了严防死守，弯儿转急了点。但这种临阵慌乱立刻就过去了，就像上战场，枪一响，总有一阵慌乱。特别是新兵，不慌乱是不真实的，经过几次慌乱就成长为老兵了。公安县的干部经受了一次最真实而严峻的考验，他们整个干部队伍形成了一部能够协调运转的机器。沙市区委副书记袁焱舫同志坐镇荆江分洪区指挥部，这是征用的公安县一个招待所。我们是熟人，因此急忙去拜访他，但见指挥部里人来人往，电话不断，完全跟打一场大战役的情景差不多。

李寿和说，8 月 7 日夜里 2 点，天还没亮，县城杨公堤路口已人流如潮，路口太窄，人流堵塞几公里，一通夜没平息。7 号天亮以后，满城乱了套，猪羊鸡鸭满街，到处是人，一天之后才疏散开。老百姓在这时候十分守秩序，互有碰撞都没人扯皮。二圣寺渡口渡人，另一渡口渡耕牛，自行车扔得满堤都是。到 8 号一切就恢复了正常，这真是一次了不起的大转移！是一次奇迹！

相比之下，孟溪溃口就有些措手不及。我们来公安其中一个愿望就是想看看孟溪，吃中饭时，有一位北京某大报记者好心地告诉我们，听说孟溪灾区发现了 2 号病，建议我们最好不要去。但李家栋副部长热情有加，他陪我们吃饭，陪我们去孟溪。车过虎头河黑狗垱大桥，就看到了虎右支堤溃口处，孟溪大垸在虎头河西岸，总面积 400 平方公里，相当于荆江分洪区的三分之一。8 月 7 号一处管涌引发溃口，6 辆卡车推下去都挡不住。拉开了大约 300 米宽的溃口，在我们眼前，虎头河浑黄的水还在一个劲儿地往大垸里涌。远望孟溪，一片汪洋，偶有几间民房的屋脊露出水面。我想，那上面一定爬满了逃生的蛇鼠。只有垸堤上栽的树还露出树梢，标示出一些村庄的轮廓。那些绿油油的棉田，那些正飘香的稻田，那些组成田园风光的一切，这时候都沉入了水底。这是一起由防守不力造成的失事，听说正在追查责任。有 3 个乡镇、4 个场、63 个村被淹，13.5 万人受灾，经济损失惨重。

听说 1954 年分洪后的地方，洪水三个月才退尽，水淹过的村庄一无所有，要几年才能恢复。但是，灾区的人民是不可战胜的，灾区的党组织是不可战胜的。我手边有《光明日报》一位记者写的专稿，他写到：抗洪一线大军中，最累的是县委书记、县长们，而最苦的是乡镇干部和村支书们。就在洪水撞开孟溪垸堤那一刻，基层党员干部全部站在了最前列。“镇长是条铁汉！”这是孟家溪父老乡亲对镇长魏运龙的评价。合成垸出现管涌险情，他率 1000 多名青壮劳力猛扑上去，死战一昼夜；在陶家汊险段，伤痕累累的他最后一个撤离……

金岗村，是孟家大垸一个小村。洪水席卷时，第一个得到消息的村支书邹先培立即召集村支委，极其紧张地召开了仅一分钟堪称中共党史上时间最短的一个支部委员会议。决定立即号召全村20多名党员挺身而出，组成党员敢死队，挨家挨户通知400多户2000多人迅速转移。为了鼓舞斗志并防止群众走失，邹先培跌跌撞撞地奔跑过去，把一面鲜艳的党旗插在金岗村地势最高处！党旗猎猎，人心所向，2000多群众沿着党旗所指示的方向撤离转移。当舟桥部队官兵转移完群众后发现：一面鲜红的党旗下，紧紧围绕着20多名共产党员——他们来不及撤走。

还有许多催人泪下、让人感慨万端的真人真事。过去曾有一段时间干群关系很紧张，一些干部自身要求不严，作风不实，还有腐败现象发生。群众这次看清楚了，最关键时刻是干部走在最前面，是党员扑向最危险的地方，没有一个骂干部骂党员的。有这样的干部，有这样的党员，分洪又怕什么？

公安未能分洪。不到万不得已谁也下不了这个决心。当我们离开公安时，最大的遗憾是没能弄到冲锋舟深入到孟溪深处去探望一下灾民，只看到在黑狗垱桥头正分发天蓝色的民政救灾专用帐篷。但愿这些帐篷早日送到每一个需要它的家庭。

13日，当我们从公安返回沙市时，第五次洪峰刚过，江水上涨了，我们的依维柯汽车蹚水上不了渡船。我们几个人为了减轻汽车载重，脱鞋涉水往轮渡船上走。夏天的太阳把铁板晒得滚烫，赤脚上去烫得钻心痛，我们像热锅上的蚂蚁，乱跳乱蹦。至今想来脚板还火烧火燎地痛。

在一个烈日当头的正午，我们沿荆江大堤来到了江陵的铁牛矶。镇水的铁牛已被洪水嘲弄般地淹没了肚子，滔滔洪水在它屁股边、前胛边形成几个旋涡，似乎在戏弄这孤立无援的神牛。这尊铁牛兀自望着汹涌恣肆的洪水，望洋而兴叹！我拍下了这个镜头，取名“望牛兴叹，记1998年大洪水”。

守卫在这里的是解放军广州军区的战士，他们身穿迷彩服，威武地站在走向铁牛矶的几级石阶旁。有三面红旗迎风飘舞，一面是塔山守备英雄团，一面是共产党员突击队，一面是共青团员突击队。他们是接了命令从广西桂林赶来的。岸边草地上晒着一排橘红色的救生衣，原来他们每隔两小时便要潜入水中去探摸一回，看有没有管涌或险情。几名战士都很年轻，十八九岁，稚气未脱，晒得黑不溜秋。我想，也许这其中某一个就是未来的将军。我们车上一无所有，只有几箱矿泉水，我们就送给了这几个战士。

从天空鸟瞰荆江河段，石首、监利、洪湖都已成大海中漂浮的水城。相比较而言，公安县面对的是分不分洪的矛盾，而沙市则有荆江大堤为保障，大堤质量较高。真正险象环生的是石首、监利、洪湖，用当地干部的话说，这里每一次险情都牵动了水果湖和中南海。

公路上，全国各地的救灾车队运送来各种物资，军车队列风驰电掣般朝险处赶，沿途各路卡、收费站见是运救灾物资和抗洪的车辆，一路绿灯。路两边已很少见闲人，能上堤的都上堤了，其他工作都给抗洪让路，路两边的庄稼出奇的好哇！江南鱼米之乡果然名不虚传，面对洪水的威胁愈加感到家园的可爱，就像面对死亡的威胁才真正体会到生命的可贵一样。

监利县委宣传部袁呈彦副部长告诉我们：监利设防水位是 33.5 米，警戒水位是 35 米，保证水位是 1954 年的水位 37 米。6 月 27 日一天涨 1 米多，达到 33.5 米，7 月 2 日就突破保证水位，五次洪峰有三次刷新纪录，8 月 9 日达到了 38.16 米。这一带地基是沙砾结构，缺黏土，堤基不好，和荆江大题沙市段比，监利以下直到洪湖，大堤显得瘦弱多病，沙堤给白蚁、田鼠提供了方便，这些天杀的打洞高手不知给江堤钻了多少窟窿。古人说，千里之堤，溃于蚁穴。我们算是亲眼目睹了这一富于哲理的事实。要命的是千里之堤不只一穴，现在是千穴万穴，到处是漫浸，到处有管涌。高水位已达 50 多天，是砖头也泡软了！外江内压落差大，现在不是以江堤的工程质量在抵御洪水，完全靠人在抗御这旷世的洪水灾害。江面已高出内河 8 米以上，人在堤下走，船在头上行，千里荆江已成江汉平原上一条悬河！

袁部长说，我们监利没有倒一个民垸，但我们扒口行洪 7 个民垸，灾民 10 多万人。扒口时，有的老百姓呼天抢地，他们说，县里不守我们自己守，我们守了 40 多天都守住了，丰收在望了，为什么这时候要扒口？一个个体户在汉正街做生意，一天能赚上千元，他说，我没有一分地在这里，我倒贴钱来守堤，守 40 多天了，水再涨，我们也守得住，为什么要扒堤？有一个灾民在堤上塔了一个棚子，他摘了一筐生棉桃，晒在烈日下，那棉桃中有的在灌浆了。每户 30 亩棉田，长势很好哇！说到这里，部长也哭了。中国的大多数基层干部都是农民出身，农民的疾苦和得失十指连心，谁能不哭？最后，他们还是舍小家顾大家，还是扒了口行洪，勇敢地承受着惨重的经济损失和失去家园的惨痛。监利县截至 8 月中旬，已淹没 331 平方公里，其中农田 311 万亩，鱼池 4418 亩，房屋 17000 多栋，涉及 11 个乡 107 个村，经济损失 18 亿元。县委书记杨道洲一直坚守在堤上，女儿考博士要去美国，他不能回家，女儿去指挥部看了一眼爸爸哭着走了。指挥部的干部说:半夜就怕手机响(下面报险),担心上面传真来(要扒口泄洪)。

当我们刚吃完晚饭,有消息说尺八段出了险情,部队上去了。我们的几位摄影师和《长江文艺》的刘主编来找我要车,要求上堤。我当然支持他们,一面叮嘱他们注意安全,一面为这样见险就上的文艺家朋友而高兴。他们在泥水中追寻,在抢险处拍照,一直到下半夜2点才回到驻地。

我们去洪湖时改变了走法。我们有通行证,我们把车开上了大堤,从螺山走干堤一直可达县城。螺山是一个重要的水文站,我们爬上螺山一个山头,举目只见洪水茫茫,斜对面应该就是城陵矶,洞庭湖抗洪也正紧张艰险。我们很想去水文站采风慰问,但水文站半截已在水中,我们找了几处不得其路而入,只得作罢。

车在堤上走,令人胆战心惊,水早已平堤,全无退去的意思。周家嘴是有名的险处,1996年7月22日曾出现重大险情,现在立有石碑以警示。那一次险情锻炼了队伍,当年冬天,洪湖上了10万劳动力,挑土100万立方米,整险加固,所以今年这一段堤能处变不惊。再往前走,沿堤都是风雨飘摇的简易棚子,放着夜里巡堤的灯具,供守堤的人休息。轮换下来的人倒头就睡,他们已极其疲惫。堤上差不多几十米远就有一个岗哨,几百米远就出现抢过险的现场。白天黑夜,每隔两小时,人们必须站成一排在堤下500米之内密集地排查,外堤被挖成了网状的导流沟,这样便于准确及时地发现渗漏,大量的管涌隐藏在鱼塘里、水沟里、水井里、水坑里。只要其中一个管涌发现不及时或处置不当,都会导致塌堤溃口,引来灾难性后果。7月11日,洪湖燕窝尺八潭附近发现了一个特大管涌,据说首先发现险情的是洪光村胡氏两兄弟,他们每天去屋后堰塘里施鳝鱼篓子。那天发现水涨了,他们就报告村里,在极短的时间内,各级领导带领水利专家和抢险人员赶到。下水一查摸,发现了天字第一号大管涌,直径1.8米,深2.5米,喷出的沙盘已达80平方米,每一个人都出了一身冷汗。千钧系于一发,千余民工扑上去了,空降兵千余人飞驰增援,两千军民奋战10小时才控制住险情。光是堵这么一个洞眼,就填进去了400多立方米的砂石料。我们到达现场时,这里仍然有上千军民枕戈待旦。要知道,仅洪湖百里之堤在40多天里已给江堤打上了共2200多个补巴!

乌林燕窝一线是险中之险,这一段江堤基础很差,白天还能眼观四路,入夜了,什么也难看清。外江洪水虎视眈眈地咆哮着,冲撞着,拼力寻找一切可以乘隙的突破口。值夜的人马则鼓角相闻,电灯一线,还有马灯、手电、火把、往来督查的小汽车，险中取闹，人困了，马乏了，上游却还在降雨，灾难随时可能发生。

抗洪到了最严峻最关键的时刻，中央发出了“三个确保”的命令。“严防死守”“人在堤在”的标语牌随处可见，生死牌、军令状插遍全堤！我在乌林镇中沙角险点抄下了一个生死牌，上面写着：

柱号：老潭子 491+350—491+660

险点 491+630

国干胡学律等，村干胡学坤等，守险员胡兴槐，水手胡学明等。

就在旁边，还插着一块军令状：

严密观察　科学处理

死保死守　万无一失

领状人：胡学律，镇党委委员、武装部长；周少贤，市化肥厂副厂长；艾祖顺，镇统计站站长；曾立清，镇水管站副站长。

这可不是随意写上去的几个字，这是生命的赌注，这是血肉的誓言！即使懦夫软蛋，此情此景你能不打几个激灵?!

在洪水中，有人把生的希望让给别人，把死的危险留给自己，高建成式的烈士不断出现，王占成式的英雄到处在传颂。家在堤下，几十天不进家门，亲人离散，也不曾离大堤半步，在被洪水拍打着的十分狭窄的、随时都会有被冲垮的危险的堤上，人们不肯向洪水后退半步。迎面走来的人，眼已红肿，肩胛破皮，黑瘦嘶哑，走路趔趄。你不要以为这是一群病夫，不，这是带伤的勇士，这是50天不下火线的抗洪英雄！即使是铁打的汉子，乾坤颠倒熬更守夜硝烟四起草木皆兵地干50天，精疲力竭哪里还顾得上什么形象仪容。但只要一声令下，他们又会奋不顾身向最险处扑去！

洪湖县委宣传部张部长告诉我们，党中央、国务院和省委今年对洪湖的抗洪非常重视，温家宝副总理来了多次，朱镕基总理来了，江泽民总书记来了！他们都到了洪湖乌林镇的中沙角，就是我抄写军令状和生死牌的那个地方。江泽民总书记是13号下午来这里视察的，我们是14号上午来到这里，沿途军民都还处于兴奋之中。中沙角守堤的人员详细地告诉我们当时的情景，包括江总书记站在哪里，看了什么，问了什么，谁在水下探摸，他们都很清楚。8月13日上午10时，江泽民总书记一下飞机，就和中共中央政治局委员、国务院副总理、国家防汛抗旱总指挥温家宝，中共中央政治局委员、中央军委副主席张万年，中共中央政治局候补委员、中央办公厅主任曾庆红等一起，顶着烈日、冒着近40摄氏度的高温直奔荆江大堤。在前往大堤的途中,江泽民总书记听取了湖北省委书记贾志杰、省长蒋祝平和广州军区司令员陶伯钧关于汛情和抗洪救灾工作的汇报。江泽民总书记一行驱车300多公里,下午5时许来到洪湖市长江干堤中沙角村老潭子3号险段。洪湖地处长江中游北岸,江汉平原东南端,境内135公里长的干堤,是荆州干堤中最薄弱的环节。一旦这里发生溃堤,将直接威胁8000平方公里的江汉平原和包括武汉三镇在内的800万人生命财产,以及京广铁路的安全。为了确保洪湖大堤的安全,40多天来,数万军民在大堤上日夜巡堤查险,抢险排险,化解了大小险情近500处。

"江总书记来看望我们啦!"当江泽民总书记走上洪湖大堤时,正在抗洪抢险的军民们激动地欢呼起来。展现在江泽民总书记眼前的是一幅千军万马与洪水搏斗的震撼人心的宏大场面:一幅幅写着誓与大堤共存亡的巨型标语布满大堤上下,一袋袋砂石筑起的坚固堤防挡住奔腾的洪水,一面面不同历史时期英雄部队的军旗迎风招展,一队队身着迷彩服和橘红色救生衣的官兵整齐列队。

江泽民总书记站在中沙角长江大堤上,背靠洪波连天的长江,高声说:"现在,长江抗洪抢险斗争已经到了决战的关键时刻,你们要继续发扬不怕疲劳、不怕艰险、连续作战的精神,团结奋战,坚持到底,夺取抗洪抢险斗争的最后胜利!"

江泽民总书记问道:"你们有信心没有?"

"有——"新华社记者是这样描绘这一声回答的:"备受鼓舞和激励的官兵们群情激奋,斗志昂扬,斩钉截铁的答声回荡在辽阔的江面上,盖过了滚滚涛声。"

在抗洪最危险的关头,中央军委一声令下,100多个将军饮马长江,2000多个师团职干部上了江堤。奉命前来支援我省的中国人民解放军、武警官兵给岌岌可危的长江抗洪前线以决定性的增援。这是继渡江战役以来,我军在长江沿岸湖北段投入兵力最多的一次重大行动。

"解放军来了!"这是灾区群众获救的信号。"部队上来了!"这是险区抢险获胜的信号。

自7月初,第一批接到中央军委命令奔赴我省的部队登上大堤以来,全省1300多公里江堤的险工险段上布满了英雄子弟兵的足迹。红一团、塔山守备英雄团、红二师、叶挺独立团、秋收起义红军团、飞夺泸定桥英雄连、突破乌江模范连、狼牙山五壮士所在英雄善战连、黄继光连、上甘岭特功八连、夜老虎连、水上劲旅……据说参加湖北抗洪抢险的英雄连队有50多支,来自广州军区、济南军区和北京军区的近10万解放军战士,几乎囊括了我军各军兵种。一面面战旗似根根滔天洪水中的中流砥柱!百万军民以血肉之躯筑起了拦水的钢铁长城!

我们到达燕窝险段时,光明日报社的两名年轻记者正在这里采访,一批战士正在给一段险堤加帮,他们用手把那些浮渣搬走,然后运土筑子堤。这都是些十七八岁的小伙子,据说其中不少是独生子女。一会儿,一群大妈、嫂子、小媳妇抬来了绿豆汤,一碗一碗送给战士喝,还送给记者喝。有一群小孩子大约是小学生,站在堤上,望着滔滔洪水中被淹的垸子,大概是在寻找他们的学校。有一个妇女站在一个最简陋的棚子边,那里堆放着一些破旧的家具,其中有一个白瓷的糖罐,上面写着"社会主义好"几个字,那大约是她结婚时的陪嫁。有两个南瓜,一只脸盆,一个筲箕,一个筛篮,两只木箱,一只竹床,一个木桶,一架木梯,几包衣被,几只碗,还有一些木板、木椅。她站在旁边,任我们拍照,没有欢乐也没有痛苦,却有坚毅。她已疲惫至极,男人肯定长时间没有回来帮助她了。

江边,停泊着一只装满砂石料的大铁船,我们看见这样的船在长江沿岸每隔一段就有一艘几艘。那是准备溃口时沉船堵口用的,仿佛是祭献给河伯的牺牲,肃穆无言地摆在那里,预示着不祥的情景。

这里每一个夜晚都是焦灼的,每一个白天都是漫长的。不断有人累倒,不断有人伤病,但是面对洪虐,他们每一个都是英雄,都有一段催人泪下的故事……军民联手,党旗增辉,军旗增色,洪峰被一次又一次击退了。张鹏生副部长不无骄傲地对我说,我们这里是整个长江大堤最险的一段,嘉鱼、九江都垮了,而我们把它守住了!

百姓一脉,四海一家。荆江抗洪是全国抗洪的最前线,它引起了各兄弟省市的关注与支持。通过电视的画面和报纸、广播,已将百万军民舍生忘死抗御洪水的情景逼真地展现在世人面前,血与泪升华的感情已将全国人民拧成了一股绳。差不多每一个家庭都向灾区同胞伸出了援助之手,每一个人都参与了爱心捐助,有许多场面是感人至深的。

我们沿荆江看水,还听到了许多令人难忘的故事。荆门沙洋镇保堤组杨兆会等8个农民自带工具乘长途车走几百公里自发到监利抗洪。福建省建宁县10个农民在乡人民代表高荣祯带领下,千里迢迢来到江陵县郝穴镇参加抗洪抢险。还有一个祖孙三代情系大江的故事,1952 年,河南省夏邑县的战士刘志先在参加荆江分洪工程建设中光荣牺牲了。今年,长江防洪决战时刻,烈士之子刘庆生租了车,装了 5 吨面粉日夜兼程,带了大学生儿子刘伟赶来监利慰问子弟兵。还有一家三兄弟在北京打工,收入不低,眼见家乡抗洪的险情,都辞了工赶回来抗洪。洪湖市说声缺砂石料,宜昌 85 辆卡车当天就送来了 3400 吨。有一个解放军战士牺牲在堤上,他父亲从海南岛赶来穿上儿子的军服,又上了大堤……

我们接触到无数灾民,没有一个人面对灾害而怨政府,没有碰到一个绝望的哭诉,没有听到外出逃荒的谋划。他们是在痛未定时就思痛,他们在思考着如何生产自救、灾后重建,他们在思考着长江防洪的教训与经验。

据历史记载, 中国平均每 10 年就要发一次大水。自 20 世纪 80 年代以来,水患发生的频率急剧提高,几乎到了年年都发生水灾的地步,长江、珠江、淮河、黄河、辽河、松花江、嫩江等各大江河轮流泛滥,严重危害国家经济及人民生命财产安全。这有其天然的原因,实非人力所能完全克服,但也与人为因素有重大关系。一是生态破坏,森林减少,水土流失;二是人水争地,所谓“围湖造田”。今年的罕见洪灾恐怕是大自然对我们的一次报复,使我们付出了更多的代价,但我们胜利了。1954 年,荆江沙市水位 44.67 米,我们湖北长江干支堤八处发生溃口,荆江分洪区三次分洪。44 年后的今天,沙市水位创纪录地达到了 45.22 米,湖北长江干支堤无一处溃口,荆江分洪区也备而未用。20 万防洪大军严防死守,50 多个日夜奋战,艰苦异常,全省累计处理险情 4000 多处,而军民死亡只有几百人。要知道,我们抗御的是一场历史罕见的特大洪水:水位之高是历史之最,水量之大是历史之最,高水位持续时间 50 多天,这也是历史之最,抢险排险之多和物资消耗之大也是历史之最,投入的兵力、劳力也是历史之最。

有一支歌唱得好:“千万只手挽起来,我们是坚固的防洪堤,千万颗心连起来,我们是挺拔的防浪林!”湖北人民在全国人民的支持下,连续击退了八次洪峰,荆江大堤保住了!江汉平原保住了!大武汉也保住了!这是人类与洪水搏斗的人间奇迹,这是一曲气壮山河的中华壮歌!

我们去荆江看水,不只看到了洪水肆虐的景象,更看到了中华民族团结奋进的一种精神。

文学讲习所采风笔记

关于文学讲习所

1949年,中华人民共和国刚刚成立,丁玲等一批从延安来的革命作家,即向中央政府呈报了《创办文学院建议书》。明确指出:“按文学艺术各部门来说,文学是一种基础艺术,但我们有戏剧、音乐、美术各学院,恰恰缺少文学院,所以有创办文学院之必要。”经过半年多的筹备,1950年10月,中央文学研究所在鼓楼东大街103号一座四合院里宣布成立。出席成立大会的有郭沫若、茅盾、周扬、沙可夫、李伯钊、李广田等一批中国现代文学巨星。郭沫若称这是一个伟大事件,“在中国历史是第一次”。20世纪50年代,在中央文学研究所的吸引下,郭沫若、胡乔木、周扬、茅盾、郑振铎、叶圣陶、老舍、曹禺、吴组缃、艾青、何其芳、张天翼、田间等一批卓越诗人、作家、理论家、教育家、戏剧家走上研究所的文学讲台。一批优秀作家和作品,迅速脱颖而出。马烽、西戎、胡正、陈登科、唐达成、邓友梅、玛拉沁夫、张志民、苗得雨,以及《小兵张嘎》的作者徐光耀,《红色娘子军》的作者梁信等,使中国文坛变得多彩而活跃。作家梁斌,在这里边创作边工作,写完了《红旗谱》。

1950年,中央政府文化部即批文同意建立中央文学研究所。丁玲同志任所长,张天翼同志任副所长。1954年,中央文学研究所改名中央文学讲习所,归属中国作家协会。1958年,因“丁、陈问题”,讲习所被停办。党的十一届三中全会之后,文学复苏,文讲所又开始恢复。但因没有固定校舍,到处租房办学。1984年,文学讲习所更名鲁迅文学院,在朝阳区八里庄南里27号建立校舍。

我是1981年进入文学讲习所的，是第六期，这一期是少数民族文学创作班，来自全国的30多名少数民族学员，当时租住在日坛附近朝阳区委党校。在一年的学习期间，学校组织我们外出采风学习。

初识密云水库

在北京市的北边，一字排开了四座水库：从东到西，依次为密云水库、怀柔水库、十三陵水库、官厅水库。既能防大的洪灾，又保了京津水源，还可用于灌溉。密云水库之所以特别有名，是因为中央重视，宣传工作做得好。

1981年6月12日，我们中国作家协会文学讲习所第六期创作班的30多位同学来到了密云水库。我是南方人，见的湖水多了，眼前的景象没能引起我多少激动。

密云水库1958年9月1日开始动工修建，于1960年9月1日基本建成，土石方工程总量3800万立方米。1959年9月10日，毛泽东主席视察。1958年至1960年，周总理先后六次来工地视察。

水库建了7个坝(2主5副)，实际坝高最高66米。水面188平方公里，年发电1.15亿度，库容43.75亿立方米，灌溉400万亩，防洪600万亩，北京、天津用水达50%。而原设计只考虑到灌溉和防洪，所以实际灌溉效益没有达到。60多年水文记载，去年是最少的，水主要用在城市，今年可能要将80%—90%的水用在城市。有两个电站，设计发电1.15亿度，实际发电超过这个数字。

水库设计由清华大学水利系师生负责，采用“三边”方式，20多年效果还不错。河北、天津、北京计180个公社，近21万人施工，平均每天10万人施工，从库区共迁出51个村近5万人，都就近安置。

施工时，工人都是从陆地上来，技术员才享有竹板棚。大家都自已搭棚子，办法也简单，往地下挖一米多深一个坑，上面搭点席子，几十万人就是这样过来的，两根杆子一领席，安营扎寨，撸起袖子就干。

环湖公路有110公里长。我们下车走了一段，边走边看，又听介绍，觉得这工程还是很令人震撼的。

我们从密云水库到古北口(长城)，再到滦平县。晚七时到达承德，住避暑山庄招待所。

避暑山庄与外八庙

一座古朴典雅的园林，一片香火缭绕的寺庙，构成了一处壮观完整的古代皇家建筑群体。它具有显示皇权及提供娱乐的双重目的，将我国古典园林和寺庙的建筑艺术推向了高峰，也是民族团结统一的历史见证。

承德避暑山庄又名“承德离宫”或“热河行宫”，位于河北省承德市中心北部，武烈河西岸一带狭长的谷地上，是清代皇帝夏天避暑和处理政务的场所。

避暑山庄始建于1703年，历经清康熙、雍正、乾隆三朝，耗时89年建成。避暑山庄以朴素淡雅的山村野趣为格调，取自然山水本色，吸收江南塞北之风光，成为中国现存占地面积最大的古代帝王宫苑。

避暑山庄及周围寺庙是一个紧密关联的有机整体，同时又具有不同风格的强烈对比，避暑山庄外观朴素淡雅，其周围寺庙却金碧辉煌。这是清王朝处理民族关系的重要举措之一。由于存在众多群体的历史文化遗产，使避暑山庄及周围寺庙成为国家级重点文物保护单位、全国十大名胜、全国首批二十四座历史文化名城和四十四处风景名胜保护区之一。避暑山庄分宫殿区、湖泊区、平原区、山峦区四大部分。宫殿区位于湖泊南岸，地形平坦，是皇帝处理朝政、举行庆典和生活起居的地方，占地10万平方米，由正宫、松鹤斋、万壑松风和东宫四组建筑组成。湖泊区在宫殿区的北面，湖泊面积包括洲岛约占43公顷，有8个小岛屿，将湖面分割成大小不同的区域，层次分明，洲岛错落，碧波荡漾，富有江南鱼米之乡的特色。东北角有清泉，即著名的热河泉。平原区在湖区北面的山脚下，地势开阔，有万树园和试马埭，是一片碧草茵茵，林木茂盛，茫茫草原风光。山峦区在山庄的西北部，面积约占全园的五分之四，这里山峦起伏，沟壑纵横，众多楼堂殿阁、寺庙点缀其间。整个山庄东南多水，西北多山，是中国自然地貌的缩影。平原区西部绿草如茵，一派蒙古草原风光；东部古木参天，具有大兴安岭莽莽森林景象。

在避暑山庄东面和北面的山麓，分布着宏伟壮观的寺庙群，这就是有名的“外八庙”，其名称分别为：溥仁寺、溥善寺（已毁）、普乐寺、安远庙、普宁寺、须弥福寺之庙、普陀宗乘之庙、殊像寺。外八庙金碧辉煌、雄伟壮观，环列山麓，共占地47.2万平方米。每处寺庙都像一座座丰碑，记载着清朝统一和团结的历史。清王朝是从小兄弟入主中原的，他现在做了大哥，深知民族平等民族团结之重要，便有了这八大庙之建设。这些寺庙的建筑风格以汉式宫殿建筑为基调，吸收了蒙、藏、维等民族建筑艺术特征，创造了中国的多样统一的寺庙建筑风格。承德避暑山庄是全国重点文物保护单位，中国四大名园之一(避暑山庄、颐和园、拙政园、留园并称为中国四大名园)。1994 年列入《世界遗产名录》。

西进长安

我们这一期的同学大多来自于边疆民族地区,文学讲习所就安排我们去全国各地走走,一是开阔眼界,二是采风。我们采取自愿报名,分作东西两部分,我们这一部分的目标是四川省。

我们 7 月 15 日从北京动身,坐火车,过郑州。在车上听说成都线已不通,说大渡河铁桥出了事,火车掉进江里去了,又四川大雨,金沙江亦火车出事。车经洛阳,过了三门峡,再走近一小时,2 点半过潼关,过关不见关,这是河南入陕的重关。3 点钟,我们从华山脚下过,这里属华阴县,“自古华山一条路”,真正的西岳名山,车站立有一个华山模型。路左可见高山陡峭,山石呈白色,有瀑布。雨雾遮罩,有神秘感。惜未能下车登山。

这里应该是华北平原和渭南平原的交接处,土地平视过去,很是平坦,但眼前会不时出现陡起陡落的一道道沟壑,这是历史上的大洪水千百万年冲刷出来的遗迹。华山山脚村庄绿化较好,树木多,柿子树很常见。这里已经靠近西安。

7 月 16 日,我们从西安坐旅游车,上午 8 时出发,约一小时至半坡遗址。有关半坡遗址知识,我们在中学历史书中学过,半坡遗址是 6000 年前新石器时代村落的典型代表。它发现于 1953 年春,1958 年,政府拨款在半坡遗址兴建了博物馆。展现在我们眼前的是中国人最早的生活场景,有房屋遗址,家畜圈栏,有烧陶窑址,贮藏窖穴,有排水沟,有氏族公共墓葬地,有生产工具,有生活用具。那时候的人,已经能烧制出很好的陶器,会磨制工具,会造房子,制造出的工具与用品越来越好。人类就是这样一步步地前进的,但每前进一步都要付出很大的牺牲。看到眼前情景,我联想起了家乡解放前的贫困生活,那时候,山区贫穷落后,住茅草棚,缺衣穿,少饭吃,生产工具也很简陋,有的地方与这半坡相近。

离此,到第一号秦兵马俑展厅,气势甚为辉煌,眼前数十亩地,是千万军阵,黑压压一片,真人大小,车马铁立,青灰色为主,偶有彩绘,全都鸦雀无声,给人一种无形震慑,让人想象着“秦王扫六合”的雄威。看纪录电影半小时,楚霸王当年放了一把火,烧光了地上的木构建筑,也使兵马泥俑损失较大。

回头去看秦始皇陵墓。如果不是事先有指示牌，如果把地面的一切都拿开，谁都会认为眼前就是一座小山，没有什么特别之处。当年是一个农民在挖地中不经意拿到了打开宝库的钥匙。始皇陵是小山似的封土堆，现在山上是石榴园，万千株石榴正硕果累累，有一个老人在看园。路口有无数老人卖草编提篮，外国人买时5美元一个，那些外国人似乎也不还价，信手买来。服务社里卖字画、秦俑、唐三彩，买的人不多。

秦始皇建立的王朝时间不长，原因在他的儿子无能，有始无终。但这个始皇帝在中国历史上却是最有建树的人之一。他统一中国，建立了一个多民族的中央集权制国家，他废除分封，改为郡县，车同轨，书同文，统一了法律、货币、度量衡，筑万里长城，还有这兵马俑等，件件都是世界第一，流芳千古的事，当然也有“焚书坑儒”“大兴土木”这类被人诟骂的事儿。我想，秦始皇这么有能力，这么敢于改革创新，他如果能废掉封建世袭制，改而选贤任能，强大的秦国就不会灭亡了，那中国历史和世界历史恐怕就要改写。

我们爬上皇陵山顶，南可见骊山，北可见渭水，留影一张，曰：我们站在秦始皇的头顶上了。这多少有点阿Q。

再行车约半小时，到达骊山华清池，此处位于临潼县城南门外骊山脚下，距西安30公里。我们先在餐厅用餐，然后游览。一进门见飞霞阁，是后建的。过九龙汤，这九龙汤是“御汤”，是唐玄宗洗浴的地方，据说还是安禄山帮他修的。经石龙舫进入原华清池建筑群。

华清池作为历代帝王的行宫别墅和游览地，已有3000多年历史。周幽王在此设离宫，秦始皇筑“骊山汤”，汉武帝扩建为离宫，唐太宗营建宫室楼阁，唐玄宗大兴土木，易名“华清宫”。唐朝几个皇帝在这里演出过一些风流韵事。由于白居易《长恨歌》的渲染，由于杜牧《过华清宫》中的名句：“一骑红尘妃子笑，无人知是荔枝来”，那“回眸一笑百媚生”的杨玉环直把后世多少情种男儿弄得寝食不安。直到杨氏家人身居高位，贪赃枉法，激起民怨，接着安禄山造反，华清池的笙歌艳曲才终止下来，华清宫毁于兵火。现在的华清池建筑，多系清代和中华人民共和国成立后重建。

“温泉水滑洗凝脂”的贵妃池，原是一温泉浴池，可惜被今人用水磨石给现代化了，小房子里有贵妃出浴图，画得娇弱不堪。别无他物。

进几级台阶到后五间厅，“西安事变”时蒋介石就住在此处。寝宫里是原用物，一铜床、穿衣镜、圆桌、沙发椅仍然还在，后窗敞开，似乎房客刚刚从此越窗而去。

房间外几间壁上贴有当年“西安事变”之后各报所载新闻,西安人民请愿情景,蒋介石与张少帅和杨将军的合影,少帅英姿动人,杨将军微胖老成,蒋介石精瘦,微露笑意。另有蒋给卫立煌等人的手令原件影印,略可窥见其手段。

我们沿着蒋介石当年逃遁的山路,向骊山上爬去,行约里许便有捉蒋亭。亭立于一悬崖之下,岩石的刻字被铲除了,疑是颂扬蒋介石的。亭右有一石罅,可通过一人,有铁链子做护绳,多人头尾相衔缓缓上爬。

我与王家男、韩统良从左手上骊山,沿途多游人,还有不少四五十岁的老年妇女相携而行,不知其行止。

上得山顶,有不知名小庙,再上一峰,又见一庙。原来,无数妇女来此是上香祈祷,入见其诚,念念有词。见一老年妇女为一队之首,有指挥诸事的气概,可见是一个敬神的老手。有一少妇脸露怯色,匆匆随之下跪鞠礼,偶尔还露一点笑意。接香灰,得用小纸置于香下,接空中尘埃,口中不停祷告,如此慢慢收集,方有灵验。极少见老夫来下这种功夫。

王家男是吉林人,满族,他从没见过如此景象,雀跃非常。

下午4时还,住市文化局招待所。

3月17日,上午步行去钟楼。钟楼为西安城东西南北四条大道交会之处,楼呈正方形,高8.6米,宽35.5米,三重檐,大圆顶,钟楼下有四券门,正对城四门,规则整齐,雄伟壮丽,叹为观止。

据说此楼始建于明太祖朱元璋,到第十四个皇帝万历时扩建西安城,钟楼移建于今址。钟楼已经成了今天西安的象征,登楼远眺,古城风貌尽收眼底,极远处,可见大雁塔雄姿和终南山剪影。

然后我们去南门边碑林。碑林为历代(汉至明、清)书法上品荟萃之地,颜柳诸家的名帖均出自此,石碑分为六室,每室约数十百余不等,不少有损毁,珍品用玻璃罩护了。十三经碑刻为第一室。其中尤见西蜀马德昭行草书独具一格,熔字画于一炉,画中是字,字即是画。各个朝代,各种字体,各种风格,都在这里争奇斗艳,让人流连不去。展品中还有一幅孔子像,雕刻特美。

书法是中国文化的重要载体,过去考科举,除了看文章,也看字。我们乡下看你这人有没有文化,主要是看你写字,写得一手好字,则是有文化,字写得歪歪扭扭,则说明你这人读书不多,缺少文化。到了现代,特别是电脑的普及,写字已经不是衡量文化的标志了,但写字和书法还是应该继承的。今日之中国,如果一个高官大儒写的字太丑,还是与国格不符,会让人侧目的。一个美术家、书法家如果不来碑林,不来看看祖宗们的辉煌,还是极为遗憾的。

下午,我们坐公共汽车,去看大雁塔。

从远处看,大雁塔像一个巨大的四方形蛋糕。大雁塔在慈恩寺内,此塔高七层,为四方磨砖对缝结构,为当年玄奘法师搞佛经翻译和藏经的地方。登塔七层,240 步,登顶可以全观西安古城。

佛教在唐代极为兴盛,长安为其中心,各个宗派的僧尼都在长安修建寺院,翻译经典,还吸引了大批外国僧尼远道而来。这慈恩寺就是当时长安城内最大最著名的寺庙之一。我们都很熟悉的著名僧人玄奘,他游学西域而后海归,在长安二十载,其中有十个寒暑是在慈恩寺度过的。他呕心沥血,翻译佛经,还亲自设计,搬运砖石,修建慈恩寺,为的是在里面保存佛经和佛像。

晚 7 点,到西安电影厂摄影棚参观,正在拍《西安事变》,张、杨商量送蒋回南京一场。事后想来,张学良送蒋回南京真有点书生意气。

我们得到确信,往成都的火车已通,但人较拥挤。

18 日,一日无事。与颜家文去《延河》编辑部小说组,高彬同志(王汶石夫人)是小说组长,她接待我们。她谈,他们每年给编辑 9 个月创作假,路遥这时也在编辑部工作,正请了创作假。路遥原名王卫国,陕西清涧人。他的经历与我差不多,工作也差不多,但创作勤奋得多(路遥的小说多为农村题材,描写农村和城市之间发生的人和事。1986 年后,他推出长篇小说《平凡的世界》第一、第二部。1992 年积劳成疾,在写完《平凡的世界》第三部后不久英年早逝。该小说 1991 年获得第三届茅盾文学奖)。下午,王汶石同志与《延河》副主编侯某来招待所和我们见面。他说成都灾重,建议大家去上海。王汶石是 1939 年的老党员、老革命,是陕西省文联的副主席,他来看望我们,以示关心。

19 日上午,我们去八路军办事处参观。小院很古朴。当时的八路军办事处任务有三件:宣传;运送青年人才去延安;采购物资运往延安。地址在西安七贤庄。

晚 8 时,领导们决定改变行程,去上海,估计是王汶石先生的建议起了作用。但有一部分同志还是坚持要去成都,大家戏曰:此乃"西安事变"。

20 日,坐上往上海的 622 次火车。同行者:金珠玉、黄懿芬、韩统良、佟文焕、王家男、马犁、徐某、李东才、颜家文和我,还有陈新。黄懿芬是"文讲所"老师,自然是领路人。

这次车是加开的,沿途很少停站,基本上不上人,恐怕是为疏导滞留在西安的人流而加开的,陈新从郑州下车。车上开水供应极难,吃饭也紧张,时时要为其他车让路，在半道上一停就是很久。大家十分疲劳，分头睡觉，打扑克，看书又眼痛。

我们车厢里有一个小青年，蚌埠人。中学生，从家中拿了 40 元钱，想出门去寻仙学道，当剑客。他去了新疆、宝鸡，沿途扒车，在宝鸡附近，车上查票，这小子爬上了车顶，一下子碰上了几十万伏的高压电线，被击中，但没死。大概是脚下绝缘较好，只烧伤了，但他拒绝治疗，只要回家去。铁路上派了一个护士、一个路警护送他回家。他睡在过道上，身上裹着纱布，疼痛难忍，呻吟不止。路警是一个很坏的男人，凶、吼。不大愿给小青年喝水，因为一喝水就要拉尿，要扶起来很不方便。加上没搞到卧铺，这个路警就很不高兴。他坐在我旁边，我把他赶走了。那个女护士是个好姑娘，很善良，一直守着这青年，给他打针，换药，这小青年小便处烧灼很厉害，小便后换药很难，但这姑娘仍然很认真地换，时时守候在旁，睁着伤心的眼。直到蚌埠，小青年的姐姐和哥哥来了，一个小姑娘穿着白衣裙，跑上车来认了一下，没认到，后来才认准，她们是来接弟弟的，把两个护送的人也请去了。这青年为什么不想读书，他为什么要去寻仙学道，他害怕死亡，为什么又拒绝治疗？这护士的眼里有些什么？

六朝古都

21 号 3 点，来到南京，无人接车。天下着雨，在车站等到天亮，打电话找江苏省作协，没人管，我们对南京都不熟，领队的黄玉芬老师看来什么都不会。结果我们只好去找。找到了省政府，又找去军区招待所即西康路虎踞关 21 号，后来作协才来车接，住太平南路省委招待所南楼。大家就在一起议论，我们这次出来，本来是由中国作家协会给有关作协事先发了通知的，说我们这批人是边疆少数民族，要求各地给予接待帮助，所经几省也都很热情，唯江苏省作协显得冷淡。我们从西安改道时，也给他们打了电话，为什么不接我们？电话也不打一个？后来，来接的人解释，说他们的领导都出去开会去了，单位没人。我们估计是他们的领导没认真安排，有关人员也不想半夜接车，加上我们这批人中又没有名人，没有领导，他们才会怠慢。看来，在江苏的活动得靠我们自己了。

晚上，相约同学去游玄武湖。玄武湖古名桑泊，至今已有 1500 多年的历史，位于南京城中，在紫金山脚下，是国家级风景区，中国最大的皇家园林湖泊，当代仅存的江南皇家园林，属江南三大名湖之一，也是江南最大的城内公园，被誉为“金陵明珠”。玄武湖为风景园林，亦为文化胜地，许多文人骚客都曾在此留下身影诗篇，如郭璞、萧统、李煜、韦庄、杜牧、刘禹锡、李商隐、李白、欧阳修、王安石、曹雪芹等。

玄武湖周边有几公里，我们只走了几里林荫道便折回。大家一面观景一面说笑，玩得很高兴。朝鲜族作家金珠玉很漂亮，还像个小姑娘，胆儿小，好吃冰。刚出湖的大门，恰遇戒严，阅兵式预演，交通阻断。我们惶惶然，步行一小时才回到招待所，月亮升起，已 11 点了。疲乏至极，倒头睡觉。

22 日，上午，我们去游中华门。

这是一座古城堡，大约修在公元 1300 年之后，据今 600 多年了。孙权在这里修第一座城池，其后晋、梁、陈……计六朝，建都于此。这座城堡是维修过的。计三道大门，千斤重闸，每道城门有藏兵洞，27 个洞可藏兵一千。洞为窑洞式，深达 30 余米，造城的砖来自周围五省数十县，每块砖上都有负责督造的地方官、保甲、户主、匠人姓名，这是一种很好的责任制度，谁的不好就找谁。其中见有武昌府造送的砖。

在两道门下，有一棵栽培 20 年的铁树刚好开了花。这是我第一次见到铁树开花。花蕊状似菠萝果，又如松果裂开状，有一个大苞谷棒大小，颜色如粉黄色，近似天麻花冠。听说铁树在北方开花更难，南京还是属江南啊。

城下即秦淮河。秦淮河是六朝时的繁华之地，如今脂粉名妓已不可寻，河流很是混浊，污染很严重，不能给人以清新感，似乎已被人遗忘。我想，当年的污染多是生活污水，今日的污染恐怕更多的还是工业污染吧，这种污染更为严重。

我们去梅园新村 17 号、30 号、35 号参观。这是当年八路军国共和谈期间周恩来、董必武在这里办公的地方。房子小巧精致。

下午，我们去参观太平天国天王府。这里面展出太平天国的全部资料实物。文字资料、武器、印章、墓碑……看着这些东西，让人遐想不绝。太平天国是中国历史上一场声势浩大的农民运动，他们风卷残云一般扫荡了旧政权，取得了国家政权，却又很快垮台，这原因成了后世革命家们穷究不止的课题。有人说是因为没有一个先进的指导思想，朱元璋可能有吗？有人认为是没有政党领导，古人只有朋党，哪来政党？有人说是因为腐败，哪个封建政权不腐败？如果太平天国政权不垮台，它会创造出一个什么样的新世界？

旁边即瞻园，为一王府小花园，两亩来地，极尽人工天趣，有假山、流水、石洞、亭台……

路过瞻园路市场，见一群人围观，我以为是一个农民或手工业者卖新奇物件，原来是一个5岁的小男孩，头戴太阳罩帽，衣着不错，看得出是营养颇佳的孩子，面前放一小张塑料纸，上置五本幼儿书，摆书摊出售、出借。这场景令人新奇。这孩子是为了什么？是为了五分钱一根的冰棒？还只是好奇？是被盛行的交易之风所吸引？还是父母在培养他经商的体验？是为了与人共享，还是只不过是模仿？我想了很久，不得要领。这孩子看来是初试，人一围观，将帽檐压到眉根，稳坐不动。

晚上回到住处，见金珠玉卧床，说下午昏倒在卫生间里了。一个单身女生，病卧他乡，需要的是友情和安慰……

23日。雨花台烈士陵园在南京城的中华门外，我们过秦淮河，上长干桥，再走一站，就看到了雨花台。雨花台坐落在高约60米，宽约2公里的小山冈上。冈上风景秀丽，松柏葱郁。据史料记载：南梁初年，高僧云光法师曾在此设坛说法，因内容十分精彩，感动佛祖，顷刻间天上落花如雨，因此得名"雨花台"。就是这么一处风景绝佳的地方，在国民党统治时期，却成了屠杀共产党人和革命志士的刑场，先后有近10万革命先烈在此惨遭杀害。新中国成立后，为缅怀先烈英灵，在雨花台上建造了这座烈士陵园。雨花台烈士群雕新建不久，高10.03米，宽14.2米，厚5.6米，由179块花岗岩拼装而成，总重量约1300吨，它主题突出，层次分明，上实下虚。那戴着镣铐蔑视敌人的工人；横眉冷对的知识分子；怒目圆睁的农民；临危不惧的女干部；咬紧牙、抿着嘴的小报童；身陷囹圄、充满胜利希望的女学生……栩栩如生地再现了先烈在就义前英勇不屈、视死如归的光辉形象。这组群塑背后是松柏林，这是雨花台风景名胜区的标志性建筑。

见园门边有许多雨花石卖，我们走去参观。雨花石是一种天然玛瑙石，也称文石，观赏石，主要产于南京市六合区及仪征市月塘一带，是南京著名的特产。中国自南北朝以来，文人雅士寄情山水，笑傲烟霞，至唐宋时期达到巅峰，雅史趣事中有关赏石的佳话不胜枚举，神奇的雨花石更成为石中珍品，有"石中皇后"之称，被誉为天赐国宝，中华一绝。

我们走上山顶，见到了真正的雨花台，为一圆形山顶平台，建有烈士墓碑，其他建设极平常。看来，雨花台的名声是超过了它的自然面目。

因为金珠玉病卧，韩统良、王家男、马犁均有病相，集体活动只好取消。上午，我与颜家文去南京市文联《青春》编辑部，见到了曾传炬同志、李潮同志。1980年8月，我们《长江文艺》《青春》和《星火》三刊曾在庐山上举办过三省青年作者文学讲习班，曾传炬是《青春》的小说组长，李潮是编辑，我们见过面，再次见面很高兴。《青春》编辑部在鼓楼后，与出租汽车站同一院，窗外即大街，喧嚣至极点。但这并没影响到这家充满活力的刊物，刊物期发行40万，编辑费每月20元，外加奖金10多元，让人羡慕。

中午去南京长江大桥，在卦仓桥与颜家文掉伴，上桥头往返三次，不见他，又没有联系办法。无奈，一人游览，较为扫兴。

大桥雄伟如斯，东可见钟山苍黄一片，北有幕阜山，已被剥得只是一堆光石头，好像还在采石，时时传来炮声，长江涨水，已淹到山脚下，南有狮子山，葱绿一片。整个来说，南京市绿化还是不错的。

我从大桥下走，到卦仓桥换车，到新街口，再转车到汉中门，约走了两里地，经秦淮河，绕莫愁湖边，才到莫愁湖后门。我一人入园，转了一圈。园林较为一般。此湖因莫愁女的传说而得名。

莫愁女的传说，流传于今的有三处之说，湖北钟祥、南京、洛阳。一说她是战国末期的楚国歌舞家，姓卢，名莫愁。一说莫愁女生于洛阳，取名莫愁。父亲死后卖身葬父，远嫁建邺（即南京）卢家为媳，丈夫应征远戍，弱女孤子，转多愁为莫愁，热心公益事，深受乡里爱戴，却遭公公卢员外反对，投河而死。后人怀念她，将卢家花园和石城湖改称为莫愁湖。这个传说在梁武帝的《河中之水歌》中有记载。

莫愁湖驰名中外，称金陵第一名胜，至今约有一千五百年历史。池中有莫愁女塑像，旁有胜棋楼。胜棋楼建于洪武年间。传说朱元璋同他的开国元勋徐达（中山王）经常来这里下棋（围棋），徐达尽管棋艺高超，但每以失子告终。其中奥妙明太祖心中是知道的。一天，两人又来下棋，朱要徐把真本领拿出来，棋从早上下到午后不分胜负，后来太祖连吃对方二子领先，徐达不讲输赢，只是说："请皇上细看全局。"朱发现徐用棋子摆成"万岁"二字，一高兴，借机把这楼连同莫愁湖都赐给了徐达。你看，有权真是任性啊！

胜棋楼是一座明清风格的历史建筑，楼分两层，青砖小瓦造型庄重，工艺精美，楼内陈列朱元璋与徐达对弈的棋桌、画像、复制的龙袍和衣冠、古玩玉器等。登上此楼可远眺钟山龙盘，石城虎踞，俯瞰湖心亭，波光云影，尽收眼底，令人心旷神怡。胜棋楼有很多对联，因楼与湖融在一起，加上英雄与美女的传说，联语大都以此为话题。摘抄二联：

世事如棋，一局争来千秋业；

柔情似水，几时流尽六朝春。

楼中尚有英雄像，湖上空怀儿女情。

24日，上午，去朝天宫参观大观园工艺雕塑展览。有父子三人，积多年心血，搜求国内各处名园之长，将大观园中怡红、衡芜诸馆再现出来了。游人极多，也蜚声海内外，红学家极感兴趣。这方面我是外行，我倒是极佩服父子三人的那种精神，没人扶持，无人注意，耗尽家财，费尽心血，多年不辍，精此一业，终于引起了社会重视。中国是应当有这样一批古国工匠，追求者，实干家，有理想，不浮躁，很专一，把一些国粹保留和传承下来。父子仨一旦成名，来捧场的也多，名人字画贴了不少，也不知道这些先生对这类新生事物在幼稚的新生期是否也采用此种捧场态度。

午睡过后，江苏省作协副秘书长租车来接我们。我们盘山上了紫金山天文台。紫金山天文台位于南京市玄武区紫金山上，是中国最著名的天文台，中国自己建立的第一个现代天文学研究机构，其前身是成立于1928年2月的国立中央研究院天文研究所。紫金山天文台的建成标志着中国现代天文学研究的开始，中国现代天文学的许多分支学科和天文台站大多从这里诞生、组建和拓展。由于其在中国天文事业建立与发展中做出的特殊贡献，这里被誉为“中国现代天文学的摇篮”。

参观了那些古天文仪，如地平经纬仪、浑天仪、圭表等。中国古代四大天文学家张衡、祖冲之、郭子义、张逐的塑像陈列在走廊里。我们大家在塔顶留影。

下山后到明孝陵，朱元璋当年构筑了此陵，1850年后清军围攻太平天国时，大部分受破坏。现见的孝陵是维修的一部分。在一亭里见了朱元璋的画像，长下巴，凸嘴，相貌奇特，与中华门城堡里的画像全不相像。我认为这幅像更接近民间传说的明太祖长相。我感觉这像更真切、有特色，而且具有平民皇帝之态，而中华门里的像带有帝王气象，乃是画师的刻意美化。

接着，驱车至中山陵。一代革命先驱长眠在此。中山陵右有明孝陵，左接灵谷寺，墓地2000余亩，据说侨胞们为此捐助了60余万两白银。广场最前端是孙中山先生行进的青铜塑像。场地上去是博爱牌坊，步上苍松翠柏的水泥墓道，约440米，尽头是天下为公的牌坊匾额，为孙中山先生手书。

陵园是由工程师吕彦直按先生生前爱的木铎形制设计的。山下铜鼎是钟的尖顶，半月形广场是钟顶圆弧，墓道共八道石阶，三道寓三民主义，五道含五权宪法之意。从空中看恰似钟上八道花纹，再配上墓顶端的穹窿圆顶，像一颗溜圆的钟摆锤，真像平卧在绿毡上的自由之钟啊。可惜我们只去到墓道底，上面正在修理，要在9月才能再开放。从门缝可见一金字大碑立于亭内，上书“中国国民党葬总理孙先生于此”。

先生墓没能见到，大家说，留待下次再看吧。塑像旁同时建有一音乐台，池座露天式，圆形游廊，有紫藤蓬勃，正开花结荚。

过中山陵即到灵谷寺。灵谷寺关了门。天梁殿尚在，如穹窿地道。我们上灵谷塔，高9层，中立一圆柱，单行楼梯环绕而上。这是1929年的钢筋水泥建筑。立于塔顶、紫金山就在后面，南京城尽收眼底，明孝陵、中山陵、藏经楼，诸景全能看到，青葱翠绿，如汪洋大海一片。

6点钟回招待所休息。

阿炳故乡

25号，早上8点半上车，三个钟头到无锡。无锡文联袁子城等同志接车，直接到梁溪饭店。无锡即梁溪。

下午，我们去无锡惠山泥人厂参观。惠山泥人是无锡三大名特产之一，历史悠久，始于“明”而盛于“清”，相传已有五百年历史，是中国著名的民间艺术品。惠山泥人的原料黑泥，取自于惠山周围离地面一米以下，厚度为二米左右，泥质细腻柔软，搓而不纹，弯而不断，干而不裂，可塑性极佳，非常适合“捏塑”之用。惠山泥人凭借这独特的自然资源，为祖国的文化孕育出巧夺天工、灿烂的民间艺术瑰宝。惠山泥人有“粗货”“细货”之分，风格各异。“粗货”即用模型制作彩绘而成，其造型丰满圆润，简练夸张，色调鲜明，内容以吉祥喜庆为主，著名的《大阿福》就是最具特色的代表作。而“细货”则不用模具，由艺人直接捏塑而成。“手捏戏文”是手捏泥人最负盛名的一类，堪称“中国一绝”。惠山泥人的代表作“大阿福”是两个被神化的民间健壮孩子的可爱形象，据说能镇邪降福。

郭沫若先生在参观惠山泥人厂时，乘兴挥毫写了一首诗：“人物无今古，须臾出手中；衣冠千代异，肝胆一般同。造化眼前妙，流传域外雄；集中人八百，童叟献神功。”

离开泥人厂，我们去惠山公园。

进惠山寺。惠山被著名画家李可染先生称为天下第一山。还可见到八音涧、知鱼槛、古银杏树、风谷行窝等胜景。最为动人的我感到有两处：天下第二泉和二泉映月。

相传这里就是瞎子阿炳的故乡，他常来这泉边玩，《二泉映月》《听松》的名曲即他所作。据说他曾作过百多首曲，如今只流下两首名曲。但这两首已足以让他流芳千古。

袁子诚同志讲，他这么大年纪的人很多见过阿炳。解放前夕，阿炳生活无靠，后背琵琶，前抱二胡，流落街头，卖艺为生。他曾有过家屋，但他爱抽鸦片，头上始终盘一圈大辫子，身体坏了。刚解放，不让抽鸦片了，他就感到不行。身体越发不行。他认识了一个洗衣寡妇，这女人也无依靠，就跟他牵路，二人相依为命。他在解放后不久就死了。

近代民间音乐家瞎子阿炳真名叫华彦均，他的音乐极受民间欢迎。据说音乐史专家杨荫浏先生也是本地人，他曾寻找过阿炳的《二泉映月》《听松》等曲子，在天津一个音乐讨论会上一放，引起了震动，等人们赶来无锡，阿炳已不行了。他曾在惠山一带颠沛流离谱下了《二泉映月》一曲，以二泉映月为乐曲命名，不仅将人引入夜阑人静泉清月冷的意境，听毕全曲更犹如见其人。一个刚直顽强的盲艺人在向人们倾吐他坎坷的一生，此曲如怨如慕，如泣如诉，在国内外广为流传。《二泉映月》介绍到国外之后，奥地利等国交响乐团演奏，引起了世界的注意，许多外宾来到无锡，参观“二泉”故址，可惜里面没有了泉水，二泉快要枯了，石龙头已经吐不出水了。据说是由于地下水下降和挖防空洞所致，园中许多历史名泉都断了水，这是极为遗憾的。长此下去，二泉何以映月呢！

据说著名作家碧野同志来过这里，他在途中听人说了阿炳的故事，不知看过二泉与否。他写出散文发在《武汉文艺》上，说：“阿炳每天就在太湖和二泉映月间来往拉琴……”无锡人大哗，说太湖隔二泉映月有 20 多里路，阿炳怎么可能“每天”往来其间呢？认为这是犯了常识性错误。我看，他们只是停在生活的写实之处，不懂碧野散文抒情的妙意。

惠山寺内古银杏树下，还有一个听松石，长若两米，上平如砥，一端翘起如枕头。据说是金兀术战败曾睡于此，听见松涛声，疑为追兵……石上有李白之叔李阳冰所书篆体“聽松”二字。据说，从前这石头可以根据人的长短变化，后有一孕妇来卧石上，石头从此不变了。这个传说有歧视妇女之嫌。

这半天，同学们玩得很痛快，长了很多见识。回来会餐，大家喝了十瓶啤酒。

鼋头渚公园

26 日，星期天，市文联袁子城和鼋头渚公园姚琦陪游。上午，我们去蠡园。蠡园地处风光秀美的蠡湖之滨，是国家重点名胜区“太湖”的主要景点之一。该园因湖而得名，蠡湖原名“五里湖”，是太湖东北岸的一个内湖。三面环水，远眺翠嶂连绵，近闻长浪拍岸。相传这园林是越国宰相范蠡所筑。又说是后人为纪念他而筑。当年越王勾践兵败于吴王夫差，被囚于吴都杭州(一说绍兴)多年，监督稍松，于是派大夫范蠡想办法。范蠡在苏州选了美女(一说浙江)西施，献给夫差，夫差自此不早朝，耽于酒色，而越王勾践卧薪尝胆。后来出逃，终于打败吴王，吴王兵败自杀，范蠡迎西施而回。

据说范大夫认识到，与越王只可同患难，不可同安乐，于是带了西施告退，在无锡太湖边居住，泛舟于内太湖，建园林即今之蠡园。蠡园分为三部分，靠无锡城一边为人工假山园林，靠太湖一边为湖水，另一方为长廊，湖水澹澹，极为辽阔。这里就是西施的故乡。西施当然是被做了政治工具，去施美人计，坏人国事。时逢七月盛夏，园里还可见紫薇盛开，铁树和美人蕉也是这时节开花。当代大文豪郭沫若咏有佳句：“欲识蠡园趣，崖头问少年。”

从蠡园往西不远即到太湖。太湖非常美，浩瀚辽阔，太湖公园更是值得一游。我们一行进园后，沿湖边绿林小径东行，在飞云阁喝茶，茶座临湖，疏枝远处即为湖景，烟波远处就是马山。马山为当年太湖游击队根据地，那上面有一个草莽英雄，劫富济贫，绑票劫船，也打日本。我八路军派谭震林去做工作，收编之后，他又过不惯我军生活，领了些兄弟又回到湖中，后来被敌人消灭了。

飞云阁过去，有断桥，贴卧湖面，为伸出岸边到水中的一平堤，据说秋天起风时湖浪吞没此桥，从前多有断肠人在此自杀，即叫断桥，魂断之处也。

11 点，到广福寺素面馆午餐。这里是一家寺庙办的素面馆，因为有园林局小姚同志，寺庙里的出家师傅给我们炒了七盘素菜，上了一碗素面。我们多数人是第一次吃斋饭，很新奇，也大开眼界。菜极为可口，有香菇、嫩笋、粉蛋糕等，青油炒成，人人叫绝，这一顿吃得很美，回味无穷。我就想，原只以为寺中僧尼素食，十分清苦，没想到同为素食，却也能五花八门，美味无穷。

下午坐游船到三山岛，三山岛从不同角度看，山岛的数字不同，竖看一座山，侧看三座山，横看四个山头。为一大二小的山岛，一为主岛三山，余名泽山、厥山。主峰海拔 81.2 米。相传因春秋末期有吴妃姊妹三人各居一峰而名。据说，此处还有距今一万余年被称为“三山文化”的旧石器时代遗址及哺乳类动物化石遗存。从鼋头渚坐船过去约十分钟。下船后大家下水游泳，然后上三山茶屋楼座喝茶、照相，乐而忘返。

茶座下即太湖，四面环水，水边尽是游泳的男女，游船往返送人，岛上游人络绎不绝。绿林芳岛，远处的各色建筑物，湖上的大小船只，天上的絮云起伏奔涌，实在令人心驰神往，大家直玩到3点半最后一班船来接我们，才返回鼋头渚公园，坐车回城。

江浙多国画家，钱松嵒、李苦禅等当今名画家都出自这里。成语“举案齐眉”，讲梁鸿和孟光夫妇相敬如宾。那丈夫梁鸿即是此地人，他在这里为官，治理太湖，修过一条河，即名梁溪，所以今无锡即另名梁溪，饭店名也来源于此。我们开玩笑说，这里是模范夫妻的故乡。京杭大运河也从太湖东边经过。民族开明资本家荣毅仁的老家即在无锡。当年，他一年花了三个50万元：修一条到鼋来渚公园的水泥长桥，用去50万元，筑一梅园花去50万，被上海流氓以车祸敲诈去50万。这是一个很有点民主性的大资本家，最开始就是靠磨面粉起家。他后来官至全国政协副主席。

现在，这个地方每年有十多部电影来太湖拍外景。聂耳的《大路歌》也是从这里孕育的。太湖真是一个旅游胜地，风景极美，柬埔寨国王西哈努克来过太湖钓鱼。

太湖渡

7月27日，上午无事，中午1点半乘船，我们要走走京杭大运河，渡过太湖，从水路去杭州。上船的码头在马路边，新惠轮比长江内河的轮船小一点，吃水只有1米多，顶棚是平的，通高不过5米左右。我开始感到很奇怪，后来船老大说这是由于太湖水最深只2米，运河上有桥洞，上面不能太高，下面不能太深，于是就成了这样的一种船。

船准时起碇，在京杭大运河缓缓前行。这是隋炀帝下江南的古运河，想当年，这个皇帝为了下江南，可是弄得惊天动地。这运河是劳动人民的创造，也是交通的便道，它的开通，使得南北的经济文化得以大交流、大发展。行走在这古老的运河上，偶尔还能见到几只破旧的木船，似乎还保留着古朴之风，似乎依恋着古老的运河，舍不得变换。

据说运河上有一种家庭，叫“水上人家”。他们向来吃住都在船上，孩子成家时就做一条新船。沿河可以看到篷船，小机动船叶叶直叫，也有油亮的木船。裸露着上身一身酱色的船郎或是苗条的船娘挺立在船头，悠悠地摇着撸，若是机动船，则少去了许多的工夫。我们的船一过，他们齐齐转过头来看。偶尔也有几位船夫和我们船上的水手高声对答呼叫，那船上的小孩儿身上拴了一条长绳子,在船上游玩,甲板上可以看见锅瓢碗盏俱全。

时时见到木船运着活鱼从太湖方向开来,小水泵在不时换水,因为热天,不用活水,鱼就会死去。这不是捕鱼季节,恐怕是鱼场捕来供无锡市享用的。

新惠轮上的船长即舵手,舵手分正舵、副舵,机舱里的叫轮机长。这条船上保留着古老的称呼,称船舵手为老大,称机舱负责人叫老柜。老大和老柜都是十分热情的人,老大姓刘,一副富态像,热情而好客,他特意把我们从下舱叫到舵室,坐在前甲板。运河两岸桑田翠绿,稻田苍翠,偶尔见到二季稻正下插,沿岸许多鱼池,增氧器正拨动着水花。

大约一个钟头,我们的船才走出运河,进入鼋头渚公园,也即进入了太湖。鼋头渚是太湖靠无锡一边的公园,伸向湖面,形似鼋头,郭沫若诗"鼋头佳绝处"。可以见到我们昨天去游玩过的公园码头、"包孕吴越"、"横云"以及三山诸处。

太湖是浩瀚的,除马迹山大一点的山能绰约可见外,远处的水平线与天接为一气,层层波浪翻滚,偶尔可以看见笔立的几根芦苇。奇怪的是极少水鸟,这一点不能和洞庭湖相比。

船老大告诉我们,太湖的水是保护得较好的,联合国有关组织每年来取样,证实水质在淡水内湖中还是不错的。

太湖里出产一种银鱼, 每年国家在湖里投放不少鱼苗,4 月左右是银鱼的打捞期。大量的银鱼,约 4—5 寸长,打起来晒干,供出口,在国际上享有声誉。鱼的生长期,太湖里基本上没有打鱼船,只是偶见一些放食网。

船上老大身边有一个女孩,长得很秀气,一口杭州口音,今年 19 岁了。我问她,你今年十几岁了。老大要说,姑娘拦住他,咯咯地笑说:"你不说,你不说。"她转向我:"你猜。"我说:"16 了。""唉,我都 19 了哩。"她的声音亲切细腻,有吴越音韵,譬如把吃饭说成 jia we,把杭州说成 ang diu。黄老师问她是不是老大的姑娘?老大说:"是我同事的姑娘。"小马(她后来告诉我们她叫马一娟)一路咯咯笑,一面在老人身后依偎着玩闹,正在这时,前面来了一队拖石头的木船,一处急弯,尾船横甩过来,老大急忙严肃起来,对姑娘说:你要安静 20 分钟,等过了再闹。我们也都安静下来,水手们急急忙忙操起了绳包、撑杆,大声地喊叫着,木船上的农民也急急忙忙来推船,我们担心着会撞船。老大十分沉着,机敏地把舵一转,终于让过去了。

我们又交谈起来。这小姑娘从小就懂事。8 岁左右,母亲与父亲分开了,小姑娘跟着父亲,父亲在一家公司工作,眼坏了,现在已经退休,每月有 50 多元钱，父女俩生活，小马持家，她知道每天怎样花少量的钱买较好的菜回来，洗好、打上水，让父亲做中饭……

这丫头是杭州十中学生，正好今年高中毕业，杭州学生多，小孩9岁才让上学。她是班团支书，是尖子班的学生，成绩很好，这次是回杭州，看高考分数去的。据她自已说，考得不十分理想，但充满信心，说今年没考上的话，明年还要考，她想读大学，但又担心父亲的处境。不想报考远处的学校……她征求我们的看法。

这个姑娘属于底层家庭的孩子，能干，肯帮助人，她表哥在船上工作，她和船上的人混得很熟，一上船，就帮着船上忙，送饭收碗打扫卫生。这样也可以省去一笔船费，船是下夜2点到杭州，她还要和船员一起打扫卫生，然后在船上睡一会，天亮了才回家去。

船老大特意安排我们吃饭，姑娘忙过之后，洗了，把头发放了下来，更妩媚、年轻、水灵灵，柳叶眉眼儿。来和我们打扑克，说话。显得羞怯而善良，给我们留下了极深的印象，不知能否在某个大学里遇见她，我们祝愿她顺利地走进大学。

船走到太湖中间，大约6点半钟，忽然西边天上乌云密布，一会儿起风了，四级风逐渐加大，浪来了，船里开始有人晕船，吐起来了。从窗口望出去，天地在胡乱晃动。我们在甲板上玩，风把衣裙吹得乱飘。老大说，再过五分钟要下雨了，我一看天，云还能看见，我说："好，我看表，如果五分钟来了雨，我称你为神仙。"心中其实认为他是吓我们的。果然五分钟，不差分秒，雨就来了，老大说还会加大，一会儿，湖水变黑了，黑沉沉的，浪似乎静了些，但使人感到湖底似乎在咆哮。一会儿，瓢泼大雨果然来了。我们在驾驶室躲了一会，又一起跑回了底舱。

水上行船的人，真是摸透了天和湖的脾气。老大在船上三十年了，从小木船逐渐增大，直驾到新惠轮。这船是江苏船厂1973年4月造的，今年8年了。他的徒弟是一个知青，上船三年了，一过运河进入宽道，徒弟就上了驾驶台。

晚7点前，前方一小青螺浮在水平线上，老大说，那是小雷山，耸起很高，从前这一带，马山上，太湖游击队十分活跃，日本鬼子曾经把岛上的人杀得只剩下一个人了，但太湖人没有屈服。今天的太湖人更倔强，下一代如马一娟则是另一类人了。希望在他们身上，这两代人相处得极好。

正7时，看见了运河的灯塔，那里是太湖的尽头，船将从这里进入内河。这条河不是古运河，是一条不比运河小的河渠，老大也叫不上名，从这里还要行驶七个小时,才能到达杭州。

太湖一日,是有趣的,她给我们留下极深的印象。船上有走亲戚的孩子,有休假的教师,旅游的学生,有进城的农民,还加上我们这一群少数民族作家,倒也是一次有趣的旅程。

下午2点半才到杭州,住延安饭店。

从岳王庙到百草园

28日,与马犁、颜家文、佟文焕乘车游九溪十八涧,在九溪饭店喝啤酒,中午后回来,沿途游六和塔。看钱塘江,钱塘江观潮要到10月,现在没有,可见钱江大桥,去虎跑泉喝泉水,尽兴而还。

据说,天下三泉,镇江金山泉为第一,无锡惠山泉为第二,此虎跑泉为第三。惠山泉正在枯竭,金山泉还没亲见,唯“虎跑”还在奔突,汩汩有声。

29日清晨6点,黄懿芬同志来说金珠玉病了,与马犁三人赶去下城区医院,无人照料,只小金一人在哼叫。我们急急叫了三轮车直奔市一医院急诊室。医生护士都还好,两个钟头后确诊为急性阑尾炎,需要马上手术。急性阑尾炎这种病当然得听医生的,那就动手术吧,小金自己也同意。9点半进手术室,手术还顺利,然后就是护理。出门在外,人生地不熟,又是住医院,还开了刀,营养一切谈不上,我们几个大男人也全不知怎么弄。好在这北京的娇小姐也能吃苦,忍住,也不吵。

我们轮流护理,我抽空去看西湖。西湖秀丽的湖光山色和众多的名胜古迹闻名中外,是中国著名的旅游胜地,也被誉为人间天堂。景区内群山高度都不超过400米,环布在西湖的南、西、北三面,其中的吴山和宝石山像两只手臂,一南一北,伸向市区,构成优美的杭城空间轮廓线。景区总面积达49平方公里,其中湖面6.5平方公里,以湖为主体,旧称武林水、钱塘湖、西子湖,宋代始称西湖。由大量乔灌木组成疏落有致、大小不同的空间,以植物造景为主,辅以亭、台、楼、阁、廊、榭、桥、汀。西湖傍杭州而盛,杭州因西湖而名。

我从苏堤头、断桥残雪、过苏堤、平湖秋月,直走到岳墓,北里湖荷花开得正艳,一派江南湖光山色。宝石山上有保俶塔,保俶塔是一处建于五代十国时期的汉族古建筑。据载始建于五代后周年间(948—960年),原为九级,北宋咸平年间(998—1003年)重修时,改为七级。历代曾多次修建,现在的实心塔是1933年按照古塔原样修葺的。

在苏堤与白堤交接处,即为岳王庙。岳飞墓为整个建筑群的主体。前有照壁,上嵌石刻“尽忠报国”四个大字,是明朝嘉靖年间莆人洪珠书写的。过石桥,迎面一座墓阙,翼角起翘,脊饰鸱尾。那是仿宋式建筑。穿过去,进入墓道,两侧有六个石俑、二石虎、二石羊,象征生前仪卫。虎羊可能是南宋遗物,墓台周围钩构,前后两根望柱,刻着古人留传下来的对联:“正邪自古同冰炭,毁誉于今判伪真。”岳飞墓前立碑“宋岳鄂王墓”,左侧附岳云墓。墓后面两侧,面对岳飞墓,跪着四个铁像,这就是诬陷残害岳飞的秦桧、桧妻王氏、万俟卨、张俊。其阙后面还刻有一副对联:“青山有幸埋忠骨,白铁无辜铸佞臣。”这也是前人留下的名联。望壁前的左右两廊陈列着这次修复的石碑一百二十多块。

岳庙分为忠烈祠和启忠祠两个院落,是岳飞墓的附属建筑,大殿正中有新塑的岳飞像,金盔、金甲、紫袍,神采奕奕,在造型、服装上更符合历史真实,艺术上也有所创新。另有“精忠柏”。

在岳王庙边遇大雨,倾盆而下,人皆避之,我在碑亭和岳坟边流连。后雨间歇,到西泠印社。西泠印社(泠,音灵)是中国研究金石篆刻的一个百年学术团体,有“天下第一名社”之称,由篆刻家丁仁、王禔、叶铭、吴隐创建于1904年,篆刻大师吴昌硕为首任社长。今存东汉《三老讳字忌日碑》和一批名家石刻、摩崖题记。我对此是外行,匆匆而过。

坐上七路汽车到灵隐寺。位于灵隐山麓的灵隐寺,为杭州城最早的古寺,也是中国佛教禅宗十大古刹之一,创建于东晋咸和元年(326年),距今已有1600多年了。

灵隐寺的创建,颇具传奇色彩。印度僧人慧理从中原云游入浙,登临灵隐山时,见山中一峰似曾相识,说:“此乃天竺灵鹫山一小峰,不知何代飞来?佛在世日,多为仙灵所隐。”遂在飞来峰下卓锡建寺,连建五刹:灵鹫、灵隐、灵山、灵峰、灵顺。除灵隐之外,其他四寺或废或更,均已不存。

灵隐寺为江南名寺,隐在山谷,寺边石山上有数百个石刻佛像,至今香火不绝,溪涧时时流着响泉,清澈冰凉,濯足有渗骨之感,许多岩洞曲径通幽。过一线天等地。山上树木葱郁,保护得很好。我觉得西湖显得娇小,没有武昌东湖那般高阔。游西湖不如游岳王庙和灵隐寺。

30日。我是1点至6点服侍小金,也就是坐在旁边,陪她说说话,喂喂水,伺候她吃饭,她睡觉时就守在旁边。陪着一个美女,看多了就乱想,我就把她当妹妹看,希望她快点好起来。然后,我去绍兴古城。绍兴地处浙江杭州湾钱塘江南岸,是浙北平原的一部分,美丽而富饶。这里是鲁迅先生的故乡,也是周恩来总理的故乡。我国宋代的爱国诗人陆游、明代大书画家徐渭、清末女革命家秋瑾等都在这里留下了珍贵的遗迹。我参观了鲁迅故居,看了百草园、三味书屋。鲁迅先生的散文《从百草园到三味书屋》曾给我留下过很深的印象,我站在鲁迅先生的"乐园"里,联想到我老家的菜园,我的乐园。三味书屋其实是鲁迅读书的私塾,正堂上悬挂着一幅匾额,上书"三味书屋"四个大字,下挂一幅《松鹿图》,两侧屋柱有一副抱对曰:至乐无声唯孝弟,太羹有味是诗书。出书屋,行不远处是秋瑾纪念馆,坐落塔山脚下,环境幽静。大门口的门匾"秋瑾故居"系革命老人何香凝先生手书。堂前陈列着不少秋瑾的照片、手稿、书信等文物。秋瑾不仅是一位出色的革命活动家,也是一位杰出的女诗人,她的诗文充满着爱国的激情。这里还展出着孙中山先生赞扬秋瑾烈士的亲笔题字:"巾帼英雄。"

绍兴在春秋战国时是越国的国都,那个越王勾践"卧薪尝胆"的故事就发生在这里。据说,绍兴这名字是那个南宋皇帝赵构给取的。绍兴名城,曾孕育过不少革命家和文化名人。城市还多少保留着古风,河港纵横,乌篷船和小机动轮争驰。瓜果鸭子正上市。我没有找到鲁迅先生书中写的那个曲尺形酒柜台,但吃到了茴香豆,喝绍酒二两,下午返回。

攀登黄山

31 日。从杭州坐汽车,上午 5:40—下午 2:30 到达黄山逍遥溪,住鸳鸯楼。这种小竹楼是专为新婚夫妻或家庭旅行者准备的,建筑方式是四柱下地灯笼式,里面上下左右都是薄木板,一门三窗,外面钉上竹板,漆成红色。

晚饭过后,与颜家文从餐厅边出发,到百丈瀑,观瀑亭,再从黄山小学前一直走到安徽省疗养院,过回龙桥、白龙桥,见龙虎斗石头,往右经公安局门前直上,过溪桥到桃源亭,沿级而下,到桃花潭观瀑楼而返。对山可见人字瀑,白浪翻卷而下,在大山岩上写下了很大一个八字。

睡在独幢小竹楼里,听逍遥溪在山脚龙吟,枕一夜山野奇趣。

8 月 1 日。上午 7 时从温泉出发登黄山。黄山,位于安徽省黄山市,原名黟山,唐朝时更名为黄山,取自"黄帝之山"之意。黄山以奇松、怪石、云海、温泉、冬雪"五绝"著称于世,拥有"天下第一奇山"之称。"五岳归来不看山,黄山归来不看岳",是对黄山最好的评价。

天梯石栈直伸向云雾之中,将黄山的美妙弄得更加神秘。我们经慈光阁,穿隘渡涧到达半山寺，半山寺没什么，只不过地处半山，寺前万丈悬崖削立，几经攀援便到天都峰下。天都峰海拔 1814 米，其险无比，一条弯曲独路在陡峭的岩壁上左转右绕向云雾中伸上去，后人几乎顶着前人的屁股上行。我们中二十郎当的小伙，也没有人敢于撒手登山，差不多都是猴一样双脚双手攀爬，特别是上了山顶，过天桥，走鲫鱼背，有如身处飞机的机翼之上，四下里万丈深渊，左右无依无援，我的双腿在打战，心跳加速，本想半途而废，却无路可退。只好从鲫鱼背上爬过去，又经过几处险地才到达峰顶。峰顶只一席地，游客堆积，十分危险。有流云乱涌，天都峰恰如一棵高树在随风摇摆，而我就在这树梢上，死死抓住可以抓住的东西。正在这时，一位朋友不慎将相机掉进了石缝中，这石缝很深，人不能下，手伸不到，几个人折腾了很久，最后还是有人想到了用几根拐杖接起来，伸下去才把相机勾上来，倒也是一桩趣事。我感到这山在倾斜，好像随时都会垮掉，我怀疑自己有恐高症。我想，这人啊真是个古怪的动物，明明很危险，却硬要来冒险。便想起了李白的诗句："其险也若此，嗟尔远道之人，胡为乎来哉？"

从天都峰下来，辛苦加紧张，已是四身瘫软，瘫坐在地上，再回过头去仰望峰项，还手捏两把冷汗，怀疑自己是怎么上去的，我真爬上去过吗？缓过气来，在路边小吃午餐，有农民卖鸡蛋、梨、西瓜等。我的钱不多，想吃而未能买，如果能来上一块西瓜，那一定很美味。

从这里向上登两里即到玉屏楼，玉屏楼是中途一大站，楼前有著名的黄山迎客松，这棵松是黄山的标志物，大家排队摄影留念，然后再向上登，过蒲团松，直上莲花峰脚，有的人再上莲花峰，我体力已不支，只好作罢，顺路再上光明顶。光明顶平坦如砥，有五七席大，这里还设有气象台，附近有黄山电视台发射站。

在光明顶四顾，黄山果然不凡。从光明顶越山下行约两里即北海宾馆，住宾馆 3 楼 7 号房。这一天的行程算是完成了。这里游客很多，但客源与庐山不同，庐山多武汉工人和学生，这里多江浙上海工人学生和香港工人学生。

黄山不愧为南国第一奇山，其雄峻奇险使岱宗逊色，和我到过的几座山比较，庐山是以秀美葱茏而独具特色，如果把庐山比作一位华艳美丽的贵夫人，那么黄山则是英武刚烈的大丈夫了。

沿途见有老太太、老爷子游人，更有 3 岁稚儿随父母登山，便觉得自己的怯懦是一种耻辱。

8 月 2 日。

黄山日出是极壮观的。大约 3 点多钟，不少游客就呼明唤友，上清凉台去狮子峰看日出。其实，就在散花精舍，甚至从宾馆窗户里也能看到日出，但人们还是想占据最好的地势，以领略那壮观的一瞬。

苍茫的夜空还点缀着稀疏的星星，薄雾弥漫群山，黎明的山顶极静。大约 4 点多钟，天空出现微白，东方地平线极远处现出一线鱼白。近 5 点，天边鱼白变为一片暗红，渐变为曙红，曙红之上的云团呈淡黄色。5 点一过，曙红色渐变为微黄色，而上面的云团金黄逐渐加强，光彩开始动人。这时候，可以看到一颗启明星在曙红上空眨着眼，昭示着日出的地方，亮光渐次加强。

这时候，是人们最为聚精会神的时刻，一律睁大期待的眼，忘其所在。5 点 20 分，有一颗金豆忽地出现在那暗红之中，这金豆逐渐上升、加大，由星星变为月亮，再变成温柔的太阳，同时这金红色的太阳上出现了遥远的山的轮廓，那应当是最远处的高山的映照。慢慢地，太阳露出了三分之一大小，从暗红中冒出地平线进入那金黄色的地段，同时放出万道光芒，人眼已不能直视了。接着，一轮红日忽地跃上天际，宇宙便一片光明。人声立刻鼎沸。

观日出回来，又游排云亭，西海，飞来石，经光明顶返回北海，看梦笔生花，上始信峰而返。

8 月 3 日。

又观日出。上午下云谷寺，乘 10 分钟车，回到温泉。

东去上海

8 月 4 日。早 5 点半发车，行至雀岭，发动机出了毛病，两个司机也手足无措。我们只好在山路上等，一等就等了六个钟头，下午 4 点多才吃早饭，也算中饭，晚上 3 点到上海，住华山路 250 号静安宾馆。是日疲惫不堪。

8 月 5 日上午，去游外滩，外滩在黄浦江的南岸，因为它位于上海市中心黄浦区的黄浦江畔，即外黄浦滩。1844 年起，这一带被划为英国租界，成为上海十里洋场的真实写照，也是旧上海租界区以及整个上海近代城市开始的起点。外滩南起延安东路，北至外白渡桥，在这段 1.5 公里长的外滩西侧，矗立着 52 幢风格迥异的古典复兴大楼，素有万国建筑博览群之称，成为旧上海时期的金融中心、外贸机构的集中带，也是旧上海资本主义的写照，一直以来被视为上海的标志性建筑和城市历史的象征。

再到南京路，看商场，买了几件东西。因为上海走在全国制造业的前列，来上海的人必逛南京路，购物，观景。但这个城市优越感太强，他们骄傲地说着上海话，精打细算着每一件小事，在受到冷落的外地人心目中，也就只瞧得起上海的商品。

8月6日。清早与韩统良、王家男、颜家文、马犁一同去苏州城。苏州古称姑苏、吴中、东吴。吴王曾在此立国，公元前585年，吴国开始有了确切纪年。吴地的人在各地经商做官，赚了钱都喜欢回苏州养老，所以，这里有很多精美的私家园林，是一个享乐的地方。

火车走一个多小时，下车后，我们乘2路公共汽车先去拙政园。这个园子的主人叫王献臣，明正德初年因官场失意而还乡，以大弘寺址拓建为园，取晋代潘岳《闲居赋》中“灌园鬻蔬，以供朝夕之膳……此亦拙者之为政也”意，取名“拙政园”。拙政园占地70亩，以亭轩楼阁和湖水路桥的精巧布局见长，园中有园，景中有景，令人流连忘返。

从拙政园出来，我们顺道游狮子林，这个林园以假山堆砌见其特色，园虽不大，却曲径通幽，有九曲回肠之感。苏州又不出狮子，为什么叫狮子林？经了解，当年因园内“林有竹万，竹下多怪石，状如狻猊（狮子）者”，亦因佛经上有“狮子吼”一语（“狮子吼”是指禅师传授经文），且众多假山酷似狮形而命名。从狮子林出来，然后直奔虎丘山。虎丘山原名海涌山，后吴王阖闾死葬丘下，有人见有猛虎卧其上，更名曰虎丘。虎丘以塔和题刻见其特色。还有试剑石、憨憨泉、剑池、二仙亭等为其特有。在此游览较长时间。

又去寒山寺。对于我们外地人，是因为唐人张继一首羁旅诗《枫桥夜泊》而知寒山寺。在这首诗中，诗人精确而细腻地讲述了一个客船夜泊者对江南深秋夜景的观察和感受，勾画了月落乌啼、霜天寒夜、江枫渔火、孤舟客子等景象，有景有情有声有色。此外，这首诗也将作者羁旅之思、家国之忧，以及身处乱世尚无归宿的顾虑充分地表现出来，是写愁的代表作。这首诗名播中外。现在庭院里还有日本人送来的铜钟、鸽子钟和种的多棵五针松作留念。寺外有江村桥。

据说，寒山寺里曾有寒山、拾得两个和尚建寺住持，《寒山问拾得》记述两个人的对话亦颇有影响。寒山和拾得原本是佛界的两位罗汉，在凡间化作两位苦行僧。一日，寒山受人侮辱，气愤至极，便问拾得：世间谤我、欺我、辱我、笑我、轻我、贱我、恶我、骗我，如何处治乎？拾得答：只是忍他、让他、由他、避他、耐他、敬他、不要理他，再待几年你且看他。这是一段很精彩的对话，充满了生活禅意。

苏州被古代文人美化了，“上有天堂，下有苏杭”。但眼下的苏州，除园林之外，给人印象不大好，破旧肮脏，管理不善，不够大气。在市面上转转，石砚较多，制作者多是农民、市民，工艺不高。但还是选了一方以作纪念。

8月7日。上午，参观鲁迅故居。虹口大陆新村9号。这是一门三层的公寓，楼下是鲁迅先生会客的地方，后半间是餐室。前半室放着一桌几凳，墙上悬着先生喜欢的青年版画，其中有一幅工、农、学生在读《呐喊》的图画。二楼是先生的起居写作间，先生在这里写出过许多著名文章。整个屋子陈设简单，桌子上还放着先生逝世前两天一篇未完的文章，日历和时钟仍然指着先生逝世的时刻。后半间是客室和先生的一些药物，瞿秋白等人曾在这里作客、住过。三楼是鲁迅爱子海婴的住室。

从鲁迅故居出来，我们去虹口公园，瞻仰鲁迅先生之墓。墓地有1000多平方米，前面草坛中是先生的坐像。穿长袍，手拿一本书，坐在藤椅中，凝目远望，在沉思。坐像后是墓地，一屏墙上是毛泽东同志的手书"鲁迅先生之墓"。墓前两株松树，右为许广平植，左为海婴植。墓后及周围是先生生前喜欢的夹竹桃、紫藤和广玉兰。

我们大家在鲁迅先生坐像前留影。

参观"一大"会址。这是一幢沿街砖木结构一底一楼旧式石库门住宅建筑，坐北朝南。中国共产党的第一次代表大会当时处于秘密状态。1921年7月23日，来自各地的共产党早期组织的代表李达、李汉俊、张国焘、刘仁静、毛泽东、何叔衡、董必武、陈潭秋、王尽美、邓恩铭、陈公博、周佛海，还有包惠僧及共产国际代表马林等秘密会聚在上海法租界的贝勒路树德里3号今兴业路76号会址，举行了中国共产党第一次全国代表大会。与会代表13人，共产国际2人。一个伟大的党就从这里悄然诞生了，有如干草柴薪下的星星之火。会址旁边还设有附属陈列室。

下午，我们受邀到巨鹿路上海市作家协会参加座谈会，与他们10多人交谈。

8月8日。上午，《萌芽》编辑部小说组张重光、俞天白两位同志来座谈。我们都是搞小说编辑的，自然有很多话可谈。

船浮东海

下午3点，上长生号海轮，起碇驶往青岛。轮船由引航船拖着掉过头来，缓缓驶离港口。浦江两岸，码头并列，无数只轮船停泊着，当船行至苏州河交汇处时，一股臭气扑来，苏州河成了一条城市下水道，肮脏而乌黑，黄浦江稍许浑黄一些，在那交汇之处形成一道泾渭分明的景观，看了让人难受。

船约走半小时，才到吴淞口。到了海口，见有海军、灯塔，再外面的海面停着许多外国货轮。左边是长兴岛，船又行了约一小时，在天近黑时才离开海岸，驶入近海。眼前海面平和，四面茫茫，我们第一次真正置身大海了。

8月9日。清早起来，我们所乘之船还在东海的碧波之上，没能看到日出，还起了雾。海水是碧绿的翡翠色，四野一望无垠，那样的平坦、广阔，我第一次领略到大海是如此深沉和博大。中午，海水变成了一色墨绿，大概是进入深海区了。

下午3点钟，前方出现了小岛，我想，青岛该近了。近5点，才到达青岛。有丹东路小学设的招待所来车接。这些学校利用假期接待游客，解决一点老师的收入。夜走中山路，直到海边栈桥，我们下车看夜景，玩海水，看潮涨。那夜色中的大海茫茫无边，无法知道大海中的奥妙，不如我们山里人看那远山生机勃勃。没有风浪时，海边是宁静而单调的，游客不少，男男女女自由自在散步。

晚11时回住处。

9月10日。下雨。青岛的街道依山傍海，因地造势，上下回环，十分有趣。下午，去第一海水浴场，海浪滔滔，海湾里起风了，那景象十分骇人。月亮形的海滩边，比列着大量的换衣房，各个地方各个部门都立一幢小房。绿色的海浪上正有航海俱乐部的运动员在划单人皮艇。许多游客在海滩上游泳，我在沙滩上行步，踩在细而柔软的沙粒上，给人一种快意。汹涌的海浪一下一下地冲击着，冲上来又退回去，冲上来又退回去，锲而不舍。李东才下海游泳，我事先没带泳裤，也有点怯，没能游成。

后来参观水族馆、水产馆，对大海有了更丰富的认知。金珠玉与王家男去火车站买大家回程的车票。

9月11日。清晨，大家都起床了，小金子3点多钟就没再睡。我们的行程大致结束，有的回北京，我与李东才、陈新乘车往济南方向，大家相送惜别。

泉城印象

胶州湾的海茫茫一色，火车先是靠半岛海岸行进，慢慢驶入胶东平坦地带。这一带即是当年抗日激战之地，日本鬼子在这里极为残忍。这里也是王愿坚、孙峻青小说所极力描绘的昌乐、潍坊一带。《粮食的故事》《黎明的河边》等作品中的胶东景色仿佛即在眼前。

火车上人极多，真个水泄不通。下午3点到济南站，住济南旅社。这里靠近火车站，行动方便。

晚饭后游趵突泉。济南以泉著称，向有泉城之谓，而趵突泉又位列72泉之首。所谓“趵突”，即跳跃奔突之意，反映了趵突泉三窟迸发，喷涌不息的特点。趵突泉泉池呈长方形，东西长30米，南北长20米，中间3个泉眼昼夜喷涌，浪花飞溅，势如鼎沸，“趵突腾空”便是济南八景之一。北魏郦道元《水经注》记趵突泉曰：“泉源上奋，水涌若轮。”《历城县志》中对此泉的描绘最为详尽：“平地泉源觱沸，三窟突起，雪涛数尺，声如殷雷，冬夏如一。”

进趵突公园之后，绕廊走轩，便到蓬山旧迹，来鹤桥就悬在泉池上，观澜亭边立有两块碑，一曰“观澜”，一曰“趵突泉”。可惜眼前的泉已枯涸，只有三只泉碗像三节破竹立在脏水之中，据说现在到处掘地挖井，地下水下降了，要到冬天才可能看到涌泉景象。在三大殿院内的花格透墙上，镶嵌着30余方石刻，都是历代名人的诗篇。特别珍贵而又不同凡响的是院内的那尊“双御碑”，记载着康熙三临、乾隆二临趵突泉的题词诗文，标示着趵突泉的非凡地位。泉池西侧是“观澜亭”，建于明朝天顺五年，亭内有石桌、石凳，可供游人休息赏泉之用。趵突泉东池的北岸，水边窗明几净的建筑就是素有盛名的蓬莱社，又称望鹤亭茶社，当年康熙、乾隆两个皇帝都曾在这里临水静坐，品茗赏泉。

另有金钱泉、马跑泉、漱玉泉等20余处，都只留下一方枯井，并不见泉水，呜呼哀哉！给人以破败之感。漱玉泉是趵突泉群中水位最高的一个泉池，宋代著名女词人李清照的故居就坐落在漱玉泉边，郭沫若先生为故居题写了“大明湖畔趵突泉边故居在垂杨深处，漱玉集中金石录里文采有后主遗风”。小院显得很雅致，想当年，若这泉水不涌不流，李清照怕也居留不住的。

登泰山看日出

12日。早起，买票去泰安，济南到泰安很近。我们11点15分开始从红门宫登山，过一天门、牌坊、孔子登临处、万仙楼。登山道路比黄山的路宽三倍，较平缓，路旁时有住户，登山起点有碑：重修登山路碑记。

在谢恩处上行烈士塔后大石上，有一长联曰泰山高：五岳之长，举世所尊，巍巍日观，荡荡天门，青徐俯跨，星斗仰吞；左襟沧海，右带昆仑，群峰罗列，视若儿孙，苍然万古，与国并存。乙酉春黄县张振声撰。

泰山被誉为天然的历史博物馆，数以千计的石碑和摩崖石刻，使壮丽的泰山笼罩在历史、艺术、诗文的浓浓气氛里。我开始注意沿途的题刻。

在登泰山的中途，有一处胜境叫“壶天阁”。此处北横黄岘岩，东障九峰山，西峙十峰岭，南耸翠柏洞，阁建于谷中深处，殿亭环列，峰回路转，上透苍天，俨然如在壶中，故以景喻情赐名“壶天”，但更多的取意“壶天仙境”。如《史记·秦始皇本纪》中提到的秦始皇派徐福去求长生不死药的“海中有三神山，名曰蓬莱、方丈、瀛洲”，其形就如壶状。《拾遗记》载：“海上有三山，其形如壶，蓬莱曰蓬壶，方丈曰方壶，瀛洲曰瀛壶。”因此，壶中之天成了人们向往的“仙山琼阁”。《后汉书》方术列传中载有一段故事，有一汝南人，名叫费长房，做市掾官（管理市场的小官）。市有一老翁卖药，悬一壶于市头，到罢市以后，即跳入壶中，但市人没有看见的，独有费长房在楼上偶尔发现，觉得奇怪，知其不是凡人，便到悬壶前叩拜。老翁感其诚敬，从壶中跃出，引长房入。长房进入壶中，但见玉堂严丽，旨酒甘肴，盈衍其中。长房与老翁吃喝完毕，尽欢而出。后来老翁登楼回拜长房，对长房说：我是神仙之人，因为有过错受到责罚而到此，现在事情已经完毕，当该去了。费长房也随老翁学仙求道去了。再据《云籍七鉴》载：施存是鲁人，学大丹之道，遇张申，为云台治官，常悬一壶，如五升器大，化为天地，中有日月，夜宿其内，自号壶天，因此世人称他为“壶公”。历代帝王都把泰山奉为“仙间”“灵府”，因此，将此处命名为壶天，是求“壶天”之境也。

壶天阁有门联：登此山一半已是壶天，造极顶千重尚多福地。

中天门后石上有题刻：接踵过中天，高山群仰止。为问熙攘人，曾否忆国耻。民国二十一年六月余江吴迈。

路边石上多名人题刻：山辉川媚、从善如登、峻岭、人间天上、天下名山第一、若登天然。

叹指齐州九点青，漫教治乱问山灵。且将同梦生花笔，来写千秋泰岳铭。民国二十二年夏湘乡陆默君。

云步桥附近石刻：鲁邦所瞻、到此始奇、水流云在、洗心、山高水长、气象巖巖。

酌泉亭边石刻：跋险惊心到此浮云成幻梦，登高极目从兹俗虑自销沉。再渡云桥访爵松，且依石栏观飞泉。沿途还有：飞泉、涤虑、俯瞰群山、揽胜、河山无脉、栏环翠秀、都归一览、雄冠五岳、霖雨苍生（在瀑布水中）、月色泉声。

五大夫松附近石刻：东天一柱、抚松盘桓。迎客松边有：群峰拱岱、冠盖五岳、发育万物、峻极于天、松云绝壁、举足腾云。有长沙人王大育道光己亥题诗:虬枝万杆嵌危峰,稷稷清风翠影浓。自是腰间森傲骨,当年不受大夫封。

半途中,有一洞府,曰朝阳洞。洞里香烛一片,许多老婆婆来进香,头上插着一柄松枝,大概是求“孙子”的。

附近有石刻:松壑云深、天下名山、能成其大、松涛云壑、至此又奇、松风泉韵、苍松翠霭。

对松亭有石刻:依石听涛、荡胸生层云。

上约十步到“问心朝山处”,已经可以看到南天门、天梯十八盘。到十八盘又遇大雨。此处有郭老诗刻。走到对松亭时,遇大雨,风声松涛,一时呼呼啦啦,我们躲在树下,衣服快湿透了。一时闪电划过头顶,惊雷在耳边炸响,很有点天崩地裂之感。趁雨歇之际,我们一个猛冲上了南天门,时已5点钟。

我们登记了住处,等我们按地址找到,眼前竟是林场的一处窝棚,近似我们鄂西山里守野猪的寮棚,地下垫些野草,上覆一芦席,一人一床被,一窝棚睡30余人。安静下来,一想,倒也有一点趣味。这里即是天街,即南天门起始向碧霞祠前进的路边,估计是游人过多,搭个窝棚来解决。凉意袭人,和衣不得,便与李东才上月观峰。

没有云雾,从山峰上可以看到将圆的月亮好像就在头顶,伸手可摘,有置身霄汉之感。站在峰顶,是泰山之阳,从中天门看去,可以见到泰安城里万家灯火,闪烁明灭,五色杂陈,蔚为壮观,更远处还可以看到中小城市、村镇的灯火。我们的左面即碧霞元君祠、玉皇顶、岱顶宾馆,灯火点缀,颇有天上人间之趣。

夜归,在窝棚里与上海几个中学生谈小说创作至10时才睡。大家也都企盼着明早能看到日出。

13日,晨4点,窝棚里的游客都醒了,外面气温很低,出去看了一下,天气很好。林场的人说,这是十多天来最好的天气了。我们匆匆赶上玉皇顶日观峰,沿途游人极多,好好的天气,一时又浓雾涌来,冷风飕飕,真令人气急,人群时时发出叹息,但大家都找好了自己的立足地,翘首以待日出。

4点半,东海上露出一线淡白,大家开始激动。近5点,海平面上现出一抹淡红,远处浮出几点山形孤岛,人群开始骚动。5点,大团浓雾突然奔涌过来遮盖了一切,冷雾打在人脸上身上,使人战栗。有某电视台的人在架机拍照。浓雾时开时合。有孩子和老人,游人有穿棉大衣的,有穿单衣的,有穿背心短裤的。山下是云海,茫茫一片。5点10分到5点15分,仍然一点不见,太阳应该就要出来了,云雾还是不退去,大家开始着急了。18分,突然,云雾被神仙一把撕开,人群一片欢呼,但不见日出。5点20分,仍不见日出,大家千呼万唤不得出,而雾又袭来了。5点25分,出来了,却是一轮弯月,半圆,大家正惊奇,细看才发现那弯月就是太阳,近日处是淡灰色,远日处是淡红,日上没有山影,也没能见到海的波纹,光彩不及黄山日出。5点半,日圆了,顶部开始出现金黄。5点40分,太阳已是一片金光,霞光也收去了。因为云层的干扰,泰山日出不够精彩,人群慢慢散去,似心有不足。

玉皇顶是泰山极顶。有极顶石,为石栏所围,植松二株。有玉皇大帝像。这里有古登封台,有题字:唯天在上、天左一柱。有诗刻,观无字碑:莽荡天风万里吹,玉函金检至今疑。袖携五色如椽笔,来补秦王无字碑。耸立于玉皇顶玉皇庙门前的一块面色淡黄,平面光滑的巨石,它因通体不曾镌刻一字而引起后世人们的流连揣测,这就是赫赫有名的泰山无字碑。有人说,这无字碑系汉武帝刘彻封禅泰山的产物。所谓封,即到泰山上筑坛以祭天,所谓禅,即在泰山下一小山扫除以祭地,封和禅是一种礼仪两个步骤,其目的不外乎宣扬"受命于人","功德卓著"……刘彻于公元前110年3月开始来泰山行封禅之礼,"东上泰山,山之草木叶未生,乃令人上石立之泰山巅"。泰山无字碑也就因此问世。这个皇帝对封禅上瘾,曾七次封泰山。唐代武则天早年封禅泰山时受到启发,死后就在乾陵竖立了无字碑以效法。

附近还有石刻:绝顶、仰止、五岳独尊、昂头天外、青云可接、静观自得、仰观俯察、摩天捧日、登峰造极、万法唯识、一览众山小、最高一峰、雄峙天东。

在日观峰南侧,有观鲁台,石梁突兀,平展如台,上有石刻:观鲁思圣。意在此处可以远瞻鲁国,看到曲阜。仙人桥有石刻:双流翼注、望海。有唐摩崖石刻:登泰观海、天根云窟。

纪泰山铭:位于泰山之巅大观峰。大观峰削崖为碑,布满了历代题刻。开元十三年,唐玄宗为宣扬国力,挑选各种颜色的马各一千匹,组织了浩浩荡荡的队伍来泰山,举行封禅大典。纪泰山铭刻于唐开元十四年(726年)九月,为唐玄宗李隆基封禅泰山后的铭文。摩崖高1320厘米,宽530厘米。铭文隶书24行,满行51字,现存1008字,字大16厘米×25厘米。除"御撰御书"4字和末行年月日为正书外,其他均为隶书。唐摩崖"纪泰山铭"刻石,形制端正,气势雄伟,又是帝王亲手撰书,其书法遒劲婉润,因而被誉为国宝。《纪泰山铭》最后两句"道在观政,名非从欲",是很有气魄的。的确,初掌朝政的唐玄宗是创建了一番功业的。他不问朝政,沉湎酒色,那是后话。沿途还有石刻:弥高、天地同攸、五岳之宗、与国同安、壁立万仞、呼吸宇宙、青壁丹崖、置身霄汉、与国咸宁、体乾润物。

碧霞元君祠有乾隆碑亭二,左右列,碑各一通。有敕建泰山金殿碑记铜碑两块。有石刻:诚有感应、神灵必佑。元君佛像前多小脚绣花鞋,是鲁地妇女们的精心杰作。祠门有匾额“赞化东皇”,殿中高悬“福绥海宇”,有九尊正神,六尊侍女,共 15 尊,全是妇女的天下。祠前为香亭,供女神,门口一尊守护神是男神,大门边另有四尊男神守护左右。“受安之佑”殿有一正神二侍女全是女的。“诚有感应”殿有一正神二侍女也全是女的。山门前百步有“万代瞻仰”坊。碧霞元君祠是岱顶的一大建筑群,创建于宋代祥符年间,距今 970 多年。宋称“昭真祠”,金称“昭真观”,明称“碧霞灵佑宫”,清代改为“碧霞祠”。

8 点早餐,我们开始下山。路边有上山时未曾注意之石刻,南天门有联:阶崇万级俯临千峰奇观,门辟九霄仰步三天胜迹。南天门上为摩天阁,南天门下是十八盘,有石刻:努力登高、亦可阶升、山险心平、步入青云梯。升天坊上有:开詄荡、何险危、仰不愧、履如夷。升仙坊有:天地交泰、知止观止、神贶崇朝。

下有慢十八盘:绝顶云峰、崧高峻极、东皇天路、层崖空谷、仰不愧于天、俯不怍于人。步云桥下石刻:愿同胞努力前进,上达极峰,独立南天门,高瞻远瞩,捧日拿云,可以张志气,拓胸襟,油然生爱群救世之心;感斯山之永固于国家柱石,曰巖曰峻,巍然吾民族之威稜。

岱庙石刻:地到无边天作界,山登绝顶我为峰。仰之弥高钻之弥坚可以语上也,出乎其类拔乎其萃宜若登天然。拔地通天。

路边还刻有李白、杜甫的诗句:凭崖望八极,目尽长空闲。会当凌绝顶,一览众山小。朱崖著毫发,碧海吹衣裳。

泰山处中国古代文化发达地区,特别是它“拔地通天”于东方,巧合了“东方主生,帝王乎震”的旧传统说教,成为历代帝王巡狩柴望封禅告祭的“圣地”。相传三代以前就有七十二代帝王封禅之说,商周时期臻于完备,自秦始皇始见于具体记载。后蹈前辄,成为历代帝王告示太平,祈求江山永固必须举行的盛大祭典。泰山成山较早,地理环境、气候等自然条件优越,成为我国古代文化发源地之一,著名的大汶口、龙山文化遗址都发现于它周围。由于所处地理位置的关系,她实际上成了人们的“崇拜物”,特别是进入阶级社会后,更被历代帝王所利用,封禅告祭,神道设教,给泰山留下了丰富多彩的文化遗迹。从仓颉造字的传说开始,中国人就相信文字传递着神秘的信息,赋有神奇的力量，它可以穿越千年时空，让其所记载的事物不朽。因此，在很长一个历史时期里，人们总是把文字刻画在坚硬的器物上。最早是刻在龟甲上，后来刻在铜器上，后来写在竹片上，自从发明了纸，记载的东西就大大丰富了，但石刻仍然很多。为什么选择石头？清代著名学者、诗人龚自珍认为：石头生长和留存在天地间，耐腐蚀，抗风雨，其寿命远非金属所能匹敌，而且，石头巨大，要想搬迁十分困难，这就是古人舍弃金属器皿转而在石头上刻字留铭的原因。泰山现存石刻大致可分为两部分，一是摩崖石刻，一为碑刻。有的是帝王亲手题书，有的出自名流之手。大都文辞优美，书体高雅，制作也很精巧，既是记载泰山历史的重要资料，又成为泰山人文风景的精彩名胜。

游泰山诗目：

《对松山遇雨》郭沫若，《登泰山观日出未遂》郭沫若，《题傲来山》刘应时，《题十八盘》刘应时，《泰山石》李德裕，《水簾洞》肖协中，《望海石》李兴祖，《岱山高》朱元璋，《游泰山（其六）》李白，《望岳》杜甫，《登泰山日观峰》梅圣俞，《泰山吟》陆机，《咏日观峰》王弘诲，《仙人篇》曹植，《閟宫》《诗经·鲁颂》，《四愁诗》张衡等等。

下了泰山，游岱庙。岱庙中有汉柏称奇，有古槐，另有宋天贶（音况，天赐予之意）殿，属于岱庙的主体建筑。相传北宋大中祥符元年（1008 年）六月初六有"天书"降于泰山，宋真宗即于次年在泰山兴建天贶殿，以谢上天。殿共九间，东西长 48.7 米，宽 19.79 米，高 22.3 米，重檐八角，彩绘斗拱，黄瓦盖顶，庄严可观。下面八大红明柱，规模宏大，富丽堂皇。殿内的壁画"启跸回銮图"传为宋代的作品，高 3.3 米、长 62 米，东部为"启跸图"，描绘"泰山神"出巡时的浩大场面，西部为"回銮图"，描写"泰山神"返回时的盛况。画面上共有人物 672 个，形态各异，均栩栩如生。天贶殿的建筑规模完全按照皇宫"九五之制"，初建时的高度仅比金銮殿矮了三砖。此大殿屡废屡兴，现在的整座大殿雕梁彩栋，贴金绘垣，丹墙壁立，峻极雄伟，虽历经数朝，古貌犹存。殿主祀东岳大帝。天贶殿与北京故宫太和殿、曲阜孔庙大成殿并称"中国古代三大宫殿"，亦称"东方三大殿"。

岱庙内碑石如林，最著名的要数李斯小篆刻石。它是公元前 209 年秦丞相李斯奉秦二世之命撰写刻制的，距今已近 2200 年，现在只剩下 10 个字，保存在东御座院内，为我国珍贵的历史文物。

我沿途观察泰山树种，有油松、刺槐、橡子、侧柏、赤松等 30 余种。出产果木：苹果、梨子、栗子、山楂、柿子、核桃等。有药材：灵芝、何首乌、黄芪、黄芩、桔梗、玉竹、丹参、柴胡、鹿茸等。

芙蓉秋月一片大明

14日上午，游济南大明湖。

大明湖位于济南市中心偏东北处、旧城区北部，由济南众多泉水汇流而成，湖面58公顷，公园面积103.4公顷，平均水深2米左右，据说最深处可达4.5米。早在唐宋时期，大明湖就以其撼人心弦的美景而闻名四海。“蛇不见，蛙不鸣，久雨不涨，久旱不涸”为大明湖的四大怪。大明湖景色优美秀丽，湖水水色澄碧，拥有历下亭、铁公祠、南丰祠等著名景点，是繁华都市中一处难得的天然湖泊，济南三大名胜之一。

铁公祠有多副对联：四面荷花三面柳，一城山色半城湖。此联为刘凤诰作，铁保书。铁公祠为清乾隆五十七年（1792年）为纪念明代兵部尚书铁铉而建。时燕王朱棣起兵夺位，铁铉镇守济南，拼力抵抗，兵败而俘，至死不屈。还有几副联书：

四海论交见豪气，一门风雅喜多才。

五尺小船半篙水，更无余地让游人。

满水风荷声似雨，可人意处小沧浪。

万柄池荷香绕座，千株堤柳色迎卮。

名士轩，上有郭沫若题联：杨柳春风万方极乐，芙蓉秋月一片大明。

登上北极阁，立于高台之上，可望见湖中最大的岛，上有历下亭。因其亭南临历山（千佛山），故名历下亭，亦称古历亭。据说，唐天宝4年（745年）杜甫和名书法家李邕曾在此亭饮宴，留有“海右此亭古，济南名士多”的诗句。

暇园：内有岳飞出师表石刻。为后人所书。有辛稼轩纪念祠，祠名为陈毅元帅所题。有唐圭璋题稼轩祠：冲冠怒发三千丈，慷慨悲歌六百篇，余恨逝前呼杀敌，长留心气在人间。有郭沫若先生1959年题诗：铁板铜琶继东坡高唱大江东去，美芹悲黍冀南宋莫随鸿雁南飞。

其后有山东省图书馆，没能进去看看，不知藏书几何？

中午，游千佛山。千佛山古为历山，唐贞观年始建，隋开皇年间，山东佛教盛行，山崖上刻了不少神龛佛像，即叫千佛山。从东路上，路经唐槐亭，有唐槐一棵，古树已朽，旁生枝丫活之。再上为“齐烟九点”牌坊，此古为齐地，故称“齐烟”。后书“仰观俯察”四字。回首济南历历在目，再上即千佛寺，门边书曰：暮鼓晨钟惊醒世间名利客，经声佛号唤回苦海梦迷人。

再进去，即有龙泉洞，有一泉深约10丈，水作龙吟，实为积累的山水，非真泉涌出。旁为极乐洞，石刻释迦佛像，高2丈，旁多小佛像。其右为黔娄子洞。黔娄子昔隐居在此，凿洞居而不出。不为高官重金所动，后逝，收殓时以布被覆之，覆头则足现，覆足则头现，有人说，斜之可殓也，其妻曰：斜之有余不若正之不足。先生生前不斜而死后斜之，非先生之意也。这一故事后人传为佳话，颇多人生哲理。

出佛寺右有鲁班祠，塑一鲁班像，皂巾布服，作工思像。其右有舜祠，又名重华殿。祠内有舜帝塑像，衮冕执圭，双目瞑闭，须髯垂胸，左右配享娥皇、女英二妃，珠冠蟒服。传说舜的眼睛有两个瞳子，故名重华。虞舜德高望重，才华超群，尧推举其做事，后继尧位治理天下，繁荣昌盛，所以，后人立祠祭祀。寺后为山顶，不足游，乃仓匆而还。

抄得《第一泉记》：济水源自王屋，伏流至济南，随地涌泉，不止七十二也，而趵突为最。天下名泉，扬子第一，惠山第二，长白麟见亭先生谓趵突可与第二泉伯仲。某郡唐际武先生云行几遍天下，所谓第一第二泉者皆不及吾济诸泉，惜陆羽未品之耳。夫泉之著名在甘与清，趵突甘而滈，清而洌，且重而有力，故潜行远而矗腾为万水晶之峯，欲冲霄汉而四时万雷吼也，噫！异矣。毛海客云济南名泉七十二，独有趵突称神功，又云，呜呼此泉，洵第一碑记，常读曾南丰则趵突实为第一，因名之为第一泉。历下王钟霖雨生氏记并书，同治八年己巳春日。

瞻谒孔庙孔林

8月15日。晨起，坐103次快车到兖州，下车后坐公共汽车，约20分钟即到曲阜县，直趋孔庙。

从体育场起步，路边多古柏，行约200步，有一圆形城墙建筑，前额题“万仞宫墙”。过城墙洞，有一石刻牌坊，上书：金声玉振。嘉靖十七年六月都察院右副都御史天水胡瓒宗立并书。过小石桥即檽星门，为孔庙大门，始建于明代，木结构，乾隆十九年改为铁梁石柱。园内尽古柏，森森然也。又一坊，上书“太和元气”。又一坊，上书“至圣庙”。过圣时门，明代建筑。过弘道门，明弘治年间始建。取《论语·卫灵公》“人能弘道”语意。

从左边进，有御制孔子庙碑记。有问礼故址、古泮宫。中有奎文阁，原称藏书楼，专藏历代帝王赐书墨迹。此楼始建于宋天禧二年（1018 年），金昌明二年（1191 年）重建改今名。明弘治十三年（1500 年）重修，红墙黄瓦，三层飞檐，四重斗拱，是我国著名的古代木结构楼阁之一。历代帝王都在这里立碑设祭。很多石碑留下了断残的痕迹，这是“批孔”和“文革”留下的伤痕。

奎文阁后即大成门。前后中庭有大理石蟠龙柱，做工相当精巧。阶前有“先师手植桧”碑。盘龙柱两边是浮云雕石柱。前行有杏坛，相传为孔子讲学的地方，宋天禧年间筑坛植杏。杏坛过去为大成殿。大成殿为孔庙主体建筑，宋崇宁三年（1104 年）徽宗赐名为“大成殿”，明弘治十三年（1499 年）重修增广，雕以龙柱。清雍正二年（1724 年）重修，殿高 32 米，东西 58 米，南北 34 米，重檐九脊，黄瓦朱漆，彩绘金龙，辉煌壮丽。这里是祭祀孔子的主要场所，殿内陈设着祭祀时的乐器、礼器。檐下 28 根石柱，下饰宝装复莲柱础。两山廊及后檐支以 18 根八棱水磨石柱。浅刻团龙祥云。前檐十根深浮雕石柱，每根双龙对珠，盘绕升腾，衬以山石，缀以波涛浮云，造型优美而生动，是我国古代石刻艺术中的珍品。大殿内正中立孔子像。大成殿后为寝殿，是供奉孔子夫人亓官氏的地方，始建于宋天禧二年（1018 年），明弘治十三年（1500 年）重修，现在陈列着孔庙珍藏的汉以来部分碑刻拓片。

圣迹殿：建于明万历二十年（1592 年）内存晋唐宋画像刻石及明代“圣迹图”石刻。圣迹图共 120 幅，描绘了孔子一生的主要活动。

左为西庑，为孔子的弟子和文人们活动的场所。

右为东庑：有玉虹楼法帖。是孔子第六十九代孙书法家孔继涑毕生精心整理的 584 块石刻，当时号称南梁（梁同书）北孔（孔继涑），玉虹楼即孔继涑的书斋称号。

这里展出的许多珍贵石刻，汉魏六朝，其丰富与珍贵可与西安碑林相比。

十三碑亭。历代皇帝所建。

出孔庙往东，见颜庙，亦称复圣庙，是祭祀孔子大弟子颜回的庙宇，据《陋巷记》载：在陋巷故址建庙，始于汉高祖刘邦东巡祭孔时，后经唐、宋、元、明历代重修扩建。明万历二十二年（1594 年）达到现在规模。内有陋巷故址碑、陋巷井、乐亭、唐柏、复圣殿。

出城北门约 3 里为至圣林牌坊，即孔林，前有万古长春石牌一坊。大林门、洙水桥。进坟地门，有子贡手植柏碑，有大成至圣文宣王墓。侧有子贡庐墓处。孔子墓之东是孔鲤之墓，碑为泗水侯墓，后一碑，二世祖墓。孔墓与孔鲤墓中前方为孔伋墓，碑为沂国述圣公墓，后有小碑，上书“三世祖墓”。东有三小亭，为宋真宗、清康熙、清乾隆来祭孔时驻跸处。

孔林为孔氏家族集冢而葬的墓地，有各种树木，老古苍黑，石碑林立。门边有几个老农在卖灵芝，声称是孔林所产，价格和黄山灵芝相比要贵出好几倍。另有一人卖字，其书法甚陋，未曾得孔书真传，只好躲到这里来卖。

出孔林，在曲阜车站边吃中饭，乘车回兖州。

曲阜为古鲁国都城。这里属华东平原，一展平洋，路边可见物产甚丰，以出产玉米、小麦、棉花、花生为主。同时也出芝麻、红苕、小米、高粱。水果以苹果最多，也有梨。

这次到曲阜，看孔庙、孔林，收藏了一个纪念品：是一张门票，是那种在白纸上素印的黑白票，长 5.5 厘米，宽 4 厘米，什么装饰都没有，就是一个四方线条框，中间两条横线，被分为三格。上格里打印的文字是曲阜县文物管理委员会参观券，中间一格写着伍分二字，下格写着：只限一人，当日有效，票售出概不退票。这是我见过的著名景区最简朴的门票。

8 月 16 日。

火车从兖州抵徐州，已是夜色浓重。途遇旅游的大学生西安建筑工程学院吴伟东，同车到徐州。转 47 次快车回武汉。

从八达岭到山海关

10 月 4 日。夫人蒋大国从武汉来北京，我随她们乘湖北省青年联合会委员参观团的车去八达岭，过居庸关约几里即是。

登上长城，眼望塞外平川，秋风萧瑟。以我看惯江南山地之眼，眼前是一片枯黄，植被稀疏，干涸的河流，像沙漠，周围山很高，水草不茂，平川远处又是高山。风高，天冷。我想象着当年修筑长城的艰辛，也想象着当年孟姜女为什么要哭长城的事，她难道只是哭丈夫吗？我仔细端详这脚下的长城，这就是世界奇迹，这就是中华民族的创造，这也是古代战争的遗存，如长龙，似飘带。

从长城返，到十三陵，参观地下乐宫、定陵。又看长陵。这是我第一次进入清朝皇帝地宫陵寝，亲眼见得真命天子死后在另一世界的铺排与奢华。再看十三陵水库。下午 4 点返京。

10 月 10 日。清早，坐 153 次火车从北京到山海关，途经玉田县、昌黎县到北戴河，过秦皇岛，中午 12 点到达山海关。

山海关极为雄伟。为重檐歇山式城楼建筑，上一檐下悬“天下第一关”大字匾额。相传这几个字是明代进士山海关本地人肖显所书，字迹雄浑有力、尺度巨大，每字高达 1.6 米。很远就可以看到。山海关是万里长城重要的一座雄关。关城不是一座孤立的建筑，它与附近的长城和城堡、墩台、关隘共同组成一组防御工程系统。至今，明代遗留下来的铁炮依然架在城墙上。看着眼前的景象，我想起了我们土家族人秦良玉当年镇守山海关的情景。明万历四十四年（1616 年），努尔哈赤统一了建州三卫和女真部族，在赫图阿拉（今辽宁新宾县）反叛大明，建立“大金”（后金）政权，开始连连发动对明军的进攻。两年后，萨尔浒一役，明军惨败，诸营皆溃。辽东情势危急，朝廷重调全国兵马赴援，石柱土司女王秦良玉亲自率领三千白杆兵，还有自己的哥哥、弟弟、儿子，兼程北上抗金。万历四十八年，秦良玉的白杆兵与金军打了几场硬仗。沈阳浑河之战中，秦氏兄弟率白杆兵率先渡过浑河，血战金兵，由于众寡悬殊，秦邦屏力战死于阵中，2000 多白杆兵战死。秦良玉闻讯后，亲自率领百名白杆兵，渡河杀入重围，拼死救出了弟弟，抢回了哥哥的尸体。其后，朝廷任命秦良玉为把守山海关的主将，赐予秦良玉二品官服，并封为诰命夫人，任命其子马祥麟为指挥吏，追封秦邦屏为都督佥事，授秦民屏都司佥事之职，还重赏了白杆兵众将士。眼前这几尊铁炮说不定就是秦良玉的“白杆兵”当年用过的。崇祯三年（1630 年），皇太极攻榆关不入，便率 10 万金兵绕道长城喜峰口入侵，攻陷遵化，进抵北京城外，连克永平四城，明廷大震。金兵趁机直奔通州，京师形势十分危急。明朝廷再次诏天下诸军勤王，秦良玉接旨后，二话不说，又带领她的白杆兵，日夜兼程赶往京师，并“出家财济饷”，以补朝廷因连年战争而造成的军需不足。秦良玉的部队与金兵在京师外围相遇，还没来得及安营扎寨，就开始了全面进攻。年已 55 岁的秦良玉，亲率白杆兵将士，以一当十，威猛如虎，打得金兵落荒而逃。很快，秦良玉接连收复了滦州、永平、迁安、遵化四城，解了京城之围。崇祯皇帝大为感慨，特意在禁城平台召见秦良玉，优诏褒美，赏赐彩币羊酒，并亲自赋诗四章，彰其功绩。

恰遇来游的文讲所同学们，我便归队，乘车一同经秦皇岛市，回北戴河中海滩宾馆。去老虎石看日出，在海滩拾贝。去西山观海亭，见林立的别墅、碣石。去碣石园看哈哈镜、吃螃蟹、写作。

15 日回北京。

高山　大海　日出

人类最为崇爱的莫过于太阳吧。

太阳为什么从东方升起？四季为何夏天最热？谁见过太阳“落土”？真有“扶桑”之树？在科学大大普及的今天，“羿射九日”的神话恐怕再也没有人相信它了，但人们却仍然在如醉如狂地欣赏着朝暾的初露。

在不长的一段时间里，我就曾经登山渡海，赶了几处名胜地方的日出。

苍茫的夜空还点缀着无数星星，急性的游客就起床了。黄山实在很高啊！天穹低垂，星星离得很近。明明离日出时间还早，但人群仍然急急忙忙向清凉台、狮子峰漫过去。千里迢迢，爬上万仞高山，为的就是看看那拂晓前的奇景。拂晓即将到来，谁还肯睡在床上呢？

大约是 4 点半，天地交接的东方现出了一丝微白，慢慢地，地平线的深处向上弥漫出些许暗红的曙光，舞台的脚灯打开了，人流的雁群开始静下来。这时候，东方曙色的上空现出了一簇絮云，那云团是鲜活的蛋黄色，暗红的曙色在加重，在变亮，星星开始一颗一颗地闭上眼睛，悄悄地隐退到幕后去了。

5 点刚过，神奇的化妆师彩笔一挥，就给那蛋黄色的云镶上了一道金黄色的绲边。一颗启明星在金黄色的色带之上眨了眨眼睛，它是一艘导航的小船，正引导太阳的巨轮从宇宙的深处向我们驶来。

我利用这“羲和”之神登场前的间隙回过头去，看到了另一幅奇景，一幅从没被人注意的奇景：从清凉台到狮子峰，层崖叠峙，树木因陈，数千万名来自天南海北的游客，一层层，一圈圈，立在山的各处，衣着五色，眼含期盼，摩肩接踵，目迷而神驰。这是一幅规模宏大的巨塑，它的造型使我想起了观世音菩萨背后的那座万佛山，它的色彩又活脱脱如漫山的五月红杜鹃。我不禁惊叹:这也是一幅绝妙的日出图画哇!

突然,狮子峰顶响起一声欢呼,紧接着,海涛似的声浪立刻从山头滚卷下来,溅起掀天巨浪,然后漫向各个山谷,我们千盼万盼的太阳终于露面了。

这是5点20分,一天之中最激动人心的时刻,太阳像一颗金色的豆子从宇宙的炒锅里弹射出来了。这颗金色的豆子像一颗红樱桃忽然变成了"月亮",一钩柔和的下弦月露出于酒浆的水面。

这时候,又一个奇迹出现了,这"月"的下弦出了一座山的剪影,那山像一个墨玉的笔架,托着一轮月牙形的太阳。我猜,那大概是传说中东方大海扶桑古国的山了。太阳从那遥远的山岫慢慢地浮升、浮升,眨眼间,它魔术师一般抹去了柔和的霞光,一下子迸射出万道金箭,璀璨而灼人,叫人不能直视。整个黄山便一头跌入了阳光的海洋。

山的日出是动人的,海的日出呢?

看海的日出有两个好地方,一个是泰山,一个是北戴河的鸽子窝,三点在一条直线上。泰山拔地于齐鲁平原,东临大海,所以,在泰山上看日出,其实是看东海的日出。

当我夜过天街,经碧霞元君祠,站立在"五岳独尊"的摹崖刻石旁边的时候,茫茫云海已经淹没了泰安县城的万家灯火。"齐烟九点"之地也是流云奔泻,天的极远处刚刚露出一抹淡红,从山下忽地一下冒出来大团大团的云,像那海潮巨浪吞淹礁岛似的,泰山极顶眨眼就栽进了云海深处。那冷的雾,凉津津的风,吹打在游人的脸上、身上。人群开始躁动起来,因为日出的时间眼看就要到了。5点18分,浓雾裂开了一条缝,无数摄影机一齐对准过去,人群一片欢叫:快呀!快呀!大家催促太阳快快趁机会钻出来。可惜一团浓云又扑过来,填合了那道裂缝。

云在时开时合,弄得大家的心也时紧时松。几位拄着拐杖的老人露出了失望的神色,我知道,这些老人是在什么样的力量鼓舞之下,做了怎样的努力才登上南天门的。说不定,在他们曲折而丰富的一生中,这可能是最后一次对万仞高山的勇敢攀登了。

泰山上的日出,我没有看到。当浓云退去的时候,太阳已经梳妆整齐,高高地悬在东海之上了。

鸽子窝看到的日出终于填补了泰山上的惆怅。那是一个晴朗的早晨,我立在波涛之上,心中意造出一轮红日,我想象出太阳一定会像一只海豹那样把它的头从海水中忽啦啦一下子冒出来。这时候,海的极远处已经烧得通红,那边好像有千万座高炉正在出铁。金色的太阳从钢铁的熔液中探出头来，缓缓升腾。我看到一轮光洁的红日捧给蓝天。天是那样的高阔，海是那样的博大，朝阳是那样的蓬勃，大海的日出，是那样的叫人激动，让人难以忘怀。

细细想来，太阳本无日落日出，它无论白天黑夜，一直高高挂在天宇，永无衰落；对于地球来说，高山的日出即是大海的日出，此落即是彼出，地球永远沐浴在朝阳的大海里。但是尽管如此，人们仍然满怀希望地攀登高山，涉临大海，去一瞻朝暾出岫的丰采，领略红日离海的雄姿，这究竟是为了什么呢？

我小的时候，听妈妈讲过一个太阳的故事。说是在很久很久以前，陆地上突然涨了齐天洪水，洪水退去之后，地上的人已经剩下不多了，他们在黑夜的泥泞中摸索。一座山上活下来兄妹俩，决心要给受难的人群照亮前行的路，哥哥举着火把的时候就是白天，妹妹提着灯笼的时候成了月夜。哥哥没有衣穿有些害羞，妹妹就送给他一包金针，告诉他："谁要是看着你，你就用金针射他的眼睛。"这传说中的妹妹就是月亮，那哥哥就是太阳，它们都是人变的。

这个故事曾经引起我许多遐想：在寂寞的夜晚，天上突然出现了照路的火光，谁是这温暖、光明和希望的信使呢？如果我就是那在泥泞中摸索的人，我也一定会抬起头来看一看的。用自己的光和热无私地烛照暗夜，却又不肯在人们面前显露自己，这恐怕就是后世人们如此敬仰太阳的原因吧。

太阳是光明的使者，是明天的象征。但是，已经升离高山，已经跃出大海的太阳是不怎么欢迎别人看的。因此，人们不去看白天的太阳，却不畏关山阻隔，攀高涉远，去欣赏朝暾初露时那远山剪影、碧海摇波、云开雾锁、山衔海托的千姿百态，只有在这时候，人们才真正领略到了日出的壮观。

本文发表于 1983 年 9 月《民族文学》

贵阳花溪笔会

1983 年 5 月 9 日，从武汉乘 149 次列车抵达贵阳，往住花溪宾馆绿瓦房 50 号。花溪距贵阳市约 20 公里，车行半小时。溯溪而上。过花溪镇，步行 20 分种可达。

花溪是贵阳最好的一处风景名胜地，溪水映碧，翠绿夹岸，每日游泳者不乏其人。吃完晚饭，偕朋友步于溪畔，神清气爽，空气清新，有鸟语花香，气温比武汉温凉。

宾馆小院很幽静，窗外石榴有红有白，红的似火，白的如玉，绿地如毯，这里原是一处疗养胜地。

全国少数民族文学翻译创作会 11 日正式开会，省委池书记 9 日来看望大家。文联主席蹇先艾也来看望大家。蹇先艾是遵义老城人，出生于清末名门，自曾祖父始，累代皆有功名。蹇先艾先生主要写短篇小说、散文，也写新诗。

4 月 8 日。天气晴好，我们驰车去市区参加“四月八”节。苗族的“四月八”是纪念苗族英雄亚努的节日。600 年前，外民族部落来攻打苗族驻地嘉八许（苗语，即今贵阳市区喷水池一带）亚努（苗王）壮烈牺牲。后来苗民每年四月八即来此地游奠，相沿成习。这一天，万人空巷，汇集喷水池街心，约 10 余万人。苗族、布依族青年穿着民族服装，吹着芦笙，载歌载舞，热闹非凡。

在省委统战部小息之时，见苗族青年在化妆，准备演出。他们自称有青苗、白苗、花苗之分，实为苗族的族群分支。白苗少女头上插银质发簪，形似筷子，头方尾尖，长约尺许，一头可插十支以上不等，上饰银铃、银花；青苗少女头上用毛线（黑色）捆一牛角状木梳，形似水牛角。据说苗族有衣服式样三十余种，舞姿各异。我们去街上参观，街心公园四周设有茶水站。参加庆祝活动的还有贵阳市杂技团、贵州民族学院，另有受邀来黔演出的青海省海南藏族自治州歌舞团演出队。

多民族都有“四月八”，苗族的“四月八”和白族的“三月三”相似。据说每到这天，年轻人在街上对歌吹笙，谈情说爱，通宵达旦，其情其景，未能亲见。

5月21日。经过十来天的紧张创作，需要放松一下。我们从花溪乘汽车，沿川黔公路朝东北方行进，早晨7点半开车，中午1时到达遵义市。遵义是历史名城，是旅游胜地，湘江河从市内流过。我们住遵义宾馆。下午游览市容，在书店购得《茶花女》一册。别无所记。

晚上看书，得知遵义位于贵州省北部，南临贵阳市，北倚重庆市，西接四川省，处于成渝—黔中经济区走廊的核心区和主廊道，是重要交通枢纽。这里属亚热带季风气候，终年温凉湿润，冬无严寒，夏无酷暑，雨量充沛，日照充足。遵义在战国时期属大夜郎国范围，唐贞观十三年(639年)，将隋代的郎州改名为播州，领辖今黔北的大片地域。播州之名，历经五代、宋、元到明朝末叶，存在了962年。所以人们习惯用“播州”来代称古代的遵义。明代，播州土司宣慰使杨应龙谋反，和朝廷20万军队进行了数年惨烈的争战。明万历二十八年(1600年)“平播之役”后，播州取消土司制度，实行“改土归流”，于次年将播州拆分为遵义、平越两个“军民府”，分别隶属四川、贵州两省。当年“平播之役”最后决战的战场“海龙屯”就在遵义附近。遵义是国家历史文化名城。1935年1月，中国共产党在这里召开了著名的“遵义会议”。

5月22号。瞻仰遵义革命烈士陵园。

陵园位于小龙山上。我们登370步阶梯达小龙山顶。可见两个大坟。乙亥年(1935年1月)红军打进遵义，一部分红军住在桑木垭，周围群众中间有瘟疫，某卫生员去给老乡治病，红军大部队走了，卫生员留下继续治病，被国民党抓去杀了。群众把她埋在山上，日后如果有头痛脑热的什么病，就在坟上去拜，因而香火不断，这个红军女卫生员被称为“红军菩萨”。国民党一个姓侯的专员带人来挖了坟，群众又把她的骨骸收拾好埋了。

1953年，革命胜利，红军坟也从桑木垭移至遵义。群众仍然敬崇“红军坟”，最多的时候竟然有近千人来烧香，特别是3月至6月，老太太都来烧香。另一座坟是邓平的，他是二进遵义时的侦察员，被冷枪打死了。1957年根据老同志回忆，死时很年轻。另有一个安顺军区司令，解放后死时只38岁。在红军坟前还立着300余块小碑，残断不齐，斑驳于青草丛中，是“文革”中红卫兵长征队为红军立的。苍松之下,感慨系之。另一块碑上刻有各省各地数十名战士的名字,他们是中华人民共和国成立后在这里剿匪时牺牲的,全都是20多岁的青年人。

民族文学主编玛拉沁夫先生说:革命就是年轻人干的事业。红军从江西走到遵义,又走到陕北,老头子干得了吗?今天通了火车,也不一定干得了。毛主席当年也不过40多岁吧。

遵义会议会址:在遵义老城东门边,有"遵义会议会址"匾牌。听说房子原来是一个资本家的小楼,建得很不错。我们进去参观,当时(1934年8月),红军从江西出发有8万人,到达湖南通道时只有3万多人了,到遵义就更少了。反"围剿"的失败,国民党军的围追堵截,加之行军生活之艰苦,让一部分人对前途产生了怀疑,领导层也产生了分歧,就是在这个生死攸关的时刻,遵义会议适时召开了。中共中央政治局扩大会议上,结束了王明"左"倾机会主义路线在党内的统治地位,确立了毛泽东在党内军内的领导。这是一次极为重要的历史转折。小楼旁有一棵古槐,它冷静地旁观着历史的沧桑,见证了这一切。

娄山关:从遵义乘车,12点动身,下午于2点20分到达。这条公路是1935年前修的。此处乃是川黔要津。晚清以来,多起农民军在此与封建王朝争战。娄山关是娄山的主峰,高1400米。1935年2月26日,当日大雾,红军从红花园攻上娄山关,遍地是黔军王家烈部丢下的步枪与烟枪。红军27日占领遵义,取得了长征以来的第一次重大胜利。毛主席激情满怀,当即写下了《忆秦娥·娄山关》词。今天,娄山关口,用大理石立了这块诗碑,高20丈,宽约30丈。金色大字,气势如虹。

关前有点金山,右有大尖山,左有小尖山。眼前大雾,未能远眺。

6月7日。黄果树大瀑布。

黄果树大瀑布世界有名,搞写作的人不能不看。晨8点半坐车,自花溪向西南行四小时到安顺市,住虹山宾馆,安顺是一个地区市。午饭后再坐车走一个半钟头,到达黄果树大瀑布。汽车一走进黄果树村,就见前方绿树丛中烟雾腾腾。我们绕过一道小河(白水河)即见河水从平地突然消失了。这河水消失之处就是大瀑布的起点。我们绕过山头下行,左边即看见黄果树大瀑布了。

瀑布挂在白水河上,是学者考察和旅游参观的胜地。千百年来,由于地壳变更,河水作用,将地表刻蚀成许多奇峰异石,在石山里凿出许多大小不一的溶洞,水垢堆成千姿百态的滴石与边石,河水流经之地构成各种瀑布、跌水、群潭。在以黄果树大瀑布为中心的280平方公里内，形成了一个特殊的自然景观——黄果树岩溶风光。

黄果树大瀑布宽81米，高71米，深17米。这里是世界著名的奇观，奔云泻絮，气势磅礴。水从70多米高处跌下，好像坠入地洞深处，立于数百米之外，亦感觉地动山摇。坠入地洞之水再滚卷出来，旋转的水涡托出层层水花，进入河谷，滚滚而去。山谷雨雾终日不断，可喷射数十米之外。大瀑布被巨石分成三部分，水大时即合为一体。对面山上修有观景台、茶社、宾馆，让游人慢慢欣赏这一切。

我们观景、游玩、照相，两小时而还。

这一处方圆数百公里的风景区，还未完全开发，附近主要是布依族、苗族村寨，这里属镇宁布依族自治县。沿途尽是石山、石林，农田极少，出产不多，人民生活似乎较穷困。贵西南的石头用处极广，农民用石头砌屋、用石板做墙壁、做盖屋瓦，亦用石板做水缸、棺材。我想起，历史上的石棺葬风俗就主要风行在云贵川。我鄂西老家村子里就有一个石棺葬的"古坟包"，夫妻合葬，棺材、墓碑都用石板做成，这和我们当地的木棺葬形成了鲜明的差异，人们一直不得其解。现在看来，这一墓主恐怕就是从云贵或四川地方迁居到我们村的，他们死后仍然保持和遵从了出生地的风俗。

8号上午，参观安顺市市容。参观文庙。"德配天地，道冠古今"，大同小异。院中大成殿前有一对镂刻石柱，浮云与盘龙，极为生动，列为全省文物重点保护对象。我看，这两根柱子的文物价值怕是超过了这座文庙。好比一只香獐，它的一个麝包的价值远远超过了它的一身骨肉一样，有趣。院内一棵桂花树，一蔸数株，盖地半亩。

去城北参观王若飞烈士故居。王若飞即安顺城北人，在这里上学，后来勤工俭学出国，回来参加革命，由重庆返延安飞机失事逝世。他是中国共产党高层领导人之一，如果不意外牺牲，他一定会是我党最优秀的领导人之一。

下午，从安顺市乘车行一小时多，到达龙潭。龙潭是一条河的地下河段，下游修水电站，沿河上行200米，水声吓人。有一个大岩屋，水从屋顶天口喷泻而下，跌差30米左右，从石洞口可见到人形，如龙女。绕山上去，在石山中有10亩左右一深水潭，此即龙潭也。我们创作班人多，共坐游船6艘，划破平潭，进入龙口，即进入地下河道。溯水而上，洞内水平静如镜，龙口有龙舌龙牙，有的地方只可通行小船，要手合头低而入。到第一室即水晶宫，可见到五龙护宝。神女读书，如一少女披发坐于崖头，低头读诗书，情态逼真。沿途有猪八戒、唐僧、三顾茅庐，还有孔雀点水、寿星。另一大厅叫长江三峡，钟乳石奇形怪状，大如天柱，小如细竹，随意而象。沿石道走 30 分种，潜行 900 米，到达山的另一边龙口，出山洞而歇息。民工正在开挖另一段山洞，据说还有 700 米，水可通船。走石道，现一大岩屋，玩 30 分钟，顺水退而还，行 15 分钟，坐车而返。

晚饭后启程回花溪。车回路上，一农民从坡上向我们的车子甩石头，击中车身，打破我左边玻璃，幸好没砸中人头。飞溅的窗玻璃划伤了我的手。大家很紧张，当地领导也很紧张，以为重伤了人。经了解，是因为修公路时，占了当地农民的地，而通车之后，农民搭车不方便，说话无人听，所以，时时发生农民扔石头砸过往车辆的事。我们都是从农村出来的，农民砸石头是不对，但我们政府的工作显然是存在不足的，你修路要占农民的地时，肯定是骗哄吓诈，随便许愿，等把路修好了，通车了，你百事不管了，农民乘车方不方便，你都不管了，农民找谁说去？他就只有扔石头了。我虽然挨了打，算是误伤，反倒有些同情他们。

9 日，上午由安顺抵清镇县。午餐后游红枫湖，两小时后返花溪。

创作会 6 月 18 日结束。

滇游夜记七则

春城印象

1982 年 4 月 8 日。从武汉开往昆明的火车驶过长沙、怀化，便开始爬山了。进入贵州境内，铁路在千峰万壑之间钻突盘旋。无数的桥梁，无数的隧洞，火车从这个洞里钻出来，尾还没见天，又一头扎进了另一个洞。偶尔山开一隅，从窗口可以望见迷茫的山谷，深处有几粒农舍。车内的灯一直亮着。我忽然想到了历史，这里不是古夜郎国吗？蛮荒之地终于通了火车，不难想见，这条沟通西南与内地的动脉，先是经过“地崩山摧壮士死”，然后才有“天梯石栈相勾连”。山洞过完，我们的“坐骑”已经行驶在多年向往的云贵高原上了。

昆明城的海拔并不算高，滇池边是 1800 多米，与安徽黄山的天都峰顶等高。然而，昆明是有名的春城，它的鲜花是从每年的春节就四季盛开的。更有趣的是，昆明的街头，有人穿着夹衣，而姑娘们已经穿上了单衣花裙，这里的街头美丽清静，车辆不慌不忙地行驶，游客们神态自若地走路，到处是树荫与鲜花，从嘈杂而拥挤的武汉街头来到这里，大有误入避秦之地的感觉。

我们写作读书会 35 个人，来自 18 个民族，我们暂住的饭店就在西山脚下，从窗口可以望见断崖飞峙、削壁千仞，那上面就是西山龙门。

4 月 10 日。我们相约去登山，有石级数百步，悬挂在古松翠柏之间。我们一行十余人，民族文学主编玛拉沁夫在前，达木林和我们随后。有一丝儿风，太阳从湖里反射出七彩的光。忽然，我听到身后一阵窸窸窣窣的响动，我以为是蛇，回头一望，看见一只毛绒绒的松鼠在岩壁上跳舞，它那蓬松的大尾快活地抖动着，两颗黑葡萄似的眼珠滴溜溜转，十分可爱。我听说过，边疆的几个少数民族中，人皆善射，弓弩娴熟。从前，小伙子想求婚，首先必须射下松鼠（也有的民族是射鼬），有了松鼠献给姑娘，才有权求婚。因为松鼠是林间极为灵巧的动物，能射下松鼠，这小伙子也就具备了打猎获食、养活妻小的本领。我想，这种重才能而轻财礼的风气很值得今天的内地青年人效法。

从千步岩再上数百步，就到了三清阁。三清阁旧址是元朝梁王的避暑宫，历代修建的层楼叠宇隐现于苍崖之间，游人很多。有一副对联："置身须向极高处，举首还有在上人。"既是眼前的写实，又极富哲理。

西山最为壮丽的去处要数龙门。要谈龙门的位置，先得谈西山，从滇池北岸大观楼对望西山，山形似卧佛，有人称之为睡美人，我曾在大观楼眺望过，还是很像的。而西山龙门就正是睡美人的后脑勺，山势到了这里，好像是被当年造湖的巨人一刀剁下，形成了一道断崖，崖下即是滇池。从达天阁继续向左行，就是断崖，这一面已凿敞了。据文字记载，整个工程从乾隆四十六年到咸丰三年，历七十二年陆续开凿而成。沿着悬岩绝壁雕凿，一像一物，都是原石刻成，凿石穿云，工程险绝。游人们以手抚膺，无不惊叹古代工匠们的高超技艺和顽强精神。

所谓龙门，有点像高崖上巨龙张开的大口，洞深两丈，内有石雕佛像，立在龙门才真正体味到雕凿者的用心。立在这里，很有跨龙奔海之势，也只有立在这里，才能见到五百里滇池的真容。原来，我们在千步岩所见到的实在只是滇池的一角。眼下的滇池，向东向南，鸥飞帆动，水天一色，大有洞庭风光。清人孙髯翁在大观楼有名的百字长联中落笔便是："五百里滇池奔来眼底披襟岸帻喜茫茫空阔无边。"短短二十个字就把浩茫的气势写活了，我认为孙髯翁对联前几句的意境，更像是在龙门感受到的。

昆明地处云贵高原，能有滇池这样的天然湖泊，真正难得，我不明白的是，偌大一个内湖，为什么千百年来叫它"滇池"？"池"与"塘"近，为什么不叫它"湖"呢？荡荡滇池五百里，洞庭湖不也只号称八百里吗？是否另有深意？不得而知，这也更增添了滇池的神秘感。极为可惜的是，在靠东北崖的地方，被围垦了很大一块，使得金瓯残缺。经人指点，才知道那是在"以粮为纲"时期，有一个军代表在这里磨炼指挥艺术时的结果。我原以为围湖造田只是人多地少的江南泽国才干的蠢事，没想到山多水少的高原也干这等傻事。可惜，可惜！遗憾，遗憾！

在龙门的佛桌边，我注意到一位农村妇女正在求神，她从布袋里抓出许多柏木粉和檀木香屑，点燃之后，趴下就磕头，口中念念有词："我从很远的马甸来,我是第一次到这个昆明大城市啊,我来给龙王爷磕头啊,我从山脚下逢庙就烧香啊,这香粉是花三块钱买来的……”

我感到有趣,就向她打听缘由。原来她的丈夫虐待她,她想改嫁又不行。她又在念:“我头作锄来手钉耙,脸朝黄土背朝天,那么大一家人要我一个人做饭吃……”她不堪忍受,带了两个儿子来求助于龙王爷,半道上,又被丈夫把两个儿子拉走了。她继续叩告:“我求龙王爷,让我的两个伢儿快回到我身边来,在外头不要做坏事,要听妈的话,要听共产党的话呀。”她真心诚意地念祷词,但她的伤心话儿近于在嘲讽龙王爷:“龙王爷!你在天上享福,我在地上受苦啊,我要求发财呀,不发洋财发天财呀……我给您说两遍,我是信您的呀,不信我不会来。”

我后来把这一幕转述给玛拉沁夫和达木林、马犁和艾克拜尔几个人听,他们都笑起来。玛拉沁夫同志说,她的矛盾,不属于龙王爷分管,那香算是白烧了哇!

西山已辟为森林公园,从三清阁沿半山公路行一里许,就是黑松林。这里面,有人民音乐家聂耳的墓,我们到那里的时候,正有数十名幼儿园的小朋友在献花圈,我们只好避让。墓边有杜鹃花无数。早就听说云南杜鹃花繁多,可惜来迟了一步,因为这里花期的高潮已经过了。见到聂耳墓,仍然很高兴。

沿途见得最多的要数“红果刺”了,4 月正是它的花期,那花白粉粉一蓬一蓬,开满山坡。一位老人告诉我们,当地人称之为“救兵粮”。说古时候有一支军队,弹尽粮绝,逃到山上,见满山红果,采以充饥,终得救援,后来这红果子就被称为“救兵粮”。有人也叫它“火把果”,这是象形名称。我的家乡鄂西土家山村,老百姓称之为“红果刺”。每春,绿叶素花,叶和花都可以做茶饮,秋实累累,一片火红,酷似红色的珍珠串。妈妈告诉我,旧社会,这种红果子是穷人的救灾粮食。三年困难时期,我就亲眼见它救过多少人的性命。现在,我们家乡还有人把它采回家,或喂猪或煮酒哩。

翻开历史一读,原来,远在忽必烈率兵征服云南之前,楚国大将庄蹻就率领远征军来到了云南,只因为归路被汉军截断,才“以其众王滇,变服从其俗以长之”。这是历史上内地汉族与云南少数民族第一次建立亲密的甚至血缘的关系,这也是大规模的文化交流。

我走下西山,又情不自禁地回过头来去看那苍翠的森林,林间的亭阁,看那满山的杜鹃花,还有那救过大军的红果,我的心海也仿佛变成了浩荡的滇池平湖。我这远道而来的客人,真诚地感到云南的山山水水是这样的可亲可爱。

苍山洱海

4月13日清晨，旅游客车直接开到西山饭店来接我们，当日的目的地是下关市。下关地处滇缅公路和洱海航道的会接点，是滇西经济文化的中心和交通枢纽，大理白族自治州州府就设在那里。汽车离开昆明，向西开去。云南的地势是北高南低，所以，我们的汽车基本上没有走多少坡路，只是感到路边的人户愈走愈稀。

中午，我们在楚雄彝族自治州午餐，稍事休息，继续西行。走不多久，就天黑了。从车窗望出去，高原的夜景颇有异趣。远山近岭一片昏黑，因为周围没有高山，车子似乎在屋脊上跑一样。这里的土地瘠薄，时而能见到村寨，天上的星星离地面很近，常常与村寨的灯火相杂。10点过后，我们才到西南门户——下关。我们在息龙山下中美地震试验所住下。没想到，我们住处的阶沿下几步之外就是仰慕已久的洱海，可惜月色不明，只见渔火点点，不能尽观全貌。洱海对岸苍苍黑黑，有如一堵围屏，逶迤横陈，似马车，赛墨龙，经人指点，那就是苍山。一轮弦月搁在山顶，隐隐能见山顶月色如银。苍山脚下有万家灯火，从海底倒映过来，我们猜想，那就是名城大理了。

14日。从地图上看，由世界屋脊西藏高原向南延伸过来的横断山脉，到了云南西部，有一个小小的分支，北起上关，南止下关，长约50公里，东西宽约25公里，山势雄伟，南北骈列，这就是苍山，本地称点苍山，海拔在4000米以上，与洱海相依，形成“洱海银苍”的壮丽景色。

苍山和洱海是一对孪生的兄妹，是一对恩爱的夫妻。没有洱海的宽阔，显不出苍山的雄峻，没有苍山的刚毅，也显不出洱海的柔媚。

苍山下，洱海边，世世代代居住着白族人。在白族人心目中，点苍山是神圣的山，一首民歌唱道：“金鸡爱栖三塔顶，老虎不离点苍山。”老虎和金鸡曾经是白族先民的图腾。

这苍山也是怀古的名山。这里依山近水，在石器时代就有人类繁衍生息，早在三四千年前，这里就与内地文化有着血缘关系。公元8世纪，南诏王异弁寻曾经仿照中原政权的做法，把南诏境内的名山大川敕封为五岳四渎，点苍山被封为中岳。唐德宗贞元十年，唐使臣崔佐时远道来这里，南诏王亲率臣僚迎接，南诏王还在点苍山下拜受唐朝的册封。至此，唐与南诏对峙数十年之后，言归于好了。点苍山也被载入了祖国团结统一的史册。

大理有素负盛名的“风花雪月”四景（下关的风，上关的花，苍山的雪，洱海的月)，苍山顶上经夏不消的积雪，应是四景之最。大理诗人李元阳曾有诗赞叹:“日丽苍山雪，瑶台十九峰。”在风和日丽的阳春三月，点苍山顶显得晶莹闲逸。杨升庵在《滇南月节词》中写过大理城里“五月卖雪”的故事:“五月滇南烟景别，清凉国里无烦热，双鹤桥边人卖雪，冰碗啜，调梅点蜜和琼屑。”多少年来，每当炎热季节，都有人爬上苍山顶去采回积雪，卖给人解渴。我们来时，已近5月了，我们去大理城，双鹤桥头仍然有人卖雪，不过不是山顶采回的积雪，而是用雪水制成的冰棒了。吃着加牛奶的刨冰，我倒愿意尝尝那千百年前就有的“调梅点蜜”的琼屑。

苍山十九峰，峰峰脚下都有名胜古迹。如南诏古都太和城遗址，如形似西安大雁塔的崇圣寺三白塔，还有神奇动人的蝴蝶泉，滇藏公路从山脚傍村而过。城内春风送暖，山顶白雪一片，十九峰夹十八溪，融雪成河，淙淙而下，成群龙奔海之势，实在壮观。难怪当年那个24岁就中了状元的四川人杨升庵，正值有为之年，触怒了皇帝，被嘉靖皇帝充军到云南，尽管“红颜而出，华颠未归”，72岁老死戍所，他能把戍所当故乡，不是没有原因的。他在云南30多年，有很大一部分时间是在大理度过的，他爱大理的水光山色，足迹遍布苍山洱海的名胜古迹，写下了不少绘声绘色的诗文，他还广泛结交边疆各族朋友，与云南各族人民结下了深厚的友情。因而，他已不是流放充军的囚犯，他把自己看作文化交流的友好使者，这种精神将永远启迪着后世。

15日。我们乘“大理”号游轮在洱海上徐航，轮船从团山启碇，经两小时从喜洲上岸。天上浮得几朵白云，海水出奇的清澈，绿莹莹的像玉液一般，我都有些担心海里的鱼没东西可吃，因为有俗话为证:“水清则无鱼。”然而这里的水这样的清，鱼照样有。白云在海底漂游，彩船在天空滑翔，沿途有水鸭无数，船过处，那些水鸭掠水而飞，将两只爪子拖在水面上，像水上飞机在起飞一般。洱海上船只很多，都是渔民，每船二人至三人。白族妇女生性爱美，腰身婀娜，苗条得像一只马蜂，头上盘着辫子，包着飘穗的花头巾，穿圆领坎肩紧身上衣，腰里扎着绣花的宽腰带。在衣料的选择上，一般爱穿白上衣红坎肩或是浅蓝色的上衣配黑坎肩。过去用土布，如今用的卡快巴。白族姑娘一个个打扮得像只花喜鹊，显得朴实干练，俊俏而大方。这就犹如那江汉平原棉田里的姑娘们，爱穿大红大绿一样。她们是受了大自然春光的启发，又同春光强争妍好啊！只是至今我不明白，船娘们每每在小船头挂一方鲜红的帕子，迎风飘扬，我原以为是姑娘晒的红内衣，后来发现许多船都挂，是不是作为船上有黄花闺女的标记？抑或是祭神？不得而知。她们轻轻地荡桨，那桨也奇，活像长柄的乒乓拍。一个人操桨，一个人稳稳地立在船头慢慢地撒网，那神情极像演员们在聚光灯下，于绿色舞池里作态。我游过洞庭湖，渡过太湖，也曾在东湖和西湖泛舟，我感到这高原湖泊里更有一种深沉、稳重而又神秘的气息。

风光独特的洱海，古文献中称之为“叶榆水”“西洱河”……它是云贵高原著名的淡水湖之一，公元前 2 世纪，作为白族祖先领地的昆明已在洱海地区强大起来了。公元前 122 年，张骞出使西域回到长安之后，汉武帝下了很大的决心，想打通经云南去印度的道路，于是，就在都城长安开凿了一个修造楼船，演习水战的湖泊，这个湖就称之为“昆明湖”。西汉元封二年（前 109 年），汉王朝终于在洱海地区设立了叶榆县（大理至今仍称榆城），这就是清人孙髯翁在滇池大观楼长联中所提及的“汉习楼船”的故事。清代很有作为的乾隆皇帝也因为景仰汉武帝拓土开疆的功绩，把北京颐和园的西湖更名为“昆明湖”。所以，在中国至少有三个昆明湖。

苍山洱海是一对孪生兄妹，是一对和美的夫妻。北京的万寿山和昆明湖的方位形势也极像苍山洱海，这远隔万里的山和水，在很早以前就山盟海誓，结成了姐妹山和姐妹湖啊！由此，我感到仿佛是航行在一条历史的长河上。我们的祖国，这个多民族的国土，地理形态，不也正是西北是高原，像群峰骈列的苍山，像富丽堂皇的万寿山，而东南部是平原，是大海，就像碧波荡漾的洱海，像昆明湖啊！各民族生息在这块土地上，像兄妹，像夫妻，唇齿相依，相得益彰。

种松碑

大理三月，已是鲜花的世界。松荫塔影，隐现于碧波雪痕之间，令人心旷神怡。游罢三月街，白族的导游大哥说：“你们还应当看看《种松碑》哩。”他那种崇敬的神态，又引起了我们观光的兴致。

我们来到大理第一中学。在一间花厅内，安放着一块用大理石刻成的古碑，碑文草书，自由豪放，遒劲之中略略透出些许拘谨。这字体在哪里见过？西安碑林？承德？泰山？……啊，想起来了！汉阳古琴台。我急忙寻找碑文的落款。果然，上面写着“岭南宋湘”四个字。来云南之前，我曾陪一位朋友到过汉阳古琴台，在“高山流水”题壁诗前流连很久，那诗的落款也是“岭南宋湘”。

在数千里之遥的苍山脚下，居然遇见了同一古人的诗刻，这大大诱发了我的探求兴趣。翻开史书一查，原来宋湘并非湖南人，他是今广东梅州人氏，字焕襄，号芷湾，清朝嘉庆年间进士。据说这个人性情豪放，为人磊落，写起诗来也豪爽自由，自成一家，自言"作诗不用法"，反对摹拟。把他的琴台题壁诗和这《种松碑》上的诗一读，果然不大遵从作诗陈法。他以话入诗，明白晓畅，专以气势和情感夺人。

《种松牌》上的诗是这样写的："不见苍山已六年，旧游如梦事如烟。多情竹报平安在，流水桃花一惘然。古雪神云看几回，十围柳大白头催。才知万里滇南走，天遣苍山种树来。一粒丹砂一鼎封，一枚松子一棵松。何时再买三千石，遍种云中十九峰。"宋湘云南做官十余年，晚年到过古雪神云的苍山脚下，住在大理。碑石上的引文记载，宋湘公余，曾买了三石松子，"课民种于三塔寺后"。三塔寺就是苍山第十峰下著名的大理三座白塔。宋湘离开大理六年后，朋友写信告诉他，"松已寻丈，其势郁然成林"了，宋湘闻讯十分高兴，于是写下了三首绝句。作者在诗中大发感慨："旧游如梦事如烟"，没想到松子已经成林，而且引起了朋友的重视，不远千里报告喜讯，这倒让人有些醒悟。"才知万里滇南走，天遣苍山种树来。"可见，宋湘对种松一举是颇为自慰的。

广州人爱种花草，故有"花城"之誉，昆明人也爱种花草，有"春城"之称，然而都不及大理。大理气候温润，土质肥沃，极宜于树木花草生长。在古城市井中漫步，家家庭院里、门窗边都能见到姹紫嫣红，锦绣一片。就是在山区村舍，也都有培植花木的习惯。可以说，大理是我见到的最美好的城市，白族是我所见到的最热衷于美化生活的民族。"大理三千户，户户都栽花。"在全国大力植树栽花的今天，大理这种悠久的民族风气是值得推崇的。

抚摸着古老的石碑，我想，已经回到内地的宋湘，在得知松子成林后，还发出"何时再买三千石，遍种云中十九峰"的宏大愿望，这种动人的种松精神，确确实实是比"丹砂"要贵重的，无怪乎大理人如此看重这块百余年前的石碑哩！

由此，我想到了汉阳古琴台。据记载，古之琴台"三面环水，鱼藻交映，上多平旷，林木翳然"。可见，当时的琴台周围包括龟山，是有繁茂的树木的。因此，俞伯牙才可能触景生情，弹奏出千古佳绝的"高山流水"。假若俞伯牙从晋国归来，在桑梓之地见到的只是枯山死水，一派颓败的气象，恐怕他就抚琴无曲了。

其实，这岭南宋湘不管是在边塞为官，还是在内地漫游，他对"林木翳然"的地方总是含着一种异样亲近的感情。于是我想，武汉的龟山应该远比从前更为葱茏，现在的琴台，也应该有远比过去为多的树木花草才好，我们武汉也应当像广州，像昆明，像大理，成为树的世界，花的海洋。

目前，一个绿化家园的群众运动正在席卷祖国大地，宋湘“何时再买三千石，遍种云中十九峰”的愿望正在实现。我们应当给那些积极种树的人都树立一块《种松碑》。

大理三月街

今天已是农历三月二十一，街期已近尾声了，我们急不可耐地去赶大理三月街。

车过洱海的出海口，这地方叫西洱海。据说这里是诸葛亮擒孟获的地方。光绪年间，有人立碑于此，上书“汉诸葛武侯擒孟获处”，《三国演义》上写诸葛亮四擒五擒孟获都是在西洱河边。

孟获是云南彝人，属于少数民族。诸葛亮并不以一个征服者将孟获囚于阶下，而是以“心战为上”，要“降服其心”，因此才“七虏七赦”，终于使孟获心悦诚服。诸葛亮要争取的显然不只是孟获一个人啊。大概正因为如此，孟获的后代并不把诸葛亮当作一个仇人来看待，而是看作一个神奇的朋友，并且将他的神像牌位供奉在寺庙之中，这段逸史是很耐人寻味的。

汽车离开西洱河，在滇藏公路上奔驰，一会儿就到了大理城西门外崇圣三塔。三塔之中最大的塔和西安的小雁塔仿似，高十六层，三塔都呈粉白色，远远望去，恰似三支文笔挺立在苍山脚下。著名的大理三月街，每年就在三塔的近旁举行。

三月街在我的心目中一直是一个热闹非凡而又神秘的所在。“昔时繁盛几春秋，百万金钱似水流。川广苏杭精巧货，买卖商场冠亚洲。”你看，诗人把它描绘得何等繁盛。有趣的是，三百年前，大旅行家徐霞客也曾长途跋涉来到大理，他随着熙熙攘攘的人流，逛了两天三月街，他描绘这里“俱结棚为市，环错纷纭”“千骑交集”“男女杂沓”，“十三省物无不至，滇中诸蛮物亦无不至”……这景象该是何等的动人心弦啊！

三百年以后的今天，呈现在我们眼前的三月街是人的海洋。这里是城西门外一处旷野。仍然是“结棚为市”，不过这些棚市现在是由政府统一规划建设的，占地数百亩，成棋盘格局，门市相连相望，各地商旅云集这里，到处是琳琅满目的日用百货，高原特产，山野珍奇。各族男女老少皆身着艳服，摩肩接踵，熙攘其间，一半是买卖，一半是交游。而其中尤以白族少女惹人注目，在外地客人眼中，她们个个都恍如电影中的五朵金花，混杂在人群中，像是千百朵怒放的玫瑰在人海上飘浮，别具特色。

大理三月好风光，葱绿的原野，苍伟的群峰，碧澄的洱海……三月街摆在苍山洱海这样宽广宏丽的背景之下，它显得似乎不怎么盛大，但当我步入人海之中，又发现它无边无际，如入迷宫。转了一圈，我才发现，三月街基本上分为三处。靠山脚的稻田那边是牲口市场，千百匹骡马牛羊，摆尾摇头，嗷嗷嘶鸣，买卖人围着牲口，一堆一伙，议价成交。在百货市场的另一边，就是药材市场，云南以出产名贵药材而闻名于世，而这里几乎出售着云贵高原上所产药材的绝大部分品种。

我们的人很快就淹没在人海之中，真有交臂不辨之感。我穿行其间，专门观看各少数民族的特产，精美的草编，大理石制品，造型优雅的煮奶壶……还有各民族不同的服饰，真有些叫人目不暇接。街市中颇多地摊和吃食，各家公私饭馆都来设店摆摊，大到全鱼酒席，小到一勺凉粉，一颗盐渍橄榄，无不随处可沽。

集市贸易，各地称呼不一，市、圩、场、街，各随其俗。许多民族都有自己的盛会，例如蒙古族有那达慕，藏族有望果节，苗族的四月八，傣族的泼水节，都是充满着激情的民族狂欢节。三月街是以白族为主的民族盛会，在农历的每年三月十五开始，历时一星期左右。关于三月街的产生，白族人中流传着许多动人的传说，其中一种，相传南诏国时期，观世音菩萨于三月十五到大理传过教，因此每年到这一天，信徒们就搭棚诵经，并以素食祭之……慢慢流传下来，逐渐演变成了具有浓厚民族色彩的贸易集市和节日盛会。据《云南日报》报道，参加今年盛会的各族群众达 100 万人次，是历年来参加人数最多的一年。河南、安徽、山西、江西、陕西等省都有贸易代表团参加，上市各类商品达 1 万余种，仅牛马大牲畜即达 11000 多头。而其中社员私养的大牲畜上市各占 2%左右。今年，除了演出歌舞之外，中断了多年的赛马等传统体育活动又蓬勃开展了。

从三月街下来，我感慨万端，这里就是一个超级市场啊——这里是观察云南各族人民生活的一个窗口，是一个时代的缩影。

白族是一个有着悠久历史文明的民族，三月街是苍山洱海最为辉煌的节日。旅游爱好者，不作大理游，实为一大憾事！

丽江古城

4 月 16 日。丽江。汽车离开大理，沿滇藏公路往丽江驶去。车窗外一派高原景色,天很低,也不见摩天峻岭,真正是高处的平原啊。在一个个山头的集群之间,藏着平坦而丰饶的盆地,这里叫坝子或甸子,这是粮仓,是当地人们世代居住和耕种的地方。车行 400 余里,唯有洱源、剑川等坝子不亚于江南,其余山树木稀疏,草被不厚,杜鹃花倒挺多,路边常见彝族妇女儿童守着削皮的松木柴,大概是想卖给过路司机。这里农民耕地,还是用二牛抬杠的方法,那犁弓特别长,好像永远也拉不直似的。

丽江是滇藏间的要塞,现在是纳西族自治县所在地。到了丽江不见江,听说金沙江隔这里还有 30 里地。丽江城郊一里许有象山,山脚即是名播遐迩的黑龙谭,已辟成逸游的公园。潭有数亩,被参天古树荫蔽着;泉有数处,雪山上的水从这里突突地朝外喷吐着珍珠。园内有五凤楼,造型与中原寺庙楼阁相似,彩绘独具民族特色,楼内有珍贵的纳西宗教壁画。

我在丽江第一次见到了还活着的象形文字,它是一部纳西族的《东巴经》,经书用的文字是图画文字,就基本结构来说,是象形文字,很像今天给孩子们看的简单的连环画儿。纳西族老人中认得这种经文的还不止一人,能读能讲解者已不多,研究这种文字的学者在国际上倒不少。

纳西族是一个淳朴的民族,心肠朴诚。听人说,纳是黑色的意思,西是纳人之义,我估计可能是他们的先民崇尚黑色。纳西的妇女的服装很特别,像日本妇女那样背一个绣花的布夹,形似青蛙,据说是背着山河,因为古代男人们负责打仗,妇女们则从事生产来养活男人和老小,她们背着山河的重担倒是真实的。这个民族的感情十分纯真,特别是青年男女对爱情十分真诚,过去常有情死的事发生,这黑龙潭就是一个最为理想的情死之地。

4 月 17 日。玉龙雪山。阳春三月,在大理初次看到了苍山顶上的积雪,我曾十分惊奇,今天当我看到玉龙雪山的时候,禁不住手舞足蹈起来。记得在武汉,当冬雪初下的时候,大街小巷一片欢腾,人们是把下雪当节日来过哇。而现在呈现在我眼前的,山下是莺歌燕舞的春天,而在同一时空,就在那山腰以上,突兀出现那么一座晶莹洁白的雪山。自然的神力在这时使冬夏同在,让水火熔于一炉,有什么比这更神奇有趣呢?目力所及之处,雪峰在烈日下闪射着耀眼的光辉,那雪像牛奶漫在山头,缥缈似的几朵云雾吻着山巅,更平添一种童话般的意境,听说雪线以上就可以采到雪莲,我真想去采一朵雪莲花。文人们常爱赞颂寒梅斗雪,可寒梅毕竟是植根在润湿的泥土里啊,而雪莲呢,它是生长和开放在冰雪之中,它不是斗雪,而是恋雪呀!

我默望着,目光从雪山上慢慢扫视,啊,在雪线之下,葱茏一片,好一个苍郁的去处，这使我立刻收住了万千思绪，想起了我们今天的主要目标。

我们一行舍车登山，秦松汉柏之中隐现出玉龙禅寺，这里正是玉龙雪山的龙头。我们从一棵合抱的夜合花树下经过，此树与广玉兰近似，花朵日开而夜合。踏进山门，大家齐齐喝彩，原来，我们苦苦来寻的“万朵茶花”就生长在这庭院里。

云南山茶冠天下。据说，这种名贵的观赏植物单云南一省就有 100 多个品种。世界上很多国家有山茶学会，他们来云南参观，也无不为这国色天香的山茶花所倾倒。只可惜公路沿线的山林破坏太甚，自然生长的已不多见，公园人工培植的倒还容易看见。

伴随过数代喇嘛的这棵山茶花王，已经有 500 多年的历史了，估计是寺庙始建时栽的，原是相近的两棵，现在已经织成了一道屏障。我数了一下，大致可以数出 50 多条枝干从根部向 180 度扇面方向伸出，然后齐齐 90 度后折，沿着人工架梁铺陈开去，形成一处足球场球门似的花荫，花荫几乎遮没了整个庭院。这花荫下的面积，足可以同时摆下四桌酒席。我们数十人坐在下面品茶，枝叶间漏下点点阳光。

“茶花王”名不虚传，树冠高约四米，径约 10 米。更为奇特的是，这茶树另有灵异，同一枝头可以开两种花，一种为九蕊十八辨，一种是单蕊六寸许，比手掌还大。一位主事的红衣喇嘛告诉我们，这棵茶树每年 11 月含苞，次年 2 至 4 月进入花期；花期参差，约能开三十茬，计数万朵。天冷则半月落英，天热约一月进入“万朵茶”期，它称“王”是当之无愧的。

这棵茶花王为稀世之珍。我想，它的培植是极难的，因为有人告诉我，昆明西山上当年也曾有一棵古老的茶花王，有一次，工艺师外出了，一个管理人员出于好心，给茶树施了过量的化肥，结果将它“烧”死了。这种事使我感慨万端。其实，这样名贵的茶王它给予人的甚多，而求于人的几乎没有。我问了一下，这里的海拔在 4000 米以内，年平均气温在 12 度左右，最高达 28 度，玉龙雪山终年流淌的融雪水滋润着它。寺庙周围有古松无数，寺前是千顷牧场，牧场右边是农田，天时地利，在茶树的周围形成了它的小气候。如果说茶树有求于人的，那就是不要破坏它的小气候。红衣喇嘛告诉我们，他们既不给茶树松土，也不施肥。花荫下是古砖铺就的庭院。

我想，世界上万事万物似乎有一个共同的特征，既需要稳定的大气候，更需要它的小气候，无数个独特的小气候构成了独特的大气候。试想，将这玉龙雪山融化掉，把这松林伐光，把牧场改作农田，或是相反，无异于给这茶树拓根而伐柯！

不看万朵茶，等于没见过云南茶花。

主人烧了开水，捧来玉峰茶叶，我顺手摘下十里香的玉白色花瓣放进茶杯里，这香味儿又引诱我去观赏周围的香花。在粉红一树，蜂飞蝶舞的万朵茶旁，植有各色花卉：铁角海棠、金丝海棠、虎头兰草、金盏花、土茉莉、玉李、报春花……十数种。芍药衬着数树十里香，相互依恋、相互映衬，见之者无不感叹。我们沉浸在这无以名状的芳香之中，真有“居芝兰之室，久而不闻其香”之感。

这十余种鲜花簇拥着万朵茶花，和睦相处，使我忽然一下子想起了我们这一行人是来自十八个兄弟民族，一个是植物的百花园，一个是民族的大家庭，有趣有趣！我们在花荫下憩坐良久，乐不可支，恋恋而不忍离去。

一看茶花三拍手，十里闻香九回头。我抄下同游者藏族诗人伊丹才让在花荫下占得的茶花诗来作为今天日记的结尾：

一年三个月吐香，三十次更新生命的青春，
万朵茶花把春夏连成飘彩的吉庆良辰，
两树合欢啊，十八万两千五百个昼夜，
陪伴纳西民族贯通了五百年坎坷的历程！
我在寻求呵，什么是经久不衰的成因？
是玉龙雪峰的清溪升华你灵魂的纯度，
还是灵魂纯贞的阿注精酿的不朽爱情?！

18 日，离开丽江回下关。沿途所过村镇，人流如潮，农民占路为市，汽车鸣号如蚁爬行，每市都有千余人，从杂货到吃食，农副土产应有尽有，热闹非凡。在到达甸子之前的山岭上，远远见有马缨花，很吸引人，我们就下车欣赏。此花如硕大的杜鹃花，如山茶，红艳艳一片，远观近赏，十分动人，给我留下了极深的印象。

下午 4 点到达下关，吃完饭去观赏下关街市。

19 日，坐车 400 公里，回到昆明西园饭店。

经过了一段辛苦的创作。4 月 29 日，我们乘车去市内红星剧院看电影《牧马人》。这是根据张贤亮的小说《灵与肉》改编的，由谢晋导演，影片拍得很好，庄严、宏大，有余味，特别是秀芝和灵钧的爱情写得动人。沙叶新说，写许灵钧的忍辱负重是成功的，但是他的思想，争斗没写出来，有些逆来顺受。我同意这个看法。玛拉沁夫同志也有同感，解决这个问题不在多，点几句就够了。观影后，参观市容，在街市上行走，街道清洁美丽，人不挤拥，较武汉清静。

石林奇观

5月3日。在石林小住，使我们的游兴达到了高潮。

石林是岩溶地貌中的一种特有形态，是喀斯特地貌的典型形态之一。它由巨厚层石灰岩构成，是水溶液沿着岩石裂缝溶融冲刷分割而成的石柱组合。从远处望去，仿佛是一片森林。据科学家考察、鉴定，形成石林的石灰岩是2.7亿年前的古生界，早二叠纪深海里形成的岩石，经过造山运动而成。今天还可以在这些石柱间看到几层水平线。隐约标示出当年的海水平面线，演绎着石头生命的缓慢形成。

这里海拔平均1750米。最高1875米，最低1625米。年均气温15度，最高可达39度。世界上，据说还有意大利一处石林，但不及此处宏大壮观和奇伟。

石林在滇东，离昆明市并不很远，我们乘坐的旅行车是昨天中午到达的。吃罢饭，顾不得午休，我就钻进了石林。眼前是一个见所未见的世界哟！我仿佛是第一次走进上海那高楼栉比的深巷，怀着新奇而激动的心情，忙不迭地左顾右盼。这是丛生的竹笋、硕大无朋的箭镞、巨大的刀剑、神奇的雕塑……那高达30余米的石柱是森林里的巨杉，那精巧玲珑的扁石极像立地的刀剑。这千奇百怪的岩石森林啊，万笏朝天，组成了一个刚毅沉静而别具一格的家族。这个家族自然地划分为若干较小的群体："莲花峰""剑峰池""石林海"……这些形象的名称能使人想起许多名山大川，而"母子偕游""望夫石""骆驼骑象""阿诗玛"……这些动人的奇异杰作又让人回味起丰富多彩的传说故事。这些石头的造型，根据观察角度和空气透明度的变化而气象万千，更为有趣的是因人心境的不同而大异其趣。经过人生各种悲欢，处于人生各个阶梯之上的人们在这岩石的森林里都会找到自己喜爱的形象，更何况这石林就是撒尼姑娘"阿诗玛"的故乡啊！于是，这里便氤氲着一种亲近神秘的令人向往的色彩。古往今来，不知有多少人在这里俯叹仰唱！

我就这样在奇峰异石之中漫游，没料到，石林跟我开了一个小小的玩笑，它藏匿了它的精华，让那狡猾的小路将我支使到中心游览区之外去了。但我不悔，正好促使我集中精力来欣赏它所藏匿的部分。

下午，当晚霞初露的时刻，我登上了狮子峰，眼前的石林，披上了一层薄薄的烟霞。太阳在作最后一次的反顾，红光洒在石林的颖出部分，由金黄而鹅黄而苍灰，慢慢地融到夜色之中去了。月色下千万不要走进石林深处，进去了就出不来了，在陌生人脚下，那是一座阴森恐怖的迷宫。

我默立着，面对这无言的地角。大凡风景总离不开青山绿水，我不曾想到在这云贵高原的一角，竟有这样一片石头的杰作。它们不夸饰，不依仗，全凭了自身，朴朴实实而又多彩多姿，铺陈出如此举世罕见的胜境。我默立着，强烈地感受到一种静默之美，一种安详之美，一种坚定之美，一种朴实之美。我由之联想到石林中的一处摩崖石刻——无欲则刚。是啊，这石林是刚强的。但我想，石头本来无欲，是人有欲。欲望便是一种追求，是一种理想。欲望愈强烈，意志愈坚强。该鄙弃的只是那种伤害他人才能获得的私欲。无私则无畏，无畏则刚啊，这是否也是无言的石林给人的一种启示呢？我强烈地感受到了。

我是从大森林后面走出来的孩子，从小就酷爱探幽涉奇。今日晨起，石林区内还空无一人，我就踏破雾绡，直朝昨日选定的地方走去，石级铺成的小路细碎而优雅，像一条若隐若现的游丝，把我引向了低凹的谷地。慢慢地，我进入了幽深的世界，这里曲径盘绕，时而穿过石罅，时而越过小溪，双手攀援着爬上一座险石，忽而又出人意料地回环进入了石屋，大部分的路段是在地下穿行。这时刻，我才发觉我真需要一个同伴……

我突然想到了但丁，不久前我在文讲所读过他的《神曲》。他是否曾经苦于一个人在石林深处惴惴地潜行，才找来了罗马大诗人裴尔吉留斯做引导？

啊，“我走进了幽冥之国，这里，叹息声，抱怨声，悲啼声，在没有星光的空气里应和着。我一阵心酸，不觉泪下，千奇百怪的声音，痛苦的叫喊，可怕的怨骂，高呼或暗泣，拍手或顿足，空气里骚扰不已，永无静寂，好比风卷尘沙，遮天蔽日……”这是但丁在地狱里的感觉。我来到石林，感到了快乐，我激动不已，这里没有叹息和抱怨，也没有骚扰和恐惧，我分明听到了什么声音，似乎是天籁轻轻地合奏。我急忙驻足细听，然而除却胸膛里急促的心跳之外，清晨的石林是恬静安然的。

我走到了石林的最深处，我估计已经深入到地下来了。我昂起头来，太阳正照射到云端的琼阁上，我想登上望峰亭，几经曲折，仍不能得其路而上——这捉弄人的石林小路啊！

直到中午，石林深处才亮堂起来，直射的阳光终于深入到谷底来了。被烈日驱赶着的年轻人游览了各种美景，也都钻进林海的深处来了。于是，“地狱”一下子充满了欢乐的骚扰。这里有一处空阔之地，名叫剑峰池，池形极不规则，依山走势，有小桥，有暗流，有曲径，池中鱼多不可数，水边之石叩之有金石之音，有空洞之音，池边有一间石屋。据说彝族农民起义领袖当年就在这里设帐，官兵纵有千万也莫奈他何。

石林生产队的彝家青年热情地为游客们导游，最受欢迎的是“阿诗玛”——彝家少女，她们会唱很多歌，会讲很多故事，会跳舞，会吹木叶。石林深处仿佛在举行一次民族的盛会，有汉族同志，有藏族同志，有云南境内许多民族的游客，还有外国人，这里成了民族大家庭，就像这高高矮矮各具情态的石头组成的一个家族一般，互为依存，互相衬托，和睦相处，相得益彰。

关于石林，撒尼人会给你讲出许多风趣生动的故事。但它不是神仙造就的，也不是宇宙人当年构筑的某项神秘的工程，它是喀斯特的典型形态之一。它由巨厚层石灰岩构成，是水溶液沿着岩石裂缝溶融冲刷、分割而成的石柱组合，它是大自然的鬼斧神工所造。自然，也是历史。石林是一部形象的历史啊。

对石林，别人已经极尽描述之能事，我也还有许多话可说，然而，词汇是有限的。我还是借但丁的话来结尾：“我所见的超于我所能说的，舌头既不能描绘，记忆力也就不能任此巨艰了。”热爱生活的人们，请来石林看看吧。

滇池大观楼

5月10日下午。

大观楼在滇池东岸，与西山遥遥相望。楼为三层木质结构，正方形、近水。面对滇池，有岳阳楼的形势和气概，中外闻名的百字长联悬在门两边。此处与一般所见公园不同，原生态，公园没有严格的界线，与郊野混为一体，近旁有农舍，稻田正绿，春牛吃草，麦田黄了，水中游船与渔船相混，阡陌可见。这里水汊较多，当年水岸肯定在楼前阶下，如今已退远了。

大观楼是中国名楼，名楼必有名联。大观楼的百字长联是这样写的：五百里滇池奔来眼底披襟岸帻喜茫茫空阔无边看东骧神骏西翥灵仪北走蜿蜒南翔缟素高人韵士何妨选胜登临趁蟹屿螺洲梳裹就风鬟雾鬓更蘋天苇地点缀些翠羽丹霞莫辜负四围香稻万顷晴沙九夏芙蓉三春杨柳；数千年往事注到心头把酒凌虚叹滚滚英雄谁在想汉习楼船唐标铁柱宋挥玉斧元跨革囊伟烈丰功费尽移山心力尽珠帘画栋卷不及暮雨朝云便断碣残碑都付与苍烟落照只赢得几杵疏钟半江渔火两行秋雁一枕清霜。昆明孙髯。大家都说这个孙髯还是很有才华的。如此长联，有意境，有韵味，更有气势。清朝文人爱写长联，张之洞写有《屈原庙湘妃祠联》408 个字；潘炳烈有《武昌黄鹤楼联》350 个字；钟耘舫《六十自题寿诞联》890 个字，他还写了《成都望江楼崇丽阁联》212 个字、《江津临江城楼联》1612 个字，但似乎都不及大观楼长联有名。

楼下十步即水，登斯楼也，正与孙髯翁的百字长联所见所感相同。郭老 1961 年 1 月 24 日登此楼即赋诗："果然一大观，山水唤凭栏。睡佛云中逸，滇池海样宽。长联犹在壁，巨笔信如椽。我亦披襟久，雄心溢两间。"

大观楼始建于康熙二十一年（1682 年）。康熙二十九年建楼二层，题名大观。道光八年（1828 年）将大观楼增为三层。经历代多次增修，蔚为大观，成为三面环水的游览胜地。现在，从大观楼有车直达圆通山动物园，看狮、虎、象、野牛。山下有圆通胜境，圆通寺里有一石虎，被称为财神菩萨。汉地习惯，财神近似土地，身上官带蟒袍，上书"招财进宝"四字。为何此地敬一石虎？是何讲究，不得而知。

壁上有群塑神像，第一次见长臂神和长腿神塑像，多立于观音菩萨之侧，有趣。

12 日，离昆明回武汉，读书班历时 37 天，收获满满。

魂泊大宁河

秋去冬来，事情已经过去大半年了，美妙而幽静的大宁河还一直在我的心头流淌。那迷人的小三峡，那悬崖上千千万万个桩孔标示出来的古栈道，那苍鹰在上面垒巢的巴人悬棺，那安谧的小河湾……特别是那条柳叶似的木篷船，还一直在我的心河里逆水进舟，搏击飞纵……

那是《长江文艺》创刊35周年的日子，我们编辑部几个人陪同从外地来汉参加庆祝活动的几位老作家去游大宁河小三峡。当他们乘坐的游船从巫山龙门口向那神秘的大宁河漂去的时刻，为了等待一笔迟汇的款子，我不得不一个人留在岸上。等把款子拿到手，已是第三天晌午了。

大宁河又称巫溪，是三峡的第一条大支流，源发于川陕鄂交界的大巴山南麓。全长200余公里，从北向南纵贯云崖危峰，注入巫峡西口的浩浩长江。在靠近长江的百余里河段上，山势雄奇，如削如画，呈现出多处奇峡。其中最引人入胜者数龙门峡、巴雾峡、滴翠峡，人称小三峡。

我乘的船上有三个主人：引水谭光弟，55岁；颜康府是机工，36岁；刘云木是水手，29岁。我以为他们是父子仨，他们对我这个孤零零的莽撞游客似乎见惯不惊，漠漠然，只偶尔偷偷地打量着我，似乎在估量我身上究竟有多少钱财。木篷船载着我向着那荒僻的深山峡谷驶去。我暗自有些心慌，就从舱里钻出来看景色。

第一个峡是龙门峡，右岸是灵芝峰和九龙柱，左边悬崖上是古栈道起点。峡长3公里，绝壁对峙，天开一线，上水船只能艰难地爬行。我的注意力完全集中在那栈道的遗迹上。在巫山，有人告诉我，由龙门上溯巫溪镇，连绵160余公里，传为我国最长的古栈道遗迹。读《三国演义》记得了一句“明修栈道，暗渡陈仓”，因而，时常把“栈道”想象成各种样式。这里的栈道离江面约数丈，最大的石孔有一尺见方，孔与孔间隔丈余，一条铁链将栈道桩的外端系在悬崖上方的树上或石头上，这样，战马辎重走过，也就不至于断掉了。

船过银窝滩，绕过琵琶洲，望见马归山了。再前面就进入巴雾峡。

巴雾峡如烟似雾，从东坪坝至巴雾河入口处，长约 10 公里。请先听听这些名字吧：龙进、虎出、马归山、狮子峰。这里是猛兽的世界！你可以想见其山之雄，其水之烈。船行其间，云雾迷蒙，怪石嶙峋，素湍绿潭，发出许多闻所未闻的古怪声音，使人产生许多稀奇古怪的联想。

这里，时时叫我忘其所在的是“巴雾”二字。川东鄂西一带，以巴字命名的地方，多是古代巴人居栖留下的痕迹。鄂西土家族祖先中就有一个巴务相。巴务相被巴、樊、覃、相、郑五姓拥为廪君，君乎夷城。夷城在长江的那一边，离大宁河并不太远。

几只苍鹰在天上飞翔，在它们落脚的地方，我看到了悬棺。仰头而望，我惊异的是那巨木做成的棺材是怎样搁置到半天云里悬岩的缝罅之中去的。现代的高层吊车，长臂起重机也难以企及呀。

近下午 1 点钟，过双龙，便进入了第三峡——滴翠峡，也叫双龙峡。“滴翠”二字有些现代文化人的酸味，可能是近人附会的。峡长 20 公里，使人经历许多美丽的景致：水帘洞、赤壁摩天、天泉飞雨、映月岩、回龙峰、金狮峰、笔架峰、双鹰戏屏……真正一流碧水，两崖滴翠，小三峡之美于此荟萃。故又有“集萃峡”之誉。

我多次经过大三峡。长江三峡是那样博大雄浑，它能将一切的狂妄和自大都荡涤干净。人在其间会显得那样渺小，那般卑微，只是一个弹丸小船上随波逐流的小我。那江、那峡，上天入地，鬼斧神工，给人一种创世的紧张与庄严。从大三峡而入小三峡，会突然使人想起雕塑家的一组伟大作品的小样。如果说长江三峡充满男子汉大丈夫威勇雄壮的气概，小三峡则有少女幼孩的柔媚与亲近；大三峡是进击纷争之地，小三峡是出世游逸之处。小三峡给人一种古朴，一种幽静，小巧秀雅不同于桂林、西湖，雄奇险绝又大异于黄山、西岳。人在其间，一种驾驭自然的信心比之在大三峡要充足得多。

下午 3 点，船过大昌，最后一位乘客也下船了。他临下船眨眨眼，似乎是暗示我，对这些船工要小心；并劝我住在大昌，说大昌这两年真正大大昌盛了，还历数了几家不错的旅馆。我犹豫了片刻：当天到巫溪镇是绝对不可能了，可那大宁河的深处究竟是个什么样子呢？祖先用生命开辟的栈道究竟要通向怎样一个所在？我很想知道。船上的老人谭光弟似乎看出了我的心思："走吧，到我家去，我给你弄肉吃，喝苞谷酒……"我收住了脚，向船工们一笑，木篷船"嗖"地一下离岸了。船上只剩下我们四个人，三个船工，一个孤客。

在小三峡河段，三个船工都聚精会神，谭光弟在前面引水，颜康府则一直站在船尾发动机旁，手握舵刹，像采油台上的司钻，眼光越过船篷，注视着引水在船头的手势，使船顺着深水，蛇行向前。刘云木则像个小弟弟，时而替换这个，时而帮帮那个。当他去替换颜康府后，小颜就走到船头，拿起我的一本《长江文艺》读起来。他是一个文艺爱好者，这给我不少安慰。

我一直站在船头，等小三峡一过，仿佛是火车从深长的隧洞里钻出来了，天光明媚，心情也松弛下来，我也从看山看水中回过神来，开始注视船上的主人。这三个人也是一个"小三峡"。

可能因为我留在船上，给他们增添了某种兴趣，我感觉出这是一种信任带来的融洽。他们劝我坐船，似乎全不为钱财计。他们已不贫穷，所需的是情感是信任，是关于大宁河之外的一切。古栈道的石洞针眼似的，没完没了，是历史锥下的一串无休止的省略号，让我思索，吸引着我前进。

谭光弟坐在舱板上，伸手从舱里抓出一串生蒜，像吃水果一般，还友好地给我递来一瓣。我这才注意到，从巫山上来，他们三人已经吃过无数颗。吃罢蒜，就用一只很大的搪瓷杯，舀河里的水，咕嘟嘟灌下肚去。那河水是清的，有些河段是绿色的，有些地方看来又似乎浑浊，这全看河岸的景色和河床的构成。

谭光弟老人很有趣，他竟然穿一条女人的花短裤，光着脊梁。我坐在他的身边，闻着他身上的汗气，那古铜色的肌肤在夕阳下泛着油光，好像是一种瓷釉。这是大宁河赋予他的纪念，就像寒冷和北极给白熊披上一身厚厚的皮毛一样。我情不自禁伸手去触摸了一下，老人回过头来，脸上堆起一阵笑意。一丝灵感突然使我想起了我那死去多年的父亲，他是山里的老农，也有这样一身肌肤。有一次，当我亲昵地抚摸他的背时，他也是这样回头一笑。老人一笑，我的心都酥了。我们相对无语，各自沉浸在一种奇妙的满足之中。

老人告诉我，他们三个同在巫溪县船队当船工，船队往年吃大锅饭，收入太低，今年实行承包，他们就同船队签了合同。这条船以跑运输为主，运煤、百货、化肥，出山就运土特产。收入的百分之二十四交船队，余下的三个人分。机工干的活要技术，"要喝过墨水儿的人才干得了"，分得最多；引水次之；水手多干粗活、下蛮力，所得最少。他们的分配是真正按劳分配的，最了不起的是他们对“劳动”已经有了新的解释。这时，颜康府——这个会弄机器的人，想抽烟了。他给我扔来一支，我不会抽，便看他抽。他把刹把夹在大胯下面，空出双手来点火，白色的烟雾从他唇边舒缓地漫出来。他双胯夹住舵杆，随引水的手势调度着舵把，身体便表现出一种优美的摇摆舞姿，自然、有力、动人。我想起了雄浑粗犷的巴人跳丧舞和节奏感很强的土家人摆手舞。他的舞姿是从祖先那里来的？还是他从劳动中得来的？也可能刚从电影上学来的。有趣！

木篷船尾的柴油机吼叫着，似乎是舞台上大沙锤摇出的深重的节拍，粗犷撼人。古老的河道发出响亮的回声，使得我们说话不得不把嘴撮在耳边，进行一种吼叫式的交谈。

刘云木告诉我，他们几辈人都生活在大宁河上，在船上讨生活。他的哥也在河上，说着顺手指指一直尾随在我们后面的一条新船，那是他的哥与嫂承包的一条夫妻船。他嫂是这河上第一个女驾长，既能扳舵又能引水，还时时撑篙，家里专门请了一个保姆。我回过头来，果然看见一位身材粗实的妇女挺立在船头，手握舵把，让那条木篷船劈波斩浪直追过来。

河道开始变得狭窄，水浅、滩多，行船艰难多了。5点钟，太阳早已跌到山后。谭光弟开始做饭，他揭开舱板拎出一串鲜肉来。他将这肉举起来欣赏了一阵，又诡秘地望着他们两人一笑，我猜想不出他这一笑的用意。老人接着又拿出西红柿、辣椒、韭菜、豆腐干，顺手舀起晶莹的河水洗起来。我去帮忙，他坚决不让我动手。

老人蛮有兴味地把肉分为肥瘦切在两只碗里，把大蒜用刀拍碎，把豆腐干斜切成整齐的小块……他简直在进行一种工艺劳动。小颜在埋头看书，也是那样入神。

河道越来越狭窄而原始，根本没有任何可以称作航标的东西，中心河道也会一年四季水涨水落而变移。岸边鹅卵石间奔跑着不少光屁股的孩子，屋舍俨然，炊烟孤直，一丛丛窝竹青葱蓬勃，火炬似的翠柏，青纱帐似的玉米林，落日的余晖中偶尔能见几棵亭亭笔立的钻天杨。这里是一派“桃花源”景色。

谭老的鼎罐里已盛了米水，他顺手从岸边扯过几根干树枝，淋上煤油，火就忽然燃烧起来。他把那碗白嫩的肥肉放进锅里，船篷里立刻飘散着一阵迷人的香味儿。我早已饥肠辘辘，恨不能马上吃几片。正在这时，突然听得一声大吼：“顶住！”等我抬起头来，吓了一跳，只见颜康府已经躺在船舷边了。那姿势就像撑竿跳高的运动员正在过竿，脚比头还高，碗粗的一根竹竿已经像弓一样，他紧紧抓着撑竿，脚像钉耙一样钉在船舷，船在滩上顶住了，谁也不肯让步。柴油机拼命地吼叫起来，天动地摇，桨叶似乎打在石头上了。柴油机无可奈何地败下阵来，喘了几口粗气不响了。刘云木从操纵台上一步跳下来，抓起一根竹竿从船边直插下去，抓起了另一根撑竿……三个人都贴在弓头上，船似乎还在后退，河水更加凶猛。船是无论如何后退不得的，一退就会在礁石上碰碎。

老人一声吼，几乎同时，他已经翻身下水，扑扑通通，三个人都下水了，三双手像虎爪一般抓住了船边，用光溜的肩膀抵住后退的船。小颜嗨哟嗨哟地叫起了号子，天地间一切的力似乎在这一瞬间都对抗着。我清醒过来，立刻从船头跑到船尾，希望能出点力。其实，我在船上除了把木船弄得摇摇晃晃之外，毫无作用。我手足无措，几次试图脱衣下水，看看两岸观望的女人，我又有些犹豫。老头子几次喊叫着让我脱衣下水。我深悔我的无能，坐在客厅里我会高谈阔论，提出许多解救办法来，然而，在这大宁河抢滩的小木船上，我显得如此无知无能。我终于脱下衣裤，像水獭一样轻轻溜下船边，一阵清凉浸遍全身，脚下触到了大大小小的卵石。

小颜的推船号子雄壮无比，山鸣谷应，给了我镇定的力量。我终于找到了下脚的支点，站定脚跟，用肩去顶扛木船。船一过滩，便像鱼儿回到水里，轻松自如了。我们都顺势爬上船来，松了一口长气。只有谭光弟浑身水淋，急急朝锅边跳去。铁锅里的肥肉已经不见了，只剩下一勺焦糊的油汤，水珠滴进油锅，溅起一阵油雾，我们相视大笑！人能逆水行舟，肉可顶不住猛火的煎熬啊。

接着，便开始洗澡，小颜最先洗。快到家了吧，我发现他们朝前面山间眺望的次数多起来。老人告诉我，再绕过两架山，就要到村了。这时候，我才明白，他们原是要回家去陪妻儿老小吃饭的，只是为了我，才把新鲜的肉切了，在船上做饭。我有些失落之感，他们要回家了，我到哪里去呢？他们一齐劝慰我："就在我们村里住，不用担心。"老人又对我说："他俩都要回去伺候新媳妇，你到我家去。晚上，我陪你到船上睡觉，我们半夜开船，送你到巫溪镇赶早车。"

我想象着，在一轮金黄色的圆月下，有几只无帆的木篷船不声不响地泊在山的皱褶之中，小小的河湾里，我平躺在船板上，数那多情的星星，看那黑黝黝的山，听那夜虫夜鸟的鸣唱，大宁河将会给我唱一支无尽无了的夜曲。在那夜幕深沉之中，在那古栈道上，似乎行进着一队队无敌的勇士，金戈铁马，铿锵撼人，我在梦中将与古人神交……

他们将要回到亲人身边，是该将一天的尘汗洗洗，清清爽爽地出现在妻儿老小身边。万没想到，他们竟用烧碱洗头洗澡。他们热情地邀请我洗，却之不恭，我笑呵呵脱得精光，赤条条一丝不挂，将一切裸露在大河之上，我感受到了从未有过的自由舒坦，恍如挣脱了一切世间的羁绊，直想像鱼儿一样去河水中游，像鸟儿一样向天空飞去。一舀舀热温的水劈头盖脑淋下来，那样惬意，那样清爽。我无法形容那种快感与滋味，我也曾在极讲究的浴池里洗浴，却不曾体味过这种兴味。遗憾至今的，当时倒应该试试用烧碱洗澡的。

饭熟了，我们的野炊成功了。老人拿出一只碗，在碗里盛满了苞谷烧，我们像朝鲜人那样席地而坐，轮流把盏。老人见我酒量不大，就一勺一勺往我碗里舀西红柿汤，这汤川味特重，麻辣异常，小吃数口，我已大汗满腮。我知道，巴人的后代是爱酒爱烟爱辣，生活的一切节奏是强烈的，极少柔弱之态，我便硬撑着吃啊喝啊，不管他天昏地转河水倒流。

我们泊船的地方，大约是一个公社所在地，山脚下一眼凉泉。老人知道我不肯喝河水，他专门跑一里多路，为我端来了一大杯泉水。这时候，刘云木哥嫂的船追来了，开过去了。又一条船追上来了，一打听，他们要连夜赶回巫溪镇。看来这是上天的安排，我犹豫了一阵，还是决定去追大队伍。我拿出十元钱来，表示这是我一天的船资和伙食。老人坚决不肯收受，三个人一起来拒绝，推了半天也不行。我将钱丢在船上就跳上了另一条船。

离别得太匆忙，回过头来，我发现老人眼中有一种异样的神情。我自知，几块钱补偿不了他们那片心意。他们是真诚地希望我走到他们的新家里去，去看看他们新的房子，新的家具，新的摆设，还有他们的娇妻宠儿……我至今后悔不迭，我当时是应当留在他们船上的，那一定会有很多故事。

我乘坐的船扑扑叫着，向昏黑的远山驶去。他们三人还立在船头目送着我，似乎为没能留住我而惋惜。我禁不住回头深情地望了一眼，那船篷上用洁白的油漆工整地写着“巫溪—28”几个字。我对他们一无所赠，只在船头留下了三本《长江文艺》，一份不叫礼物的礼物。

往事已经过去，那山那水，那船那人，自然、古朴、迷人；那生命的跳跃，那清新的气息，那敦厚的人情，和那搏击飞纵的气势，至今常在梦寐间出现。

本文发表于 1983 年 6 月《长江文艺》

岷江出山口

川西的4月，正是“无边绿锦织云机，全幅青罗做地衣”的时节。麦苗儿青，菜花儿黄，一路春色一路熏风。路旁林荫里，传来迷醉的布谷鸟儿不倦的啼鸣，我猛然想起，我们停车的郫县，不正是布谷鸟儿的故乡吗？

布谷鸟即杜鹃。相传，古代蜀国曾以郫县为都，杜宇治蜀时，他“教民务农”，将王位禅让给贤能的部下。他死后魂化为鸟，每逢春三月，昼夜飞鸣，不忘催耕春播。

“布谷布谷！快快播谷！”鸟儿叫出来的岂止是播谷？一个古代君王，生而能教民务农者已属少见，死后还啼血催耕，就更见其不易了，更莫说自愿放弃世袭，将王位禅让给会治水的贤能部下。这样的故事，虽然属于民间传说，有人历代相传，而且传出来一只活灵活现的鸟儿，也实在可以勒铭鼎石的。

郫县有杜宇城遗址，还有丛帝祠，祀杜宇的，听说原在灌县，南齐时迁至郫县。因时间来不及了，我们没能去。在车站旁买了一罐豆瓣酱，又继续在布谷声中向灌县进发，我们的目的地是都江堰。

灌县县城距成都约60公里。县城热闹非凡，离堆公园更热闹，这里正在举办盛大的灯节。周围各地最优秀的电子花灯演展，科技与传统游艺结合，吸引了成千上万游客。我们跟着一直往前，见前方高处有大建筑，悬匾大书“伏龙观”三个字，我才知道已到了离堆最高处。

伏龙观殿宇三重，楼阁亭台，布局紧凑，整个建筑自前至后，逐级升高，后殿最高处为观澜亭，崖下即伏龙潭，亭右即李冰所凿宝瓶口。立于亭上，溯江可望安澜桥，再上游就是岷江出山口了。这里一整套治水工程就叫都江堰。

都江堰是我国古代劳动人民创造的一项巨大的水利工程，久已闻名中外。战国秦昭王时蜀郡守李冰父子率众修建。岷江汹涌,经都江堰化险为夷,变害为利,引岷江水经宝瓶口,入内江,造福农桑,使川西平原“水旱从人,沃野千里”,成为饮誉海内的“天府之国”。1949 年时,都江堰可灌 12 县 200 余万亩,现在已可灌 30 个县市,800 余万亩农田了。

我立在伏龙观前,吟诵着楹柱上的对联:两千年好事车同轨书同文天府百流同灌;数万顷良田水有源禾有本中华一大有州。横联曰:功昭蜀道。后人对修堰的评价是很高的。

观内供奉着李冰石像,有人说是他儿子二郎。据说,1974 年,都江堰工程兴建外江水闸,安澜桥要下移 100 多米。3 月 3 日在外江三号桥基河床下约 4.5 米处发现了这尊石像,像高 2.9 公尺,比真人高大得多,肩宽约 1 公尺,像前有题记:东汉建宁元年。距今已 1800 余年了。石刻粗犷,神态庄重,现在重见天日,似有庆幸之态。当年这石像是因为什么而葬之河下的呢?可能是人为的,也可能是洪害,洪害的可能性更大些。

坐在观澜亭上,上是二层八角亭宇,下是冲波绿潭,前有长桥卧波,离堆是耸立在江中的崖岛,它原是玉垒山一角,形成中流砥柱之势。站在伏龙潭边,但见观澜亭耸立其上,很像是在东海上看那丹崖山上的蓬莱阁,也像个古城堡。

内江堤边正有人抬长竹笼子。竹笼是用破开的南竹条、茨竹条织成的 10 余丈长的笼子。在竹笼里填满大石头,长卧江边,谓之竹龙。我多见铁丝笼子筑坝,像这么长的竹笼子我还是第一次见。我踩在竹龙背上,走了约一里路,就到了安澜桥。

安澜桥是一个文气十足的名字,大家习惯叫它索桥。安澜桥是我国西南山区常见的传统悬桥型索桥。旧时以竹索为缆,以木桩为墩来承托竹索连贯而成,墩架的多少以河的宽窄为度,此桥长 200 米,从远处望,如长龙跨水,好在这索桥离水面不高。原桥在上游 100 余米处,1974 年修外江水闸,桥址下移到这地方,竹索已换成钢缆,桥墩已是钢筋水泥砌成。

一些年轻人爱冒险,走到桥中段故意跳动。我站在桥上,立脚不稳,只好抓住满是油污的栏索,忽上忽下。上面是云天,下面是流水,腾云驾雾一般,产生出一种听天由命的感觉。

桥的升浮与沉降把我的思绪慢慢散开。我发现脚下奔涌的岷江水像是刚刚融化的油脂。上游有一排排木架,当地人告诉我说那是杩槎,不是用来渡江,而是用来拦水,其实就是木马的变形。拦水的竹龙容易被大水冲滚动,如果用杩槎固定起来,就冲不动了。这里有农谚:“三月三,砍杩槎。”现在正是农历三四月,农民正砍杩槎,放堤引水灌田了。

再上游就是大山了,岷江从那山口冲决出来,放缓了速度。岷江深处的确是一个神奇的世界,“更喜岷山千里雪,三军过后尽开颜”,这是人人知晓的诗句,“毛儿盖”还盖着多少工农红军长征的故事?世界著名的九寨沟风景区,还有稀世珍宝大熊猫的故乡卧龙自然保护区,还有,去阿坝,去马尔康,去大凉山的公路都是从这岷江出山口延伸进山里的。岷江水是真正的雪山的水,清冽冰凉,它不停歇地向前,哗哗地向山外的人们述说着山里那些个迷人的去处。

过罢索桥,心还是悬悬的。玉垒山下又一处幽静地方就是二王庙。李冰治蜀是战国时期的事,而李冰父子封王却是宋朝以后的事。二王庙香火很盛,四川人敬香一是去峨眉山,二是去青城山,再恐怕就是二王庙了。

我四处游历,见过不少镇河求雨的庙观。二王庙尽管外观上也十分肃穆庄严,烟雾缭绕之中给人一种羽化欲仙的感觉,但这里总好像少了一些神仙气。大家心中都明白,这里祀奉的是两个真的人,是治水的真英雄,自己的远祖就跟着一起凿过玉垒山,一起筑起了宝瓶口。

中国神话中有四个二郎神,《西游记》中那个牵一只哮天犬的灌口二郎神叫杨戬,李冰的儿子也是二郎神,一个叫邓遐,再一个叫赵昱,他们都有许多擒龙捉怪的故事。别处治水的英雄多是神仙异人,都江堰却是由两个真人领导修成。李冰父子生前未必曾经钟鸣鼎食,也不会将兵百万,但他们却建立了川西第一奇功,泽被西川利济天府,即使到了不信神灵的今天,二王庙前仍然香火不断,原因即在此。

川西平原其实是岷江冲积而成,加上都江堰的网状灌溉系统,这里地力相当肥厚。每年秋冬,江汉平原的花儿凋谢之后,湖北的养蜂人总爱涌到四川平原来,让蜂群过一个冬天里的春天。这里的天气好,水土好,人也好。四川的妹子虽说长得不很高大,但很多情,常常使那些养蜂人忘了回家,做出许多浪漫的梦来。

我们从江汉平原过来,那里是鱼米之乡,但和川西平原风格迥异。川西平原的农家多是小村,竹树环合,星罗棋布,在暮霭和晨雾中都给人一种安谧自由和谐的田家风味。如果从高空俯瞰,平原上农家的布局很像一盘势均力敌的围棋。而江汉平原则多垸子,房子周围多筑土堤,既不规则也不美观,有的则筑一高台。现在的荆江险段已被治理,垸堤垸子已无防水作用,加上前些年不少地方建新农村，搞得不城不乡，失去了许多田园风光，丢失了许多乡愁。这两处平原的区别谁优谁劣我说不准，但我更喜欢川西，它平畴千里不显平淡，富庶丰盛给人安乐，真是一个迷人的地方。

在回成都的路上，有一个中年人很自豪地告诉我，他说灌县是慈禧太后的故乡，我为之一惊。川西出能人我是知道的，但没听说过那个垂帘听政的西太后是四川人。据史书记载，她是满族镶黄旗人，她是否曾随做官的父母到过川西？不得而知。

"安史之乱"时，唐明皇李隆基逃难入川西，可能在灌县住过，他在这里玩过女人也未可知。我感兴趣的是，李冰是个"治山治水"的高手，而慈禧却是一个"治人"的祖宗。她策动政变，杀大臣，垂帘干政，顽固守旧，抵制维新，镇压农民起义，呕心沥血可谓一代雌枭！怎么会有人希望她出生在灌县呢？

治人与治物是科学之两极。据说，东方人善于治人，人际科学十分发达，发达到几乎危及人类本身。而治物的学问，即今天所谓的自然科学，西方是走到前面去了，如原子弹、阿斯旺水坝、登月航天、生物工程……我们要赶上去还要花很多大功夫。

其实，当年的中国无论哲学还是自然科学都是走在世界前列的，与水利学家李冰同时代的大思想家如墨子、孟轲、庄周、荀况、韩非，还有当时世界上最了不起的天文学家甘德、石申，还有扁鹊这样的医学家，屈原这样的文学家。都江堰就是当时世界上的阿斯旺水坝、葛洲坝大水闸。科学的两极都为文明古国所掌握。只是后来的多数帝王耽于淫乐，又闭关锁国，致使帝国式微。

炫耀祖宗的业绩不足取，忘记祖宗的业绩更不足取。中国已经觉醒了，改革的春风正使古老的国度披上无边绿锦，无数的杜鹃正在啼血催耕，荡荡乎岷江携着无尽的融雪冰水从万山丛中闯荡出来了。"三月三，砍杩槎"，岷江冲开最后一道阻隔，已经到达出山口了。

眼前就是它当年冲积而成的平原，沃野千里，春光明媚，一派和谐景象。

本文发表于1986年7月《民族作家》

告别中堡岛

中堡岛,位于湖北宜昌三斗坪,它是长江三峡西陵峡江面上的一个绿岛。按照工程设计,三峡大坝要从中堡岛上跨过。不久之后,中堡岛的上半部将要从峡江中消失,在这块整体花岗岩上,将竖起175米高的大坝。那时候,芳草萋萋的小岛将悄悄隐退于坝底,托起世界上旷古未有的高峡平湖!

癸酉年端午节,在大坝正式施工之前,我随着熙攘的游人踏上了中堡岛,来作告别之旅。

小岛占地约50亩,世代长住在岛上的农家已在搬迁,到处立着当地农民匆匆刻成的石碑,上面刻着"中堡岛"三个字,既是一种留念,也可以供游人照相,还有人牵了马招揽游客作环岛骑游。我站在大坝设计的中轴线上,只见万里长江从西边天际奔涌而来。三峡啊,一个时代随长江逝去了,另一个新时代将伴随而来。我们脚下的小岛,仿佛成了历史长河中的一个逗点、一叶扁舟。

大自然花了亿万年漫长岁月,才为我们造就了这举世罕见的壮丽山川——长江三峡!三峡是长江风景旅游线上最为奇丽的山水画廊,它西起四川奉节白帝城(现属重庆市),东到湖北宜昌南津关,全长192公里。瞿塘峡气势赫赫,数夔门雄险;巫峡幽深秀丽,向以巫山12峰驰名;西陵峡滩多水急,自从葛洲坝建成,水势便平缓多了,两岸胜景添了几多妩媚。

中堡岛原只是西陵峡中一处不甚起眼的小岛,只有飞倦的鱼鹰在这里歇脚,胆大的渔人在这里扳网。谁会料到,大自然造设了它,是要它为新中国的四个现代化事业承担起如此重要的责任呢!

考古资料表明,中堡岛不仅是三峡地区唯一保存完好的新石器时代文化遗址,而且还有夏、商、周至明、清各朝代的文物。特别是大溪文化地层中的石器、陶器、骨器出土较多,尤其是鱼骨、兽骨层面积大,堆积厚,数量多,表明远古先民已经成立了捕捞和狩猎的庞大组织。据专家说,文化遗存含有中原文化、巴蜀文化和土著文化三种文化因素。

透过历史的浪花,人们能看到,在这神话般的山川之中,诞生过伟大的爱国诗人屈原和绝世才女王昭君。唐宋以来,李白、杜甫、白居易、刘禹锡、苏东坡、陆游等诗圣文豪都曾壮游三峡,写下了许多不朽诗章,谁能肯定他们不曾泊船中堡岛,像我们今天一样在绿岛上流连忘返呢?

中堡岛下游不远处,即是峡谷和平原的分野,历史名城宜昌,地处楚蜀咽喉。春秋战国以降,这里发生过数十次大的战争,最著名的莫过于吴与蜀的夷陵之战,以书生拜将的陆逊因"火烧连营七百里"大败蜀军而彪炳史册。今日宜昌,"上控巴蜀,下引荆襄",不但是壮游三峡的大本营,而且已经成为我国最重要的水电能源基地,新建的葛洲坝就在这里。

古战场的硝烟刚刚散去,隆隆的炮声又震动了古老的大地。20 世纪末,又一场"夷陵之战"拉开了战幕。1992 年 11 月 15 日,长江葛洲坝工程局的施工大军浩浩荡荡开进了三斗坪,打响了三峡工程的"前哨战"。这是中国人与大自然的战争。上帝创造三峡,就是为了考验中国人。第一场战争结束,地球上出现了一座葛洲坝水利枢纽工程。更为宏大的战争又拉开了帷幕,战场的中心就摆在中堡岛。中堡岛的使命就是迎接这场战争,中堡岛注定要为这场战争而牺牲,没有它的牺牲就换不来这场世纪之战的胜利。

三峡工程是旷世之举,其主体混凝土的工程量、发电机总装机容量、双线五级船闸和一级垂直升船机等工程规模,都是当今世界上最大的,就是与主体工程相匹配的准备工程,规模也极其庞大。三峡工程是一座具有防洪、航运、发电等巨大综合效益的水利枢纽。它的一、二、三期纵向围堰将依托中堡岛建成。今年 6 月以来,三峡工程前哨战明显加快,从岛上放眼四顾,长江北岸和南岸"四通一平"初见端倪。一期围堰试验段填筑工地、茅坪溪泄水防护工程热火朝天,西陵大道、三峡大道正在组织大会战,供电、供水、供风,通信、码头、桥梁,仓库、砂石系统、混凝土系统以及施工用房建设都已全面展开。

这里是中国四化建设的一个缩影。上岛观光的游客们没有喧哗,没有雀跃,全都兴致勃勃而又庄重肃穆,那种游山玩水的闲情逸致于不知不觉中荡然无存,心田里充盈着一种激情。三峡的江水从岛畔流过,雄浑而平和,但脚踩在中堡岛的肌肤上,能让人明显地感受到一种地火在运行的震撼力。

当年,美国人、苏联人都曾登上中堡岛,岛上至今还留存有他们开凿过的探井，但他们都退缩了。这般伟大的工程注定只有我们中国人自己才能进行。长江葛洲坝工程局的大型推土机已经进入中堡岛，开始清除岛上的植被和建筑物，修筑施工道路和开挖覆盖层。在岛上居住的农民恋恋不舍但却义无反顾地搬迁走了，连移民也显出令人感动的中国人气派。

我们在美丽的岛上走了一圈，绿草如茵，鲜花仍然在开放，岛上的一切都似乎没有给我留下什么印象，我完全被坝区的一种气氛，一种即将产生奇迹的气氛所包围，对眼前的一花一草已是视而不见，只感觉自己像一只小蚂蚁一样站在一座摩天大坝之下。

对于宏伟的三峡工程而言，眼下这些已完成和即将展开的“大动作”仍然是三峡工程的序幕。按照我国水电工程的惯例，正式开工是指主体工程(即永久性大坝)浇注第一罐混凝土开始。可以肯定，这具有历史意义的第一罐混凝土将由中堡岛来承载。我心中默然，想到了战场上那些舍生忘死的勇士，没有他们的牺牲，便没有战争的胜利，中堡岛从壮丽的三峡中消失，奇迹便将从它消失的地方出现。

离岛登船之际，我深情地拾取了一截中堡岛的岩芯。这是探机从宝岛的深处钻取出来的，圆柱形的花岗岩上布着美妙的纹理。我不是地质学家，看不懂大自然神奇的记录，我想再在上面刻上一段大家十分熟悉的诗句：“更立西江石壁，截断巫山云雨，高峡出平湖。神女应无恙，当惊世界殊。”

本文发表于 1994 年 3 月《散文》

百名文艺家万里采风笔记

初识怪才魏明伦

1995年5月20日。下午3点半,我与鄢国培、刘富道从武汉乘南航1334航班飞往北京,参加中国文联组织的“百名文艺家万里采风”活动。

21日下午4时,在中国文联“文艺之家”召开座谈会,中国文联党组书记高占祥同志讲话,传达中央宣传部部长丁关根同志电话精神,江泽民总书记在外地,专门为我们的万里采风活动写了信以示祝贺。

座谈会发言,我也讲了几句,认为在毛泽东同志《在延安文艺座谈会上的讲话》发表60周年前夕,中国文联举办这样的采风活动,倡导的是一种精神,即延安精神,文艺家要关心祖国、关心人民,写出有时代感的力作云云。

我住通广招待所408室,与川剧怪杰魏明伦先生同室。魏明伦自白:我是汉族,四川内江人,现在自贡市川剧团工作,45年了。1950年参加工作至今,今年54岁,9岁“9龄童”。父亲与川剧有缘,是鼓师,比票友要深一点,属玩友,长期做内场管事,相当于今天之剧场经理,还编戏写戏。从小我就在戏班子中长大,耳濡目染,小学未毕业就上台。在作协会员中,我拿不出小学文凭。在小地方唱得红,就是在川南一带吧。

他说他从1980年初开始,三中全会后至今,掀起了8次浪潮。

1.《易胆大》《四姑娘》同时一届获奖,是1982年的事。

2. 1983年,《巴山秀才》获全国优秀剧本奖。

3.《潘金莲》影响更大,已走向文学界,至今余波未了,主要是探索、开拓的影响,有英译本。

4. 杂文。一系列杂文,《致姚雪垠书》。写得不多,但内涵和形式独树一帜,引起纠纷。

5. 沉默了一阵。《夕照祁山》,由《中国作家》发剧本,极少见。香港《大成》全文发表,与《潘金莲》是姊妹篇。《潘金莲》写一个坏女人的不坏,《夕照祁山》是写一个家喻户晓的聪明人的悲剧。并产生了浪潮。

6. 1993 年,出任中央电视台春节联欢晚会总撰稿。给北京京剧院写《中国公主杜兰朵》,搬上舞台,与意大利交流,到罗马演出。

7. 悲愤下海,佯狂经商。办了一个"魏明伦文化经济公司",中国一批文化名人拍贺电,成了一大文化景观。公司小赚。

8. 今年 2 月到台湾,台湾复兴国剧团演《潘金莲》,我带川剧《潘金莲》,两个女儿都是我的。我不只是个编剧,而是以一个作家出现,李敖、柏杨都出来见我,把我作为一个"怪杰"来对待。

他继续说,去年,我写了一篇文章,在深圳有韩美林铜牛,是我写的碑文。我国历史上,名建筑都有与之相符的碑文,建筑夷为平地了,碑文仍在。现在建筑多是名人题词,另一种是大白话,我写的是庙文,"盖世金牛"四字是我想的词,沈鹏题写。

在 408 房间,老魏宽衣裸肚和我说话,他用手把肚子拍得嘭嘭响。我被吸引,他竟然长着一双女人脚,近视 500 度,睡觉则鼾声如雷,显得得意而自适。

魏明伦是全国政协委员,向以直言著称。他说,台湾已出了我的《苦吟成戏》,1989 年出的,刘再复、余秋雨都称赞。台湾尔雅出版社出《魏明伦剧作三部曲》(潘、夕、中国公主杜兰朵),余秋雨写的序,陈祖芬的文章说我是戏妖。他说,我是中国文艺界十大神秘人物之一,中国九大编剧,我列榜首,你们省沈虹光排最后。他说,《死水微澜》主题歌词中,有一句"川西坝子小中华",这句很精彩。我这人有很多矛盾和反差:文学成就和文凭的反差;在外地的名气和在本地方的待遇反差,我在四川文艺界、剧协只是一个普通会员;言与行的反差,反对从一而终,但不离婚,不离开川剧团。

他讲了几句格言:任何人才都靠禀赋、勤奋、机遇三条。写不出来要硬写,硬写出来不硬拿出去。一个好社会是善于发现禀赋,促进勤奋,创造机遇。李準当年写《不能走那条路》,其实就是要走那条路嘛。

当有记者问老魏:你为什么爱写女性题材?魏说:"别人是炎黄子孙观念,我则是女娲子孙观念,母亲是女娲。共工为了夺权,是破坏者,女娲是建设者。不周山下红旗乱,天下大乱。写戏没女人不好看,和尚戏谁看?中外作家写戏都对女人情有独钟，历史上只有施耐庵不写女人，因为他吃过女人亏。我的思维方式，不守成，是逆向的，习惯于换角度，不平视。我处在三无世界：无偶像、无顶峰、无禁区。”

老魏自己认为：我的价值，生前是个有争议的人物，死后更受重视。我是一个写杂文的材料，但没有合适的土壤。

老魏和我说罢，就去打电话，在电话中同一个女人讨论养猫的体会，说怎样给猫做绝育手术。

从湖北厅出发

5月22日。人民大会堂湖北厅。

上午8时，我们乘车去人民大会堂，出发式在湖北厅举行。我们来到天安门广场，再走到人民大会堂，从西北门进去，坐电梯上三楼，湖北厅与内蒙古厅相对。听说各省的会议厅是由各省自己装修。这不是钱的问题，主要是风格。湖北厅一派楚地风格。水晶灯吊顶，进门为红漆屏风，墙上有巨画，凸显白云黄鹤题材，画中白云数朵，黄鹤八只，旁有黄鹤楼。左壁下放置复制编钟一架，右壁为壁画高峡出平湖。进门两边和正墙左右各一幅雕版画，一为三国，一为屈原，此楚国古今名人名事之标配也。

正面墙上红幅为：中国文学艺术界联合会文艺家万里采风出发式。出席的国家领导人和相关单位负责人有王光英、雷洁琼、布赫、万国权、刘忠德、曹禺、林默涵、高占祥、翟泰丰等，有中宣部、中组部、文化部领导。冯骥才主持会议，梁光弟介绍到会代表。

首先由刘忠德同志传达江泽民总书记指示。翟泰丰传达丁关根的指示。文艺家代表现场发言的有词作家乔羽，画家周韶华，部队曲艺家张光斗——他是去孔繁森家乡的采风团团长，肖云儒、吴由之、王蒙、谢添、骆玉笙、魏明伦等。这种场合，国家领导人讲话自然是重头戏，王光英、布赫、万国权讲了话。

江泽民同志给文艺家的信是这样写的：

曹禺、忠德、占祥等同志及参加“万里采风”的同志们：

5月15日来信阅悉，十分高兴。

百名文艺家将分赴改革开放和现代化建设第一线进行采风，这对于繁荣文艺创作，培育文艺人才，是一件很有意义的事情。社会生活是文艺创作的唯一源泉，深入生活是繁荣文艺的重要途经。希望这次文艺家的“万里采风”活动，能推动各文艺部门和有条件的文艺工作者，积极深入群众，深入基层，坚持“两为”方向和“双百”方针，弘扬主旋律，提倡多样化，创作出无愧于伟大时代，为人民喜闻乐见的文艺精品。希望同志们在此活动中注意劳逸结合，身体健康。

祝你们采风成功，创作丰收！

江泽民

1995 年 5 月 20 日

据说，此信是江泽民同志在上海写的，是亲自用毛笔写的。今晚中央电视台新闻联播播了我们出发时的新闻和江泽民同志的信。

晚上回到住地，魏明伦又在电话里与作家刘心武大谈猫经，电话里声音较大，我不听也不行。刘心武认为有人是为长寿而活着，有人为情趣而活。此话大妙。为长寿者，为活着而活着，不烟不酒，植物人似的。有人为当官而当官，而孔繁森是另一种活法。人活着，有人为他人而活，有人只为自己而活。

我到《文艺报》去拜访评论家孙武臣。几年前，我和刘森辉同志去拜访过他。他说到湖北作家池莉、方方的小说，认为是新写实主义，形而下的体验与实态。刘醒龙的则代表文学从新写实主义向现实主义回归。他说，人还是要有一点形而上的东西才行，小说就是这样。

这里埋了 72 个皇帝

我被分到西安团，去延安。我们的团长是著名诗人李瑛。中午乘 1210 航班，是大型 737 飞机，飞 1 个半钟头，到西安，住人民大厦 1321 房间。晚上，团长李瑛同志召集开会，大家议了议，他希望大家写出好文章。

5 月 24 日，上午参观碑林。魏明伦很活跃，此人虽无文凭但读过许多文史杂书。魏明伦的扇子不离手。他说一是扇风，二是梨园子弟的习惯。历史上文人都爱好持扇题扇画扇，形成扇面文化，所有书画家几乎都画过扇画。扇子的用料，执扇的方式，开扇，扇风的部位、姿势。如花脸，很大气，扇腿胯处，丑角扇耳朵，公子扇下巴等。扇还可搔痒。

下午 4 时 30 分，陕西省举行欢迎式。李瑛同志先讲话，然后是陕西省委宣传部副部长讲话。他说，陕西有四个第一：集成电路板、火箭发动机、民用飞机、电视显像管。在大地上有 35000 多个文物点，是全国的十分之一。他说陕西黄土是养人的，全省正在召开长篇小说座谈会，效果不错。最后面是省委副书记刘仁辉同志讲话，他说，我在省文联、作协会上讲五个不能丢：深入生活贴近群众走现实主义道路不能丢，陕西是关中腹地、黄河中游、国家的西大门。世界通用格林尼治时间，中国是从陕西发出的。20万平方公里，2000多万人。南北狭长、黄土地、延河水、宝塔山。关中800里秦川，是农业区，土肥水美。陕南是汉中盆地。周秦以来13个王朝在此建都，从西周至今3000多年历史。土地上埋了72个皇帝墓，73个一把手。汉长城遗址83公里，兵马俑。法门寺的佛骨舍利，世界上有19块佛骨，我们这里占4块。他还讲，我们有世界级的低硫低磷高热量神户煤田，天然气田，正在铺管道，还有油田。潼关是全国产金地，赌量第二。有强大科技教育优势，科研人员75万多人。文物大省、旅游大省，每年来44万多人。历数家珍，讲得十分自豪。

5月25日。上午，参观西安博物馆。西安博物馆是我们国家的重点馆。此馆建造富丽堂皇，占地很宽，馆内主要陈列历史，从西周至元、明，数千年历史演变，用文物一一演说。另有历史壁画展、石刻展、瓷器展。

中午，主人请我们在"同盛祥"吃羊肉泡馍。这是主人专门给我们安排的特色活动，要让我们体验一下西安地方风味羊肉泡馍的吃法：食客自己拿碗拿馍，把半熟的老面馍用手掰成小块，然后由服务员在碗里放一张纸（以防拿错）拿去代煮，厨师在里面放上粉丝和羊肉汤。据说西安城老孙家、同盛祥都有50年左右的历史。西安人特爱吃，这东西很经饿。里面有较多的桂皮和花椒，除此，其他都很好吃。

下午，去秦兵马俑参观。走到大门口，不巧正好碰上土耳其总统来参观，就把我们赶到外面，要等一个钟头。只好先去看环幕电影，然后回来参观1号坑、2号坑、3号坑。看完赶到华清池，时间被前面耽搁，华清池已关了门。我们只能在院子里转一圈。这里我曾来过，有的同学是第一次来，真扫兴！我买了一只小铜爵，30元，买几只秦俑，2元一只，算是对秦兵马俑的纪念。

宝塔山延河水

5月26日。

从西安出发，汽车在800里秦川行驶，有川西平原的味道，麦子抽穗了，地平线很远。其实，我们是在黄河的西边逆行。这里土肥水美，是历朝兵家争斗之地，我们经过的每一寸土地下都可能埋藏着历史的秘密。

一出西安就过渭河，经铜川，过三原，就开始有山了。眼前是典型的黄土高坡，从上面看，是平原，但经水融蚀冲刷，不规则地切割出沟壑，纵横盘曲，沟很深，村庄多深藏沟底。从沟底向上看，则是山，是坡，条条羊道从山坡上横走。有的坡改成梯田，有的坡悬崖一般，有的沟底是良田、村庄。窑洞和土砖房混杂其处。偶有绿树成丛。

洛河边有洛川，洛川是有名的苹果园。中午，阳光很旺，到达黄陵县，这里有人文始祖黄帝之陵。在县城半坡，先有轩辕庙，内有黄帝手植千年古柏一株，说是黄帝亲手所植，树枝盘虬。旁有挂甲柏，山亭内有孙中山、毛泽东、蒋介石的题字。庙内供黄帝浮雕像一幅，黄帝所处时代，人可能还是兽皮树叶衣饰，但后人给他穿上了帝王服装。

出庙上山，约 1 里，古柏森森，为国内最大一片古柏林，有一碑，书“百官到此下马”。我们下车，肃穆步入陵内。此为黄帝陵，立郭沫若手书三字碑，香烟颇盛，园约 10 亩，在一山头。每年海内外公祭黄帝陵即在此处举行。

在黄陵县吃午饭，一人大馍一个，立刻让人感受到了北方生活的风味，这馍很耐饿。黄陵县不大，10 余万人，缺水。我们过洛河，走几小时到甘泉，参观啤酒厂、美水白酒厂，吃晚餐，一碗绿豆小米稀饭，很简单，但十分香甜。

吃罢上车，再行一小时，终于到延安，住文艺宾馆，是中国文联办的，地址是七里镇街 129 号。四处盼视，周围已黑，不见宝塔、延河，只好匆匆睡觉，以备明天。

5 月 27 日。上午。从延安市坐车走约 20 分钟，到枣园，枣园园内不见枣，多梨树。在一片银杏树边，首先见到的是任弼时窑洞，窑洞再上面一层是四个书记的窑洞，毛主席和周恩来窑洞很近，一个小院旁边是朱德窑洞。张闻天窑洞在周宅的旁边。我见任弼时办公桌下有一个小炭盆，四方形，中间是用铁皮翻卷一部分钉在框边，这种炭盆我小时在家乡见过，也用过，大约是“洋油”进入中国之后，老百姓对那薄铁皮油桶的废物利用。《为人民服务》中表彰的张思德同志烧的木炭就是供应这里的。我注意到毛泽东用的沙发是硬木，而朱德用的是软沙发，毛泽东时年 50 岁，朱德大一些。看来，那时候的延安确实过着一种贫困紧张但团结和谐的革命生活。刘少奇的窑洞在任弼时旁边，刘时年 46 岁，就是在这窑洞里起草筹备党的七大《关于修改党章的报告》。

枣园住着党的 6 位书记，还有中央书记处，中央小礼堂。据说，这个园子曾是一个地主的，他卖给了国民党一个官，红军进延安后，征收过来，修了房子。康生取名延园。解放后植的银杏长得很好，约小盆粗了。

王家坪:是军委和总参所在地。军委礼堂,1943 年修,红军自己设计建成,木条地板、木靠凳,在这里还曾举办舞会、宴会。有趣的是八路军服务部的玻璃门上还贴着一张可口可乐招贴画,是当年卖过可口可乐还只是好奇地贴上一张广告?这肯定是那时的年轻人干的。王家坪毛泽东旧居旁,有“1946—1947 年 3 月”字样,一棵柳树已没有了大枝,新芽千条,能滴水,人说是流泪,当年毛泽东送毛岸英下乡去就是在这棵树下谈话、合影的。岸英刚到父亲身边,毛主席就要他下乡去拜老农为师。我暗中想,如果刘少奇的儿子这时也来了,那刘主席会不会把儿子送去拜工人为师呢?那一年,我刚出生啊!

滴水的柳树根部有一狮子头型。滴水的原因应该是老树的根系很发达,吸收水分较多,而上部大枝被砍,需要量减少,吸收多而蒸发少,就滴出来了,有时像下雨一样。

军委会议室:有毛、朱、周三人合影,这是 1946 年在东关机场迎接周恩来从南京回来,准备撤退,三人的最后一次合影。没想到 30 年后,三人同年仙逝,令人唏嘘。

凤凰山麓:这里应该是 1937 年 1 月党中央初到延安时的住处,后来迁往杨家岭。朱德曾住这里。4 月,周恩来在这里,西安事变期间周就住这里,往返于延安、西安、南京之间。院内有枣树一棵。毛泽东旧居在山脚下。在这里写出了《实践论》《矛盾论》《抗日战争的战略问题》《论持久战》等著作。要知道,那时候写论文可不像现在有电脑,可查阅,可复制。他老人家连参考书都有限啊,那是要靠学问、靠经验、靠思考,靠对世界对现实的了解,对中国革命的真正把握来写的。

毛泽东在这里还会见了白求恩、印度医生柯棣华等人。他的洞里也有木炭火盆,写《论持久战》就在门边的窗下,炭火曾把棉鞋烧着了,足见其苦思之深。四方桌、木圈椅。南方人不习惯睡炕,就在炕上架一个木床,这就是“架床叠屋”之趣。这个小院是村中吴含章的山庄,吴是开明绅士,让给毛主席来住。毛主席是湖南人,喜欢洗澡,他就在窑洞里隔出半间,放一个长木盆,椭圆形,盆边放一个小木凳。这种长木盆我们家乡叫腰盆。

车从延河边过,见延河里水极少,大出意外。延河在文艺作品中是美妙的,充盈的,永远泛着波浪的,而眼前却是干涸的,枯瘦的,没有生气的。延河是山区季节河,涨水时波涛滚滚,现在只能见一点泛泛流水,可以赤脚涉过,很多民工在挖沙,大洞小坑,拖拉机往返其中。延安市区主街长约 7 里,较整洁卫生。

下午，参观延安革命纪念馆。红军1935年10月到吴起镇,1937年1月到达延安,1948年3月才东渡黄河,北上西柏坡。延安作为中国民主革命的圣地即载入史册。

我们很关心当年延安文艺家们的生活。延安时期的文艺社团有20多个:中国文艺协会,负责人是丁玲;全国文艺界抗敌协会延安分会,周扬等;鲁艺有评剧团,阿甲等;《解放日报》有文艺专栏;有古元的木刻等。毛主席的题词:发展抗战文艺振奋军民,争取最后胜利;刘少奇题:为大众文艺的创作而努力。这里有张思德在烧木炭的照片,他从窑内抱一节木炭送上来,上面一个战士正在接,旁边放着烧好的木炭。年轻的张思德正对着照相机憨笑。脸上有炭灰,雪白的牙。我们曾熟读"老三篇",但没见过张思德什么样,这笑脸,这白牙,让人难以忘记。

毛泽东也参加劳动!在中央首长房间里都放有一部纺车。在那特殊环境下,这么多人聚在延安,吃饭穿衣成了大问题,外面被封锁,延安的机关干部只得组成劳动大军,毛主席号召:"自力更生,丰衣足食。"搞大生产最有影响的是王震的三五九旅,在南泥湾开荒。全延安1943年自给率达到100%,1944年自给率达到200%。1944年开荒261000亩,产粮37000石,养猪5624头。

参观后,外面小雨,让人心情变得沉重。下雨在延安是难得的,缺水地区能有雨,下的就是粮食,是食油,可惜雨量太少。冒雨去买书两本《圣地延安》《延安岁月》。

下午5时,我们采风团到延安邮电局参加座谈会。延安的邮电体制改革应是国家支持的重点,李局长说:邮局职工2000多人,地区之内打电话不用区号,国际国内均可直拨。延安市话普及率12%,3000元可安一部。当场有陈长芬、魏明伦、柳秀文等人去打长途电话。延安已实现农村传输光缆化、信息数字化。今年完成2000万,明年将投资1亿多,多种经营收入要超过主业通信收入。延安去年建成省级文明单位标兵,今年想进入国家级。要求各县要进入省级文明单位。他还说,十年前,从延安到西安汽车要走一整天,现在只要走6个小时。过去打电话要转好几次,现在一拨就通。有程控电话13000门,明年达到20000门,城市通话每百人12部,住宅电话70%,农村2%左右(这是全国平均数)。

座谈会中,李瑛团长也讲了话,有几位文艺家是第一次来延安,我也是第一次来,除了延河水,都感到延安比想象的好。晚餐在邮电局吃,极为丰盛,可以说汇集了陕北风味小吃:小米炸油糕、糕饺、米酒、熬酸菜、黄米饭、蜜汁南瓜八宝饭、羊杂烩、煎饼、炒洋芋擦擦、油馍馍、麻辣肝碗托、猪肉浇板粉、荞麦圪坨、荞麦饸饹、油旋,等等。给大家留下了极深的印象。邮电局局长李俊义还给大家赠送了纪念邮票。

摄影家陈长芬

我在空隙中采访了摄影家陈长芬,他是湖南衡山人。1941年生,长发秃顶,农民儿子。1959年开始摄影,在中国民航第四航空学校搞摄影(驻广西柳州),对美术感兴趣,留校在政治部宣传科,第一幅作品(仿齐白石荷花,《广东画报》发)就获柳州市摄影三等奖。

他1990年辞掉《中国民航》副总编之后,专搞"大地"摄影。《陈长芬·大地》已编好待出版。《长城》在日本出版,再出一本《长城艺术》。别人把长城看成什么,他认为是艺术。

他说:"我的政府津贴是新闻,我认为新闻是艺术。"他是中国摄影家协会常务理事,他现在不参加各类比赛。摄影应弘扬艺术。急流勇退是辩证的,其实得了荣誉退下来应是站到一个新高度上,不把荣誉作包袱。

他还直言,北京,乃至全国摄影界、艺术界存在团块,我不愿参加团块。中国摄影最迫切的是要建立市场。绘画艺术有市场,摄影不够,与世界接轨不是以获奖为标志的,更重要的是要把摄影作品变得有价值,进入市场,现在的市场给的也与价值不配。

陈长芬说:"中国是人口众多的国家,要自我表现的人很多,艺术家生命是短的,应让出位置给年轻人。如果只考虑自己,是自私的,艺术生不带来,死不带走。"他说:"1989年全国第一届摄影金像奖,10人中我是一个。电视记者采访,每人说一句,我说两句:1.我是第一次。2.希望是最后一次。记者问为什么?我说把机会留给年轻人。"陈认为摄影本体语文不是形象性,而是现场性,形象性是艺术共同的特性,而现场性不是的。

陈是中国现代摄影代表人物。他主拍风光, 很少拍人物。他的成名作《明》,为一半红日与一半白月相吻,周围黑色,陈说是同一天两次曝光所得。

杨家岭座谈会

5月28日。上午参观杨家岭:参观毛泽东、周恩来、朱德、刘少奇故居旧址。毛泽东住西边坡上窑洞，小院，门口有石凳，是当年同斯特朗谈话处，坡下小河边有毛主席种菜处。1938 年 11 月 20 日，日本飞机轰炸延安城，中共中央机关由城内凤凰山麓迁到这里。党中央在这里居住期间，领导解放区军民开展了轰轰烈烈的大生产运动，领导全党开展了伟大的整风运动，召开了具有伟大历史意义的中国共产党第七次全国代表大会，召开了著名的延安文艺座谈会。山坡下即《延安文艺座谈会》讲话礼堂，当时是中共中央办公厅所在地。

"七大"会址即中共中央大礼堂。这礼堂是穹隆式结构，既朴素又大方，据说是一个姓杨的红军设计，大家自己动手盖成的。现在仍按"七大"原样陈设。主席台正中竖着毛主席和朱德总司令的画像，主席台前的几张桌椅是当时中央书记处 5 位书记的座位。两边墙上挂 24 面红旗，代表党已经走过 24 年历程。这次大会在我党历史上极为重要，制定了党的政治路线，通过了新的党章，选出了以毛泽东为首的新的中央委员会，使党达到空前的团结和统一，为夺取抗日战争和解放战争的胜利奠定了基础。

文艺家们在礼堂里戴上八角帽，穿上灰布衣，一个个装成延安红军，在讲台上照相。

这里缺水，是干土坡，坡上有少量绿树，窑洞其实很整洁，冬暖夏凉，比南方的茅草屋要好得多。南方的茅草屋夏天多虫，冬天透风凉。

上午 10 时。我们在毛主席发表"延座讲话"的会址召开座谈会，中国文联采风团，陕西省和延安地区文艺家与会，座谈会 50 多人。李瑛同志说：到这里来，是向延安人民学习，向老一辈革命家学习的。魏明伦说：多存芝麻好打油，芝麻不打不出油。他说，有贵族文学圈、京油子圈，我们这只是浅入生活。吴三大发言，林正义发言，延安同志发言。接着，延安地委书记讲话。他说，延安有 31.7 万人，城市有 11.7 万人。300 多平方公里，90%以上是山地，10 条大川，海拔最高 1500 米，最低 800 米。延安是全国首批 24 个历史名城之一。自然条件很差。他说到变化发展，人均粮食三中全会前 400 斤，口粮 200 斤。三中全会后，去年人均过千斤。人均纯收入去年达 918 元。财政去年 3279 万元。森林覆盖率去年已达 49%，高于全国全省水平。羊子去年过 25 万存栏，90%是马海毛基地，城市过去 5 平方公里，现在 16 平方公里，建了 800 多座楼房。

他说，南方人走水路，我们走山路。100 万亩良田，100 万亩草地，50 万亩苹果树，100 万亩林木，走几条路：自力更生、艰苦奋斗、发扬延安精神，依靠群众，发动群众，把 1590 公里路修好。改变作风。当前人均 1000 斤粮，1000

元钱，我们的目标，到 2000 年 1000 斤粮，2200 元钱。书记还风趣地建议：北京的锦绣中华园中，延安那一块不长草，我建议要换一下。大家就笑。是啊，旧貌换了新颜。他还说，南泥湾的歌，还有我们的苹果，都需要宣传一下。还有地下资源，油、煤、天然气。大家听了很高兴。

座谈会后，听山歌，安排了几位民歌手唱原生态山民歌：东方红、山丹丹开花红艳艳、信天游。然后跳秧歌舞，大家一起跳。我们之中，数柳秀文处长跳得好看。

5 月 28 日下午，清凉山。

延安市地形是这样的，它由三条河三座山构成。延河、西河、南河相交之处，把大地切割成三座山，这就是宝塔山、清凉山、凤凰山，三足鼎立。我们从延河桥头舍车登山，有山崖万佛寺，名诗湾，佛刻多宋代作品，刀功已显精美，另有弥勒大佛，与洞为一体。上有藻井，十分丰富。毛主席当年曾登临此山，红军时这里是印刷厂，有排字间、印刷间。山顶有范公祠，写《岳阳楼记》的范仲淹曾在此为官。站在清凉山上，隔河对岸左为宝塔山，右为凤凰山。

宝塔山脚有摩崖石刻："梦溪笔谈 24，宋，沈括：郡延境内有石油，旧说高奴县出脂水即此也……此物后必大行于世，松木有时而竭。"《宋史·纪事本末一卷三十》记：延安之山鼎峙，二水带围，自古是我国边陲重镇。嘉岭山是延城东南屏障，范仲淹宋仁宗庆历四年（1044 年）秋，以陕西河东宣抚史身份巡视延安时题"嘉嶺山"三字。范仲淹出任延州，严守边关，使延州成为塞垣堡垒，兴农桑，放屯垦，收归并妥善安置各族边民，使饱受战乱破坏的经济稍有恢复，于是人心思稳、士气大振，边防于是巩固，以至西夏人相戒曰："无以延州为意，今小范老子胸中自有数万甲兵，不比大范老子（指前任延安知州范维）可欺也。"

我又抽空约谈陈长芬，他说："我最忙时一天可拍 50 多个胶卷，一天的消费要 1000 多元。"他主要靠给别人接活儿干，他说各种开支靠自己，积累了不少片子。像他这样的摄影师全国有几个，但设商业公司的只有他。他很勤奋、豪爽。拍刘兰英小脚老太的剪纸给 10 元钱，刘老太就送给他一只龙，在清凉山万佛洞他求签，也给钱。

5 月 29 日。我们去看一个工程，要走村道，大车上不了山，10 辆小车上山，900 米海拔，10 万亩缓坡，尘土飞扬。这是飞马河流域柳林乡"水土保持工程"。这里种新红星苹果，从美国引进，三年整挂果，红富士。还是个人搞的，柳林乡 30 户的村子，一个承包大户，土地允许转让，他一户买了 280 亩（后十年每亩交 50 元),一块栽了树,杨树,有 150 亩。1984 年开始,值 30 万了。他又买 130 亩地栽果树,用推土机推平,投资 22 万。把水抽到山上。有人叫他地主,多数人叫他老板,一年请 6 个长工。他名叫任慧智,过去搞汽车运输,挣的钱全投入进来,两个女儿上大学也学苹果,女婿也是学苹果的。他一买地,大家抢着买地。他又买了小洋楼,栽葡萄。

延安已经 250 多天没下雨了,多年不见这般干旱。农民就在果树间种豆。村里走的路也是大家出力修的,由乡里组织。延安市农田基本改造保持 60%,绿化面积 50.8%,北边县差一些。乡长说:这里日照长,温差大,雨热同季,黄土深厚,结构松,利于苹果生长。政策 100 年不变,现在主要抓管理,1997 年每亩可收回 1000 元,2000 年达 5000 元,苹果未见效益前,套种洋芋、豆子。飞马河村去年人均 3000 元,主要是苹果,粮食人均 1000 斤,以果务农。羊子 900 多只,只有 280 人。

我们看万花山。万花山位于陕北延安市西南 40 里的杜甫川花原头村,万花山遍布珍稀名贵的原始牡丹(延川红)和青松翠柏,盘山间有多处亭台廊榭,区内建有人工湖、花木兰陵园以及新开辟的万亩苹果园,构成了风光宜人,色彩缤纷的旅游、休闲胜地。万花山有水,地就变成了绿洲,有江南山地味儿。我在这里第一次见到黄花牡丹,立夏(5 月初)前后开花,小满(5 月下旬)以后凋谢。解放前,农历四月初八有庙会,几十里老乡来万花山赏花赶会,黄、紫、红、绿、白、粉,十七个品种,宋代即有记载,来万花山看牡丹,有上千年历史了。欧阳修所谓"延安牡丹多为荆棘"的所在。山多柏树。有杜甫夜宿之处:唐天宝十四年十一月,"安史之乱",第二年 7 月,杜甫只身北上延州,出安塞卢子关,抄道赴灵武,途径花原头,游赏牡丹,夜宿此处。(可见《洛阳牡丹记》,宋·欧阳修)此地牡丹多单瓣,不易盆栽,因为这里的牡丹是野生,缺水的地方,它为了吸水,根系发达,深而远,你想移栽,一般很难挖那么深,那么远,根一断便死。

有趣的是,这里也是花木兰的故乡。全国各地有多处花木兰故乡,我们武汉黄陂就有木兰山,可见她是中国历史上一个人见人爱的女英雄。延安人说,巾帼英雄花木兰就是延安万花山花原头村人。现在这座万花山跟她还有着一段渊源。话说当年花木兰女扮男装立下赫赫战功,天子封她为尚书郎,打算招她为驸马。这一切她都婉言谢绝了,回到了花原头,回到了生她养她的山沟沟。走时 17 岁的黄毛丫头,回来时已成了 30 岁的年轻将军。返家后,还是和从军前一样纺纱织布,还是常骑马练武,跑的次数多了,万花山山顶上被马蹄子踩出一大块平地,这就是现在的“走马梁”。花木兰活了80多岁,她的墓地所在的那架山,叫做“花家陵”。坟地在万花山的河对面,为的是让她一睁眼,就能看到万花山上的牡丹。我看,万花山具备建设成为优秀旅游景点的基本条件,日后必有发展。

李瑛团长,是大诗人,68岁了,已出版40多部诗。老北大学生,地下党员,参加过抗美援朝,后任《解放军文艺》副主编,“文化大革命”中被关押。据说他家中十分整洁,喜爱工艺品(造型性),书多,床下都是书,他女儿也写诗,43岁,名李小雨,任《诗刊》副主编。已出书五本,她的诗发表前不给父亲看。儿子现在是中校,36岁。李瑛特别爱孙女外孙,说儿女已大,他主张儿女多读点理科。大诗人有一个好习惯,走到哪里都记录,他在礼堂座谈讲话,用诗的语言来讲,讲功夫在诗外,讲生活,让我们很受教益。柳秀文说他是儒雅将军,社会活动仍然很多。

下午,到柳沟乡,二十里铺村。过去这里种蔬菜,吃供应,种沙打旺。沙打旺是多年生草本,又名直立黄芪、麻豆秧等,是可用于改良荒山和固沙的优良牧草,也可用作绿肥。1000亩草,牲口吃,肥果树,冬天做草粉、草籽卖,疏化土地,杆子烧火,美化环境,保持水土,山地种700亩苹果,一棵庄稼不种。他们从山东引进鸡场,建千头猪场,有200亩鱼场,种大棚菜,去年人均过2000元。现在,山地都拍卖到户了。生态农业是1993年10月开始的,作为全国50个试点县之一,陕西就此一家。目标是5年消灭荒山,10年绿化全市。原来年年种草不见草,栽树不见树,关键是产权关系,现在拍卖产权100年不变,去年收入最高的一家,仅卖苹果就收入8万元,前景是诱人的,人们开始告别荒凉,走向富裕。大面积退耕还林、还草,不但没影响农业、粮食生产反而成倍增长。

5月30日,南泥湾。

南泥湾位于延安东南90华里,是陕甘宁边区的前哨阵地,这里土地肥沃,水源充足,是屯田垦荒的好地方。郭兰英唱它是“陕北的好江南”。

1941年春,抗日进入艰难时期,八路军一二〇师(贺龙师)三五九旅(王震旅)奉命进驻南泥湾,执行保卫边区和开展大生产运动。军民发扬自力更生、艰苦创业精神,一面生产,一面学习,一面战斗,用勤劳的双手把荒无人烟的南泥湾变成了“到处是庄稼,遍地是牛羊”的好江南,为建设保卫陕甘宁边区做出了卓越贡献。毛泽东、朱德多次到南泥湾视察。

延安有石油,我们前面在宝塔山脚看过摩崖石刻:“梦溪笔谈24,宋,沈括:郡延境内有石油,旧说高奴县出脂水即此也……此物后必大行于世,松木有时而竭。"作者的预见已经灵验。我们参观延长油矿管理局南泥湾钻采公司，这个公司筹建于 1986 年 8 月，属延安市政府，现有职工 721 人，固定资产 8000 多万元，共有油井 426 口，机动车 56 辆，钻机 3 台，车床 4 台，建成产能 5.7 万吨。现已建成延安市第四利税大户，延安市龙头企业，重要支柱，多次受到有关方面表扬，被省委、政府授予文明单位称呼，是延安地区明星企业。1989 年 9 月，江泽民同志来油田，盛赞油田职工是社会主义新时期的三五九旅。延安地区到处有石油，而且钻 100—200 米就有油，各县都有油田，都挂延长油矿管理局牌子。1994 年，人均创税利 2.3 万元(全年生产原油 4.5 万吨)，上缴部分占延安财税收入四分之一。我私下想，这种乱采乱挖的办法恐怕也不能长久。

油田职工发扬两个精神：大庆人三老四严精神，三五九旅艰苦创业精神，加强一个班子(团结战斗的领导班子)，注重三支队伍建设——能文能武的干部队伍，能打善战的工人队伍，精益求精的技术队伍。近 500 口油井，分布在 60 平方公里的土地上。公司设有灯光球厂、舞厅、洗衣房，还有文艺宣传队，电视。去年人均 4000 元月收入，今年可达到 6000 元。领导说，现在实行双休日后，如何保证职工劳动与休息，按劳付酬，有些问题还需探索。

下午，在油田吃饭，之后回延安。

黄河壶口雄姿

5 月 31 日，离开延安去黄河壶口。

著名的景观黄河壶口在宜川县。在延安时，满眼荒原，但宜川境内却绿化得很好，不少地方还有水田，从宜川再走 50 公里，即可见到黄河。黄河正值枯水季节，河床很宽，水很窄，气势亦不大。我说，延安比想象的好，黄河比想象的差。黄河对岸是山西。

壶口是黄河中游的一段河川，河床是红砂石，中间被冲刷出一通宽不过 20 米的壑谷，滔滔黄河水流到这里，突然收拢，跌入深壑，产生出一处瀑布。这种瀑布从上游看没有画面，只是觉得河水消失了，但从下游看那就震撼了！水跌下去，约 50 米，大约有 40 吨的压力。据说有漂流爱好者曾试投一只猪，那猪从下游浮出水面时身上毛已剥光，人若跳下，必死无疑。这壶口气势很大，岸边有参差台阶，可见波涛、雾、雨、虹，还有雷鸣，天动地摇，感受非凡。奇怪的是，这么好的景点，河对岸山西那边似乎没怎么开发，游人和车辆都不多。我们采风团的人在这里观看，冥想，体味，从各个角度拍照。

回宜川午餐，极其简单，夜行到9点半，回到西安，仍住人民大厦。

唐高宗李治与女皇武则天

6月1日。上午休息，下午从西安出发，往西北方到乾县，参观乾陵。从远处望去，可见几座山头，大家不知往何方，我看了看，说那一处风水好，乾陵一定是在那山边，果然。

闻名中外的乾陵是唐高宗李治与女皇武则天的夫妻合葬墓，位于陕西省乾县境内的梁山上，是呈扇面形分布在长安北部的“关中唐十八陵”中最西端的一座。它以山为陵，由两座巍峨挺拔的山峰组成，宽大的神道把两座山峰紧紧相连，真正的规模宏大，气势雄伟，峰峦叠翠，石雕如林，称得上是唐代帝陵之冠。

汽车绕上山，可直达神道。还没下车，便已感受到这里非凡的气象。尽管这里游人如织，但人和陵园山峰相比，仍然显得很渺小。神道约5公里，很像今天的山区一级公路，路两边都是石像生。石像生是帝王陵墓前安设的石人、石兽，统称石像生，是皇权仪卫的缩影。在明代，凡是举行大典的时候，除文武百官及军事仪仗排列两侧，还将人工驯养的狮子、大象等动物装在笼子里，放在御道两旁，以壮皇威。皇帝死后，需要相同的排场，所以就在陵前设置了石像生。这种做法开始于秦汉时期，此后历代帝王、重臣沿用不衰，只是数量和取象不尽相同。现在，路两边已经松柏森森，种有各种花草，这100多座高大、古朴、逼真的石像生也就或站或卧在松柏花草丛中了。

梁山是石头山，据说地宫建在山的里面，是从山腰凿进去的，考古工作者已经找到了墓道口，只是至今未能开挖。据说，乾陵曾发生过几次大的盗墓，但都因为种种原因而中止。从已经开挖的一些陪葬墓来推测，乾陵地宫当是又一个唐代文物十分丰富的地下博物馆。武则天行事有些另类，她给自己立了一块无字碑，立在显要的位置。无字即有字！那块弄得人人猜测的无字碑尚在，我们到时，考古工作者正在清理无字碑周围，可以看出唐代碑亭厚实庄严的基础。无字碑上写有不少文字，是后人写上去的。旁边是李治之碑，是武则天给丈夫立的，原来有字，现已无字，全部被剥蚀了。对面是《述圣纪碑》。这里地处古丝绸之路，可惜的是61番王群像的头都被打掉了，这些外国使臣或少数民族的宾王是被盗了头还是被战争破坏了？我未及细问，也未曾见到准确的考古报告。

乾陵规模宏大，总占地3000多亩，原来有很多地面建筑，“安史之乱”，尽遭破坏。我们其实只是走了一下它的神道，感受了一下宏大规模。我在这里留影，买书一本《武则天与乾陵》，待回去后慢慢研读。

法门寺地宫世界之最

下午5时，我们赶到扶风县，法门寺的高塔已在夕阳的余晖中显出朦胧。下车去参观，县领导已等候多时，我们先看电视片，知道了法门寺地宫的发现过程，接着参观地宫宝物展。这真是稀世珍宝啊，琳琅满目，尤以佛骨舍利为贵，另有献佛的一套茶具有重要价值。据说地宫里的宝物，全是皇帝和王公们敬献给大佛的礼物，当然是选最好的、最贵的东西，也就是说差不多集聚了当时最精彩的珍宝和物件。

接着我们参观地宫，看密宗曼荼罗（聚在一起说法）。在地宫，我们给佛骨舍利行叩跪礼。此情此景，使我想起了早年访问斯里兰卡时在达拉达王宫参加的迎佛盛会。

法门寺地宫的现世震动了佛教世界。佛讲究因缘，民间早就有传说，说法门寺下面有地宫，夜间有灵光出现。后来，在一个雨夜，塔倒了，县里想重修，就清理基础，意外发现了地宫。我发现，中国几处有世界影响的地下文物的发现，都是因了机缘，你看，秦兵马俑、马王堆、曾侯乙墓、三星堆，这个法门寺地宫等等，无不是意外发现。那也就是说，中华大地上，那些历史上没有确切记载而深埋地下的宝藏还会有很多，挖地可要小心啊！

扶风县地处八百里秦川西部，因“以辅助京师，以行风化”而得名，东距西安120公里，西至宝鸡80公里，43万人，72万亩耕地，五镇十乡。这里是“后稷教稼”之地，西汉隋唐属“三辅之地”。近年来，农业已突破5亿斤大关，是陕西省粮、油、菜、生猪、苹果、辣椒、秦川牛、奶山羊生产基地。

扶风是西周发祥之地，是闻名中外的“青铜器之乡”，人文古迹众多，其中法门寺“佛教古刹”地宫文物出土，在海内外引起震动，是继半坡、秦兵马俑之后的又一次重大考古新发现。

法门寺文物考古有十项世界之最：一、法门寺佛指舍利，是世界上目前发现的有文献记载和碑文证实的释迦牟尼佛真身舍利，是佛教界的最高圣物；二、法门寺地宫，是世界上目前发现的年代最久远、规模最大、等级最高的佛塔地宫；三、地宫文物陈列方式，是世界上目前发现最早的唐代密宗之金胎合曼曼荼罗遗规；四、地宫27000多枚钱币中，13枚玳瑁开元通宝是世界上目前发现的最早的、绝无仅有的玳瑁币；五、地宫出土的整套宫廷茶具，是目前世界上发现的年代最早、等级最高、配套最完整的宫廷茶具；六、地宫中出土的双轮十二环大锡杖，长1.96米，是目前世界上发现的年代最早、体型最大、等级最高、制作最精美的佛教法器；七、地宫中发现的13件宫廷秘色瓷，是世界上目前发现的年代最早，并有碑文证实的秘色瓷器；八、地宫中发现的700多件丝织品，几乎囊括了唐代所有的丝绸品类和丝织工艺，堪称唐代丝绸的宝库，是唐代丝绸考古的空前大发现；九、盛装第四枚佛指舍利的八重宝函，是世界上发现的制作最精美、层数最多、等级最高的舍利宝函；十、安奉第三枚佛祖真身舍利的鎏金银宝函，上面錾刻金刚界四十五尊造像曼荼罗，是目前世界上发现的最早的密宗曼荼罗坛场。

扶风县除了法门寺，还有班固的故乡，还有周原。

周原博物馆

周原博物馆门前有一副对联：钟鼎彝器甲天下，金甲陶文冠古今。此联不虚。这里是中华民族最早发祥地之一，青铜器窖藏多。西周末年，社会动荡不安，贵族们把青铜宝器挖窖掩埋起来，由于西周灭亡，这些宝物便长埋于地下了。

神秘古老的周原，是3000年前周人的都城和周公旦等许多奴隶主贵族的采邑，这里的文化遗存极为丰富，保存良好，在我国西周历史研究和文物考古方面有十分重要的位置。2000年来有记载的青铜器发现就有100多起。宋代、清代，铸有重要铭文的西周青铜器在这里连续发现，其数量之多，文物之珍贵，远非其他地区可比。被清代称为“四大国宝”之一的大盂鼎、毛公鼎就出土于周原。商卣，是一种盛酒器，出现于西周早期；折觥，是西周昭王时的盛酒器，造型精美，纹饰繁缛富丽，有艺术瑰宝之称，像一只盛装的羊；墙盘，西周共王时的盥洗器，铭文长而史料价值高，有青铜史书之称；舆钟（乐器，西周中期，编钟）；夫簋，西周厉王为祭祀先王所铸礼器，为我国出土西周铜簋中最大的一件；牛尊，牛背上有一只虎，做盖用。还有铜斧、錾、锯、钻（西周中期），有门窗设施的铜鼎，四周有龙，墓葬，等等，不计其数，不计其类，有很多种物品如果不是专业人员恐怕连名字都叫不出。

11时，回县招待所座谈。县长介绍扶风县情：人均粮食1200斤，人均收入800元（300元以下是贫困户）。李瑛团长说：黄土地的辉煌，青铜器的凝重，先民的智慧，作为他们的子孙，我们感到很光荣，真正物华天宝。

下午 2 时，动身赴宝鸡。路上见到每个人脸上都是舒朗的，自信的、健康的，金黄的麦田，一路麦香，到处在打场。

途经周公庙，是岐山县凤凰山下的一处园林，有姜嫄、后稷，周公是后稷之子，姜嫄之孙。《诗经·大雅·卷阿》："有卷者阿，飘风自南。"古卷阿地，史书记载已有 3000 余年。购得一本《周公庙揽胜》，内容俱录。至今，周公庙后还有求子的胜景。

晚 5 时到达宝鸡市，住怡园宾馆 510 室，晚去马平安的易发大厦参观、唱歌，看书法家们写字。

炎帝出生地

6 月 2 日，上午。参观炎帝陵纪念处。炎帝是中华民族始祖神农氏。宝鸡这一处炎帝园，其规模之大、工程之宏伟胜于湖北的随州烈山，但随州附近有神农架，这里没有。这里的遗址和传说是旧的，建筑和壁画是新的。专家认为炎帝生于宝鸡，那随州就是炎帝创业之地了。炎帝神农氏葬于"长沙茶乡之尾"，即现在的湖南省株洲市炎陵县。

下午企业界召开欢迎会。团长李瑛说：要了解民族历史就要到陕西来，要了解革命传奇就要到延安来，要抱真诚追怀之心。他这诗句一般的语言，很精辟，很实在，可以收入名言录。市委书记和丕浩致辞，他说，宝鸡即古陈仓，"暗渡陈仓"之陈仓地也。1990 年开始市管县，1800 万人。这里有一大批军工企业，主要是电子、军工、轻工，超导材料研究，火箭材料，长岭——阿里斯顿冰箱等。这里交通发达，古为兵家必争之地。现在有三条铁路，到西安有一级公路，已经网络化。资源丰富，秦巴山区有铅、锌矿。文化悠久，是炎帝故里。

6 月 3 日上午，与宝鸡市企业家座谈。

蔬菜公司总经理张先生（东风食品实业集团公司）说，原来政府每年补 100 万，现在每年上缴利税 150 万元。1985 年放开，不靠政府靠市场。蔬菜是一次性消费品，不比工业品，群众的生活要求也在变化，1986 年建副食公司工程，1990 年建成，1991 年开业，群众反响很好。人均年利 1 万元。下一步主要投入产权制度改革，清产核资。

怡园全聚德烤鸭店谭杰经理说，饮食的变化很快，我们做出了贡献，要讲风格、讲等次、讲特色。

李瑛团长说:社会主义市场经济是一个全新的形态,文艺要描绘这些新的人和事。作家林正义说:一个民族有文化没有钱是困难,有钱无文化是灾难,无文化无钱更是灾难。

笔者发言十分钟:我们来采什么风,采传统之风,采民族之风,采革命之风,现在还要采改革新风,文企联姻就是一个崭新的事物。肖云儒说:陕西文学创作以农村为主,写企业改革的太少。

6 月 4 日下午,宝鸡卷烟厂座谈。

女副厂长说:宝鸡卷烟厂创自 1949 年,六十四军接管为国营,"文革"后交宝鸡市,1984 年由中国烟草总公司主管,我们的上级是省烟草公司。居全国 23 位(全国 200 家烟草企业),年产 48 万箱,2900 多职工,税利 4.5 亿元。主要是金丝猴烟,1958 年设计,1960 年生产,刘少奇到宝鸡来就抽这种烟,中间生产停了一段。1970 年搬新厂,一级烟,1985 年生产加嘴,已成系列,10 多种。新品种"猴王"烟,1983 年生产,1984 年上市,今年 5 月在全国 56 种甲级烟中占第 4 名,仅次于中华、玉溪、红塔山。好猫牌是今年新创的。大众化产品还要增加,5 个主要车间,2 条烟丝线,原料以陕西烟叶为主,其次有云南、贵州、福建、广东、湖南烟叶。添加外地烟叶,是为了调节香味。

我们进入车间,厂长给我们介绍制丝过程,然后进入卷烟过程。卷烟机是引进机器,接嘴后进入包装,西德包装机目前是世界最先进的。

冯厂长说:目前仍贯彻深化改革,转换机制,提高效益,促进生产。女厂长则希望艺术家们帮忙再设计一只猴子,或一只猫,把"猴王"和"好猫"包装提高等次。

晚上,有《西安日报》记者小白、《三秦晚报》记者白玉奇来采访我,谈通俗文学的现状与前景。

6 月 5 日上午,我们到市委大会议室,参加宝鸡市各界同中国文联采风团座谈会。李瑛团长讲话,他说,不到陕西不了解中国历史,不到延安不了解中国革命。陕西文联主席贺艺讲话。文化广播局长张润堂讲话,他说宝鸡之名的来由:当年秦孝公设县时,这里是陈仓县,2600 年前,秦文公打猎,遇神鸡,追至陈仓山,鸡变为石头,得雌者王,得雄者霸。唐肃宗到凤翔县时,把陈仓改为宝鸡,这是公元 757 年的事。考古,各种文物点有 3558 处之多,是陕西省的十分之一。这里有炎帝的故乡。夏末商初,与西戎结合,商末周初,周人崛起。周原,文王访贤,姜子牙在这里,周公辅政在这里。西周灭亡后,贵族在这里留下了大量青铜国宝。诗经中有 40 多首出自宝鸡。秦始皇的家祭和母族都在这里，乌节抗击金兀术就在这里。这里也是历代皇帝避暑行宫之地，有九成宫、太白山。这里还是民间工艺之乡，有凤翔泥塑。市经贸委主任说：宝鸡是重要的西北工业城市，1994 年中央属企业产值 60 亿元，市属企业产值 40 亿元，个体企业产值 40 亿元。24 种产品处于全国先进水平，如长岭冰箱、宝花空调。在西北地区和省内有影响的有金丝猴烟。现在的主要问题：投资力度不够，国有企业活力不大。大的要强，小的要活，资不抵债的坚决破产，这就是国有企业的方针。国有企业的两极分化越来越严重。农业局长说：宝鸡是中国农业发祥地，神农教稼之地，全市 535 万亩耕地，农业人口 274 万人，占全市人口 80%，播种 673 万亩，最高产 30 亿斤粮。农民收入 1994 年达 824 元，粮食以小麦、玉米为主，还有高粱、水稻、豆类等。近几年，开始果树开发，苹果已达 90 万亩，还有猕猴桃。农业投资少，农产品比价不合理，农业科技队伍不稳，要大搞农田水利建设。城建局长说：这里是八百里秦川最西端。市区 48 万人（非农业人口 37 万），是西部铁路、公路交叉口，建成工贸城，全国卫生城市居第 18 名。城市绿化率覆盖 26%，人均 2.3 平方米。

最后是市长讲话，市长很聪明，他不讲重复的话，讲文艺：宝鸡 13 个协会，1800 名会员，460 名省会员，49 名全国会员，300 多项作品在省以上获奖。还说，希望通过座谈会，几个协会成立 10 周年纪念，动员作家、艺术家到生活中去，体验生活，写出好作品。

我们的采风活动基本结束，让我们受到了一次革命传统教育，了解了陕西的历史，感受到了改革开放的现实，也增长了许多知识。

赴陕西延安采风团人员：

李　瑛：中国文联副主席，团长；

柳秀文：中国文联组联部副处长；

叶毓中：中央美术学院副院长；

李振球：中央美术学院教授；

魏明伦：四川自贡市川剧团编剧；

林正义：辽宁辽阳市文联主席；

陈长芬：中国民航专业摄影师；

戢祖义：四川渠县文艺创作室作曲；

邹振亚：山东省书法家；

李传锋：湖北文联副主席；

陕西文联有贺宜、肖云儒、王金玲、吴玟等。

“南水北调”看源头

2004年5月10日。中国文联副主席李牧同志带队，举办中国文联及五省市文艺家南水北调采风活动。有来自北京和五省市文艺家常祥霖、刘洪彪、张志和、罗秉松、马康强、孙郁、封曙光、索宏原、杜锡瑞、李鸣久、梅洁、王全聚、安佳、孟令芳、邱振刚。湖北省文联有李传峰、黄中骏、赖云峰、杨至芳、邱玲、程彩萍、徐本一、黄德琳、张明明、宋乔、黄汛舫、刘莲英、丁竹君、施江城、舒宏志、梁迅、王晶、吴秋宏、聂智园等参加。

5月11日。“南水北调汉江行活水源头看东风——中国文联及五省市文艺家南水北调采购活动开幕式”在十堰市汉江大酒店举行。中国文联副主席李牧同志讲话，湖北省委宣传部副部长杜建国同志出席讲话。十堰市常务副市长杨朝中同志介绍十堰社会发展情况，他说：

一、十堰有344万人，23684平方公里土地。

深：文化底蕴深厚，80万—100万年前就有人类生息。郧县人头骨化石，1989年发现，是当年的世界十大考古发现。

多：资源种类多，丰富。水资源多，2500多条河流，500多万千瓦，可开发350万千瓦，将成为次于清江流域的水能基地。丹江口是南水北调水源区，进入了党的十六大报告，跨世纪工程。旅游资源富集，武当山皇家建筑进入世界遗产名录，道教文化重要流派，中国哲学的重要组成部分。这里还出产黄姜、魔芋、木耳等土特产。

特：城市功能独特，中国汽车城，载重车及零部件生产基地，现有车型11种，是东风汽车公司的摇篮。

二、经济发展：1. 典型经济，二元结构特征突出，城市人均可支配收入

8000 元,全省第一,但农村都是国家贫困县。2. 产业结构单一,第二产业中汽车占 80%,如果汽车产业一波动,影响极大。3. 优势产业主导突出,汽车产业为主导,培育水电、旅游、生物医药、绿色生物食品四大支柱。

三、当前经济情况:旅游优势如何形成产业优势,如何保护一湖清水往北送,怎样服务东风汽车公司和"南水北调"一程。淹没地 50%,迁人 60%,在湖北十堰老库区的移民还在不断上访,现代建设的负效应,森林覆盖率下降。

参加采风的文艺家们都是来自南水北调所经过的省市, 大家听得很认真。听了杨副市长的介绍,大家对南水北调活水源头十堰市的情况有了一个初步了解。

下午,参观郧县青龙山恐龙蛋化石。在一片很普通的山坡上,从下到上一线,开采出了很多窝大圆石头,这就是恐龙蛋。这有一个故事,说曾有货车司机从这里过,车轮陷入泥坑,于是求助于当地农民,农民以浑圆之石垫于轮下拉出货车。事后,司机将圆石带出山沟,被指认为恐龙蛋,此事成为地质新发现。地质专家遂对该地段进行挖掘,发现众多恐龙蛋群,最多一窝竟达百枚。这就是当时震惊中外的青龙山白垩纪恐龙蛋及骨骼化石群,海外报刊赞其为"全球之最"。恐龙蛋化石群对研究古地理气候、生物进化,探讨恐龙蛋化石系统分类与演化、探索恐龙灭绝原因等均具重要科学价值,也可以被直接研究与观赏。1997 年,国务院将其列入国家一级地质遗迹保护区。为了保护该恐龙蛋化石遗迹群,使其免遭"盗蛋高手"侵害,同时也希望建成一个人类探索恐龙繁衍与灭绝的天然基地和科普教育场所,当地政府决定建设一个恐龙蛋遗迹博物馆。我们听了,希望早日实现。

参观汉江大桥。参观杨献珍纪念馆(杨献珍是湖北十堰市人。当代中国马克思主义哲学家、理论家、教育家,原中共中央高级党校党委书记兼校长。"文革"中曾批判他的"合二而一"论),参观郧县博物馆,这里有 1989 年发现的郧阳人头盖骨化石(经我国著名考古学家、古人类学家贾兰坡等 10 余位专家、学者鉴定,这是距今 80 万—100 万年的"南方古猿"),早于北京人和蓝田人。

县长柳长毅介绍郧县情况。郧县人民为国家作出了几次巨大牺牲,丹江水库、黄龙水库、襄渝铁路、南水北调。现在,郧县充满发展机遇,银川高速公路经过,南水北调工程,眼前的柳陂镇要淹没,将建成一江两桥三镇格局。

李牧同志希望买一本神农架发现的《黑暗传》。

在柳陂镇看蔬菜大棚,吃黄瓜、西红柿,这里土地肥沃,瓜果质量好,但土地以后要被淹没。

晚餐,歌舞联谊。柳长毅县长也登台一展歌喉。

5 月 12 日。上午参观黄龙电站,这是汉水上游较大的一个高坝水电站,正在扩建之中。下午,太阳仍很大,女书记和厂长介绍情况,如数家珍。车开至大坝上,然后走下来,翻过一座山,我们全体采风团同志在一起拉出采风团旗,照了一张相。走过一座跨街桥,到达电厂的小招待所,如花园一样。电厂用自己的鱼和菜招待我们,还有新桃和西瓜。

下午回十堰市,开联欢会,书画家们怀着感恩之心,写了不少作品,画了多幅画,留给东道主。

5 月 13 日。上午出发去武当山风景区。范书记是原十堰市文体局长,调来任风景区书记,工作大有起色。我们坐索道上山,天阴未雨,能见度差一些。我们爬南天门石阶,上到金顶。站在金顶上,确有"君临天下"之感。当年,在明成祖的亲自安排下,这座金殿在北京将全部构件铸造完成,于永乐十四年九月初九下圣旨,构件经运河至南京,溯长江、汉江,一直被护送到武当山,然后插榫、焊接安装。

接待方特许我与李牧同志进入金殿里面,近距离参观张三丰铜像。殿内金匾上有清康熙皇帝手书"金光妙相"四个字。真武大帝留着长胡须,温和地看着大家,我们按照道家礼数,一手握另一手大指,抱拳于胸前行礼。李牧主席奉过礼,我默愿女儿母子平安,孙子聪敏,爱人工作顺利,奉上一张红币。我们下山到乌鸦岭,拐到南岩对面一望。因时间来不及,没有去南岩宫。我们再下到紫霄宫大门前,眼前殿堂楼阁,鳞次栉比,层层崇台,气象森严。我们穿过金水桥,沿石阶而上,过龙虎殿,见过王灵官,看御碑亭,便来到十方堂。这里供有铜铸鎏金真武像,两侧分别供奉吕洞宾和张三丰像。我们一级一级而上,进入紫霄大殿。紫霄大殿是紫霄宫的正殿,是一座重檐歇山式建筑,雕梁画栋,雄伟壮观,大殿下正中供奉明代泥塑彩绘贴金真武神像。就在大殿门前平地上,坤道为大家表演道场约半小时。

上午在太子坡吃斋饭,参观太子坡。太子坡又名复真观,取太子回心转意再度修行之意,是武当山建筑群中规模较大的一座宫观,整个建筑布局依山就势,高低错落,富有韵律感。给游客的所谓斋饭,其实已不是素餐而有了荤菜。餐后看武术表演,武当武术表演队的足迹遍布海内外,是继少林武术之后兴起的武当功夫表演,拳术、剑术和棍术是其精华,队员多是年轻男儿,年少即学武,经常外出表演。

5 月 14 日。上午从武当山镇至丹江口市。天小雨,9 时至。参观农夫山泉工厂,这里是农夫山泉三大基地之一,投资3个多亿,已在一半岛上建成现代化工厂,生产瓶子和水,用的就是丹江水库的水,一年产值6个亿,可交地方6000万元税利。

雨中参观净乐宫复建工地。净乐宫是在均县旧城中一处与紫霄宫相当的大型皇家宫殿,为武当山系列建筑之一,巨大的石牌坊为全国最高大。眼前建筑仅此石牌坊为原物,大殿为重建。盛世修庙,然也!

晚餐时,罗秉松同志给大家表演魔术。

下午,坐船去移民区凉水站参观。上岸,登山,从泥泞中穿过橘林,到一农家。有新做的红砖房,据房主人说,当年修丹江水库,靠后移搬上山顶,丈夫驾船,二儿子修了新房仅九天,又通知要迁移,说着欲泪。家中女主人是老共产党员,拿出自家的枇杷给我们吃,老奶奶表示,跟儿子走,要搬就搬,水再涨上来就没有地了。男主人叫张九娃。他一家的情形,就是移民的真实写照,也反映出一种舍小家顾大家的风格与精神。罗秉松同志给这一家人表演了魔术节目:把100元钱撕了又变回来。

晚上是创作笔会。书法家都很勤奋。

5月15日。住汉江集团龙山宾馆,赵立群同志来接。我们坐水源号船,沿丹江溯江而上,约走一小时入河南水域,过淅川县,到小太平洋,这里湖面宽广。东道主说,现在是丹江水库的中心地带,这里的水达到了直接饮用的要求。他用吊桶打取湖中之水,让大家饮用,果然色味俱佳。北京来的同志都尝了尝,显得很高兴,安佳要带一瓶回北京。大家照相而回。

从大坝上走过。又参观丹江水电站。看升船机,此机为当时中国最大。晚上,又是创作笔会。

5月16日。上午坐车去吕家河民歌村。吕家河故事和民歌在全国小有名气,我们省文联和省民间文艺家协会是做过不少工作的,我也曾几次来过。走高速公路至六里坪,走209国道约2个多小时才到吕家河村(属官山镇),学生放假了,村民聚于村口,夹道欢迎。我们在八角凉亭中听农民唱了多支歌。原生态,曲调、唱词都很丰富,应该与历史上20万人大修武当山的文化大交流有关联。我们去民家吃饭。主人拿出照片看,是参加大型活动的纪念。我们喝黄酒,吃农家菜。

下午回到十堰市东风汽车公司。周世荣同志是工会主席,一直管文艺,安排我们住车城宾馆。晚上,又是创作笔会。

5月17日。东风汽车公司,参观总装厂,看20吨大卡总装线,参观锻造厂,真正锻隽造彦。

采风团在这里小结。由李牧主席主持。先请湖北省文联副主席黄中骏同志作小结,他说,采风活动前后 8 天,一、加深了对水源区了解;二、了解了当地经济社会发展;三、考察了源头地区丰厚文化;四、深入生活,接近了基层;五、汲取了灵气,激发了创作,开了四次笔会,为当地创作了 150 件书画作品,并多次现场演出。此次活动取得了丰硕成果,对我们湖北文艺工作是一次大的促进。中国文联方面来的文艺家也都发了言。书法家张志和说,了解了许多真实的情况。作家王全聚说,感情发生了深刻变化。孙郁(墨白)说,回去后要传达。女作家梅洁说,和 1991 年比,这里山变绿了,二喜一忧。湖北书法家徐本一提出文艺家如何参与文艺开发的问题。曲艺家常祥霖,他是这次活动的事务总管,他说,团员表现了很高的素养,体察民情,听取民声,整个活动没有搞形式主义,书画家没有一点怨言,很辛苦,很热情,是对文联工作的真诚支持。

我代表湖北省文联说:这次采风活动贯彻实践了中国文联指导思想,较好地代表了五省市的文艺家深入现代化建设火热生活,圆满完成了中国文联交给的任务,加深了互相了解,为今后创作增添了动力。李牧主席说了三句话:集中采风,从容酝酿,努力写作。他说:一、这次采风是万里采风的又一成功范例,文艺创作离开人民是不可以的,一些基本原则是不能忘记的。二、这次活动取得了圆满成功,了解了南水北调的方方面面,了解了鄂西北丰厚文化遗产。三、对乡镇干部有了新看法,很敬业、很辛苦。四、沿线相关单位给予重视与支持,对艺术家们寄予厚望。五、采风团成员因水结缘,表现了高素质,表示衷心感谢。六、对新闻界、《湖北日报》、湖北卫视给予的关注支持表示感谢。

这一次五省市文艺家大型采风活动圆满结束。

追寻红军足迹——大别山采风纪实

追寻红军足迹——鄂豫皖文艺家大别山采风活动，于 2005 年 5 月 17 日在湖北红安启动。湖北文艺家采风团从武汉乘车到红安，午餐后即到黄麻起义纪念碑前举行出发式。省委宣传部杜建国副部长出席，红安县委周书记，王副书记，宣传部周部长、张部长，中国文联内联部、河南省文联、安徽省文联的同志及湖北文艺家近百人参加。

我们先参观了李先念纪念馆、董必武纪念馆和革命历史纪念馆。看过这三大馆，对红安这块土地和那一段轰轰烈烈的历史便有了一个大致的了解。其中无数先烈只有 20 多岁，他们一心为革命，视死如归，许多事迹十分感人。

下午参观天台山森林公园，天台山上有 3 个村，以茶为主，种树种竹。天台山上有佛教寺庙，曾是耿定讲学之处。然后，下山参观七里坪长胜街。长胜街是一条古老的民居街，当年红四军的指挥部、医院、银行、食堂等，还有工会、法庭都设在这里。这条街仍然保持了原貌，除了一部分作为遗址予以保护外，大部分仍然由市民居住着。街道已经用麻石铺平，取名长胜街。和上一次所见，已规范多了。

从七里坪回县。7 点半座谈，我们请老红军刘友厚老人与会，给他献了鲜花，我代表文联给了他 800 元慰问金。副主席朱莎莉同志主持座谈会。县委张书记讲话，他讲话后要赶去武汉，中组部来人，要座谈先进性教育问题。然后大家分组座谈切磋，我在文学组座谈，县作协的同志提问，刘继明、汪洋等同志发言，谈创作体会。涂怀章教授也谈了一些。是日晚，书画家们被请到宣传部，写字画画，搞得很晚。

18 日，坐车到河南新县。由县委书记带领直接去参观博物馆。这里跟红安一样,也是全国知名的将军县,陶勇的故乡,数十位将军的故里。展览馆、烈士纪念馆都做得比红安好,灯光、照片、解说员都认真些,国家级革命遗址有6处,其中有一个地主的大庄园是红四军总部,木结构房子。接着我们又匆匆去看他们的新博物馆,建在一高台上,气魄大,有思路。眼前看到的情形回去后一定要给省委宣传部汇报,湖北红安的几个馆已经大大落后了,管理也不善。

上午直达许世友将军故里许家洼。这是一个小山庄,许家老屋在一山湾高台上。许世友是一个特殊人物,疾恶如仇,一生好酒,死后经中央特批土葬,我们在许将军墓前致敬。关于他,有许多传奇故事在民间流传。至今,仍然有许多军人、老百姓不远千里来参观他的坟墓,祭酒。因此,许家周围,弥漫着酒香。

在农家午餐后回住麻城金源酒店。看了新县的纪念馆,麻城的纪念馆就差远了,破损了不少。参观王树声大将纪念馆。下午到龟山风景区,爬600级石阶上龟头,可以看见河南境。我们在山上一家餐饮店午餐。驱车直行3个小时,到达河南叶集。住金谷大酒店。安徽省文联10余名文艺家在吴雪副主席带领下到此会合,他们组联处长李莉也来了。开欢迎会,朋友们相聚,很是高兴,晚上联欢。叶集是省开发区,两省书画家在一起写字画画,至很晚。

20日。晨起,吃罢饭,与吴雪等安徽文艺家们告别,启程从河南方向上天堂寨,怕我们走错路,叶集安排两个同志送我们。我们一行经金寨县走约3个小时,到天堂寨山下一集镇吃午饭。英山县陈副书记和县文联马民权同志已过来接我们。吃午饭后就上山,先走一段,坐缆车翻过几个山头,下了车又走一段才上到山顶。山顶大雾弥漫,无所见,大家照了几张近影,又坐缆车下山。这里我曾来过,如果是晴天则风光无限。缆车下面是原始森林,古松很多,枯立木,古藤缠绕,溪水流响,多处瀑布,十分壮观。在路边给孙子买竹笼小鸟玩具一个。

下山路不大好走,大车几次难转弯。约下午6点半到达英山县吴家山风景区,住南武当招待所。县委陈副书记、宣传部长、女副县长来接。晚上,联欢会,双方演了不少文艺节目。马民权十分高兴,唱民歌不肯下场,10点半结束。

21日。晨起,天阴欲雨,我们去游河谷。主人再三说河谷风光好,马民权腿伤仍要带路。见我们中有老人,宾馆方还派了几个人保护安全。解说员是个女青年,热情洋溢,我们也就欣然前行。车行20分钟,下车,从雾中往左边林中行约 2 里，沿石阶下曲径，至一瀑布，再左下，便至河谷。又左转沿河谷上行，沿途风光甚美，原生态，少人破坏，溪流湍急，深潭数个，石头有花纹，河中巨石很好看，光溜溜，土黄色，形态各异，有的地方有铁栏杆，沿途游玩。如果晴天能见度高，估计更好看。河谷是深谷，两岸石壁，有原始状森林，此处风光应胜于金寨天堂峰沿途。此行约三个小时始返，大家很高兴，老者多行于前，年轻人好玩，留影，走在后面。

回来后午餐，小睡。然后，书画家挥毫泼墨，留下作品。匆匆动身往罗田走。山路虽已铺黑，但弯多且急，交通车较长，行至一处小溪，路呈 V 形，两头保险杠都剐了。我们下车找石头垫，勉强过来，损失估计在千元。罗田同志接至交界处，英山同志返回。又走了一个多小时，到了罗田天堂湖风景区，住天堂湖宾馆。

晚上，开联欢晚会，然后书画创作。罗田县委宣传部陈副部长，文联主席，民政局刘心明等过来参加，县剧团也来了几名演员参加演唱。大家很尽兴。

21 日。晨起，准备上薄刀峰，打前站的说大车上不去，急忙从县城调了两部中巴，等到 9 时才开始上山。车行半小时，到薄刀峰一林场。我忽然忆起，1975 年左右，我曾跟随省文化局长、著名作家李晓明同志来过这地方。那时，路还是石头路，刚炸开不久，我们只能到达林场，没能上薄刀峰。我们的队伍从林间石阶上行 2 里或 4 里，即沿山脊而行。山脊其实是山峰，薄如刀刃，好在林木掩遮，危险还能接受。沿山脊行 3—5 里，险象环生，好在风光甚好，阳光灿烂，是多天未见的好气象。路边多虬松，一路走一路照相，也不觉太累。天子弯腰是一处山洞，美人细腰则是一处窄缝。路遇地质大学师生野外生存训练，还有攀岩的队员，大家看他们操作。约 11 时走完山脊，下约 1 里即可坐索道下山。大家换大车下山，行约 3 个小时到黄冈市。

23 日。晨起，黄冈市委宣传部长王静平同志来陪早餐，8 点 30 分大家去参观东坡赤壁。我在家准备小结。9 点半举办《延座讲话》学习座谈会。

在罗田天堂湖口占小诗一首：天堂有湖接罗田，摇波弄影大别山。楼起青松花映廓，民歌扬处小江南。书送刘心明作家时改了几个字：天堂有湖接罗田，摇波弄影是乡官。椽笔豪情写故事，情歌起处唱江南。

遥远的小村

小村其实不小，它是恩施土家族苗族自治州咸丰县的一个乡，下辖8个行政村，老老少少2万多人，散居在200多平方公里的崇山峻岭之中。这几年，开展新农村建设，乡村面貌发生了很大的变化。县委书记刘芳震告诉我，从前到小村去，靠步行，翻山越岭，沿着河谷，曲里拐弯，要走大半天才能到。现在，从县城出发，走通村公路，一个多钟头也就到了。

通村公路不宽，像舒展的飘带，时隐时现。我们的小车，在葱葱郁郁的山野里，像行走在绿海上的小船，让我们这些久居闹市的人心情格外地舒畅。这里是土家族聚居区，山高林密，植被丰厚，移步换景，山水最佳处总有吊脚楼优雅地出现在你的眼前。

转过一座小山，眼前出现一幅图画：一条小河围绕一座山村，河上有一座"甩甩桥"，长约百米，走在上面，甩甩荡荡，河岸边是一片茶园，墨绿墨绿，茶园再过去便是大片苍翠的竹林，偶有一二高树直插蓝天。远山在如烟似雾里，近水且浅吟低唱，竹树环合中，数十户木楼错落有致。世上真有世外桃源？想不到深山还藏有此般景致！武汉市的郊区近年建了不少的小别墅，极尽人工之能事，但总给人一种苍白。用都市的眼光，我们又如何去评价眼下的贫困与富有呢？一条新修的水泥道把我们引向村里，我离开随行的人，径直走进一户农家。我先要看看他们的厨房和厕所，我认为，这两个地方的面貌基本上反映了农家的生活水平和文明程度。原先常见的脏水缸不见了，厨房里接上了自来水，我接一勺喝下，清凉甘甜，这是山泉水。从前常见的干打垒土灶不见了，现在换上了砖灶，没有了烟熏火燎的痕迹，还有了碗柜，碗柜上有纱窗，餐具也干净。灶台上铺了白瓷砖，有沼气灶，不见了潲水桶，虽是热天，没有了蚊蝇乱飞的景象。最令人高兴的是厕所不再与厨房连通，也不再臭气熏天，厕所的下面是沼气池，池上养猪，猪粪是生产沼气的好原料。几头肥胖的大猪在那儿酣睡，现在的猪们日子也好啦，很少吃草啦，吃的是玉米、红苕、青菜、萝卜、剩饭。如果大批养殖，就到商店买加工好的饲料。还有人说猪不吃草，是因为现在的农村女人娇贵了，不肯上山扯猪草啦！

山里的太阳金光四射，照在身上，暖融融的。眼前这个村落叫朱家堡，有51户人家，建了沼气池47口，改造厨房47间，改厕47间，改造畜栏47栋，实现房周阶沿、院坝硬化1700平方米，房屋美化51户，人居环境得到了很大改善。我心中一片欣慰，我是贫困农家子弟，记忆中泥泞而肮脏的景象还历历在目，而眼前的朱家堡，已是一片新貌。我想，新农村建设真是一场及时雨，它所改变的远不只是村容村貌，它首先改变的是人心，它给了山里人一个新的梦想，他们不再只是面朝黄土背朝天，农民的生活将会进入一个崭新的境界。

村坊是另一个山湾的村落，30多户人家，通电通水通电话，户与户之间都有水泥路连接，彩电、洗衣机已成家庭必备，有的还买了冰箱。茶叶、中药材成了村民的主导产业。在一座白墙黑瓦的厂房里，一位笑容可掬的台湾人接待了我们。他在这里租了大片土地种茶，办了乌龙茶加工厂，把加工的茶叶销往台湾。我问他为什么跑这么远来种茶。他说，这里山好水好人也好，说得大家都笑起来。交谈中，他把他的女儿和女婿也介绍给我们相认。原来，那个一直在旁边给我们表演茶艺的姑娘是老板的女儿，看来，他们是要在这里安营扎寨了。小村的乡长小覃是一个学农的大学生，30来岁，本地人。他告诉我们，台湾老板在这里种茶已经多年，主要是看中了这里的气候土壤，无污染的生态环境。老板进山来，村里也高兴，茶叶加工基地成了农民的务工场所。小覃给我念了农民自己编的顺口溜：如今的日子是烧火不用柴，吃水不用抬，洗澡用淋浴，走路不湿鞋，汽车开进村子来，拿起手机喊山外。他说，村坊的今天，男人解放了，女人漂亮了，家庭美化了，环境改善了，收入增加了。我问，我记得你们这里还是贫困县吧？他说是的，国家级贫困县，但他在回答我的时候却一脸笑意，没有愁苦之态。我30年前也当过生产队的干部，就问，你们村人均纯收入多少？2000元多。茶叶收入多少？人均1000，外出打工收入呢？1000多。还有红苕、土豆、山药材、生漆、楠竹等，看来，人平年纯收入2000元是不止的。

我们一群人行走在山坡上，空气无比的清新，路边林木葱郁，鸟鸣啾啾。那是杜鹃，那是松树，那是栗树，那是椿树，那是杉树，啊，路边居然还有几棵珍贵的红豆杉，几棵珙桐，还有高大的鹅掌楸。森林恢复了，鸟雀也多了起来，野兽也多了起来，整个山野日夜都充满了生机。正当大家争相辨认各种树木之时，有人欢叫起来：快看！好漂亮的吊脚楼。一个以吊脚楼著称的村子有一个奇怪的名字——小腊壁。“腊壁”是什么？问了几个人也说不清。字面上较难解，如果是腊字，农历十二月合祭众神谓之做腊；如果是壁字，则是说山上有耸立的大岩石。其实，“腊壁”是土家语，是一个方位词，某一方的意思，如恩腊壁，即这一方，恩格腊壁，即那一方。明清时期，这里曾有一个小土司叫腊壁司，所以，小腊壁的名字可能是土司时期对这里的称呼。小腊壁的村庄建在山冈上，一条小河从冈下汩汩流过，青山掩饰着崖壁。让人震撼的是山崖下那气势磅礴的土家吊脚楼群，木质的干栏建筑，依山造势，高廓逶迤，翘檐扳角，回廊悬柱，间之以红墙，映照着蓝天，向上望去，有巍峨感。山寨里不见炊烟，但有鸡叫狗吠，给人一种和谐而优雅的感觉，带了相机的人这时都成了摄影家。

中午，我们看村民演出。土家族有着丰厚的民间文化，四时八节，生老病死，风情民俗异彩纷呈，原汁原味，风趣热闹。近年来，间有游人涌入，小村的“农家乐”也发展起来了。热情的土家迎客歌，缠绵的土家摆手舞，还有狮子、傩戏、山歌。很别致的是表演绝活，土家族村民孙昌洪从小喜欢吹吹打打的民间艺术，他劳动之余刻苦钻研，掌握了同时演奏鼓、锣、镲钹和吹唢呐的绝技。看得出来，多数道具都是他自己做的，简陋而粗糙，但合他的手。只见他手脚并用，且歌且蹈，沉醉其中。我知道，农村的文化生活仍然是很缺乏的，你看，锣鼓一敲，村子里男女老少都出来了，狗也跟来了不少，村民衣着光鲜，小孩肤色红润而健康，一个个脸上洋溢着自然的欢笑。

小村人的祖祖辈辈与自然和谐相处，一直做着并不奢华的梦。在改革开放的今天，和眼花缭乱的城市相比，这里仍显得寂静而单调。在神秘强大的高山之下，在贫穷中艰难跋涉的山民，如果没有政府的支持，会无奈而力弱。现在，他们把生态家园建设作为一个突破口，农民的居住环境有了大的改观。他们已经有了正确的方向，有了一个美好的蓝图，眼下的这些新村院落，就是山区新农村建设的一个初步探索。刘书记说，全县已有 30 多个这样的新村院落，如明珠扮靓了土家山寨，又如航灯照亮了他们前进的道路。这些美妙而古朴的穷山村，已经开始走向文明宜居的小康之路。

本文发表于 2008 年 2 月《湖北日报》

飞延吉　上天池　走防川

——记中国多民族作家延边笔会

2011年8月23日13时,我从武汉飞沈阳,15点30分到。20时从沈阳飞延吉,21时到,延边朝鲜族自治州作协副主席于曜东、陈雪鸿等到机场迎候。车行20分钟后入住布尔哈通河边的绿源大酒店705室。《民族文学》主编叶梅和徐静玉、赵宴彪来见。

24日上午笔会开幕,见到了老朋友金学泉,他是原延边作协主席,现在是《少年儿童报》主编。见到了上届主席许龙锡,现已退休。上午座谈,《民族文学》副主编李霄明主持。金学泉谈朝鲜族母语创作是弱势问题。许龙锡谈经费紧张,出书难,很多奖项靠韩国赞助,作协机关刊物交给了出版社。还有徐振德、达真(藏族,《康巴》一书作者)、陈雪鸿(汉族)等同志发言。我在会上讲:一、文学神秘崇高的时代已过去,德高望重的文艺家时代已过去。机关行政化,领导官僚化,文学边缘化,作家平民化,文艺世俗化。二、民族文学的普及阶段已过去,现在要把出大家出杰作作为一个目标。需要冷静、潜心、创新、自信。三、少数民族文学事业还需党和政府特殊关照。朱霞(翻译、教授)说,写作不只准确,还要精彩。《天池小小说》黄主编介绍他们的汉文版,半月刊,国家拨款3.5万元。本地朝鲜女作家李慧善也发了言。

25日。晴。清晨4点半起床,5点20发车,天已亮。出城,路边是平原,土地肥沃,人口密度不大,路边庄稼有水稻、玉米、大豆。走约2小时开始入山,到二道白河,早餐。再走,两边开始多原始森林,路边松树林、桦树林、椴树林,连绵千里。我想,怕是到长白山边了。

共走约5个小时,到达长白山风景区大门,购票每人100元,另购车票80元,舍旅行社车,坐景区内的车,开到长白山自然博物馆参观。此馆分为多个分馆，详细介绍了长白山地形、自然风物、树木、动物、矿产等。从大门口开始，就以东北虎脚印作为参观线路的标记，这很有创意，生动而有趣，让人难忘。

再坐车直上长白山顶，去看天池。路边多是原始森林，公路在林中弯曲行进。我是从山区长大，能从路边树木的枝叶形态、种类和植被区分出山体大致高度。海拔 1100 米以下是混交林，阔叶、针叶都有，1100—1700 米是针叶林为主，2000 米以上多是高原植被，显得十分脆弱。长白山顶其实是一个巨大火山口，装满了水，叫天池。上山公路走上 2000 米之后就只见草皮，回头看山下，却是万里林海，是长白山的浩瀚美景，而山上却是火山石，许多地方寸草不生。盘曲公路上由风景区的吉普车和面包车载客，山顶建有气象台、黄色建筑，有一哨所。车子只能开到这里，我们沿石阶登山，明显缺氧，有些气喘，坚持登上 2500 米山顶，就见到了天池。今天是万里晴空，景色十分美丽，火山口很深，成为一个大湖，周围是峭壁。那悬崖峭壁是风化石，风化的碎石从上往下滚落，已经形成伸向湖中的斜坡。天池是蓝色湖，安静如处子。远望另一端，可以看见朝鲜国的哨位和抽水管。我沿着池沿的山顶走约 300 米，照相。路边险峻，风化石使脚下打滑，如果滑落下去，虽然不会直接掉进湖水中，但会摔伤。此处不可久留，就下山。下山时司机开车较稳，比上山时舒服。途中见有警车开道，有车队上山，听说是中央首长李长春来看天池。我想起前年我们去九华山，在山上也碰上李长春到，封路一阵，没想到今天在长白山上又碰到了他，只是这次没有封路，难道是一种缘分？

然后，我们去另一边看天池瀑布。天池是一个高山湖泊，它必然有一个溢洪口，此处叫作天池口。天池口流向我国这一边，天池口上流出的水成巨大瀑布，泻下百尺，声如雷鸣，周边山口无树无草，瀑布下来斗折蛇行，滋养着山谷间的林木。我们走到瀑布下照相，然后去天然温泉裸浴。水温约 50 度，一个小时，雾气蒸腾，疲劳尽消。

坐车下山，从 3 点起步，途中又去一养鹿场购物，多是人参、鹿血、鹿茸制品，未购。路边有养蜂人，很多蜂桶，小房子外摆有自产蜂蜜，卖给游客。过二道白河不久天就黑了，一直走到 8 点半才进入延吉，直接到一韩国饭店晚餐，一钵饭菜，一钵汤菜，几盏小菜，吃得较好。然后散步约半小时回到宾馆，洗澡、睡觉。这里的空气清新，夜很安宁。

26 日。晨 9 时出发，去延吉市风景区帽儿山参访，山形如帽，郁郁葱葱，林中以黑松为主，木头步道一直铺入林中，空气清新，有松香味，到处有游人。

据说延边市民生活水平高，很多家庭有车，休息时，一家人到树林中游乐野餐，常有数万人入山。延吉是我国设立最早的自治州，叫延边朝鲜族自治州，也是经济最发达的自治州，独特的地理位置，独特的民族分布，使他们的生活比国家大部分地方要好。

帽儿山一直可爬上山顶，山顶有瞭望台，我们走到山腰即原路返回。去延边朝鲜族民俗村，据说是商业集团投资，现已倒闭，院中草已深，房子多已毁损，还可以看出当时的规模和景象。到一会馆午餐，是标准的韩餐，席地而坐，盘腿、矮桌，菜饭很丰富，下午2点，回绿源大酒店午睡。一觉睡到5点半，急急上车，在街上一餐馆吃饭，也是韩餐，吃罢饭去金达莱广场演艺中心看戏。开演时间未到，我们几个人先去广场玩，到处有人喝酒小吃，唱歌跳舞，一片歌舞升平景象。见禹主席和叶梅在广场跳舞。到了延吉，我才知道，所谓金达莱，就是我们南方所称之映山红、杜鹃花是也。广场上有一高柱，上有金达莱花的雕塑，故称金达莱广场。

7点半进场看演出，整台节目一个小时，曰“四季之歌”，全场节目美轮美奂，充满传统性、民族性和艺术性。在舞台充斥浮躁、两性、低俗、争斗和名利的时下，这是一台纯净的民族艺术结晶。相比之下，我的家乡恩施州的节目就差一截。你看延边这些演员，从血液中就流动着民族之血、艺术之血，民族的服装，民族的语汇，民族的情感，民族的表达，色彩很美，纯美。几十年来，我也看过很多地方的民族文艺表演，这次是真的被感动了。

28日。早晨6时起床，沿河边走半小时，晨练的人不少，走回来吃饭。8点出发，去晖春市防川采风。防川是吉林延吉最南端，这地方一脚踏三国。有一段路沿江边走，这条公路是中国的，铁丝网就架在公路左边，挨着路边，网那边是俄罗斯，而公路的右边是我国的河岸和湿地，过河则是朝鲜。我们走到了公路最尽头，有一座瞭望台。远眺可见日本海，左是俄罗斯，右是朝鲜，理论上给我们保留了出海权，但入海口已被日本堵塞，据说俄罗斯又不同意我们疏浚，我们也就无法通航。旁边，还立有一块斑驳的土字碑，述说着沉痛历史。其实，中国自古以来就是日本海的沿岸国家，从图们江到黑龙江口的沿岸地区都是中国的领土。16世纪中叶，沙俄彼得一世开始窥测我国日本海沿海领土。到了19世纪，中国随着两次鸦片战争的失败，腐败无能的清政府先后与沙俄签订了丧权辱国的《中俄瑷珲条约》《中俄北京条约》。从此，中国不仅割让了数百万平方公里的土地，也丧失了日本海的领地与海域。

改革开放后，原准备把珲春作为开发区来抓的，总是实现不了。一路上，我们觉得奇怪的一件事就是朝鲜国一则山上不长树,光秃秃的,路也不铺水泥,还是黄土砂石路,海关的房子还是我们帮他们建的。有的说,不长树是因为朝鲜战争中,美国的炸弹炸成了这样,炸弹中含有毒药,所以不长草。有的说,是因为当局怕老百姓逃跑,专门把树砍光了。这是猜测加传言,或许有些因素。中朝间有一座大桥,架在鸭绿江上,不是"雄赳赳,气昂昂,跨过鸭绿江"的那座鸭绿江大桥,这座桥是我国修的。双方以江为界,江为共用,只要不双脚踏上对岸土地,则不算越境。中朝本是友好邻邦,但现在闹得有些僵。

中国这边游人不少。我们看了圈河口岸、图们口岸,在一农家午餐。下午去图们市,参观中国朝鲜族非物质文化遗产展。以实物展示民俗文化,我们认真看了一阵,女同志还穿上她们的民族服装照相,很美。

去一韩美农庄晚餐,8 点 30 分才动身回延吉,10 点过才回宾馆, 大家在车上唱歌,跳舞,极尽闹腾。

回到宾馆,稍洗即睡,明早 6 点要上车去机场。此次活动即算结束。多年想来延边的愿望得以实现。

呼伦贝尔大草原

2008年9月16号，从武汉飞呼和浩特市。又坐2小时汽车到达包头，参加全国政协民宗委召集的“发挥宗教界积极作用研讨会”。会议开了三天，中国几大宗教界的领袖人物都来了，还有宗教理论家，各省市自治区的政协民宗委主任，有关省份还作了发言，收获不小。

会后，我们几个朋友相约去看看呼伦贝尔大草原。21日。晨8时，我们乘小飞机，到海拉尔已10时。乘车去凤凰山庄参观，离海拉尔市区78公里。沿途的平原一望无际，野草已在发黄，路边杨林和桦林树叶已变成一片金黄，向日葵低下了沉甸甸的头，数十亩一片一片，赏心悦目。偶见牛群、羊群，走很远才能见到一片住户，房子都不错。山很低，平缓的草地伸向遥远处，空气优良。

凤凰山庄是平原与山交界的山间一处洼地，人工新筑了湖，建有滑雪场，估计冬天能开场。这里每年是从10月1日前供暖，直到来年5月，都很冷，现在只有11度，中午有太阳还可以。雨水不多，土地多沙，主要产麦子和稻谷，森工企业为主，据说现在发现了大煤矿。

22日。夜雨，晨起，晴好。8时，我们租了一部车去满洲里，车主是某林业局的。

道路是新铺的高速，通车不过2年，很好走，车也不多，路边牧草已枯黄，大部分已割了，偶见奶牛群、牛群、羊群，也见过10来匹马。铁丝网不时可见。据说草地分到户之后，各家拉网保护，每户可分到数平方公里。远望，地平线可见，十分平坦辽阔。这里是我国最大最好的草场之一，如果早一个月来，据说可见青绿一片，天苍苍野茫茫，风吹草低见牛羊。路边偶见小镇，房子不错，有新建的洋房、工厂，不大不多。蒙古包也不常见。过惯了南方如蚁般拥挤的日子,到了这空旷稀疏之地,竟然生出些孤单感来。

路途去参观达赉湖,即呼伦湖,水位不高。此湖连接中国蒙古、俄罗斯三国,贝尔湖则全在俄罗斯境内。湖边有简陋旅游设置,今天降温至0℃—11℃,5级北风,下车感觉很冷,匆匆看过,大家照几张相就上车,继续朝满洲里进发,于1点到达明珠宾馆午餐。

满洲里市位于内蒙古呼伦贝尔大草原的西北部,东依大兴安岭、南濒呼伦湖、西临蒙古国、北接俄罗斯。全市总面积732平方公里(含扎赉诺尔区);总人口(含扎赉诺尔区)32万,其中户籍人口17万,由蒙、汉、回、朝鲜、鄂温克、鄂伦春、俄罗斯等20多个民族组成。满洲里原称"霍勒津布拉格",蒙语意"旺盛的泉水"。1901年因东清铁路的修建而得俄语名"满洲里亚",音译成汉语变成了"满洲里"。满洲里是一座拥有百年历史的口岸城市,融合中俄蒙三国风情,被誉为"东亚之窗"。这里是第一欧亚大陆桥的交通要冲,是中国通往俄罗斯等独联体国家和欧洲各国重要的国际大通道,也是中国最大的边境陆路口岸。口岸货运量始终雄居全国同类口岸之首。

下午去看国门,这是新建的国门,是一处巨大的门字形建筑,已成为旅游一景,国际列车从门下过。对方的国门也在不远处,小一些,陈旧些,上书россnЯ,俄语。国门边有陈列馆,购物中心,很多东西打俄罗斯牌子,有很多假货,由浙江一带制造。我买一支小望远镜,叫价280元,说是俄罗斯的,还价100元,买了出来,发现在另一店同样的货只卖50元,临上车时卖家追过来,30元也卖。可气,可笑。

回程途中,左边有一处建筑,俄罗斯风格,金碧辉煌,像童话世界,我们就去参观,叫俄罗斯艺术馆,里面全是复制的俄国油画,很多,很大,较为粗劣。这里多是汉人,但受俄罗斯影响深。参观套娃广场,套娃是俄罗斯特色产品,用木头车制成长鸡蛋形,内空,外壁彩绘成娃娃,以大套小,多的可套10来个娃,其实也是中国制造。

我们依然坐原车回海拉尔。天色渐晚,这时,司机要求先交昨天的1400元,我们希望回海拉尔再给,这里面各藏了心事,我们怕他收了钱不服务到底,他怕我们不给钱一走了之,双方谈不拢。看来,司机是真生气了,他把车开到半途后停了下来,佯装修车,不走了。这可大出意外,双方就这样僵持着,都不做声。天已黑尽,我们就对司机说,你要相信我们,不会不给钱的,但你得送我们回去了才好给钱。有人又说,那你给我们发票,我们才能给你钱。但他就是不依,不拿到钱决不开车。大家又无语。要命的是我们不知现在身在何处,不知车停在半途的哪里。前不见村,后不着店,半轮夜月,吻在地平线上,低垂残缺,满天繁星,寂寥无比。车上男女皆无语。没办法,我们五个男人一商量,决定让步,我先拿出 1400 元钱给他,我数了几次居然数不清,很有点路遇劫匪的感觉,但我还是强作镇定,谅他也不敢行凶。给了钱,车子终于开动了,一路走,游兴全无,好在司机不再发难。我们从 7 点半到 10 点半,终于回到了海拉尔宾馆门口,大家才松了一口气。过后一想,也不能全怪他,他是一个干活拿钱的人,那司机对我们不认识便不信任,担心我们到时候跑了,他得不到车费,想想,也可以理解。

卯洞三日

卯洞最初只是指武陵山区酉水河上的一个山洞，后来也指这个山洞附近的一大片地方。这一大片地方鸡鸣三省，山清水秀，旅游资源十分丰富。阳春三月，应朋友之邀，我们一行来到这里，在盘桓中度过三日，乐不思蜀。

一条弯弯曲曲的酉水河流经这里，酉水在冬天很温顺，春天里却很狂野。它曾经是山里人通往外界的交通动脉，终年满载着桐油、茶叶、木材、生漆，还有山里的风情民俗，流向洞庭湖，汇入大长江。河边有一古镇，叫百福司，行政区划属湖北省来凤县。河边还有土司时候的码头遗址，让人怀想着商贸古镇曾有的繁华；乡街的道旁有几棵饱经沧桑的古树，每一寸树杆上都能映照出发人深思的历史情景；还有些顽强地固守在新楼间的老房子，房顶那些草丛中踞地向天的脊兽，那些用糯米灰浆勾出白缝的砖墙，絮絮地向人们诉说着遥远而多情的岁月。每当夜幕降临，操场里的篝火点燃，雄壮的鼓声响起，弥漫出远古征战的鼓角烽烟，整个镇子似乎都颤动起来。这是土家人在跳摆手舞了，这也是游客最为激动的时刻。土家人的摆手舞在外人看来似乎很好学，就是踏着鼓点，矮腰跨步，向不同方向摆动着手臂。可是，新手怎么也掌握不了那个“同边顺拐”的要领。你看那些进入了舞阵的游客吧，他们手忙脚乱的动作不时引起自嘲的笑声。在月明星稀的夜晚，仰望星空，人心宁静而宽广。在这深山的小河旁，围着耀眼的篝火，还有纯朴而美丽的妹子，忘情地跳舞吧，那当然赏心悦目。可是，天公不作美，正当大家狂欢之时，一阵山雨以万马奔腾之势强行赶来助阵，人们一个个成了落汤鸡之后，还会兴味盎然把这比作傣族人的泼水节哩。

篝火晚会未能尽兴，大家更想见识一下原生态的摆手舞。镇长说，明天去舍米湖。舍米湖其实没有湖，它是土家语，有人说是猴子玩耍的阳坡，有人说是放牧羊群的地方。村子坐落在一面山坡上，从对山望去，吊脚楼掩在绿树丛中，绕山的梯田，如月如钩，层叠逶迤，天狗吠，仙鸡叫，牛铃叮当，有如云雾缥缈中的一处仙境。这样的好地方，猴子自然要来，羊群更会喜欢。村子里保留着一座古老的摆手堂，大有数亩，长方形，院墙用本地出产的一种青石砖砌成，已经老态龙钟。院内有正堂，供奉着土家族的"大二三神"(三个顶天立地的汉子，一个红脸，一个黑脸，一个白脸)，院中央有一棵杉树，院墙边是柏，跳摆手舞时，人们就围着这棵杉树转圈。村长请来了当地的舞王彭昌松，舞王年近八十，清瘦，他身穿黑布长衫，头盘黑色丝帕，精神矍铄。他被自治州文化部门命名"摆手舞艺术大师"。大师和他的伙计们跳舞跳进了省城，跳上了屏幕，所以，他们很愿意在远客面前展露身手。大家对原生态的摆手舞兴味十足，一个个情不自禁跟着舞王一招一式学起来。摆手舞顾名思义，手的摆动是它的主要语汇，通过摆手来表现劳动生活，表达情绪和思想。舞王告诉我，以前也就七八个动作，插秧、挑担、猛虎下山、岩鹰展翅等，现在已经有十几个动作了。我问他，这舞蹈多是矮腰跨步，面向土地，如何展示土家男儿的高大伟岸和村姑处子的美丽容颜?也要有挺拔的动作，如羿射九日。舞王说，是啊是啊，动作是有的，只是没有强调突出。摆手舞是土家族人千百年流传下来的一种集体舞蹈，古诗中曾有"红灯万点人千叠，一片缠绵摆手歌"的描绘，足见其生活化艺术化程度之高。早在西汉，司马相如写《子虚赋》，其中就有"千人唱万人合，山陵为之震荡，川谷为之荡波"的句子，记载了巴渝摆手舞的盛况。《华阳国志》记载：周武王伐纣时，利用巴人歌舞在前沿阵地发起"攻心战"，结果纣王士兵倒戈，史称"武王伐纣，前歌后舞"。

土家人逢年过节都要祭神，祭神时唱歌跳舞，娱神与自娱，人神共舞，所以，村村都有摆手堂。新安村的摆手堂已经湮没于荆棘林中，只剩几段石砖砌成的高墙，从残留的石碑上还可以辨识出"大喇宫"三个字。我依稀记得，这里明朝是有一个大喇土司的。新安村离百福司镇约有 10 公里，我们沿着弯曲起伏的公路在山间穿行。一会儿，几个人手机里同时传出"湖南人民欢迎你"，大家为之一震！再转过一个山头，又是"湖北人民欢迎你！"还没走十分钟，又是"湖南人民欢迎你"，还出现了"重庆人民欢迎你"，大家雀跃欢叫起来。镇长告诉我们，这里是鸡鸣三省的地方，一条通村公路依山就势，要在省界上穿去绕来，所以手机里就出现了湖南、湖北和重庆的信息提示。有人喊，别打电话了，会收多次漫游费的。等车子停到了村口，脚踏到地上，大家一齐惊叹起来，生态多么好啊，我们呼吸着富氧而清新的空气，周身舒泰。竹树环合处，一座座古朴的民居若隐若现。有几棵高大的枫香树从村旁直插蓝天，有一棵已经枯立，但它无叶的钢枝仍然伸向天空，显出生命的顽强和苍劲。朋友们的相机一片响动，这是值得一照的景致，它不是刻意设造，新安村的村民们还生活在他们自己的天地里，与天地相适宜，与自然相和谐。有一位好客的大姐煮了一桶鸡蛋，笑逐颜开，提着给每一个参观者手里塞一个，像父辈当年慰问过路的红军一样。我们端详和议论着一座吊脚楼的风水和造型。一般所见，土家吊脚楼都是依山造势，房子前面视野要开阔，后面有靠山、有溪水绕村则更妙。新安村的吊脚楼有的一头吊，有的两头吊。一头吊就是在正屋的一头修吊脚楼，两头吊就是所谓“一正两横”。正屋和横屋成直角相交，有趣的是新安村有好几家的横屋和正屋成钝角相交，呈外八字形，这就给正屋和横屋架梁的衔接和坡面走水造成了很大困难。但聪明的土家木匠有的是办法，以至华中科技大学一位很有名的建筑学教授也来这里反复探究。转过一个山头，会出现一幅风景，爬上一段小坡，你会发现另一幅山居图，这就是移步换景。除了新修的通村公路，偶尔有停在屋旁的摩托车，当然还有新婚夫妇新房里的电视机或是音响设备，这里的其他一切似乎还是古朴的、自然的，但人们的生活确已发生了很大的变化。远望群山，绵绵无尽，让厌倦了都市生活的游人感受到许多慰藉与宁静。

乡村自从通了公路，年轻人外出打工，他们终于发现家乡的石头是一宝。在村头，有人办了简陋的采石场。揭开地皮，就显露出平板的石头，牵来电线，买一部切割机，就能开工。这种石头一层一层的，很好揭，就像切豆腐块一样，一块块整齐的石砖就成了城市畅销的建筑材料。转过几个山湾，我们发现有多处古民居遗址。数百年前，人们就用手工把青石裁成石板石砖，用来铺路和砌墙，砌出的那种空心而坚实的墙体至今还令人惊叹。也正是由于这里独特的山石结构和广袤的森林植被，才有了生生不息的酉水河。

卯字在甲骨文中，是并着的两把刀，温顺的酉水藏着何种杀机呢？酉水河千万年前在这崇山峻岭间生成，它已是一条勃发的生命，它需要一条舒适的河床，但它遇到了山石的顽强抵抗，酉水就像一条龙，左冲右突，对连绵的山体进行不懈冲刷和切割。这里的石头也是有弱点的，团结而不紧密，它们立起若干山头，一排一排的，一层一层的，每一层之间有缝隙。酉水敏锐地发现了，它有无孔不入的穿透力，耐心地一点一点地聚集着力量。每年山洪暴发，酉水更以千钧之力对着石山的缝隙拼命撞击，它挥舞着巨斧在石山上终于劈砍出一段峡谷。忽然,巨大而坚硬的石山有一小块石头变节了,剥落了,又一块剥落了……浩荡的酉水终于胜利了,它创造了卯洞。这洞由小变大,现在的卯洞高 36 米,宽 58 米,长 215 米。酉水变作一段伏流,穿过卯洞,摇旗呐喊,一路高歌着向洞庭湖而去。

有了舒适的河床,山与水就会缠绵,就会孕育出许多文化。历代兴替且不说,单说这酉水边的树,明朝嘉靖二十年夏,风雨夜,皇宫里失了大火,九庙被焚。为了重建,明廷派出钦差到湖广、四川采办皇木。酉水一带盛产楠木,砍伐楠木便成为惊天动地的大事。楠木主干高直,枝叶森秀,姿态雅致,木味香馥,被誉为天下名木。明代土家族地区的皇木采办,明代学者、文学家徐珊撰有《卯洞集》一书,书中有详细记载。据说有一年,大批楠木拥塞在卯洞,无法穿过这段伏流,大水从百福司一直淹到了漫水。从那以后,这里就只留下许多以楠木为名的村子,却很少有巨大的楠木了。巨大的楠木都运送到京城里去了,随之远去的还有荒村古歌。从北京城里的皇家建筑中,今天还能找到从卯洞漂运出去的巨大楠木做的梁柱哩。

我们的游船沿着酉水河缓缓而行,河水里倒映出两岸的奇峰异石,气象万千,波光中回响着岁月的古歌。卯洞峡谷长约数里,山势回环拥抱,不见水去处,两岸崖壁陡削,如天门重开,森林和石峰,天作地成。更有石洞星罗棋布,什么观音洞、月亮洞、飞龙洞、土匪洞、仙人洞,计大小数十个洞。河边的岩石也有明显的层次,像巨大的砖块一层一层垒着,因了其中某层脱落一块,就能坍塌出一个规则的山洞。据说这里是第四纪冰川遗址,将来要建成一个奇妙的地质公园。有的洞口被树掩了,有的洞口住着养鱼的人,有的洞口还有陈旧门楼和栅栏。船娘如数家珍,每一个洞都藏着不同的历史,每一个洞就是一个故事。我想,兹洞之灵怪幽异,若依于通都大邑者,名宦品题,早成了星级胜景,游人如织了,何至于千百万年寂寞清冷?

现在的卯洞已经没了昔日的神秘雄姿。几年前,我曾来到河边,远望着那神秘的洞口,想漂流穿过卯洞。但主人劝阻了我,说刚涨了大水,有几处险滩,安全没有保障。卯洞进口的上方绝壁上有一眼石洞,上面似乎还有栏杆,听说考古人员在里面发现了悬棺和文物。现在,下游修了一座电站,往日哗哗流响的酉水不再歌唱。游船悄没声响地驶入黑暗的卯洞,十里平湖,洞中没有了那种惊险和神秘。

从古镇出发,有一脉山,主人说它是国画山,长约十里,远远望去,葱茏烟霞,真有山水画的味道。山下有一条小河,叫怯道河,从百福司汇入酉水,溯源而上，有一处绝壁，上面有一深而大的洞府，绕攀可上，有人说它叫茅冈洞。历史上这里曾有过茅冈土司，这洞是土司洞府。有人说叫猫眼洞，有旅游观赏价值，今后，说不定某个开发商会给它叫出新奇的名字。

从茅冈洞中流出白水，跌下数百丈绝壁，形成瀑布，有飞流直下三千尺的气势，“树杪悬泉百尺长，水晶帘卷野云凉”，阳光里终日可见彩虹。水汇山下形成溪流，这里的气候和环境适于生长一种珍稀娃娃鱼，学名大鲵。娃娃鱼是国家二级保护动物。现在，村里的农民在这里建起了几幢别墅，但里面住的却是娃娃鱼，可供游人参观。听镇长说，有几家资产已经超过了百万元，以后这里将建成为娃娃鱼专业养殖区。

据说，酉水九百里，穿三省九县市，沿途风光无限。卯洞三日，十见其一。除了宜居的自然生态，上游宣恩县有彭家寨，以吊脚楼群著称，来凤县有仙佛寺，是中国南方最古老的摩崖造像，过卯洞，入重庆，酉阳县有龙潭古镇，折返湖南，龙山县的里耶古城，更以出土数量惊人的秦简而闻名遐迩，永顺县的王村，古丈县的罗依溪、沅陵市的二酉山等等，其中有世界级文化遗产，是酉水上的一颗颗明珠啊！

卯洞卯洞，别有洞天！武陵风姿，酉水流韵，国家武陵山试验区正在运作。再过几年，从恩施经来凤、龙山通长沙的高速公路和铁路通了，这里将会是另一番景象。路将会重修，景区将会重绘，峡谷水边将会建起步道，那些山洞石峰会进行主题打造。酉水古镇百福司将成为来凤县的旅游重镇，镇上的土司遗址、新安村的古村落、舍米湖的摆手堂，还有茅冈洞的千丈瀑布、千奇百怪的古洞、皇家采木遗址，还有农家新村、土家苗家的音乐、工艺、民情风俗，还有那些藏在深山里未能面世的景象，就像“农家乐”里浓烈的苞谷酒，像吊脚楼里醇和的油茶汤，千杯万盏，越喝越有味道，越喝越来精神。

2011 年 5 月

本文刊发于 2012 年 6 月湖北人民出版社《酉水古镇百福司》一书

采撷一朵金达莱

金达莱花是延边朝鲜族自治州的州花，也是延吉市的市花。它开放起来很美，红艳艳的，漫山遍野，给生活烘托出一种很热烈的景象，又因其花语长久，在朝鲜族人民的心目中，象征着长久的喜悦、幸福和繁荣。

三十年前，我在中国作家协会文学讲习所学习，我们那是第六期，是少数民族文学创作班，三十多个同学，来自十多个民族，一年多的同学生活，各民族增加了理解，同学们结下了深厚的友谊。我记得班上就有两个朝鲜族同学，一个是柳元武，一个是金珠玉，柳元武来自延边作家协会，金珠玉来自铁道部铁路文工团。我至今还记得《道拉吉》《阿里郎》的旋律，跟他们的交往让我产生了要去延边看看的强烈愿望，但人生苦短，琐事缠绵，一隔三十年，我居然没能去成。幸好在延边朝鲜族自治州成立六十周年前夕，《民族文学》杂志社和延边作家协会组织“多民族作家延边行”活动，给我提供了机会，我欣然应邀，一天数千里飞行，到达长白山麓，在华灯初上之际，所乘坐的飞机终于降落在吉林省东部的延吉机场，圆了我三十年前的一个美好心愿。

延边朝鲜族是一个能歌善舞、热情好客的民族，也是一个爱美的民族。这里四季分明，物产丰富，原始生态保存较好，山美水美人更美。走在延吉的街道上，你会不时回过头去看望那些美女，啊，到处是大长今！皓齿明眸，美发后束，齐腰短袄，华丽长裙，婀娜身姿，加之多年来被朝鲜的电影、歌舞，还有韩国的电视剧一波一波在中国掀起热潮，华丽服饰美艳女郎引起了多少中国青少年的梦想。我们在延吉市区游览，宽阔的街道，整洁的楼舍，河边闲适的游廊，沐浴在盛夏的阳光里，新兴的城市安卧在长白山麓苍茫的林海间，使我这个从拥挤而嘈杂的大武汉来的人立刻想起“宜居”这两个时髦的字眼。

市郊帽儿山风景区，那更是人们休闲度假的好去处，据说每到节假日，会有几万人进山来，散布在林荫间，与大自然融为一体，停下那匆忙的脚步，听听那林涛，看看那云彩，认一认草木，注视一个虫子的爬动，或是采摘一朵金达莱花。从长白山中下来的两条河在延吉城内汇合，再穿城而过。人们傍河而居，窗下是河水，远处是青山，给城市增添了许多山与水的缠绵，波与浪的流韵。

我们在傍晚来到市中心的金达莱广场，这里人山人海，各种小吃的摊位绵延铺张，音响热闹处更是载歌载舞，妈妈带着小儿在游乐。广场的中心有一朵金达莱花的巨雕，高约十丈，花朵向天空盛开，张开的花瓣向八方翻卷，斜阳夕照，金光灿烂，华灯初上，又给人一种鲜艳而又朦胧的印象。在广场一侧，起一座很现代的建筑，那就是延吉国际会展·艺术中心，为旅游的需要，每晚七点半，会在这里上演一场美妙的朝鲜族歌舞——《四季如歌》。一个小时的演出，使我们沉浸在艺术的氛围之中如醉如痴。这台节目通过春夏秋冬四季展示了朝鲜民族独特而美妙的传统文化，长鼓舞、假面舞、剑舞、扇舞、鹤舞，短笛、伽揶琴弹唱、打击乐，等等。朝鲜族民间舞蹈的特点就是旋律优美，柔和而悠长。传统的《农乐舞》曾入选联合国"人类非物质文化遗产代表作名录"，舞蹈中的"象帽"表演，据说那转动的飘带最长曾达 33 米，被载入世界吉尼斯纪录。《四季如歌》是专为旅游准备的定时节目，我以为只是一台震荡耳目的时尚节目，让我意想不到的是，在消费文化充斥荧幕舞台的时下，在延边，居然还活跃着这样一台高水准的，洋溢着民族性、传统性和艺术性的节目，让人感慨万端。它不是用那些极端的音响和动作来刺激你的欲望，震撼你的视听，而是在用优美的旋律，用艺术的细节来温暖你的心灵，引导出你的共鸣。节目中自始至终没有性的挑逗和暗示，没有疯狂的打斗和叫喊，没有苍白而震颤的炫舞。这是一台纯洁而优雅的歌舞，它让我想到了艺术的隽永，想到了一个民族的自信与自豪，让我联想到了长白山天池的圣水。

长白山风景区是中外闻名的旅游目的地，看天池是旅行的高潮。为了准确全面地了解长白山，要先参观长白山自然博物馆，我们沿着东北虎的足迹走遍了几大功能区。天池是我国最大的火山口湖，是中朝两国的界湖，也是鸭绿江、松花江、图们江三江之源。听说很多人登上长白山，都会装一瓶天池的水回家给亲人喝，因为那水是天上的圣水，清澈而明净，纯洁而甘甜。但很多人不远万里登上山顶往往遗憾而归，因为长白山天池常年云遮雾罩，最高峰海拔 2691 米，那是仙女们居住的地方，无缘则难相会。我们去的当天，天公作美，晴空万里，仙女们揭开了群峰上神秘的白纱，美丽的天池敞开了它处子般的胸怀，将白云和山峰倒映在水中，任我们瞻仰，任我们拍照。火山口群山环抱，十六座高峰围成一只盛开着的巨大花朵，那一池碧绿色的水便是花蕊，酿造出天上的琼浆玉液。没有风的时候，波澜不惊，清澈见底，有如凝脂。四面的山是风化的火山石，寸草不生，飞鸟不至。有人指说，那池的极远处，就是朝鲜。天池的右角，像炼金的坩埚倾斜出一个出口，流出一处巨大的瀑布，飞流直下三千尺，迸珠溅玉，又将那满地珠玉收聚，成为小河，欢歌着摇曳着向密林深处流去。那水是洁净的，晶莹的，冰凉的，有如甘露。问渠哪得清如许，为有源头活水来。长白山是欧亚大陆北半部最具代表性的典型自然综合体，有多条河流发源于此，它滋润着延边 4 万多平方公里的沃土，哺育着延边 200 多万各民族儿女。长白山温泉密布，也是极好的去处，登山归来，人困马乏，去池中泡泡，听溪水淙淙，松涛阵阵，立刻就神清气爽，疲惫尽消。

延边多山地、河谷，河谷形成冲积平原，良田沃土，出产丰富。人参、鹿茸、貂皮被称为延边三宝，还有大米、烟叶、苹果、梨、黄牛闻名于世。玉米、稻、黄豆，这些路边的庄稼长势很好。这里的人口密度不大，听说人均耕地一亩半，这在人口密度过大的内地是不可想象的，在各少数民族自治地方也是很高的数字。听人介绍，近年来，改革开放，特别是韩国的投资，大量的年轻人外出打工，真正住在家乡的人口在减少。看来，随着城市化的加速，人口流动加快，种田的风险过高，中国广大农村都面临着同样的问题。朝鲜族的饮食文化也是很有特色的，这应归功于朝鲜族妇女。她们是天底下最勤勉贤惠的女人，是家庭的顶梁柱，大田劳作，能吃苦耐劳，操持家务，经营得整洁而温馨。她们能做出香甜的米饭，做出辣而有味的泡菜。我们这些来自藏、蒙古、回、满、土家、达斡尔等民族的作家们都会以本民族最可口的饮食来对比。我们走了延吉、珲春、图们等地，我们每到一处，州作协的同志总是安排我们去吃当地的民族餐。复杂时，满桌珍馐，简便时，一钵饭、一钵汤，配以几盏小菜。我们脱鞋上炕，盘腿而座，敬酒唱歌，尽欢不散。朝鲜族喜食米饭，擅做米饭，用水用火都十分讲究，那种特制的铁焖锅，底深，收口，盖严，做出来的米饭颗粒松软，饭味纯正。我这人穷命富嘴，好吃糯米饭，没想到在延边，差不多餐餐都有油润的鸡油糯米饭。还有打糕、发糕、片糕、冷面、汤、酱、咸菜、泡菜。泡菜也叫辣白菜，是朝鲜族饭食中不可缺少的一道菜。洞中方七日，世上几千年。一尝有味三拍手，十里闻香九回头。

防川边境风光不可不看。防川在珲春市敬信乡，距市区 75 公里，地处中朝俄三国交界处，濒江临海，依山傍水，自古就有“鸡鸣闻三国，犬吠惊三疆”之称。我们沿着图们江左岸一条公路向前行，江的右岸是朝鲜，公路的左边是俄罗斯的铁丝网，有一段路只有公路是我们的国土。我们伸入到最前端，长岭子口岸是最著名的景区，我们登上一座瞭望塔。这里东南与俄罗斯的小镇包得哥尔那亚毗邻，西南与朝鲜的豆满江市相望。俄、朝的两个城市由图们江上的一座铁路大桥相接。从防川沿图们江顺流而下，约 15 公里即可进入日本海，海边是俄罗斯肥美的平原，住着稀疏的人户。一眼所及，历史上本是中国领土，是腐败无能的清政府割让给沙皇俄国了。入海口的河道听说我国只拥有通航权，但河道不让疏浚，我们无法通航。这个地方区位优势十分明显，但受制于人。旅游途中，还可以看到东、西炮台遗址，以及圈河口岸大桥、沙山、张鼓峰、防川前哨、洋馆坪路堤、水流峰、朝鲜的爱国山等一系列景点。沿途风光秀丽，但人们往往不解河的右岸那边的山为什么总是光秃秃的。有人说是当年美国飞机炸狠了，有人说是后来砍狠了。为什么不搞植树造林？这些山什么时候能绿树成荫？如果是漫山遍野开放着金达莱，那将是多么摄人心魄的场景啊。

在图们江市，我们参观了该市的中国朝鲜族非物质文化遗产展示。这个展览，以实物展示为主，配以录像、照片、文字、图示和音响，用现代科技方法展示中国朝鲜族传统文化的方方面面。一楼是“舞乐风情”，以舞蹈、音乐为主，二楼展厅是“民俗风情”，以服饰、传统礼仪和风味饮食为主。我们很认真地观看和欣赏，为其繁花似锦的文化遗产而感动。女同志们穿起朝鲜族华丽的长裙短袄，做了一回像模像样的大长今。我看了一些生产工具，由于都属农耕文化，也同属稻作区，这里和内地在生产工具和生活工具方面有许多的相同相似之处，功能和原理相同，但制作工艺和表现形态却有着鲜明的地域和民族特色，同源异彩是之谓也。

延边属边境开放地区，又是少数民族地区，已被国家确定为改革开放试验区。图们江地区的开放开发得到了中国中央政府高度重视和联合国大力支持，成为我国参与东北亚地区合作的重要平台。我方正日胜一日地繁荣起来，倒是邻居方面显得不急不慌。

离开延边时，我很想采撷一朵长白山金达莱，我要将它放在我的书本里，珍藏在我的心中，但盛花期已过，路边很难见到了。金达莱，多么美妙的花名。我在网上一查，其实它就是杜鹃花科的一种。我国除新疆外，南北各省均有分布，云南、四川、西藏一线最多，以红色杜鹃最多。我的家乡武陵山区也不少，因其开放起来如火如荼，漫山遍野，把山都映红了，我们就叫它映山红，“满山开遍红杜鹃”，而西北则称之为山丹丹，“山丹丹开花红艳艳”。

杜鹃花盛开之时，恰值杜鹃鸟啼之时，古人留下许多诗句和优美、动人的传说，并有以花为节的习俗。唐朝诗人白居易曾有诗赞曰：“闲折二枝持在手，细看不似人间有。花中此物是西施，芙蓉芍药皆嫫母。”有了杜鹃，芙蓉芍药都成了丑女，可见作者对杜鹃花喜爱之深之切。杜鹃花，中国十大名花之一。在世界杜鹃花的自然分布中，种类之多、数量之巨，没有一个能与中国杜鹃花匹敌，中国乃世界杜鹃花资源的宝库！金达莱是延边人民最喜爱的花，也是全国人民都喜爱的花。因其花语热烈长久，象征着各民族人民长久的喜悦、幸福和繁荣。

本文发表于 2012 年 2 月《民族文学》

宝岛台湾行

2009 年 9 月,湖北省文联代表团参访台湾,由我带队,单位的几个处长,有易熙君、乐和锁、周汉羲、陈宏林、聂为斌参加。

17 日中午,我们从武汉坐东航飞机,飞两个小时,到达台湾桃园机场。武汉气温 30 度,台湾是 33 度。过了台湾海峡,下降高度,先看见下面是农田,城市建筑不很规划,难见大陆的新气象。也比我原先想象的要老旧稀落得多。

从机场出来,一路服务还可以,黄先生在机场接机,大家上了车,就一直朝台北开,走高速公路,过了几十公里就进入台北县,我们是沿台湾的北海岸往东行,隔海就是福建,我在车上口占一诗:午离黄鹤未到台,一飞跨越六十载。君曾隔海长相望,一衣带水两徘徊。

车子进入台北市,街区较老旧,至一饭店吃晚饭。中华文化经济交流协会副会长、秘书长陈威丞先生安排,请中国国民党中央评议委员、湖北文献社社长汪大华教授出席。汪是湖北蕲春人氏,多年从事湖北文史工作,多次去过湖北,人已 70 多岁,但还精神气十足,送每人一本湖北文献杂志。

据陈威丞先生说,他接待过湖北田承忠副省长、祝金水厅长、汤涛副省长、杜建国厅长等人。席间又有专栏作家协会秘书长董益庆先生来陪席。他也是台北市新闻记者公会秘书长。全程陪同是黄祖辉先生,司机何水荣先生开的是他个人的中巴车,服务还周到。

吃罢饭,再走一段路,就到达住地——台北市北投区光明路 24 号,也是地铁新北投站旁,水美温泉会馆。我们一行去街上走了一段,除了物价比大陆高几倍,其他方面与武汉的老城无异,也没什么可买。对台湾的新鲜感和美好想象慢慢消退,回到宾馆泡温泉,房间有一池子,水温达 50 多度,一次只能泡

10 多分钟,两次即可。电视也没什么内容,股票分析、卖货推销、佛教讲经等。给家里打了一个电话,报过平安就睡觉。

18 日。晨起,8 时去二楼自助餐,9 时乘车出发,到台北市美术馆。建筑还可以,但所展作品平平,在我们这些“文化人”眼中,与湖北美术学院的学生作品差不多,油画、抽象画。黄祖辉先生说,这是由于过一段换一批画家作品,并非珍藏品。

参观中山纪念堂。中山纪念堂位于台北市信义区仁爱路四段,是为纪念孙中山先生百年诞辰而兴建的。该馆于 1972 年落成,是台湾著名建筑设计师王大闳的作品。王大闳与著名华裔建筑师贝律铭同窗。中山纪念堂平面是长为 100 米的正方形,高度 30.4 米,平面分成前后两大部分,前为中山雕像纪念堂,后为表演厅。正面入口处的屋檐向上翻起,据考察,这种奇特的屋顶造型可追溯至唐宋。王大闳在借鉴传统建筑的同时,也赋予了不同的新意:他以简洁有力的线条勾勒屋脊,巧妙地将屋顶形成三度曲面,从造型上看,整个建筑接近完美。他以线条取代块面,注重柱子、门窗、屋檐的线条美感,色调朴实且耐看,具有淡薄而宁静致远的气质,整个建筑散发着一种东方古典的含蓄美。进门是一大厅,有孙中山先生石雕坐像,高近 30 米,高出二楼。坐像前下面有 2 个士兵武装站岗,左一右一,雕像般站立,每隔 1 小时换班。我们到时正好 10 点,陆军士兵开始活动手腕,一士官带两个海军士兵出来,搞西式换岗,做不完的要花枪动作,具有观赏性。中国大陆士兵换岗动作刚劲简洁,台北学的西方,要枪动作眼花缭乱。三军轮换值班。左侧房中有孙中山纪念陈列,他的年表经历,他的用品,他的文字、文章,还有纪念品,放在玻璃柜中供人观赏,上层楼是各类美展、读报、演出等室。

中间有时间,我们去了附近一处保生大帝庙,建筑很精美,但庙里供有多神,释迦牟尼、神农、保生大帝、关公都有,多神杂处。大雄宝殿设在三楼,从楼上看下面,房子雕刻十分精美。

保生大帝又称吴真人、大道公、吴公真仙、真人仙师、花桥公等,原名吴夲,生前作为北宋时期闽南地区的一名医术高明、医德高尚的灵医,死后演变为在闽台地区最有影响的医神。可见供的是真人。在缺医少药的旧中国,医生能救死扶伤,是最受尊敬的人。庙里有一匾:医国医民。

中山纪念堂不远处是有名的 101 高楼, 据说是目前世界上最高楼。101 大楼高约 400 多米,坐电梯很快,上去 37 秒、下来 43 秒。在顶部观光,天气很好时可以看到全台北市容。基隆河从市内流过,四面是山,台北是盆地,规划不大好，但城市铺得很大。这101大楼楼顶据说因为发生过有人背降落伞跳楼的事，现在见背大包的人就不让上去了，顶楼四周还修了很高的围网，有保安四处巡逻。101高楼内有高档商店，卖手表、皮包等，看了看，少人买。

在孙中山纪念堂附近有于右任立像。于右任是中国近现代政治家、教育家、书法家。早年系同盟会成员，长年在国民政府担任高级官员。于右任有张大千一样的一口大胡子，晚年羁留台湾，身边没有一个亲人，1962年1月24日写下了感情真挚沉郁的诗作《望故乡》。“葬我于高山之上兮，望我故乡；故乡不可见兮，永不能忘……”这是他眷恋大陆家乡所写的哀歌，其中怀乡思国之情溢于言表，是一首触动炎黄子孙灵魂深处隐痛的绝唱。

车从街上过，路边有自由广场，可远见中正纪念堂，很大的广场，两边有歌剧院、舞剧院，全是传统建筑。下午还去了一处天行宫，这里也是民间信仰所在，大量的人排队等尼姑给“收惊”，穿长衫的女人手持香炷在你面前、后背、头顶绕烧，后面人等着来，即我们乡下民间之“收吓”也。

吃饭时间没到，去附近公园玩了一阵，5点半在海霸王吃饭，喝了台北啤酒，不错。回北投水美会馆，泡澡，给家人打电话。大家约定明天9时去野柳池地质公园，下午去阳明山中山楼。

黄祖辉几次提示我们去看一下中正纪念堂，我们都没十分响应。黄先生说，怕什么，看看无妨，大陆来的游客都看的。我说，黄先生你不知道，我们不是怕看中正纪念堂，怕他干什么，也不存在政治压力，主要是我们对蒋介石没什么好感，他在大陆没给穷人办什么好事，所心大家并不想去看他。晚上，洗衣，看了一阵电视。

19日。上午坐车去野柳池地质公园。从台北走约一小时，过一隧道即到海边，可以看到8月大洪水从山上冲下来的树木还漂浮在海岸边，洪水劫掠过的痕迹还历历在目。我们沿着海边大约是往基隆方向走了一段即到北海岸的一个狭长的海峡，千百年的砂石经冲刷，呈现出许多奇怪的形状，有圆洞、烛台、美女头、蘑菇、拖鞋等，可说是千姿百态，聊可一看。

我们在一个叫万里镇的地方吃中饭，然后就开始上山。阳明山，原为草山，远远就闻到一股浓浓的硫黄味。山顶上有小油坑，乃硫黄地热，一股浓浓的硫黄味，热气蒸腾，山高约2000米，山顶有无数天线，箭竹漫山，已是高山景象。看罢下山，山下即台北市。我们到半山看中山楼，这是修在火山热水口上的一座传统建筑，有北京天坛式的圆顶，国民党的很多大会在这里召开。有大会厅，有宴会厅，有讨论室。里面的家具极为讲究，因为硫黄气味重，全不能用铁，怕锈融，多木结构。有展厅，多陈列国民党历史有关照片，还有全国多处中山堂模型，正面是孙中山先生坐像，另一处有蒋介石和蒋经国父子像。从中山堂下来，走三个小时，就到台中市。途经桃园、新竹、苗栗，到达台中时已下午5时。路途多山丘树林，少农田，高速路在山间平地行走，农舍较好。

20日。晨8时吃饭，9时起程，从台中市到南投县。南投县位于台湾中部，是全台湾唯一不近海的一个县，但有一个日月潭。听说台湾领导人马英九要来参加一年一度的泳渡日月潭活动，上午实行交通管制。我们就改道去蒲里镇，先看中台禅寺。

中台寺位于蒲里镇中台山上，远远望去，巍峨壮观，上面有一金球，球位于翻开的书页或是莲花之上，下面是两排莲页托起，再就是高楼，下面有一片莲页状大窗门，再下面就是人字形坡屋，千百间房子，两侧另有附楼，结构既有现代建筑风格，又保留了佛寺元素，据说与台北101高楼是同一个设计师。中台禅寺花了50亿台币，大量的材料都是从大陆运过来的。自1994年创建后，又重新规划改建。惟觉老和尚与名建筑师李祖原居士对于中台禅寺的建筑内涵融合了中西工法，并且运用“直了成佛”的顿悟法门“因次第尽”的渐修精神，还有古代丛林的风格，将艺术、学术、宗教和文化融为一体，却不失禅宗的风格，令人为之赞叹。中台禅寺除了建筑令人赞赏，硬件设备也相当完善，有禅堂、四大天王殿、菩萨殿、三世佛殿、讲堂、知客室、大寮、斋堂让信众参拜、使用。每一室均有特点。

从中台寺出来，旁有槟榔林，巨树。午餐之后去蒲里附近台埔茶叶专卖加工厂喝茶。总经理名林体全，他说他在阿里山上种了很多茶，请20多个工人，在山下路边这里修了房子卖茶，这里叫南投县国姓乡中正路四段48-1号。他给我们介绍了茶，就泡茶喝。铁观音是很好，乌龙冻顶也不错，但大家不想买。周汉曦给学生的导师买了两盒，标价12000元台币，最后以800元人民币拿2盒。

下午2时，日月潭游泳渡湖的人大部分已下山，交通管制取消，我们就上山去。日月潭是山中一处极美的水库，日据时代就修了发电，管理得较好，水质十分清冽，游船很多。上船去，从日潭到月潭，登岸上玄光寺，寺里有玄奘像。路边有一石碑，上刻日月潭三个大字，可供照相。

下山后上高速路，走约3小时到台南市。台南是当年郑成功收复台湾登陆之处。先去周氏虾卷店吃晚饭，有虾卷、鱼丸等多道菜，味道很好，饮食与台北、台中均不同。夜色中在台南周游一圈。

21日。晨起,天气晴好。今天行程有300多公里山路,因此8时就起程。从住地台南市中华中路三段336巷一号台糖长荣酒店出发,走约半小时到安平古堡、赤坎楼参观。这里是当年荷兰人占领台湾时的堡垒,郑成功收复台湾之后在这里接受了荷兰人的降书,订立了条约,并把这里作为办公地,开始管理台湾。现在已修复了赤坎楼,古堡遗迹还可以看到一些。对岸即澎湖岛,再远方即厦门市。这里还有文昌庙,供有魁星塑像。台上还有古炮多尊,古榕树多株,碑刻多通。

外有妈祖庙一座,金碧辉煌。然后沿海边公路朝最南端进发,途经嘉义县、高雄县、屏东县,就到了台湾岛的最南端。我们去一处牛肉面馆吃牛肉面,是四个姊妹经营的,都是大学生,牛肉面很好吃,一大碗。外面天气很热,36度到38度,又晒人。这家"台湾牛"面馆很有名,陈云林访台来吃过。昨天去的周记虾卷店是马英九请过客的地方,这间餐厅专门为我们辟了席,围坐吃饭。然后,我们就沿海边公路走,路边又遇到从阿里山、中央山脉冲出来的河口,水灾惨状犹在,大量的木头被冲下海,积在岸边,河口岸边公路被毁,但这里不准燃烧柴禾,所以无人会去捡木头树枝,得由政府用挖土机弄成堆,拖去焚化炉烧掉。

垦丁公园到了。猫鼻头就在海边一高处礁石上,有眺望台,对面就是台湾海峡和太平洋交接的一处海湾,左对岸即是鹅銮鼻,有白色灯塔。车行约半小时即到鹅銮鼻,这是台湾岛最南端一处高地,可远眺太平洋。对面尽头不可见的彼岸大约是美国。

然后我们上车回走一段,经南回公路,翻越中央山脉,即到了台湾的东海岸。海岸边即是高山,悬崖峭壁,耕地不多,更不可能有工业。这边就较贫穷,是原住民生活的地方。下午6时到达台东市连亢路66号,先参观了娜路湾酒店旁的台东珊瑚馆,以红珊瑚最好,一个胸吊坠要台币12000元,合人民币3000多元。在路边给孙子买了一个小喇叭。

住娜路湾酒店,服务生先要帮忙下行李,见无人给小费,又要我们自己拿行李。

22号。8时从酒店出发,沿台湾岛南行走,太平洋风平浪静,沿途高山耸峙,平地很少。在台东境内游览了石梯坪,也就是海岸边有礁石成石梯状,开辟出来作游览场地,大家去看海、照相。再走不多远就到了北回归线纪念塔,有一高塔如灯塔,高约50米,上书北回归线纪念碑。下面旁边有一餐馆,有厕所,一女孩在卖原住民音乐带。又走不久即到"水往上流",小山坡上有一条水渠，来回盘曲，是容易给人造成水往上流的错觉。太阳很热，尽管有了些云彩，天气预报说要降温，但不明显。

下午。开车到太鲁阁公园，这里已进入了花莲县，地势渐缓，到了大河入海口，有了平地。太鲁阁牌坊在一峡谷的入口处，有桥，有隧洞。弃车往里走，是峡谷中人工挖成的公路，工程艰巨，路在河谷边时现时隐，沿悬崖行进，惊险奇绝。两边山上都是大理石，河谷中尽是白灰色大理石，刚涨过水的样子，最里边有一休息室，即燕子口游客服务站。对面有长春祠，是纪念修路而牺牲的人。据说当年国民党军队退守台湾以后，有文化的兵都安排了工作，或上学深造；另有大批没文化的兵没事做，当然大多是在大陆被抓兵的农民。蒋经国来花莲视察，决定由这些老兵来修路，全凭钢钎锤子在绝壁上修出了这样一条大路。今天，世界各国仍有不少人来参观，赞不绝口。长春祠就是纪念这些死难者的。我有一个同宗哥哥，他父亲被国民党败退大陆时抓了兵押走之后，杳无音讯，我都怀疑他也是这些死难者中的一个。

从太鲁阁原路回来，到一大理石加工厂参观。主人很客气，还发给购物票，目的就是劝大家买东西。我犹豫再三，花 800 元人民币买了一个猫眼胸坠。他们开价 4000 元，折扣成 1200 元，如果有时间，可以谈成 500 元。颜色乳白，可作来此一游的纪念。

住花莲县花莲乡林园 1–1 号美仑大饭店，从 505 室望出去，后院有很大的人造瀑布和露天游泳池。晚饭后，聂为斌、易照君、陈宏林一起出去绕走了一圈。月色朦胧，池水清亮，景色宜人。

23 日，天气开始凉爽一些，但人已晒黑。8 时，动身沿苏花公路走，全是在海边悬崖上凿建出来的道路，有点像云南滇池龙门山上的那一段路，很惊险。好在最险的部分已被改修了隧道，就缩短了距离，也安全多了。沿途时有堵车，还算畅通，因为大家守规矩，很少有超车和抢道的。中途在一修路纪念堂前歇息，照相。

苏花公路从花莲到宜兰县的苏澳湾止。我们在花莲匆匆上路，走到苏澳湾之后，开始离开海岸，进入宜兰县的雪山。雪山隧道是从平地进入，山高海拔 3000 多米，隧道长 10 多公里，走了 20 分钟，应该是台湾最长的隧道，一出洞就进入了台北市。

我们去土特产商店买小吃。吃了中饭又去免税商店采购。4 点到中华文艺协会拜会王吉隆秘书长等人，9 楼有一个先生在教几个女人吟唱唐诗。我们一起交谈，赠送一幅画给协会，我送了自己的几本书，聂为斌送了他的一个宣传册。然后到酒店吃晚餐，王吉隆夫妇陪餐，他夫人是潜江人，约30岁，王已有70岁。餐中，经济文化协会副秘书刘晏珊女士来，又请来几位画家，据介绍是国立台湾艺术大学的美术院院长罗振贤和女画家李德珍，一边吃一边谈。至8时，回台北市王朝大酒店住。明天上午去看台北故宫博物院。

24日。上午先到士林官邸。官邸正馆，为两层楼水泥构造，局部采用瓦顶，外墙为深绿色，楼下为大会客室，二楼卧室则为蒋介石夫妇起居空间。建筑虽属西式，但内部陈设呈现的气氛仍保有中国传统风格。当年蒋介石败退台湾之后，陈诚修了两层房给蒋介石住，蒋一住数十年，也死在这里。花园里面很大，很幽静，蒋为防暗杀，有三道岗哨和暗堡。现在已经改成公园，供游人玩乐。

从士林官邸出来不远，即到了台北故宫博物院。台北故宫博物院坐落于台北市士林区至善路二段221号，建造于1962年，1965年夏落成。占地总面积约16公顷。为仿造中国传统宫殿式建筑，主体建筑共4层，白墙绿瓦，正院呈梅花形。院前广场耸立五间六柱冲天式牌坊，整座建筑庄重典雅，富有民族特色。我们领了耳机，一二三层楼看，其中许多宝物都是蒋介石败退时从大陆运来的，我们只看到了其中一部分。所藏的商周青铜器，历代的玉器、陶瓷、古籍文献、名画碑帖等皆为稀世之珍。展馆每三个月更换一次展品。

看了台北故宫博物院，感到蒋介石拿过来的是一部分便于搬动的小型精品，无价珠宝、精致书画，要说大型的，还是大陆的多。有朝一日，这两个故宫博物院合二为一，那将成为世界上藏品最为丰富，价值最为珍贵的大中华博物馆了。

我们走到牌坊处照相，又看了一处珊瑚馆，就吃午餐。然后去机场，办了手续，托运行李，又玩了一个多钟头才上飞机。下午5点50分起飞，7点20分到达武汉天河机场。然后回家。

大凉山邛海游

2015年6月26日，我先坐出租车到天河机场，上了飞机，又等了2个小时才起飞，去大凉山。到成都转机时，遇到了乌热尔图（内蒙古文联副主席、鄂温克族作家）、孙春平（辽宁省作协副主席、满族作家）、包明德（中国当代文学研究会副会长、蒙古族作家）、叶梅（《民族文学》主编、土家族作家）、冯秋子（中国作协创联部主任、汉族作家）、南永前（《长白山》杂志社社长、主编、朝鲜族诗人）、金学泉（延边自治州作协主席、朝鲜族作家）。这些都是我的好朋友，也都是全国知名作家，还有中国作协民族文学处的张绍锋、郑函，大家是当代中国少数民族文学工作的参与者和组织者，我们一起飞往大凉山的西昌，去参加中国作协少数民族文学委员会的年会。

来此之前，我心目中的大凉山，是一处高高的山岭，贫瘠、落后，我的心境还停留在1916年红军经过这里时，刘伯承和小叶丹两人搞“彝海结盟”的情景。从机场出来，眼前却是平地，周围是山，也不算高，中间平地有高楼大厦，马路宽阔，路灯闪亮，绿树成荫，西昌是一个现代化的高原城市。

我们坐汽车沿着航天大道，走约半个小时，到达邛海边，住邛海宾馆。在餐厅，见到了中国作协副主席、著名诗人吉狄马加，中国作协副主席、藏族作家丹增，见到了湖南省文联副主席、苗族作家向本贵，凉山州文联主席、彝族作家倮伍拉且，中国作协创联部副主任、满族作家尹汉胤，宁夏回族自治区文史研究馆党组书记、回族作家杨继国，遵义市文联主席、仡佬族作家赵剑平，云南省作协主席、普米族作家鲁若迪基等同志。

晚上，著名鄂温克族作家乌热尔图送我两本书。他是我在北京文讲所第六期的同学，我们相知甚久。他还送我一只玉雕，一面是鹰，一面是牛头，黄色的玉石，双面雕。他说据他研究，这东西应当是蒙古的。他也说，一种可能，这东西是远古的，真的；一种可能，是近人仿造的，以假乱真。是真是假，得请真正的玉石专家和文史专家来鉴定。我笑说，但愿是一个真的古董。这些年，他迷恋于古玉石雕件的收藏和研究，已聚积了上万件藏品。他近年来出版了几本鄂温克族文史类研究专著，出版了几本收藏类图集，如《草原秘藏——游牧族群的人形雕像》（内蒙古大学出版社 2011 年出版）《石器思维》（中国文史出版社 2014 年出版）等。好友相见，无所不谈，谈得很久。也谈到了我们的同学杨阿洛是这里的人，在北京的文讲所学习时，她是《凉山文艺》的编辑，是一个很本分的小姑娘，能用彝文和汉文写作，现在也应该退休了吧，我们请倮伍拉且帮我们找一下。

27 日。上午，杨阿洛来了，她专门找过来，很高兴，没想到会在这里见到老同学。她说她已经退休了，孩子们已经工作，先生还在干事。她一个人在家，要我们去她的家作客，说离这里不远的，上点坡就到。她平时说话不多，今天显然很高兴。我们的会议有安排，走不掉，我和乌热尔图各送一本书给她。中午，她又来了，还给我们带来了礼物，是彝族漆器，福源民族工艺厂生产的一套酒具。在一个圆盘里，中间是一只鼓形高脚酒壶，四周是 8 只小酒杯，造型优雅，古朴典雅，是用杜鹃木做坯，以红黑黄三色相间绘着羊角、鱼骨、日月的花纹，简洁而明快，传统髹漆，很好看。放在书房里，既是一件难得的彝族工艺品，又是一段情谊的纪念。显然，她一个上午，都是上街专门寻找礼品去了，相比之下，我们那两本书算得了什么？

下午，召开“中国少数民族文学委员会 2015 年会”，由叶梅主持，尹汉胤汇报一年来的工作。这一年来，民族文学委员会做了不少工作。比如，编辑出版新时期以来各少数民族文学卷工程，第二批已经完稿，第三批正在校对；汉译民（把一批汉语作品译成民族语出版）民释汉（把民族语作品译成汉语出版）工程，已经出版了五种民族语共 25 本，民译汉 10 本；全国少数民族作家重点题材作品扶持 100 部；鲁迅文学院举办了民族班 18 期，等等。然后大家都作了发言，最后是丹增同志讲话，吉狄马加讲话。

28 日，上午，我们去参观凉山彝族奴隶社会博物馆。

凉山彝族奴隶社会博物馆位于西昌泸山风景区中部，它是一座具有彝族古典风格的建筑，背依青山，面临邛海。在博物馆的右边，泸山的浓荫丛中隐约可见汉、唐、明、清年代修建的光福寺……

凉山彝族奴隶社会博物馆于 1985 年 8 月 4 日建成开放。这里是我国第一个单一民族博物馆,也是世界唯一全面反映奴隶社会形态的专题博物馆。

在博物馆的大门口,是"凉山之鹰"的人像雕塑。在一个高高的四面体基座上,一个魁伟挺立的彝族男子,身穿披风,吹着牛角,周围有苍松和翠柏。凉山彝族奴隶社会博物馆是中国民族学专题博物馆。整个建筑群根据古朴典雅的彝族建筑风格而设计。共有 6 个展厅,各陈列厅内从纵向和横切面用实物、文字叙述、图片资料等形式向观众展示了彝族奴隶社会制中所涵盖的政治、经济、历算、宗教、历史、军事、法律、医药、语言文字、文学艺术、风俗习惯等内容。对研究历史学、人类学、社会学、民族学等社会科学及自然科学都具有很高的参考和佐证价值。我看过之后,仍感美中不足的是,缺少奴隶生存的真实景象,比如照片。我想,这些照片肯定存在,起码能从外国人的探险记录资料中找到的。

博物馆周围有一些很好的雕塑,比如绞索、铁链、广场柱。大门外是一个开阔的平台,从这里可以看到邛海风景,在群山之间,一处烟波浩渺的天池,鸥鸟在飞,白帆在飘,青山倒映于海,绿海荡漾于天,岂是"北国江南"几个字可以描述得尽?

在邛海边,有一处宝石街。近几年,这里兴起一阵南红宝石热。南红是近十几年才有的一个新称谓,云南保山地区开采的红玛瑙,称为云南红玛瑙,简称南红。南红颜色艳丽,红色色调偏灰浅,呈浅粉色、半透明,有稀糊感,也有接近透明的无色。大多生长于悬崖峭壁之上,采掘时用钝器敲击使之剥离山体而取,造成伤裂很多,完美的材料很少。近年来,在四川凉山地区也发现有类似品质的红玛瑙,也将其统称为南红。其颜色艳丽、润泽,胶质感强,完整度好。南红并非新发现,它是有着几千年应用历史的玉石材料,只不过优质的南红在近代一度绝矿。南红产量很低,高品质的南红较为罕见珍贵。高品质南红的出现为玉石创作提供了丰富的材料,南红由于其颜色艳丽,色彩均一,在艺术创作上的表现形式丰富,既可以制作挂件、把玩件,也可制作器皿摆件。目前南红属于正开发阶段,收藏机会巨大。

我们去逛宝石街,有原石,有加工成品,各种造型,各种档位,应有尽有。我们中间有几位稍懂一点,他们出手购买了手串、手玩,还有人买原石。我本想买一块原石,放在书桌上,但一听价格太高,我又不懂货,怕买了一块石头,终未敢下手。

这里是吉狄马加的故乡,他的一个亲戚是一个稀土矿老板,此人开着他的游船来接我们去泛海。他在游船上安排了饭食,亲自操弄游船,带我们一行进入邛海之中。邛海就是一个大湖泊，有芦苇，有水草，有游鱼，有鸥鹭，有洲岛。这个老板是性情中人，见是吉狄马加的客人，十分热情，一面劝我们吃饭喝酒，一面把船开着到处跑。这个邛海的一部分好像是他在开发，有的地方有围栏，有的洲岛上有种植，湖水很清亮，到处是水草，他养了鱼。老板很高兴，可能是喝多了酒，腰又有伤，他时而站着开船，时而坐在舱板上开船。中途，他一下子把船开得头朝下，湖水涌进来，大家惊慌避让，结果把杨继国买的一块红宝石原石冲到水中去了。大家知道这水不是特别深，周围又有岛屿，就是船翻了，也不至于出大事，好在有惊无险，但那块石头是没法找了，便热闹一阵，复归安静。我就想，那块石头，说不定就是一块好红宝石，若干年之后，有人从湖底发现了它，进行考古，一定感到十分奇怪：这是从哪儿来的呢，是湖底产生的吗，是河水冲来的吗，这周边山上出这种石头吗？他们当然无法知道，在2015年的夏天，有一个回族作家杨继国，从这里掉下去了一块宝石。

西昌市还有值得看的地方，比如有亚洲规模最大、设备最完善的卫星发射中心，比如位于西昌市城南的螺髻山等。但中央有规定，我们不得借开会之机，到风景名胜地方游玩。我们很想自费去看一看，但担心会给主人增添麻烦，只好放弃。

第二辑
仙乡神游

道教圣城武当山

1982年8月5号,天气很热。

我们从武汉乘512次列车,哐当哐当走了9个钟头才到达丹江口,已是夜10点。6号清晨,乘班车由丹江口到玄岳门。

玄岳门是"治世玄岳"石牌坊的俗称,此门为三间四柱五楼式的仿木石建筑,明嘉靖三十一年敕建。正中坊额上刻着嘉靖皇帝亲书"治世玄岳"4个大字。门高12米,宽12.81米,石凿榫卯而成。自建玄岳门之后,道教视玄岳门为"仙界"与"凡界"的分界线。我们从这里再坐车经回龙观、磨针井、太子坡,到紫霄宫。

吃完午饭,《长江文艺》编辑、作者10人振衣拄棍,向金顶攀登。我们从2点半开始,沿着古神道,上到乌鸦岭,从这里右可到南岩宫,左可上金顶。我们决定从左道爬山,到5点半,终于到达朝天宫。吃完晚饭,就已日落。这里离金顶仅数步之遥。

武当山,位于今之湖北省西北部十堰市境内,是我国著名的道教圣地之一。这里是著名的山岳风景旅游胜地,古建筑群规模宏大,气势雄伟。据统计,唐至清代,共建庙宇500多处,明代达到鼎盛,历代皇帝都把武当山道场作为皇室家庙来修建。明永乐年间,大修武当,史有"北建故宫,南建武当"之说。共建成9宫、9观、36庵堂、72岩庙、39桥、12亭等,逐渐形成"五里一庵十里宫,丹墙翠瓦望玲珑。楼台隐映金银气,林岫回环画镜中"的建筑奇观,达到"仙山琼阁"的意境。但那个玄岳门却是100多年之后嘉靖皇帝朱厚熜修的。

7号晨起,山上寒意甚浓,我们就裹着被单登金顶。这里是天柱峰顶一个古堡式的建筑群,有城墙,曰紫禁城,分南东西北四天门。进门走一天门、二天门、三天门，是一段磴道，上九连磴，坡度极大，游人前后头脚相碰，幸好磴道旁有石栏杆，石栏杆上有铁链，可抓可扶，否则就有滚落下山的危险。

九连磴上去，即是金顶，小平台约 100 平方米大小，小庭院式建筑，正殿是一宫廷式鎏金铜建筑，构件精巧异常，其工艺价值很高。中堂有真武铜像，凸眼圆额，左为金童，头戴朝帽，右为玉女，嫦娥式花髻。左右立水火二将。脚边有龟蛇二将(龟形，蛇缠其身)，此即玄武。中国古代神话中最令妖邪胆战且法力无边的四大神兽是青龙、白虎、朱雀、玄武。玄武亦称玄冥，龟蛇合体，为水神，居北海，龟长寿，玄冥成了长生不老的象征。冥间在北方，故为北方之神。而玄武又可通冥间问卜，因此玄武有别于其他三灵，是道教所奉之神，故而放在真武大帝的身边。武当道教是“以武当山为本山，以信仰真武——玄武，重视内丹修炼，擅长雷法及符箓禳，强调忠孝伦理、三教融合为主要特征”的一种道教派别。

金顶上的铜塑被信士们摩擦得锃亮了。殿座呈四方台形，正殿墀下右有铜罄一方，左有香炉一座。正中即九连磴入口。金殿后有父母殿，立真武大帝父母圣像，道教多有父母殿，山下南岩也有。磴道之右有焚香炉，立于坡上。连日炮鞭齐鸣，香烟缭绕。

我们立于武当极顶，脚下是云海，无边无际，白絮一般，偶有山峰露出，极为动人，金童玉女峰(左)像浮现在大海中的小岛。我们又好像立于机翼之上，真有羽化而飞升之感。

5 点半钟，东方天边现红云一片，是日出前的美景，一瞬间，突然乱云奔涌，云海起了狂涛一般。风从东来，乱云涌到武当极顶之前，便向左右分开，脚下的金顶像巨轮的舰首，破浪前行。

日出的一霎，却被乌云遮去了一切，待云团过去，太阳已像一个火盘钻行在远处的淡云之中了。

今日武当的云海甚美，而日出之景不很理想。我看过黄山日出，看过泰山日出，也看过东海日出，都很精彩，在武当山却没能看到美妙的日出瞬间。

8 点，饭罢即下山，十人同行，谈笑风生，从乌鸦岭左行至南岩宫。

南岩宫是武当山除紫霄宫外的另一处深宫，从对山望去，山崖间悬巢式呈一线形建筑群，房子用巧妙的结构方式固定在悬崖半腰，有的凿岩而成，像吊脚楼，后倚崖壁，前悬深涧。据《太和山志》载，唐宋时就有道士在此修炼，元代始有道观，元末建筑毁于大火，明永乐年间重建，时有大小殿宇 640 余间，清末大部分建筑复毁。现仅存元建石殿，明建南天门、碑亭、两仪殿等建筑。南岩宫是武当山"三十六岩"中最美的一岩,但已破败。我们过南天门,老虎岩,有残垣断墙及龟碑亭数处,南岩石殿很精美。最为惊异者为烧龙头香的所在。在两仪殿前,崖壁上嵌着闻名遐迩的龙头,又名龙首石。直悬绝壁,矫于云罅,面对金顶,若朝拜之状。这个龙头石长2.9米,宽0.3米,采用镂雕、浮雕、圆雕等手法雕凿成两条神龙及祥云,龙头置一小香炉。下为万丈深壑,在扶栏边下看都会头晕目眩,信妇信士多战栗着跪爬进香,十有八九都会昏厥而坠涧。此为武当之险胜绝景。南岩崖下有一稍矮山峰,与小武当对峙,为飞升岩、梳妆台,崇岩危石,败毁久之,未修葺。

南岩还有许多精美的摩崖石刻和书法,因结伴而行,未及细看。

8号。到紫霄宫。

紫霄宫是坐落在展旗峰下的一处丛林,红墙翠瓦,庄严雄伟的宫殿建筑和周围的青山构成一种绝妙的组合,极具皇家道场气派,是武当山现存最完善的宫殿之一。右有龟碑亭,上刻圣旨:太岳太和山各宫观有修炼之士恬神葆真抱一守素外远身形屏绝人事习静之功顷刻无间一应往来浮浪之人并不许生事喧聒扰其静功妨其辩道违者治以重罪有至诚之士慕蹑玄关思超凡质实心参真问道者不在禁例若道士有不务本教生事害群伤坏祖风者轻则即时谴责逐出下山重侧具奏来闻治以重罪。永乐十一年十月十八日。

悬挂在紫霄大殿门额上的匾额有:云外清都、始判六天、协赞中天。"始判六天"四字是清代中晚期地方长官的作品,其含义有多种解释,是对武当山、真武大帝、修道境界的赞美和评价。道教认为,中天北极大帝与东西南北中五方大帝,合为六天。北极大帝为皇天。大殿前还有对联和匾额若干:圣殿重辉,看鸟革翚飞,势化山河维社稷;帝容复整,仰龙章凤姿,光同日月炳乾坤。还有:三世有缘人,涉水登山朝圣境;一声无量佛,惊天动地振玄都。

紫霄宫内大殿,正中有玉皇像,道家称道教最高非真武而是玉皇,有人说玉皇像是真武像。玉皇脚前有四具铜像,一为武像,前三为老中青真武文像。侍女立在左右,墀下左为玉女、水将,右为金童、火将。再前左为赵公元帅,右为马公元帅。再前三灵官,有铁树开花一双置于左右……据说铁树开花文物,全国只有三具,此一也。

殿旁有传音杉一根(响铃木),据说当年造紫霄殿,后山展旗峰下有一杉树,立志成材要当栋梁木,伐木时木匠发现它短了几尺,不用。它就不高兴了,闹起来,不得安宁,真武知其故,命伐置殿中。木一端被手抠有深洞,一端叩之而5丈另端有咚咚之声。堪为神木。

殿后为父母殿。道教主张修今生，敬死神先敬活神，敬神先敬父母，连父母不敬者必不敬神。因此道教殿后多有父母殿，故山顶金殿弹丸之地殿之后亦有父母殿。道教主张修今生，而佛教讲究修来世。要斩断六根，不荤不婚，名曰出家，既已出家，何谈父母？父母殿左是观音像，一说是为了突出道教的正统，把佛置其次，一说是为了普度众生，信士来此都可供敬方便。右有百子堂，赵公元帅的三个姐姐在此掌管孩子，即送子娘娘。看来，神仙界也有重用亲属家人的腐败现象。

玉虚宫在武当山北麓，坐落于 5 平方公里的平地上，其规模之宏大，曾是当年武当山建造之大本营，诗曰："太和绝顶化城似，玉虚仿佛秦阿房。"玉虚宫全称玄天玉虚宫，道教指玉虚为玉帝的居处。玉虚宫规制谨严，院落重重。清乾隆十年大部分建筑被毁，现存建筑及遗址主要有两道长 1036 米的宫墙、两座碑亭、里乐城的五座殿基和清代重建的父母殿、云堂以及东天门、西天门、北天门遗址。占地面积有 15.6 万平方米，让人痛惜，让人想象，说不定什么时候能得以复建，那将是武当山下的奇观。

八仙过海的地方

关于八仙

中国历史上有关“八仙”的传说有好几种。“饮中八仙”是指李白、贺知章、李适之等人,那是一群文化人。杜甫曾为之作《饮中八仙歌》,一一为他们画像。他写李白:“李白斗酒诗百篇,长安市上酒家眠,天子呼来不上船,自称臣是酒中仙。”由此可见他们都是酒中仙人。“蜀中八仙”如容成公、李耳、董仲舒、张道陵等人,据说他们都是在蜀中得道成仙的。蜀中八仙不少人是思想家。

在中国无人不知无人不晓的“八仙”,是神话传说中的铁拐李、张果老等八位神仙。传言铁拐李得道,度钟离权(汉钟离),权度吕洞宾,二人共度韩湘子、曹国舅、张果老、蓝采和,何仙姑则另成仙,是为八仙。

八个仙人的名字其说不一。明杂剧《八仙庆寿》中是张果老、汉钟离、蓝采和、曹国舅、铁拐李、韩湘子、吕洞宾、徐神翁。而吴元泰《东游传记》中则去徐神翁而易以女神仙何姑,后代民间所传八仙即本此为说。

据说,这八个散仙一日赴蟠桃会,归途中需要渡海。吕洞宾倡议,谓不得乘云而过,必须各以物投水,乘所投之物而过。于是,铁李拐投拐杖于水中自立其上,乘风逐浪而渡,韩湘子以花篮投水中而渡,吕洞宾以箫管投水而渡,蓝采和以拍板投水而渡。其余,张果老、曹国舅、汉钟离、河仙姑等亦各以纸驴、玉版等投水中而渡,期间还夹杂有龙子爱蓝采和所踏玉版,摄而夺之,遂大战。后来俱终得渡海。这就是人们常说的“八仙过海,各显神通”。

海上神山

八仙过海的码头就是山东蓬莱。

入海数百里的山东半岛就像一个栈桥，蓬莱就在栈桥的前端，是渡海的天然码头。人们为什么把渡海的码头定在这里呢?这又与盛传于秦汉的“三神山”有关。传说，蓬莱、方丈、瀛洲为海上三神山，上有仙人及长生不老药。这些事，《列子·汤问》及《史记·封禅书》中均有记载。而海上有神山的传说恐怕又是由“海市蜃楼”而幻想出来的。

由于近海燕齐迂怪之士有机会见到海市蜃楼的奇观，不可理解，便宣扬，便想象，有人便以此行骗，胆大者一直骗进皇宫。打下了江山立下了伟业的秦皇汉武极想长寿，于是就被骗。齐人徐福投其所好，就上书，说东海之上有三座神山……引得秦皇和后世的汉武们频频东临海上，醉心于神仙大药。秦始皇曾下令徐福去求仙访药，徐福请到童男童女数千人，打造楼船，真的乘舟入海，追八仙之踪而去，一去至今未返。徐福起航的码头就在山东蓬莱。

我想，方士徐福如果不是骗子，勇往直前，便有两种可能，要么早葡萄牙人麦哲伦 1500 年证实地球是圆形，沿途还会发现新大陆；要么就困死在海上。如果徐福是骗子，那他入海不远，便会有人来接应，一起逃入海中群岛，改名换姓，带着财产和奴隶享福去了。

由于有上面这些迷人故事的吸引，我来到了八仙过海的地方——山东蓬莱。

海市蜃楼

刚下汽车，我便四处打望。只见海雾中有一去处，一忽儿城垣雄横，一忽儿又虹桥架天，似是仙山，又像村庄，云开云合，扑朔迷离，迷离中又见行人车马，红红绿绿却又尽是摩登儿女。正迷惑，又见亭台楼阁耸立于山峰之上，说是海上仙山却又近在眼前，说不是仙山却又仙气十足。我怯怯地叫一声：“这就是海市蜃楼?！”懂得的便朝我笑，笑我少见多怪。

等海雾消散，在阳光下，我才明白那就是有名的丹崖山。丹崖山通体赤红，拔海而起，山高海阔，朱碧辉映，不但气势雄伟，而且风光壮丽，这不是海上仙山，而是人间仙境。

我来蓬莱是盛夏 7 月，据说只有春夏、夏秋之交，这儿才会发生奇特的大气光学现象——海市蜃楼。

最初攀丹崖的人，都是为了敬神乞福。自从蓬莱阁建成之后，攀登的人群中，一心观赏水色山光的就越来越多，这就使人们的注意力转向了自然风光。随着科学的发达，人们寻找“仙山琼阁”的兴趣越来越少了，探求未知世界的兴趣却越来越大。人类还在不断地设想着现实之外的世界，用现实来补充想象，由想象来改造现实。飞上太空，登上月球，潜下海底，远航南极，这不都和神话幻想联系吗？现在就是一个变神话为现实的时代。

海军基地

从军部出来有一条圣道，可能是秦皇汉武临驾时所修。圣道向前延伸直达丹崖山脚，山脚有水城一座，古名“备倭城”，是防备倭寇的水城。登州自唐即与广州、交州、扬州并称为中国四大口岸，也是中日往来的口岸。水城即军港，大军事家、抗倭名将、民族英雄戚继光就是蓬莱人。他曾从浙东一带招募农民、矿工在此操练成有名的戚家军，抗倭、南征北战，为祖国海防做出了重大贡献。水城几经修建才成今日所见之规模，它东连画河，西凭丹崖，负山而控海，形势险要，是我国明清两代的军事要塞。

这一古水军基地分为海港建筑和防御性建筑两部分，构成一个严密的海上军事防御体系。海港建筑像一个巨大的游泳池，可操演水师，可停泊战船，周围是城墙和炮台。现在，干戈已化为玉帛，水城成了旅游胜地。水城中仿制了古代战舰供人观赏乘坐，红男绿女加上现代音乐，使这古战场失去了往日的威严与杀气。

蓬莱阁

水城所负之山即丹崖山，山顶即蓬莱阁。蓬莱阁创建于北宋嘉祐年间，明代扩建，清代重修。阁高 15 米，背海而立，正门上悬“蓬莱阁”金字匾额，据说字是清代大书法家铁保所书，苍劲而豪放。蓬莱阁之外还建有吕祖殿、三清殿、天后宫、龙王宫，高低错落形成浑然一体的建筑群，统称蓬莱阁。

在别处很少见群体建筑中杂有龙王庙的，我感到稀奇，翻开史书一查，原来龙王宫倒是这丹崖山的旧主，叫海神广德王庙，即东海龙王庙。因为修了富丽堂皇的蓬莱阁，后来者居上，龙王爷让了正位，偏安一隅了。

明人陈钟在《蓬莱阁记》中说:“夫蓬莱境界号称仙居,其说见于《山经》《水注》所记载,骚士韵客所托兴,不一而足。而是阁之构乃以是名,其有慕而为之耶? 抑将以形破影,以迹蹈空,使登是阁者,悟蓬莱亦如是阁,不必更从阁外觅蓬莱耶?”修楼者当初恐怕是“有慕而为之”,而登楼者,确因有了真实的高阁而部分取代了幻想中的仙境,才领悟到秦皇汉武那样“从阁外觅蓬莱”的可笑。

苏公祠

我站在丹崖山巅,北望长山列岛,在海天交接处,很像是徐福远去的楼船,又像卧伏着的戚继光舰队。此情此景,诗人便想吟诗,苏东坡当年就站在这里吟道:“东方云海空复空,群仙出没空明中。荡摇浮世生万象,岂有贝阙藏珠宫。”诗是写海市的,这里自古为文人雅集之地,今留存观海述景题刻两百余石,翰墨流芳,更为海天增色。

苏轼吟诗的地方,今有苏公祠,傍着蓬莱阁。我忽然想起,苏轼谪居我们湖北黄州多年,被朝廷重新起用时,赴任之所就是登州,他在登州只不过当了五天太守,为什么还有人为他立祠呢?我带着这个疑问进了苏公祠。祠内有苏轼像刻石拓本,还有诗刻多方。

清代的盐政碑记中说:“有宋时,苏文忠公莅任五日即上榷盐书,为民图休息,土人至今祀之。盖非以文章祀,实以治绩也。”宋神宗时,朝中某些人主张实行榷盐专卖,抑制了盐工和商贩的积极性,造成灶户失业,民食贵盐。苏轼到任五日内,立即提出了“入海三百里,地瘠民贫,商贾不至”的登莱之地应施行沿海特殊政策。相当于后世之特区政策。于是向皇帝写了《乞罢登万榷盐状》。“匆匆五日守”除留下许多好的诗文外,还为民请命,登莱人民因苏公之请不食官盐的制度一直沿至清末。旧时各县均有“苏公碑”,刻的就是《榷盐状》。

我想,在秦皇汉武乞求神仙大药的地方为做了五天太守的苏东坡立一小祠也是应当的。现在的干部调任,是何等的艰难,匆匆五日能干些什么呢? 遗憾的是,众多旅客并不知道苏公的这段历史,苏公祠内的陈设说明也没突出这一点,因而游人也只把苏公当一个附庸风雅的墨客骚人来对待。遗憾! 遗憾!

八仙画石

现在的蓬莱,已是一处以旅游为主的风景城市,从城市建筑风格和人们服饰可以看出这里出现了改革的好势头。市场上丰富多彩，人群里八方口音。我决心要买一点独特的纪念品。在路边那些小商店里，我发现了一种画像石。那是海岛上的鹅卵石，上面描以蓬莱阁，更多的是画的八仙，一石一仙，还有诗词，八个一组，用网袋装好。这石头画像很沉，但有趣，既可放在案头镇纸，亦可置于书柜赏珍。除卖八仙石以外，还有铁拐李的酒葫芦。还有草编工艺品，许多前所未见的东西出现在街头小摊，风味小吃也不少，人们脸上都流露出轻松愉快的神情。这又使我想到了“八仙过海，各显神通”这句老话。要不是实行改革搞活，有谁会去为游人们卖石头呢？

神话传说中的八仙，都是些没有正位的散落仙人，他们各怀绝技，能投物以渡海。十亿人中间该有多少身有异能的“散落仙人”啊！

蓬莱一游，除看了久慕的景致外，倒给了我不少启示。

本文发表于1987年6月《芳草》

咸丰唐崖土司王城

1983年7月21日。晨8时,湖北省恩施地委宣传部于见芳部长、统战部高根良副部长、文化局李道贵局长及咸丰县有关负责人一行乘三辆车,我们从恩施出发,前去参观咸丰县土司皇城遗址。

土司是什么?土司是古代中国边疆的官职,元朝始置,用于封授给西北、西南地区的少数民族部族头领。土司有广义与狭义之分。广义的土司既指少数民族地区的土著人在其势力范围内独立建造的且被国家法律允许的治所(土衙署),又指“世有其地、世管其民、世统其兵、世袭其职、世治其所、世入其流、世受其封”的土官。狭义的土司专指后者。

元明清时期,咸丰属土司治域,这一带大的有龙潭土司、散毛土司、唐岩土司等。土司和朝廷的关系有点像今天的民族区域自治。或者说,历史上的土司制度是今天的民族区域自治政策的初始阶段。

从咸丰县城出发,再走40多分钟,到达唐崖河,过一桥,到达尖山公社。此地海拔525米,从公社舍车登山,到达玄武山,远见两棵高大的油杉(鹤峰县称这种杉树为铁心杉或红心杉)并立于玄武山山垭,粗壮挺拔,俯视群山。杉树高约50—60米,上势一棵较粗,脚围近8米(群众认为这是妻),另一棵脚围6米多(夫),据说两树相伴,公树针叶较母树为利,群众称为夫妻杉,或称姊妹杉(土家风俗称夫妻为姊妹)。

唐崖土司是覃氏土司,发源于今之恩施柳州城。相传当年唐崖土司王覃鼎出征在外,其妻田氏植树以作思念。树边有一土台,圆形,当年为庙宇,庙已毁颓。垭口两边山势成二龙奔来抢宝之势,土司城即建在此玄武山阳坡。司城遗址地形:后依玄武山,左右有深壑,过深壑为高山,三面偎成一缓坡平台，成风水宝地，前面坡脚即唐崖河，整个司城依山傍水成一洲岛状。

从山顶夫妻杉下来，可见到当年百兽园围墙，据说百兽园里喂养过珍禽异兽。过了土王家族茔地，下面即是宫殿区，房子已经不存，但从残存的石墙、道路还能分辨出当年的规模和格局。正殿前面是街道，三街十八巷，街道全为青石板垫成，宽约两米，长约里许，路两边可见许多遗址，存钱坝、牢房、小衙门等等。

祖茔有田氏夫人墓，其前有土王墓，修造宏丽，为白麻石，修成宫殿式，前有门楼，石门可移动，椁室雕镂精细。奇怪的是很少文字记刻。

再下，有一石牌坊，朝廷所赐予。牌坊为四柱三门，前有“荆南雄镇”四字，浮雕四幅图像：樵、渔、读、耕。可见当年土汉文化风习的交融。四浮雕中，大字上下为土司出巡图。反面也有四个大字：楚蜀屏翰。这四个字意译成现代语即“卫国的重臣”。四浮雕为：骑龙、乘凤、断桥会、槐荫送子。又是土司出巡。其上为尊孔图。门楣为象鼻拱，象鼻拱在牌坊中很少见，是佛教文化的表现，还是其他文化因子？从中略可窥见当年土司文化之丰富独特。整个司城建筑严格沿中轴线展开，石牌坊下是张王庙。

张王庙一座，离河边渡口近。鄂西地区敬张飞比敬关羽多。庙里有一对石人石马，石马并立，旁边各立一石人，成伺候土司王出巡之态。石马高3米，长2.4米，备鞍引颈，安详态。铭文一为明万历年印官覃夫人田氏修，一为明万历年尚主覃杰同男×修。据说这田氏夫人是一个很有作为的女人，丈夫覃鼎征战在外，田氏夫人在家操持司务，发展生产，曾率100多侍女朝圣峨眉山。沿途学习生产技术，吸收外地文化，并为侍女择配。回来之后，修书院，办文化，立石人石马，修八大寺庙，整修街道，开挖四十八口水井……休养生息，备受后人传颂。

这个唐崖土司，品级不是很高，疆域不是很大，但此唐崖土司故城，设计科学，布局有方，面积比北京故宫还大，而且充分利用了自然条件，保存也还完整，日后如果能进行挖掘和重建，当是一件很有趣的事情。

唐崖河的对岸属散毛土司之地。和容美土司、散毛土司、施南土司相比，唐崖土司力量弱小一些，级别最后只是长官司，但它是一个有作为的土司。鄂西土司有文字记载的历史近500年，处于元明清时期，创造了丰富的文化，也是土家族形成和完善的重要历史时期，研究它的历史，对于治理我们这样一个多民族大国来说，是很有意义的事情。

注：2016年，咸丰唐崖土司城与永顺老司城、遵义海龙屯一同列入《世界遗产名录》

瞻访黄梅东山五祖禅寺

1996年4月12日，到黄梅县参加“楹联之乡”命名五周年纪念会，然后，瞻访东山五祖禅寺。

黄梅是鄂东名镇，地处大别山南麓，傍长江，东邻安徽，南望庐山，境内遍布佛教丛林。

东山不高，约500米，不大，却能蕴藏一座宏伟辉煌的著名佛寺。五祖寺，在中国佛教史上占有极为重要的地位，而且在国际上，特别是在日本、印度等东南亚国家享有盛誉。

从县城东行13公里，均是肥沃平川，农家较为富裕，油菜花儿正开，金黄一片。五祖寺由弘忍大师亲手创建于唐永徽五年(654年)，寺庙自唐至清十分兴旺，唐宋尤盛。有殿堂楼阁1000多间，先后还出了弘忍大师、慧能大师、神秀大师、慧安禅师等100多位高僧。僧众达1300多人。此庙自唐创建以来，几经复毁。整个建筑依山造势，由上中下三部分组成，结构规范，层次分明，殿堂楼阁盘错相交，古色古香。不愧为我国佛教禅寺中的一块瑰宝。宋英宗曾御书“天下祖庭”四字以赐。

佛教禅宗自创立，共传六钵：一祖是在少林禅寺修行，二祖、三祖法场在安徽，四祖、五祖法场在黄梅，六祖东渡日本，此后衣钵不传。关于佛教禅宗，我们处凡俗中人耳熟能详的是关于两首印心偈语：一首“身是菩提树，心如明镜台，时时勤拂拭，勿使惹尘埃”，一首是“菩提本无树，明镜亦非台，佛性本清净，何处惹尘埃”。这两首平易明晓看似对立的偈语诗，把复杂辩证的禅学哲理一下子变为妇孺皆知的绝唱。有如佛教的本生故事画一样，能让不识字的人也能很快接受。从此，作为中国传统文化的重要组成部分——禅宗思想开始从这里走向大众，走向世界。

据记载，五祖弘忍大师跟随四祖道信大师在双峰山学禅 20 多年，他继承道信大师以心法为宗的宗要，提倡守本真心的入道要门，强调念佛，入一行三昧，特别是他发现了后来南宗禅创始人慧能，并以袈裟为信，授以衣钵，致使禅宗最终宗风大敞，蔚为大观。弘忍到东山借山建寺，大兴土木，弘扬禅法，一时轰动全国，四方僧俗入山学法日计数百，月计数千。时称他的禅法为“东山法门”。

五祖寺内有五祖真身塔，真身塔为麻石砌成，糯米填缝，据说日本飞机也没炸垮。五祖真身已贴金铂，一般不开放。住持打开法门，我们得以入拜。进佛殿，心肃穆，看佛像，看雕塑，看佛教的千年传承和改变，此中学问极深，不静下心来细细三思，除去香烟缭绕，是很难有所收获的。寺内有圣母殿，供奉的是五祖弘忍大师的母亲周氏，这是一般寺庙所没有的。只有中国道教每建庙观必设父母殿于庙后。佛教为出家人，斩断了凡丝，一心向佛，极少有供奉父母的。据载，圣母周氏是唐朝女皇武则天赐封的，五祖弘忍大师不得不供。

中华人民共和国成立后，东山建设逐渐加强，香火渐盛。随着国家的富强，人民生活的提高，旅游的发展，黄梅东山再次兴旺是指日可待的。

天正下着小雨，不少小学生春游至此，有一对姐妹遍拜菩萨，不知为何行如此大礼，我猜是父母有所交代，稚童姐妹只是奉命行事而已。

古丝绸之路拾趣

车过陇西

1993年8月,去兰州参加全国期刊协会召开的研讨会。这个会由读者杂志社承办,中国出版总署副署长、中国期刊协会会长张伯海主持召开。

火车一翻过秦岭,便进入甘肃。沿着渭河西行,过了天水便是陇西。我第一次知道陇西是在旧书《百家姓》上,在赵钱孙李的李字旁边注着“陇西”二字。说天下第一大姓李氏的发源地在陇西。当时,我也不知陇西在何方。据说,现在还经常有海内外李姓后裔前往陇西县一心乡寻源访祖,捐钱上香。

历史上的陇西地望变动大,因此无法知道历史上的陇西和今天的陇西究竟有多大区别。现在的陇西只是一个县,火车走到这里要停一站。

窗外好晴天,高阔而深远的蓝天像刚被水洗刷过一样,能见度极高,完全没有武汉天空那种雾气与尘埃。被灰蒙蒙的天空压抑久了的南方乘客被这清爽的环境感染,都在凭窗远望。

黄土高坡上长着稀疏的野草,野草也不茂盛。到处可以看见被雨水长年冲刷切割形成的土塬、土梁、土峁。在这些土塬和土梁上不时看见一排一排草把,像列队的士兵站立着,使人想起南方秋天扎稻草把的情景。但那不是稻草,看多了才认清,那是刚割的麦,割下的新麦草,一捆一捆竖着晾晒在田野里。玉米正扬花,苹果开始成熟。

有趣的是这里的民居,既不像北方低矮的土墙院,也不同于南方的木屋。我称之为“半边水”。因为南方木屋的屋顶在中间,是朝两面分水的,而这里的房子只有一面水。屋梁架在后墙上,后墙很高,前墙较低,屋顶的坡度大,而且只有沟瓦，没有盖瓦。更有趣的是房子的门和窗都开在矮墙这边，使得所有的房子都显得不够张扬，不够气派。

我不明白天下大姓李氏的老祖宗们生活过的地方为什么创造出这样一种建筑，它肯定与地域环境有关，自有一些优越性，但我一时想不出。我倒在想，那个骑青牛，过函谷关，著《道德经》的李耳是哪里人？一说他是河南人，他来过陇西吗？他住过这种房子吗？现在，铁路边出现了一些砖房，是两面分水的，数量虽不多，却显得新鲜。

我发现南坡上有一群牲口，像马，仔细看是驴，共十一头。驴前有一小姑娘穿着红衣，像一头活蹦乱跳的小鹿在前面引路，几头小驴跟着小姑娘，驴队的后面有两个大一些的姑娘，大约是姐姐，沿着一条羊肠小路缓慢而坚定地朝上爬。再后面数十米，有一个老年妇女随着一头黄牛在一步三停地移动着。

在画家的眼里，这大约是一幅牧归图吧，那样悠闲自在，全无烦恼的样子。为什么没见男人呢？男人都到南方打工去了吗？她们是从外地买来的驴还是自家养的驴？这几年日子一定好过多了。我的老家在农村，农民的日子总是牵肠挂肚的，我真希望他们尽快过上城里人的日子。往上看去，我才发现山梁上有几棵树，树丛中有屋廓，几缕炊烟正从树梢间浓浓地漫出来，仿佛是飘扬着一首轻柔的田园牧歌。

车刚进陇西站，就有许多农民涌过来叫卖，好像周围的农民都集到火车站来做生意了。其中有不少人来卖水，他们提了壶，拎着瓶，在窗外给旅客茶杯里续水。我发现列车上的乘务员对此熟视无睹，列车上为什么不及时供应开水呢？我至今未能明白个中原因，难道这些列车员都是本地人？把卖水的机会留给老乡？陇西的杏子真漂亮，大约是农民们刚从树上摘下来，鲜亮地装在盆里，蛋黄中带些粉红，只要一看便舌底生津。苦于车上没有水洗，没能买而食之。

过陇西而不食杏，就像过新疆而没吃葡萄一样，事后想来，确是一件憾事。

戈壁蜃景

今后，进行中国丝绸之路考察。

长城宾馆的服务员为我们准备了充足的干粮，一人一袋面包，一节火腿肠，一小包榨菜，两个鸡蛋，一只鸡腿，外带一瓶矿泉水。手中有粮心中就不慌，我们在晨曦中往西方前进。我忽然想起了《西游记》中的唐僧师徒，他们往西天取经，除了一只化缘的钵子，沙僧挑的行李担中是绝对不会有面包、火腿肠，也不会有矿泉水的。想想，也怪有趣的，在沙漠里去找谁化缘呢？

10点左右，我们的汽车就进入了戈壁。戈壁一词是当年蒙古人对沙漠地区的称呼，我认为戈壁不是典型的沙漠，戈壁里尽是沙子和石块，地面缺水，极少植物，偶尔可能见到骆驼草、沙棘。公路就在戈壁滩上延伸，沿途基本上没有行人，也难遇见车辆，更难看到村庄。

车窗外景色很特别，然而当这种新鲜感过去之后，就感到单调而枯败。于是，我就看远处。远处的景色美妙多了，好像有湖泊，有水草，雾气蒸腾，漫无边际。我不知道那叫什么海，居然还有黛色的小岛，居然还有浓密的树林，村落农舍依稀可辨，隐约有一个老人牵牛慢慢地走在湖边，那湖水反射出一片粼粼白光。

我很惊讶这“北国江南”，于是就指给大家看。不知是谁首先醒悟过来，说那是海市蜃楼。北方也有海市蜃楼？啊！美妙的景色一经点破，再怎么看也不像江南景色了。我倒很惋惜刚才那种真情实感，我真的认为那是一处水乡胜景。

海市蜃楼是指海上看到的蜃景，那么，戈壁滩上的蜃景还是应当叫沙市蜃景。我曾经在烟台的栖霞山上等待海市，我也曾在吐鲁番见过沙市蜃楼。蜃景一般要在夏天才可见到，远处的光线通过密度不同的空气时发生折射和反射，于是我们就看到了远处物体的影像，像在水中又像在半空，时时变换，给人一种神秘虚幻的真实感。

我不知道当年的唐僧师徒在西行路上是否遇见过这种蜃景，古人认为那是一种叫蜃的大蛤蜊吐出的气形成的。今天不会有人相信了，但能在这缺少绿色生命的戈壁滩上看到蜃景，无疑为丝绸之路的旅行增添了心灵的滋润和特别的乐趣。

大家极认真地注视了一阵之后，就开始争论那山那湖那岛的真伪。一部分人说那就是蜃景，是假的，另一部分人说那是真的，理由是这一带有军垦农场，他们完全可以把一大片戈壁开垦成北国江南，争论的人还指着那山那水，指出它的真实之处。这种争论各不相让，文化人都能口吐莲花，居然说得双方都怀疑自己的立场是否出了错。

人生中也常常遇到这种蜃景，也发生这类争论，也常常出现这种动摇。唯其如此，生活才如此的多姿多彩。

要想证实这种争论的是与非，最好的办法是能到实地去看一下，但据说曾有不少沙漠里迷路的人兴致勃勃地向那蜃景走去而一去不返了。

这景象和这争论一直伴随我们，让我们欢快地到达疏勒河。

夜困嘉峪关

从甘肃武威动身，到嘉峪关市已经是下午5点钟了，但我们都不愿立刻去旅店，我们急切地要去看看嘉峪关。

在我的心目中，万里长城像一条金项链，这条金项链的两端一为山海关，一为嘉峪关。山海关我们已去过，日思夜想的就是看嘉峪关，仿佛只有看过嘉峪关，这条金项链才会为我所有。

血红而柔和的夕阳正照在嘉峪山上，山麓的嘉峪关显得巍峨而雄伟。当我虔诚肃立于关楼之前，便有一种如愿以偿的满足，产生出无比的自豪和激情。南望祁连山，绵延千里，雪峰如玉；北望龙首山，与祁连相峙，雄踞河西。眼前雄关高矗，俯瞰万壑，两侧的城墙横穿戈壁与两山相连。面对这气势雄浑、视野辽阔的塞上风光，立刻使人想起许多脍炙人口的边塞诗，仿佛听见了关楼上戍卒吹奏起无穷边愁的羌笛，仿佛看到了关内关外的猎猎战旗。在生产力十分低下的当时，在荒漠里完成如此艰巨浩大的工程，其艰难与伟大恐怕是我们这些无忧无虑的游客难以想象的。

当我们完全迷醉于历史与文物，不停地拍照和游览时，绝不会去想象古时候关内关外的人要种地要走亲戚是怎样出关入关的。直到我们回到关门边，城门紧锁，不能出关时，我们才真正领会了这道雄关的厉害。

嘉峪关的守门人等游览时间一到，不等清场就把关门一锁，跑开了。导游小姐去交涉了几次，却找不到守关人。我们只好站在门内，眼看着天色很快暗下来，不知今日歇宿何处。墙洞里那两扇门是厚木板做成的，年代十分久远了，已经不很严密，猫狗可以自由出入，但人却钻不出去。我把脸贴在缝隙里，可以张望到远处已苍黑的龙首山的影子。

我忽然想到了"鸡鸣狗盗"这个成语。半夜时分，在函谷关下，从秦国都城方向匆匆跑过来一群人。看到他们时时回首张望的神情和狼狈的状况，守门人已心有疑窦。所以，当孟尝君前去交涉时，任你说得十万火急，守关人坚持"鸡不叫不开门"的规矩，硬是不给开门。孟尝君心里想这下完了，好不容易通过"能为狗盗者"偷得一件白狐皮衣，贿赂秦王的小老婆，才得以逃走，现在前面闭关不开，后有讨命追兵，说不定还得捉回去当人质。幸好他平日里收罗了许多江湖朋友，其中一个灵机一动，躲在一边学鸡叫，引得雄鸡齐鸣，守关人再无话说，只好开门，孟尝君一行算是捡得了性命。

设关建卡，为防外敌，但也困了自己，凡事都有两重性。我们被困在关里，前虽无门但后无追兵，当然也无性命之忧，只是刚刚获得的对历史文明的崇敬，对祖国河山的激动与自豪被眼前的困境一水冲光了。特别是看见身边几位外国游客眼中发出的那种因语言不通而不知就里的迷茫神色，我们虽然也无可奈何，但仍感难堪。

全国重点文物保护单位的嘉峪关，世界驰名的万里长城最西端，这样一个重要的旅游胜地难道就不能改进一下管理方法吗？这样一个重要的门户难道就不能找一个知识和修养水平高些的人来管理吗？我忽发奇想，要是把全国的旅游局长召集起来，也像我们一样在这伟大的嘉峪关里无可奈何地困到天黑，那么，全国各地旅游点一定会很快改进一些也许是“无关大局”的小事的。

瓜州吃瓜

旅行车离开兰新铁路之后沿疏勒河左行，进入古瓜州地盘，瓜州必定是因为出产好瓜才出了名。而在塞外旅行，于口干腹饥之时，哪怕沾个瓜字，也算一种享受了。

汽车在一排杨树的浓荫下缓缓停住，下车后，顿觉一股清凉与香甜的滋味儿扑鼻而来。树荫下一个妙龄少女，守着一板车金黄色滚圆滋润的蜜瓜，仿佛是事先约定在这里等着我们远来似的。我忽发奇想，这小女子会不会是《西游记》中的一个妖怪？怎么恰恰这时候在这里等着我们？

大家都围上去了，像贪吃的猪八戒一样，看着这一板车蜜瓜，先大饱眼福，继而垂涎欲滴。甘肃人民出版社的《读者》主编彭长城同志以主人的豪爽，大声叫那位少女剖瓜，款待我们。

卖瓜少女微笑着，熟练地操刀，两刀四瓣，那些金黄的瓜就在她的刀下不断地开出一朵朵雪白的花来。开始，大家还斯斯文文，一人取一瓣慢慢品食，品食过后，大家完全被这甜蜜的仙果所陶醉，一个个吃了一块又一块，不肯罢手。周围是一片啃咂之声，那卖瓜少女仍不曾开言，她始终只是微笑着，把瓜一个一个地剖开，对我们这群南方来的饕餮之徒见惯不惊。

这瓜也真是好吃，金黄的皮，凝脂般的肉，咬一口，脆沙沙，凉丝丝，蜜一样甜,奶一样爽,满口芳津,余味无穷。我们一面吃瓜,一面惊叹这瓜州果然名不虚传,竟然生长出这么好的瓜来。甘肃的水土和气候盛产好瓜果,像白兰瓜、醉瓜都是书上留名了的,但我敢说,除了新疆的哈密瓜,恐怕要数这瓜州的黄蜜瓜最好吃。

瓜州地处疏勒河之南,敦煌的东北,是古丝绸之路上的一处绿洲。厚厚的油沙地,强烈的光照,昼夜悬殊的温差,使得瓜汁的糖化程度很高,全不像我们南方的瓜长得快而大,多水少糖。

吃了一阵瓜,意犹未尽,小伙子们就开始和这少女聊天。这卖瓜少女今年才 15 岁,初中刚毕业,家中 5 口人,大约是个幺姑娘,不要她干活,她就在公路边摆个瓜摊。据她说,这些年搞承包,一年的瓜果收入颇丰,家中年收入在 5000 元左右。这少女说着说着,仿佛被这好日子所感动,开始咯咯地笑,还指了路边的瓜田给我们看。

我们经常买瓜吃,这瓜到底是怎么长出来的,很多人并不知道。因此,不少人就跳进瓜田去,从瓜叶间抱出一个一个让人心醉的瓜来。难怪这瓜十分可口,是因为少女现摘现卖,鲜嫩得很,自然另有一种滋味。我们在大城市里买的瓜,都是在瓜还没有熟透的时候就摘下来。据说这样的生瓜运输途中损失少,商人获利多,损失掉的自然就是这瓜的质量与滋味了。

我们每个人吃了不止一个瓜,临走又每人拿了一个上车。回头看那少女,依然红衣绿裤,依然满脸笑容灿若桃花,依然静静地守着那架板车和那些金黄的瓜,仿佛坚定地守护着 15 岁少女的希望。她几乎就没有认真去计算她的瓜钱,只一个劲儿请我们吃瓜,给多少钱好像与她无关。大家忽然觉得占了这小妹妹不少便宜似的,纷纷把没吃的面包一袋一袋送给这小妹妹,在她面前,面包堆了一堆。

车要开时,这少女抱了几个瓜过来,一定要回赠给我们。大家约定回来时再买她的瓜,要又大又圆的,要又鲜又嫩的。姑娘开心地笑了。

马踏飞燕

国门大开之后,旅游事业蓬勃发展,细心的中外游客惊奇地发现,在中国旅行社的一切物品上出现了一幅美妙而动人的图像——一匹古色古香的铜奔马。

中国旅游的标徽为什么是一匹铜奔马?此中有什么含义?当我沿着举世

闻名的古丝绸之路到达甘肃武威时，才知道铜奔马的价值。

武威市郊数公里处有一高台，名曰雷台，台上有雷公寺。雷公是霹雳神，威风得很，要他镇守在此，必有宝藏。果然，考古工作者在雷公寺下发现了一座汉墓。墓为东汉时期(25—220 年)大型砖室墓。埋的可能是汉献帝刘协时期的一个地方官吏。

从远处看，雷台很像一个巨型坟堆。走进台基下低矮的墓道，进入墓室，墓室又分为前室(有左右耳房)、中室(有右耳房)、后室。据发掘现场推断，本领高强的盗墓贼曾经进入了前室，铺地的铜钱币和一般文物大多还在，偷走的恐怕是金银或稀世珍宝。此墓共出土文物 230 余件，其中有铜车马仪仗俑 99 件，相当于今天一个营的兵力！就在这一营兵之中，发现了一匹栩栩如生的铜奔马。

铜奔马通高 34.5 厘米，身高 45 厘米，作昂首嘶鸣、飞奔腾空状。以奔马造型的文物各地出土不少，犹以爱马的北方少数民族地区为最。这匹奔马的奇妙之处就在于作者别具匠心，使支撑马身重量的右后足踏在一只飞鸟背上，其他三足腾空。

飞马足下所踏之鸟到底是鹰还是燕？多数人认为那是一只展翅奋飞的燕。于是，这件作品在诞生 1700 多年之后获得了一个富有诗意的命名——马踏飞燕！但考古专家们则称之为马超龙雀，认为马所踏之燕是一只“龙雀”。我还是喜欢老百姓的这个称呼，形象而生动。

面对这绿锈斑斑的奔马，你可以想象是一匹天马在碧空驰骋，也可以想象成是一匹神驹在莺歌燕舞的草原上奋蹄。从科学与艺术的角度审视，1700 多年前的造型艺术既符合力学平衡原理，又赋予作品深远的浪漫意境。

“马踏飞燕”反映了我国古代劳动人民高度的智慧和丰富的创造力，它是中华民族灿烂文化的精品，是古代艺术的一颗明珠，又因为它出土于举世闻名的黄金旅游线——古丝绸之路上，所以，把它作为中国旅游事业的一个标志是再好不过的了。它将作为东方文化的象征之一，在世界文化美妙的天空驰骋。

莫高窟印象

敦煌莫高窟是古丝绸之路上的一颗耀眼明珠。

据唐代碑文记载，第一个佛像洞窟创建于前秦建元二年(366 年)，一个云游四方的和尚跟着驼队来到敦煌后，不再远行，开始化缘造窟。由于他的倡导，凿窟造像逐渐成为一种时尚。到唐朝武则天时，窟室已达1000多龛。可以想象，当时的敦煌应该是青山绿水，车水马龙。虽经1000多年自然和人为的破坏，莫高窟今天仍保存了北凉、北魏、西魏、北周、隋、唐、五代、宋、西夏、元等时期的洞窟492个，其中有壁画45000多平方米，彩塑245身，还有唐宋时期的木结构窟檐5座。它们使莫高窟成为我国也是世界上现存规模最大、内容最丰富、保存最完整的佛教艺术宝库。这份珍贵的文化遗产秘藏在人迹罕至的沙漠深处，历经磨难。1961年，它被国务院列为全国重点文物保护单位。1987年又被联合国教科文组织列入《世界遗产名录》。

来自世界各地的游客仿佛受了某种感召，先不去鸣沙山，也不去月牙泉，都直奔莫高窟。解说员来到一批重点洞窟，我们立刻为之迷醉。抬头看看洞顶，美丽的飞天神女仿佛正像孔雀一样飞翔。褐色的、黑色的、白色的、红色的线条和色块构成许多奇妙的组合，把我们带进了神秘而遥远的时代。

敦煌壁画是佛教艺术。为了广为宣传佛教，聪明的和尚们在寺庙和石窟寺壁上彩画了许多佛教经典和故事，它们就像今天的连环画、卡通片、广告招贴一样，通俗易懂，生动有趣，那些识字不多的善男信女亦能过目不忘。如257窟，画的就是一只善良的鹿和一个见利忘恩的小人的故事。

我们来到著名的16号洞，参观了甬道壁上的小洞。据说，这就是1900年发现"藏经洞"的地方，小洞里面贮有经卷文书、织绣、画像等文物50000余件。当时的这一发现引起了国内外学者的广泛注意，当然也引得强盗和抢犯垂涎欲滴。从那时起，相当长一段时期内，外国"探险家"们纷纷涌到这里，偷剥壁画，骗取经卷，极尽巧取豪夺之能事。

值得欣慰的是，这段耻辱历史终于翻过去了，现在的莫高窟成了世界闻名的敦煌学的源头。国家已投入许多资金保护它，香港爱国人士邵逸夫先生捐资1000万港元给每一个洞口加装了一道铝合金的保护门。在众神注视的窟前戈壁上，一项宏大的工程已开始上马。那是日本鹿岛公司与我国合作修建的一座豪华博物馆。届时，那些珍贵的洞窟将封闭起来，侵蚀将大大减少，而游人则将借助科学技术见到更真切更全面的洞窟与壁画。

本文发表于1996年《湖北日报》等报刊

圣城西藏一周行

2003年8月3日。我们从武汉坐飞机,10点半至12点到达成都双流机场。

7点一刻上飞机,这是西南航班A340,即空中客车,可坐300多人。飞机开得很平稳,要飞90分钟,行1350公里至贡嘎机场。从飞机上看下去,雪白的云下是耸立的山,远处可见雪峰在阳光下闪射着耀眼的白光。云下是山,山上少树,苍黑色可能是草,只有山间谷地可见青色,绝大部分地方看来无人烟。飞临西藏上空,在飞机里丝毫没有缺氧的感觉。

近9时,飞达贡嘎机场上空,降低高度,看得见一些不错的山谷种植着麦子,也可能是青稞,已是一片金黄。村庄散布在山间平地里,阳光耀眼,天空如洗,空气纯净而清新,走下飞机,给人一种比想象要好得多的印象。我们从机场上车,沿雅鲁藏布江往上走,公路基本上是在河边谷地,江水浑黄而冰冷,沿途有的地方如江南,有的如荒漠。从曲水县过江,走了大约一个小时才到达拉萨。入住拉萨宾馆。主人交代我们要好好休息。我们的嘴唇开始变乌,头隐隐有些昏,走路不能太快。拉萨的海拔是3650米,这已是高原反应了。

下午,高原反应达到了顶点。我好像听到了电话声,可能是幻听,猛然起床,迷糊着走进厕所,就感到头部缺氧,忙蹲下,还是昏倒了。倒在厕所地上,过了一会才清醒过来,感到头痛、心慌、出汗。我没叫喊,不想把大家搞得惊慌失措。我知道醒过来了,就不会死,要死早死了。我就静躺了一会,还是难受。李泽生同志帮忙找服务员要来氧气袋,我吸了几口,舒服了一点,睡了一下午,晚饭没食欲,也不敢给西藏的同学次多、德吉措母联系,因为一联系,他们就会来,我怕坚持不了。晚饭后想出去散散步,去草坪上走,无力,回来再睡,半睡半醒,睡得很不踏实。大家说,有很多人一进藏,高原反应强烈,有的就吓进了医院,有的急忙就买票回程。我就跟他们开玩笑,说,人首先要不怕死,你们看进藏的有几人死了?这是圣城,有佛保佑着哩。

8月5日,早晨起来,感觉就强多了,除了不能急促活动,头不痛了,食欲仍然不振。早餐以吃水果为主,加一点土豆。我坚持着参观罗布林卡(意为宝贝园林)。这处园林曾是达赖的夏宫,他3—10月在这里办公,冬天回布达拉宫。40多公顷地,主要栽的是杨树、花草,有水渠,据说有一泉眼,十几世达赖都在这里用泉水洗澡。

里面有达赖读书、念经的地方,有藏经阁。十四世达赖出逃前就是从这里洗了澡,休息了一下走的。我们还看了历代达赖的车,有小三轮车、马车,还有外国送的老式汽车、轿子,放了一屋。寺里有许多唐卡和壁画,绘着藏传佛教的许多故事。接着参观西藏博物馆,高三层,有许多丰富的藏品,考古发现的古人类用品,铜器、鹿皮、动物,清代宫廷送的瓷器等,还有无人区考察照片。可能是缺氧的原因,走路仍然很费力。中午,睡不着,3点半接着去参观大昭寺。

大昭寺很有影响,是松赞干布迎娶文成公主和尼泊尔尺尊公主之后修建的,建于7世纪中叶,是西藏最早的土木结构平川式寺庙。距今已有1300多年历史,属国家重点文物保护单位。我们从西大门入,大昭寺主殿供奉的主尊为文成公主入藏时带来的释迦牟尼12岁等身鎏金铜像,还有随同尺尊公主一起迎来的弥勒佛。大昭寺有三层,加上四角的神,共有四层。该寺已经成为西藏传大昭、金瓶掣签等各种法会佛事和节庆活动的中心。各地僧人、香客云集圣城,万人空巷,蔚为大观。我们从大昭寺出来,去看八角街。八角街围绕大昭寺而建,街面正在整修,店铺林立,我买了10个藏银戒指,4个手镯,一个手链。今天走得太远,腿已在发酸。买了一本《西藏导读》,有关寺庙的详细情况上面都有,少了许多记录的困难。

8月6日。上午,吃罢饭去参观布达拉宫。

布达拉宫建在一座山梁上,但不见山。从广场看去,这宫殿就像一座巍峨雄壮的山,下面是庄重而厚实的基础,与山体融为一体。整个建筑分为白宫和红宫两部分,高高的白墙上面,是几层错落有致的窗户和门廊,金黄与藏红相辉映,伸入白云中的便是无数殿宇的尖顶、翅檐、飞角和宝幢。在白云蓝天的映衬下,布达拉宫显得气势恢宏,格外神圣。

布达拉宫是历代达赖喇嘛生活起居和从事政治活动的场所,也是西藏政教合一统治权力的中心。宫体主楼外观 13 层，东西长 360 余米，南北宽 270 米，高 117.19 米，总建筑面积 90 多万平方米，共有 1000 多间房，均为石木结构。布达拉宫依山而建，从山脚走上去有 200 多米，我们下了车上去，先看白宫，再到红宫，上到金顶俯瞰拉萨，阳光明媚，远处的山一片灰土，极少树木。

布达拉宫里面九曲回廊，极其辉煌，导游带我们一间一间地看，不像大昭寺的导游是大昭寺的和尚，他花了大量时间给我们讲经，又碰上停电，这个寺的导游是女孩子，讲解简洁而规范。我们都脱了帽子，逢到大殿大佛就磕头上钱，给佛献供奉我们是有准备的，但没经验。有些游客有经验，进门前换一大把 1 元钞，见菩萨就奉一张。我们没经验，手中准备的都是 10 元钞，而菩萨太多，而且越来越大，就没这么多钱奉献了，只得有选择地奉献了。从供奉在菩萨面前的钱来看，多是 1 角、1 元、5 角，10 元极少。尽管佛心一样，但也可以察见藏民还不富裕。

中餐后，我们坐车去日喀则。

五部巡洋舰一同出发，从拉萨到曲水，过尼木、仁布，沿拉萨河—雅鲁藏布江往上开，开始是峡谷地带，两边山上是风化石，只要一下雨，就会出现泥石流。因此公路不断有中断处，中途又暴了胎，好在坐在车上也不费力，等着换胎。进入日喀则地区之后，就见前方江面开阔了，山也开阔了，从我们湖北经过的 318 国道延伸到这里，路标已是 4830 公里了。

我们从下午 1 点 45 分走到 6 点，才到日喀则。这是一座有 500 多年历史的后藏古城，位于西藏高原中南部，南与尼泊尔、不丹、锡金三国接壤。这里海拔约 3850 米，比拉萨高 200 米。这里是后藏的中心，也是班禅的驻地，扎什伦布寺就在这里。藏语日喀则意为“肥沃的河谷”或“如意庄园”。

8 月 7 日。早晨喝酥油茶、吃糌巴。这糌巴和我们从小吃的玉米炒面差不多。不过，我们加的是糖，调的是开水，区别只是藏人用手掐，我们用筷子和。去扎什伦布寺，这寺金碧辉煌，建在尼色日山边，为一世达赖倡建，后来成为班禅额尔德尼驻锡之所。寺庙中最早的建筑是大经堂，里面可以容纳 2000 多僧侣念经。该寺整个建筑分为班禅拉章（寝宫）、堪布会议厅（后藏行政机构）、四大扎仓（经学院）和灵塔殿。里面最为引人注目的是大强巴铜佛，高 26.5 米，肩宽 11.5 米，一个指头就有 1 米多长。据说耗用黄铜 23.1750 万斤，黄金 6700 两，其他用来装饰的钻石、珍珠、琥珀等珍宝不计其数。十世班禅的新宫正在修建，没能参观。

从扎什伦布寺出来，就直接往江孜走。公路是去年才通车的柏油路，沿着河谷走，土地上主要种有青稞、油菜、土豆。据说这里气候好，年年丰收。中午到白朗县，这个县是山东济南负责援建，一座文化馆和礼堂十分鲜亮。我们在白朗济南宾馆午餐，这个县只有 4 万人。

下午到达江孜县，江孜海拔在 3800 多米至 4100 米。我们先去看白居寺，也叫百佛寺，几个教派共居，造型独特，有缅甸风格，一层一层共六层高，每一神有一殿。附近有一宗山，上有古堡，就是远近闻名的"英雄古堡"。1903 年，英国军队从印度入侵，次年 4 月占领江孜。江孜军民紧急动员起 16000 多人，奋起反抗，围困敌人月余，终因弹尽粮绝，不少人投崖而死。在中国人民反抗外敌侵略史上写下了光辉一页。这一英雄古堡在电影《红河谷》中作为背景出现过。

附近有帕拉庄园。帕拉原是不丹王国一个部落的酋长，迁来西藏，并取得行政权，兄妹 6 人都为官。帕拉庄园是旧日西藏十二大庄园之一，因为妥善保护，成为西藏目前保护得比较完整的贵族庄园。他的房子是两层，楼下有奴隶住处，每一家只 10 来平方土屋，有几件极为简单的家具。从许多展品即可以看出主人过着很现代的生活，而奴隶则过着极其简陋的日子，我们从而大致知道了农奴制的原状。奴隶只是会说话的工具，没有自由和人身权。

参观扎什伦布寺，口占诗一首：西来珠峰下，万里佛缘结。江南固然好，难忘日喀则。

遇见几个进藏十六军的子弟，其中刘江林同志是自治区人大接待处长，父亲是十六军的。他说母亲在江孜怀他，在林芝生他，取名刘江林。江孜县一个副书记，女，母亲是藏族，父亲是壮族，她是第 2 代，也是十六军的，父亲是靠两条腿走进西藏的。说到这些，他们表现出一种自豪。

8 月 9 号。在江孜，还是睡不着觉，或者说睡不安神。早餐后从江孜出发，走回头路。走的雅鲁藏布江南边，车走两个多钟头到浪卡子县，吃中餐。接着爬山，见到了羊卓雍湖。这是藏南最大的内陆湖，675 平方公里，西藏三大圣湖之一，水面海拔 4440 米，淡水、产鱼、水质好，从山洞引水在雅鲁藏布江边发电，晚上又利用电抽水回湖。我们下车，在湖边草地上走，感受着这神湖的奇丽。羊卓雍湖藏语意即"天鹅湖"或"珊瑚湖"，游人当日前来，当日即可返回拉萨。我们的车爬上几个山头，海拔都在 4000 多米高，雪山景色十分奇美。每到摄影点，就有藏民老少围着要钱，也有牵了漂亮牦牛让拍照的。一个小孩抱了小羊让拍照，照了就追着要钱。还有的妇女卖高原黄菌，卖奶疙瘩。

沿羊卓雍湖前行，走 100 公里可达曲水。爬上一座最高山，岗巴拉山，那里有江泽民表彰过的高原雷达站。山口有海拔高度牌，4950米，数十个藏民牵了牦牛在那里，让照相，这可能是他们的生财之道。我们去照相，靠近牦牛，不敢骑。山顶有巨大的玛尼堆，无数彩色经幡和哈达牵成动人风景。我已在两个山头拴了哈达，司机说，多少年过去，你的还会在这儿飘扬。是啊，当我回到内地，我有一幅哈达一直在这羊卓雍湖边的高山上随风飘扬，永远，永远。

下山走了一个钟头，路不大好走，司机是藏民，已干过27年了，技术很好。路上灰尘很重，每车相离很远，下了山就看见了雅鲁藏布江，回到了新柏油路上，很好走了。

经贡嘎县走100公里，下午5时到达山南地区乃东镇。这是江边城市，绿化很好，湖北、湖南、安徽三省援建不少大建筑。路上颠簸，到达饭店就休息。晚上，看地区文化馆一场文艺演出，从西藏文化历史角度作了一次展示，最后是服装展示与历史展现，动作与意象，气氛与色彩都十分动人，有一种陌生而强烈的冲击力。

8月9日。山南地区泽当镇。山南是雅鲁藏布江中下游的一个地区，气候、人口、文化是西藏仅次于林芝的一个地区。山南地区是藏民族文化发祥地雅砻河所在地，是吐蕃王朝和帕竹王朝的发迹地。西藏的第一座宫殿雍布拉康，第一座佛殿昌珠寺，第一位藏王聂赤赞普，第一本经书《邦贡恰加》等都出自山南。此外，公元8世纪建立的西藏第一座佛、法、僧俱全的桑耶寺等著名寺庙都是山南悠久历史的见证。

上午，我们去看湖北省援建的项目，有湖北大道、湖北路、幼儿园、经贸大楼、湖北山南宾馆、博物馆、地委宿舍楼等。我们还去看了烈士陵园，主要是两部分烈士，进藏修路烈士，中印战争烈士，他们都是英雄。

10日。上午去参观桑耶寺。桑耶寺属全国重点保护文物单位。寺内珍藏保护着自吐蕃王朝以来西藏各个历史时期的历史、宗教、建筑、绘画、雕塑诸方面的遗产，它是藏族文物古迹中历史最悠久的著名寺院。下午参观雍布拉康寺。雍布拉康是西藏历史上第一座宫殿，殿分前后两部，前三层楼，后为碉堡形高层建筑，里面供有松赞干布和文成公主造像。昌珠寺是松赞干布与文成公主冬天住的地方，念经的地方，有珠珍唐卡，有文成公主绣的释迦牟尼像，这都是国宝。这个寺属国家第一批重点文物保护单位。

11日。上午坐飞机回成都。一回到成都，嘴唇就由乌变红了，说明大量氧气补充进了血液，喘气也舒畅了。

12日。去峨眉山。早8时，从四川宾馆出发，天空灰蒙蒙的，估计难以看到山顶风景了。我们大约是 12 时坐车上到缆车处,坐缆车上到金顶。缆车在云雾中运行,倒也没有恐高的感觉。山上果然能见度极低。吃罢午饭,登上金顶,雾中只可见一片香火,神仙藏在雾中拒不见客,寒气阵阵,远景也一概不见。好在我此前是来过的,倒也无所谓。只好下山,住峨眉山市红珠宾馆四号楼,当年蒋介石在此住过。

13 日。上午坐车上青城山。青城山位于都江堰市西南,东距成都市区 68 公里,背靠千里岷江,俯瞰成都平原,主峰老君阁海拔 1260 米。青城山群峰环绕起伏,林木葱茏幽翠,享有“青城天下幽”的美誉,与剑门之险、峨眉之秀、夔门之雄齐名。青城山历史悠久,是中国道教四大名山之一,是中国道教发源地之一,自东汉以来历经 2000 多年,是全国道教十大洞天的第五洞天。全山宫观以天师洞为核心,建有建福宫、上清宫、祖师殿、圆明宫、玉清宫、朝阳洞等。青城山自古是文人墨客探幽访胜和隐居修炼之地,古称“洞天福地”“神仙都会”。

吃中饭之后,去都江堰参观。都江堰位于四川省成都市都江堰市城西,坐落在成都平原西部的岷江上,始建于秦昭王末年(约公元前 256—前 251 年),是蜀郡太守李冰父子在前人鳖灵开凿的基础上组织修建的大型水利工程,由分水鱼嘴、飞沙堰、宝瓶口等部分组成。2000 多年来一直发挥着防洪灌溉的作用,使成都平原成为水旱从人、沃野千里的“天府之国”,至今灌区已达 30 余县市、面积近千万亩,是全世界迄今为止年代最久、唯一留存、仍在一直使用, 以无坝引水为特征的宏大水利工程, 凝聚着中国古代劳动人民勤劳、勇敢、智慧的结晶。都江堰风景区主要有伏龙观、二王庙、安澜索桥、玉垒关、离堆公园、玉垒山公园、玉女峰、灵岩寺、普照寺、翠月湖、都江堰水利工程等。

晚餐,大家去狮子楼(仿古街)吃火锅。餐后,乘机飞回武汉。

在成吉思汗的故乡

2005年9月14日。我从武汉坐飞机经北京到达内蒙古呼和浩特市，参加中国少数民族文学研讨会。与省作协韦启文书记同行，他是壮族作家。我们中午到达之后，遇重庆的冉庄，他是土家族作家，我们三人同去市内参观，内蒙古师范大学比较文学研究生吴志旭女士陪同。呼和浩特市为内蒙古自治区首府，但不太大，亦不太繁华。大青山在远处，灰青色，缺少森林与树木，主要是缺水。街道宽而直，很开阔。我们搭出租车约20分钟，到一处寺庙，俗称小昭寺，原名席力图召。

席力图召始建于明万历十三年（1585年），是呼和浩特地区最著名的一座藏传佛教格鲁派寺院，在历史上享有盛名。400多年，席力图召转世了十代活佛，从席力图一世起，各世活佛直接参与了内蒙古乃至我国北方地区历史上的各项重大政治宗教活动。从四世起，呼和浩特掌印扎萨克达喇嘛（地方宗教领袖）一职几乎为历代席力图活佛世袭，成为呼和浩特地区佛教的权力中心。此寺又叫延寿寺，曾因某代活佛死得很早，后世祈求长寿健康。席力图召占地13160平方米，汉藏混合建筑，在初秋的阳光下显得古朴而苍凉。游人不多，僧尼正在为八月十五的法会做准备，洒扫布置。

康熙三十五年（1696年），康熙西征途经呼和浩特，驻跸于席力图召，席力图四世为之举行“皇图永固，圣寿无疆”盛大颂经法会。康熙非常高兴，赐以呼图克图以念珠、经卷和佛像。这一年，康熙为了纪念西征胜利，命席力图四世刻碑纪念，那通纪念碑至今完好保存在寺院内。

15号。天阴，下毛毛雨。内蒙古人说今年大旱，庄稼歉收，牧草今年也长得浅，地下水要260米才有，所以对这秋天的毛毛雨也十分高兴。

上午去内蒙古师范大学举行中国少数民族作家研究中心揭幕仪式。与会者约 70 人，全国人大副委员长布赫、中国作协党组书记金丙华、原中国作协党组副书记玛拉沁夫、中国作协副主席吉狄马加，还有自治区副书记杨利民，内蒙古师范大学陈校长等人出席。金丙华作了长篇讲话，他谈了少数民族文学的历史，谈了目前的文学，充分肯定了内蒙古师大和特·赛音巴雅尔建设中国少数民族作家研究中心这项工作。接着，大家去学校图书馆举行作家书展。在五楼辟了作家展厅，进门处有老舍等四位著名少数民族老作家塑像，有各位捐书作家的专柜和作品、小传、照片。我也忝列其中。

午餐后小憩，然后乘车去看内蒙古师范大学新校区，离市区沿 209 国道约走半小时，到和林县。这里原是一片草原，著名的蒙牛集团就在这里，在平畴千里的草地上修了许多厂房，蒙牛总部设在这里，我们进去参观。首先看到的是大奶罐，不锈钢做成，每个可以装 20 吨奶。工艺很多，雪白的奶液全在管子里流，加温、消毒、检验、装盒、储存。大家看了一圈，然后又去内蒙古师范大学新校区。这个新校区占地 3000 亩，是地方政府送给师大的。师大准备把本科生全移过来，现有的市内校区只住研究生。晚餐安排在新校区招待所，音乐系的学生给大家唱了很多歌。8 点多回到天泽大厦 404 休息。

16 日。天气转晴。上午是学术讲座：中国少数民族文学讲座。作家舒乙谈老舍，降边加措祝贺发言，南永前谈图腾，特·赛音巴雅尔谈少数民族文学及他的文学馆筹备工作。那顺乌日图发言：五十五朵鲜花现在为什么这样辉煌。然后是小结，吉狄马加讲话，主要是谈以现代眼光各方合作发展少数民族文学。

下午 2 点，请老特同志安排车子，我、韦启文、冉庄去看昭君坟。从呼市走 6 公里就是昭君坟，这里已成一处旅游景点。草原上一处四方形红墙围成陵园，进门处是董必武同志的诗碑："昭君自有千秋在，胡汉和亲见识高。词客各抒胸臆懑，舞文弄墨总徒劳。"公园里最显眼的就是青冢，高约 30 米，圆形立方体，从两侧可登上山顶，眺望呼市，草原茫茫，地平线上可见新建高楼。冢顶有一亭，上书大德昭君。神道是新建的，石马石羊跪于两侧，约五对，然后是昭君与单于两人坐于马上相依并行的铜像。再往前走是一汉式石牌坊，上面刻有乌兰夫同志所书"青冢"二字。

青冢下立有几块汉白玉碑，多是民国名人所立，其中数吉鸿昌所立碑最为惹眼，他只书四个大字：懦夫愧色。让人多生感慨。关于胡汉和亲，说法不一，有说昭君是做人质，有人说是和亲修好，是把自己的儿女做交易。难怪董老对文人的有些议论似有不满，因为他们往往只从个人情感角度看问题，不从民族国家的大角度来看通婚和好。

我们照了几张相，开始是烈日耀眼，一会儿又是日入云中，初秋的大地已一片丰饶。想昭君当年能从美丽江南不远万里来到草原大漠，是要有一点胆识和勇气的。后来，她、女儿、女婿、侄儿都成为外交使节，为胡汉和睦做过很多工作。

在门口购得蒙古小刀二把，以作纪念。出门时又遇舒乙、降边嘉措来，我们合影离开。田瑛一行三人又来。可见关注昭君墓的人不在少数。

我留下这张门票，门票上写着一段文字：昭君墓，蒙古语称“特木尔乌尔虎”，坐落在内蒙古呼和浩特市南郊 9 公里大黑河南岸。王昭君，名嫱，字昭君，后人称明君或昭妃，西汉时南郡秭归人，后为汉元帝后宫的待昭。公元前 33 年，在汉匈两族人民迫切要求民族和好的形势下，匈奴呼韩邪单于入朝求和亲，王昭君自愿请行出嫁匈奴，为汉匈两族和平友好事业，做出了重要贡献。这段话中说到王昭君是“南郡秭归人”，南郡秭归即今之湖北省宜昌市秭归县，她和大诗人屈原是老乡。而南郡秭归又是我们土家族的祖先聚居生活之地，现在，这里也有很多人是土家族。有学者因此说王昭君和屈原都是土家族的先人，也言之成理，并非空穴来风。

17 号。我们乘车出去参观，先去成吉思汗陵。成吉思汗陵在内蒙古西部鄂尔多斯草原上。我们从呼和浩特坐车沿高速公路走约 300 多公里，右边是大青山。唐代诗人王昌龄的《出塞》：“秦时明月汉时关，万里长征人未还。但使龙城飞将在，不叫胡马度阴山。”此诗中之阴山即大青山。此山脉基本上不长草木，远远看去，灰色的石头上瘦骨嶙峋，有点像是烧过的煤灰堆积成山。我们沿着山脚，与铁路基本上是并行。据说这样一直行走可以到达银川。离开大青山，又过包头。包头是内蒙古最大的工业中心，“包钢”即在此，沿途还有电力工业、铅工业，厂房密布，据说效益很好，以至车上的导演尽编了一些铅厂工人福利如何高的笑话来讲。

约下午 2 时才到达成吉思汗陵。这里其实还是阴山下，是一处水草丰茂的草场。由于全国旅游潮的高涨，周围正在飞速建设一些旅游设施，白色的蒙古包像雨后的大蘑菇到处生长出来。也有一些树，在灿烂的阳光下，眼前有绿有白。据说，成吉思汗死后原来并非葬在此处，蒙古游牧民族有一个习俗，人死后葬于草地，万马踏平，因此，他当时葬在何处至今没有确证。据说成吉思汗最早的陵寝是八个蒙古包，称为“八白室”，安放在蒙古高原，抗日战争期间迁到甘肃榆中县兴隆山,以避战乱。1939 年 6 月成吉思汗陵经过延安时,陕甘宁边区,延安各界 1 万多人还举行了隆重的公祭仪式。1949 年,再迁青海省塔尔寺。1954 年,国家拨款修建成吉思汗陵,成吉思汗陵重返鄂尔多斯故地。

我们来时,成陵在又一次装修,吊塔和脚手架包围了两座蒙古包式的建筑,只能看到黄色琉璃瓦和宝瓶在阳光下闪射着耀眼的光芒。旁边新建立了三座蒙古包,看得出来,是临时的设施,把几件主要遗物供奉其中,让游人参观和祭奠。一个正殿,是成吉思汗坐像,一个寝宫,是三个老婆的小蒙古包。另一殿里陈列有一张弓,一只奶桶,据说是成吉思汗的使用物。成陵的守墓人已传多代,至今仍在这里忠实地守灵,现在,由国家给他们发工资。

当地政府正在开发依托于成吉思汗陵的成吉思汗陵旅游区,占地约 10 平方公里,将以成吉思汗陵为核心,形成祭祀文化区、历史文化区、民俗文化区、草原观光区、休闲度假区的整体布局,是世界上唯一以成吉思汗文化和蒙古族文化为主题的旅游景区。据说,七百年前,成吉思汗率兵征战西夏,经过鄂尔多斯,看到这里水草丰茂,花鹿出没,十分高兴,失手将马鞭掉在了地上,部下去捡,他制止了,还吟诗一首:“花角金鹿栖息之所,戴胜鸟儿育雏之乡,衰落王朝振兴之地,白发老翁享乐之邦。”并表示死后就葬在这里。鄂尔多斯人原是成吉思汗的宫廷守卫者,后来又守护和祭祀成吉思汗的“八白室”,随着时间的推移,就将自己称为鄂尔多斯部落。

我认真地参观了成吉思汗陵的各个设施,在纪念品商店买了 10 个小银酒杯,70 元,这种杯子看似较大,实际上是浅底,装不了多少酒,适于敬酒干杯。我又在成陵下拣了几块小石头,买了小刀,还有一只小皮靴子,一个小皮制酒壶。成吉思汗在中国历史上是一个了不起的人物。

中午,在成陵旁一处大蒙古包吃饭,共四桌,一面吃一面看婚礼表演,听说每一场收两三千元。饭后参观鄂尔多斯市,这是一座新兴城市,因为是新建,街道宽而直,房子不高但整齐,城市的功能一应具备,唯人不是很多。我们去参观了鄂尔多斯羊毛衫展销店,据说它已在全国建立了几百家分店,统一标牌,统一价格。服务员劝我们不要在这里买毛巾和衣服,他说全国一个价,质量一样,回去买一样。她说的是实话。旅游景点服务员劝游客不要买东西,这在当今世界也是极为少见的事情啊!

晚饭后上街,夜风很冷,无什么可看可买。一宿无话。

18 日。晨起,早餐,去包头。回途要去包头。路上离开高速道,走向一处沙漠。据说这一处沙漠在地图上看,就在黄河的三道弯的弦上,约 100 多公里长,最近处也有 10 多公里宽。在一处河谷的边上建有停车场、旅游品商店和索道塔,坐索道过去,对面就是沙漠。有游人的驼队刚刚起步,走在沙丘上,慢慢向金黄色的沙漠深处走去。这是经典的沙漠驼队剪影,一见这景象,喧闹的世界似乎突然间静寂下来,快速的节奏也变得舒缓。我们因时间关系,只站在这边观望,照了相,没能去沙漠深处一游。

中餐设在包头市小肥羊大酒店,这家小肥羊大酒店在全国开了许多分店,这里是总店。我们走了几十公里回头路,专门为来此店吃火锅。此店为两层,数百人同时进餐,生意十分红火。啊!我想起来了,今日是中秋节,以家庭为单位的吃客很多,门口还专门设有全家福照相馆,不少家庭在饭后合影以作留念。

我们一共四桌,吃火锅,喝酒,每桌还上了一只月饼,八辨,一人一小块。吃罢,大家高兴上路,此时已到下午 6 时。估计月亮上的嫦娥和吴刚已经喝醉了。

上午在吃中饭前,我们绕开包头去一处山间,参观五当召。五当召,我开始以为是武当寺,还奇怪此处怎么会有武当?到了门口一看,是赵朴初题的字,是五当,蒙古语五当是柳树之意,召是寺庙的意思,五当召即柳树沟大寺。五当召是内蒙古地区藏传佛教寺庙中驰名古今蜚声中外的一所庙宇,因庙前峡谷多柳树,故名五当沟,故庙称五当召,清乾隆二十一年(1736 年)赐名"广觉寺"。

寺庙坐落在包头市东北 50 公里处的吉忽伦图山之阳,规模宏敞,悉仿西藏之召庙建盖。由南北望,重重殿堂,层层楼阁,随坡势而增高,布局协调,浑然一体,各殿顶有风磨铜羚羊对卧法轮和庙徽,金光璀璨,衬托在茂密的松柏之间,显得格外壮观,素有东方小布达拉宫之美称。五当召占地 300 多亩,已有 250 多年历史,兴盛时僧众达 1200 多名,在历史上是一座政教合一的寺庙,也是一处研究藏传佛教理论的高等学府。现在,五当召是国家级重点文物保护单位,内蒙古唯一保存完整的纯藏式建筑群,也是我国西部国家级旅游区。我们在这里从大门一层层一殿殿看上去,每看一殿,就有工作人员给门票上打一个洞。

也有不如意处,这里厕所要收费,每人每次 0.5 元。虽不多,但给人一种不舒服的感觉。来旅游,买了门票,你应无条件提供洗手方便。由此也可窥见,在旅游管理方面,这里的理念还比较落后。

大家在回程的车上，一个一个地唱歌、讲话。首先是降边加措讲佛教有关知识，特别是佛教进入内蒙古的情况，他是这方面的专家学者。舒乙同志给大家讲了雍和宫内乾隆所述碑中关于把佛教传入内蒙古的主因，是想降服这个马上民族，因为让他们信了佛教就不能结婚，不能打仗，可不战而屈之。各人都上去讲了一段，我不会唱，就讲了一下土家族的认定过程。

到达呼和浩特天泽大厦已是下午 6 时，吃了晚饭，就送我们上火车，今晚的月亮是欣赏不成了。9 点 12 分的火车，我、韦启文、冉庄同坐，进站时被搜去了一把蒙古小刀。甚憾。

从五台山到平遥古城

山西之山是指哪座山呢？从地图上看，当指太行山。山西地处太行山西边。2006年6月8日。湖北省文联赴山西省文联调研。同行者：联广恩、周西曦、张明明、李建华、陈青林、孔建民、黄大用、王安刚、卢琳，多是省文联各处室负责人。

我们下午5点半从汉口火车站出发，经郑州、石家庄，左转入山西境，于9日12时过后到达太原市。

山西省文联尤小芳同志带车接站，先直接到餐馆午餐，然后住煤炭大厦。下午拜访山西省文联，副书记高国俊在门口迎接。省文联位于汾河边不远处的市中心大道边，18层高楼，与马路对面的省委大楼相对。省文联大楼是省政府投资修建，其中两层是美术院的。楼下左有晋宝斋，店名就说明了一切，这里汇藏有山西的宝贝，是一个综合性文化艺术品展销场所。我们先行参观文房四宝，然后看民间工艺品、书法作品、油画，还有古画展销，其中还有云南宝石馆，估计是商人租房营销云南宝石。这里还可以买到文学书籍、书画书籍。

参观后，上楼和文联书记处的同志们座谈。高国俊副主席给我们介绍了山西省文联的概况和干部、机构编制等情况，双方进行了交流和探讨。

6月10日。晨7时起床，8时乘车出太原往东北方向，走高速一段，路中有指示牌，指阎锡山故居。阎锡山是山西五台县人，曾执政山西近40年，出任过国民政府行政院长。听说阎锡山旧居规模宏大，是中国目前保存较完整的旧中国最大的官僚私邸之一。现在建成了民俗馆。又见指示牌，徐向前故居。徐向前故居位于五台县东冶镇永安村，始建于清道光初年。徐向前是中国人民解放军的十大元帅之一，著名军事家。1901年，徐向前元帅就出生在这里。听说由于年久失修，故居早已破落。徐向前去世后，当地各级部门共同集资恢复了故居原貌。因为时间原因，我们没能去看看。晋地在历史上是出大人物的地方，中华史祖尧帝、唐女皇武则天、大文人柳宗元、田原诗人王维、五虎上将关羽、西汉名将霍去病、御史大夫狄仁杰，直到抗日名将傅作义等等。

山西是高原黄土地貌，严重缺水、山上植被很少。说它缺水，却又留下了大水肆虐造成的罪证，一望无际的黄土塬被大水冲刷切割成了无数的土台和谷地。从远处望去，似乎是坦荡的平原，走到近处却见到纵横沟壑。这种沟壑和我们南方的山谷不一样，南方山谷多是大水亿万斯年从岩石中切割出来的，而这里明显是黄土高原长年被大水冲刷出来的泥土峡谷。谷底种有庄稼和绿树，住有人户，似乎是避风而肥沃的好去处。再走一些路，公路便进入了五台山风景区。慢慢爬山，看样子，五台山不缺水，到处绿树成荫，植被也丰富。传说是文殊菩萨变为老龙王给保护着。

我们的车子是12时左右到达五台山中心地段，先是到达一处高坡，这里有一座很大的门楼，可望见在高山环绕之中的山谷有一处清凉世界，崇楼古松，脊兽相望，红墙递接、错落有致。灰瓦、黄瓦、黑瓦、绿树，雕梁画栋，香烟缭绕，其中有一显眼白塔，这便是位居中国四大佛教名山之首的五台山中心。

五台山与浙江普陀山、安徽九华山、四川峨眉山并称“中国佛教四大名山”。又与尼泊尔蓝毗尼花园、印度鹿野苑、菩提伽耶、拘尸那迦并称为世界五大佛教圣地。佛教传入中国之后，先是在洛阳建白马寺，然后就在五台山上建显通寺，因此，这里是中国佛教发展史上极为重要的地点。五台山寺庙群相隔不远，有菩萨顶、显通寺、塔院寺、万佛阁、殊像寺等，名刹星罗。在中国佛教四大寺院中，五台山是文殊菩萨的道场。文殊菩萨亦称妙吉祥菩萨，佛教四大菩萨之一，释迦牟尼佛的左胁侍菩萨，代表聪明智慧。因德才超群，居菩萨之首。文殊菩萨的名字意译为“妙吉祥”，意为吉祥、美观、庄严，是除观世音菩萨外最受尊崇的大菩萨。

晚上，给女儿李峤打电话，才知道爱人蒋大国一行也来了山西。电话通过去，知道她们一行是昨天上的五台山，今天已经回到太原市。她是副省长，自有省政府接待，我便再看电视。第十二届世界杯足球赛，英格兰对巴拉圭，1比0，英格兰胜。

6月11日。我们住五台山腹地银都饭店。周五，在各寺间走了一天，特别是在文殊院流连较久，这里人山人海，香火很旺。走久了，小腿有些痛，睡了一觉，稍好。清晨，王安刚、李建华几个人去文殊院烧高香。7点半，开车到山脚，坐缆车上到黛螺顶。黛螺顶是五台山历史悠久、闻名遐尔、别具一格的一座古刹。根据《清凉山志》的记载，黛螺顶的历史从唐代就开始了。康熙皇帝当年也曾登顶，留有诗碑在此。黛螺顶的后殿大雄宝殿前，今有一松一柏，松在北，柏在南，围粗一丈，俏拔挺立，直入蓝天。这就是乾隆皇帝诗中的"阶下千年不老松"，即唐朝僧人法念的修行处，寺内的古松见证了黛螺顶的历史。

下缆车不久，便被人拦住，经交谈，原来是要给你看相算命，甚者，强拉强扯，把你留住，胡说一通，便找你要钱。许多初来者，特别是那些相信神灵菩萨的人，半推半就也就入了他们的套。我年轻时也找人算过命，看过相，累言不中，从此不再相信。但这些人很烦人，处处骚扰，令人生气，便坐缆车下山。

下五台山之后至繁峙县，再入大同，直至悬空寺。悬空寺位于山西省大同市浑源县恒山金龙峡西侧翠屏峰的峭壁间，素有"悬空寺，半天高，三根马尾空中吊"的俚语，以如临深渊的险峻而著称。建成于1400年前的北魏后期，是中国仅存的佛、道、儒三教合一的独特寺庙。这里属北岳恒山，此山不怎么显眼，光秃秃的山头，多石少草。导游张小惠是个诚实而好学的女孩子，学英语出身，家庭世代信奉天主教、给我们讲解了许多有关知识。

悬空寺藏于一峡谷中，我们先是走到寺的对面停车场，从这里可以看见对面陡峭的山崖间有三组寺庙，建在100多米高处，有很多根细长木柱支撑，似乎随时都会从那上面坠落下来。我看第一眼就想到了武当山上的南崖宫，也都是在悬崖上建寺，形制相近。据说这悬空寺每次只能上100人。我谨慎地走上去，不敢下望，人在半山，若动若摇，令人胆战心惊。

悬空寺原来叫"玄空阁"，"玄"取自中国传统宗教道教教理，"空"则来源于佛教的教理。后来改名为"悬空寺"，是因为整座寺院就像悬挂在悬崖之上，在汉语中，"悬"与"玄"同音，因此得名。曾入选《时代周刊》世界十大不稳定建筑。悬空寺是道教名山，却连孔夫子也供奉其中。这里是太原至五台山的必经之途，当年许多道、僧在此落脚，逐渐形成了规模。我在想，到处有山，到处可以建寺，古人为什么非要将寺庙建在寸草不生的悬崖半空？我这是典型的"以小人之心度君子之腹"，不懂此中三昧。僧道的主导思想一是避世离俗，二是得道升天，所以，把寺建在悬崖上，生活在半空中，就脱离了尘世，和神佛就近了一步。

我在旅游小摊上买笔筒一支，100元，买小铜壶一支，30元，以作纪念。下午5时到达大同，这里是中国煤都，据说整座城下已被挖空，现在不敢建高楼。安排我们住贵宾楼，晚吃火锅，大家很开心，吃罢饭看球赛。荷兰对赛黑，荷兰赢。

6月12日。晨7时起床，8时半出发，去看九龙壁。九龙壁是明朱元璋第12子封大同王时修在他宫殿外的照壁。据说是他去北京看他哥，看见北京九龙壁很好，就画了图纸，回大同烧制，比北京的高2米，长2米，达到45米长。没想到他这一举动竟然创造了辉煌历史，这是目前中国最长而且最高的琉璃九龙壁。到了实地一看，果然很雄伟，工艺很精致，更为难得的是至今没有一点损坏。

我们出城行约20里，至一座山岭前，此即中国有名的三大造像石窟之一云冈石窟。云冈石窟位于武周山南麓，石窟依山开凿，东西绵延1公里。存有主要洞窟45个，大小窟龛252个，石雕造像51000余躯，为中国规模最大的古代石窟群之一，与敦煌莫高窟、洛阳龙门石窟和天水麦积山石窟并称为中国四大石窟艺术宝库。云冈石窟比莫高石窟小一点，比龙门石窟大一些，其中一部分石窟造形很大很美，各个洞窟主题不一，凿雕技艺也不一样，在中国造像史上、建筑史上、绘画史上都有创新。此山的石质不太好，一些造像已经毁坏严重，其中几个还被外国人盗走。这里1961年被国务院公布为全国首批重点文物保护单位，2001年12月14日被联合国教科文组织列入《世界遗产名录》。

中午吃罢饭即回太原，车走高速公路约4个小时。过雁门关时，见路边山头上有旧雕楼堡，可见此处乃兵家必争之地不虚，可惜没能下车仔细看看。有一隧道极长，由两段组成，约数公里。过了雁门关，见路边多平地，但耕种不好，人烟少，可能还是因为缺水。几次遇大雨，但时雨时晴，约6时到达太原，在长江岳阳酒店吃饭。到了山西，拉面不能不吃，厨师给我们当众表演拉面、刀削面、筷子面。我也去试了一下，将那面团托在左手，拿刀去削，因技术不熟，成功率不高。

晚又宿煤炭大厦，9时看世界杯足球赛，澳大利亚3比1胜日本。

6月13日。晨7时起，8时出发。走1小时许，到榆次古城。榆次是晋中富庶之地，路边景色有点像襄北平原，能见绿色但没有湖泊，树现苍翠但不茂密。古时候，这里一定是很丰饶的地方，否则不会出现中国最富有最善经营的晋商，全中国可与之匹敌者，唯徽商也。

榆次有中国最早的票号，有中国最气派的县衙，有最集中的商号。我们去古县衙参观。从前只能从历史书上，从小说里看到县衙。谁都知道“衙门八字朝南开，有理无钱莫进来”的古话，知道被打板子的厉害，今日算是见到了真的衙门。我们慢慢看古建筑，看县衙里“审案子”的塑像。县衙不远处，就是平遥古城。平遥古城和荆州古城相似，但要大得多，内部古建筑保存要好得多，壕沟无水。城内分东南西北门，古玩街市也多，城内商号林立，富商有深宅大院。我们重点看了日昇昌票号，这是晋人创立的中国历史上第一个银行，分号遍及中国。在此前，我们去看了乔家大院。据说还有一个王家大院，比这还大。一部电视剧“乔家大院”和“大红灯笼高高挂”，把这平遥的旅游搞得热火朝天，据说现在一个五一节的收入抵得了过去一年的收入。

平遥属于北方干旱地区，黄土是这里的一切，土黄色是这里的主调，但平遥的那些富商大贾们却富而不奢，不像南方富豪那样把房子搞得金碧辉煌，很张扬，他们的大院多是用灰砖砌成，不很高，沉稳、庄重、朴实，不浮华。尽管有气候环境因素，但尽显北方人崇尚俭朴的好品质。

南去广州　西到昆明

2008年6月3日。我们一行7人坐8点的飞机到达广州白云机场。为了节省时间，我们就直接到“六榕寺”参观，这是隐在广州闹市中的一座小庙，占地10多亩，最早的主持与禅宗六祖慧能有交往；又因庙内有六棵榕树，当年苏东坡泛海南来做官途中在此庙游玩过，题“六榕”二字，随之庙名大振。庙里的当家和尚出来接待我们，参观、礼佛。佛寺布置大同小异，所不同者，此庙不在深山，而身居闹市，僧尼仍能专心礼佛，实在不易。住持送每人一小盒“释迦牟尼出世图”。

下午到番禺宝墨园参观，宝墨园原是供奉包青天的包相府，位于广东省广州市番禺区沙湾镇紫坭村，建于清朝末年，占地五亩，因“破四旧”，文物毁于20世纪50年代。于1995年扩大重建，集清官文化、岭南古建筑、岭南园林艺术、珠三角水乡特色于一体。这是一个新造的大型园林，浓缩了南方园林的精华，加之有一些书法和雕塑作品，另有亭台楼榭、九曲回廊、鱼池花坞、戏楼餐饮，是一个大众休闲的好去处。可能多是人造新景，资历较浅，故游人还不多。

晚住华夏大酒店2801室，地处海珠广场。夜大雨。

4号。上午乘车去肇庆鼎湖山风景区参观。鼎湖山是岭南四大名山之一，距肇庆城区东北18公里。因地球上北回归线穿过的地方大都是沙漠或干草原，所以鼎湖山又被中外学者誉为“北回归线上的绿宝石”，与丹霞山、罗浮山、西樵山合称为广东省四大名山。园区大门口陈列着许多新铸大鼎，多为中国历史名鼎仿品，如司母戊鼎、毛公鼎、四羊方尊、大克鼎等。其实，鼎最早只是个吃饭的小家伙，是从吃饭的家伙演变成的一种高级礼器，实用功能就消失了。

山顶有湖,在山间凹处,碧绿,周围青山环卫。有庆云寺,鼎湖山庆云寺位于鼎湖山天溪山谷,始建于明崇祯九年(1636年),与韶关南华寺、潮州开光寺、广州光孝寺并称为岭南四大名刹。光绪十九年(1893年),慈禧太后六十寿辰时敕赐“万寿庆云寺”匾和“龙藏经”,并对该寺进行了修葺。庆云寺寺院颇具规模,外观为绿瓦灰墙,新塑500罗汉,有睡佛等。为佛教律宗寺庙。

下午参观七星岩风景区。七星岩风景区是第一批国家重点风景名胜区,风景以“峰险、石异、洞奇、庙古”而著称。景区主要包括了星湖和七座山峰,它们似北斗七星散落湖中,因而得名。这里我曾来过,是广东最好的4A级景区,有些地方百看不厌,坐游缆车在主景区一游,拍了些照片。

回广州途中遇大雨,窗外迷蒙一片。

5日。早餐后乘车去韶关,上京珠高速往北行2个多小时,从沙溪下到曲江县,到曹溪。这里有六祖慧能当年讲经之寺——南华寺。南华寺位居南方四大丛林之首,康熙写有“曹溪”二字悬于门首。因禅宗六祖在此弘法,也称六祖道场。南华寺建筑面积12000多平方米,由曹溪门、放生池、宝林门、天王殿、大雄宝殿、藏经阁、灵照塔、六祖殿等建筑群组成。建筑除灵照塔、六祖殿外,都是1934年后虚云和尚募化重修的。此庙依山望水,气象万千,有古树成林,山门宏伟,前有广场,进庙最后一进是三个肉身和尚,六祖慧能的真身居中。香火很旺,供果成堆,据说每年节日,盛况空前,南方各省及中国台湾、新加坡佛教信众蜂拥而至。问之,多人不知六祖从我湖北黄梅来,也不知黄梅在安徽还是在湖北。庙旁有林间空地不少,可游可走。

下午游丹霞山。从韶关市过,此市为北往南的交通咽喉,设京广线大站,城市约20万人,有一条江穿城而过,宽阔平缓,景象宏大。穿过城区去丹霞山。丹霞山是广东省面积最大的风景区、以丹霞地貌景观为主,名列世界自然遗产。丹霞山为中国国际地质博物馆,常有各国科学家来考察。丹霞为红色砂岩,“色如渥丹,灿若明霞”,以赤壁丹崖为特色。是由陆生湖泊上升为山,一亿多年前生成,一层一台,痕迹明显,周围融蚀成挺拔形山峰和溪谷,下有山间水库可行船,憾于山上少植被。远处有一柱,形状男元,称之为阳元山,即一男根直指苍天,远观极像。坐船去数里,上山走500米,有一女阴,为阴元山,竖形,石上生成,也像。晚回,路途大雨,10点才到住地。

6日上午。乘车过中山市,参观孙中山故居。这是一个小山村,名翠亨村。有山有水,山不大,圆形,绿树成荫。入村中,一农家小院,高为假两层,实为一层，砖房，房间不大，前院后堂，木质家具，古色古香，有孙中山当年出生房，后有厨房，厕所，后院。孙父原家贫，其兄在南洋发了财，支持孙中山闹革命。孙中山的原配夫人在家操持家务，孝敬父母，养育孩子。革命失败后，曾有一女人跟随孙中山去南洋，生活上给予他照顾。孙中山故居不大，保存完好，周围有林，民居原貌，呈旧时风尚。有孙中山纪念馆，有各种照片及亲属子女资料，仔细看过。伟人起于民间，孙中山是中国近代民族民主主义革命的开拓者，中国民主革命伟大先行者，中华民国和中国国民党缔造者，三民主义的倡导者，创立《五权宪法》。他首举彻底反封建的旗帜，“起共和而终二千年帝制”。他是中国伟大的民主革命开拓者，为了改造中国耗尽毕生的精力，在历史上留下了不可磨灭的功勋，也为后继者建立了坚固而珍贵的遗产。

住珠海市度假村酒店。下午 4 时，坐车去市区，首先是去牌坊村看陈芳故居。陈芳，男人女名，是本地一位有钱人，在夏威夷做生意，娶国王之女生了十二个子女，在珠海的妻子生了几个子女，靠做生意成为当时的百万富翁。清朝末年珠海大水，他拿出 8000 两白银救济，光绪皇帝知道后，赐了牌坊和官职。他的住地立了三道牌坊，故名牌坊村。他的旧房子还保存着，在当时应该是很好的，现在还可以看见他从夏威夷运过来的火山石砖、琉璃灯、玻璃等。这个地方还出了一批中国历史名人，有蜡像馆。顺路去看了普陀寺，是新建的，香火不旺，管理不善，尚在维修中。

我们从码头登船，作环澳门岛夜游。我们在船上吃自助晚餐，然后登上三层的甲板看夜景。珠海和澳门只隔近百米的一道海面，像一条河静静地隔在中间。澳门与珠海有长桥相连，对面灯火辉煌。葡京大酒店和新修的花瓣形大赌场，霓虹灯像魔鬼的眼睛闪闪烁烁，直插云天的餐楼和连接三岛的高架桥如珍珠长虹。我们的船停在澳门三岛之间的海面，周围是灯火高楼，曲桥灯波，夜是静的，又是喧闹的。

晚 8 时回房，看电视，2008 残奥会正举行入场式。

7 日。晨起，天气晴好，我们来到珠海码头，乘海船去深圳。在大海上航行，风浪不大，走约 1 小时，到达深圳蛇口，只见新建的深水港湾，码头有无数高臂吊车、堆积如山的集装箱、无数大海船，等待着卸船或装船。我们下船后，市政协的同志来车接我们，走约 1 小时，住深圳迎宾馆，休息约 1 小时后午餐。

下午 2 时去华侨城·东部观光。经盐田码头、大梅沙、小梅沙，上山，约 1 个多小时即到了新建的休闲游乐场，规模极大，据说有数百公顷，几座山之间有湿地,有高尔夫球场,山头塑有观音佛像,还没开光,很大,旁有佛寺,下有花圃。我们坐森林小火车,在山冈上、森林中穿游 40 分钟,再去看大型多媒体交响音画《天禅》,这台节目分三章,美轮美奂。旁有小村街,名为茵特拉根,是复制的瑞士一座小村镇,仿茵特拉根建了小火车站、街道、店铺等等。看演出 1 小时,出来已没时间再玩,匆匆坐车赶回五洲酒店。

晚上向隽来坐,他是利川人,业余作者,原来干新闻,现在深圳开公司,干得不错,我们谈到 11 时。

8 号。上午去深圳植物园弘华寺看望本焕大和尚。弘华禅寺建在深圳植物园里,深圳最高山峰下,绿树丛中,禅寺金碧辉煌。我们坐车直上山顶,本焕大和尚今年 102 岁,行动已不方便,但他已坐在了办公桌旁等我们。

本焕大师是湖北新洲人,家乡人,有亲切感,我们小坐,致问候。谈到本焕高寿和贡献,他说自己没给湖北丢脸。我们讲话、照相,时有代理方丈印顺和尚在旁翻讲。此人本姓张,面阔体胖,是湖北襄阳人。2000 年来此,深得本焕信任,赐名印顺,佛缘当不可限量。我还意外遇见原襄樊市文联的吴仕钊,相见甚欢,他负责照相,现在在印顺手下负责编《弘法》刊物并负责文宣工作。他投印顺而来,本焕赐名常兴。

午餐后,乘飞机至昆明,住连云宾馆 8 号楼。

9 日。夜大雨,晨起小雨。我们乘车去石林,从昆明走高速约 80 公里即进入石林县。我 30 年前参加贵州花溪笔会来过石林, 现在这里已成 4A 景区,石林的场面更大了,路面更宽更平了,景点更多了。我们坐电瓶车从外围走了一圈,再进入核心景区,沿途照相,一个解说员是白族姑娘,很热情。我们掌握着时间,在 12 时回饭店午餐,再赶回昆明。

直上西山。又见聂耳墓,禁不住要进去看一下。上一次来时,有小朋友做活动,我们没看成。收门票一元。下雨未能细看,又坐车继续上山,先看了一座寺庙,我们进去转了一圈,出来。寺为元代所建,有清代大银杏树。再换电瓶车往上,准备上龙门。此前,我来过龙门,龙门石窟位于西山风景区终端,北起三清阁,南至达天阁,是云南最大、最精美的道教石窟。龙门胜景以“奇、绝、险、幽”为特色,雄踞昆明西山众多的名胜之首,在国内外享有很高的知名度。可惜小雨变成一场大雨,不能前行,只好折返。有人打电话让车子再上来接。下山之后,我们去海埂的民族园。云南民族风情园是本地新建的一处游乐场,云南 20 多个特有民族在这里各建村寨,供游人观玩购物。因时间不够,我们坐电瓶车从园中走过,只下车看了摩梭之家及佤族、白族等寨子,这几个民族中都有我的作家朋友,我对他们的服饰习俗了解一二,并不陌生。

7时到达机场,7点35分起飞,8时17分到达西双版纳, 住进电力部门的锦都酒店。

10日。晨起,天气晴好。我们一行乘车去橄榄坝中科院植物园。这里我30年前曾来过,那时还百废待兴,现在规模更大了,通路更好了,高速公路只走一个多小时即到。我们在园中顺着线路,边走边看,看见多种奇怪新鲜的树木花卉,但只能是外行看看热闹。午餐后去傣族风情园,这里的设施与我上次所见没大的改变,只是泼水节设施是新修的,有水池和看台。我们从2点等到2点50分,泼水节才开始。泼水雕像坐落在圆形水池中,水深约2尺,周围是雨棚,大家坐在棚下喝茶,吃水果、烧烤。到时候,一头巨象走出来,约90个傣族少女持花伞穿筒裙绕场一周,作为仪式,罗鼓齐鸣,吆喝声起,男子女子拿了小盆开始泼水,形成多个高潮,气氛十分热烈,队形也多变。这是年轻人的活动,我不敢加入其中。约半小时后,泼水毕,再去剧场看表演。

晚餐丰富而特别,桌子上有油炸虫子、蝗虫,有粽子、鱼、野菜、糯米饭、牛肉、烤鸡等等,很新鲜有趣。我们大吃一顿,回酒店休息。

11日。去野象谷。从西双版纳坐车约1小时,到达野象谷。大部分是高速路,路边已是热带雨林景象,植被丰茂,郁郁葱葱,天地一片青翠,有雾气氤氲。

我们下车后,先走林间步道,约3公里,沿山谷小溪前进。导游说,如果运气好,就能碰见野象群。林中见有树上小屋,可能是租给游客住的,让他们躲在里面,说不定夜里有野象从屋边过,得以一睹芳容。我们爬上一座山,有索道。属成都飞机公司生产的轻型缆车,2人座,不高,从野象谷树梢轻轻滑过,约走40分钟出了山谷。照了不少照片,为密林中常见景象。名为野象谷,实成游人谷,野象的家园已经被人类强行侵占矣!我研究过动物,在这样游人如织的山谷,野象早躲到远处去了,只有在极偶然情况下才会有野象出现。导游们对每一个新来的团队都会这样说,"如果运气好,就能碰见野象群",但百分之九十九点九次运气都是不好的。

在途中午餐,小饭店边有木瓜数树,果实累累,橡胶树若干,不曾割胶。出了山谷去一鸟语林,再看大象表演,还看了蝴蝶园,看一玉石店。正要去花卉园参观,一阵大雨,又只好作罢。大家就坐车去孟泐大佛寺,在门口一看,正在修建中。2点回酒店休息,晚上要坐飞机回昆明。

12日。晨起,坐昆明至德宏的飞机,1小时左右降落在芒市机场,在机场附近午餐后往瑞丽。中途在畹町停车，这里是中缅两国交界之处，有一条小河作为界河。两边居民同一民族，我们这边称傣族，缅甸称掸族，一条界河，干旱时一步就跨过去了。过去，走私外逃很方便，近年来，打击走私，缅甸方面也配合打击毒品，情况好多了。缅甸边民比我们这边贫穷些，所以，这边的人一般不会跑过去的；过去了，对方的警察军队抓到了会罚款。

有名的畹町桥，是一座小木桥，现在修了新桥，这里是中缅中印公路的交叉点。当年，中国远征军是从这里打出去的，周总理在这里举行过中缅联欢会，所以畹町是座名城，现在是一个镇，副县级。中途看了“一树成林”风景，一棵老榕树伸出许多气根，逐渐长成一大片森林，约占 2 亩地。再往前走，公路很平直，山间平坝也富饶。下午 4 时多到达瑞丽，阳光强烈，对面山下是缅甸的姐告城。

13 日。天气晴好，气温 31 度，只比武汉少 1—2 度。在强烈的阳光下，我们先开车去边防口岸，这口岸不是在山口或河边，是在坪中间，对面是姐告，以各自的边关建筑为界。现在边境管理严多了，只能在口岸照个相。周边是珠宝城，以玉石和树化玉为主。我买了一个简单的挂件，50 元一只。我们开车直达珠宝城，这里长街两边都是玉石店，以江浙商人为主，也有武汉的、缅甸的。有一个美珏珠宝店的女老板就是武汉国棉二厂的女工。因是武汉人，就有亲切感，问她，说是因为当年计划生育管得严，超生一男孩，夫妻二人被开除，只好下海做生意，如今已有千万家产。手腕上戴一只镯子，问她值多少，她说 60 万元。问她为什么不回武汉设店，她说有店。问她，干这行利润如何，她说，玉石无价，全凭经营，现在搞的人多了，假货也多，生意也难做了。

我们去周边店转悠，我买玉鼠把玩一只，1000 元，玉佛片 3 片共 600 元，买小玉猴生肖一只，小玉佛一只，共 130 元。树化玉我是第一次接触，其为一亿年前古树被压在地下硅化玉化，挖出来打磨抛光，就显得晶莹剔透，甚是好看。这些树化玉多以白、黄、绿为主，树化玉和玉石都是缅甸那边开采的，运过来加工。我很想买一个大的树化玉，放在办公室或是放在家中，发往武汉每公斤运费 2 元多，也不贵，因造型不大理想，终没下手。

我们还去参观了周恩来纪念馆，是一处公园，巨大而众多的硅化木堆在公园路边，还有巨大的榕树，粗而高挺的竹丛构成了公园的景致。

大家跟着主人去看一寨两国。一个村寨属于两个国家，缅甸的鸡来中国下蛋，中国的果树伸出缅甸结果，有人在边界这边安装了一副秋千，坐上去一荡就荡入了缅甸，很有趣。双方边民同居一寨，多是亲戚，可以自由行走，但外人不行。

我们沿着一条界河开着车，这里是云南的粮仓，一个西双版纳，一个德宏，盛产稻谷，米很好吃。跟江南风光很接近，这里四季可种庄稼。

下午回到芒市，坐 7 点的飞机，近 8 点回到昆明。

14 号。早晨，吃过桥米线。米线在我们武汉叫米粉。中午在机场边午餐，坐 1 点的飞机回武汉。

土楼　大红袍　乐山大佛

2009 年 8 月。29 日上午，从武汉坐飞机到厦门。为了节约时间，日程安排较紧。

南普陀寺位于福建省厦门市东南五老峰下，面临澄海港。该寺始建于唐朝末年，称为泗洲寺，宋治平年间改名为普照寺，明朝初年，寺院荒芜，直到清朝康熙年间才得到重建。因其供奉观世音菩萨，与浙江普陀山观音道场类似，又在普陀山以南，而得名"南普陀寺"，为闽南佛教圣地之一。寺内以明万历年间血书《妙法莲华经》和何朝宗名作白瓷观音等最为名贵。南普陀寺中轴线上主要建筑有天王殿、大雄宝殿、大悲殿、藏经阁等。两旁有钟鼓楼、禅堂、客堂、库房，另有闽南佛学院、佛教养正院，寺前有放生池，寺后近年新建"太虚大师纪念塔"。整座寺院气势宏伟，错落有序。寺内游人如织，香火鼎盛。

晚宿厦门宾馆 5 号楼。晚饭后，大学同学蹇昌槐、张重香夫妇来访，蹇兄已是集美大学文学院教授了，多年不见，坐谈至 11 点多不肯离去，多是校院生活的回忆，互相打探同学现状。

30 日。早餐后即坐车去漳州，主要是看土楼。车走 2 个半小时到达南靖县，这里是中国兰花之乡。路途见有吕秀莲故乡的指路牌，听说台湾地区领导人中有几个都是这一带的人。最美的土楼先看田螺坑，那土楼在山下，我们从山上看下去，五座古楼成四菜一汤布局，中间是四方形，四座是圆形。我们车走到山下，绕到对面山坡上再看，那土楼成阶梯式落差。

再往前走，到一山沟小村，名裕昌楼，也是一座土楼，圆形，我们要实地进入。据说这楼有 700 多年历史，一个大门，一楼都不开窗，各家做厨房，二楼开小窗，是粮仓和储物间，三楼才住人。设有几处楼梯，三楼都开窗。也有四层、五层的土楼，这种结构和布局，据说是为了防虫、防兽、防贼。院坝中设有祖庙，一个大院里可往四代五代多代，多是一姓人。这楼现在还住着不少人户，游人可以进去参观，上楼入户。总体较为简陋。

再走，就是塔下村，是漳州著名的侨乡，也是首批15个中国景观村落之一。有张姓祠堂，在张氏祠堂前立有石柱多根，高数丈，既无文字，又不挂旗，是干什么用的？这引起了我的兴趣。据介绍，塔下村这支客家，自古就有敬学重才的优良传统。先民在楼内开办私塾学堂，培养子弟。清朝道光年间，还组织“曲江文会”，经常举行作文评讲活动，勉励人们发奋读书，并在族规中规定，凡取得秀才以上学历者，可获得数十担儒租田，中举、中进士或取得一定官职的乡贤，可以在祠堂前竖石龙旗杆，借以激发人们努力向上。因此，从清乾隆至光绪年间，族中有14人获得举人、进士学衔，便先后树起14支石龙旗杆，也就是那些高石柱。那一支支石龙旗杆，成为塔下张氏族人笃重文明教化的象征。旅游公路是新修的，沿路有不少土楼，据说有1万多座。

午餐后即往厦门机场，走2个小时到，休息到5点起飞，7点多到达武夷山，住崇阳溪山庄。

31日。上午看天游景区。从宾馆开车到景区大门，改乘园内“托马斯”小火车，到达天游景区大门，然后步行。武夷山是沉积岩隆起，即红砂岩，高大浑圆，风化成各种姿态，九曲河水绕流其间。几个年轻人去爬高山，那山很高，路窄。我陪陈春林同志没上去，在山下玩。先看朱熹的书院，这是新建的纪念性书院。等上山的几个人下来之后就回宾馆，午休至2点，坐车去九曲河，坐竹筏。我们进去排队，指定船号之后，至河边上竹筏，从第九曲坐小竹筏沿江而下。2个船工，说讲解费要60元，我们有人说不用讲解，他们就一句不说了。看来，双方都走了一个极端。小小竹筏在江中划，微风吹着，看青山绿水，太阳不大，很惬意。但因断了财路，船工一声不吭，双方都显得有些不爽。

9月1日。晨8时早餐后，坐车到北区去参观大红袍茶。我们从山谷走，约数里，两边都是红色砂石山岭，在山谷里有茶树几畦。一亭立于小溪之上，半崖上有土台，宽一丈，长数丈，种有6株茶树，据说已有数百年历史，1960年有人把茶树砍伐了让再发新亩，这就是武夷山岩茶的起点，即我们常说的大红袍。从外观看，这武夷茶树与其他茶树并无差异，决定品质的是气候土壤和加工工艺。大红袍属于半发酵的红茶。我们坐车到一茶寮里喝茶，这茶寮是私人办的，以杯论，多种茶价，各取所需。有年轻茶姑泡茶讲解，我们坐饮数杯而返。

下午 2 点 50 飞福州。顺道看武夷山天心寺。寺不大,新庙已落成,甚好。

9 月 2 日。晨 6 时,从福州坐车到机场,8 点 10 分起飞,11 时 40 分到达成都双流机场。我们接着开车到乐山市,走的高速路,在乐山市午餐,然后参观乐山大佛。

乐山大佛,又名凌云大佛,位于四川省乐山市南岷江东岸凌云寺侧,濒大渡河、青衣江和岷江三江汇流处。大佛为弥勒佛坐像,通高 71 米,是中国最大的一尊摩崖石刻造像。乐山大佛开凿于唐代开元元年(713 年),完成于贞元十九年(803 年),历时约 90 年。乐山大佛头与山齐,足踏大江,双手抚膝,体态匀称,神情肃穆,依山凿成,临江危坐。在大佛左右两侧沿江崖壁上,还有两尊身高超过 16 米的护法天王石刻,与大佛一起形成了一佛二天王的格局。与天王共存的还有数百上千尊石刻塑像,宛然汇集成庞大的佛教石刻艺术群。这里我此前和省人大民宗委张洪伦主任来过。江德寿、周瑞超、杨延昭三人沿梯道下到江边大佛脚下,再爬上来,陈春林主席、秘书小杨和我在上面等。

然后,我们坐车直上峨眉山,再坐缆车先到万年寺,上约百步即山门,进去参观。这是峨眉山上最古老,规模最大的一座寺庙,供的是普贤菩萨,他骑着白象,又叫骑象大光明菩萨。供奉菩萨的主建筑是缅甸寺庙风格。无梁砖塔。

天空下起了微雨,我们下山,住峨眉山大酒店。

9 月 3 日。上午,陈春林和我在酒店休息,其他人上峨眉山金顶。我和马勤安去峨眉山山门看看,山门在高速公路边,气势恢宏,很大气,能让路经高速坐车的人看见,给你留下印象。还建有天下第一山牌楼和人造瀑布,多是近年新建。下午回成都,住四川宾馆。

9 月 4 日。上午 7 时半,从成都乘车往雅安,沿川藏公路,过二郎山,有一隧道口,海拔 2200 米,我们下车。立刻想起从小就唱的那首歌:“二呀么二郎山,哪怕你高万丈。解放军,铁打的汉,下决心,坚如钢,要把那公路修到西藏……”就是这个地方了。2002 年新修了二郎山隧洞,降低了公路的高度,因此,我们没能上到二郎山最高处去体验一把。听说二郎山隧道总投资 4.7 亿元人民币,是川藏线改造的咽喉工程。我惊喜地发现,洞口石头上就刻有《二郎山之歌》,陈春林同志是文艺爱好者,他还能谱曲,我们就站在碑前,哼唱了一阵,一时热血沸腾,照相留念。下午一时,赶到泸定县。二郎山隧洞这边是雅安地区,过了洞就是泸定县,远看山下即县城,属甘孜自治州。这里是藏族聚居区,到泸定县吃中饭。参观泸定桥。

泸定桥又称为铁索桥,是中国古代桥梁建筑的杰作。相传康熙皇帝统一中国后,为了加强川藏地区的文化经济交流而下旨修建此桥,并在桥头立御牌。该桥始建于清康熙四十四年(1705 年),建成于康熙四十五年(1706 年)。康熙御笔题写“泸定桥”三字,并立御碑于桥头。桥长 103 米,宽 3 米,13 根很粗的铁链固定在两岸桥台落井里,9 根做底链,4 根分两侧做扶手, 共有 12164 个铁环相扣,全桥铁件重 40 余吨。两岸桥头堡为木结构古建筑,风貌独特,系国内独有。自清以来,此桥为四川入藏的重要通道和军事要津。1935 年 5 月 29 日,中国工农红军长征途经这里,以 22 位勇士为先导的突击队,冒着敌人的枪林弹雨,从铁索桥上匍匐前进,一举消灭桥头守卫,“飞夺泸定桥”,使之成为中国共产党重要的历史纪念地。

我们走在铁索桥上,桥下就是大渡河,水势汹涌,铁桥晃动,难以走过,当年红军在枪林弹雨中夺取这桥是很艰难的。

从泸定桥往康定城走,快到达康定城时,前方车辆遇阻,听说落石砸坏了一座桥,我们只好掉头,往海螺沟走。太阳很好,气温不高,两边是高大的青山,比恩施的大山小,植被很好,但山势陡峭。下午到达海螺沟神汤温泉,这是在深山沟里的露天温泉,泉水温度约 50 多度,分上下池,像处在不同高度的两丘水田。我们下水一会儿浑身就热了,远处可见高山雪峰。池中泡一会儿,有了缺氧的感觉,不敢久泡。

坐车回镇,住在海螺沟长征大酒店,看完电视《北平战与和》。明天按计划是去冰川景区参观。晚上,北京《民族文学》老领导特·赛音巴雅尔来电话,希望我去呼和浩特内蒙古师范大学参加少数民族作家文学馆开馆仪式,我说我已经到了四川,要去西藏,参加不成,很抱歉。特老可能怀疑我是在忽悠他,似乎不高兴。

9 月 5 日。晨起,坐车去海螺沟冰川,从所住的磨西镇出发,有云雾锁山。磨西古镇建在一个东西北三面绕水环山的倾斜高台平地上。石板铺设的古道上,楼房紧挨着聚集于路两边。古民居实际上已不多见,较具特色的是 1918 年法国传教士修建的天主教堂。1935 年,红军长征路过此地,毛泽东主席下榻于天主教堂内,召开了著名的磨西会议。随后,红军抢夺泸定桥,毛主席跟随红军主力过了泸定桥。天主教堂庭前有一棵柿子树,硕果累累。陪同我们的州政协周副主席是老红军的后代。她说磨西古镇远古是冲积砂石形成的高岭。看得出来,古镇两边是被河水切割成的近百米深的山谷,两边深谷之外就是大而高的山岭,植被很好,都是原始森林。

我们的车走了一个多小时才爬上山，透过森森古松，已经可以看见雪山在阳光下闪闪发亮。到了雪山脚下的缆车站，忽然云开雾散，天气变得好极了，我们的心情也随之欣喜开朗。周边有粗大挺拔的古松，有苍翠青山、缆车、雪峰，冰川、溪流，这就是海螺沟！我们一下车就忙着拍照片，然后在催促声中坐上缆车。缆车沿着山谷向近一公里长的冰舌缓缓爬上去，冰川已经在我们脚下，山顶就是有名的贡嘎雪山，晶亮的雪峰在阳光下有些刺眼。从雪峰而下是积雪和冰川。近看，一部分冰川呈灰黑色，大约是雪冰和风化石混合而成。奇怪的是，冰川旁山上有森林，森林间有小溪，有冰水往下流，能在同一地点看到原始森林、雪峰、冰川、冰舌、溪流，真不容易。

海螺沟 14.7 公里长的冰川，海拔高差达 3900 米，冰体在较短距离和较短时间向下移动而不融化，形成了罕见的低海拔独特冰川。自景区开放以来，吸引了近百万游客到此观光览胜。

下了缆车，去观景台。台建在林中，仰可看贡嘎雪山的最高雪峰，俯可瞰冰川冰舌上许多冰坎和冰洞。据说曾有游人掉下了冰眼，很危险，所以，路边有牌子，不让游客下到冰舌上去玩。

观景台的海拔是 3600—3700 米，因为有森林，氧气量还可以，但高原反应还是有的，走路快了就喘气、心慌。令人兴奋的是：我们一离开观景台，大雾就涌过来，把雪峰浓浓罩住了。缆车在云中下行，下到站塔后，高原反应立刻就好了一些。坐车回成都，走 5 个小时，6 点半才到。

9 月 6 日。我们去看看北川地震现场。晨 8 时，车从成都出发，天大雾，有小雨，走约 3 小时，到达北川县城，进入地震区，路边多见绿顶板房，山上有垮塌体，犹如未愈合的伤口，也有不少新建的民居，整齐而新鲜。但我们知道，里面一定是简陋的。

北川县已僻作地震遗址，方案已拿出。眼前，在 S 形河沟周围，房子已东倒西歪，从山上冲下来的泥石流淹没了很大一片城区，中学校的一面红旗还在风中飘扬，到处是残壁断垣。据说其中有一处万人坑，各地死尸来不及处理，没有电烧，就埋在万人坑里了。我们站在远处看着这一切，犹如刚刚发生，默哀、献花、祭奠死者，内心受到深深震撼！

回来途中，我们看吉娜羌寨，这是原址重建的一处碉楼寨子，很美。山东省援建的一处大桥已近尾声。镇长说，他受伤时被送到武汉三医院治疗过，听说我们来自武汉，就特别亲切。再前行，路边平坦处是北川新县城建筑工地，要求明年 5 月 23 日完工，机声隆隆，无数的吊塔，像森林一样。预示着这个新的县城有着欢乐的明天。

回成都路上，顺道参观三星堆博物馆。三星堆古遗址位于四川省广汉市西北的鸭子河南岸，分布面积12平方千米，距今已有5000—3000年历史，是迄今在我国西南地区发现的范围最大、延续时间最长、文化内涵最丰富的古城、古国、古蜀文化遗址。三星堆遗址被称为20世纪人类最伟大的考古发现之一，昭示了长江流域与黄河流域一样，同属中华文明的母体，被誉为“长江文明之源”。其中出土的文物是宝贵的人类文化遗产，在中国的文物群体中，属最具历史、科学、文化、艺术价值和最富观赏性的文物群体之一。在这批古蜀秘宝中，有高2.62米的青铜大立人，有宽1.38米的青铜面具，更有高达3.95米的青铜神树等，均堪称独一无二的旷世神品。而以金杖为代表的金器，以满饰图案的边璋为代表的玉石器，亦多属前所未见的稀世之珍。那些出土的青铜器和金玉器所透露出来的文化信息，神秘而奇怪，令人震撼！许多文化信息至今还难以破译。

从海南到重庆、陕西

2010年7月5日。上午11时，从武汉飞海口，下午1点30左右到达美兰机场。

侄孙李超安排车送我去海南大学，我们从北门进，找到南校区，找到了教授楼，李鸿然老师一个人在家等我。他是我在华中师范学院中文系的老师，给我教写作。老师来海南大学后，已多年不见，还是戴着一副深度近视眼镜，温文尔雅。师生谊深，谈坐一个多小时，然后才回酒店。

6号。坐汽车往儋州市。儋州市是海南省下辖地级市，位于海南岛的西北部，濒临北部湾，是海南西部的经济、交通、通信和文化中心。这里陆海交通发达、环岛西铁路、环岛高速公路横穿市境，海运可直抵东南亚和中国各沿海城市。我们先抵洋浦港经济开发区，开发区占地1200亩地，是我国较早的外商开发区。我们进去看了一下，一处新的油码头伸向海中，这里水深25米，四季可开放，也不必清淤。还有一家纸业，叫金海什么，其他企业还不多，估计与海南和内陆交通不畅，大开发受阻有关。再去看东坡书院，这是一处海岸边渔村。当年大文学家苏东坡被贬海南儋州三年，这里很穷困，也就没什么行政事务可做，但他设书院讲课，传播文化，使儋州教化日兴，“书声琅琅，弦歌四起”。海内外名士接踵而来，从师东坡。儋州在此时成为全岛文化的中心，也培养了民众尊师重教的传统。苏东坡才华横溢，一生三起三落，他说过最难忘的是“黄州、惠州、儋州”，他一生最艰难也最精彩的日子就在这三州度过。

太阳很毒，38度左右。然后，我们到海南热带植物园参观，这是和西双版纳同时建立的南方植物园，面积不大，规模小些，也可能是因为海南孤悬海岛，去来不方便，影响了植物园的进一步发展。

下午坐了3个钟头的车，车到昌江县霸王岭雅嘉会议中心。气温凉爽，夜看足球赛。

7日。晨起。昨天路况很差，颠簸十分厉害，今天下山之后就走西线高速，路也不平，往三亚市走，8点动身，10点到达南山佛教文化苑。有黄梅五祖寺的见忍和尚同行。

南山佛教文化苑是一座展示中国佛教传统文化的园区。其主要建筑有南山寺、南海观音佛像、观音文化苑、天竺圣迹、名胜景观苑、十方塔林与归根园、佛教文化交流中心、素斋、购物一条街等。我们远远就看见海边站立一观音像，近观乃三面佛，像座立于海中，有栈桥与岸接。高大的观音塑像用钛合金铸造。阳光下，大海边，这莲花圣母丰满而慈祥，形象很感人。我们坐游览车绕山一周，又去南山寺瞻拜如来佛，金殿即大雄宝殿，128级台阶，出寺再到一处佛寺，有佛舍利子供奉。12点过，住鹿回头国宾馆3号楼405号房。

吃了中饭小憩，又坐车去蜈支洲岛，车行40分钟到海边，坐轮渡20分钟，登上一岛，据说这里原是部队驻地，现被一老板开发。蜈支洲岛集热带海岛旅游资源的丰富性和独特性于一体，年轻人喜欢，老年人无什么可看。进岛一个人要200多元开支，坐车绕岛一圈，回宾馆。

夜色中，与江德寿在楼下游泳池游泳半小时。

8号。上午坐车，约走2个多小时，去看毛公山。此山在乐东县，是当年一部队驻地，乃山间平坝，办公营房、宿舍区一应俱全，主要种橡胶树。下车后，有毛主席有关照片展。接待人员遥指对面毛公山，我们一时没能看出。他们说要下午才像，我们上午去看，不大像。我觉得不得比宜昌西陵峡的毛公山更像。这个地方叫保国农场，他们很会宣传，还得到了中央有关方面的支持，还邀请毛主席的家属来吊念，因此也就有了些名气。可见，我们宜昌西陵峡的毛公山宣传力度和方法还是不够。

下午休息，5时，去鹿回头山顶公园参观。山顶主峰海拔275.1米。这里因一个美丽动人的传说而得名。很久很久以前，有一个残暴的峒主，想取一副名贵的鹿茸，强迫黎族青年阿黑上山打鹿。有一次阿黑上山打猎时，看见了一只美丽的花鹿，正被一只斑豹紧追，阿黑用箭射死了斑豹，然后对花鹿穷追不舍，一直追了九天九夜，翻过了九十九座山，追到三亚湾南边的珊瑚崖上。花鹿面对烟波浩瀚的南海，前无去路。此时，青年猎手正欲搭箭射猎，花鹿突然回头含情凝望，变成一位美丽的少女向他走来，于是他们结为夫妻。鹿姑娘请来了一帮鹿兄弟，打败了峒主，他们便在石崖上定居，男耕女织，子孙繁衍，便把这座珊瑚崖建成了美丽的庄园。“鹿回头”也因此名扬于世。现在，鹿回头山顶已建设成一座美丽的山顶公园，并根据美丽的传说在山上雕塑了一座高12米、长9米、宽4.9米的巨石雕像。三亚市也因此被人们称为“鹿城”。这里山岬角与海浪辉映，站在山上可俯瞰浩瀚的大海，远眺起伏的山峦，三亚市全景尽收眼底，景色十分壮观。从山上下来，我们就直接去一餐馆吃农家菜。

9号。上午去亚龙湾，看贝壳馆，到沙滩上戏水，裤子被海浪打湿，照相。在商店给小孙子买一套椰树岛服，16元。回鹿回头国宾馆休息。下午到三亚机场，听说重庆方面大雨如注，多处受灾。飞机延误至5点才起飞，7点多到重庆江北机场。走40分钟，住在渝洲宾馆。

10号。上午坐车2小时，去看大足石刻。大足石刻位于重庆市大足县，距重庆主城区167公里。大足石刻群有石刻造像70多处，总计10万多躯，其中以宝顶山和北山摩崖石刻最为著名，其以佛教造像为主，是我国晚唐石窟造像艺术的典范。与敦煌莫高窟、云冈石窟、龙门石窟、麦积山石窟等中国四大石窟齐名，体现了古代劳动人民的卓越才能和艺术创造力。1999年12月1日在摩洛哥历史文化名城马拉喀什举行的联合国教科文组织世界遗产委员会第23届会议上表决通过，将大足石刻中的北山、宝顶山、南山、石篆山、石门山五处摩崖造像正式列入《世界文化遗产》名录。

我们看的是大佛湾一处，藏在一处山湾里。此处我几年前和湖北省人大民宗委张洪伦主任来过，这次来觉得管理比以前要好，小雨中参观一个半小时。石刻是錾刻在一处U形山崖上的，造像有大有小，姿势各异，天上人间的题材都有，以六道轮回，广大宝楼阁、华严三圣像、千手观音像等最为著名。工艺以凸雕为主，人物情态毕现，栩栩如生。

在镇上午餐，回重庆市后又参观华岩寺，有露天释迦牟尼像，高约30米。这里有佛学院，创办较早，心月长老外出，寺里的衣钵僧人引我们参观。然后到解放碑街上，这里是重庆的繁华地，热闹非凡。

11号。乘车走约一小时，到达缙云山绍龙观，住持李一道长不在。这里是正乙派，道士可居家，可成家，讲养生。出来一居士接待我们，居士教了我们几招，如何面对旭日，如何吐纳。据我看，和做体操、练气功相差无几。从绍龙观出来，再坐车到湖广会馆。

湖广会馆，顾名思义，是湖南、湖北、两广人士为联络乡谊而创建的同乡会馆，主要用于同乡寄寓或届时聚会。不同于北京湖广会馆那种建筑空间宽阔，气势宏大的特点，重庆湖广会馆更多继承了徽式建筑的结构特点。在园林造景上多采用江南园林的手法,会馆院落之间反复出现高大的封火墙,把空间分割成若干小院落,每个小院落间有小门连接,空间上并不断绝。这使每个院子都有自己独特的功能与对应的风景,假山花草、小桥流水、围廊雕画,都是特有的风貌,完整空间内又包含着独特性,这正是江南园林的特点和徽式建筑的结构特点的结合。同时,也可以看见重庆地域建筑特色。整座会馆依山势而建,建筑高差有别,错落有致,梯步蜿蜒,各院落中设有天井凉台。这都是传统徽式建筑结构没有的特点。重庆湖广会馆的建筑特色的确与众不同。

我记得湖广会馆离朝天门码头不远,很大气,雕龙画凤,木雕出自皖南木雕一系,行云流水般的刻画线条,栩栩如生的人物造型,人、鬼、神、花、鸟、兽,无不一精。广东公所戏楼斜撑上的木龙,口含龙珠,木珠竟然能自由滚动而不脱落,工艺之高妙,令人称奇。里面还有戏台,有很多楹联匾额。我上次来过,这次来时不少场馆正在维修,较混乱。

回住地,午睡至 3 点,下午参观红岩革命纪念馆、渣滓洞、白公馆。再逛磁器口古镇,这里热闹非凡,都是传统小吃,手工艺品,买麻花一小袋。晚餐吃火锅。

12 号。夜 2 点半起看足球,荷兰队和西班牙队争世界杯冠亚军,西班牙 1:0 胜。9 点半,乘车去机场,飞往陕西。

下午 12 点半到达咸阳机场。在机场自助餐厅午餐。接着,我们到机场不远处西汉景帝阳陵地宫参观。汉景帝刘启是西汉帝国的第六位皇帝,后元三年(前 141 年)崩于长安城未央宫,葬于阳陵。阳陵始建于前元四年(前 153 年),从汉景帝始修陵到王皇后入葬,阳陵的修建时间长达 28 年。眼前有巨大的封土堆,还只发掘了一面的二分之一,属外围陪葬坑。在地宫看他陪葬的谷物、食品、粮仓等物。墓主人是汉高祖的孙子,汉武帝的父亲。下午洗衣、休息,天气晴好。

13 号,阴天。上午开车去法门寺。法门寺以地宫宝藏闻名于世,多年前我曾来过,现在的法门寺旁修了一个规模宏伟的广场和合十舍利塔,据说投资几个亿。我们一一参观,又去看原来的法门寺,看地宫,就在此地午餐。

再开车到乾陵。乾陵在咸阳市乾县西北约 6 公里的地方,在一道山岭上,保存管理得很好,我几年前曾来过,现在几无变化。乾陵是唐高宗李治与武则天的合葬墓,是一座巨乳型山包。有人说,王羲之的书法真品《兰亭集序》就陪葬在乾陵中。有趣的是,在中国宗法社会,男尊女卑,可是,大多数人都知道武则天女皇,只有少数人知道李治,他是男皇,更少的人知道他们是夫妻。乾陵的神道很宽大，而且很长，算得上是中国皇陵第一神道吧。神道两边竖列着石人、石马、大臣、大象。我们看无字碑、双乳峰、无头俑，据说头是被外国侵略者割走了。还有翁仲立将军石雕。然后回西安住地。

晚上 9 时回住处，收拾行李，寄存一部分，明天去延安。

14 日，天阴。吃罢早餐，8 点动身从西安往延安。我第一次去延安是 1995 年，中国文联组织“万里采风”活动，我们走的是一般硬化公路，走了一整天。现在是高速公路，往北走大约三个钟头就到了黄陵县，车子直接开到黄帝陵。我们当中除了江德寿，其他人都先后来过。大家给黄帝陵鞠躬，上香，然后照相。黄帝陵还保留着原样，千年古柏数百株，没有人敢乱动这里的土木。但在山下，新建了广场和祭祀典礼殿，供每年农历三月海内外炎黄子孙祭祖用。还建了人工湖，有桥，有阶梯，营造出一派江南景色。

往延安走，沿途最大的感受就是山变绿了。1995 年我跟着大诗人李瑛同志来延安采风时，路边是黄土，风一吹，漫天尘烟，现在满目青山，植被很好。据说近 20 年来，国家退耕还林给予政策支持，地方政府推动，绿化面积逐年增加，气候也有了些改变。

下午 4 点 30 分到达延安，时间尚早，我们把车直接开上宝塔山，现在车子可以直接开上去。从宝塔山往下望，延河里还是没有一滴水，但一座新城却在两岸耸立，完全是现代化新城，我当年见过的老城已经荡然无存。

15 号。上午参观延安革命旧址枣园、杨家岭、中央领导住处、中央礼堂等处，这些地方还保留了原貌，但路和设施有改进。然后车过延河大桥头，回头看宝塔山，照相留念。看延安革命纪念馆，建筑都很气派，里面主要是图片和影视。

下午出发往壶口瀑布。走的路上经过南泥湾，有纪念馆。南泥湾是一处山间平地，湾子很长，种有水稻，青山绿水，是江南景色。年纪稍大一些的人都会唱革命歌曲《南泥湾》，郭兰英的嗓音一直在耳边回响，大家想象着当年红军为了打破封锁，不得不开荒种地的火热情景。

再走近一个小时，已近黄河，路边可见黄土高原景色，一道道山来一道道梁，到处是苹果树、玉米地，比从前绿化要好。翻过一道山梁，就看见了黄河。走下一面缓坡，就到达壶口瀑布。昨日下了雨，瀑布水势增大，气势澎湃，大家照相、玩，不亦乐乎。

当日住宜川县。这个县是国家级贫困县，共 12 万人，已有 6 万人住进了县城，另 6 万人住在乡镇和中心村，人均纯收入五六千元，收入过万元的不在少数，典型的穷县富民。在这里，农村工作已经比较好做，农业合作社有数百家。我看，这就是中国农村扶贫工作和城镇化的好典型，如果把这种典型坚持普及下去，有一半农村达到这个水平，中国农村脱贫工作也就有了胜利的把握。

16 日。星期五。从宜川县出发回西安路上，遇阻，约下午 1 点 30 分才回到天域凯莱宾馆。下午 4 时，又出发去大雁塔参观。大雁塔位于唐长安城晋昌坊（今陕西省西安市南）的大慈恩寺内，又名“慈恩寺塔”。唐永徽三年(652年)，玄奘为保存由天竺经丝绸之路带回长安的经卷佛像，主持修建了大雁塔。最初建五层，后加盖至九层，再后来层数和高度又有数次变更，最后固定为今天所看到的七层塔身，通高 64.517 米，底层边长 25.5 米。大雁塔作为现存最早、规模最大的唐代四方楼阁式砖塔，是佛塔这种古印度佛寺的建筑形式随佛教传入中原地区并融入华夏文化的典型物证，是凝聚了中国古代劳动人民智慧结晶的标志性建筑。1961 年 3 月 4 日，国务院公布大雁塔为第一批全国重点文物保护单位。

6 点 10 分，有十余种饺子上席，大饱口福，9 点多才回住处。

17 日。上午往历史博物馆参观，然后直接到机场，飞回武汉。

登南岳衡山记

2010年9月13日，我们从武汉开车，走京珠高速，约8个小时到达湖南省衡山县。

衡山又名南岳、寿岳、南山，为中国“五岳”之一，位于中国湖南省中部偏东南部，绵亘于衡阳、湘潭两盆地间。衡山的命名，据战国时期《甘石星经》记载，因其位于星座二十八宿的轸星之翼，犹如衡器，可称天地，故名衡山。衡山是中国著名的道教、佛教圣地，环山有寺、庙、庵、观200多处。衡山是上古时期君王唐尧、虞舜巡疆狩猎祭祀社稷，夏禹杀马祭天地求治洪方法之地。衡山的山神是民间崇拜的火神祝融，他被黄帝委任镇守衡山，教民用火，化育万物，死后葬于衡山赤帝峰，被当地尊称南岳圣帝。道教“三十六洞天，七十二福地”，有四处位于衡山之中，佛祖释迦牟尼两颗真身舍利子藏于衡山南台寺金刚舍利塔中。衡山主要山峰有回雁峰、祝融峰、紫盖峰、岳麓山等。1982年，衡山风景区被列入第一批国家级重点风景名胜区名单。2007年8月，衡山被列为国家级自然保护区。

南岳大庙不在山上，在县城南岳镇北端，是祭祀南岳之神的主庙。占地面积近12万平方米，呈三路九进四重院落的结构，主体沿南北主轴分布，东侧有道教八宫，西侧有佛教八庙，互不错杂，和睦相处，甚为有趣。现为全国重点文物保护单位。大庙门票40元，进棂星门，见奎星阁、正南门、嘉应门、御书楼，过广场是圣帝殿，殿门前左右各设一焚香炉，但香客多露天焚烧。我发现这里管理很差，香火满地，把一棵古松树都烤死了半边，却无人制止。卫生也极差。大殿后是圣公圣母殿。再就是后门了。是日住南岳镇。

14日，晨起，坐景区车至索道站，坐索道上半山亭，雾中再走40分钟山坡天阶，便登上了衡山最高峰，即祝融峰，祝融峰海拔1300米。上到峰顶，云开日出，但见群峰古木参天，遮天蔽日，多有绝壁悬崖，烟霞中有寺庙仙宫点缀其间。唐代大文豪韩愈在《游祝融峰》诗中赞叹道："万丈祝融拔地起，欲见不见轻烟里。"北宋黄庭坚写道："万丈祝融插紫霄，路当穷处架仙桥。上观碧落星辰近，下视红尘世界遥。"都写得极为传神。作者不亲历其景，是绝对写不出这样妙句的。山顶有祝融庙，香火很盛。因为地方有限，庙体不甚宏大。另有一新建筑，为圆形底座上承一颗硕大无朋的大寿桃，由山石加工而成，高约10米，上有赵朴初先生所书"南岳衡山"四字，取寿山之意。山顶逶迤建有其他建筑，居高而临下，其风光也十分可观。

中午从峰顶下山，午餐后，沿京珠高速回长沙，途中折入昆明高速至韶山。韶山冲有毛泽东主席的故居，为普通农舍，门口有池塘。参观出来，导游引我们去韶山峰顶，可坐索道上。上次来韶山未登韶峰，也没有索道。今日得上，见有一小庙，不远处有毛主席的父母坟。这里有一则故事：据说，1927年，湖南省主席何健曾下令掘开毛泽东的祖坟，时任湘潭县长王莫兆负责挖坟之事，派了保安团一个分队去执行。毛主席事先得到消息后，通知族人把坟铲平了，保安团无法找到墓穴，结果只胡乱挖了几处毛姓古坟。1959年6月，毛主席曾回过韶山冲老家，毛主席径直朝附近小山上走去，随从人员不知道他要到哪里去，随跟而行。顺着一条小路，毛主席来到父母的坟前，身边工作人员把采自路边的一束松枝递给他，他接过来，神情肃穆，敬送到父母坟前，深深地鞠了三个躬，轻声地说："前人辛苦，后人幸福。"言语中饱含着无限思念和感激。当地干部问他，要不要把坟修一下，他说："不要了，填一下土就行了。"毛主席对随行的公安部长罗瑞卿说："我们共产党人是彻底的唯物主义者，不信什么鬼神。但生我者父母……还得承认。"周恩来、朱德、刘少奇等国家领导人也都有感人的祭祖故事。我们下山参观毛泽东广场，这是新建的，有几列部队战士，还有中小学生，前来敬献花篮。

晚住韶山冲外一农家店，名韶韶宾馆。外出至另一农家店吃饭，炒毛家红烧肉、毛毛鱼、青菜，喝啤酒半瓶。

15日，从韶山市出发，往宁乡县，途经刘少奇故乡花明楼村，这里我是第一次来。进去参观，凭身份证领免费票。我们一行4人给刘少奇同志献了一束花，再进去看故居。刘少奇的故居也是在一山边，比毛泽东的老屋大，约20多间，多是土墙，比邓小平的故居差一些。

从花明楼出来至宁乡县，绕9公里才上长常高速花明楼收费站。再走至桃花源站，吃午餐。高速至吉首止，从这里至昆明的路还在修。吉首已入山区，过吉首走50公里至凤凰古城，住老城区江天广场怡诚宾馆，就在虹桥头。

凤凰古城位于湖南省湘西土家族苗族自治州的西南部，有苗族、土家族、汉族等28个民族居住，为典型的少数民族聚居区。凤凰古城不仅山川秀美，而且人杰地灵。据不完全统计，从清道光二十年（1840年）至清光绪元年(1875年)短短的36年间，这里就涌现出提督20人，总兵21人，副将43人，参将31人，游击73人等三品以上军官。民国时，凤凰出中将7人、少将27人。当代以来，凤凰人才辈出，涌现出一批将军、高级领导干部、作家、书画家、工艺美术家。特别是随着民国第一任民选内阁总理、政治家、慈善家、教育家熊希龄，著名作家、历史学家沈从文，著名画家黄永玉的出现，凤凰不仅闻名全国，而且蜚声世界。

县城在一河谷，我们去古城内游，在沱江边照相。沱江边游人很多，河中多游船，老城区内多小店，花样繁多，特色小吃有姜糖、腊肉。城内夜市十分热闹，有篝火演出。沱江两岸是主街，夜酒漫街，热闹非凡，白天没见这么多人，夜里都涌到街上来了。

16日。晨起，导游带我们从虹桥下过沱江，早晨的沱江已开始热闹，可见洗衣妇、漱口男、旅游者、摄影师等等。我们参观熊希龄故居、沈从文故居、杨家祠堂，看民俗馆、博物馆，然后坐游船游沱江。从船上看沱江两岸又是一幅景象，有吊脚楼、画舫、酒吧、歌厅。沱江还算清澈，据说修了大的污水处理厂，但还是有些污水没处理好，沿江边生活垃圾和污水还是不少。大约11点过后，我们结账上岸，动身往吉首。

在湘西自治州首府吉首作家朋友张心平请吃午饭。我们12点半到达吉首大学门口。张心平接车，直趋"老钵头"农家乐。午餐有心平的夫人和准儿媳，还有姓谢的诗人。大家喝了两瓶红酒，然后离吉首去张家界。

走44公里到古丈县，这里是我文讲所同学颜家文的故乡，听说他已经去北京发展了。再过永顺110公里便到张家界市，其前身叫大庸，一说是古庸国故地。只因旅游的发展，全国出现了很多因风景名胜而更名的地方，此一例也。我们在市内转了一周，再走32公里，到武陵源，也就是原来的张家界。现在的张家界市辖二区二县，1992年，由张家界国家森林公园等三大景区构成的武陵源自然风景区被联合国教科文组织列入《世界自然遗产名录》。经中青旅行社介绍，我们住在不夜天酒店，160元一间。休息休息，以备明天登山。

16日。晴。天气很好，晴空万里，是游山看景的好日子，但我忽然不想上山。这里我来过，核心景区金鞭溪、黄石寨都上去过，经过这么多年建设，应该有了大改观，但我还是不想上。不知是年纪大了还是体力不支，总之没有了再去玩一趟的激情，就随感觉走吧，决定不去。吃了早餐，导游把邓跃忠夫妇、徐良军带走了，说好 600 元一人，走 B 线（B 线标价是 860 元），坐观光车，上袁家寨电梯，主要景点都看，作一日游。

我就在街上走，这里原来还是一个小村子，现在已经建设成一个现代化小山城。三条平行街，长约一公里，中间是武陵大道，店铺林立，五星级酒店就有好几家，超市、银行一应俱全。平时，这里的酒店住不满，大的节假日一房难求。我走了约一小时，白天，客人都上中心景区去了，街上较为清静。我走到浑身出汗，就回酒店休息，睡觉，看《小说选刊》，中午吃面包、苹果。等他们平安回来。

从衡山到韶山，花明楼，再到天子山，这都是湖南境内的名镇、名山。

巡洋舰日记——新疆 40 日

天山之旅

从北京坐火车到乌鲁木齐要走四天三夜，而坐波音飞机最多四个小时。那天，晴空万里，有白云数朵，能见度很高。我们飞到大约是呼和浩特上空，下面村庄渐少，地面已是一片黄沙，没有植被，无边无际。再往前，那大约是巴丹吉林沙漠了。

从前没亲见过沙漠，身在万仞高空，发现高空是一种墨绿色，并不是所谓"蔚蓝色的天空"。白云时时变幻着形状，像羊群，像雪山，像絮海，一时又像轻烟，大都能在灰黄色的沙漠上映出黑影。开始，我以为那地上的黑影是绿洲，后来才明白那是云的阴影，云不动，地上便成一片片"草地"。

从空中可以看到黄土流失的坡地和土丘，有被风化的岩石岩山。站在地上是不识庐山真面目的，但从高空却清晰地看到了长年雨水流失的水系痕迹。沙漠无边无际，看不见一点绿色，看不到水。时而能看见沙漠边缘的高山，山顶上积雪如脂，在阳光下闪烁着耀眼的光芒，那是神秘的天山雪峰，那些冰雪，融而不化，顺山谷发展，成为迷人的冰川。山顶有平台，平阔数千亩，成为坦荡的雪原。

从飞机上看沙漠，看雪原，如此辽阔，如此高远。难怪有人说：不到新疆，不知中国之大，诚然！相比之下，南方却显得拥挤、狭窄、丰富，北方显得粗犷、辽阔，也有些单调。

神山瑶池

到了新疆，不能不游天池。7月20日上午9时，自治区作家协会秘书长张孝华夫妇，《民族作家》的几个负责人，克尤木吐尔迪等人，还有电视台记者，我们一同去天池。

车从乌鲁木齐出发，沿着天山山麓、准噶尔盆地大沙漠的南缘，途经120团部、新疆化工厂，路边可偶尔见小村庄，骆驼散养着，无人照看。沙漠中多红柳丛，偶尔可见人造林。8月的草已是灰黄色，不高。据说，牛羊吃了这种草肯长膘。沙漠下全是矿床和煤。车过阜康时，到处可见小煤窑。从阜康右折直朝天山博格达峰驶去，开始爬山。从雪山流下来的水愈来愈大，我们沿一条哗哗作响的雪水河而上，已能望见远处的森林了。

星期天来游天池的人多极了，几个停车场都塞满了汽车。我们来到一处云杉林中吃野餐，几个乌市少女骑马从山上奔来，我们请她们下来跳舞，她们就很大方地跳起来。这里出租马匹供人骑逛，出租者多是本地青少年，马可租来照相也可骑了爬山。因此，游人中夹杂了不少马，踏踏地穿来跑去，上山下坡的姿势，使我想起那些在沙漠和山野打仗的骑兵的雄姿。

对于我们南方人来说，天池很小，占数百亩地吧，但因它在新疆首府远郊90公里处，又藏在圣山博格达峰之下，就尊贵了。据《新疆风物志》记载："天池是天然高山湖泊，海拔1980米，坐落在圣山(博格达峰)半山腰。"古代，很少人到过天池。200年前，任乌鲁木齐都统大臣的明亮，于1783年亲率骑从攀上博格达山，找到了天池，开凿山渠，引水下山，灌溉农田。天池的水恐怕是污染最小的水，它全是融化的雪水汇积成的，水深可达100多米，水呈深绿色，无浮生物，冰凉。四面山上的云杉，高大挺拔，倒映在水中。山也是墨绿色的，山上的云杉顺山势，多生长在水土肥厚的山湾和阴坡，成块成条，树干笔直粗壮，很像东北的红松。林中有空地，很静，游人多在树下铺上毡子，或坐或睡，尽情玩乐。我们20人交60元钱，包租了一艘游船去池中游了一趟，来回约20分钟。岸边有人出售雪莲花。雪莲花生长在雪线以上的冰雪中，颇似甘蓝或小包菜，是一种名贵药材。

我看到一些描绘天池的诗文中，引用了《穆天子传》中的神话，说天山天池是西王母宴请周穆王的昆仑仙境"瑶池"。后人则揶揄说天池是王母娘娘的洗澡盆，与天池相连的小天池就是洗脚盆。不过，这只美丽的洗脚盆已被淤沙塞去了半边，很是遗憾。

当年，这里人迹罕至。恐怕也只有神仙们才会云游到此，或洗澡或洗脚，随心所欲，全无人印证的。如今，这里已是旅游胜地，成了劳动人民尽情游乐的地方。这地方远离尘嚣，没有噪声，没有污染。每有闲暇，则三朋四友，结伴而行，其喜洋洋者矣，宠辱皆忘，真分不清天上人间了。

往伊犁途中

23 日，我们一行 17 人，在乌鲁木齐正式组成南方作家参观采访团，团长是中国作协民族处处长艾克拜尔·米吉提，我们包租了日产丰田旅行车 57–54687 号，由蔚超开车，前往伊犁。

天气不大好，起风了，昨天如此高阔的天空忽然变了色。车经昌吉、呼图壁，至石河子。南方人都知道石河子，这地方是军垦农场，王震部队开辟的。这一条线是天山北麓，北边就是准噶尔盆地的边沿。路边是戈壁，满地石头，地貌极似南方的乱石滩，但广袤无边，与沙漠相连。偶有水，便成一村镇，戈壁沙漠，像浩瀚的大海，我们乘坐的汽车像一只巡洋舰，载了我们在波涛中遨游。愈走愈觉风大，百米之外灰蒙蒙一片。从石河子过沙湾至奎屯到乌苏，这一段村庄更少，沙丘绵绵。公路两边只有孤独的电线杆，电线在戈壁风中发出杀羊一般的嘶叫。沙漠靠近雪山的地方有河，那水从雪山下来，漫成一片，没有固定的河道，那些小溪纵横交错向前漫去，太阳愈大则地上的水愈多，这情景与南方刚好相反。

大约是在与艾比湖平行的路段，我们下车找饭吃。大家都向国营餐馆涌去，我和颜家文直奔私人小店，小店抄手拉面，每盘 1.2 元，价廉物美，一会儿，大家都跑过来了。开店的是一个维吾尔家庭，儿子掌勺，请了两个伙计，一个拉面，一个打下手。那维吾尔老人戴着绣花小帽，正在往卷烟里加大麻叶。他很兴奋，一面招呼来客，一面送茶，情不自禁地跳起舞来。他已 70 岁了，开饭店是近两年的事，他说在马路边每天可赚百来元。中央电视台录音师庞燕华年轻嘴小，吃不完一碗拉面，想扔，老人连忙接过去。老人说："不能随便扔粮食，把吃的东西扔掉，真主要惩罚的。"小庞听了吓得伸舌头。大家觉得这一顿吃得很满意，吃罢继续赶路。

这天路宿精河县，县招待所有住无吃。我们又走了一段路，见路边有"长江饭店"，引发了思乡之念，便住下。店主是浙江人，两栋房，男主人已是中年汉子，来新疆 20 余年了，先在牧区当会计，前几年，承包了一家饭店，全家上阵，赚了些钱。他现在开了三处店，搞得很红火，已不想回内地了。这些路边店主很会拉客，他们注意联络司机，给维族司机送酒，给汉族司机送钱，司机吃住不收钱，这些司机很乐意为他们拉来一车一车的客人。我们就是蔚超给拉来的。主人为我们做了三桌饭，每人房租 2 元，饭钱 5 角，吃罢高高兴兴睡觉，大约 12 点天才黑，公路上车辆不断。

赛里木湖印象

车过五台时，周围雾气浓重，到古驿站三台时，开始上山，等钻出雾帐，眼前出现了一个美丽的湖泊——赛里木湖。赛里木湖是高山湖泊，咸水。新疆是世界上离海最远的内陆，这湖里的盐可能是长年积累下来的。赛里木湖很美，湖面宽大，周围是山，湖与山之间是冲积坡，山上有云杉。据说这里是科古琴山的余脉。远山、白云，湖水墨绿、浅蓝，依时而变，这里的空气无一点尘埃，这湖水也就清澈见底。大家一见了湖，像见了南方的故乡，一起嚷着下车，涌向湖边。天正下着小雨，较冷，水有些冰凉，我不由得裹紧了风衣。我突然发现湖边的草地里有许多蝌蚪刚变的蛙，那小生命还拖着半条尾巴，仿佛留恋着那水中的自由。在南方，如果是这样的季节和温度，蛙是不产卵的，大自然真奇妙啊。北方的蛙生命力很惊人，南方的鱼大约不大适应这种生活环境，湖边有养殖试验站，可见还有很多问题有待解决。

湖边的牧场美极了。舒缓平滑的草地逶迤辽阔，黄与绿相杂的牧草像平绒铺在蓝天下。一群羊，几群羊，还有牛、马、骆驼散放其间，悠闲的牧羊人或骑着马，或坐在山冈上，几座圆圆的毡房正冒着淡淡的烟，女人包着红头巾，身后跟着穿花衣的女孩。哈萨克的牧羊狗像哈巴狗，小巧妩媚，一阵淡淡的青草气味夹杂着奇怪的艾草的气味在湖边扩散。如果有一只公鸡或是一只云雀叫一下，我是分不清这里是江南还是北国的。

远处是一片片云杉、雪松、冷杉堆成的林，特别是那云杉，让人肃然起敬，高大挺拔，塔状的树冠直刺蓝天，一棵棵一片片显得整齐而青葱。朝远处看，海拔 3000 米是雪线，雪线以上白皑皑一片什么也不长，3000 米以下 1500 米以上是云杉冷杉等针叶林的世界。我们就站在这个高度，当我们绕过三台，开始下山，1500 米以下，山上便有茂密的阔叶混交林了。

赛里木湖一直静静地躺在我心里，难见水鸟，却有幼蛙，湖边生长着艾草、大蓟、骆驼刺和几种不认识的野草。

从松树头子下去就是果子沟，果子沟是从乌鲁木齐通伊犁的必经之道。路边一片片野果子林。山坡上,羊道像斜纹布上的经纬线网住了草地,头羊在前头走,几十只羊跟在后面。出果子沟到芦草沟,路边忽然小棚林立,一片商业气息。我们好像从诗的意境跌落到繁华的尘世,肚子忽然饥号起来。我和黄钲、梁芳昌找到一处回族老夫妇开的面馆,一元钱,五个鸡蛋炒拉面,十分好吃,这是进疆以来吃得最有滋味的一顿。吃罢出来,见路边长着很多向日葵,大片大片种着,金黄耀眼。路边堆满了紫红色的大蒜,1.5 元一百个,便宜极了,西瓜卖一角三分一公斤,我们买了大嚼。下午 5 时住进伊犁市招待所,这是旧时俄国领事馆,每人都抱进一个大西瓜。

汉宾乡盛宴

汉宾乡是伊犁市郊一个优美的去处,乡长老张是颜家文的老乡,湖南人。老张在这里生活多年,去年被乡里的少数民族乡民一致推选为乡长。他很有些他乡遇故知的意味,领我们去参观了乡文化室,我第一次仔细认真地辨识了什么叫都达,什么叫弹拨儿、手鼓、热瓦甫。

吐尔逊一家在乡里算中等富裕，主人十分热情地领我们进入他的客室。地上全是羊毛花地毯,墙上挂着壁毯,一橱、一柜、一箱、一堆花被炫耀着堆码在墙边,另有开水瓶、碗盘一类,是典型的哈萨克生活方式。吐尔逊三个儿子,每年承包 30 亩地和 180 亩果园,种油菜、玉米,还养羊。全年收入 1 万多元。我们从窗口望出去,可以见到硕果累累的葡萄园。吐尔逊戴着哈萨克小花帽,沉浸在兴奋之中,像念经似的数着各种收入的数字。他说,三个儿子又从他手中分头承包果园,儿媳和老伴在家承包奶牛两头,负责全家的柴米油盐钱,儿子们种田交给家里的粮食也要折价计算,那 30 亩地就由老大一个人管理,承担全家人的口粮,到年底核算,各按成绩论功行赏,上大学的一个孙子由全家负担。老人虽然给儿子分了家,但他们没有经济支配权。从吐尔逊讲的情形看,他的家庭经营很敏锐地实行了“改革”,但家长制色彩仍很浓。

从吐尔逊家出来,乡长带我们去乡果园联欢,为我们南方少数民族作家参观采访团接风。在一大片果园之中,有一座六角凉亭于葱绿中昂首而立。这是州里投资兴建的一个专门接待来宾的场所。一圆台,四面设台阶,圆顶,悬柱支撑,饰以民族风味极浓的色彩和图案。近周是花园,花圃之外是葡萄园,将熟的绿果一串串像碧玉球,几斤重一串。再外就是果园,海棠已熟了,硕果累累把枝条全压弯下来，紫红翠绿，令人垂涎。

当我们这些自由散漫的作家朋友终于登上凉亭时，主人已在亭台中间铺上了长长的地毯，地毯上放着桃子、李子、苹果、馕，还有蜂蜜。我们一面吃一面玩，阳光明媚，气温在 28 度左右。这里光照充足，水果糖化程度高，大家吃得很香，但不习惯于盘腿而坐。诗人铁衣甫江也来陪我们玩，他能坐很久不起身，我们不行，几分钟就要起身伸伸腿。由此我想到了佛门的坐禅一定是极清苦的功课。

更有精彩的内容，便是主人正给我们做抓饭。他们在瓜田里放上案板，切西红柿和辣椒，在田坎上挖一个坑，架火煮羊肉，用一个半截油桶架上铁锅做饭。这种饭做法特别，我跑过去认真请教过，那是把米洗过泡过之后，就在大火锅里不停地翻动，米中有大量的菜籽油、盐、红萝卜、牛羊肉。就这样一面煮一面翻，直到熟而香。饭熟了，拿掉地毯上的水果开饭。既然是哈萨克的抓饭，就没有碗和筷子、勺子，按照当地风俗洗过手便开始在盘子里抓。这饭有油不黏团，我抓不上来，一把抓来喂不上嘴，经艾克拜尔和铁衣甫江的示范解说，我们才掌握了要领。先将四指并拢，将一些饭在盘子边上来回按几下，四指顺势一翻，便将这团饭送到了嘴边。这样做的饭别有风味。奇怪的是，位于印度洋中的斯里兰卡国，我去访问过，那里的僧伽罗族也是这样用手抓饭的，不知此中有什么关联。

牛肉串很香，这个乡的乡长是湖南衡阳人，姓黄，他怕我们吃不惯羊膻味，专门弄了牛肉给我们烤牛肉串吃。中间又夹着吃水果，吃大块的煮羊肉。我发现大家食欲出奇的旺盛，大约与心情和气氛有关吧。

在这认识了三个朋友：一个是州委办公室的邹邦友，他是武汉汉阳人，高中毕业后进疆工作，已 20 多年了，干得很好。他知道我在武汉市工作，很亲切。一个朋友是伊犁日报记者苗立遂，河南驻马店人，1979 年大学毕业申请进疆工作。他讲当时车过兰州，一片荒漠，就想家的情景，到了新疆就感到辽阔无比，到了伊犁就一切都像到了江南，他这感觉与我们的一样。跳舞时，我旁边有一个中央民族学院音乐舞蹈系学生玛依拉，父母都是音乐家，哥哥是手风琴手。她是女高音，毕业后想留在中央民族学院工作。这是一个典型的新疆姑娘，鼻梁高而长，眼睛与头发都有与汉族姑娘不同的风韵，更兼舞蹈家的身段。她主动邀我合影，但当时人多而杂，没能照成。

州歌舞团的演员来演出，冬不拉伴着美妙的歌喉，吸引来了大群的孩子，我数了一下有近百个。更有趣的是这些孩子有明显的民族区别，从长相到服饰都带着民族和家庭的徽章，维吾尔姑娘的小花帽下垂着几十上百条发辫，哈萨克小男孩子的小花帽又是一种绣花样式，俄罗斯女孩大都蓝眼黄发，也有汉族人的子女。这群孩子大约在一个学校上学，彼此很友好，全无隔阂。我忍不住举起了相机，抓拍了好几张天真烂漫的儿童群相，更加深了对这难忘的凉亭欢宴的感情。这天是 7 月 25 日。

麦西来甫

麦西来甫是维吾尔族人民世代相传的群众性文娱活动。听说要去伊宁县胡地亚于孜乡参加麦西来甫，我们全都欢叫起来。

当我们的汽车离开伊宁市，走在乡间大道上时，沿途已有不少人赶着驴车，车上坐着妇女、儿童和老人，还有的骑着马、骑自行车，也有人步行，都似乎穿了新而艳的衣服，像南方人赶庙会歌圩一般。路边地里的麦割完了，玉米还没熟，农忙已告一段落，下一步就是收水果了，为什么不趁空乐一乐呢？

麦西来甫在胡地亚于孜乡果园里举行。我们赶到时，几里路以内已水泄不通。我们排了队，像幼儿园小朋友一样手拉手往纵深处挤。村民们听说是南方少数民族作家，就礼貌地让路。会场中心是一片杨树林，方圆数百公尺以内恐怕都铺了地毯，气氛相当热烈，四周牵了高音喇叭。我们被引导到一片毡毯上，围成长圈而坐，又是不惯于盘膝而坐，时时要站起身来，或是干脆跪着。这里早来了一批本地作家、诗人、音乐家，其中有好几个老朋友，他们都带了夫人和孩子，花枝招展，惹人注目，惹人思家。

仪式开始之前，各处都在献茶。与会者数千人，每人一只茶碗，服务员提了奶茶壶一遍一遍地筛，仅此一端已足见大会组织工作之浩繁。茶毕就上点心，我们一面喝奶茶吃饼，一面听长者讲话，唱赞歌。每个老者都很严肃地讲了话，我们听不懂维吾尔语，由当地的作家朋友当翻译。这些老者都是当地民族中德高望重的老人。麦西来甫是维吾尔人世代相传的活动，它是团结广大群众，体现共同心愿，与坏人坏事作斗争，与不正之风作斗争的群众团体，它在宣传教育青少年守纪律、讲礼貌、讲道德，对于提高艺术修养，继承文化传统，丰富文化生活方面做出了显著贡献。

麦西来甫的主持人有法官、皇帝、执法官、侍者，都是五六十岁的胡地亚于孜村民。我们像看哑剧一样去揣摩剧情，只见皇帝和法官坐在那里，村里的长老众星捧月围坐四周，执法官手执权杖，那权杖像条马鞭，很威严地发布命令。

麦西来甫是了解维吾尔风俗习惯的好窗口。维吾尔族有这样的一句话：

"把孩子送给学校,不送学校,就交给麦西来甫。"可见麦西来甫的重要性。当地老一辈艺术家、作家、民间有威望的人士几乎都受过麦西来甫的教育,例如已故著名作曲家孜克尔·艾力拜特,著名诗人铁衣甫江等。从前,为庆丰收,几家几户十来个人就可以举行。维吾尔人能歌善舞,兼有阿凡提的智慧与诙谐。这样的活动主要是男人们的事,今天仍这样,布幛之外全是妇女和儿童,她们被隔离在外。这一点显然是不妥的,但这里的村民认为理所当然。

执法官手拿麦克风,声震四野但仍盖不住树林里一片哄哄嗡嗡。热瓦甫不断弹奏,老者讲了话再轮流舞蹈,接着表演口技,学猫叫、公鸡叫、学小孩子哭闹,引起阵阵开怀大笑,这都是日常生活的音乐,大家感到亲切而有趣。

"教子"是麦西来甫的又一个高潮,一个光头老汉坐在地上装孩子,一个中年人像厨师又像剃头匠,肩上搭一条布巾,站在孩子身后,一面大声训斥,一面拍打那光头,像揉面团又像在拍瓜……做出许多滑稽的动作表情,引得大家阵阵发笑。那个教子的人训斥"孩子"的话,估计是关于如何做人的道理,是关于讲礼貌、讲道德的说教。奇怪的是,会场上不见小孩子来参加,这有什么作用呢?我估计真正民间的麦西来甫,几家几户的麦西来甫活动,是谁都可以参加的。

麦西来甫活动是一整天,数千人都得吃午饭。因此,大会主持人安排我们这批南方来的客人先吃饭。我们走到布棚的后面一片树林里,这里是另一番景象,杀羊的、削萝卜的、洗菜的、烧茶的……十几只白铁壶正在冒白烟,小高炉似的,成堆成堆的碗盏,沿着一条小水沟,一字排开十余口大铁锅,正在煮抓饭。据说,为这天的麦西来甫,乡里已经准备了好几天。

回宾馆的路上,又遇见了一件有趣的事,一个中年人骑了自行车,大约也是参加了麦西来甫,兴味十足,坐在车上撒了双手,手执一条花拂,双手前后摆动,做出各种跳舞姿态,夸张而又滑稽。大家在汽车里兴奋起来,无不为他高超的车技所陶醉,大家喊中央电视台的摄影师老贾把这景象拍下来。蔚超故意把车开得很慢,跟在自行车后面走。那个维吾尔"阿凡提"发现我们很欣赏他,越发地来了精神,又唱又舞,几次险些翻车。我们担心他出车祸,只好超车前进,好让他的热情冷却下来。

万里西迁话射箭

7 月 27 日,天气格外晴好,我们决定去察布查尔锡伯族自治县参观。锡伯族在历史上有过一次西迁的壮举。那是 1764 年,锡伯族人分两批从沈阳出发，行程1万多公里直达中国西部的察布查尔戍边屯垦。据记载，当时官兵和家属共4000余人，由清兵护送，坐了牛车，走了一年零几个月，在路上出生的小孩子就有300多个。他们毫无怨言地离开沈阳的热土，来到这伊犁河边守卫边疆，是真正的万里戍边。平定准噶尔叛乱之后，清政府在伊犁设立了将军府。当时驻防的地面很广，《伊犁条约》之后，大部分被沙皇占去了。

锡伯族远征军当时说好60年后回东北，后来开发了伊犁河边这块沃土，他们就没提回老家的事。察布查尔，锡伯语里是粮仓的意思，这一片土地是锡伯人开发的。锡伯人原来用满文，他们把满文的131个字母减几个再创几个定为121个，创立了自己的锡伯文。现在的小学里汉文、锡伯文并用，县文化馆还有一个内部锡伯文文艺刊物哩。有趣的是，这个民族也重男轻女，每生一个男孩，家里就挂一个红布条，每生一个女孩，就挂一个摇篮，大年三十全挂出来，二月初二再收藏起来。每个家族都有自己完整的家谱，最多的至今已十三代人，从东北西迁而来的是始祖。家中最长者管家，家族中最长者管家族，女人则不入家谱。可是，后来能使这个民族扬名海内外的恰好是这些不被写入家谱的女人。

古锡伯是一个狩猎民族，长期旷野追逐，使他们与弓箭结下了不解之缘。从沈阳到达伊犁河边之后，作为边防军，男子从小就和弓箭打交道，婴儿生下地，便在“喜利妈妈”的条绳上挂一副用红丝线和柳条扎成的小弓箭。少年接受射箭训练，18岁就得带弓箭入伍服役。以后，射箭就成了一种民族民间体育活动。这种活动，给新中国培养出了一批射箭名将。在1959年第一届全国运动会上，爱新舍里镇的农民运动员获得了射箭第三名。此后，锡伯人的射箭水平不断前进，现在已在国内外取得50多枚金牌，国家体委授予这个县锦旗，女射手郭梅珍荣获全国三八红旗手称号。现在，这个县的全国一级运动员就有四名，其余几乎都是二级运动员。

我们看着射箭场墙上的各色锦旗，看着中央首长来射箭场参观的照片，再看看远处那向日葵饼一般的箭靶，心中不免生了许多感叹。这个民族也仿佛是一支响箭，200多年前从东北射出，射程1万多公里，在祖国版图的西陲发出了很响亮的声音。

霍尔果斯边防站

边防检查站对未曾迈出过国门一步的年轻人是很神秘的，既然到了伊犁，去中苏边境就只是举步之劳。当我们的汽车沿着伊犁河边那开满向日葵的田间公路向霍城开去时,大家都在想象着苏联这个庞然大物那边在干些什么。

我们登上一座供水塔似的建筑,走到一架高倍望远镜前。远处的村庄与我们自己这边没有什么两样,只是显得神秘而寂静,一道道铁丝网,很少看到人影,偶有军车开过,卷起一阵黄烟。中苏之间有 2 公里地段是开阔地,野草也很浅,霍尔果斯河从中缓缓流过,流了多少个世纪,仿佛被人遗忘。

博尔塔拉蒙古自治州和伊犁哈萨克自治州与苏联边境约 800 公里,所有发生的纠纷都在霍尔果斯会晤站会谈。我方没有那么多钢材来做铁丝网,更何况历史上边界两边的边民都是亲友,人和动物可不管你什么铁丝网,于是事就多了。两国关系一紧张,一只狗越境了,对方也提出抗议,老百姓、小孩走过了界更是紧张。就在最近几天还发生了交火事件。7 月 11 日,中国一牧民的马丢了,他就跑到对方村里找马,到了一个熟人家做饭吃,就有牧民去报案。苏方武装人员进入中方 40 多米,埋伏着,打死我方一人,伤一人,绑走牧民 2 人,抓走马匹 4 匹,打死 1 匹。为此事已会谈 4 次,双方到现场调查,拾到了不少苏军子弹壳。当地人说,那边人的报复心理是很重的。中苏关系近几年已有缓和,我们是诚意的,他们也大讲友好,但边防设施还在加强。

边防站长告诉我们,会晤站的会晤程序也是很有趣的。一方有事就挂旗,对方的旗挂上了,双方就走到中间地段的霍尔果斯桥上见面,问清什么事,然后商定会谈时间、地点,一般是轮流做东。7 月 11 日武装事端发生后,我方过去谈,他们可能理亏,准备了十分丰盛的招待,我方不吃一口饭,不抽一支烟。第二天对方过来谈,我方只给一杯茶,他们还说这茶好喝,想尽量把气氛搞轻松些,把大事化小。

这个口岸是 1983 年 11 月恢复双方贸易的,1985 年换货 11 万吨,主要是钢材、水泥、汽车、玻璃。他们的钢材不错,水泥不行。苏联人十分喜欢中国的棉布、热水瓶、羊毛衫及各类轻工制品,10 只暖水瓶可以换他们 1 吨钢材。他们的生活用品已出现了供应不足的迹象。我看见有一对老夫妇,带着一个漂亮的女儿,站在边防站的大门边等车,身边放着几个大包,大约是来探亲之后,满载而归。我们的汽车开过,双方挥手致意。

边防站张站长留我们吃午饭。这里每天人来人往,我们待了两个钟头,已来过几批参观者。只有今后国门打开之后,这种神秘感才会消失。这里还有一支不大的部队,还有海关、卫生检疫站、动植物检疫站、外运公司等。由霍城南去数十公里则是古代的边防站,那就是惠远。惠远有一个钟鼓楼,三层四角翘檐,中原建筑风格。旁边有一座将军府,四面平房围成一个院落,颇像北京老城的四合院。院中四株古柏，据说是林则徐亲手所栽。他当年因禁毒烧烟得罪洋人，被腐败无能的清政府贬到惠远来做官，大约也是今之边防军或口岸负责人吧。将军府虽已颓败，那四株古柏却仍青葱，使人产生许多联想和敬意。

尼勒克的乌鸦

我们沿着喀什河朝上游前进。河谷地带，绿树成荫，慢慢接近山地，周围就变了颜色。这里远古时是海床，造山运动把它升上来，成了天山的支脉。山由卵石与沙土堆成，谈不上肥沃，平缓起伏的牧场上野草已枯黄，缺少生气。麦子黄了，几百亩一片，活像一幅幅油画。喀什河像是上帝粗糙的作品，两山之间河床窄而陡处，河水汹涌咆哮，河床平而缓处，它又支渠漫流，没有一点规则。

汽车继续开进，公路两边，河岸处栽着白杨，挺拔而葱郁，这是北地最常见的绿化树了。人住的房子平而矮，土墙垒成，房顶上是用泥巴覆盖的，还有在山边挖的窑洞。因为牧区牛羊多，偶然看到种的菜地，也用土墙围着。尼勒克县恐怕是最贫困的县了，路边没有一间像样的房子，看到的街道也全是土路，像是一个肮脏的村庄，但它所管辖的范围长 240 公里，宽 60 公里，相当于内地一个地区。这里的乌鸦出奇的多，成千上万。起先，我们还只透过车窗观看着北国的景象，奇怪地发现前方有几座黑色的山头，以为这里出产煤什么的。及至汽车奔驰到山边，那几个山头的鸦群突然掠起，遮天蔽日，真正的黑了半边天，满车厢的人惊叫起来。我敢打赌，如果有枪，一颗子弹可以穿透一串乌鸦。我从来没有见过这样多的乌鸦，它们大约在聚会，在商量究竟到什么地方去抢劫粮食。南方如果出现这多乌鸦，那农田必定受灾，奇怪的是这些黑色的鸟儿吃的什么呢？像羊一样吃草？完全有可能的。这种乌鸦比内地乌鸦个头小一些，群居能力却强得多，但不知道它们靠什么过日子。

从尼勒克继续沿喀什河上行，河水变得浑浊起来。穿过一段山口，便进入了草地。草地平缓，一片绿，柔和而鲜嫩，充满诗意。这里是冬牧场，牧人正在割草，他们站着挥舞曲棍球棍似的打草刀，长刀片闪着寒光，偶尔有马拉割草机。现在正值夏天，牛羊都赶到高山牧场去了，下雪之后，它们就下山来这里过冬。偶尔可见散落的牛羊在草地上漫步，一两个圆馒头似的毡房点缀在绿草如茵的平野里，流线型的山脊上时而可见几匹健壮的马，有威武的牧人骑在上面远眺，时有几头牛在山背上站成一幅逆光的剪影。这情这景，在我们这些看惯青山绿水小桥人家的南方人眼里，不免生出许多新鲜与激动。

楚雄的才子基默热克忍不住又唱起了他的保留歌曲《我的小心肝》;小阿妹庞燕华感冒了,头痛,但她仍在用心地记录那山歌的曲谱;文艺报记者包立民忍不住给我讲他的亡妻为他作出的牺牲,讲到伤心处禁不住唏嘘垂泪,包君是个重感情的书呆子,很真诚。这一天,是7月29日,我们走到尼勒克县种蜂场招待所驻足,晚11时,嫩红的晚霞还挂在天边,美极了,静极了。此地海拔1800米,已远离尘世。

让我撩开你的面纱

30日中午,我们到达金西克布拉克,金西克布拉克可能是哈萨克语,细泉的意思。山脚果然有泉一眼,汩汩细流从砂石中渗出。这里草场辽阔,住民极少,有水有草的地方只有两间土屋,一座毡房。我们一到,男主人就高兴地为我们宰羊。他抓来一头白绵羊,将羊腿捆了,像杀鸡一样,小刀一抹,羊脖子断了,大约20分钟就剥了皮,把羊头和羊脚用火烧了烧,洗洗就下锅煮。吃羊民族的杀羊本领比南方人杀一只鸡还来得快速麻利。

我们去爬山,刘滢、庞燕华、颜家文、王运春、黄钲,我们一起爬上泉山顶。眺望草场,只见喀什河从山下流过,天高草低,一片边塞气息。我们下山之后又去喀什河边玩,水势奔涌,岸边有横斜的大树,树下草丛里有雪白的草莓,食之甘甜。有人叫我们,我们就回到了毡房边。在大树下,小溪边,已铺上了毛毡,大家先喝马奶。马奶与牛奶、羊奶不同,略一发酵,酸酸的有了酒味,是消食的良药,喝多了就醉,但肉食多了必须喝些马奶以助消化。

正当我们用双手和小刀割食羊肉时,从远处开来了一辆汽车,是送新娘的,有20余人。县文化局长请他们下车,就在这里举行婚礼。送亲的老人和歌手都带了乐器,弹拨儿、冬不拉,手鼓和好嗓门。老奶奶给新娘披上了红盖头,由两个妇女伴着,有人开始唱歌。翻译告诉我们:

女:长满芨芨草的山谷啊,祝愿我们的朋友平安。

男:喀什河畔开满了鲜花,在鲜花开放的季节里我们见面,今天又在这里相会。

女:长满芨芨草的山谷啊,请你纪念着我吧,我在这里得到了爱情和幸福。

一个老人高声说:很好,我的闺女,你唱得真好。迎亲一方的小伙子手举两面红白小旗,接着唱起来:

新娘啊新娘,请把你的马头拢住,让我撩开你的面纱,你比喜鹊还要灵美，你比鸡蛋还要洁白。

这时候，气氛已极高涨，那个小伙子唱完就用马鞭去撩开了新娘的面纱，大家都欢叫起来。按照仪式的程序，这时就应把新娘新郎拥进洞房去，而现在我们大家都好像被拥进了洞房。

大约是这婚礼的气氛感染，拨动了景谊的情弦，她正与艾克拜尔热恋，艾兄是哈萨克。景谊正与哈萨克妇女热烈地交谈，然后兴奋地宣布，她要与艾兄就地举行婚礼！当机立断，速战速决！这是大大出乎意料然而又别出心裁，我们明白过来，一致喝彩，简直有些嫉妒了。

那个年纪最大的哈萨克妇女带领她的一班人马，为景谊穿上哈萨克衣裙，为她盖上红头巾，有两个中年妇女当了伴娘护在景谊身边，老人为她祝福，祝愿她一胎生两个胖娃娃。大家都欢叫起来，说这叫草原婚礼，在冬不拉的弹拨声和哈萨克的祝福歌声中，一条马鞭撩开了景谊的红盖头。能用本民族的仪式为新娘举行婚礼，艾克拜尔是很满意的。景谊是我在文学讲习所的同学，大理白族姑娘，她能在万里之遥的北地举行独具特色的婚礼，我想，她会写出一部好作品来的。

过后，我才有些明白，这场婚礼似乎是导演的，当时却天衣无缝。

高山牧场记趣

从汤巴拉沟大桥跨过喀什河，道路就难走了。我们的轿车被一条小溪隔断，我们便下车玩耍。山边有一棵古松，枝干盘虬，有一根粗枝从地下冒出来，横伸出去，我便坐在这天生的长凳上欣赏这人迹罕至的自然景色。天很高，蔚蓝的天宇偶有几堆雪白的云，很像绿色的草场上有几群白羊，使人分不清天与地。远处有几块云杉林和几座毡房，除此，便什么都不存在。这是一个南方少年从书本上无法知道的真正的草原，风送来阵阵草原的气息，使人感叹这天地之大，人之渺小。

来了两辆吉普和一辆四轮卡车，把老同志和女士们让进吉普，我们就爬上了大卡车，向高山草场进发。草地上没有公路，坐在大卡车的敞厢里，风驰电掣，就像快艇在大海上飞速滑行，耳边风声呼呼，大家情不自禁地大声叫喊起来。天快黑时，我们终于到达了高山牧场。

在一道山梁上有四座毡房，蒙古人叫作蒙古包，哈萨克人叫毡包，大同小异。四户牧民是亲戚，我们一行便分散到四处居住。这里的老人把我们安顿好之后，拎了一件皮筒，骑了马向山的深处走去，据说为了让房，他将在山上同羊群过夜。我们毡房的主人还年轻，但已有四个孩子，大的 10 岁，小的 1 岁多。房子是用羊毛辗成毡，用长木条构成房架，然后围上毛毡，便成了圆毡包。房顶开有一圆洞，白天拉开，阳光射进来，下雨就盖上，也就是在一块毡上安上长绳，一拉就成，无须人上房顶。这棚毡房可能是主人新婚时制造的，还不很旧。房子里还有挂毯、绣花帘子，而且有南方的床头柜、皮箱、花木箱、收音机以及一应生活用具。这家主人还用木板做了地板，其他几家的地毡就垫在草地上，湿气重得多。

我把带来的一个西瓜从提包里拿出来送给了主人，看来主人十分高兴。他们有钱，但与世隔绝，难得进一次城，过路人只要送几颗水果糖也可以饱餐一顿；过路拉木材的司机随随便便就加入不认识的餐桌旁喝奶茶，扔几个钱就可以扑进羊群抱走一只肥羊。牧场已实行承包，把草场分给了个人，分户管理，主人告诉我，他家一个老人两个弟兄分到了 200 头羊、50 头牛马。

诗人晓雪是我们的领队，他同尼勒克县委书记和文联主席同住一家毡包。客人一到，主人就抓了一只羊站在毡房门口，将羊头对着客人念了一些听不懂的颂词。县委书记熟悉这些礼节，便代表我们祝颂到：啊！祝愿你的羊群像白云一样永远不散，祝愿你的儿子像星星一样灿烂，女儿像百灵鸟儿一样美丽，阿门！几个客人齐场喊到：阿门！据说，只有这样，杀了羊，羊群才得到保护，住家才安康。主人家的女儿高中毕业之后在牧场工作，女婿在教书，初中毕业教初中。女儿生了儿子才两个月，夫妻双双来回娘家。女儿还只 23 岁，准备生三个儿子。这里计划生育工作还在起步，提倡只生三个。

趁大家正大吃特吃羊肉与牧民交谈时，我陪老贾拍纪录片。今天是农历六月二十四，没有月亮，只好把蓄电池灯一开一关地照明，走过 200 多米夜路，回到我住的毡房。纳西族诗人戈阿干先来串门，以为我不回来，便占了地方。结果我们这毡房最小，睡的人最多。他们正在哈哈大笑，我一了解，原来女主人不懂汉话，又没人翻译，双方只好比画着猜。女主人一面做事，一面笑。她说了一句话，指指韦一凡、黄钲、戈阿干，大家猜了半天才弄懂，她说他们三个人像巴依老爷。巴依就是地主老财，大家笑得打滚。

大家吃了，笑了，也闹了。因为没有翻译无法进行采访，加之旅途疲劳，便想睡觉。颜家文和爱唱《我的小心肝》的基默热克迫不及待地倒在毡垫上想睡，他们以为牧人就是这样简陋地睡觉。女主人见状大笑起来，示意他们起来，女主人有许多窄棉被。进疆时曾听人说，牧民是如何的不讲卫生，蚤子多，其实不然，她家的被子多而且干净。尽管洗不方便，但这里空气清新，人烟稀少，大自然没有污染，一切比大城市要干净得多。

女主人像伺候娃娃一样，为我们先铺上几床棉垫被，再给一人一床小盖被。我们六个人，主人家六口人，以我为界，像挤萝卜一样，挤在不到 3 米宽的地炕上，头朝里，脚朝外，如果不喊口令，一个人难以翻身。狗在外面叫，溪水在山下汩汩地流，羊在星光下反刍。这是在天尽头，地中央，一个草原之夜，何等的新鲜神秘，何等的有趣。

当我们起床时，忽然感到气温下降了，晨风清凉而甜润。山上的云杉是墨绿色的，地上的草是翠绿色的，灰色的云团低垂。一会儿，下起雨来了，我们都躲进毡房，帮主人把天窗的毡子拉上盖了，坐在毡垫上喝奶茶。我忽然发现对面山上的羊群全不动了，它们在下雨时全都站立不动，不吃草，不走动，不喊叫，全昂着头，仿佛在等待末日来临似的，远远看去是一群羊的石雕像。而那位老人，昨天拎了一件皮筒上山过夜的那个老人正坐在一匹马上，一动不动地陪伴着他的羊群。可惜光线太暗，我的相机很一般，无法把这幅雨牧图拍下来。

天刚放晴，我便按捺不住，想到对面那山上去看看，我也想考验一下身体，拼命朝山顶冲去。我感觉到心跳正在加快，我不想停下来，我终于冲上了山顶，但心脏快要炸裂了。我已无法支持自己，一面用手按着胸，一面就势倒在草地上。我知道这就是高山缺氧的反应，我大口大口地吞气，似乎是在同死亡搏斗。我卧躺在山顶草丛中，满眼蓝天，云天雾地。大约过了 10 分钟，心跳才逐渐正常，人已软弱无力。坐起来看那不动的羊群时，羊已咩咩叫着走远了，那个神秘而沉默的放羊老人也走远了。这时候，爱唱山歌的基默热克骑了一匹马如飞地朝我奔来，他手中挥舞着红纱巾，像草原的姑娘追赶情人一般，但他的骑技还不如当地牧民家 10 岁的巴郎子。唐朝诗人高适曾写道："虏酒千钟不醉人，胡儿十岁能骑马。"看来，诗人是到过边塞，真有感受的。巴郎子从小就由妈妈抱了骑马，八九岁便能翻身骑在光背马上如飞地奔驰。小妹妹庞燕华和小大姐贺晓彤更不行，她们骑在一匹温顺老实的母马上，让人牵了走还吓得哇哇大叫，令人难堪。

天山真容之一

我们坐县委书记的吉普车下山，连司机一共挤了十个人。那不是坐，是装沙丁鱼罐头一样，反正草原上没有公路，也没有来往车辆，更没有行人。我们的车子在草原上飞驰，大家挤在一起，却很开心，似乎翻了车也如同游戏。大家说，这是南方难以想象的一种享受，这是天山风格。

我们真的要上天山了。从乔尔马开始上升，山下是绿草如茵，遍地花朵，走着走着兜头一场猛雨。当汽车爬上海拔 2000 米左右，小雨慢慢变成了雪花，使人想起李白"五月天山雪，无花只有寒"的诗句。山坡的阴沟里是冰川的遗存，一堆一堆，一沟一沟，像透明的岩浆凝固在一起，像是从山顶流下的冰河突然不动了，就这样永远停留在那里，融雪的水在另外一些低洼处欢快地朝山下奔去。气温太冷，车玻璃上结了冰花。我们爬上了阿尔斯冰大坂，大坂即山脊，山脊上有垭口，唯一的通道，叫大坂。我们站在 4000 米高的冰大坂上，仔细地来看看著名的天山山脉。其实，乌鲁木齐也是天山之城。天山是夹在准噶尔盆地和塔里木盆地之间的一条山脉，要一眼看清整个山脉，即使是坐在飞机上也是不可能的，何况在地上。因此，目力所及仍只是天山的某一部分，正所谓"不识天山真面目，只缘身在此山中"也。我们所处的冰大坂，处在天山东段与婆罗科努山交会处，已近喀什河的上游。从这里看见无数山峰耸立在远处，好几条支脉构成一个雄伟的群体，气势磅礴。从这 4000 米高度看下去，真有一览众山小的感觉。我们在乔尔马经过了春天，然后是夏天的热雨，秋天的枯草，冬天的冰雪。我们现在要在一天之内又从冬天走回春天去，从大坂下山就进入另一地盘——新源县境。

翻过大坂，是另一番景色，阳光灿烂，牧草丰盛，几只苍鹰在公路下的山涧中飞翔。公路正是畅通季节，像一条白链沿山肩横展，几个极长的回头线向山下绕去。这些天山之路都是解放军修的，杳无人迹之地，也只有军人才能成此壮举。这一带云杉很高，高大粗壮如林立的武士，使人振奋。到处可见倒下腐烂的大树，无人运走。

这一天，我们只走到那格里附近的公路交叉口，住在天山旅社。名字极响亮，实乃一破旧鸡毛店。旅途疲劳，饥不择食，倒头便睡。

这深山小店是住过往短途客人的，店房后面山脚即巩乃斯河上游，水深河窄，轰隆隆作响，有一石拱桥虹卧其上。下试水温，天山冰水也。颇有"小桥流水人家"的味道。

我们清晨起来，才看清客房是一间学生宿舍样的地方，十来张木架双层床，被子冰而硬，房门一夜敞着，不能上闩，多次有人进来大呼小叫。但我们如同住进了五星级宾馆，在床上讲趣味数学，猜一个毛泽东老人家猜过的案子，逞福尔摩斯之能。

太阳出来了,山谷还是寒气逼人,仰头可见两边山巅戴上了金光灿烂的帽子,朝晖照射处,千杆云杉映着蓝而朗的天宇在移动,白云和晨雾弥漫在树梢上,轻柔而舒缓,空气自然是极度的清新,露水珍珠似的垂在草叶上。我在路边跑步,做扩胸运动,活像泥水中的一条鱼突然丢进了明净的水中,既愉快又还有些不适应。

旅店老板养了几只火鸡,孔雀似的开屏,有几十只兔子,在野地里乱跑,其实是家兔,为这天山深处的小店添了许多道家遁世的生活情趣。

短暂的一歇,给人留下了永久的回忆。那小店,那拱桥,巩乃斯河的呼啦啦欢叫,还有那些火鸡、自由自在的兔子,那金光四射的云杉,一直伴我在旅途。多少通都大邑难以给人深印象,为什么独独此鸡毛小店给记忆刻下如此深重的一刀呢?

天山真容之二

当我们又登上一道大坂时,我才发现,真正的天山在这里。我在南方的鄂西家乡时,那是武陵山的东部,我相信天山是一座至高无上的峰,但我现在所看到的天山是无数座山峰和山塬与峡谷的总和。我站立在其中一个峰上,有如登上一艘巨轮观看惊涛骇浪的大海,那巨大的山塬就是大海的涌,那刺天的峰就是大海掀起的浪。

你可以想象远古这里曾是世界上最宽大而平坦的高原,后来被雨水切割出无数的深壑。总之,天山是群山的组合,不是单一的山峰或山塬。远处的山峰都在雪线以上,白雪皑皑,有如巨大的玉龙腾跃在山塬与天际之间。玉龙之下便是淡而苍茫的山、云、雾的混合,再近一点是荒原,再近处是草场。草场上可见牛羊在悠闲地走动,山谷两侧背风处都是云杉的世界,墨绿一片,恐怕从无人涉足,时时可见冰川像白色的熔岩凝固在山腰,神秘而奇丽。

眼前是一幅写真度极高的油画,各处的色块强烈而鲜明,整体又如此和谐而富有热力。特别是那雪白的山峰之下,由远而近、从淡而浓的嫩绿鹅黄,在南方是看不见的。南方的色块可能更丰富,但没有天山这里的气势磅礴宏大。南方的空气污染度高,一公里之外便昏暗如烟。天山不同,这里没有一粒尘埃,没有噪声,更没有人工痕迹。此情此景,粗野的人也似乎变得文静温良得多了。

巴音布鲁克的天鹅

巴音布鲁克地处天山深处，海拔2400米，四周都是雪山，中间是草原。牛群、羊群开始多起来，每群羊多至400头，这已是很好的草场才允许的数字。蒙古人住在这里，这从蒙古包的样式可以判断出来。他们的毡包旁边都立有拴马桩和小旗，哈萨克牧人的毡包旁也立拴马桩，但不挂小旗。蒙古包旁，牧羊犬在和小孩子玩耍，黑色的牦牛，杂色的牦牛，还有白牦牛，憨态可掬。我们沿着一条小河前进，很快就到了一座小镇——巴音布鲁克。

小镇约住一千人口，我们买水喝的小店里的女孩是郑州人，经询问才知道她是跟随哥哥来这里开小店的。小姑娘很高兴，她告诉我们这里不远就是天鹅湖。天鹅是一种纯洁吉祥的鸟儿，全身白色，上嘴分黄色和黑色两部分，脚和尾都短，脚黑色有蹼，生活在海滨或湖边，善飞，吃植物、昆虫。也叫鹄。我们常说某人有非分之想为“想吃天鹅肉”，亦可见其珍贵与崇高。巴音布鲁克设有天鹅自然保护区。每到春季，数万只美丽的天鹅从印度和非洲南部度过严寒的冬天，飞回到这里栖息、繁衍。从前，这里天鹅很多，但无人保护，而且都去湖里捡天鹅蛋，打大天鹅，捉小天鹅，这样一来，损失很大。现在设了保护区，沿开都河上游直到天鹅湖都辟为保护区，保护区周围住的是蒙古族牧人，大家都知道珍稀动物保护法，把天鹅视为吉祥神鸟。经过这些年的恢复，天鹅家族得以振兴，据估计现有14000多只了，如果机会好，就在巴音布鲁克镇上也可以看到几百只一群的珍贵水禽盛装飞临作短暂停留。听到这里，使人不禁想到苏联芭蕾舞《天鹅湖》那动人的旋律和优雅的剧情。我们都站在路边，引颈南望，开都河边一无所有……后来才知道，八月，它们都躲在湖里的草丛中换毛做迁徙过冬的准备，而这时节，衣冠不整的精灵是羞于见人的。

巴音布鲁克年平均气温是零下5度，无霜期只有17天，但我们站在中午的阳光下仍感到很热，紫外线很强。从乌鲁木齐到南疆重镇喀什的公路干线从这里经过，草原的公路平坦笔直，我们的车以100公里的速度前进，像飞机在蓝天翱翔，像巡洋舰在大海游弋。绿草上是云似的羊群，路边，时时可以看见像野兔样的动物忽隐忽现，艾克拜尔说那是旱獭，蒙古人爱吃它，就像汉族人爱吃野兔一样。那东西像硕大的老鼠，但没尾巴，黄褐色，在草地上跳蹦。这家伙身上带有鼠疫，这是一种很厉害的时疫，当年的人没有这方面的知识，所以历史上蒙古牧民死过不少。听到这里，我们对旱獭的兴趣大减，提议停车去追捕旱獭的人也沉默下来。

铁力买提印象

铁力买提是旅途中翻过的第三个大坂，也是进入南疆的标志。为了降低公路的高程，这里掘了一条2公里长的隧道。我们下车来向北疆告别，摄影师也要用行进的汽车来摇拍隧道口的雄伟景象。

首先让人惊奇的是这里的山，远处的山是暗红色，好像是地下的煤矿正在燃烧。开挖公路和隧道时，把近处的山的表层剥掉了，裸露出地壳被历史搓揉过的标记，倾斜的断层启发人们去想象造山运动中这里所发生过的碰撞断裂升降分合迭压扭曲的种种怪事。如果这里靠近通都大邑，无疑会成为壮观的胜景。

车过隧道如同在地层深处钻进，总是没有尽头，当我们终于从地洞中钻出地面时，便置身在南疆的全新气氛中了。这里的民情风俗变化之大且不说，自然景观已大迥异。当我们的沙漠之舟热情奔放地滑下一道山腰时，迎接我们的便是一泓小小的自成湖，我们已经很久没看见湖水了。这湖水是翡翠般的豆绿，像是五星级饭店后面的人工游泳池，很温柔很舒坦很中看。再往前走，河谷里长着兔儿条，杨树与风沙在长年搏斗中显得苍老横斜，小河里的水时时消入地下。

当我们从高山下到丘陵时，大自然的奇观出现了，山势变得奇伟而奔放，红色的山、黄中隐红的山、灰色的山，同一山体又呈现出各种颜色来，相杂相间，浓淡有致。我们都同时想到了西洋油画，对，油画，一幅十足的油画构图！这是大自然创作出的一幅巨型油画！我也可说游历了国内名山大川，唯此处山色驳杂而有韵致。如果油画是创造于东方而不是西洋，有谁敢否认画家不是受了此情此景的启发呢？即使现在，油画家、国画家、先锋画家到这里来站立三分钟，如果不激发出灵感来，他便不是一个天才的画家了。

刚欣赏完山的油画，又一幅景致震惊了我。在戈壁滩的远处，一座座暗灰中泛红的砂石山由于长年的水蚀风化，形成了古城堡的形状气势，重檐叠屋，各具风采，远远看去犹如海雾中的威尼斯古城。这是最伟大的建筑师和天才的雕塑家的成名作品，那古城堡的神秘，那教堂的尖塔，那鸽子笼一般的平民住宅，那哥特式建筑，那弯曲的街道和水巷……是真实的存在，又像海市蜃楼。

这是美不胜收的旅程，当我们从艺术的氛围中惊醒过来，车已行驶在平坦的沙漠边缘了。远远望去，有一绿洲，钻天杨拔地而起，显出一座大漠古城来。我们知道,库车到了。

这一天是八一建军节。

龟兹古国与库车新姿

古时候,西域有一个龟兹国,畜牧、冶铸、酿酒都很发达。有文字,尤其擅长音乐。汉宣帝时其王绛宾娶汉解忧公主长女,同入朝,学汉制度。唐朝时,龟兹与于阗、疏勒、碎叶号称“安西四镇”。这个龟兹古国的遗址就在今天的库车。库车也是古时候横贯亚洲的丝绸之路的必经之道。

我们住在库车县干部招待所。吃罢饭,县委书记陪我们去参观巴扎。巴扎即集市,库车巴扎是轮流转的,每天换一处,近于我们南方赶集。我们住的是库车新城,街道平阔,人来车往,熙攘一片。街道上,驴车多于马车,马车多于汽车。市内交通已被布篷马车所垄断,公共汽车不怎么受人欢迎,因为这里的赶集人不那么急,也就不要那么快,他们需要慢慢地走慢慢地看。而马车夫正看中了这一点,他们把马打扮起来,给板车安上遮阳布,车上垫了毛毡,一毛钱可以把你拉很远。加之车多人少,你出一元钱,可以拉着你跑遍所有的地方,服务态度很好。

巴扎很活跃,市场开放之后,瓜果成山,百货纷陈,随处可以买到传统的民族用品和尝到风味的小吃,每一个角落都飘散着羊肉和馕的香味。我在一个花帽女贩摊上选了一顶维吾尔族小花帽,手工绣制,五元钱,可以任意挑选。白族诗人晓雪也挑了一顶,都是给女儿买的。

某名人说,看一个城市的经济文化水平,有两大标志:建筑和服饰。这里的建筑与服饰与中国内地是迥然不同的。人们说,新疆有三绝:哈密的瓜,库尔勒的梨,库车出美女。这是真实感受,走到街头一看,不管老中青,全是鲜艳的衣裙,女人都有一方漂亮的花头巾,每个女人都精心地搭配上衣、头巾、裙子和袜子的颜色,整个街道仿佛是正在暗中角逐时装模特。这里的民族能歌善舞,古时最早进入长安献演的就是库车舞,直到今天,中央乐团和自治区的几个主要歌唱家中,有三个是库车人,全国好几家期刊的主编也是库车人。县委书记说到这些时,按捺不住自豪。

南疆属暖温带大陆性干旱气候,深居内陆,高山环绕,所经之地,旱漠千里,稍一起风,便尘埃弥空,什么也看不见。我们说这里四面是沙,八方无树。居民房子多是低矮土墙,很少砖瓦房,这恐怕与风、沙、水都有直接关系。我们从牧区草场下来，寄希望在库车县城好好打扫一下卫生，结果机会不好，碰上停电，抽不来水，只能用盆子端点水擦一下。晚上不能读书就瞭望星空，看银河一脉，看北斗横斜，想念家乡。卢思道曾有诗云："关山万里不可越，谁能坐对芳菲月？"正应了这心境。大家在一起聊天，感叹领土之辽阔，文化之丰富，作为少数民族青年作家，少了许多卑微，多了几分自豪。

克孜尔千佛洞

从库车驱车西行60公里到拜城。我们沿渭干河上游木扎提河上行，木扎提河经过千百年不停地切割冲刷，在大戈壁滩上冲出了一条深深的河谷。在那河谷的北岸露出一壁悬崖，克孜尔千佛洞就藏在此处。

一条小溪滋润着一片沙洲，沙洲上长满白杨、胡杨、垂柳、沙枣等树，芨芨草也很深。我们登上枯焦的山崖，这里正在整修，到处有脚手架，我们先进入八号洞，洞壁绘着本生故事，常见的佛教造像，神态各异。壁画中贴金的地方被外国盗窃者刮走或揭去了。这些珍贵的文物保存不甚好，据说缺少经费，恐怕也缺少人才和知识。我们又看过几个洞窟，想象着南北朝至晚唐时期，这里的少数民族文艺人才和凿洞匠人是何等地富于独创精神。这里共有236窟，其中74窟尚较完整。石窟形制主要有礼拜窟、讲经堂和僧房，崇拜释迦牟尼佛和弥勒佛，晚期则受到大乘佛教艺术的影响，出现千佛、一佛二菩萨等题材。它与河南洛阳石窟风格不同，洛阳石窟凿在石头上，古朴庄重，洞窟较浅。克孜尔佛窟规模不及洛阳佛窟宏大，但有前室后室之分，在布局上，前室左右壁多绘说法图，正壁多塑造佛龛或大立像，券顶多在菱形格内画佛本生或本缘故事。后室则绘或塑相关佛传故事及供养人像。在绘画技巧上，着重光暗，晕染突出，注意人体结构，富于装饰效果。

在库车、拜城地区，有八个地方有千佛洞，有四处古城遗址。这里是历史上的古文化集中地，由于历史与自然的原因，现在已是一片荒漠。

就在千佛洞附近，还有一个美妙的去处，名叫千泪泉。沿着一条小溪约走1公里，这里悬崖高耸，石壁如削，泉水从悬崖上滴落下来，异常悦耳。相传唐代宫廷乐伎演奏的西域名曲《耶婆瑟鸡》，最初就是在这泉旁产生的。千滴泉还有一段优美动人的故事，相传古代龟兹国的一个国王有个女儿，与民间一青年相爱。国王极力反对，故意刁难青年，要他上山凿一千个佛洞，才同意把女儿嫁给他。青年凿了999个洞，便力竭而死。公主赶来，抱尸痛哭，悲愤而亡。他们的精诚感动了山上的顽石,顽石亦为之落泪,至今仍泪流不止,故称千泪泉。作家们本是爱情种子,听了这故事,纷纷爬到那崖下,接那泪水来喝来洗眼,说是洗了眼会更明亮有神。要不是县文工团晚上要召开文艺晚会,大家真会流连忘返的。

库车是历史悠久的文化名城,给人印象很深的还有:库车杏干,皮白肉厚,听说送到香港后八个杏子卖了 9 美元;库车的小刀赛过名闻遐迩的英吉沙小刀;库车的烤馕是全疆最大的;库车的烤串是串得最长的。

从阿克苏到喀什

尽管阿克苏市内正在整修街道,尘埃弥天,我们还是在这里睡了一个香甜的觉,11 点动身走 500 公里想赶到喀什吃晚饭。

公路在一望无际的戈壁滩上,右边有不高的枯山,左边偶尔有一棵树。汽车以每小时 100 多公里的速度行驶,每遇小坎,面包车便像骏马跨栏似的跳得很高,惊得大家腰眼发麻,女同胞尖叫着,男同胞得意地喝彩,司机蔚超充分地展示着熟练的车技。中途,停下加油,车外气温高达 40 多度,热烘烘的难受。路边有一石头小棚,有一个人在卖西瓜。这瓜是冬天的,多汁寡淡, 小贩八角五分一个买下储在这里, 二元五角一个再卖给路人,看来,他要赚一笔钱财。

在离巴楚 50 公里的三岔路口吃午饭,凭经验,他们都去找那一元五角一盘的炒面吃。韦一凡、颜家文想吃米饭,到了一个邵阳人开的米饭店,“老乡见老乡,两眼泪汪汪”,店主人半请半卖;一饭一汤每人收七角钱,吃得让大家羡慕不已。

我们沿着喀什噶尔河行进,绿水青树渐多,过阿图什,再走一个钟头,就到了南疆重镇喀什市,地委宣传部、文联、民委的负责人已在宾馆等着我们。这座颇具特色的宾馆叫色满宾馆,色满是什么意思,是不是迎宾的意思,或是招待的意思? 忘了去打听。

匆匆吃了饭,又是赶去参加地区文工团的专场文艺晚会。喀什歌舞水平很高,一位女歌唱家长得很漂亮,但胖得吓人,声音像百灵鸟儿。那男歌唱家也唱得不错,可惜喜欢舔舌头。观众秩序不好,一面看一面吃西瓜、嗑瓜子、喊叫,大大影响了演出效果。作为一个作家,也乐意体味一下当地少数民族忘情享受的剧场效果,所以,看人的时间比看戏多,像侦探似的。

生不带来死不带去

喜欢听点传闻，爱看些野史的人大都知道乾隆皇帝有一个维吾尔族妃子。这个妃子与众不同,她身体能散发异香,因此后人称之为香妃。

香妃墓是典型的伊斯兰建筑,四角是圆柱形塔楼,两塔楼间由开窗的高墙相连,构成一个四面体建筑。全用黄绿两种釉砖砌成。正面开门,门上绘有美丽图案。两边的墙壁上装饰着米黄色的石膏花饰,雕刻精细,顶为圆形。这个建筑又名阿巴和加麻扎,麻扎维吾尔语为墓。相传建于17世纪,是新疆白山派和卓阿巴和加的陵墓。祠内坟墓层迭环列,埋葬着阿巴和加一家五代共72人。墓上覆盖着各种图案的花布。看得出来,男墓大女墓小,据说是男重女轻。伊斯兰人死后以白布裹尸而葬,他们信奉"生不带来死不带去",这是很有趣的,赤条条来,赤条条去,视钱财如无物,这与汉族人的厚葬观念相反。重义轻财,无论什么社会,总是一种令人尊敬的品格。

大地震时,曾使穹顶裂开一道小缝。我们站在那里认真地观注着香妃那座小而显眼的墓葬,仿佛看到了一位香艳的维吾尔族少女在翩翩起舞。她伴于君王之侧,死后却能回葬于本民族家庭的陵寝,应是幸中之幸了。每逢古尔邦节、肉孜节和星期四,都有成千上万人前来礼拜,其欢快与热闹远胜于当年的帝京了。

说香妃身体能散发出异香,书上这样写,大家也这么相信,我不以为然。因为她贵为帝妃,能一亲其芳泽者唯乾隆也,他人焉能知其香臭耶?因其为西域美女,从政治联姻角度,乾隆爷叫一声好,谁说不好?另一则,三宫六院的乾隆爷忽然得到一个西域美女,自然会觉得与汉地少女不同,觉得有某种异香。抑或是香妃远嫁帝京,为博取欢颜,有意为之亦未可知。于是,便使她成了异物,经过写书人的添油加醋,弄成今天这个局面,就像捧明星一样,也是很有可能的。当然,发这样的议论对于一个美好的故事就有些不恭了,何况我们自己也满怀兴致地站在香妃的墓前。就像我的老乡王昭君当年远嫁大黑河边做匈奴妇,后人把她写得何等潇洒,其实,当时也有无可奈何的一面。

喀什印象

喀什是古丝绸之路国内最后一站，这座历史文化名城已有2000多年历史。90%以上是维吾尔族人。从内地一到喀什,就完全进入一种不同的地域,一种异域风情扑面而来。房子是花房子，建筑格式装饰风格独特，人穿花衣，服饰习惯和巴基斯坦一带相像，满街都是“阿凡提”。这里的人们仿佛生活在一个安谧自在自得其乐的古朴世界里。

喀什地委书记是河北人，名叫陈德敏，他很自豪地告诉我们，这里有世界第二高峰乔戈里峰，有冰山之父慕士塔格峰，周围与四个国家接壤，近千公里国境线。他风趣地说，喀什到北京5200百公里，而到卡拉奇只2000公里。地委书记自信地提出要重振丝绸之路，这口号很得人心。有趣的是，苏联人、日本人、巴基斯坦人、阿富汗人就住在我们同一个宾馆，少数是旅游者，大多是生意人，可见这条丝绸之路从来就没有中断过。如果进一步开放，生意越做越大，喀什胜过内地是不难的。

这个地方是塔克拉玛干沙漠的西端，每年的降水量是40毫升，只有我家乡鄂西年均降雨量的四十分之一，而这里的蒸发量却有1600毫升。用陈德敏同志的话说：什么都能晒干，西红柿也能晒干，人死在沙漠里也会晒成干子，所以这一带多出木乃伊。

晚饭后，我一人去逛街，那是一条小五金街，两旁多是两层楼，楼下做商行，楼上是雕花住宅，楼下的小五金师傅多是白铁工和制刀工。身边一炉一砧一锤，一电动砂轮，一会儿就打出一把漂亮的小刀来。做白铁桶的师傅一阵敲打就做出形态各异的盆、罐和水壶来。满街羊肉香味和各种只有立锥之地的小贩摊。维吾尔族妇女总是用面纱把她那美丽的容颜遮掩着，她能看清你，你却不能看清她，犹如雾里看花。许多带花布棚的马车载着客人，马铃叮当，招摇过市，格外有一种情趣。这里气候干燥，灰尘很大，但很少蚊虫，因为缺少蚊蝇生长的条件，不像南方遍地脏水或臭水沟。所以这里烤一次馕，吃半月十天不坏不霉，保存食品是得天独厚之地，连这里的羊肉也较内地好吃得多。商品经济已经敲响了这座古城的大门，令人鼓舞的明天已行进在丝绸之路上了。

艾提尕清真寺

在宽阔而繁华的艾提尕广场，当你饱览了西域风情之后，你会被一座著名建筑物吸引，那就是艾提尕清真寺。它是目前新疆最大的清真寺。相传始建于1789年，中间经过数次修整，共占地15亩。此寺在国内外颇负盛名，坐西朝东，高大的寺门两侧巍然屹立着两座10多米高的塔楼。塔楼与寺门以短墙相连，构成一个整体。在米黄色砖面上勾着雪白的砖缝和花纹，给人以庄严、肃穆、宏伟、壮丽的感觉。特别是塔楼和拱伯孜的顶尖上那一钩新月映着寺内浓密的绿杨，颇有佛教丛林的清雅之趣。

当我们诚惶诚恐地走进这宗教圣地，发现里面是一种庭院式结构。门内为八角形门厅，左右均有通道可进入院内。院中有一池碧水，四周白杨参天，苍松翠柏显得格外清幽。院内院外是两个世界，就像宗教与世俗是两个世界一样。我们一行作家中，除白族景谊崇拜她的白度母以外，我们差不多都是无神论者，几乎没几人参加过礼拜。当我们看见这里长 160 多米，深近 20 米的礼拜殿时，无不震惊，这里同时可容纳六七千名穆斯林做礼拜。140 根绿色的雕花木柱，成网络状排列，支撑着白色的密肋顶棚。礼拜殿内，全铺了毡毯。今天正好不是礼拜天，当我们走进时，在那空阔而肃穆的庭柱边，仍然有几位老穆斯林在做礼拜，有一位盘腿坐在绿柱边颂经，他的皂色衣裤和黑底白花小帽使之显得庄重虔诚。另几位老人长跪在墙边，似乎正与神交晤。我们衔枚疾行，绕堂一周而出。

超级皇冠趣话

8 月 7 日，天气晴好，放假一天，大家相约去逛巴扎。出门即有马车，大家戏称为“超级皇冠”。这种小马车装饰一新，花花绿绿，客人坐在软垫上，拉了嘚儿嘚儿满街跑，比皇冠车方便，比皇冠车便宜。从色满宾馆到艾提尕广场，一人只收两毛钱，那小马车夫服务态度又好。大家兴趣来了便同他闲聊。

小马车夫今年 17 岁，去年冬天结了婚，那就是 16 岁结婚，娶了一个 14 岁的女孩做妻子。小马车夫是个农民，家有兄弟 7 人，他赶马车每天收入 10 元，很满足的。我们问他，你妻子哭鼻子吗？他笑着反问：“那会吗？”我们问他抽烟吗？他说不抽香烟，每星期抽两角钱的莫合烟。我们进一步问他：你抽麻吗？这是指抽大麻叶。他惊恐地辩解起来：啊！那不敢，我父亲会说的，我怎么敢抽麻烟呢？我们当然相信他不敢抽大麻叶。他还是一个稚气未尽的孩子呀，虽说已驾驶着“超级皇冠”在大城市里来争食，但他毕竟是刚刚接触商品经济的牧民啊。

令人担忧的是，这里早婚现象很严重。我们在巴扎场上，在玉器行、首饰店和五金作坊里，到处看到的小徒弟、小商贩，大多在 15 岁左右，都没上学而在学手艺。我们在英吉沙小刀的摊前遇见一个 13 岁的小孩，他做生意的熟练与机敏令我们这些走南闯北的文人惊叹不已。他们可以学到不少谋生之道，日子也会不错，但他们在人生的长道上不能永远驾驶着“超级皇冠”啊！

烤全羊之宴

在新疆做客，不吃烤全羊是很遗憾的。即使你吃遍了中国八大菜系中的精品，大不了吃过北京烤鸭、常熟叫化鸡、广东龙虎斗或是香酥乳猪之类。烤全羊，听听就觉得气派，带劲，有特色。

当我们坐定之后，有一辆小推车推了进来，车上一只大瓷盘，盘中跪着一只烤熟的羊。这羊虽已为我们而牺牲了，但它仍然神采奕奕地跪在那里。羊嘴里衔着一把青草，头上扎了红巾，这大约与内地汉人向祖宗神灵敬献牺牲近似，但烤全羊打扮起来是为了表示对“客人”的尊重和祝福。

当烤全羊被推进来之后，由主人象征性地献给客人。客中长者应起身受礼，然后用刀去割下羊尾部的两块肥肉。主人便会接过刀来，很内行地从羊头背脊处一刀直划到羊尾，然后开始肢解全羊，一盘盘送到客人面前。

这沙漠地带的羊吃盐碱草长大，气候也干燥，那肉本就不腥，加之去皮之后放在大烤炉中火烤或电烤，并不时刷上香油作料，真可谓既香且酥，美味异常。

我们在牧民家做客时，主人家煮了羊端上羊头，请客人祝福，然后用刀割羊鼻或羊耳，然后由主人分奉享用。烤全羊席不只是一种食羊方法，它已有一套程序，一套严格的制作、分解以及仪式祝词，演变成了民族文化的一部分。有如喝茶，形成了茶道文化。烤全羊食过之后，你将终生难忘那情景那意味。

裤扣的插曲

突然下了一场暴雨，去慕士塔格峰的路不好走，上红其拉甫大坂的路也不通了，我们只好回头。当我们取了行李，坐在蔚超的车上，很久不开车，领队晓雪和艾克拜尔同宾馆多次交涉着什么。直到启程之后才知道，昨夜院子里发生了一点故事。有人撬开了一辆车，大约在里面睡了觉，当然把车子的胶木门把搞坏了。车主人早晨发现之后报告了服务员，值班服务员说看见了我们中的两个作家晚上在外面。临上车，那车主就找作家赔偿损失，这种事一无实证二不便声张，艾克拜尔想息事宁人。宣传部和文联领导等着送客，便给了五元钱，急忙开车，害怕闹开了不好收拾。

事有凑巧，我们的作家中恰好有一对又睡得晚，他们在阳台上待得很久，说是讨论小说，所以一上车，昏昏沉沉，于是误会愈闹愈大。“我的小心肝”还得到了掉在车厢里的牛仔裤纽扣，他的眼便往各人裤腰上望，叫人哭笑不得。

钻进别人汽车里去的人并不一定是我们中的一对，大家一路自然很不平。幸好晚上见了阿克苏地委书记伊明，他是北大毕业生，出过两本书，一本翻译作品，一本理论著作。此人精明能干，大家一见如故，才把喀什的那场小插曲忘却。

轮台惊变

古代边塞诗中常出现“轮台”这个地名。那是新疆历史上的一个小国仑头国，一作轮台国，汉武帝时为将军李广利所灭，置使者校尉，屯田于此。后并于龟兹。

轮台已近天山，北有天山，南有塔里木河，戈壁热风吹来，热不可当。异常干燥的气候使得司机们昏昏欲睡，加之那一马平川的戈壁公路近百公里不用转弯，那跑长途的司机就苦闷得很，把住方向盘后，看不见一点新鲜颜色，没有人说话解闷，不用调整方向盘，连错车的机会都极小，于是只有打瞌睡，迷糊一阵子也不会出什么事。

大约在策达附近，我们车前面公路100余米处，驶过来一辆带拖斗的油罐车。当出现在我们视野里时，它突然跳起舞来，几颠几跳，轰隆一声跳出了路基，犹如原子弹爆炸了，一团团尘雾像蘑菇云一般翻腾出来，好像有一件什么东西被弹射出来。我们急忙刹车，几个人冲过去抢救。等尘埃散去，在那一尺来厚的浮尘与细沙中，有一个人在挣扎。他爬起来了，完全一个泥人，脸在流血，但可以肯定没有牺牲！我们一片惊叫，一片欢呼，惊叹眼前这一幕，庆贺他的复生。视野之内“平沙莽莽黄入天”，没有水。吴雪堍是湘西作家，他经见过这类事情，立刻拿出茶杯倒水给司机洗脸，几个人都拿来茶杯，司机的手还在剧烈抖动。洗了伤口，扑掉灰尘，出现在眼前的是一个嫩嫩的小伙子，大约是一个刚出师的徒弟，万幸的是没有重伤。但车子已离开路基，歪在戈壁乱石间，我们帮不上忙。天已近晚，我们必须赶路，库尔勒的主人们还等着我们。大家问这个小司机怎么办，他说，只能在这里等待后面的同行，修好了车再说。这一等或半天或一夜，都未可知。

当我们上车离去时，大家都不吱声，望着一个个空水杯，回味着刚才那惊险的一幕,担心着小司机是否等到了伙伴。慢慢地想开去,觉得公路多弯不好,但若太直也会出事,颇耐寻味。行车如此,人生之旅又何尝不是这样呢?

边塞诗人岑参曾写道:“轮台九月风夜吼,一川碎石大如斗,随风满地石乱走。”现在已近9月,一川碎石仍在,晚风习习,未曾夜吼,可惜没能见到诗中景象,只有这汽车乱走的情景令人难忘。

从库尔勒到吐鲁番

库尔勒市位于有名的孔雀河边, 是巴音郭楞蒙古自治州的首府所在地,这个自治州主要是沙漠和草地,蒙古族是主体民族,但更多的恐怕是维吾尔人和汉人。街道正在兴建中,平房多,楼房少,有岗亭无警察,城中有河,水很清,相当于南方的水渠。我们离开库尔勒已是11点钟,必须走400公里才能到达吐鲁番。

汽车沿着天山南麓,走不多远即到焉耆回族自治县。焉耆算是戈壁中的绿洲,在这里见到了从乌鲁木齐延伸过来的铁路。一见到那两条平行延伸的钢轨,大家就感到离家近了许多,这种心情是难以言传的。当你从万里荒漠中忽然看到了绿水或青树,也是这种感觉。汽车从铁路边开过,车内的歌声都高了几度。从焉耆靠南,就是博斯腾湖,这是天山山间盆地中最大的淡水湖。从公路上远远望去,可见博湖的帆影。汉朝班超将军曾在这一带征战过。

从焉耆东行不远,有一农场,入疆以来第一次见到了芦苇荡。开都河的下游在这一带失去了主河道,泛散开来,河心多绿洲和草垛,颇具江南沼泽景色,而且看见许多人在垂钓,这使大家感到十分亲切。

从焉耆分路,一路去乌鲁木齐,一路去吐鲁番。司机也是第一次走这条路,于是拿出地图来。大家分析判断,很添了些行军拉练的味道。

再往前走,沿途仍是无垠戈壁,不见水草,不见人烟。王维诗云:“大漠孤烟直,长河落日圆。”我们连孤烟也没见到。偶尔可见翻倒在路边的汽车,究其原因,也多是司机打盹发困所致。好在这种翻车多是出轨,从路基开下了戈壁,一般不会出人命。车翻了,司机也年轻,只当摔了一跤,不大在乎,睡在车旁等待后面的伙伴来救助。

我们中午到达库米什。我买了一个西瓜当午餐。新疆的西瓜,光照充足,含糖量比内地高,吃起来真过瘾。这个城的人喜欢喝酒,谁说“虏酒千钟不醉人”?他们一喝就醉,醉倒了也不大在乎,颇有“醉卧沙场君莫笑”的意味,安安静静地睡在路边。别人也不在乎，反正这地上也很干燥，没有稀泥，没有脏水。睡好了，爬起来拍拍灰尘，照样走路回家或再去喝酒。

库米什是交界处，从这里开始进山。那山也只是些光秃秃的山岭和山包，没有悬岩没有沟壑，不见动物，不见飞鸟。公路从这些浅黄的砂石中穿行。这地方表面上看是贫瘠的，但谁能担保它下面不是宝藏？石油王国科威特的油田就在沙漠里，湖北大冶的铁矿铜矿和煤矿也是埋在那些灰色的石头山下面的哩。

走过这些小山，明显地感到了下山的趋势。慢慢地，下坡的坡度在增大，耳朵也开始感受到大气压的影响，失聪现象愈来愈重，说的话只能听到一半。韦一凡几个人喊耳朵聋了，庞燕华喊头晕。当我们确信走完了盆沿，下到了盆底时，耳朵才适应过来。

眼前仍然是一望无际的戈壁滩，风从窗外吹来，灼热难当。歌儿总是唱：吐鲁番的葡萄熟了！葡萄在哪儿呢？远远望去，忽然看到了海市蜃楼：在远处的沙漠地平线与天接之处，有烈炎像无色的火焰在颤动、蒸腾，那晕光烈炎之上浮出或山或城或车的暗影，似有似无，像是一座暮霭中繁忙的乡镇。

大约到了托克逊，我们停车问路，向右转弯走了几十公里，路边出现了白杨的丛林。凭已有的经验，该有村庄了。果然，白杨越来越多，在白杨林后面，我们向往已久的吐鲁番到了。我们把车开到市委会，这里的机关下午 6 点才上班，我们只好下车玩。直到打通了电话，才知道宣传部已把我们安排在宾馆住。这是一组很有维吾尔族风格的建筑群，我住高楼的四楼。宾至如归，我们忙着洗澡换衣，急急忙忙想把一途风尘洗去，以一个清新的面貌拜见向往已久而终于来了的吐鲁番城。

“海底”印象

吐鲁番能给人留下难忘的印象。首先，它在海底下，最低处在海平面以下 155 米，是我国陆地最低点。第二是热，年平均气温 33℃，极端最高气温曾两次达到 47.6℃。当我们走在街上，骄阳似火，晒得发烫，但不难受。因为没有汗，那汗水刚冒出来立刻就蒸发了，只给身上留下盐粉，衣服永远是干的。听宣传部长说，今年是吐鲁番历年来最热的一年，但今天却是夏季以来最凉快的一天，气温大约 38℃。房间陈设很好，但空调没安好，电扇又没有，风一停，还是很闷热。

吐鲁番的街道是很整齐美丽的,人行道全由葡萄架织成甬道,这恐怕是天下独一无二的。当你唱着"吐鲁番的葡萄熟了"的歌曲,沉浸在花果与葡萄的郁香之中,漫步在这绿叶与浆果的阴凉之下,你就会领略到吐鲁番的滋味。

吐鲁番的建筑是世界上最美丽的,它的每一栋房子都彩绘一新。维吾尔族是一个爱美丽的民族,他们不但戴花帽、穿花衣、坐花马车,还住花房子。街道两边的房子大多是白底配以黄、绿、蓝几种颜色,再加上圆形、拱形的门和窗、塔楼,给人一种活泼欢快之感。

我一面走,一面品尝名贵的葡萄,中饭都免了。那马奶子葡萄,碧玉色,椭圆形,只要看一眼便馋涎欲滴,五毛钱一公斤,而葡萄干则要六元到七元一公斤了。

吐鲁番是古丝绸之路很重要的一站,历史文化给这里留下了大量遗存,属于全国重点保护的文物有多处。但保护和研究似乎都较差,可能是人才缺乏,经费有限。

交河故城

8 月 12 日,天气晴好。我们乘车往西行约 10 公里,到雅尔湖乡。有两条古河河床在这里交叉,环抱着一座孤岛,这就是有名的交河故城。有人认为是汉代车师王前庭治所的所在地。现存遗址主要是唐代及其以后的建筑。城依土崖作长方形,无须筑城垣。整座城南北长 1000 米,东西宽约 300 米。南面有门有路,直通城内。令人惊奇的是,古城中修有数百米长宽三米的大道,相当于今之主街道,是城市的中轴线。城区大约可分为居民区、寺庙区和宫廷区。

我们走进一座大型建筑,主要是用土筑成,看得出有庭堂、天井、回廊、甬道和台阶,好像是交河的政治中心。中心前面有一瞭望塔台,登上塔台,故城尽收眼底,令人宛见"日暮云沙古战场"的景象。想当年,这里是何等繁华,也不知是什么原因使得这座故城被废弃,是灾害?是瘟疫?还是战争?不得而知。

可与长城媲美的坎儿井

从交河故城出来,我们去参观坎儿井。"坎儿"是"井穴"的意思,为一种特殊的灌溉系统。吐鲁番的坎儿井有 1100 多条。这种灌溉系统由地面渠道、地下渠道、涝坝三部分组成。

修坎儿井的办法是在高山雪水潜流处，寻找到好的水源，在一定间隔打一个深十几米乃至几十米的竖井，将地下水汇聚，以增大水势，再依地势高下，在井底修通暗渠，引水下流，一直连接到遥远的绿洲，才将水引出地面，用来灌溉土地。戈壁沙漠是不存水的，因此暗渠很深。这种坎儿井一般长两三公里，最长可达二三十公里。其工程之伟大，几可与长城、运河相媲美。

坎儿井的历史已有2000多年了，《史记》中曾记载汉武帝曾发卒万余穿渠引洛水至商颜山下。汉通西域后，这种方法传到了塞外，也有人说是林则徐充军新疆后发明的。

我们在一片戈壁滩上看到了数十眼井口，进入一口井，顺取水台阶下去数丈，看见那地下暗渠像地道战中的通道。水清凉，取一杯饮之，甘甜冰润，美不可言。

高昌故城边的木乃伊

高昌故城已是一片铁灰色土墙，但仍可显出当年的宏大规模。离高昌故城不远，有阿斯塔那—哈拉和卓古墓群。这些被埋葬的人可能是高昌时期的居民。从地面上看，这里极平凡，长着几棵枯草的戈壁滩上散布着一堆堆砾石。其实那是各个家族坟茔的地界。

我们沿着一条沟式斜道走进地道，跨过一道门洞，眼前出现一个窑洞。窑洞就是墓室，室内靠墙边有一炕样的土床，墓主就睡在这炕上。夫妻二人同床共枕，但已是一对木乃伊了，样子很可怕的。他们的视线所及的穹顶，绘有简单的壁画。

我第一次走进坟墓，实实在在地走进了坟墓，而且与死者同处一室。与那木乃伊夫妻仅咫尺之隔，我还伸手去摸了摸那死尸，其实只是一副已干枯的皮囊，但仍龇牙咧嘴，深陷了两只眼洞，有些怕人。大家讨论着这一对夫妻是如何同睡一床的，是同时死去还是后来合葬的？估计合葬的可能性大一些。这地方干燥异常，前者死了放在地下墓中，不久就干枯了，不会腐烂。后者死了，只需打开墓道，送将进去，就像把病人送进病房一样容易。可笑的是，这一对古人万万没有想到，他们的不朽之身竟然会赤身裸体在光天化日之下，被一群南方来的青年人指指戳戳。南方人也求死后不朽，但老天爷作对，于是就生出看风水、选吉穴、防腐术等等，亦是枉然。因此，长沙马王堆、江陵凤凰山出了不朽古尸，便全国哗然，世界震惊，这其实是在庆贺人类战胜自然的一点点成绩。

扇不灭的火焰山

《西游记》第59回唐三藏路阻火焰山，写师徒四人，进前行处，渐觉热气蒸人。三藏令悟空去问个消息，看那炎热之故何也。一老者这样回答他们："敝地唤作火焰山。无春无秋，四季皆热。""八百里火焰，四周寸草不生。若过得山，就是铜脑壳、铁身躯，也要化成汁哩。"三藏闻言，大惊失色，不敢再问。初读《西游记》时，往往被这段文字所吸引，便想到了森林大火，想到了炼铁炉，想到了孙悟空的芭蕉扇，好不有趣。

《西游记》的作者是否到过吐鲁番不得而知，但所写的故事却很真实。我们从高昌古城废墟出来，便见前方有一山岭呈黑红色，像是燃过的煤灰堆成，山巅是被风化留下的石头，重峦叠嶂，无草无树，或悬崖或山峰，各具形态。山脊以下三分之二的山体全是风化下来的黑红色沙土，成斜坡状。上面是碧空白云，下面是黑红色山体，在烈日的照射下，整座山散发着炙人的火焰，既壮观，又神秘，谁也不敢涉足其中，只敢敬而远之。

火焰山，《隋书》作赤石山。东西长达100公里，南北宽约10公里，海拔约500米。主要为第三纪红砂岩所构成。因夏季气候干热，在强烈阳光照射下，红色砂岩熠熠发光，宛如阵阵烈焰，所以被称作火焰山。唐朝诗人岑参是有名的边塞诗人，他写道："火山突兀赤亭口，火山五月火云厚。火云满山凝未开，飞鸟千里不敢来。"这确实是亲历生活的写照，赫赫炎威，都视为畏途。孙悟空亦然。

吴承恩以火焰山为题材，写出了如此生动迷人的孙悟空三借芭蕉扇的故事，也真是形象思维的高手。以至我辈后生面对此山此景，叹为观止，也不得不拜服数百年前的作家文笔如椽。不禁从心底生出一些责任，中华大好河山，该能孕育出多少好文章。

迷醉葡萄沟

从火焰山西行不远，慢慢感受到了一丝凉意，醉人的瓜果的香甜气味裹着这丝丝凉风从一条沟谷里送来，还没到葡萄沟，先自迷醉了。

峡谷的两边都是黑红色的火焰山，野草不生，飞鸟不过，烈焰蒸腾。而在两山之间的峡谷里，完全一派江南风光，参天的白杨织成百里长阵，把翠绿洒满山谷，树下水渠纵横，空气润湿，一行行葡萄架像南方的茶园，排列有序，翠绿一片。这里完全没有沙滩戈壁所特有的印象，人们只是奇怪大自然为什么会在这里生出两处水火不容迥然有别的天地。

葡萄沟已是名闻天下的旅游胜地。当我们到来时，果园里已宾客如云，外国人也很多，大多是日本人。参观游玩之后，大家就坐下来品尝葡萄。主人已为我们安放好了桌椅，各自可以邀了好友围坐一起。这里的葡萄汇集了世界各国的优良品种，其形状有滚圆的、马奶子形的、鸡心形的，颜色有紫色的、玫瑰红的、玉白色的、微黄色的，多达 20 多个品种，最有名的数无核白、马奶子和玫瑰红。特别是那无核白，果实虽没有玫瑰红壮大，但顾名思义，它没有核，甜而嫩。你摘下一串，一颗一颗只管往口中丢吧，那滋味非亲尝是难以形容的。

这里的葡萄好，靠天时地利，昼夜温差大，日照时间长，葡萄的含糖量高达 24%。这里亩产高达 2000 公斤。鲜葡萄国家收购，每公斤三角，出口八角至一元，用冷藏车运到 40 公里之外的火车站很方便。如今还有个体运销，武汉市一公斤新疆鲜葡萄可卖到三四元，广州、深圳更不用说。所以 15 公里长的葡萄沟里，农民专业户、万元户并不少见。

据说，吐鲁番的领导有感于人们对葡萄沟的欣赏，正规划把这里建成中国的葡萄城，以葡萄兴市，以葡萄交结天下朋友。我看，这在不久的将来是能实现的。《凉州词》中的“葡萄美酒夜光杯，欲饮琵琶马上催”的美妙情景将重现在游客面前。

关于《马车夫之歌》

从吐鲁番沿博格达山之南向乌鲁木齐方向，是从盆底爬上盆沿，一路穿山越岭，直到隐约可见高插云天的博格达雪峰才山势渐开，豁然开朗。汽车到了有名的达坂城。

达坂城是南北疆的要冲，平旷开阔。路经一村镇，这就是人人该知的新疆民歌《马车夫之歌》所唱的地方。“达坂城的石头硬又圆啦，西瓜大又甜，达坂城的姑娘辫子长啊，两个眼睛真漂亮。如果你要嫁人，不要嫁给别人，一定要嫁给我……”这优美风趣的旋律和歌词曾痴迷了多少听众，所以，当车过达坂城时，我们都自然而然地唱起了这首歌曲，眼也贪婪地盯着窗外，想看看路边的石头，路边的西瓜，路边的姑娘。

汽车走了很久很久，沿着一条山冲，缓缓地前行。这是山间不可多得的平地，气候也适中，有山有水，是戈壁里不错的绿洲吧。但是，这里并不是一座现代城市，人也不多，近于南方的村镇。石头是不少，西瓜是不少，而这里的姑娘似乎比歌曲中唱的要差，并不那么特别，赶不上库车姑娘迷人，赶不上喀什姑娘有特色，那么，便只有一种解释——情人眼里出西施。

可以想象，一个马车夫驾了马车在这数百里戈壁间行走，艰难而寂寞，除了车铃叮当，大约听不见鸟叫，看不见水草，更遇不见一个行人。于是，他只有打瞌睡，倦倦地听任马儿朝前走去，他只有走到达坂城这里才有可歇脚的地方。于是，马车夫就想念达坂城，想到路边的石头，想到解渴消饥的西瓜，然后想到了心爱的人儿，这一支《马车夫之歌》也就随口吟唱出来了。这种想象对不对呢？是可以解释得通的，因为马车夫不比我们今天坐着高级空调汽车过大坂城，他是另一种感受。因此，那歌曲也朴实直率而奔放，旋律也明快单纯而迷人。可说是源于生活而高于生活，是心灵情感的流露了。

新疆第一毛纺厂

因为羊毛出在新疆，所以，新疆出产的毛线、毛毯、毛纺织品被顾客视为正宗。当我进疆时，就有不少人希望给捎点毛线呢布。当昌吉文联的同志告诉我们，15 号下午去参观新疆第一毛纺织厂时，大家都很高兴。

第一毛纺织厂建在昌吉市延安南路，离乌鲁木齐也很近。这个厂自 1982 年 7 月 14 日动工，全部工程分三期进行。1985 年 10 月 1 日完成第一期工程并投产，到我们来参观时，第二期工程也已完工。这个厂是纺织工业部和自治区联合投资的重点骨干企业。现有建筑面积 113000 平方米，其中生产区主厂房 5 万多平方米。另有住宅、商店、医院、托儿所、学校、影剧院等 30 多座楼群。这个厂也是我国正在大规模建设中屈指可数的几个现代化毛纺织联合企业之一，总规模将达到精纺 1 万锭，粗纺 2000 锭，毛条 3000 吨及其配套染整和综合深加工系列。

我们进入宽敞明亮的新厂房，到处呈现一派新气象。从牧场收购来的羊毛经过选毛、洗毛、毛条、染整、成纱、织布各道工序，产品有精纺呢绒、华达呢、全毛花呢、毛条花呢、舍味呢等，商品毛条有 66 支、64 支、60 支国毛毛条。

在花园似的工厂游历一圈之后,便和厂长书记座谈。厂长51岁,书记50岁,他们领导着3000多30岁以下的工人。这个书记原是喀什市的文化局长,当过兵,搞过工业,在宣传部待过,创建毛纺厂时,他就来了。这可是一位现代气息很浓的书记,他能写文章,爱跳舞,搞书法、摄影,他自己爱好很多,还领着青年工人们干。我们问他,从文化战线转来搞工业,有何感受?他说,其实,我什么都爱干,可是总有一些人盯住你,说你吃饭不注意什么,走路不注意什么……现在,中央有了精神,改革开放,事情还好办一点了。从前,告状的可多哩,上面的人群众观念又太强,一告就来查,就打招呼,搞得你就不能工作……听了他的一席话,我们都心中得意,谁叫你放着文化工作不干,偏要去当官,还诉苦干什么?但这位书记很乐观,他拿出宣纸、笔墨,非要我们留下几句话,然后引着我们去参观他们的舞厅。大家尽兴而归。

在昌吉过古尔邦节

8月16日,正逢穆斯林古尔邦节。这一天天气晴好,机关全放假了,街道上人也很少,人们都回到家中团聚,类似汉族人过春节。

既然来到了回族同胞的聚居区,我们很想与他们分享节日的欢乐。下午,我们到的第一家是陕西大寺,住持这个大寺的阿訇叫马正忠。马阿訇是自治区伊斯兰协会主席,州政府副主席,昌吉伊斯兰协会主席,是一位容光焕发的高级神职人员。他管理的五座清真寺,辖700多户2000多回民。上午,教众们刚聚到大寺里来祈祷,地上的拜毯都还没收拾完。

寺上有圣语曰:"积极求学者是学者,满足自封者是庸人。"这使人立刻想起了毛主席语录:谦虚使人进步,骄傲使人落后。大门上亦有联,云:"物我忘尽真一还真归初境,修身以理明心以道达真乘。"我对伊斯兰教义知之甚少,《古兰经》特别强调安拉独一、顺从、忍耐、行善、施舍和宿命等。而那大门的圣语亦佛亦道,我就很有些糊涂了。归真达道显然更像中国道教的精义。

马正忠的家就在陕西大寺,客厅的长桌上摆满了各种节日点心。馓子很像湖北的东坡饼,盘丝油炸而成,吃起来香而脆,还有哈密瓜、西瓜和葡萄。马正忠很高兴地向我们介绍了他的教务情况。

"古尔邦"节,是阿拉伯文的音译,即宰牲节,与开斋节(肉孜节)同为伊斯兰教的盛大节日。这一天,也是朝觐者在麦加活动的最后一天。为什么要宰牲呢?相传易卜拉欣受真主安拉的"启示",命他宰杀儿子易司玛仪献祭,以考验他对安拉的忠诚。当易卜拉欣遵命执行时，安拉又命以羊代替。古阿拉伯人依此传说，每年都宰牲献祭。伊斯兰教继承这一习俗，规定这一天为“宰牲节”。穆斯林每逢此日沐浴盛装，互相拜会和会礼，宰杀牛、羊、骆驼，互相馈赠以示纪念。

马正忠告诉我们，“文革”中，他被打成坏人，但教众仍然信他不信造反派。现在好了，他经常讲学，正在培养青年学者。去年，国家组织他们去麦加朝觐，来回花了1万多元。一个伊斯兰教众一生最大的心愿就是去麦加朝觐，每年自费去的人都不少。据说，全国有清真寺约1300多个，绝大部分在新疆。

从马正忠家出来，我们去给95岁的老阿訇马文贵拜年。他就是马正忠的前任，已是五世同堂，正安度晚年。马文贵属于从陕西迁来昌吉的第一辈人。

告别马文贵，我们又到维吾尔族的寺里拜年。维吾尔族清真寺似乎简单一些，这大概与他们的阿凡提性格有关，但老人们早已做好了准备，桌子上放满了瓜果。我们按照维吾尔族礼节，净了手。主人端上刚煮熟的羊肉，我们用匕首削了吃，用手捧着啃。那粉嘟嘟的绵羊尾巴足有几斤重，吃在嘴里真腻人。

已是黄昏来临，我们去州委副书记马存亮家拜年。他家住两层楼房，不算宽，很富有。从书记家出来到宣传部涂部长家，到政协副主席家……走到哪家都是吃个不停，主人十分殷勤好客，一派浓郁醉人的气氛，使得我们这群好动感情的作家激动不已。但由于吃个不停，已感到行动不便，只好带着几分醉意和满足，打道回府，没料到招待所这天又招待我们过年，弄的是全羊席。十几碗菜全由羊肉做成：红烧、冷盘、清炖；蹄、头、舌、肚、丸、片、烩、汤，胜过江南的全鱼席。肚中不饥，仍不忍错过，大家又举杯相劝，大醉而归，人人留下了难忘的回忆。

关于舞会的记忆

新疆真是个歌与舞的海洋，走到哪里都能听到一片百灵的歌喉，每晚都有令人心旌摇动的舞会。由于天山南北美不胜收，我们都忙于参观访问，即使跳了舞也难得去仔细思索，独有在昌吉那晚的舞会，给人留下了有趣的印象。

舞会是昌吉回族自治州文联组织的，专门请了乐队，来了一大批舞伴，毛纺织厂的女工也来了不少。大家尽兴而归。

归来之后，张孝华、景谊、晓彤几个人开始检索舞场的记忆，一曰“高矮搭配不当”，说的是那些矮矮的姑娘们偏偏爱找晓雪这样的高个子跳舞。二曰“浑身摇摆”，说的是某记者称是黄钲的广西老乡，他跳舞浑身摇动，别具一态。三曰“三道弯”，某舞伴身成三道弯，弯脖弯腰弯腿，昂头撅腚摔脚，别具一格。还有“一片黑暗”，讲某舞伴太矮，一头顶住男士的下巴颏儿，男士朝下看，两眼黑发。还有一只小袋鼠。景谊是演员出身，一面学一面讲，大家笑得岔气喊肚子痛。这么好的姑娘，这么好的舞会，被这几张嘴一说，形象就大不如前了。大家之所以如此来劲，是因为明天要去南山草场，那里是一处哈萨克牧场，是与尼勒克高山牧场完全不同的所在。大家都忍不住兴奋，想想旅程已近尾声，要抓紧一切机会乐一下子。

南山草场“姑娘追”

8点钟天才亮，我们的大交通车就出发了，从昌吉往乌鲁木齐方向，经八一钢厂进入庙儿沟，三个小时赶到牧场场长家吃早茶。结果，车再上路没走多远没了机油，这肯定是司机的失职，我们只好步行爬山，在山顶等车来接。这样一来，赶到夏牧场，路上竟用去七个小时。

这是天山东部的一处夏牧场，山地坡度起伏不大，但雄伟而辽阔，牧草已被牲畜啃得很短，山体已是秋天的淡黄，山湾的云杉林苍翠而茂密，这里显出一种空旷而安谧的气氛。但当我们的汽车马达声在这山间响起长长回音时，嗬！不过一刻，从四面山梁上立刻出现了衣饰鲜艳的牧民骑着马飞奔而来，呼喊着，奔腾着，与这草原和群山构成一幅富于生命动感的画。

这里的牧民平日里难得见到一个外地客人，他们昨天已得到通知，因此，今天都穿了最漂亮的衣裙从四面八方赶来了。男人穿得差一些，妇女、儿童可是花花绿绿，一脸羞涩，一脸自豪，一脸兴奋。在山窝里住着一家哈萨克牧民，一间用云杉圆木盖成的低矮而结实的小屋，屋顶上铺着草，草上敷着泥，上面站着几只小羊，旁边有一座毡房，毡房边挖了一个地灶，从那里飘来浓浓的羊肉的香味。套马桩边已站着不少高大而吓人的马，栗色的、白色的、黑色的，那是蒙古良种马，也可能是有名的西域“汗血马”，蹄脚像小锅子，那屁股宽厚而肥硕，身材魁梧而高大，生人不敢靠近。在旁边一块草地上，女孩子已经跳起了舞，昌吉宣传部长的吉普车发挥了越野的特长，从山沟沿着斜斜的山坡一阵风似的冲上山来。我们都捏了一把汗，担心会滚下山去。远处还有牧民骑了马如飞般赶过来，想和吉普车决一雌雄。

钻进毡房,我们已经很熟练地按照哈萨克风俗洗手,踞坐着喝奶茶、吃油果子。我抽出身来,登上了对面的高山。这里海拔恐怕也在 3000 米左右,登上山顶已气喘吁吁,但总算登上来了。我坐在地上,仿佛坐在武当山的金顶,可以俯视天下。山下是一片苍黑的云杉林,再过去就是灰色的草地,渐远渐淡,群峰环列,更远处就是雪峰了,那肯定不是博格达峰。今天天气很好,万里无云,远处的雪峰在阳光下闪射着晶莹的光。眼前是一幅色彩丰富的油画,这画中缺少人间烟火,因而显得古朴而冷静。羊群到哪儿去了呢?毡房立在何处?我一手举着照相机,一面用眼搜索。后来才发现,羊吃饱之后都躲到云杉林中乘凉去了。而牧民们的毡房大多藏在山沟近水避风的地方,我在山顶是看不见的。

有人向我挥手喊叫,估计是喊吃饭,我拍了几张照片便从另一边下山。吃饭其实是吃羊肉喝羊奶,进疆一个月以来都是这样过的,我已适应了。这全靠从小吃杂粮粗食,有一副好胃口。主人杀了两只羊,哈萨克煮羊肉与维吾尔有不同,哈族把羊肉和内脏一锅煮,这样煮的肉很香。我用刀削用手撕很吃了一些,喝了三碗奶茶。抽出身来,又爬上后山顶去瞭望远方。这边的视野更开阔,能见度很大,天边的雪山像在不远处。一会儿,吉普车冲上山来了,接着是骑马的牧民上来了,再是登山的成年人,最后上来的是小孩子们。几个老人在即兴弹唱,语言不通,那冬不拉弹出的曲子不像在伊犁麦西来甫听到的,也不像在库车听到的十二木卡姆,有些像在尼勒克途中婚礼上听到的乐曲,那旋律是欢快的,节奏很有力。周围山上还有人骑了马飞过来。几个黑红憨实的小伙子跪在草地上成一对一的两排,听一个年长的交代,他们要为我们进行摔跤表演。这些年轻的牧民很高兴,他们的摔跤不是表演,都不想在客人面前输掉,都十分卖力。摔赢了则张开嘴笑,很骄傲;输了的则很羞愧,拍打一下衣服,戴上帽子钻进人群去了,像鸟归山林,羊入群中。

参加今天活动的人大约有 200 人。骑马赶来的大约不到一百,其余的都是走来的,在绿草山头,在云杉树旁,红红绿绿,相映成趣。经过打听,才知道这个地方叫索尔巴士道,意思是井泉垴,或叫井泉。牧场上难得有一处泉水,放牧就是按季节逐水草而居处。

最让人激动的就是“姑娘追”了。这事,书上读过。艾克拜尔·米吉提是哈萨克人,他先上去骑了马,同女牧民款款而去,前行约百余米然后回马追逐过来。这是考验骑术的活动,要求人与马的配合。一个骑马的粉红佳人挥了鞭子追逐一个骑马的男子,这本身就是一件令人快活的事情。当我们一群人正在兴高采烈议论时，牧场队长找了一个姑娘，就近拉了苗王吴雪堖去追。苗王忽然失去了平日的勇气，畏缩不敢上前。一面是主人与牧女的盛情，一面是南方作家的面子，我便多了一句嘴，说要有些男子汉气概。不想他们都顺水推舟要我去。其实，进疆一个月来，见骑马的多，我还没机会骑过马，更莫说骑了马去追赶姑娘。但我突然产生出一股豪情，自告奋勇，被一种冒险的激情所支配，勇敢地上去接过了马缰。

当我一接过马缰，看见那高大而陌生的马对我喷出粗响的鼻息时，我心中才一激灵，这可不是好玩儿的事。但我很快就被什么人半架半扶地弄上了马背。那马也浑蛋，它认生，我骑上去，它不听指挥。姑娘望了我一眼，用鞭梢甩了一个响，腿一夹，一提缰，嘚儿嘚儿朝前走了。我的马儿昂了头，我左手拉缰，它朝右走几步，我右手拉缰，它左走几步，根本无法跟着姑娘走。我隐约听到有人在说：要出事的。

按规定，姑娘往前走时，男孩子只管打马并行，向姑娘表示爱情，挑逗，君子动口不动手，任你说什么，姑娘绝不做声还口。当走到一定的距离之后，姑娘就回头，放马追来，追上就打。如果姑娘喜欢你，那当然会手下留情，追得欢天喜地；如果姑娘不喜欢你，如果是对头冤家，那鞭子可要吃肉了。我就亲见姑娘把一个小伙子追得落荒而逃，一鞭子抽掉了帽子，再一鞭把人打下了马背。

我丢掉了跟这哈萨克姑娘说几句有趣话儿的机会，是这胯下的马在捣鬼，好不容易走出一段山路，便往回跑。我心中明白姑娘不会揍我的，我担心的是马一被追，跑起来，我要被颠下来摔死，心中便专注地想保护自己的办法。我死命地抓住鞍子前面的一个地方，心想，万一骑不稳了，我也不会像抛面袋一样被甩下来，我双手要死死抓住，大不了被拖着走。主意已定，便忘了姑娘，一心只在抓住马鞍。谁知大出意料之外，这匹马一旦回头，要回到它的主人身边去，加之后有追兵，竟如飞般奋蹄。我只觉得耳畔呼呼风响，辽阔的草场像大海的波涛一样起伏翻腾，我像坐在一条快艇上，出奇地平稳。原来，这马半走半跑时，地下不平，它颠颠簸簸的怪不好骑，一旦奔跑起来，四腿拉平，弹射式奔跑，是很有韵致的。姑娘没有追上我，也可能是担心追不得，总之，没有打着我，也没有超过我，像在护送我。

当我笨拙地被弄上马背时，朋友们都为我担心，认定我会被摔下马来，因为那形势和最初的迹象很不妙。等马终于跑回来，他们又为我的勇气而喝彩，声言要为我颁发一枚“一级骑士勋章”。我当然很高兴，以至很久很久不能平静下来，还模模糊糊地感到，人生有许多事也是这个理，重要的是要有勇气迈出第一步，大胆地跨上马背去。骑了第一回，便想再试一次，可惜机会没有再来。

女将贺晓彤胆大包天，她也去演了一出姑娘追姑娘的喜剧，也没摔下来，也十分高兴。

接着看叼羊。一只雪白的山羊被割了头，在冷水里泡上一天，据说这样羊皮就经拉。开始是一对对骑马的男士给我们做各种争抢拉扯的动作，最后，一声令下，一个青年眼明手快，抓了羊就跑，数十匹骏马和健壮的骑手一窝蜂疾驰而去，追赶争夺，再追赶再争夺，眨眼就到了另一座山的半腰。按照哈萨克习惯，夺得羊且能抛下追赶者才算胜利，夺得羊的人如果把这羊丢在谁家门口，这家人就要宰羊请客来庆贺，因为这是很吉利的事。今天这只羊会落在谁家门口？骑手们已去得很远很远，我们就回到毡房边跳舞。跳累了就钻进毡房喝奶茶，喝酸奶子、马奶子。吃了过多的羊肉，必须喝马奶子和酸奶，能消食，很舒服，而且这里也没有水喝。用水都得用牛或马，用塑料桶去泉边驮回来，很珍贵。

晚上 8 点 20 分钟，我们才恋恋不舍地下山，12 点钟才回到昌吉。这是很疲劳的一天，也是很丰富的一天。明天，我们就要结束这天山之旅，乘车南下回家了。

第三辑
五湖四海

新岛一日

第一次飞临大海有说不出的新鲜感,窗外是蔚蓝的晴空,偶有白云片片,下面是蔚蓝的大海,似是而非。其实,上下左右尽是一色。由此,我不相信古人真见过"水天一色"。古人没有飞机,他们只能站在水边看天,凭了诗人的想象造出一种文学的意境。而我现在身临的是真正的水天一色,没有陆地,没有山脉,也没有海岸,如此辽阔,如此深邃。没有参照物。宇航员见到的世界大约也是这样一幅景象。但我知道飞机在往前飞,肯定是向赤道方向飞去。

我贴着舷窗,尽力往下看,下面应该是大海,但跟从地面望天空一样。我记得儿时在山头放牛,躺在草地上,仰望一碧如洗的天空,忘了山,忘了牛,忘了自己,看到的也是眼前这样一幅景象。只不过天空有鸟,有飞虫。再下去,又见天空中浮出几片云,大约无风,那云轻柔而舒缓地浮着,像神仙呼吐的仙气,我也好像浮了起来,飞机大约也浮着,就这样,出现一种永恒的存在。

我意外地发现,地表均匀地散布着一些泡沫似的东西,像是天空的波纹云,太远太远,不甚分明。下面应是一条国际航道,我极力寻找远航的海轮,有一条长长的尾巴,像喷气机在天空划出的气浪,那气浪散开去,便漾出了那种泡沫似的颜色。我恍然大悟,那些波纹云状的泡沫其实就是南海的巨浪,此起彼伏,一排排推向远方。

我估计,我们的飞机已飞临南海上空,大约是海南岛与东沙群岛之间。我忽然想到,如果能从台湾岛上空飞过就好了,我很想看一看这宝岛的芳容。

从广州起飞,过了三个多钟头,才从茫茫大海中看到了绿洲,很像从高空看到了巴丹吉林沙漠里的绿洲。我看到的是美丽的马来西亚国,碧蓝的大海中一群不规则的绿岛,金黄色的沙滩给绿岛镶了一道花边,好看极了。森林覆盖面积大约有60%，大多是热带密林和椰子树，人工栽培的椰林和橡胶树林整齐地点缀着地表，使人想起草色的亚麻粗布。再飞过一道海峡，就到了美丽的公园城市——新加坡，我们的坐骑降落在樟宜国际机场。

我们在新加坡过境，只能待一天时间。所以，刚放下行李，翻译小张的姨妈蔡长花女士就请了徐先生开车带我们看夜景。徐先生兴致很高，驾着车花两个钟头，走过了新加坡大部分景点。穿过乌节街，爬上花芭山，可以看到全城的夜景。这里刚庆祝国庆25周年，还没有卸下节日盛装，国旗还在每一座楼上飘扬，树上的彩灯还在闪烁。凭一种直觉，我感到这里的文化与我们有许多相通的东西。夜12时，两位老人一定要请我们来点夜饮，我们就到海景大酒店吃了一杯冰激凌，不大的一杯，四人花去了50个新币，大约合150多元人民币，和国内比，所谓高消费即此可见一斑。

从海景大酒店的窗口望出去，可以看到高耸入云的银行大楼，最高的据说有80多层，各色霓虹灯显示着都市的繁华。第二天清早，当李秉铭先生驾着他那辆不算很新的车带我们去看市容时，首先使人高兴的是，新加坡整洁而美丽，不愧为花园国家。整洁的街道，绿绒般的草坪，万紫千红的各色鲜花，茂盛的热带树木，把城市装点得典雅而俏丽。我们想先去看看中国海，车行不远就遇雷雨。海上的乌云一无遮拦，忽的一下就天昏地黑，令人担心海浪会覆盖这岛。李先生说没关系，这里的雷雨大而迅猛，最多不过一个小时。果然，不到半小时就云开日出。有趣的是，这里打雷远不如大陆上来得果断响亮，海上的雷中间有连续音，显得疲软拖沓。

李先生没吃早饭，我们看罢中国海，就到南城一片档位前找饭吃。上午游人不多，游乐场显得很安静，一个档位大约10个平方米，月租3000新币，约合1800美元。档主是从海南岛去的第三代华人，见了我们仍有他乡遇故知的情意。

李先生善谈且见多识广，他说他多次去中国，与马季先生等文化人颇有交谊。他一面驾车一面热情地介绍新岛风光，言语中不断与蔡女士交锋，他一天中起码说了五十个“社会主义中国好”，他倒真是说的中国优于外国的东西。蔡女士讥讽李先生要当中国公民。据小张说，蔡女士十年前到过中国，吃过一些苦头。小张一整天都在劝说蔡女士去中国看看，而且保证今天远比十年前好，但她姨妈不信。小张婆母交给的任务，看来难以完成。

南洋大学建在丘陵的山头。据说，当年，老年人担心下一代不懂华语，便修了这座南洋大学。学校建成之后，却没多少学生入学，生源既然不够，只好改为南洋理工学院。这恐怕是教育屈从于经济的事例。当年，新加坡正处于经济起飞初期，大量引进外国资本，学英语好找工作，可以到外资企业去工作，那情形大约与我国今天的沿海、特区类似。所以，修了那么漂亮的大学却缺少学华语的学生。到如今，人人都会英语了，但下一代华语已很差，老一辈又开始担心起来，听说又在操心教华语的事。

从南洋理工大学下来，我们到了牛车水。这里是政府保存下来的一片华人住宅区，陈旧、低矮、斑驳，认真地纪念着当年的景况，且充满温馨与生气，使人想起中国南方的旧街。不同的是，这里浓墨重彩给打扮过。当年，华人从中国乘船来到新加坡，大多拥挤在这一带，没淡水吃，靠牛车运水，因此得名。新加坡政府有意保留了这一片地方，既是一种纪念，也是活的博物馆，使人想想当年，珍惜现在。

意犹未尽，我们又走到国会大厦前，这里竖着一尊铜像。据说是英国登上新加坡的第一个殖民者，叫来佛士。听说他登上岛后，看见了一只像狮子的动物，就把这里叫狮城。因此，新加坡至今崇拜狮子，到处可见狮头像。从来佛士像下隔河望去，正好是金融区，那座 80 多层摩天大楼脚下，是当年的海港码头，老码头依然保留着昔日的繁华，温顺地匍匐在大厦的脚边，使人想起浓缩的历史。

本文发表于 1991 年 5 月《骏马》

狮子国记历

当年，东晋高僧法显去西天取经，曾到过一处海中胜景，取名“狮子国”，这“狮子国”曾给我们留下了许多美丽的传说和想象。当我们终于弄清了同居于地球上的各国朋友所居之地，我们也就知道了这印度洋中的岛国“狮子国”原来就是我们的友好邻邦斯里兰卡。

唐三彩马与俄罗斯马车

中国同斯里兰卡作家的互访中断近 30 年了，当我们满载中国人民和中国作家的问候飞越太平洋，到达印度洋上空，终于降落在美丽的科伦坡机场时，科伦坡时间已是 9 月 26 日 3 点。斯里兰卡人民作家阵线主席苏罗维拉教授、副主席贾亚克拉教授、秘书长古诺维维诺·维达拉先生，还有中国驻斯里兰卡大使馆二秘陈飞同志已经等候在机场里。这里夜色温柔，星光闪烁，完全不是想象中接近赤道国家的酷热，饱受武汉火炉气温煎熬的我不免透出一丝欣喜与轻松。

苏罗维拉教授驾车，拉着我们穿过印度洋的夜色向郊区驶去，大约走了 5 英里。教授的夫人还恭候着我们几个东方来客。略事休息，天就大亮了，我踱出小院，欣赏异国他乡的居家环境。这一片房子近似我国城市郊区新富的个体户修建的那一类砖房。热带林木鲜花装点在周围，更有数串椰子高挂在树上引人注目。流云奔涌，那椰树便像在倾倒下去，木瓜树上吊着几串小葫芦似的青果，大约还没熟。我忽然发现一群猴子在树冠间跳蹿，有趣极了。因为语言不通，不敢走得太远，只好返回教授的家。这时，才发现教授的客厅是很有趣的。

客厅的左上角是小卵石做的山水，有瀑布，有小鱼池，泉水叮咚，正墙上有两幅中国山水画十分醒目，右边是书房，书房与客厅由博物架隔开。博物架上摆着来自世界各国的物件，有工艺品、佛像、一群木偶娃娃、瓷器、玩具，几只玻璃小鹿，还有一只羚羊角，一只穿山甲……其中有一驾古铜色的马车，装饰得古色古香，我马上想到了带来的一匹唐三彩马。我喊来了徐朝夫和翻译小张，当我们把这匹威武雄壮的唐马赠送给教授时，他和夫人高兴极了。

教授欢叫起来："好极了！啊，你们看，这是我儿子刚从莫斯科带回来的，这是俄罗斯马车，正愁没马拉哩！"说着，他就把唐马安放在桌子上，再拿过那驾马车，将轭套在马背上。我们都欢叫起来，简直是天造地设一般！你看，那匹马神采飞扬，昂首奋蹄，显得高大骏健，后面拖着一驾很讲究的铜车，相得益彰。

"这是一种巧合，"教授说，"这是中国的马拉俄罗斯的车，有趣有趣。"看得出来，教授对这件礼物十分满意，对这一巧合更是欣赏非常。可以肯定，当异国朋友或他的同行们坐在他的客厅里时，他一定会很得意地谈起中国的马与俄罗斯的车这个有趣的话题。

餐厅音乐家

主人仿佛要把中断数十年的交谊都追补回来似的，日程安排得非常紧，上午参加了科伦坡图书馆和黎明书店的中国—斯里兰卡图书展，接着，我们的汽车就飞驰在往南方省马塔拉区的海边公路上了。右边是浩瀚的印度洋，左边是傲岸而茂盛的椰林，椰林中时而隐现几只小屋，童话般藏着许多秘密。如今正是旅游淡季，只有到了严寒降临欧洲时，欧洲的游客才会潮水般涌到这里来。

中午，我们决定在一个小店午餐，这店坐落在印度洋岸边的礁石上，强烈的阳光未能减少它的优雅。当我们一行五人进入小店，餐厅音乐家便奏响了动人的迎宾曲，他们二男一女，浅棕色皮肤雪白的牙齿，他们唱的大约是斯里兰卡民歌，节奏时而强烈时而低缓，近似我国新疆的弹唱《十二木卡姆》，一面小鼓、一把吉他、沙锤和三张嘴陪伴我们进食。坐在餐桌旁，透过落地窗可以见到印度洋深绿而浩渺的洋面。浪很大，潮更猛，一群人正在白浪涛天的礁石间戏水。沙滩特别漂亮，阳光极强烈，使人生出想往水里跳的欲望。我们没有经验,谁也没带游泳衣,只好望洋兴叹!

这里是自助餐,一溜儿菜盘盛了各色食物,自己拿了刀叉去取合口的来吃,既要填饱肚子,又不能浪费。妙在一面吃一面听音乐,偶尔欣赏窗外景色,颇为愉快。一会儿,歌唱家推销他们的歌带,我们突然感到囊中羞涩,出于礼貌也是该买一盘带回来的。据了解,这些餐厅音乐家近于酒吧歌女,餐厅老板是按钟点付钱的,推销歌带则是他们的个人收入了。同是搞文艺的人,想到这种传播方式不无可取,但又生出一些不明不白的烦恼来。

吃罢一杯沙拉,一结账,五个人吃了600卢比,大约合人民币70元。我们在国内也是常在路边午餐的,相比之下,这里服务周到,也还便宜。海风轻拂,椰树上挂着一串串黄球,我们又登车远行,那三个音乐家的歌声却一直追随我们很久很久。

访马丁故居

每一个民族都有引以为豪的文化名人,苏联的高尔基,中国的鲁迅,印度的泰戈尔……马丁博士有斯里兰卡泰戈尔之誉,他所走过的道路几同于中国的鲁迅。

马丁博士是斯里兰卡人民作家阵线的发起人,1991年正好是他诞辰100周年。他曾率团参加中国10周年国庆,与毛泽东、周恩来合过影,同郭沫若颇有交谊。马丁博物馆就是他的旧居,大约30亩地,有椰林、树木和草地。当年,英国人入侵,要在这里修飞机场。他们把村民强行赶走,把村子推平,只留下了马丁的小房子做指挥部。斯里兰卡独立后,政府把这幢房子交还给马丁。马丁死后,有一个文艺界的专门委员会负责照看这个博物馆,陪同我们的维达拉先生就是马丁故居专门委员会的委员。

马丁是一个强烈的爱国主义者,他15岁就写出了第一本书,英国人来了之后,他就到科伦坡办报,写文章,涉猎极广。他首先介绍了列宁的苏联革命情况,把马克思主义同斯里兰卡结合,一生为民族解放与进步奔走呼号。他87岁去世,深受人民崇敬。他还写过一本关于中国的书,称中国是“非暴力的社会主义人民”。博物馆里陈列着大量资料,还有马丁收集的民间戏剧面具、陶器、家具、炊具、农家厨房里的陈设,还有他早年学医向村民讲解生物学收集的各种海螺。他到中国访问的照片放在很显眼的位置。

我在博物馆里得到了一张马丁博士的头像,至今还放在书架上,那是一头狮子,你看他满头银发向四面射出,大眼里闪射着坚毅果敢的目光,清瘦的脸上既有学者的睿智又饱含斗士的威猛,把鲁迅的那首“横眉冷对千夫指,俯首甘为孺子牛”的诗题在旁边,那也是再妥不过的。他是一个作家,首先是一个革命者,一个为民族的独立与进步献出一腔热血的文化人。因此,他永远活在人民心里。

在离开斯里兰卡前夕,我们又专程去拜访了马丁夫人。80多岁的老人听说中国作家来访,十分高兴。马丁逝世前交代:“陪葬时一本书一支笔足矣!”我把他这句话记在小本上,牢牢记在了心里。“一本书一支笔”,这是马丁终生所持的武器,是他终生所求的事业,也是他最伟大的遗产。我忽然想起了马丁博物馆旁的一棵树,它枝干盘虬,枝头并未出叶,就直接从主干上生出芽来,那芽不事张扬便结出了青果,像小木瓜。这树似乎有违长叶开花结果的常规,而直接长出了果实,这很少见的。不知其名,问之亦不得,连当地的几个作家也说不出一个准确的名字。但它结着果,令人感叹!

客居何处

经过几天紧张的旅行,30日才有了属于我们的时间。我们三个人决定做一餐中国饭回请一下教授一家,更多的原因,是我们吃不惯他们的伙食。翻译小张清早起来呕吐了,旅途辛劳加肠胃不适,他一闻到椰油就有些支持不住。

斯里兰卡的城市农贸市场五彩缤纷,热闹异常。但是价格较贵,1公斤大米约要10元人民币,海鱼很多,大的像卖猪肉一样,切块卖。我们到处逛,也顺便买了西红柿、萝卜、四季豆、鸡蛋、辣椒、鱼、生姜、包菜,大约花去了150卢比。教授的小儿子骑了自行车来,帮我们把东西弄了回去,当我们动手做菜时才发现没买豆油和酱油,教授家没这东西,巧妇难为无米之炊。陈飞龙开了车,我俩跑了好多家小店,都没有这些东西卖,看来,这顿中国菜只能做成半中半斯了。幸好我们的会餐增添了许多中国特色。我们请教授一家来品尝各自的手艺,小张在家大约是操持过家务,她做的多些。朝夫兄家中有贤妻,大约“饭来张口”,一进厨房笨手笨脚就被女人轰了出来。我决定炒一个萝卜丝,先切了丝,炸了大蒜生姜,我担心椰油不好吃,就暗中放了一点糖,尝尝,果然可以,连苏罗维拉教授也承认我炒的萝卜丝好吃。

其实,就色香味论,我们的作品是每一个中国小保姆都能做出来的饭菜,只能算是中国人做的饭菜,不敢僭称有世界声誉的“中国菜”。

在异国他乡，喝着中国红葡萄酒，吃着油炸花生米，尝着亲手做的菜，一种中国式的家庭的亲情慢慢生出来，真有点不知客居何处的情趣。这种交流对政治家来说可能是不适宜的，但对于作家来说却是求之不得也哉！那情、那酒、那菜至今还令我回味。晚饭罢，维达拉打来电话，当他得知我们正举行了一顿中国宴时，一再问为什么不通知他来呢？我们都猛然想到，这顿饭是该请他来的。

象村见闻

在乡间的公路上或是城市的街道上，偶尔能见到一个庞然大物夹杂在汽车队里蹒跚而行，那灰色的庞然大物一定是大象。一个光裸着上身的汉子飘飘然地坐在象背上，像是孙悟空盘腿坐在山巅，大象前后往往跟了三五个赶象的男子，有时还有驯象人，那情景别致而且壮观。

8 月 31 日，我们离开康提，驱车往中部省，去参观象村。大象是斯里兰卡的国宝，我记得 1962 年，班达纳奈克夫人曾经给中国人民赠送过一头小象，所以，我们都很想见见斯里兰卡原野里的大象。沿途所经过的丛林和山谷，都是野象出没之地，但没能一睹真容，能到象村弥补一下，也算不枉此行了。

中部省是大象的家乡，风景更美，天极蓝，椰林一望无际，热带森林茂盛而繁密，几畦稻田在路旁山间，远没有中国农村整治得好，但更显出真朴的自然风貌。

象村是一段河谷。斯里兰卡国为了保护野象，除了设立若干保护区外，还把流落在各地的孤象集中到一起来，近于孤儿院，派专人饲养看管，也供游客参观。当我们到达一条河谷的附近，透过一片椰林，就传来一片大象的叫声。再往前走，就看见了许多先行到达的欧美游人，有一大群黑灰色的庞然大物聚集在河滩里戏耍，或立或躺，有的象高扬长鼻像吊车，有的象以鼻汲水冲身子。无数照相机正咔嚓作响。有一头小象，大约 1 岁不到吧，毛绒绒一团，可能是孤象群居之后结下的爱情之果，它像小孩子一样走上岸来，立刻有许多女人围上去，女士们大声欢叫。最大的几头象大约自认为是首领，威严地站着，盯着人群。蒲扇般的大耳扑扑地扇着，鼻梁上有一块红白相间的印记。相比之下，象眼太小，不成比例。

斯里兰卡象属于亚洲象，腿粗如柱，雄象有发达的象牙。经过驯化的象能循规蹈矩，很少发脾气。

佛教文化圈与亚洲象的分布大致相同，因此，大象与佛教有着密切的关系。在印度、斯里兰卡、尼泊尔、泰国等地，上至总统、宗教界上层人士，下到贫民百姓都很崇敬大象，遇有重大节目，往往把大象披金挂彩，视为神物。我们所到的寺庙中雕刻塑像里，见的最多的动物就是大象，然后才是狮子。

中国古代就用象驾车，《韩非子·十过》中有记载："昔者黄帝合鬼神于西泰山之上，驾象车而六蛟龙。"斯里兰卡有一种民间舞蹈就叫象舞，这种舞蹈的语汇就是模仿大象的动作，刻画出大象的庄重步态，灵活的鼻子和洗澡、饮水、吃食等动作。舞者半蹲姿式，动作大而有力，用腰部的力量带动身体转动，那气氛那情态令人难忘。

我记得，在象村见到的那一群野象，我数了一下，有46头，这恐怕是我见到的最大的象群了。在珍稀野生动物所面临的这个令人担忧的世界面前，今后恐怕很难见到这样大的象群在人们面前安适地戏耍了。

拉达拉宫礼佛

中部省是斯里兰卡的佛教文化中心，听说该国佛教界最高级别的长老就住在这里的马拉底寺。维达拉先生问我们愿不愿意去谒见一下最高长老，其实，他比我们更急迫。晚霞已升上了天宇，坐落在小山半坡树荫中的马拉底寺已显出一种神秘和辉煌。我们按照斯里兰卡的风俗，在寺庙前便舍车，脱鞋赤脚，踩着金黄色的细纱，脚下润润的，酥酥的，东张西望地朝庙门走去。

我们在一间法堂里肃穆而庄严地坐了一会儿，一位高僧出现了。他油光光的脸上漾着笑容，一袭黄衲，右袒着肩和双臂，戴了眼镜，当然也赤了脚，在几个高僧陪同下走进屋来。维达拉先生首先趋前去吻长老的手，叩了头。我起身双手合十，学着唐僧的样子轻轻念了一句阿弥陀佛，再依次而坐。这个长老平时一般不见客，听说中国作家来拜访便很高兴。他首先讲到的就是法显和尚在斯里兰卡的活动，讲到斯中两国佛教界和人民的友谊源远流长。

法显是中国东晋僧人，他早玄奘200多年西去求经。法显青年时在长安礼佛，慨于律藏残缺，誓志寻求，于公元399年邀约同学，从长安出发，西度流沙，越葱岭，到天竺求法，多获梵本。他仍不满足，又乘船从印度到了狮子国（今斯里兰卡），住两年，又获多种梵本。前后凡四年，历多种艰险，游30余国，携回很多梵本佛经。这位中斯间最早的文化使者后来卒于我们湖北荆州，所以，当长老讲到法显的事迹时，我感到很亲近。

这位高僧谈论中，谈及佛教在斯已渗入一切领域，几乎是政教不分。我们游历数省，沿途都有释迦牟尼高大的造像和舍利塔，日夜香烟缭绕，行人多停车敬献功德钱。省长们举行仪式接见我们，也请了几位和尚首座，高官须先给和尚施礼，然后才讲话。我们曾到一位出版商家作客，他为我们举行了隆重的祝福仪式，如今想来还挺有趣，尽管我不信佛，但作为一种文化，体验一下，也另有某种感受。旅途中，袈裟与时装同在。据说，宗教的服务也是随叫随到，服务周到，不管官衙私宇，一僧一粥亦可。这里的作家写文章，画家作画，都还离不开宗教题材。

见到高僧可能真不容易，秘书长维达拉显得虔诚而热情。徐朝夫万里捎去一只宜兴紫砂茶壶，本是送给了维达拉的，维达拉毫不犹豫取出献给了那位长老。然后就是照相，在贵宾留言簿上题词。朝夫兄大笔一挥，好像是写下一句关于宗教之有无的议论，我估计那位高僧是认不得中文的，否则，他会坚留我们，献茶论道的……

从马拉底寺出来，太阳已西沉沧海，维达拉先生意犹未尽，又带我们去游达拉达宫。达拉达宫其实是18世纪的一座王宫。依山造势，很有些气派，如今是宗教圣地。夜幕低垂，路灯已开放。成千上万的人仍聚集在这里，大多是外国游人。

从外面看，这宫前有一座八角亭，宝塔型屋顶，下围是雪白的墙体和护栏。暮色四合，独此华灯竞放，添了几分神秘与欢快。我们下车，赤了脚，随人流去宫中徜徉。宫中金碧辉煌，欢快地显现着王室的繁华。一楼成了佛乐演奏厅。乐士头戴白帽，下围白裙，腰缠红布，袒裸着上身，斜挂一面法鼓，真正的古铜肤色。二楼是朝觐厅。

斯里兰卡地近赤道，四季如春，鲜花不断。因此，给佛献花是理想之物了。你花点钱去拣那洁白如玉、粉嫩如霞的花瓣，一捧一朵地献在佛案上，跪颂默祝，然后排队等候看金舍利子。据介绍，释迦牟尼有一颗真佛牙就在塔内的金盒里，那金盒又藏在后面的舍利塔中，中间墙上有一道法门，半小时洞开两分钟，大家等待着的便是那开天窗似的两分钟。楼下佛鼓仙乐十分热闹，如此二十分钟，三声法铃响过，人们屏息静气，听僧人颂经约十分钟，那万人翘首以待的法门才洞开。我被推拥着从那道窗口似的小门前经过，只见里面辉煌无比，有两对金包银裹的巨大象牙对峙而立，中间是金舍利塔，目不暇接时，险些忘了把一枚硬币投在盘子里。我并没有见到佛牙，也无法仔细打量其他西洋景致，我就被推拥着离开了。虔诚而好奇地等待了近一个小时的那个“两分钟”就这样稍纵即逝。

退下来，我回味着那情景，颇有趣。往那里面窥视，很像是炼钢工人从窥视孔看炉内世界，又很像幻梦中的天门洞开。虽然不知道那里面是放了真佛牙还是假佛牙，我对佛教也少认真地研究，但我感到，作为一种旅游文化，人人倒是愿意花钱花时间去等待那转瞬即逝而又令人神往的“两分钟”的。相比之下，中国的旅游胜地，一些宗教场所，可供世界各种肤色朋友留恋的资源可说是极为丰富，但现状却显得平实而呆板，少了一些浪漫的文化色彩。

在部长家乡做客

我们与文化教育和社会事务部长 PB. 卡威拉特拉先生在科伦坡见面时，他就约定我们到他的家乡去做客。部长夫妇曾访问过中国，而且他是一位七步成诗的诗人，听说他的家乡也多出诗人。9 月 1 日，部长生生辞谢了总统的召见，专程赶回他的家乡马塔莱市接待我们。

因为上午驱车走了很远的路程，又到甘坡拉图书馆座谈，还参观了几处古迹，等到我们赶到马塔莱市，PB.卡威拉特拉部长已经等了一个半钟头。省议会的议长议员们也一直陪着等。部长安排了隆重的欢迎仪式。主人先给我们每人赠送了一把油厚翠绿的树叶，然后在一群少女的舞蹈中向接待厅走去。舞队且舞且退，少女腰间悬着一只椰木长鼓，穿着美丽的民族服装，手环脚环和头饰发出一片珮环之声，合着鼓点，一步一停地把我们引导到了接待厅。中国客人已近 30 年没来过了，他们显得很高兴。部长说了许多关于友谊的话，他说：中国人是很友好的，当年的法显高僧从我们这里没有带走财宝（马塔莱市离盛产宝石的地方不远），而是带走的佛经，我们今天要恢复和加强这种联系……

在市议会吃罢茶，部长请我们晚上去他家吃晚餐。他回家准备去了，我们利用这个空隙，到附近一座巨石下的阿鲁维它拉寺（光明的寺庙）参观。据说，佛经最早形成文字流传就是在这里。这儿出产一种贝叶树，类棕树，叶片极像棕叶，扇状羽片，称为贝叶，可以书写，为佛经的传播立下了汗马功劳。

这已是一所快被人淡忘的圣地，有一位研究佛经的老人。他的工作台后面堆放着已盘成饼状的贝叶带，一些书写刻画的工具，还有几幅关于人形太阳月亮的画。这位老人听说中国作家来了解贝叶经的制作过程，他热情异常，讲着劣等英语，没完没了地给我们讲述贝叶怎样经过蒸煮，打磨平滑，压展，然后上油，铁笔怎样刻写佛经，然后上墨粉，又怎样装订成册。他对自己的工作是那样入迷，是那般自信，甚至不管我们听不听看不看，他都一丝不苟地当场为我们表演了刻写贝叶经的工艺过程。我知道，这里面有一种工匠精神，更有一种感人的宗教情怀。我最早见到贝叶经是在武汉的归元禅寺，那经册是从印度传入的。我一直不知道贝叶为何物，还以为是佛教的某个术语，今次算是亲闻亲见了。

部长先生的乡村之家（他在科伦坡只有政府提供的工作用居住地，因此我不便称之为乡间别墅）掩映在一片花树丛中。为了请我们吃晚餐，部长夫人颇有心计，她没有做西餐，也没有做他们的民族饮食，而是做了七个中国菜，我记得有鱼、酸黄瓜、竹叶菜、蛋汤，其他几个印象不深了。这些菜在中国，从色香味来要求，可算是一般水平，可是在印度洋的岛国，且出自一个贵妇人之手，是很讲情谊的，而这又是在我们久未吃到可口的中国饭菜的情况之下。一盆蛋汤很好喝，我们每人都喝了两碗，部长夫人还摆了中国筷子。斯里兰卡多数家庭是用手吃饭的，即使在很富有的人家的宴会上，仍然流行用手抓吃饭，恐怕也属于一种民族传统，就像我们爱用筷子一样，各有长短。我们还很快学会了一句斯里兰卡的泰米尔语：阿皮阿挺嘎孟（我用手吃饭）。

部长夫妇不断地劝我们吃菜，那是真诚的充满家庭气氛的，我不由得想起了在国内接待外宾，我们总爱开大宴，极少采用民间的家庭的方式，既费力费钱又不轻松，方法倒是应多一些的。部长说，他最喜欢的国家有四个，中国是第一个。我们则欢迎他再访中国。饭后，部长夫人请我们品尝她亲手酿造的葡萄酒，据她说，酿酒要求很严，主要工序全由她自己动手。我品尝了一小杯，好味道十分纯正。我们一面欣赏着他们夫妇访问中国的留影，一面品尝这美味的葡萄酒，仿佛身处故乡的亲友家中一般轻松愉快。

苏拉瑞尔古城堡

已是9月2日了，清早起，我们的目的地定在中北部省的省会阿鲁拉达普拉市，那里是斯里兰卡历史上王朝建立的第一个都城，也是当时的经济文化中心。那里最吸引人的有中国高僧法显求学的寺庙和苏拉瑞尔古城堡，中途还经过斯里兰卡佛教发源地耶牟尼寺。

去苏拉瑞尔古城堡的路途要经过野象出没的丛林，我们趴在车窗边睁大了双眼搜索，处处都像有野象，听说还吃了稻谷。野象没见到，沿途倒是感受到了战火的气味。中北部省与北部省相邻,每天都有战况报道。沿途有士兵站在掩体后面,检查过往车辆。奇怪的是,这些浅棕色的小伙子一见到我们就友好地让开,对欧洲人可就严格多了。

苏拉瑞尔建筑群已掩藏在绿树丛中,除了偶尔可见的兀立的石柱、古老的树木和形迹可辨的墙基可供想象,大自然正在拼命地涂改这段历史。这座古城堡据说是公元6世纪左右的迦叶波国王所筑。当时的国王有二子一女,按规定,应由长子继位,但二儿子想当皇帝。他刺杀了父王,当上了皇帝。在位二十余年,大兴土木,在京城内依托一座巨象型石山筑了一处城堡。这城堡分山顶和山脚两部分,从山脚往山顶要经过若干要塞关隘,最令人神往的王宫就高耸在象背形的山顶上。

山脚的遗址正在进行考古发掘,听说是由联合国出钱进行的。我们首先去参观半山腰悬崖上的壁画,先爬一高数十米的旋转梯,才能到达那可看之处。其实那是悬崖上手工掘出的一条半露的隧道,一夫当关,万夫莫开,那些最珍贵的壁画就敷绘在隧道的石壁上。绘有半身裸露的美女,被誉为东南亚的艺术四大奇迹之一。原有五百多帖,千年风雨侵蚀,如今只剩下二十一幅了。因为是国宝,管理极严。幸好从科伦坡动身时,文化和社会事务部长为我们签发了一封信,我们称之为"通关文牍",就像唐玄奘当年去西天取经所持的大唐文书一样。斯里兰卡人民作家阵线秘书长维达拉先生手持文牍,所到之处,得到了不少方便。这些6世纪的壁画风格上相近,但显得简朴一些。

从旋梯上下来,转过山头,就到了登临山顶的路口。山石在这里被凿成一雄狮,双脚伏地,张开巨口,登山的石阶就是舌条,上下是巨牙。进入狮口上攀数十步,再登若干级铁梯,就可仰望那云中山顶了。那最后一段路,只是在光滑的石壁上钉进一排钢钎,牵了一根保险栏杆而已。望着最后这段近50多公尺的悬崖绝壁,有些胆战心惊,许多游客望而却步。小张和维达拉先生已宣布不上去了,老徐在宾馆没来。我禁不住探险的欲望,开始往上爬。我伏在石壁上,提心吊胆,不敢下望,好不容易上到山顶,展现在眼前的却是数十亩平地,几重宫阙的地基还在,还有一口井,有粮有水,在山上坚守数月大约不成问题。

我立在山巅,发现脚下这座巨象型的山石是万里平畴中独一无二的所在,傲世兀立,雄踞于此,王气森森。东边是野象出没的一望无际的热带丛林,西北是古老的阿鲁拉达普拉市。俯瞰下去,古城遗址轮廓很分明,是一座规模宏大,结构有序,极为发达的古都。

市议会的欢迎晚餐已等着我们，坐在车上我还在想象，这座古城跟中国古时的哪座城相似？长安？洛阳？那古城堡呢？

关于厕所

访问接近尾声，便珍惜这机会，希望多跑些路，多看些东西。9 月 3 日，回科伦坡的途中，我们顺路去一处博物馆参观。

从展馆出来，发现院子里有不少雕工精细的石板，一块方型或长型的石板上，刻下了碗大或盘大的两个石窝，石窝间刻有一流水槽相连，石窝又刻成不同形状，大致可分为方圆两种。经主人介绍，这里收藏的数十方石板全是帝王们的便器，即今之厕所。

不知为什么古斯里兰卡人如此看重厕所，从人类发展史看来，古人大约都曾遍地野矢的，开始关心和利用自身的排泄物，大约与把帝王和大佛们的排泄物视为圣物有关。

听说日本政府将古迹内的厕所都列为国宝，到今天，举行茶道仪式时还有一个内容就是“雪隐拜见”，即请客人参观厕所。厕所学还是一种时髦的学问。日本已 80 多岁的文学博士李家正文就著有《厕考》《厕风土记》《西洋与中国厕所文化考》等。其实，中国古代也是十分重视“厕所”的，《庄子·外篇·知北游》中东郭子问于庄子曰:“所谓道,恶乎在?”庄子曰:“无所不在。”东郭子曰:“期而后可。”庄子最后说:“在屎溺。”在不净之处体会生活的哲理，视厕所为重要的修行场所，历史上有不少名僧大佛都曾因掌管便所或打扫厕所而大彻大悟。日本由于受禅宗影响，重视生活中的每一个细节，正因为厕所是不干净的，所以更应使其尽可能干净，最后竟成为美而雅致的场所。这已是一种人生的哲学了。

我们这个民族有悠久的文化，当然包括厕所文化。但奇怪的是，我几次参观北京故宫、颐和园、北海，在其他名城古都也曾注意，却从没见过展示厕所文化，更没有见过便器，好像古人包括帝王只吃不排泄似的。以至于到了今天，生活中最不注意，或说与我们的历史文化最不相称的就是对厕所的忽视。在肮脏的厕所里恐怕是悟不出多少道来。当然，今天一些人不惜万金装饰自己的厕所，使用价值连城的便器，这到底是一种进步还是一种倒退？如果庄子还在，不知他怎样回答东郭子的追问。

米汗的鼾声

米汗是在科伦坡认识的一位朋友，他是一个牛奶商，从苏联、中国、泰国、印度进口奶粉发了财，人长得胖胖的，怕有200公斤，使人疑心他喝牛奶过量。他有一对鼓鼓的大眼，总是友好地望着你。他舌较粗，说话不大清晰，但他是一个诗人，一个热心真诚的朋友，一直陪我们去各地访问。我时时想起他的鼾声。

那天，我们去三办维纳克的农场做客，人民作家阵线的几个朋友一同前往。三办的农场其实相当于中国一个普通农户，房子建在一座山头上，两层楼，夫人是一位漂亮的英文老师，多次出国进修，在斯里兰卡算是不错的职业了。三办在科伦坡经营出版事业，他借住在城内哥哥家，配有女秘书。每星期六，三办就回乡下农场去。他所谓的农场，就是请了一个大人两小孩，养三头牛，百多只鸡，种一些庄稼、果树，三个儿子在上学，日子过得还不错。他使我不时想起中国农村的个体户和那些家属在乡下的干部家庭。

我们在斯里兰卡接触过不少作家和出版家，参加多次座谈宴请，有的颇为清贫，有的较为富有，但好像没有一个中国式的专业作家，也没有国家规定的稿费。稿子写成之后，请出版商看，出版商认为可以出版，则打印一批样本发出去征求意见，然后根据信息决定印数，快的两个月就可以出书。稿费一般从利润中提取，大多在35%左右，成书印数最多四五千册，再多便是畅销了。米汗先生就是以做牛奶生意为主，赚了钱，写些诗，自己出版，从不怨天尤人。

米汗很随和，总是朋友们取乐的对象。在三办家里，主人把三个儿子的床让出来我们睡，我们和米汗同居一室。米汗很胖，一上床就压得床咔咔作响，随之鼾声如雷。他好像中间太粗，睡觉时两头不能落地，便翻过去翻过来，呼吸显得十分困难，使我也替他感到难受。一会儿，只听咔嚓一声，一根床枋子被压断了，我和徐朝夫忍不住要笑，我说，看来，要出事的。果然，过了一会儿，第二根床枋又在他的鼾声中断裂了。这一夜，大家都没睡好。维达拉问他，和夫人相处如何？米汗说，她的夫人很喜欢这鼾声，如果没有了这鼾声，那倒不习惯的。惹得大家哄笑不止。

记得在康提市，主人开车送我们上市郊一座石山去登高参观市容，那山顶有电视发射塔，另有一霓虹灯佛像，一到晚上，真可谓是佛光普照。从那数十米高的佛像脚下，有一条羊肠小道从近千米的石壁上逶迤而下。当时，我心血来潮，提议要走下山，而且率先走了。我是客人，主人们只好陪着走下来。有

60 多度的坡度，一毛不生，走到中间便有些后悔，但已不便退回。米汗先生和市议会的几位先生都已上了年纪，走得十分吃力，而随时都有摔下岩去的危险。我不禁想到了大佛，人在无能的时候，总爱求神仙保佑。我不时地去看那佛，希望得到保佑，祝愿不要出事。这样战战兢兢半小时，当大家终于走下这石壁时，我才放下心来。那一次，米汗的脚跛了，有两天没能陪我们。至今想来，还觉得对不起这位朋友。

本文发表于 1992 年 3 月《民族文学》

穿越美利坚合众国

奇怪的时间差:两个 1 月 19 日

我们中国期刊代表团一行 30 人，启程赴美国去洛杉矶举办中国期刊展销。省文联党组书记邓泽民和我随团,我们从北京飞到上海,虹桥机场上飘洒着小雪粉,使人感到阵阵凉意。直到下午 3 点钟,我们乘坐的中国东方航空公司 M0583 航班才离开跑道冲天而起,向日本方向飞去。

我坐在 39A 座,是后舱窗边的一个座位,有利于观看窗外景色。大约飞到东海上空时,显示屏上标出:我们的飞机已爬上 1 万米高空,窗外温度是零下 40 度。机外能见度极低,仿佛进入了混沌世界,直到日本上空才可以依稀见到下面的陆地和城市。

日本国的海岸线倒是修砌得十分整齐,加上金色的沙滩,像给海岛镶了花边儿一样。一看便知,这个国家缺少土地,山地也收拾得很认真,像一个勤恳的农民收拾过的土地。不少地方还围海造田。我想找到富士山,日本的山区下了雪,也跟中国一样,显出山的轮廓和田块的分布,河流有的结了冰,有的显出绿色,从上往下看,了了分明。高山不少,但怎么也分辨不出哪是富士山。其实,我们并不从富士山上空经过。大约过了大坂,又见云层密布,天也快黑了,以致从东京上空飞过而未能有所见。

大约 5 点钟,机窗外已暮色浓重,一眨眼便黑了,漂亮的空姐给我们送来了晚餐和茶饮,然后就看电视。窗外马达轰鸣,难以入睡,便想象飞机悬浮在空中的情景,是不是和鱼儿在水中一样呢?什么时候能给人安上翅膀,自由地在天空飞翔?这时,邻座一位先生说:“我们下面的小日本,当年居然把个大中国打得一塌糊涂，起码使我们落后了40年。”

日本大和民族的文化之根一部分可以追寻到中国，但他们形成了自己的文化，反过来侵略中国。日本人国民性中的团结奋斗和勇武精神是充满东方人阳刚之气的，却又给人一个富裕而小气的岛民形象。现在世界上盛行强权政治，一个民族如果太孱弱，是要受欺负的。中国人的确要认真记取教训，急起直追，特别要发扬团结奋斗的精神，不甘落后，特别是不要搞内耗，前仆后继，一心一意搞四化，争取一个和平的国际环境，我们是可以日月重光，辉耀天下的。

我们的飞机在太平洋上的星空中航行，像一条鲸鱼嬉行于大海，像一只潜艇游弋汪洋。如果地球真是一个大球，我们现在就已离开了这球，正在这个巨大的球的上空，真不知道是地球在转还是飞机在飞。这时候，如果地球突然失去引力，我们就会成为断线的风筝，将飞向何处？太空何处是我家园？我由遐想而进入了梦乡。

北京时间11点40分钟，机上的顶灯亮了，开始早餐。其时，飞机前方现出一抹淡红，海平线上可见几色彩霞正迎候着日出。从万米高空看日出与在泰山之巅看日出是相似的，太阳一出，即如混沌初开，大雾散去，七彩纷呈，瞬间晴空万里，天地光辉灿烂，雪白耀眼的絮云在机旁随风飘逸，千姿百态，万种风情，让人心旷而神怡。

我们的飞机已飞抵旧金山上空，也就是说，我们取最直的线路跨过了太平洋的空中桥梁。从桥头沿海岸右行，估计还要一小时才能到达洛杉矶。现在，我的手表是北京时间20号上午12点24分，可是旧金山时间却还是19号上午8点24分，这是有趣的时差造成的。也就是说，出现了两个十九号中午，我们从昨天的19号中午飞到了今天的19号中午，同一个19号的中午，我们既在北京又在洛杉矶。你看，我们穿行于时间隧道，辛辛苦苦坐了一天飞机，而有一段时间却在日历上消失了。

这就是美国，还没下飞机它就告诉你，它的时间概念和你不一样，你得有这个思想准备。其实，我们都有准备，我们是在两个完全不同的国度穿行，一个代表了社会主义目前的最高成就，一个代表了资本主义目前的最高成就，人家的长处和短处光听不行，需要到实地看一看。我很长一段时间坚持北京时间，但倒算起来很麻烦，只好把手表拨成洛杉矶时间，这也是入乡随俗吧。

第一声忠告:夜晚不要出去

洛杉矶位于美国西海岸,与我们的上海隔洋相望。这里气候温和,相当于中国的广州吧,因此中国移民大多喜欢侨居于此地。一进入机场,便见熙来攘往,旅客如云,显眼的地方挂满了星条旗。它要在世人面前显示它的爱国主义,使你一踏上它的国土,就感受到它的国旗在你眼前飘拂。

讨厌的是入关经过了漫长而烦琐的过程,因语言不通,心中无数,对团队的依赖性就增大。有两位同志给在美国的儿女带了大箱小包的东西,海关人员就非要打开,翻得一塌糊涂,加之带队的人又缺乏安排,等走出关来已是美国的中午了。花去了几个钟头!我们把行李扔在旅馆后直奔唐人街,在福州饭店吃午餐。这个店面不大,是一个老华侨开的,也多是华人来吃,我们一人一饭一菜一汤,味道尚可。

吃罢饭就赶往蒙特利公园市的长青书店布展。这个书店不大,分前后两厅,前厅营业卖书,后厅主要用来做展览,收取租金。老板叫刘冰,原是中国驻美工作人员,他有两边熟悉的优势,也善于利用中国内地许多人急于去美国看看的心理,搞书展,搞旅游接待,因此生意做得较红火,在美国赚了不少中国人的钞票。

在美国办事,多是私人经营,是要讲究成本的,你没有万贯家财,办事一般不肯大肆挥霍和张扬,所以展厅极为简陋,摆放十几张桌子,盖上桌幔即可。我们一起动手,挂上横幅,把书陈列起来,近 20 家期刊社各自摆放出展品,并尽量摆放出一些花样,以能吸引读者。

长青书店附近有几家中文书店,一家叫长城书店,一家叫三联书店,还有一家叫黎明书店。长城书店是与中国国际图书贸易总公司合资开的,多是国内图书,也有一些港台和海外专写中国政治人物的所谓畅销书。三联书店是一家香港背景的书店,店堂很气派,书也多。这些书都采用美国书价,很贵,看中的书也买不起。各种图书期刊五光十色,我想照几张相,谁知在国内买的电池在这里忽然失效了,赶快去超级市场,两颗小扣子电池花去了近 30 元人民币。

这两天很是辛苦,时差还没调适,从北京至美国,一直还没好好睡觉哩,直到晚 8 点才回到 DAYS　INNHOTEL 旅馆。我们得到的第一声忠告就是夜晚不要出去,怕遭抢劫。据《美国统计文摘》今年统计,美国每天发生 2.9 万起暴力犯罪,大约 17 万人受伤。虽说身边没什么值得一抢,我们还是不想遭遇这种事,便洗澡、换衣,倒头入睡。

我和邓泽民先生同住一屋,他是我的领导,年纪比我大,我要尽可能地照顾他。我们所住的旅馆是一种连锁店,它采用一种模式,一种标准,一种价格,资产是一个老板的,由别人在各地承包经营。我们在洛杉矶住的这家 DAY SINN,有人叫它天天旅馆,房间里有两床、两椅、一方桌、一茶几、一电视机、一电话、一小冰柜、一卫生间,水管里的冷热水均可饮用。这家承包者是华人,所以他在一楼设有电热箱,要喝开水要喝咖啡就去一楼。这些旅店的早餐都是免费的,给我们做早餐的人是一个大陆留美知识分子,他不明说,我们也不便深问,大约是大学本科以上学历。他每天 7 点来熬好稀饭,蒸热馒头,摆上榨菜、果酱、牛奶、鸡蛋即可,其他由我们自助。在美国能吃上馒头稀饭倒也感觉比西餐可口。

期刊展销:长青书店三日

中国期刊展览开幕式很隆重,中国驻洛杉矶领事、中洛友好促进会、有关团体和书店代表、新闻界记者,还有不少从报上得知消息的读者都赶来了。大家剪彩致贺,来宾也谈笑风生,一面交谈,一面取用点心、饮水。不像我们国内的一些本该轻松愉快的开幕式,搞得那么严肃,那么沉重,三句应酬话还要念一通讲稿,一人还拎一个茶杯。

来参观和买书的多是华侨和懂中文的外国人,也有不少中国留学生。他们最爱买的是医学书,是介绍气功的书,有一位女士还要买佛学方面的书。文学方面的书不大受欢迎,文学期刊中热的只是小说类,《小说月报》卖得不错。有几位来到湖北摊位前,我和邓泽民先生热情地接待他们,不无夸张地向他们宣传我们的刊物,没想到他们都是来美不久的中国人,对国内文艺期刊情况了如指掌,其中一位从前就是《今古传奇》的热心读者,因此我们谈得很投机。他们买了几本《今古传奇》《湖北画报》《艺术明星》。其中一位郭宁女士带了美国丈夫和两个孩子来买书,她是我的校友,华中师范大学 1991 级研究生,她学的英语。这位女士日子大约过得比较清闲,她想写写电影,或写剧本,她还想买一本《中国知青部落》。她是否也要写写什么中国人在纽约一类的书呢? 我没有深问。

在与一些读者交谈中,不少人认为我们的书刊卖得太便宜了,纸质也太差,字体不清秀。他们中有人说,你们看看外间书架上,香港、台湾的书,用纸很好，印刷也好，用的字体使你看着眼睛很舒服，虽说价格贵，却卖得好。这时候有两个小孩来买娃娃书，我们有几家刊社是出版少儿读物的，便热情接待他们。那两个小朋友七挑八选仍不中意，他们的妈妈说，他们是中国移民，想让自己的孩子多学点中国知识，所以专门来书展买书。她认为国内的少儿书刊形式太单调，不吸引少儿，道理太多，情趣太少，英语也不行，所以好多孩子选不中很喜欢的书。我作为一个出版者，觉得这个妈妈说得很有些道理。我们的出版界，好像全是政治家，什么书都是讲道理，使用速成法。道理往往还讲得简单生硬，偏偏不大注重对象的愉悦需求，不看重潜移默化这个道理，实质是不尊重读者。人家的书也讲道理，他在变着花样讲，真搞潜移默化，不太使用灌输法。

平心而论，中国内地期刊在中文水平上明显比港、台和其他地方的中文书籍要高几个档次，学术水平也要纯正得多，但在海外市场上的竞争能力却弱得多。这使我想起出版界喊得很响的一句话，要走向世界。其实，有些可以走向世界，有些应当先走向人民大众，走向中国老百姓，走向世界也不是一步能走到的。走向世界的书就要适应别人的市场，而走向中国老百姓的书刊，定价不能太高，文字要通俗一些，内容要好，也要有趣，用纸要考虑价格。质量有两个内核：一是内容，一是形式。一个内质一个外观，二者互为依存，不可偏废。如果离开中国这个大市场，想用一些废话连篇、粗制滥造的中文书去占领世界，那恐怕是白日做梦。

我们连着站了两天柜台，当了两天书店营业员。正好外间是刘老板的书店，也有一个营业员，是一位小姐。她准点来上班，拿书、开票、包书、回答询问，不断地挥洒礼貌用语，脸上堆满笑容，忙得不可开交，钟点一到，立马走路。我们站柜台就轻松自由了。别看我们这些老总，有的是正厅级别，有的是科长，老的近七十岁，年轻的三十啷当岁，在国内，一个个颐指气使，可以把刊社里的人支使得滴溜溜转，在这儿可不行，不只因为这儿是在美国，还因为我们面对的只是读者，而且是陌生的外国读者。当官的周围没有了普通老百姓，你也就成了普通老百姓。我们大家都变得十分勤快，谦恭，不无夸张地宣传自己的书刊，恳望顾客多买自己的书。面前的顾客很多时就很得意，桌面前没有顾客时难免尴尬，尴尬时当然也可以给自己找到许多理由。

中国人多，喜欢窝里斗是出了名的，但中国人出去了团队精神也是很强的。当读者少时，我们就彼此谈谈办刊的艰辛，眼中盈着理解和亲情，这时候没有了文人的相轻，没有了官阶的大小，没有了相互的提防，把工作中和生活中的一切烦恼都扔回中国去了。

有时候，我们就跑到外间书架上看别人的书刊，看别人的编排与装帧，看如何陈列上架。为了吸引顾客，这里的书店门口大多设有报纸箱架，有的报纸是免费赠阅的，有的是要交钱的，放在那儿自己售取，当门处一般是陈列最新书刊。长青书店的最新书刊有两种，一种是大版本的彩色画报，有时装，有美人头，有广告；还一种就是所谓的畅销书，中文畅销书多是写的中国政界人事，所谓内幕，所谓秘闻等等。我翻过一本，觉得文风不正，题目大多耸人听闻，内容大多捕风捉影，有的是造谣生事，有的是恶意攻击，有十分明显的投人所好赚取稿费的倾向。这一类书绝大部分是动乱后跑出去的中国人所写，就像被逐出山门的败类在投向另一所大庙之时，照例要大骂一通主人。这些书对不真正了解中国的外国人，所起的作用是很坏的。

我又碰上一个武汉来的学生，已出来十多年了，他认为中国的学术著作写得有水平，有质量，但是出版太慢。他指出我们展出的书刊都是过期的书刊，按照商业规矩，过期就应打折处理。他认为，书刊也要讲究时效性、新闻性。看来他是一个很爱跑书店的人，他说，台湾、香港新书基本上做到了在美国同时发行，那些书用纸好，印刷好，内容不大好，但它新鲜热闹，因此赚钱。而大陆在当地办了几家书店，开局还好，慢慢就不行了。他说他一直搞不明白，为什么不能把新书及时运过来呢？这是一个非常重要的宣传阵地呀。他还告诉我们，美国的书他买不起，他经常请朋友从国内寄书来读。在展销期间，有几个先生把些资料性强的书报一捆一捆地买走，他们大约是搞研究的。既便宜又有内容的书刊为什么不买呢？图消遣的人不爱，搞学问的人爱。

这也是一种享受：自助餐与逛超市

到了美国，吃自助餐和逛超级市场是两项不可免的内容。据《美国统计文摘》今年公布的数字，美国人每天要在超级市场购买 10 亿美元的食品，要在餐馆和快餐店花费 6 亿美元。华人集中的地方，会有许多中国餐馆，这些餐馆与国内各类中小餐馆没什么两样，炒的菜也还过得去。他们大多与导游有联系，导游每引来一批食客，都能从老板那儿得到一笔钱，这些中国人很会赚中国人的钱。在美国，由于这些年中国人公费出国猛增，凡公费出国者大多不会外语，由两边都玩得转的人来接待便成了一种需要。因此，外国一些大的旅游城市，已基本上形成了一个个接待网络，他们把这当作一门致富的捷径，客观上为中国出访人员提供了很多方便,但他们宰起人来也是很能下手的。在这些中小华人餐馆里,还能看到一些打工的大学生、研究生,他们端盘抹桌、洗菜拖地,忙得挺苦,全无国内的悠闲与娇宠。想想国内的一些大学生,花父母的钱不心痛的情形,我倒觉得应当让他们都出来打打工才好。

自助餐现在已经引入国内餐饮业,但还不被普通大众所接受,在美国却是一种最大众化的饮食店。店规模大小不等,装饰有的豪华有的一般,都较方便、整洁,人均价3–5美元,可以吃到他所有的食品,常见的是炸鸡块、炸薯条、热狗、冷热饮料。大店里常有几十种饭菜和各种饮品供你选择,当然都要自助,自己动手,吃完之后还要自己把餐具收拾好送到规定的地方。在这种地方吃饭,除了饭量的差别,常可看出文化修养的差别。那么多诱人的食品可以随意取食,有的人吃到适可而止,一点也不浪费;有的人则不怕伤身体,饕餮一顿,盘中尚有不少剩余,留恋而去。目前中国的自助餐饮业为什么还不发达,一方面是受经济条件所限制;另一面则是不敢实行完全的自助,如果随意取食,老板一定会亏本的。如果国内的饮食店能把"方便、卫生、美味、廉价"这几个根本问题搞好,人们又何苦每天花几个钟头去厨房里折腾呢?

中国目前的所谓超级市场,除了大城市有几处规模较大,大多数还不过是中小型自选商店而已,而且货物品种不多,品类不全,可供选择的范围有限,更不用说各种服务设施了。洛杉矶的几个大型超市因其规模过大,一般都是建在市郊。这类超市能容纳多少顾客就得有多少停车位,设计家们多把它建成四方形,高三四层,四面都是大门进出,四面都是大型停车场。超市之内银行邮局吃喝玩乐设施一应俱全,除五花八门大大小小的各类购物场,还有电影院、美容厅、儿童游乐场、餐厅、休息室、托儿所等等。

翻译说这里把购物中心叫"贸",我们也就叫它"贸"。都说贸里商品种类是很齐全的,我便想起家里的电视机保险丝总是爱坏,我在武汉一家商场买了一大把保险丝管,差不多几天坏一个,花钱不说,每星期拆修电视机就很烦人。既然都说这里超市的东西多,我就试着找一找,想买几个日本生产的彩色电视机用3.15A保险丝管。我在国内跑过好几个大城市的商场都没买到,我在一家"贸"里转了几圈,就在一家电子产品商场里不用翻译就买到了。我很高兴,就想,办这种超市照说并不难,我真是不明白我们自己为什么搞不好。这里面恐怕有一个既要赚钱又要守规则,还有一个如何为人民服务的问题。超级市场建得如何,管得怎么样,不单是给顾客提供了购物的方便,它还提供给人一种选购的愉悦和美的享受,还让人们在丰富的产品和优质的服务面前获得知识,获得一种满足,对政府产生信赖,对国家产生认同,产生对生活的热爱和珍惜的情感。这些学问是值得管理者认真研究的。

精品游乐:好莱坞电影城

1月22日,天气晴好,按计划,我们去游览好莱坞电影城。从前,在我们心目中,好莱坞电影是个坏名词,它和性与爱分不开,它确实生产过一些很庸俗的格调低下的电影,但也确实生产过一些有相当艺术性和思想性的经典影片,产生过世界电影史上光芒四射的明星,他们谓之天王巨星。总之,文化人到了洛杉矶都会去好莱坞看看的。

汽车从闹市中挤出来,开到一处很有名气的街道,名字大约叫明星街。它之所以很有名,是因为这里有一段街道和电影大明星们有关。在临街的一处地面上,镶嵌着数百块大理石,上面印刻着许多好莱坞大明星的手印、脚印和签字,游人们饶有兴味地观看着明星手印、脚印和签字。我也认真看过,但我怎么也感觉不出他们的这些手掌和脚丫子有什么与人不同之处。听说这样的印刻还有一处,那是在国际电影节圣地法国戛纳城电影节大厦周围的临街地面上,也镶嵌着近百块各国电影明星手印的瓷砖。据说,只有有一定名气和资历的明星才够资格做瓷砖手印,跟咱们中国人死后上八宝山似的。

就在离此不远处,可望见一座树木葱郁的小山,绿树丛中露出许多小别墅的风姿。据说那多是好莱坞电影明星的住所,只能远眺。它给人一种神秘与向往,不知有多少小报记者如蚁附膻,成天在那儿转悠。我们的车绕山而过,行数十公里,便见游人如蚁,好莱坞电影城到了。

初到此地,还是心怀激动。就在这个神奇的山冈上,那些艺术家们挥动着他们的魔杖,居然把蒙太奇手法玩弄到了超出想象的境地,这已是一处世界顶尖的文化产业。

我们弃车临门,门票33美元一人,这也是我有生以来所购最昂贵的门票了。登高一望,发现这里是沙漠边的一处山丘,被建成了摄影生产与娱乐游览多用途共处的一个大型游乐中心,占地420英亩,大约有2500亩地。山上是一片景区,绕山是一大片,成独树一帜的电影城,每天都要接待数十万游客。

开始,由于导游不熟悉路,我们瞎走一气,又回头,才找到车站。我们乘坐游览车花了40分钟把山下大半个景区走了一趟,其实是拍摄场地,是道具街景,也可以叫村庄。有一大片建筑,每一幢房子各是一种地域民族风格,有的破旧不堪,有的富丽堂皇,其中不少是拍摄那些备受欢迎的电视剧和奥斯卡得奖电影后留来下的布景和道具。50 年来,好莱坞的导演和演员们就是通过这些房子、这些道具拍出了像《外星人》《乱世佳人》《星球大战》《大白鲨》《蝙蝠侠》《教父》《虎胆龙威》《人鬼情未了》等等和一些迪士尼卡通片,这是一些最受欢迎的电影。这个地方的每一处游览内容几乎都跟这些电影有关。好莱坞所拍摄的影片把一批演员捧得大红大紫。人们只会崇拜成功者,游人们像凭吊滑铁卢战场崇拜拿破仑一样,通过观赏这些往日的景物来心仪明星。

其实,谁都知道,好莱坞还制造了大量的文化垃圾并充斥于世界荧幕,他们当然不好意思都弄出来让人们参观。在途中,我还看见了 ·座中国式农村小木屋。当然,那更像旧社会的中国农村,高傲的美国人就是通过这样一些实景,让那些没到过中国的游人"了解"中国。

我们的车停在一棵大树下,天上突然电闪雷鸣,倾盆大雨就浇下来了,玻璃窗上叽叽作响,水帘儿遮目。一会儿,山洪暴发,不知从哪里冲下一股洪水,将那棵大树连根拔起,没于洪水之中。再过一会儿,雨过天晴,一道彩虹出现在我们眼前,那棵被洪水冲倒的大树又慢慢地从地上竖起来,获得我们一片欢呼。这是一场真实的特技表演,我们身临其境,莫不感到惊险而逼真。还有一处场景是欧洲早期的铁路桥,当我们的车刚行至桥中,"敌人"的炸弹就爆炸了,大桥立刻断裂,有的桥柱倒在了水中,我们的车歪倒在断桥之上。心不在焉的游客吃惊不小,真以为遭遇了横祸。我则沉浸于类似《卡桑德拉大桥》电影的意境之中,享受一种只有男子汉才能体验的惊险与刺激的愉悦之中。后来,我们的车又驶入地壳,进入恐龙的肚腹,其实是地下岩洞。突然,地震发生了,8.3 级,岩石在崩落,地壳在抖动,我们将要葬身于地洞,唯一能做的就是抓紧!死死抓紧手边的东西!还有火灾、水坝崩塌、渔人被鲸鱼吞食、大白鲨在追你、轮船沉没,你在水边走,水怪突然冒出水面张牙舞爪向你扑来。总之,工程师们利用高科技,用声、光、电,惟妙惟肖的模拟,奇特迷人的想象,让我们亲见亲历了一些著名电影中最神奇最令人难忘的情景,即使是大白天,也让你神经高度紧张,毛骨悚然!这些实景现在仍然经常出租给世界各地的制片商去拍片,所以游览车路线常常改变。

我们游览的第二处区域是一片工厂车间式的房子,从山顶乘几段电扶梯就到了这些房子边。里面是一种剧场式结构,你坐在席上,面对很多稀奇古怪的设备,讲解员从游客当中叫出一两个志愿者去与他合作,共同表演,让你实践一下某部电影中的特技镜头是怎样拍摄出来的。我们看了怎样拍摄人从几十层高楼上坠下来,看了几部惊险片中的一些奇特镜头是如何导演的,了解几种高难度音响效果是怎样制造出来的。这是一种开放式参观,自己参与,生动有趣,既感受叫座电影的惊人场面,又探索了特殊效果幕后的真相。这样的大房子还不少,因为时间,只能走马观花,浅尝辄止。

接下来看的是一些高科技游乐内容,我们去体验了一个项目。大约是受科幻片启发,制造了一种云霄飞车,每次几个人走进一间小房子,坐进一辆敞篷汽车似的机器,一阵烟雾喷过,你就像吃了迷魂药,不知所在了。汽车不知怎么就变成了宇宙飞船,穿越时间,上天入地。一下子闯入恐龙世界,一下子又跌入无底深渊,你刚从鲸鱼口中逃脱,又误入地狱深处,眼见火山正在爆发,你的飞船却直朝烈焰腾腾的火山口直插下去。这真叫上天入地,惊心动魄,那种感觉毕生难忘。当你进入星空,便是在万里苍穹,伸手可以抓住星星;当你闯入恐龙的肚子,你就在它的五脏中钻行,血腥难忍,那肠胃的蠕动、血管的搏动,都以假乱真,难以分辨。

好莱坞影城可看可玩之处甚多,几天几夜也有内容,何况你随时会碰上玛丽莲·梦露或是科学怪人与你合影。某部电影中的名演员突然出现在你的面前,同你握手,明明知道那是扮演者,却也有趣。还有一些人扮成影片中的大猩猩、大公鸡,或是妖艳小姐,你尽可跟他们相拥拍照,旁边随时会有卡司人员拍下美好镜头,还塞给你一张纸条,你可凭这纸条去一个地方取出你的相片,看得中便交钱拿走,看不中说声谢谢即可离去。它的服务设施很全,想得也周到,假如你中途有事出去,只要在出口处盖上手印即可在当天再次入场。

此好莱坞已非彼好莱坞,此好莱坞是一处各国人争向往之的游乐场。据说,好莱坞环球影业公司又在洛杉矶中心建造了一个侏罗纪公园,将在近年开业。公园根据克赖顿的小说和斯皮尔伯格的电影设计,它的耗资可是一个天文数字:1.1 亿美元。据《侏罗纪公园》的制片人尼尔·恩格尔解释说,即使你已经看过电影,你也会大吃一惊,在侏罗纪公园里进行的是三维漫游,各种模拟制作的动物比以往的速度更快,动作也更灵活。

我们高兴地看到,在今天的中国各大城市也有了一些类似的设施,有的公园也有自己鲜明的风格和特色。这是一个国家文化和科技力量的展示,也给劳动人民以轻松游乐的园地,这一事业正引起许多投资者的兴趣。相比之下,我国还拿不出那么多的钱来建豪华游乐场,因为还有那么多人处于贫困之中。就从已建的游乐场来看,服务设施少而差,特别是软环境跟不上。我看一个受欢迎的游乐园是通过千方百计满足游客的要求，维护消费者的权益来赚钱，而不是通过限制和约束游客，保护公园自身的利益来赚钱。一些游乐园保持不了精品名牌游乐项目，只好不断花样翻新，新瓶旧酒。我们期盼着中国的驰名世界的游乐园的诞生。

米老鼠的家：迪士尼乐园

改革开放以后，米老鼠和迪士尼对于中国有电视机的家庭来说，已是家喻户晓。迪士尼乐园也在洛杉矶，位于加州西南部阿纳希姆市。这是一座巨大的儿童乐园，占地面积约30公顷。花33美元门票，可以坐火车绕园一周先看一个轮廓，也可直接从大门进去，随意游览。以迪士尼先生的站立青铜塑像为中心，公园分为五大部分。有米老鼠卡通城，有美丽的白雪公主城堡，有小小世界，有拍浪山，有星球之旅，有恐怖鬼屋等八大神奇，内容各不相同，总体风格是一致的，那就是儿童趣味、童话风格。游人如织，其中儿童不少，但明显以大人为主，可见人类童心不老。

每隔半小时，便有一场行进演出，几只全世界知名度最高的迪士尼明星米老鼠开着红色玩具汽车出场了，它们那尖尖的红鼻子、大大的黑眼睛、夸张的腮帮子，穿着一身美丽鲜艳的童装，一出场便引起满场骚动。后面还有不少玩具似的彩色汽车，车上坐着或后面跟着玩具熊、大老虎、小猴子、花面鼠、大黄狗、狮子王、唐老鸭、大公鸡、猩猩，等等。在汽车与动物中间还有一些青春少女，或坐车或徒步，大家载歌载舞，手舞足蹈地在园内大道上演进，笙歌四起，煞有介事。我抢着照了几张相，看看时间不早，便想多跑几处地方。我来到一处院落，这是小人国的地盘，五颜六色的童话房子有的像尖顶教堂，有的像巨大的蘑菇，造型极富想象，令人乐而忘返，60多岁的邓泽民先生和湖南的老彭还忍不住去坐了一次惊险的高空快车。

在游人中还活跃着一些童话演员，比如白雪公主、狮子王、灰姑娘。美丽的白雪公主出现在那儿，便有不少人围过去，请她签名、和她合影，她都笑容满面地接受。特别是那些天真可爱的小朋友的邀请，那些热情洋溢的小伙子含情脉脉的邀请，即使是一个陌生人也会答应，更不要说以此为职业的演员了。

迪士尼乐园也实行一票制，你只要买一张票，就可以在娱乐世界里通行无阻。一天、两天或三天的通行证允许你在游览期间无限制地做游戏和进入娱乐场所。这里可以看到迪士尼经典卡通电影,还可以参观迪士尼先生的办公室。迪士尼先生创办的这种享誉世界的儿童游乐场是一种别出心裁的创意。1919 年,他还是一个年仅 19 岁的穷画家,他和另一个青年美术家伊渥克用一架旧电影摄像机首次摄制了一部仅放映一两分钟的动画片,从而开创了他独特的迪士尼世界。它立刻被世界各国接受,其后,迪士尼本人也成了富豪巨商。米老鼠、唐老鸭跑遍全球。加州的这座乐园建于 1955 年,1971 年又在佛罗里达州建了一座,一些世界名城都争着兴建迪士尼乐园。从某种意义上说,形成了一种迪士尼文化。

美国人有了钱,狂热地喜欢迪士尼影片,看迪士尼书,穿戴迪士尼衣帽,看迪士尼电视,一有空就涌向迪士尼乐园去。总之,历史过于短暂的美国,急于创造出自己的文化,他们便狂热地欢迎迪士尼文化,把别民族的东西如《白雪公主》《罗宾汉》等等舶来加以创造,它还独创了像《狮子王》这样的作品。《狮子王》艺术上很精美,但它表现的是美国人的唯我独尊,一切“动物”都臣服于它的霸主心态。

面对“迪士尼美国文化”这一现象,特别是迪士尼电影充斥的性别歧视、种族歧视、色情暴力等,美国本土上也有不少学者持批判和否定的态度。迪士尼童话世界,虽然美丽生动却未免简单肤浅。可是,这却是一宗赚钱的大买卖,当你处于迪士尼乐园人山人海之中,当你同滑稽可爱的唐老鸭、米老鼠相处一起时,当你和孩子们一起兴奋地跑动时,听着孩子们忘情地投入地欢歌笑语,这时候,你的荷包里如果有钱的话,把它花掉也是一种乐趣。

我上面说过这地方能使人乐而忘返,还真有人乐而忘返了。那是江西省出版局的一个处长,他还被这次出访组团有关单位指定为我们的团长。团长丢了可不是闹着玩的,首先担心他出现安全事故,美国并非人间天堂,它讲民主自由,讲到了犯罪也十分自由的地步,我们担心团长受到伤害。乐园大门已经停止进人,游客已大部分出园离去,天色渐晚,暮色四合,归鸦蔽天,我们心急如焚。大家开始分析各种可能,因为他不懂英语,可能找不到出口,迷失了路。翻译去乐园保安处打听,他们说已清了园,不见有人。我们都不愿去想一种可能,那就是出走,那是政治事件了。但我们都相信他不会,他不是持不同政见者,他也不属那种在国内混不下去的人,他没必要走此下策。那么还有一种可能,我们知道他虽身任团座,却爱单独行动,手中有钱,有购物爱好,可能早已出园,去逛超级市场了。我们大家就这样在焦急不安中等了一个多钟头,汽车司机已经不高兴了,在美国非志愿服务是讲条件的,你延时得加钱,翻译又去给司机塞钱。天已很晚,肚子饿得咕咕叫,我们就开车返回住地,仍不见这位大处长。按规定,出访人员失踪得报领事馆,正在这时,他回来了,若无其事的样子,他不知道大家为他所操的心。据说,他是一人独闯,出来时走错了门,天一黑,心一慌,就顾不上团长职责了。幸好他拿有住地旅馆的名片,好心的华人司机指点他找到了回来的路。这件事使他在以后的行程中再没敢随意乱跑了,同时也使我们痛感外语的重要。不懂外语,到了外国,你就是瞎子,是聋子,是傻子,不管你官当多大,你也是沙漠里的皇帝,叫天天不应,叫地地不灵,这又使我想起国内要求青年干部都要学外语,这实在是必要的,是有战略眼光的决策,否则你只能在国内老百姓面前称王称霸,你是不可能走向世界的,连走向公园都出错。

“繁荣娼盛”的拉斯韦加斯

23 日,我们去拉斯韦加斯。说起这个地方,恐怕无人不晓,这是美国最大的赌城,澳门的赌城远不能与之相比。这个赌城位于内华达州,从加州出发,要从沙漠里穿行 300 公里才能到达,它是建在沙漠深处的世界上最大的赌场。

我们租用的是那种跟美国人叫“灰狗”的车差不多的长途汽车,底盘很高,行李箱设在座位下前后两轮中间,车厢全封闭,里面有电视、厕所,坐在里面很舒服。我们走到一个叫巴士顿的小镇吃午饭。路边很荒凉,戈壁千里,草木不生,颇像我国新疆南部的沙漠地带,干燥,太阳很毒。我们过一处早已废弃的矿山,有一个中国名字,曰鬼城。据说,当年这里主要是华工采矿,后来华人走了,只剩下鬼还在这里叫。鬼城过去不远,就是在中东战争中赫赫有名的沙漠之虎巴顿将军训练他的沙漠坦克部队的地方。这个地方也没什么特别之处,就是近似于中东的自然条件,戈壁滩,干旱炎热,诀窍就在严格的“实战演习”几个字上。1990 年他的部队在中东战场上出尽了风头,“沙漠之虎”使人谈虎色变。

在路边的戈壁上,生长着一种像仙人树一样的东西,黄褐色,十分耐旱,针叶,遍地生长,能一片一片地覆盖沙漠。据说这是美国政府与内华达州政府引种的一种草,也算人类与沙漠争斗的方法之一。

约下午 2 点,我们远远地看到了沙漠之城的边沿,首先看到的是飞机场,还没完工的样子,这个机场可以接纳世界各国的飞机。据说,主要还是有利于一些腰缠万贯的富豪来去方便，他们可以乘自家飞机"朝游四海，暮抵苍松"，来此豪赌一夜，早晨又飞回家中。新飞机场过去不远，便见许多豪华宾馆饭店。在千万顷滚滚黄沙之中，奇迹般地冒出一座富丽堂皇的城市，海市蜃楼一般，又很有点童话色彩。

拉斯韦加斯是一座新兴城市，常住民约 3 万人，每日游客少则 8 万，多则 10 万。有数百家旅馆接待这些世界各国来的客人。这里有几家世界级的大饭店，如"金字塔"、MGM 等。MGM 我们叫它狮子店，它的标志是狮子王辛巴硕大无朋的头，狮口大开，作为店门。虽然是大门，只有人从里面走出来，却没有人从这里走进去。据说走进去不吉利，那叫作自投狮口，那你来赌什么博呢？为此，饭店开有侧门，来客都从侧门人。我们也入乡随俗，从侧门进入正殿。此店比金字塔酒店还少一百个床位，有 405 个床位，当然不是像我们那样一间屋放几张床，他一套房只一个床位。

这里的饭店，一楼全做赌场，二楼以上住客。你赌困了可以去睡，睡一阵想赌又可以下来赌。一楼设有上千张赌台，赌台多为牌机，你喂一个钢币进去，拉一下手柄，转筒就飞快地转动，当它慢慢停下来时，你就碰运气看是否中彩，多数时候是不可能中彩的。偶尔来了运气，这赌机也会鸡下蛋似的给你吐出一大堆钢币，让你在一片悦耳的叮当之声中像巴尔扎克笔下的葛朗台老头儿那样子乐不可支。赌场里彩辉华灯，珠光宝气，诱使你一试身手。游客多为小赌，豪赌者另辟有密室，一般人不能与闻。小赌有如游戏，一面抽烟一面吃食，一面"喂老虎"，心中永远期盼着牌机吐出一大堆金币出来，就这样直到口袋里空空如也，你才会走开。老板大赚，有人小赚，多数人倒亏，杀人抢劫、饮弹跳楼在所难免，这就是赌博规则。

我们从狮子口中走出来，去各处看看。这个城市的建设思路是为了适应旅游，因此像公园，新奇醒目，精彩纷呈，但路边有不少色情组织的雇员拉客。他们多为黑人，也有白人，往往几个人站在一排，往游人手中塞画册，这些画册都是裸女、硕乳、肥臀、搔首弄姿之照，一般有身份者不肯在大庭广众中观读，新奇者便拿回去看，还可按图索骥。胆小的人被塞在手中了也就随手塞进垃圾桶了事。

大凡世界上嫖与赌是一对永不分离的双胞胎，很多人有了钱，便心花神躁，赌博、玩女人，跟抽大烟一样，不弄到倾家荡产不肯罢休。到赌城来的人，多数可能是慕名来看看，其中一些却是奔嫖与赌而来的，所以这里妓女成堆，害得我们提心吊胆，生怕惹来说不清的麻烦。我们说：这里真正是"繁荣娼盛"。

听人说，这种地方是有黑社会参与管理的，黑白两道相安无事。你如果赌赚了大钱，老板会派人护送你回到你的旅馆，其后生死便与他无关。他只要求不在他店里出事，影响他的店誉和生意。吃罢晚饭，我们出去看夜市。

拉斯韦加斯随着太阳的坠落而忽然充满生机，灯火辉煌有如黄金之城，霓虹灯闪闪烁烁，勾勒出各式建筑的不同风格与韵致。有圆顶圆柱罗马式，有尖顶圆塔教堂式，有翘檐歇肩中国式，有摩天大楼，有巨型金字塔，什么帝国大厦，什么恺撒宫等等。白天还不觉得多的人群，一下子像出洞的蚂蚁，塞满了所有的街道和赌场，各种精彩节目都在晚上安排演出。

再现与海盗作战的场面是很刺激的。在宽敞的大街旁，有一座古老而巍峨的大厦，其实是一座饭店，它建造在海岛的悬崖上，下面就是海湾，一切都十分逼真。这时候，有一艘装满珠宝的英国商船从远处慢慢开过来了，早已躲在这边的海盗船上的海盗们开始忙碌起来，有人爬上桅顶打望。海盗们都武艺高强，他们像猴子一样在高耸入云的桅杆的帆索上上下下。当商船进入火炮的射程之内时，海盗就向商船上喊话，要对方乖乖交出钱财珠宝，商船当然不答应，各不相让，然后就向对方开炮，以致真弄出战争的吓人场面。炮火连天，硝烟弥漫，火药桶炸飞了，百宝箱炸开了，无数金银珠宝抛撒开来，落在海岸边的岩石上，使很多游客都想去捡拾。船桅被打断了，海盗落水了，如此等等。直到把英国商船打沉水中，海盗获胜才休战。这种表演每半小时进行一次，观者如潮。当然，那被打沉水中的商船等一会儿又会自己浮上水面，退回原处，然后准备下一场表演。

再现火山爆发的场景也很有趣。在一座规模很大的饭店前面，建有一山丘式高台，拟为火山，上面有水一直漫出，四面成瀑布状，火山口即在其上。每隔一定时间，火山即爆发，红色的烈焰和蒸气冲天而起，发出巨大而深沉的啸吼，红透半边天，地火也像在脚底下运行。运用高科技来再现火山爆发的情景，惊险有趣，场面宏大而壮观，令人难忘。

拉斯韦加斯是从沙漠里冒出来的一个怪物，它的物化形态是世界多元文化的聚汇，它的精神文化却充满了颓废的人生追求，顽强地表现出美国式的价值观。在这里，也有些可取之处，比如去游乐参观不必层层买门票，比如工作人员笑脸相迎等，这是经营者的高明之处，它是从大处着眼，不从小处入手。你千里迢迢携币而来，他千方百计讨好你，抚慰你，挽留你，希望你多待几天，多花些钱，希望你神魂颠倒，乐不思蜀，希望你忘乎所以，纸醉金迷，巴望你觉得美国的月亮比谁的都圆。他已赚了你的大钱，何苦在小小门票上惹你生气?我想,在这方面,它倒有很多东西值得我们的旅游业、商业借鉴和学习。当然不是学他们如何开赌场、开妓院,而是要高扬东方文化,学习市场规律,研究顾客心理,提高服务质量,少一些小商人习气和农民心态。

为什么不收门票

美国是世界上航空业最发达的国家之一,它有20多个较大的航空公司,还有几十个地方性的航空公司。世界上最大的四个航空公司都集中在美国。

25日,我们早早地起了床,约定早晨9点钟乘车去机场,飞华盛顿。昨天已买好美国AA806M航班的机票。9点过了,在机场办妥手续之后候机。因为不懂语言,见别人上飞机总是提心吊胆,翻译小严把我们送进候机室,指了个大致方位之后就先飞华盛顿了。一位机场小姐大约是马虎,居然给我们剪了票,等我们的大多数人走进一处通道去了才发现上错了航班,好不容易才把人喊出来,再等待。

我们要从西海岸飞往东海岸,飞机要穿越美利坚上空。从天上看下去,是大片沙漠和岩石,与我国西北地貌相差无几,山顶偶有雪,住户极少。大约6点钟,天已黑下来,我们大约已飞到密西西比河流域上空。这里是物产丰饶之地,城市与农村已连成一片,万家灯火虽有疏密,但无尽头。飞机中途在一城市加油,我们又听不懂广播,以为到了,我们分散坐在机前舱和后舱,见别人下机,我们也就准备下机。幸有英语画刊的张先生略通几句英语,经与空姐商量,她好不容易才弄懂张先生的意思,通过广播叫我们不要下机。在机上等了20分钟,又起飞,12点半才到华盛顿。

不要以为美国什么都好,有些方面还不如我们。美国国内某些航班不如想象的那样守时,服务也不算好。我坐在机翼上方,正好从窗口看到他们装卸行李,那也是典型的野蛮装卸,工人把行李箱扔上丢下,有的行李从车上滚下来又摔在地上。黄俊峰同志的一口皮箱被摔破了,他用胶带贴封起来,第二次又把轮子摔掉了一个;欧阳勋同志的箱子拉手被砸掉了,等等。我们原以为只有国内存在野蛮装卸的问题,原来物质文明如此发达的美国也照样存在野蛮装卸。可见关键是个管理,社会制度并不能决定一切,精神文明建设是人类共同面临的一个大课题。

在这次航机上吃饭,简单极了,五个钟头只送两次水。第一次开饭给一个热狗,一块小饼,一小包炸薯条;第二次干脆只给一小包薯条,一杯水。肚子饿得不行。我根本不相信那些美国人真的饭量如此小,因为我看见美国乘客照样眼馋馋的还想吃。估计,不少航线是由私人经营的,老板唯利是图,能省一个子儿他绝不会多给你一个子儿。那些以为美国什么都好的人,应该来体验体验,反正我想象中的美国和眼前的美国有很大的差距。

我们住的这家旅馆叫 COMFORT INN HOTEL,大意是舒适的旅馆。但没有开水喝就让人很不舒适。邓老想喝开水,我说我去给你找。其实我知道不好找,我不会英语,无法向服务小姐打问。但我年轻些,敬老爱幼,出门在外,我得主动去。我一间一间房地看,像查房似的,我发现了二楼的一间房子,里面放着洗衣机、自动售货机、一台微波炉,无人管理,但我发现有监控系统。我相信有一个人在盯着我,就朝那个监控头扬了扬手,然后自顾用微波炉烧水。我端着一杯开水回房,让邓老服了药,我们就睡觉。从洛杉矶到华盛顿有两个时区,时差反应较大,一直睡不着。

第二天一起床,就听说下面小偷砸了车,我们去看热闹。果然,有一辆小车的前窗玻璃被砸碎了,里面的东西拉出来扔在四处,车主人大约还在睡懒觉,没有人大惊小怪,可能是常事,见惯不惊了。

我们出去参观,车行不远,导游指着右边一处房子说是五角大楼。那是一处很普通的建筑物,好像是两层,也可能是四层,总之不高,呈灰黄色,有陈旧感。五边结构是它的特点,所以叫五角大楼。是美国军方统帅部吧,当年派兵进入朝鲜,派第七舰队到台湾海峡威胁我们,无人驾驶飞机侵犯中国领空等等,估计都是这座房子里的人搞的。所以我们都用不大恭敬的目光盯了盯这座怪物似的建筑,没人做声。

再过去是看杰弗逊纪念堂、林肯纪念堂。看林肯纪念堂使人想起毛主席纪念堂,两座建筑很相像。那是一个寒冷的早晨,暴风雪肆虐美国东海岸不久,地上还有不少积雪,地表仍然冰冻着,没有朝霞,天空阴沉沉的,大西洋吹来的风使人瑟瑟发抖,游人很少。

杰弗逊对美国人民乃至人类文化的最大贡献是起草了磅礴于世的《独立宣言》,他是美国独立运动的领导者之一,是一个大思想家。在人类历史上,他通过《独立宣言》第一次把人民主权的原则以正式文件的形式表达出来。林肯则以坚持维护联邦统一、废除美国黑人奴隶制度的功绩,赢得美国人民和世界进步人士的钦佩与尊敬。有趣的是,在林肯纪念堂前面是越南战争纪念碑,那是一个 V 字形地坑,像是在平地上用一把巨大方形的铲刀斜铲进去,再把最深的那两面墙做成直角三角形。斜面和 V 形墙都是由黑色大理石构成,上面写满了战死人员名单。据说这是著名大建筑师贝聿铭先生的设计。在附近，几十个真人一样的越战士兵塑像悚惧地行走在草地上，给人一种阴冷恐怖的感觉。美国人大概对越南战争深恶痛绝，才在林肯面前立上这样一群走向死亡的群像，以警后世。与林肯纪念堂相对的是华盛顿纪念碑，它像是一把白色的长剑刺向天空。据说高 5000 米，跟汉阳龟山上的电视塔差不多，可以坐电梯上去从窗口俯瞰全城。因天色不好，能见度差，我没有上去。

我们去看白宫。从侧门进去，有人检查，不准带武器及危险品，不让照相。白宫并不很大，周围是草坪，就是美国总统经常接见记者的地方。一楼开放了几间房子，房间墙壁与家具一个色，红、绿、白各一间，有几间不开放，据说总统住在里面。美国报纸上曾说有人开枪向白宫射击，从现场看，那并非难事。我们在白宫走了一圈，就去国会山。我们常把白宫和国会大厦弄混了，我当年在《长江文艺》当编辑，有一篇文章要插一幅白宫的图，画的是一个圆形尖顶的白房子，这实际是国会大厦。国会大厦在国会山上，很大很高，钟楼式，里面有许多雕塑作品，二楼是国会开会的地方，这天正好休会。我们下到一楼后找不到出口了，心中认为小小房子难道还找不到出口吗？我们反正不会说英语，也不问，见 EXIT 就进，七弯八拐，居然闯进了议员们吃喝玩的地下室，再往前走，就到了地下车站，已经离开国会大厦了。我们慌忙往回走，却认不得回头路了，担心掉队，便急急忙忙地走。在迷宫里乱钻乱走是白白浪费时间，我们只好站下来，经过商量，决定往上走，心想只要走出地面，便有了办法。这一着棋走对了，我们终于走出了迷宫。这简直是乡下人进城，真正出了一次洋相，还羞与人言。不懂外语真是寸步难行啦，我当时想，我几次学外语都没坚持下来，这辈子如果再年轻 10 岁，我一定要好好学学外语，这辈子不行了；我则要我的女儿好好学外语，绝不能让她再出此洋相。

这一天内容很多，真正目不暇接。我们约定了停车点，就自由参观。走过一片广场就是美国航天馆，从历史上的第一架飞机模型到宇宙飞船的实物、火箭、卫星以及宇航员生活的各种实物和仪器都有，游人还可通过电视演示、通过电脑来了解你想知道的东西，电脑可由自己操作，我不会操作电脑，就看人家小学生津津有味地操作吧。我当时想，如果让不会电脑的中国人都来这里站一会儿，那么普及电脑的积极性大概还要强一些。

航天馆对面的建筑好像叫大都会艺术馆。艺术馆规模宏大，主要是油画展。这些画大多是历史名画，宗教题材不少，美术史上提及的一些珍品不少都可以看到，可说是精美至极。加之这个展馆的设备，特殊的灯光处理和温度控制,数千幅作品真正让人叹为观止。只可惜我不懂绘画,虽然知道这些画的名气,但不会欣赏其中三味,否则真能大饱眼福。我们从地下通道直接走到现代艺术馆,现代艺术馆的不少作品不知所云,幸好我们在国内已接触过一些,否则常常会把一些作品认作废品或是垃圾。总的觉得是稀奇古怪,但其中的确也有一些富于创造力的东西,给你一些全新的感受。

我发现,从林肯纪念堂、华盛顿纪念碑、国会大厦、航天馆和艺术馆看,这些建筑都在一根中轴线上,很开阔,很庄严。他们这种设计是否受到过中国建筑理论的启示,我不得而知,但他们还是远远赶不上中国北京皇家建筑那种博大缜密与庄严气派。

从航天馆和艺术馆出来,外面气温特别低,在零下 4 度左右。上一次暴风雪留下的积雪和冰块还没融完,草坪的草和树叶都枯黄了,有一只松鼠在树枝上跑步,游人很少,看不到中国式的拥挤和热闹,倒显得有些冷清。我们等待汽车来接我们,又有几只松鼠跑过来与我们游玩,大约是找东西吃。这时我们看到一个年轻骑警过来了,他骑着一匹高头大马,穿着漂亮的警服,顺手拿出一张纸写了几个字,就往一辆汽车上一贴,这叫"抄牌"。这辆车停错了地方,贴上去的是罚单,你就拿着那张罚单去交钱吧。你跑不了,因为他有底单,或者直接从你的账单上划走了。我们都迷惑不解,因为旁边也停了几辆车,为什么不罚呢?后来才弄明白,是小车停在大车车位上了。

这天,我发现所走过的地方,凡非消费性的文化馆所,公益性场所,他们都不卖门票,我们后来到的几处地方也这样。在一个资本主义的国度,他的这馆那馆为什么不"走向市场"去赚钱?他不,他敞开让你看,千方百计加深你的印象,他恨不得让全世界的人都来看看他美利坚 200 来年的历史,他要通过这些东西感化你。他有这个国力,他不在乎那几个小钱,他有的是赚你钱的办法。我后来想,他太精明了,他不因小失大。在这方面,他们是开放的,是顾大局的,是全国一盘棋的,这就是他们国家的"精神文明"建设,其效果绝对比收几个子儿的门票要好得多。

"一米线"上的尴尬

我曾经在《湖北日报》上看到一则消息,消息的前置副题是"没这习惯者有之,浑水摸鱼者有之,漠视他人隐私者有之",正题是《一米线有些尴尬》,说的是"一米线"引进武汉之后"水土不服"。所谓"一米线"服务,是指采用画线或设置栏杆的方式，使在柜台办理业务的客户与下一个客户保持一米的距离。这是一种被视为国际惯例的服务方式。一米线在武汉水土不服，引起了一些金融界人士的关注。他们认为，在金融日渐渗入日常生活的时代，人们应该尊重他人的隐私权，更应有自我保护意识。我们在美国的一段经历令人难忘。

那天我们去中华城参观，中华城就是华盛顿的唐人街，修了一座金碧辉煌的中国式牌坊，街上都是中国人开的店，讲中国话，给人一种他乡遇故知的亲切。我们就想买几张美国邮票作纪念，经人指点了去邮局的路，我们就走，七弯八拐找了好多地方也没找到。最后从一幢大楼里进去，找到地下室才找到。其实通道很多，主要是我们不熟悉。我们一进去，看到柜台前只有两个人，就很高兴。我们一拥而上，挤在柜台前，靠一个翻译与营业员打交道。营业员是一个黑人妇女，她有些不知所措，还有些紧张，听了半天才弄明白，是我们想买邮票。她可能从未同时跟好几个人营业。我们是希望她拿出很多邮票来让我们挑选，像在中国的自由市场上一样。可是那位黑人不会，她每次进里间去只拿出一张邮票，你要两张她就跑两次。其实旁边就设有自动售邮票机，你只要丢钱进去，你想要的那张邮票就会送出来，我们当时只顾拥在一起，没发现，再加上不懂语言。我们还发现女营业员心算能力极低，一大张“二战”纪念邮票要 6 美元，两张不就是 12 美元吗？但她必须使用计算器，也不知是她太认真还是她不愿动脑进行简单的加减法，离了计算器她就弄不明白。我们就觉得可笑，我们说科学技术把美国人变傻了，难怪每年奥林匹克数学竞赛总是中国学生得金奖哩。这个黑人还喊出一个男士来帮忙，我们总算都买到了邮票。当我们转过身来时，我们呆住了。

我们发现就在柜台不远处正站着一队人，他们默默地但友好地注视着我们，仿佛是在说：我们认出来了，你们是从中国来的，你们不懂一米线规矩。在那种场合下，我们像做了错事的孩子，赶快让开。等我们让开后，那些排队等候的人才依次上前去寄信或买邮品。第一个上前去了，直到他离开之后第二个才会走上前去，他们之间不止一米的距离。这不需要人维持秩序，而是一种自觉行动，已经是一种习惯了，是一种生活准则了。你如果硬挤上前去，别人还会以为你图谋不轨。后来我们才明白，人家是严格按“一米线”办事，不会一拥而上。那营业员也不是傻，他每一笔交易都必须详细录入电脑，那是财务和税收的规定。

经历了这一次，当我读到《湖北日报》的文章，我就不感到稀奇了，中国确实还“没有这习惯”。破坏一个好习惯很容易，形成一个好的习惯很不容易，

“一米线”在中国的尴尬还会有些时日。就像挤公共汽车，车子太少，半天来一辆，大家担心上不了车，就拼命挤；如果车子很多，服务又好，大家排队上车，瞎挤车的坏习惯就会逐步改过来。只有我们的物质文明建设和精神文明建设进行到一定的阶段，当人们的文化修养、思想道德素质达到一定高度，供应也要跟上，尴尬才会消失，中国的“一米线”服务大约可以比别人做得更好。

在回旅馆的途中，我们顺道看了看水门饭店。这里因水门事件导致尼克松总统下台而闻名于世。这是一个连体建筑，两座圆形多层饭店的连体，可能生意很好，住客很多。当年可是美国两党斗法的战场。就在水门饭店不远，就是华盛顿音乐厅。音乐厅很有气魄，房子外围是一圈高 50 米的圆柱，可能有近百根吧，正面有两座大门，并列着。我们很肃穆地走进去，踩在松软的红色地毯上，仿佛随着美妙的旋律在起舞。长廊的上方悬挂着数十面彩旗，可能是美国 50 个州的旗子。在后廊，是演奏厅，厅里乐池前方是多层弧形听众席。这里也不收门票，他们欢迎你参观，希望你知道他们的生活方式，他千方百计地宣扬他的文化。我一面看，一面想着我们的城市里，是否有相应的音乐厅，是否到处悬挂着国旗。我发现我们的城市里吃、喝、玩、乐的设施并不比美国城市少多少，比如星级饭店，比如卡拉 OK，比如舞厅、酒吧等等，但文化设施如博物馆、图书馆、美术馆、公共游乐场就少得多，差得多，而且动辄要钱，服务也不好，谁还有兴致来看？

美国历史起点与破损的自由钟

1 月 27 日，我们坐汽车沿 95 号公路去纽约。这条公路是贯穿美国的主要干线之一，昨天夜里下了雪，公路两边还堆积着半月前那场暴风雪留下的冰雪，天气阴沉沉的。汽车一走出拥挤的城市，就像鱼儿从泥潭里挣出来进入大海般舒畅，路边是成片的森林，明显是几十年坚持绿化的结果，合抱粗的大树林立，这些树起码有 20 年的树龄，许多大树已经枯死，断陈林中，但没有人弄走。没树的地方就是草坪，总之基本上没有看到裸露的土地。如果是春天夏天，绿树成荫，风光肯定十分美丽。

给我们开车的司机是一位黑人，是一个彪形大汉。他属于美洲黑人，比非洲黑人要白一点，比棕色又要更深一点。据说，凡是有了固定职业，教养高一些的黑人都是很好相处的。在美国，种族意识仍然很深，印第安人、黑人被歧视，经常发生种族骚乱，那些黑人受教育的机会少，生活没保障，还受歧视，他们当然就常闹事,以致有的城市出现黑人进城白人下乡的现象。我们这位司机很守时,很和蔼,我们进出车都朝他笑着打个招呼,他都还以一笑。每次上车,他都跑出来给我们上行李,一件一件地往车肚子里塞,不要我们帮忙。我们在中国生活惯了,在中国除非你是一个大官,否则司机是从不给上行李的,我们也觉得应当自己动手。在美国,他们认为司机上行李是天经地义的,客人站在旁边不会动手,他认为他给了钱的。给了钱就买了别人的服务,我想这也各有道理。美国是私有制,怎么服务,先用语言文书约定,违背了就打官司。在我们国内,车是公有,司机也不归老板管,会开车的人也少,物以稀为贵,客人当然会去求司机,你是乘客,即使 60 岁,你也得自己上行李。

有一次,汽车停在路边位置不大好的地方,司机慌忙跑过来伸出手一个个地把我们接下车,我们大受感动,仿佛人生第一次当了一次主人似的,不知道怎么感激司机。后来,翻译给我们讲,这一方面是司机工作负责,一方面是他怕吃官司。据说,某司机停车不当,一位女士下车崴了脚,她一状告上去,她当然不是状告司机,是告车行老板。她得到了一大笔赔款,那个司机立刻被老板炒了鱿鱼。丢了工作不说,你出过这类事故,别的车老板也不会轻易招聘你了。有了这个知识,发现了这些美国道理,我们再上下车就心安理得一些。当然我们也格外小心,怕给弄出事故了连累到这个黑人司机丢饭碗。

我们的车走约 2 个钟头,就到达巴尔的摩市。公路从该市海港边经过,远处可见市中心的高楼群。我们必须赶到纽约去,所以不能去市内。今天星期六,美国人大约在睡懒觉,起得晚,路上车辆很少,正是赶路的好机会。可是下了雨路很滑,车走得较慢,大家无事,开始唱歌。一唱歌就使我想起了国内盛行的歌厅舞厅,我就注意观察路边,沿途我几乎没见到什么卡拉 OK 厅,也许不在大路边吧,也许美国人只喜欢摇滚乐。这种玩意儿是日本人的发明,他们是工作狂,劳累过度了就拼命放松一下。中国人不是劳累过度,是工作不饱和,闲得无聊,也拼命玩,到处建什么歌厅舞厅,有钱有权的人日夜在里面胡唱乱吼。我到过全国很多地方,包括一些贫困县,学校可能不能遮风蔽雨,但县招待所一定有一间甚或几间装潢讲究带卡拉 OK 的餐厅。这在神州大地已成为一种无奈的时尚,玩物丧志的古训早被扔到爪哇国去了,现在兴讲什么享受人生。

云南奥秘杂志社的高小姐喜好唱歌,还爱主持节目,她拿起司机旁的送话器热情奔放地给大家唱了一首歌,然后就邀请翻译小严给大家唱一首。小严说,我在美国几年只知道拼命工作,我不会唱卡拉 OK。听了他的回答,我们都很难堪。

到达费城时天还在下雨，阴云覆盖，冷雨寒风，真正饥寒交迫。我们找了几处地方想吃饭，都关了门，不知道是打烊了还是人少不营业，仿佛不欢迎我们似的。我们转了几圈才找到一家小吃店，地方太小，我们挤着站着吃了一份意大利馅饼，喝了一杯热牛奶。那种意大利馅饼做工特别，是鸡蛋面粉上面放着蘑菇、海鲜、肉末、火腿肠等等烙煎而成，像比萨饼，新鲜而好吃，多少减轻了饥饿与寒意。

费城是美国历史的一个重要起点，它是独立战争期间的政治中心，当时它是宾夕法尼亚殖民地“州政厅”，是英属北美洲 13 个殖民地之中最大，而且是地处中央的城市。由于地理优势，它就成了一个适当而方便的集会处所。现在辟有美国独立历史公园，我们来到公园内的独立宫前。这是一幢两层砖房带尖塔钟楼的老房子，在它背后是两幢连体的现代高楼。相比之下，纪念物倒显得老旧而渺小。我们到达时，宫已关门，后来，我们导游去说，我们是从中国远道而来，想看看你们的历史。管理人员倒很通情达理，破例把门打开。里面其实没什么，一楼展出 18 世纪英国法庭旧貌，你可以看到“被告席”、金头杖、法官席，旁边是集会厅，是美国第一部宪法的签字处。1776 年，杰弗逊草拟的美国《独立宣言》就是在这个大厅里，为各代表所采纳而签字的。美国宪法草案也是在这个大厅里完成的，于是出现了西方国家第一部成文宪法。充分体现了孟德斯鸠“三权分立”的理论。

我们去坐在宪法的签字桌上、高高的法官席上照相。值得一看的倒是独立宫前草坪上的那口自由钟。这只钟的型制与中国常见的青铜铸钟没什么大区别，只是已经敲破了，破了近三分之二。具有讽刺意味的是，这口钟是从英国运来的，当时还专门为它建了钟楼，当《独立宣言》首次向公众宣读之时，也是这口钟敲响了英国在北美殖民地的丧钟。现在它被悬挂在一间玻璃房子里，供人参观。

美国历史很短，读过中国历史之后，对这些不大有兴趣，可能是职业原因，我感兴趣的是这儿的宣传工作。这间小小的展室有两个工作人员，今天正好是两个黑人，他们很认真地工作，细心热情地向游人提供各种服务，游人要和他们照相，他们也很乐意，我们向他们要资料，他们很快就找来了。展厅里备有各国语言广播解说词，当我们说来自中国时，那个黑人小姐就给我们播放中文解说词。美国为了宣传自己可说是不遗余力的，当然他们为游客服务也是认真周到的。我们被他们的服务所感动，都跑上前去与黑人解说员合影以作留念。

因为下雨,游客少,我们很快就看完了。约定的汽车还没来,我们就在展厅里躲雨等车。我又去那破损的自由钟前沉思,这只钟是自由的象征,它宣告了英国在北美殖民地的灭亡,它是平等的象征。但是还只过了100多年,美国的霸权主义不就是一种新的殖民主义吗?所以它破损了,这是一种象征。

湖南的欧阳勋和老彭去购物,欧阳给他的儿子买了一个很有特点的书包,花去了15美元。拿回来大家欣赏,发现是中国制造,大家又是一阵笑,说这就是崇洋媚外的结果。因为这一路,我们不少同志都想给家属给朋友买点礼品,结果很多人买的都是中国货。可能我们都还是中国式自给自足思想,以为在哪个国家买的就是哪个国家生产的东西,谁知道美国不搞这一套,它是哪儿的货划算就进哪儿的,它的许多轻工日用品都是从中国买进去的,或是它投资在中国生产然后运回去的。我们不远万里跑到美国去买些中国制造的小东西,又拿回国当礼品送人,令人感叹不已。

晚上7点,我们才到达纽约,夜幕中可见帝国大厦的剪影耸入云霄。我们还是住在CLARION,顺路去新泽西州最大的一个商场群参观,跟洛杉矶的购物中心"贸"差不多。因此,我们就到一家自助餐厅去吃饭,食品种类很丰富,每人花了7美元,各取所需,吃得还比较满意。晚上11时回店睡觉。

曼哈顿:大西洋的寒风

我们从新泽西州乘车通过林肯下隧道去纽约市的中心曼哈顿岛。林肯隧道长约2000多米,隧道的上空是哈德逊河,这是从新泽西去曼哈顿的唯一通道。曼哈顿是世界上有名的金融中心。这儿其实是一个长形的小岛,当年是殖民者花了很少一点钱从印第安人手中买去的。经过数百年经营,现在已经成了世界经济中心。我们刚进纽约时看到的帝国大厦就在这里。其实帝国大厦已不算最高,世界贸易中心才是第一高。世界贸易中心又叫姊妹楼,是两座并列连体的110层高楼,其中一幢开放供人参观。我们从一楼排队购票乘三次电梯才到达顶楼。顶楼是一个专供游人登高远眺的地方,从这里可以俯瞰整个曼哈顿和纽约中心地带。曼哈顿四面环水,这里恐怕是世界上摩天大楼最为集中的地方,真正的"高楼林立"。但从姊妹楼上看下去,那些摩天大楼都成了矮子,像在飞机上看地面似的。楼顶四周是安全护栏和玻璃窗,还有一些投币望远镜,从这里可以看到大西洋,可以看到女神岛上的自由女神像。

高耸入云的姊妹楼主要是出租给世界各地的商家，租金极贵，但各国商贾以能租用这里的写字间为荣，据说中国也有一些公司在此处租房。这里开销很大，但生意好做，各种各样的公司都有，做跨国生意，不出楼就能解决一切问题。

我们从楼里出来，外面寒风刺骨，不知道大西洋的风这么厉害，恐怕是零下几十度吧，总之耳朵冻得生痛。一些人总以为美国是天堂，以为美国的风都会暖和一些，可是这里实在令人难受之至。但万里迢迢而来，总希望多看一些地方，因此，我们又去女神岛。自由女神并不为大多数中国人所知悉和看重，不过是美国人塑的一尊菩萨而已。女神岛原是从曼哈顿出大西洋海口的一个无名小岛，因为在上面立了一座女神，故称女神岛。去岛上必须乘船，班船大约半小时一趟。我们在码头上挨冻，风像刀子，缩了脖子也不行，还必须不停地揉耳朵揉鼻尖。有求就有供，一些黑人拿了棉衣衫裤来卖，生意还不错。有一位老音乐家在讨钱，他的小提琴拉得不错，肯定有过很风光的过去；现在，他在寒风中不厌其烦地拉着或忧伤或快乐的曲子。他讨得很文雅，你不给他也不恼，充满希望的眼讨好似的盯着你，因为同是文化人吧，看了让人心碎。头上有飞鸣的海鸥和鸽子，地上有不少松鼠，它们也都跑到游人身边来讨吃。我忽然想到东西方乞讨的同与不同：贫穷国度的乞丐是尽量把痛苦的甚至丑陋的一面展示给你，以引起怜悯而求得施舍；富裕国度的乞丐则想把丑陋的一面掩盖起来，用技艺讨好你以求得施舍。

船行约半小时即可达女神岛，从船上就能看到那尊女神塑像，是个西方神话中的人物，头带王冠，手擎火炬，面朝曼哈顿。这个小岛实际上是一个游乐公园，从女神像下可以乘电梯上到女神的胸部，从那儿远眺对岸曼哈顿的楼群，另是一番风景。

在曼哈顿还有一些闻名的地方，如华尔街、百老汇、唐人街等等，既然来了当然得看。华尔街是世贸大楼下的一条老街，街道很窄，走在里面使我想起了三峡，想起了郦道元的诗“自非亭午夜分，不见曦月。”在华尔街上，不到中午是见不到太阳的。这里以股票市场闻名于世界。华盛顿当年宣誓就任美国总统就是在这里的一座罗马式建筑物里，这幢房子现在已作为纪念堂，堂前有四根粗大的圆柱。在台阶前，华盛顿的铜像挺立在那里，游人需仰视。但在高大的建筑物下，华盛顿仍像个瘦小的老头儿。百老汇街也在这里，这里就是上百年前的美国，这些房子已很陈旧，但还留存着昔日的繁华。这些街道和房子，都已是过去，都是历史的符号了，现在已快被人遗忘，街两边极少商店，也少行人，显得冷清而狭窄。据说这些地方都是金融机构，人员都在里面办公，基本上没有居民，外面是不易见到闲人的，说得也像有些道理。唐人街是另一番景象，可以用“游人如织”几个字来形容，这里住的是中国人，中国式的彩灯招牌千姿百态，中国式的建筑，中国文字招牌，满街的中国声音，华侨和移民多在这里经商营生。一到这里便有了他乡遇故知的感觉。我们在这里找午餐吃，逛商店，讨价还价，仿佛就在北京或是上海的某条街道上，胆子也忽然大了许多。我一个人去找书店，看到有东方文化艺术公司的招牌，就从一个小门进去，上到三层楼，才见到书店。这是一家经营中国图书的书店，里面有许多国内各家出版社的出版物。我看见有不少画家的画集出售，就专门找了找湖北画家的作品，结果一本也没找到。我在字典柜上见到了几本西班牙词典，一种是上海译文出版社出的，一本是香港出的，价格都高出国内好多倍，但我还是给女儿买了两本。她是北外西语系毕业的。

爱你没商量:关于买纪念品的故事

大凡出一趟国，早都盘算着要买点小纪念品之类回去好送人，贵的钱少买不起，便宜的又要有特色。于是，专为中国出国人员购物的所谓纪念品商店就应运而生，专门以此为生者也应运而生，而且必定都是同胞之流。有趣的是，他们也都是搬用我们中国的方法，挂羊头卖狗肉。这些店差不多都是挂的出国外交人员服务部的招牌，堂而皇之，赚得你的信任。真的外交官是不会去这种地方买东西的，但这种店子也有好处，它知道你需要些什么，都给你准备了，无须你去到处找。价格都差不多，有时还可以在街上找到更便宜的。这些店主要出售中档电器，还有什么精华素，各种相机、香水、口红，各种饰品。近些年来，不知为什么掀起一股精华素热，在美国一小瓶精华素三五美元，在国内商店里卖一二百元一瓶。我们的一位同伴一下子就买了近百瓶，我们说他这次把路费给赚回了。

我们还发现在美国打工的同胞们的另一种生财之道，那就是当导购。所谓导购，就是引你去买东西。在纽约唐人街，我们去出国外交人员服务部，当导游把我们引到一家店门前时，另一家店里的小姐正在街上拉顾客，她看见我们是刚从中国来的，就拉我们去她们店。我们的导游立即阻止，说先上这一家，我只好跟着上了第一家。过了一会儿，我就跑出来，先前那一位小姐还在下面门边等着哩，她很热情地把我引到了另一家小店。其实两家店里东西价格差不多，但各自说对方的不好，吹自己店的东西如何好。我几次发现，导游把我们引进一个店之后，就赶快走到店老板面前小声报一个数字，我听出是我们来买东西的人数。导游是第一个进门但绝对是最后一个离店的，因为店老板要根据做成生意的多少塞给导游一笔钱，这样一个导游一天中如果能把我们引进几家这样的店，就可以得到几笔额外收入。后来我们还发现导游引我们去餐馆吃饭，往不往哪一家餐馆引，都大有讲究。一个路子广的导游和好几个城市的餐店和小商店都有联系，你从中国去，人生地不熟，语言又不通，只能跟着导游走。那么公正地说，他为你服了务，你也为他服了务，你买到了东西，他得到了小费，若干小费加起来他就得到一笔大费。其结果是哪个店给的小费多，导游就把客人往哪儿引。据说这种风气和方法已经引进到了国内，许多翻译和导游因此而大赚其钱，都说这是从外国学来的，其实这仍然是我们的国产货。我年轻时常坐长途客车，那些司机就是这样把我们当成一车筹码拉着，哪个店给他供吃供喝临走再给塞些钱或物，他就把我们拉到那个店门口一扔，那个店里的饭菜可能是非常糟糕的。但是“爱你没商量”，店家从司机那儿损失的要从旅客身上补回来，你可就倒霉了。

两进联合国

联合国到底是一个国家呢，还只是一个组织？一般人很难把它说清楚。说它是一个国家是对的，因为它是国上之国，是世界上所有的国家联合组成的国家，是管理国家的国家。但说它不是国家也有道理，因为它所有的国土只有几个足球场大，国土上也只一两幢房子。说到联合国去，其实就是到那两幢房子里去。联合国没有军队，没有警察，没有监狱，也没有国王，何国之有？它是一个管理国家的组织。

我们决定去联合国看看，但事先没预约，导游大概也不知道要预约。我们的车停在了熟悉的联合国大楼前，说熟悉是因为常从电视新闻里看见那一排国旗，150多个国家的五颜六色的旗帜在晨风中飘扬。联合国在曼哈顿的一条普通街道旁，紧傍东河，是一处花园，草圃中有一组青铜雕像，一个骑士正用长矛刺杀一条凶猛的鳄鱼。据说这块地原来是洛克菲勒家族的花园，联合国成立时，洛氏家族捐给了联合国，已与美国无关。草地周围是铁栏杆，有一群鸽子、几只松鼠在花圃边玩耍，向人讨东西吃。

25年前的11月15日，第二十六届联合国大会以压倒多数通过的2758

号决议决定:“恢复中华人民共和国的一切权利,承认她的政府的代表为中国在联合国组织的唯一合法代表,并立即把蒋介石的代表从它在联合国组织及其所属一切机构中所非法占据的席位上驱逐出去。”从此,联合国有了占世界人口五分之一的中国人民的真正代表,其意义重大而深远。我站在五星红旗下,仿佛听到了当年从这里发出的震耳欲聋的欢呼声。

联合国大楼及周围这块地管理权属联合国,街那边的美国警察也无权干涉。我们进大楼时要经过严格的安全检查,包括把棉衣脱下来进行检查,身上如果有一枚硬币,探测器也会叫喊起来。我们终于进入了大厅,首先看到的是一排照片,是各种肤色的人像,我首先找有没有中国人,有一个黑头发小姑娘可能是中国人。几种文字写了一句话:欢迎到联合国来!这里是你们的天地!虽说是我们的天地,我们也做不了主,等排了半天队靠近最后一道门时,管理人员却告诉我们,没有预约,上午不能参观;几经交涉也不行。我们只好同他们重新约定,下午2点再来。好在这儿离百老汇大街不远,我们就自行解散,自找午餐,约定下午2点之前在联合国大楼前集合。

我们重进联合国大厦之后,离约定时间还早,我们就下到地下室去玩。地下室就是大楼的一楼,可能是供联合国开会时大家休息和吃饭的,还有玩的地方。今年是联合国成立50周年,许多人在买纪念品,在邮品部购买纪念邮票。

45年前,联合国获得了发行自己的邮票的权利,1951年10月24日在纽约发行了第一枚邮票。联合国每两个月就出一套邮票,每年六套。在设计这些邮票时,人们寻找“把各国人民联系在一起的主题”,画面涉及物种保护和环境,体育和卫生,难民和人权。人们买这些邮票一方面是作纪念,当然,大部分邮票是贴在联合国官方邮件上的,你的信只有投入联合国的邮筒才会被送走。全世界的集邮爱好者甚至使联合国获得了少许盈利。我也花十几美元买了一套第一次世界大战纪念邮票、联合国50周年纪念邮票和信封一套。

在一楼有一只人口钟,上面闪闪烁烁显示着一组红色的数字,大约与当前全世界的人口数有关。因为不识外文,认不了说明书,数字是80444333,不知所指。

导游是两个很风趣的美国年轻人,先领我们看安理会会场。这里是联合国的大脑,安理会要经常开会,对世界上发生的大事进行研究和表态。它有五个常任理事国,中国是其中一个,我们在参观时就特别认真和激动。对于世界上的大事,中国就在这里发出我们的声音。从前,中国是一个病弱的穷国,在世界上只有受欺负的份儿,从不敢说个不字,现在我们已经站立起来了,我们敢于对西方强国的不义行为说不字,我们为和平而担起了责任。安理会会场是一个很庄严的地方,我们只能到楼座看看;如果今天碰上安理会开会,那么我们就能站在这里听听。解说员很乐意跟我们合影,他居然还能说上两句中国方言,引得我们高兴不已。

每天来联合国参观的华人不少,但未必知道这座大厦的第二十三层的所有人员都与中文密切相关,它就是联合国会议事务部中文翻译处。联合国自成立以来就在大会议事规则中明确规定:中、英、法、俄、西班牙五种文字作为大会及其各委员会和小组委员会的正式语言和工作语言。1971 年之前,中文在联合国工作中很少使用,我们的合法席位恢复之后,中国政府十分珍视和维护中文在联合国的地位, 如今所有安理会决议和联大决议都有中文译本。我想,如果是从前,这两个美国人怎么会跟我们说中国话?一种语言的流通无疑是靠母语国的实力, 中文风光的背后是中国骄人的经济成就和诱人的市场,这都是令海内外华人引以为荣的事。

我们又去左近一个会场参观,这是会议中心无数个会场之一,是经济社会理事会会场。这个理事会下设有科教文卫等机构,主要是协调下属组织的工作,权力比安理会小一些,经常与文艺发生关系的联合国教科文组织就设在这里。联合国教科文组织成立于 1946 年 11 月 4 日。1971 年的 10 月 29 日,中国继恢复在联合国的合法席位之后,恢复了在教科文组织的合法席位。中国与联合国教科文组织在许多领域的合作,如全民教育、扫盲、环境管理与保护、科技信息与发展、文化和自然遗产保护等等,卓有成效。我们湖北省十堰市的伍家沟故事村就曾得到过这个组织的 20 万元捐助款, 省民间文艺家协会出面组织拍摄了一部专题电视片,用中、英、日三种文字发行。

联合国大会厅是我们比较熟悉的地方,这是一个以黄颜色为主调的大会场,会场左右墙上各有一幅现代画,画面上大色块交互穿迭,我没看懂它的主题或意境。各国代表的黄色座椅成弧形排列,正面上座是三张大椅,坐秘书长和重要人物,比这三张椅矮一点的是发言席,面对各国代表。每年 9 月至 12 月是联合国大会期,160 多个议题,在这里慢慢谈。有重大问题要讨论,各国才会派首脑级的人物来。发言的顺序先抓阄,按英文字母顺序排。这里实际上只是一个讲台,是个表态的地方,这里只能使问题获得起步解决,真正要解决问题还得靠各国政府。解说员告诉我们,赫鲁晓夫当年在联合国脱下皮鞋敲桌子,就是在这个地方。我们还参观了一些挂图,看了各国领袖给联合国送的一些礼品。从二楼的大玻璃窗看出去，就是东河，在东河边，刚安放了一件珍贵的礼物，那就是江泽民主席代表中国为联合国50周年赠送的象征中国悠久历史文化的青铜“世纪宝鼎”。记得我国给联合国赠送过几件珍宝，中国的合法席位恢复不久我们政府送了一幅“万里长城”挂毯，现在还悬挂在联合国总部。我们还赠送过一尊大型象牙雕刻“成昆铁路”。可惜这两件国宝我们没能在这里看见。

我们知道，美国欠着联合国一大笔会费不给，它不是没有钱，它就是不给。“冷战”结束后，它成了世界上唯一的超级大国，它希望联合国成为它的一个工具，需要时就用，不需要时就抛开，它奉行的是强权政治。有些事没按他的意图办，他就不交会费，有些文化霸权主义。

从纽约到旧金山

我们原来计划要从纽约飞往芝加哥，突然说，那里秩序不好，不去了。有人私下对我们说接待者想缩短日程，他们可多赚两天的钱。后经交涉，改飞旧金山。1月30日，我们要去赶飞机，6点就起了床，可是黑人司机却迟迟不出来。这个大个子黑人是个好人，服务很周到，车也开得很好，我们坐在他的153号车上走了几天感到很安全很舒服，只因为语言不通，几天来无人同他说话，他一定很寂寞。他可能是晚上玩久了，睡过了头，直到我们打去了电话他才赶过来。我们在天色未明之中向机场前进。纽约时间8点起飞，要飞七个小时才能到旧金山。

我正好坐在舷窗边，真是求之不得，我要好好看看下面的这个世界。从东海岸向西海岸飞，飞机掠过城市上空，便见山脉和田野，大地被覆盖了一层白雪，可以分辨出来的是河流、湖泊、农田、公路。我原先从世界地图上看到过一些国家的边界线像用直尺画的，我还不大明白，你看我们国家的边界线多么复杂，人家的就为什么那么直呢？后来我才知道，边界线画得越迟就越直。当然，一般来说，立国越早，边界越复杂。非洲一些国家的边界就像用直尺画的。美利坚合众国的历史不长，它有一半的国土是通过战争夺来的，或是用钱从别人手中强行买来的，这些笔直的州界是一种印记。从飞机上看下去，有几个州的土地都切割成整齐的方块，公路就沿着这些边界伸向地平线，因而公路都很直很规则。美国由于工业化和城市化，城乡界线已模糊，但不要以为美国遍地都是高楼大厦，花花世界。它的城市除了金融区高层建筑多，其他地方倒是很松散的。飞机下面的田野反而看不到几多建筑,大片农田中偶有几个房子,可能是农场主的住房或是加工厂吧,还能看见甲虫似的汽车在乡间公路上跑。

美国东海岸都是平地,中部则是高山,很少人烟,交通似乎不方便。几场暴风雪过后留下了大量积雪未融,可说是冰天雪地。特别是从上往下看,从雪的色泽、厚度、堆积方式可以看清风向和山脉走向,近似于大风中的流沙形成的波涛般的沙丘。这种景观人在地上是绝对看不到的,此所谓"不识庐山真面目,只缘身在此山中"。

自从苏联垮台之后,美国就成了唯一的超级大国,它奉行保护主义和孤立主义,傲慢而不大讲理,盟友也渐渐离去。这是一个以自我为中心的社会,这个国家总想用它的文化来改造这个大世界。谁都知道,世界上的伟大文明大多已存在了至少一千年,有的则已有了几千年的历史。这些文明都有一个加强自身生存机会而借鉴其他文明的记录。现在的世界应当是个多元共存的世界,不同文明之间不乏相互影响和借鉴,加之有了现代的交通和通信手段,这种影响和借鉴变得更加广泛。西方文明并不等于现代文明,现代文明也包括东方文明,西方文明并非普遍适用于全球。

我看美国人进行爱国主义教育的办法还是值得学习的,它拼命宣传它的国家的成就,它千方百计地宣扬它的文化,它的国家到处是星条旗,建筑物上、玩具上、书本上、衣服上、家具上、飞机上、房间里,一切能看到的地方都有。

我以挑剔的眼光观察美国国内的航班服务情况,它的国内的航线多是由私家公司经营,没有统一标准。上一次在洛杉矶飞纽约的航班上又渴又饿,这一次又领略了一种新招,那就是看电视,他放画面,你要听必须租用耳机,交5美元就租给你。我们听不懂英语,所以我们也就不想租耳机。从画面和情节知道那是《廊桥遗梦》,那小说我读过,因而可以看出大意来。这使我又想起了旅店的电视,我们在国内时常听人说美国的电影有很多的色情成分,我们住过几个店,始终没见识过,因为他在电视机旁写有告白价目,你要想看"带彩"的电视你就去交押金和租金,多少钱一小时,一切用钱来计算。从前访问新加坡时,我夜12点过后还在看电视,也没有发现黄色内容。新加坡也是很讲精神文明的,它的电视里比较卫生干净。

飞抵旧金山上空时,可以见到该城位于太平洋海湾边,巨大而高耸的长桥横跨海湾,把几块城市连为一体。在大铁桥头,大约是旧金山的中心,有曼哈顿式的高楼群。我们降落的机场在海边,机场里正有一架中国国际航空公司的班机在雨中等待,我们要在这里办理出关手续,换机回国。

我们乘坐的是中国国航 UA986 航班,由旧金山经上海到北京。我们在雨中排队等候起飞,一直等到下午 2 点多才获准升空。这时北京时间已是下午 7 点左右。机上广播说航程为 12000 公里,飞 12 个半小时,飞机起飞后又说要走 14 个半小时。我们感到很奇怪,就去问,服务员说,从旧金山飞上海有两条线,跨太平洋经日本为南线,刚收到的气象消息,南线风大,顶风飞行又耗油又吃力还有危险,临时改走西线,从旧金山经阿拉斯加,沿海岸线到俄罗斯的海参崴,韩国,到哈尔滨,下上海,再回北京。飞机大约飞行了 4 个小时,到达阿拉斯加上空。我曾从杰克·伦登和海明威的小说中知道了这个充满神奇、惊险和刺激的北极荒原,那儿到处是冰天雪地,奇冷无比,当然有金矿,再就是白熊、荒原狼、雪犁和狗,再就只有死亡。我好奇地认真地俯视地面,只见白雪皑皑,崇山峻岭,山上当风的一面雪要厚得多,另一面就显出一些苍黑,隔得太远看不真切,整个显得很荒凉,极少见到公路和人烟,更少城镇和车辆。有趣的是,天一直要黑不黑,天边的红霞像北极光一样,一直在地平线上不熄灭。这样的暮色维持了几个钟头,我想是否因为美国的傍晚和俄罗斯的白天没完全交换过来,我们就在这样一种奇怪的天象中飞到哈尔滨上空天才黑下来。我们就看电视、睡觉,在机舱里走动,快要回到祖国的热土地上了,我们激动不已,第一件事就是对表,把手表拨回北京时间。

本文发表于 1999 年 6 月《当代作家》

走民间渠道看俄罗斯

2005 年 6 月下旬,我随今古传奇杂志社一行赴俄罗斯参观访问。同行者有舒少华、晏银忠、周恒划、郑鸣、郑保纯、冯知明、项松普、张某。我们这一次不走国际旅游热线,我们走民间渠道,从黑龙江绥芬河出境。

6 月 21 日,我们从武汉坐飞机,中午到达哈尔滨,黑龙江《今古传奇》总代理王长胜小杜夫妻接站,给舒少华和我各献花一束。入住曼哈顿宾馆,晚餐之后,我们上火车直接去绥汾河。

22 日晨 6 时到达黑龙江边境站绥芬河。吃早餐,发护照。此处是一个县级市,天气很冷,约 16 摄氏度,路边多种玉米,还只 5 寸高,很多人卖蘑菇。9 时才开关。离 9 时还有一段时间,导游就给大家交代衣食住行,在俄罗斯要注意的事项。然后,导游给大家换卢布,100 元人民币换 280 卢布,每人三五千元,闹哄哄一片,人人去换。不知今日国家兑换价是多少,这些导游又能赚多少。导游给每人发一袋中餐,据说坐火车换汽车,出关时很慢,没时间吃饭,可见今日会有麻烦。

乘火车离开绥芬河,过了三个山洞即看见了国界桩。沿途森林渐密,火车在山区缓缓行驶约 2 个小时,到达格罗捷阔市,要在这里下车,过边境。眼前有许多俄罗斯人(民间称之为倒爷)拖着大编织袋,从中国打货回去。这是俄罗斯的远东边境,比较穷,有很多俄罗斯人就当上了倒爷,每天早晨往中国境内购货,晚上回国。这个关口是俄罗斯管理,对他们的国民还是很优待的,让他们先走,把我们放在后面,按规矩办。

过边检之后,我们坐上一辆长途汽车,行三个小时。沿途多草原,可以说是一望无际,极少农田,难见人户,多森林。偶然有山坡农舍,据说是城里人的夏季别墅，十分简陋，听说有的无水无电，全家人开车过来过周末，烤羊肉吃，晒太阳，空气倒极好。

我们此行不是走的国际旅行热线，算是民间线路，可以看见俄罗斯民间许多真实情况。中途在一商店小歇，方便。在书本上，一直知道北方的黑土地，知道俄罗斯远东土地肥沃，我便在路边看土地。这里的土地跟我国黑龙江的土地差不多，黑土层很厚，很松软，肯长庄稼。据说，种的土豆又大又多，而且长得光滑。我们上车又走，带的午餐就在车上吃，这样，旅行团也减少了一顿安排。约下午3时到达海参崴机场，这里也很简陋，听说自苏联解体后，俄罗斯已经20年没有搞地方基本建设了，国家没钱，地方更没钱。

很少见到人，路上的车多是日本二手车，路面还不错，路边极少高楼，多是一层坡屋农舍。我们在机场约等2小时才进站。看得出来，这里是一个边境支线机场，设备很差，物资很贫乏，还按时上下班。奇怪的是机场的厕所下班就关门，你工作人员下班了，可候机的旅客还在呀，厕所为什么要下班呢？但有一点很好，不准在室内抽烟，不准乱吐乱扔，抓住就罚款，这遏止住了不少人的恶习。

6时左右，我们上了飞机，这飞机滑到起飞线上之后却拉不起来，紧急制动，然后又返回到停机坪。机内燥热，大家都喊热，一出飞机就凉爽了，我们又被送回候机楼。天已黑，没吃晚饭，导游说没安排晚餐，行程单上说晚饭后上飞机，他又说俄罗斯导游没给钱。大家只好把买的零食拿出来吃，有牛肉、驴肉、鹅掌、花生米、啤酒，聊作晚餐吧。广播说还要等2个小时，我们就到地下室坐等。这里的蚊子很大，咬人。这里太阳一下山，天就凉了。我就想，这一次旅行，可不是正规的国际航线，这里是俄罗斯一处僻境，真正的民间，可以看到许多不加修饰的东西。也好吧，让我们来一回俄国民间旅游吧。

机场里服务的多是老太太，连运送行李的也是老年人。俄罗斯地广人稀，劳动力紧缺，听说年轻人不肯做事，他们要玩，可以看到很多年轻女人花枝招展，和年轻男孩谈情说爱。有趣的是这里多胖女人，很胖很肥，大约是因为吃牛奶和肉食的原因，也可能是寒冷的原因。不时可以看到一个胖女人，过一会儿，还会出现一个更胖的女人。我想，这么胖的女人做家务恐怕是很难的了。大约12点多，我们又被送上了飞机，看得出来，换了一架同类飞机，呼啸着冲向夜空。在机上，几个俄罗斯青年人坐在一起喝酒，说笑，有男有女，还大声喧哗。他们把酒倒在杯子里，用打火机去烧，这可把我们吓住了，而且没有人出来干涉。在中国，是绝对不准在飞机上喝酒的，更不要说烧酒了。我们也不敢作声，只是企望着不要出事。大约飞行了 4 个小时，到达新西伯利亚机场加油，让我们到候机楼休息一小时。这里已是国际线路，设备新，服务也规范，在宽敞明亮的候机大厅，大家一起研究俄罗斯地图。

休息了一个小时左右，又起飞，到达圣彼得堡国内机场时，天已大亮。这里靠近北极，有白夜现象，因此这里天亮得早，黑得也晚。我们从机场坐上旅游车，开行约 20 分钟就到了住所。这是一家旅游饭店，还不错，入住一个小时，洗澡、换衣，说定 9 时出来吃早餐，自助餐也不错，10 点 55 分（和北京时间相差 4 个小时）出发，在这里只休息了不到三个小时，我们去参观彼得堡市。

彼得堡是圣彼得堡的俗称，是俄罗斯著名城市，建于 1703 年。在俄罗斯历史上，彼得堡也是一座英雄的城市，位于普里涅夫低地的西部，涅瓦河和芬兰湾的汇合处。著名景点有冬宫、伊萨基辅大教堂、青铜骑士、阿芙乐尔号、俄罗斯博物馆等。

胜利广场，当年斯大林在这里被围 900 天，终于突围。为了纪念，立有相当不错的雕塑，是群像，有铁路工人、士兵，有长明灯。然后看尼古拉一世铜像、彼得大帝铜像。参观涅瓦河。冬宫坐落在圣彼得堡宫殿广场上，原为俄罗斯帝国沙皇的皇宫，它是 18 世纪中叶俄罗斯新古典主义建筑的杰出典范，艾尔米塔什博物馆与伦敦的大英博物馆、巴黎的卢浮宫、纽约的大都会艺术博物馆一起被称为世界四大博物馆。该馆最早是俄罗斯女皇叶卡捷琳娜二世的私人博物馆，十月革命后辟为圣彼得堡国立艾尔米塔什博物馆的一部分。这里曾是列宁同志主政处。中餐后参观冬宫博物馆，一个多小时才出来。里面很丰富，有油画、雕塑。几个人又去游涅瓦河，两个小时，我们一部分人在车上等。听说附近出售油画，我们就去买油画，这是导游临时安排的活动。他可能不知道我们是一群搞文艺的人，说是出售著名油画，我们一看就泄了气，其实是美术学院师生画的，还较贵。去商店购物，物资不丰富，有套娃、琥珀、军用品，都很贵。

吃罢晚餐，上火车站，我们去直达莫斯科的火车站，导游说这里小偷很厉害。这一说，大家就很紧张，上了车就检查门窗，发现每个床下备有一个大铁盒，可见不是虚传。我们把重要东西放进铁盒，塞在床下，然后睡在上面。据说，这条线路上，经常发生小偷事件，有的是半偷半抢。导游后来说，他一上车即给车厢服务生打了招呼，给了小费的，要他关照。其实，从各种情况分析，这种事多是内外勾结作案，防不胜防的。

6月24日。一夜好睡,晨10点到达莫斯科。莫斯科是俄罗斯的政治、经济、文化、金融、交通中心以及最大的综合性城市,是一座国际化大都市。1147年,莫斯科沿莫斯科河而建,从莫斯科大公时代开始,到沙皇俄国至苏联及俄罗斯联邦一直担任着国家首都,迄今已有800余年的历史,是世界著名的古城。莫斯科地处俄罗斯欧洲部分中部、东欧平原中部,是俄罗斯乃至欧亚大陆上极其重要的交通枢纽。莫斯科拥有众多名胜古迹,是历史悠久的克里姆林宫所在地。莫斯科城市规划优美,掩映在一片绿海之中,故有“森林中的首都”之美誉。

这里是我们此行的目的地。眼前这个城市很大,树林和草地占城市的40%以上,房子与房子之间很远,完全没有拥挤感,很多地方像是美丽的乡村。俄罗斯导游带车接站,将车直接开到了一处中餐馆。今天天气很好,早晨是17度,晴天,天空中到处飘飞着杨树花絮,像有人在附近弹棉花。我们在“仿膳”用早餐,包子做得很好吃,稀饭也煮得很好吃。其实,饥饿也是原因之一。大家洗脸吃饭,算作休整,据说旅馆要中午过了才能入住。

吃罢饭,坐车参观。莫斯科大学占地很大,是世界上最好的大学之一,俄国现任一批领导人多是这所学校毕业。我们的车穿越而过,下车走走,到处是青年学子,也有情侣相依相偎,旁若无人。车从中国大使馆门前过,当年中苏关系好,给的地皮大,据说现在每天有约300中国人来莫斯科旅游,所以大使馆不让中国人进去参观。我们到一处广场参观,纪念塔柱很高,148米,上部立一女神像,下面很开阔,喷泉、树林、游人不多,东面约300米处是凯旋门,小于巴黎街头的凯旋门,也不十分好看,建筑和雕塑显示着欧洲风格。把车停在路边,大家在广场照相,又走到凯旋门看看。一部分人去看地铁。我们在广场等待,坐在车中无事。

据导游讲,苏联解体后,财富集中到少部分人手中,普通老百姓、老人每月最低生活保障只有500卢布,而过日子要700卢布以上,很多人就去乡间别墅种地,种土豆、蔬菜、西红柿等,许多老年人还找工作。我们在海参崴机场看到过类似情况。昨天在冬宫博物馆看到,看护的多是老太太。这里有顺口溜:“俄罗斯有四怪,青草白雪盖,旧车跑得快,女孩子露膝盖,做事的都是老太太。”和中国相比,这里商店物资不丰富,对游客的商品都用欧元标价,很贵,昨天看得中的一种套娃要60欧元,望远镜大的要上千欧元。

今天的重点是参观克里姆林宫。我们先到俄罗斯议会大厦,就是当年叶利钦用坦克炮轰的那座大楼,他为了对付共产党的反对,运用军队,把坦克开到桥上，对准议会大楼就是两炮，炸死100多人，共产党就被吓退出去了。抛开是与非不说，这事很有点俄罗斯人的行事风格，战斗民族，爱喝伏特加，不怕事，不怕死，来硬的。这是一栋白色大楼，现已整修一新。我们就从那坦克开过的立交桥下过去，正好在河对岸照相参观，也想象着当时坦克开炮的角度和情景。

克里姆林宫的“克里姆林”在俄语中意为“内城”。在蒙古语中，是“堡垒”之意。位于俄罗斯首都的最中心，南临莫斯科河，西北接亚历山大罗夫斯基花园，东南与红场相连，呈三角形。保持至今的围墙长2235米，厚6米，高14米，围墙上有塔楼18座，参差错落地分布在三角形宫墙上，其中最壮观、最著名的要属带有鸣钟的救世主塔楼。5座最大的城门塔楼和箭楼装上了红宝石五角星，这就是人们所说的克里姆林宫红星。克里姆林宫享有“世界第八奇景”的美誉。它那高大坚固的围墙和钟楼、金顶的教堂、古老的楼阁和宫殿，耸立在莫斯科河畔的博罗维茨基山冈上，构成了一组无比美丽而雄伟的艺术建筑群。克里姆林宫是历史瑰宝、文化和艺术古迹的宝库。克里姆林宫曾是历代沙皇的宫殿，十月革命以后成为苏联党政机关所在地，苏联解体后，这里成了俄罗斯政府的代称。

克里姆林宫很精美，很气派，红色是其主调，有东正教教堂风格。进宫要经过严格安检，许多大兵，三步一岗五步一哨，主要是怕恐怖分子。我们穿过一块不大的广场，走进安检，进入一道宫门，就进了宫内。宫内很宽大，有许多建筑，沿途看见了普金的办公楼。据说他在二楼办公。旁边有一钟王，这是沙皇铸造的最大一个钟，我还从没见过这么大的铸造钟，听说从没敲过，也没法挂上钟楼。已破损了一块，不知道是一种什么外力能使这么厚重的铸造件生生地掉下一块来。旁边是钟楼和教堂。炮王也是我至今见过的最大一尊炮，三颗炮弹各重1吨，炮管不长，约10米，粗有近1米口径。架在那里，对准普金办公之所。我不能知晓这是宫廷艺术品还是战争实物。进教堂参观一会儿，项松普买克里姆林宫画册一本。

从宫里出来，原应去红场，但听说有仪式，或是来了外国政要，总之不开放，没去成。

吃了午餐，去一处步行街。我们从中国汉正街来，觉得此地无所看，和中国经济繁荣景象不能比的。

入住一饭店，即奥运会时运动员所住之处，可以望见莫斯科一大片城景，住18楼24号。1982年奥运会时修建，5栋成一片。

已是北京时间夜里1点半,这里是夜里9点半,但窗外如同白日,和我们武汉下午5时差不多,这就是白夜现象。约10时,窗外仍如昼,我们就拉上帘子睡觉,一觉醒来已是早上6时(北京时间10时)多了,窗外一碧如洗,城市一尘不染,能见度极远,记得昨晚是下过一阵雨的。汽车开始有少量在跑,莫斯科还在沉睡中,但天际已是晴日朗朗。

7点半(莫斯科时间),我们去二楼吃早餐,自助,较丰富,大多数是中国人,好几个旅游团,也有欧洲人旅游团。10时出发再去红场,约定看40分钟。

我们到了克里姆林宫一个角楼旁,忽然听说今天列宁墓不开放,上海4位大姐不答应了,和他们的导游争。经过排队,我们开始进入列宁陵墓,不准带相机,很肃穆地进入一处地宫,转一个弯,便见列宁的水晶棺放在一个平台上,列宁西服仰卧,光头,脸上、手上打了灯光,很亮,像蜡像,我们像在追悼会上向遗体告别似的围绕着水晶棺走一圈。中间发生了一个小插曲,晏银忠主编在这样肃穆的地方把双手插在裤袋中走,警卫走过来,一把抓住他的手,把他控制住了,怕他手中拿了武器,怀疑是个恐怖分子。他的裤袋里当然没有武器,便放了他。我们忍不住要大笑,但革命导师列宁同志就睡在旁边,又不能笑。我们从列宁墓出来,在列宁墓与克里姆林宫红墙之间,看到有12块墓碑。这里是苏联名人公墓,有包括斯大林、勃列日涅夫、安德罗波夫、契尔年科,有元帅、太空人、科学家的墓碑。在斯大林的墓碑旁边仍然摆有鲜花、花圈,四季不断。再走出来不远,就是红场了。

红场是莫斯科最古老的广场,是重大历史事件的见证场所,也是俄罗斯重要节日举行群众集会、大型庆典和阅兵活动的地方,是世界上著名的广场之一。红场比想象的要小,南北长695米,东西宽130米,总面积9万多平方米,呈不规则的长方形,不能和天安门广场比,大约是五分之一。红场地面全部由条石铺成,显得古老而神圣。广场到处还留有庆祝反法西斯胜利60周年的红旗和装饰。

游列宁山,有年轻人在举行结婚典礼,家人朋友簇拥着照相。这里有一个很好的习俗,年轻人结婚,家人朋友簇拥着到户外有纪念意义的地方举行一个仪式,照相纪念。

25日晚,又坐火车回圣彼得堡,早晨7时到达。整个城市还在沉睡中。这是一个古色古香的城市,街道不宽,但方便,楼房都是古建筑,空气中没有莫斯科漫天飞舞的杨树絮花,很清新。

我们又去涅瓦大街一处中餐馆早餐,喝水,洗脸,然后游灯塔,再看人面狮身石雕，就在列宾美术学院前，涅瓦河边，参观一处要塞。当年彼得大帝发现这个地方很重要，就让士兵用木头建要塞，命令莫斯科青年来修要塞，凡来圣彼得堡的人都要带几块石头来，要塞路上还有当年的鹅卵石。也使役了大量的瑞典俘虏及农奴，俄国人也付出了巨大的牺牲。所谓要塞，就是一处军事炮台，里面有后人塑的彼得大帝铜像，坐在椅子上，可能是想学拿破仑铜像那样坐在铜椅上。从要塞出来，我们参观阿芙乐尔巡洋舰，这是一艘灰色的战舰，静静停泊在河岸边。当年列宁就是在这艘舰上发出了炮轰冬宫的号令。他肯定不会想到，后世的叶利钦也会下命令用坦克炮轰议会大厦。

我们在滴血教堂前照相，阳光下，金色洋葱顶闪闪发光。当年亚历山大三世在这里做礼拜时，被革命党人（列宁的哥哥在其中）的炸弹炸伤而滴血，大家就习惯称之为滴血教堂或圣血教堂。门口有收费厕所，8 个卢布一次。到艺术广场，艺术博物馆还没开门。普希金的铜像屹立在公园树林间，普氏伸着手，鸽子歇在头上、手上。他当年为列宁十月革命而写文章，26 岁时，与妻子的情人决斗而死，实在可惜。普希金是俄国最伟大的诗人，我们都读过他的一些诗，《致大海》《假如生活欺骗了你》等等。旁边有一个商店，为孙子文可买了一个彩蛋，里面有铃铛，像不倒翁。项松普买了一本圣比得堡彩色画册送我，我很高兴，也很感谢。

车开到一处教堂旁，忘了名字。这是一座古老的教堂，正殿前有半圆扇形长廊，长廊由近 60 根巨大的罗马柱组成，只起装饰作用。正殿四围还有 5 对 10 根巨柱，四面开门，里面还在给基督施香布礼。人很多，很肃穆地或站或颂，有的在用笔写什么。我们进去走了一圈，虽不信神，但是也很严肃，不敢大声说话，不得说笑不敬。这是我们在圣彼得堡参观的最后一个项目，然后直接去飞机场。

我们的飞机是 TY-154M，大家习惯称之为图 154，是俄罗斯产的老型号客机。过安检时要脱鞋，我的箱子里有一个儿童铃铛，在安检时像一个炸弹，安检人员很礼貌地给我解释，我不懂外语，只好打开箱子让他们看，他们找到了这个俄罗斯铃铛，才让我过关。

飞机 13 点 20 起飞，这一程要往东飞 10 个小时到海参崴。从飞机上看，圣彼得堡错落有致，绿树中点缀着黄色房舍，不大不少，散布于欧洲平原，不远处大约就是芬兰湾，往西就是北海了。这个城市被誉为北方威尼斯，原来是沼泽水乡，彼德大帝建城后逐步改造，城中河道纵横、水网发达。听说河上的桥梁都要在半夜断开，叫开桥，以利大船通过。途中，从天上看下去，万里晴空，点点白云，下面大约是西伯利亚平原，大部分是绿地森林，村落农田也能分辨出来，一定是粮仓。飞行高度大约 6000 米。

28 日。飞机在中途又落在新西伯利亚休息加油，约一个半小时后上机，飞机却不起飞，机内很闷热。中国人都沉不住气，站起来走动，打问；俄罗斯人则不动声色，这是因为他们受教育程度普遍高一些呢，还是他们已经习惯于这种情况？要是在中国，乘客中一定会冒出几个男女来起哄闹事的。据说是海参崴大雾。后来大家安静下来，坐着干等，又过了 1 小时才起飞，飞到后来又落到地上。我发现机场写着 HOBoLOFCK，我学过俄语，尽管都忘了，但一下子认出这是哈巴罗夫斯克，离海参崴还有一个钟头的路程。这是中途停留，等海参崴天气好转。据说海参崴经常大雾，难以降落，又等了大约 1 个小时再飞。这一趟，从圣彼得堡到海参崴飞了 10 多个小时，中间落了 2 次，路途总是不顺，飞机上又窄，什么也听不懂，很难受。下飞机时，又遇到了麻烦，站在舷梯门口的一个乘警把我们中的几个人的护照扣住不放，我们就急了，导游去交涉，也不成。下飞机时扣护照是没有先例的，要扣也是海关的事，被扣的人去索要，语言不通，比画着无效。其实，后来才明白，他们这是索要小费。后来，大约是导游再去交涉，并有所表示，才把几本护照要回来，算是虚惊一场。

领了行李，坐上汽车，又走了一个多时才进入海参崴。住的一个酒店，大概是中下等，旅行社并没有真正落实诺言。但我们已经没有兴趣去扯皮，匆忙洗澡，充电，休息了一下就去吃饭，开始游览海参崴。

这是靠近中国的一个海滨城市，大约是 1860 年中俄《爱珲条约》，清政府割让给俄国沙皇的。这是一个十分重要的军事要塞，东与日本、朝鲜很近，是一个不冻港，中国丢失了此港，往远东北上就十分困难，等于断了一条路，无知无能的清政府高官们干出了让子孙唾骂千年的蠢事。这个城市属于俄罗斯边疆省，管理十分混乱，街道破旧，房屋已多年未修。可供参观的地方很少，陆港火车站是一个不错的建筑，从这里可以直达莫斯科，全长 9900 公里。海参崴军港，是俄罗斯太平洋舰队驻地港口，多艘灰色的舰船也像多年没油漆过，静静地泊在那里。

街道起起伏伏，随山势而变化。我们在海边参观了一艘潜艇，被放在陆地上，据说当年它共击沉了 10 多艘敌舰。我们钻进它肚子里面参观，肚子里面有一人多高，几十米长，较为狭窄，里面只陈列照片，设备都已拆移。潜艇附近有一尊列宁铜像立在那里，头上沾满鸽粪。我在附近玩，照相时随手把小提包放在了地上，很快就有几个青年人向小包靠近，幸亏我发现及时，才抢拿回来。我再注意一看，发现周围有好几个这样的年轻人，他们专门盯着游客，随时准备下手，大约以此为生。

我们去到一处最高点，山上是远东理工学院，从这里可以看清整个港区，但大雾中不甚分明。在一处商店买了几块巧克力，买了一个木雕头壳。另一旅行团的几个客人大把花钱，购买力很强。皮大衣、狐皮帽、军大衣、望远镜，不谈价，有点像是扫货团。在街上走时，导游叮嘱过我们，一不要单独行动，怕小偷和流氓，二不要聚成堆说话，警察会过来干涉。这个城市给人印象很不好，一是不信任你，二是欺负你，三是管理方面还不如我们的一个地区城区。苏联垮台了，跟着受苦的首先是老百姓啊。

明天3点即可乘汽车去戈城，坐火车到绥芬河。

在俄罗斯出关时，他们又是让本国人先过，然后才让中国人过。到了绥芬河进关时，我国的边防反过来，让中国人先过，把俄国倒爷压在后面。这大概就是国家对等原则。他们有一批倒爷，每天就在这个火车上倒去倒来，大包小包地拖，这也可以看作他们经济改革开始的信息吧。

我们大约上午10时到达绥芬河，一入关，就有了安全感，手机上立刻出现中国移动信息，心中就安定下来，有了到家的感觉。到了绥芬河城区一看，哇！两个世界，自豪感油然而生，我们这边城虽小但人气很旺，街道整洁，新房高屋，店铺林立，人头蹭踊，到处是五彩商标，汽车也多且好而新。难怪吸引了大批倒爷过来。海参崴是他们边疆省的省会，但一层死气，这么好的地理位置却没多少人气，管理很差，房屋道路多年没修，资本主义并没有发挥出其应有的力量，倒是大批勤劳的中国人到来，为他们增添了活力与生气。

我们到国税宾馆吃中饭，开了房间，洗澡休息。

然后上街看看，先到俄货商店，他们大量的旅游产品很多是中国造。价格比海参崴低，我买了望远镜一大四小，买了一个铜烟袋（水烟袋），几个女孩子用的小化妆圆镜。

晚餐加了几个菜，大家喝啤酒，算作旅游小结。晚上坐火车回哈尔滨。

今天是7月1日，在哈尔滨住金谷酒店。去游太阳岛。太阳岛在北方是不错的绿洲，在武汉只能算是一处平常公园，是黑龙江淤积的沙洲。风大有雨，很冷，匆匆而归。

我们想看看东北有名的“二人转”。不看大舞台的，要看民间的，原生态的。晚上，主人把我们带到一处街道小剧场，里面有些长条凳，抽烟、喝茶、吃瓜子，满地灰尘，进出自由。时间一到，演员坐摩托直接赶到剧场，首先是男演员上来自我表演,说俏皮话,自我作践。中途女搭档上来了,打情骂俏,打嘴巴、摸、踹、杂耍,中间会有绝活儿。半个小时一台,完了跳下台再赶下一场。第二对又及时赶到上台,如此5对。这是老百姓的艺术,轻松愉快。估计赵本山、潘长江、小沈阳等人都是从这种小舞台慢慢走向大舞台的。

白天逛中央大街。下午飞回武汉。

北欧纪行

去北欧之前,听人说,那里多是福利国家。小康社会与福利国家有什么异同呢?这虽不是本次出访要研究的问题,但它一直萦绕在我的心头。整个行程,北欧给我印象很深的一点,就是那里的环境保护做得很好,人与自然基本上做到了和谐相处。

2006 年 7 月,我们的飞机从一片沙漠上空掠过,大约到达东欧上空,可以看见下面无边无际的大森林,逾往北,城市、陆地、海洋、岛屿就搭配得均匀起来。北欧的国家差不多都是和大西洋相连的。约下午 9 点,我们降落在瑞典首都斯德哥尔摩。在万岛之国瑞典,到处是安详的港湾,是多姿的桥梁,是桥和路把一个个岛屿连接在一起。这里已经靠近北极,我第一次体会了极昼与极夜的天象。极昼时夜晚只有 3 个小时左右,极夜时白天也只有 3 个小时左右,因此,像我们一下子身临其境,就分不清白天黑夜了。这里的公路上,汽车 24 小时总是开着车灯行驶,据说这是规定。在极夜天气,到处灯火辉煌,正常上班。城市散落在大片大片的森林、草地和港湾之中。

我们在这里举办首场中国湖北文化周图片展,场馆也因陋就简,没有什么装潢,展馆设在二楼,不到 200 个平方米,每天的租金却要 5 万多人民币。如果用我们国内的要求,这恐怕是县一级水平,但来的人还是不少,有大使馆的官员,有旅欧华侨,有新闻记者,有当地文化新闻官员,大家讲话,然后就参观,我们也备了酒水点心,然后就看展板照片。我还跑前跑后学着抢镜头,但我的相机一般,技术更是一般,照出的照片没几张成功。

展馆旁边,有一片绿色草地,一些人正在准备音乐晚会。从表象看,当地人给人一种懒洋洋的感觉,但就是他们,雄心勃勃地宣称,2020 年要成为全世界第一个不依赖石油的国家！他们要用木材制酒精，用垃圾发电，使用生物能，看来，他们不是做不到的。还有一点令人难以忘怀的事，参观市政大厅、博物馆、议会大厅，除建筑风格呈明显的欧式，它全部使用本国材料，它要在这些庄严的场所，让你时时想到你自己的国家，去爱你的国家。

去达哈拉途中，满眼是茂密的森林，青青的草场，星散的农舍点缀其间。那些房子不大，但适用，屋前屋后都栽着树，给人一派优雅旖旎的田园风光。我们去一处叫晚山谷音乐厅的地方看世界著名歌星罗伯特的演出，据说这个罗伯特是世界上四大歌星之一，他到过北京、上海。此前已经有人牵线，我们想请他来中国湖北参加“八艺节”演出，我们也是特意来看他的演出的，罗伯特在演出之前还特意接见了我们这批从中国来的客人。音乐厅已是人山人海，落座一看，没想到这个音乐厅就是从石头山上炸开的一个深深的圆坑，可能是利用了一个废弃的矿坑建成，山坡上是阶梯座位，舞台就建在坑底的水上。晚会分为三场，以现代钢琴乐为主，杂以多种情节，中间还放焰火，玩魔术、格斗、跳水追捕，玩搞笑、脱口秀，观众会时时欢叫跳起，即使老人绅士亦然，不讲理论，就是休闲娱乐，尽情地娱乐。

挪威是世界著名滑雪之乡，我们只从电视里见过奥斯陆冬季奥运会的镜头。眼前的滑雪场就建在一面缓缓的山坡之上，尽管花了巨资20个亿，有关建筑都掩映在葱郁的树丛中，与自然相谐相处。我们去看滑雪高台，从高空滑雪台的起点到山下着陆池约有一公里之遥。我们坐了电梯上去，再爬上高空起滑点，还是很吃力的。台下有滑雪博物馆，各种在北极地区滑雪的用品，衣服、船，还有北极熊，名人留下的遗物等。这个国家的森林覆盖率达到了百分之七十，路边多平地和湖湾，农舍即别墅，多建在山上林间，不见庄稼，不见家畜。这个国家是一个发达的工业化国家，以石油和工业支撑，粮油蔬菜，一切生活用品都靠舶来，福利是很好的，物价也是世界最高的了，大约比中国贵10倍。在这个国家买东西，要先把人民币换成克朗，扣除20%的手续费，无形中又提高了物价。

奥斯陆是挪威国都，是一个很美的城市，在挪威海的一角。我们从皇宫大街散步一直走到码头，沿途很拥挤，有点像武汉夏天的吉庆街，吃饭的、散步的、画像的、拍卖字画的、摆地摊的、乞讨的，应有尽有，偶有几个女骑警经过。我们还顺便参观了诺贝尔和平奖颁奖大厅，在大文豪易卜生纪念馆前留影。

挪威的雕塑公园是很值得一看的地方，这是布格兰先生毕生所为，占地约30万平方米，主要是人体雕塑，园内共有192座雕像和650个浮雕，人生的各个阶段，各种情态都有，主要是石雕，中间建有小山似的石塔，石塔最高处有生命柱，为若干人体扭结，组成生命之柱。这生命柱高约 20 米，极像男人的命根子，雄壮而挺拔，生命力无穷。参观留影者众多。

我们将坐邮轮去丹麦，这是一艘巨轮，有 11 层高，每层 200 多间房，据说最多可容纳 2 万多人。丹麦曾是世界上有名的海盗王国，有 400 多个岛屿。首都哥本哈根气候温润，游人如蚁，在其他城市还没见过这么多的人，仿佛北欧的人都跑到这里来休假来了。海滨公园精美绝伦的小美人鱼雕像是必看的，这就是大海的女儿。仿佛是安徒生童话的魅力，也可能是对大海和爱情的想象，使得肤色各异的游人到了这里就显得文明而礼貌。

丹麦有许多古老的王宫，我们坐车去参观卡隆堡宫。卡隆堡宫意即"皇冠之宫"，始建于 1574 年。它坐落在西兰岛北部，赫尔辛约市的海边，与瑞典的赫尔辛堡市隔海相望，距哥本哈根市约 45 公里路程。一座古老的王宫，建在大洋岸边，有点像是一处要塞。据说，还真是利用这个有利地势收取过往船只的税钱来修造成的。高耸入云的尖塔，绿色的坡瓦，古铜色的塔墙，宫殿的气势说得上很雄伟，巍峨而壮观，四周有深濠守护。应当说，这是北欧最为精美的具有文艺复兴时期建筑风格的宫殿。我们从宫殿出来，在外院的墙上，看到了世界上最为著名的戏剧家莎士比亚的纪念浮雕像。相传，当年莎士比亚就是以这个城堡为背景写下了著名的悲剧《哈姆雷特》。故此，这个卡隆堡宫又称为哈姆雷特城堡。从哈姆雷特城堡出来，路边有一小湖，湖中草丛里有一只野鸭引着两只小鸭，许多游人从旁边轻轻走过，它们安闲地生活，不惊不慌，睦邻友好。以此一点，也足见人与自然处于一种什么样的状态。

我原以为冰岛就是被冰雪覆盖的岛屿，我们转了半个国家却不见一点冰雪。当飞机降落在海岸边时，仿佛来到了一个无人荒岛，没有树，没有人，没有鸟语花香，在微雨中行车，路边尽是火山石砾、黄绿相间的青苔，疲惫的绿草地。远处有几座山，据说高约 500 米，路平人少空气清新，这就是地球的边沿么？这就是人与自然最原始的关系么？来到了月球表面？我们怀着新奇而忐忑的心情走进了心目中的北极边沿，已是晚上 11 点钟了，还如同白昼一般。冰岛靠北极圈，不少地方火山遍布，热泉奔涌，国家森林公园里绿树成荫，生机盎然，因为这里靠近大西洋暖流带，真正的冰天雪地是在东北部高山地带。我万没有想到冰岛会有如此巨大的瀑布，黄金大瀑布是河流在一处平地间忽然跌落冲刷而成，从很远处就能听到它的怒吼和抖动。瀑布之水天上来，其宽度，其气势均不亚于黄河的壶口大瀑布。我以武汉人之心度冰岛人之腹，他们为什么不招商引资，把它贱卖给人修水库呢？难道当地领导人不想创造政绩吗？答案是有的，就在瀑布边的小山坡上，有一块小小的石碑，它给我们讲了一个久远的故事。说当年，有人要把这瀑布卖给外国资本家来修电站，当地一个年轻的农民女儿，出面阻止这一行动，她终于说服了所有的乡亲，大家团结起来，终于保住了上帝赐给他们的美丽风景。这小石碑就是给这一位民女立的。在冰岛首都雷克雅威克参观，这个城市不大，大约只住10万人，贫富悬殊不大，上大学也不必高考，全城没有一只烟囱，全用地热发电。地热和喷泉是这里的又一奇观，有一处景点名字就叫魔鬼的厨房，到处冒烟，间隙泉喷出的水高约百尺，水温高达百度。冰岛的温泉很有名，我们想去海边泡温泉，但跑了无数家商店才买到泳裤。我还因此口占一首打油诗，题目叫《羞涩的短裤》：

众里寻它千百度啊，
伟大的短裤！
羞涩的短裤！
我们多么需要你时，
你却藏而不露。
你虽然面积不大，
却守护着要塞和疆土；
你虽然布料不厚
却温暖着全世界的屁股！
啊，伟大的短裤，
羞涩的短裤，
终于买到了你呀，
却发现你也来自中国！

我念罢，逗得大家捧腹大笑。海边温泉露天而建，与大海相接，估计泉池内有天然泉眼，各个方位温度不大一样。人泡在水中很温暖，但头露在外面，有点寒风刺骨，这种感受有点像吃油炸冰棍。

从冰岛飞瑞士。瑞士是世界钟表王国，洛桑是日内瓦湖边一处风景宜人的地方，有两百多个联合国的专门机构和国际组织设在这里，在人类文明史上有着特殊的地位。我们去参观了国际奥委会总部，周围到处是体育雕塑和五环标志。浩瀚而清澈的日内瓦湖风景如画，对面远方是阿尔卑斯山吗？有雪峰，有高崖，百年古木，红红绿绿的小屋点缀在绿树丛中。日内瓦湖是个内陆湖,环保十分先进,周围住着如此多的人,而湖中水居然清可见鱼,几可达到饮用的水平!8月1日是他们的国庆节,到处都在做着庆祝的准备。私人游船成千上万艘,排在岸边,一望无际。

瑞士的农村和城市几乎没有区别,美丽的卢嘉洛就在阿尔卑斯山下,依山傍湖,从天上往下看,湖水墨黑墨黑的,终年不断的雪水滋润着连绵数十公里的城乡,显得安闲而自在。我们去卢嘉洛是坐的私营小飞机,叫达尔文号,只能坐30来人。飞机像一只大鸟,颤抖着冲天而起,鹰一样飞上雄伟的阿尔卑斯山。驾驶员有意让我们饱览这世界名山的胜景,他把飞机沿着山的北麓贴着山脊飞过去,飞机大约在4000公尺高度,比鹰飞得高一点。眼前无比壮观、如此奇特的景象,白云、白雪、冰川,历历在目。我想象着,不知道当年拿破仑是如何爬过阿尔卑斯山的,我们看着、想象着下面登山旅游者是如何在冰雪中跋涉的情景。飞机又像鸟儿一样降落在山谷里,接着,我们去小矮人国乐园参观,去拜访提州日报社,参观卢嘉洛市夜景。

苏黎世是瑞士第一大城市,30万人口,是世界最大的金融中心。正值他们的国庆节,满城里灯火辉煌,游人如织,但开灯不营业,连找饭吃都很困难。这就是他们的观念,休息就是休息,再多的钱也不赚的。到了瑞士,买不到手表,索性挂挂眼科,他们的商店虽然不开门营业,但灯是24小时开着的,玻璃窗里一览无遗,什么天梭、劳力士、雷达、浪琴、万宝龙、西铁城、帝陀、依波、英纳格、精工、欧米茄,天价名表很多,五花八门,让人眼花缭乱,可谓大饱眼福。

地理气候是老天爷的恩赐,欧洲多年无战乱,社会处于比较安定之中,人口少,人均资源丰富,这都是他们的运气和福气。但世界上具备这些条件的国家也不在少数,为什么做不到这样呢?可见,这里面有一个科学发展的问题。科学发展观就是要追求人与自然的和谐发展,人与人的和谐发展,人与社会的和谐发展,光有高福利是远远不够的。有了科学发展这样的观念作指导,持之以恒,我们中国的小康社会一定能成功。

注:湖北新闻文化代表团出访欧洲。团长张昌尔(湖北省委宣传部部长),副团长毕志伦(湖北日报社党组书记),李传锋(湖北省文联党组书记),省新闻办处长荣军君,宣传处处长刘志明,部长秘书刘富国,省财政厅副处长牟发兵,省电视台副主任朱新龙,翻译是湖北日报王昱晔。

本文发表于2009年《和谐》第4期

走马看花西欧七国

2002年7月5日，我乘飞机到北京，住机场华北管理局招待所。湖北省报刊赴欧考察团一行在这里集中。女儿李峤建华夫妇来看望。6日。上午休息。下午2点15分进机场，很顺利进入候机厅。2点45分从三号口进机舱。起飞后，预报要9个半小时飞到法兰克福。高度19000米，飞机在云层上飞行，途经西伯利亚上空，无云，可俯瞰葱绿森林，碧黑河流，人烟稀疏。晴天，白云，机舱空气清新。

北京与法兰克福时差6个小时，我们追着太阳一直往西，天总是不黑，晚上12点左右到达法兰克福，这里还是下午6点15分。我们是7月6日下午2点从北京动身，当天下午6点15分到法兰克福，字面上只用了4个小时，那还有6个小时哪儿去了呢？在飞机上消失了，这就是时差。

走出机场，有人来接，姓金，天门人，原在中国图书进出口公司工作，出来10多年了，经常接待国内图书出版界出访人员。原来，国门大开，用中国人接待中国人，这是一种新兴职业。

在小雨中开车，我们到一家上海女人开的饭店吃晚餐。她刚从上海带来了蒜薹，炒给我们吃。看来，老金和她很熟。吃罢往住火车站附近一旅馆，人不多，很卫生。我把手表拨回6个小时，以适应法兰克福时间。

外国很多旅馆不给客人备牙膏、牙刷，因为这东西各有所爱。不给客人备开水，因为自来水可直饮。昨天飞机如果不晚点，我们就能赶上去柏林的晚班，现在只好明晨赶7时的早班去柏林了。洗漱罢，一觉睡到大天亮，这有利于调整时差。这里气温在20度左右，清凉宜人。洗了内衣，迟迟不干，说明湿度大。

7日。晨5时半即醒,洗漱毕,6时20分下楼吃自助餐,有面包、各色饮料、鸡蛋、面汤等,清洁亦可口。吃罢,过街就是火车站。车站很大,但没有中国火车站那样熙来往攘的情景,人很少,可能是因为星期天,但听说平时也人少。这就是国家人少的好处,生存竞争的压力就小,就不用急,不用争。这里的火车站是开放的,不是中国那种封闭式,这里是敞开的,没有三六九等候车室,没人查票,不用检查行李,也不用排队。我们在老金的带领下,找到8号站台,寥寥数人在候车。火车是漂亮的火箭头,车厢不长,7点15分准时进站,没有大声喧哗,也不广播预告。几分钟后就不声不响地离站,以致老金没来得及下车,只好随我们同行一站之后才下车。

火车车厢有点像中国早期的地铁车厢,35个座位,另有几间包厢隔开,全玻璃,未坐满,我估计主要是因为国家人少,据说是亏本经营,由国家赔钱。到了中途,才有乘务员小姐来查票。小张是我们的秘书长,他是出版局财务处副处长,他手中只拿了一张订票单。乘务员要求出示车票,因双方语言不通,比画着说了一阵,只好给老金打手机,恰好信号不好,几次打也不通。旁座一位法国人,借他的手机打,也不通,乘务员很礼貌地耐心等待着。我就想,如果在中国,火车上有几个外国人一时拿不出票时会是什么态度和情景呢?首先是从坏处想,认为他们要逃票,然后就会恶语相加。那个查票小姐拿去了老金的号码,后来,小张打通了小李的电话,小李又跟乘务员作解释,乘务员再没有来找我们的麻烦,直到中途出现第二次检票,而且换了别人,也没找我们的麻烦,可见他们是通了气的。

到了柏林车站,小李来接车,才指出,车票应当是在小张手中,小张说那可能放在箱子里了,好在车站上再没追究,我们也就离开了车站。看来,还是我们自己的问题,乘车持票,是小孩都知道的事。

这个小李是老金委托的人,他租了一部九座面包车,将陪同我们走完整个行程。他从武汉的华中科技大学毕业,分在昆明工作,已来法国多年,现在专门开车导游。接待、开车、导游一人,主要接待国内客人。现在,国内正出现出国潮,收入肯定不会很差。但我也想,国家和家庭好不容易才培养出一个大学生,国家又需要人才,他们却跑出来干开车导游,干中学生都能干的事,是不是太可惜了啊。但在没出过国的国人眼中,他们可是在法国工作啊。其实,有很多年轻人,读了多年的书,一心想出国,到了国外,也不好混,好在这些国家比中国发达,他们混个日子还是容易的。可是,对于生他养他的家庭,对于国家,确实是一种流失,一种浪费啊。等我们把国家建设得很好了,这些人是不是又会跑回去呢？

小李叫李兆庆，人很友好。小李开车送我们到柏林一家连锁旅店住下，号称三星级。吃罢饭，再出发游览。柏林城很清洁，人不多，小汽车多停在马路边。行人很少，且十分守规矩，绝不抢道。这还是人少的好处，也是国民素质教育和严格管理的差异。

柏林墙：曾是"冷战"的象征，现在已拆除，但还留下了300米左右的一段，那是用钢筋水泥板竖起来的一道高约2米至3米的板墙，墙顶是半圆的筒，使人难以翻越。那专门保留的300米高墙仍然竖立在那冷落的街边，如果不是有一块碑文，常常会让人认为它只是一堵普通的旧墙。墙板中间已被人敲出许多窟窿。上面还写有很多字。我们在一家苏军占领时的博物馆边也能看到一截柏林墙。我在想象，就是这样一堵板墙，把德国隔成了两个国家，上演了那么多令人难忘的"冷战"活剧，这大约不是德国人自己想干的事。

市政局：是一座古老而庄严的大楼，有少数人在参观，因为我们不了解它的历史，没留下特殊印象。

亚历山大广场：听名字即是苏俄的产物，也似乎没留下十分深刻的印象。马克思、恩格斯的铜像已被社区市民搬迁，没能见到。

勃兰登堡门：位于德国首都柏林的市中心，最初是柏林城墙的一道城门，因通往勃兰登堡而得名。我们到达这里时，正在维修施工，施工方用巨幅画像罩住了整座建筑，外面画成原样。现在保存的勃兰登堡门是一座古典复兴建筑，由普鲁士国王腓特烈·威廉二世下令于1788年至1791年间建造，以纪念普鲁士七年战争中取得的胜利。勃兰登堡门高26米，宽65.5米，深11米，是一座新古典主义风格的砂岩建筑，以雅典卫城的城门作为蓝本，设计者是普鲁士建筑师朗汉斯。勃兰登堡门门顶中央最高处是一尊高约5米的胜利女神(希腊神话中的尼刻，罗马神话中的维多利亚)铜制雕塑，女神张开身后的翅膀，驾着一辆四马两轮战车面向东侧的柏林城内，右手手持带有橡树花环的权杖，花环内有一枚铁十字勋章，花环上站着一只展翅的鹰鹫，鹰鹫戴着普鲁士的皇冠，雕塑象征着战争胜利。这个建筑是柏林的象征。勃兰登堡门东侧是巴黎广场，从这里再走下去，就是有名的菩提树下大街。

议会大厦：是一座高耸的巨大建筑，有许多老旧的雕塑，上面的青铜已长满绿锈，大厦后面有一座现代建筑，球型玻璃观光塔，可见游人行走其上，因时间关系，远眺而没登游。

胜利柱：这是在市中心大街上一座圆柱形建筑，很高，塔顶是母亲持剑的造型,有点像自由女神,金黄色,塔座是四面体,有雕绘其上。

纪念教堂:是市内大街上一座古老的教堂,因战争而毁损,估计是被火炮轰毁了一部分,将毁损原貌保存至今,供人瞻仰思念。虽千疮百孔,却给人以历史真实印证。

苏军纪念广场:前有两辆坦克分列,中有两门加农炮,后有一半圆墙柱形建筑,拾级而上,弧形中心立有苏军战士铜像,耸立于半天中,让人想起战争结束后瓜分柏林的历史。

皇宫:这是一处占地极大的公园,里面有皇帝的夏宫。随处有雕塑,十分精美,陈旧的多,也有崭新的。一级一级平台,像是歌池的座位,都种了鲜花,一直上到山顶,才是宫殿。据说东德时荒芜毁损,两德合并之后才恢复整葺一新。今天游人如织,许多年轻人在这里玩,还有夫妻带了孩子来玩,老人前来流连。

波茨坦:这是一处皇宫,园林中到处是百年古树,草地,一片旧时冷落之气。一座王宫已破旧,但当年英、法、苏联三国就是在这里签了著名的《波茨坦公告》,将世界瓜分,将柏林一分为二,丘吉尔、斯大林和罗斯福三人的巨照还站立在皇宫门口,向人民炫耀着那些旧事。可恨可气的是签此条约时,排除了战胜国中国,只是事后通知一声,要你同意。此事再一次明证“弱国无外交”的道理。那些百年古树仍然活得葱葱郁郁,皇家园林仍然维持了原样,并对公众开放。旧时王谢燕,飞入百姓家。

柏林跳蚤市场:是星期天才有的街市景象,在一条长街上,店铺接地摊,十分熙攘繁忙,有各种旧货和家具,看的人比买卖的人要多,近于中国露天市场。中途,忽遇一肤色微黑的青年女子全身赤裸,无寸丝遮羞。我事先只注意那小摊上的旧货,这裸女忽然撞到面前,倒是把人吓了一跳。她招摇行走在人群之中,一老者手持摄像机随之,大约是拍广告,或是搞什么行为艺术,行人侧目但不哗然,可见这些景象在西方司空见惯了。

晚8时回旅店歇息。

8日,星期一。天气晴好,气温在20℃左右,温和而晴朗,与武汉天气比这里真是天堂了。一夜睡得很香,似乎没受时差影响,我们7时吃自助早餐,然后,坐李兆庆先生驾的车上路,从柏林往西北方向走,高速公路平滑而流畅,路边也是无尽的森林,大片红皮松大约有50—100年树龄,保护得很好。与昨天不同,路边开始多了大片麦地,麦已黄熟,还没收割,牧草也有,有的已收卷成捆。车外有轻风,凉爽而平和,绿化很好,呈自然状态。途中有一休息地,即中国所谓服务区,但这里没有什么明显设施,就是将公路分岔出来,停车场边周围即是树林草地,与麦地相望,草地上置一些木凳和小石桌,你可以坐下休息,也可以去树林方便。我们在这里休息片刻,去麦地照相。再走大约 4 个小时,于中午到达汉堡。

汉堡是一座不大的古城,约 100 万人,是一个有名的海港,北海经易北河进入。街道边多古建筑和教堂。我们住 NOVOTEL,房间是在两月前就订下的,却还没收拾好。我们只好先放下行李,去一家上海餐馆吃饭。吃罢,再去参观市容。

市政厅:是市中心的一处古建筑,从外面看了看,没进屋去。街两边停满了汽车,当然都是私家车,行人很少,有点懒洋洋的味道,绝没有中国、日本、美国式匆忙。

我们步行去阿尔斯特湖,湖水混浊,中有一人工喷泉,一直朝天喷吐出百米水柱。湖畔游人很多,一群野雁和天鹅向游人讨食,大群鸽子起飞盘旋,有树荫,我们沿湖边行走,有竞选的大幅人相,被人涂画上胡须和鬼牙。对岸多游船,花花绿绿。欧洲少女多爱露肩袒背,身材姣好,情侣对对,相拥相吻,旁若无人。也有晒日光浴的人,昏昏然或坐或躺于阳光之下。据说,只有白人才爱好日光浴,因为他们的皮肤中缺少某种元素,需要通过日光来补充。

我们又在附近步行参观了几座大教堂。有的保护较好,但没开放,有一所教堂被战火所毁,仅存钟楼和尖塔,供人仰观。这个办法很好,这是历史的物证,让人们不要忘记战争。

这里的古建筑多雕塑,主要是裸体,造型优美,显现出欧洲文艺复兴的华彩。我们到易北河边海港,这是一处古老的海港,其实离海还很远,只能算是能通达大海的河港。码头设在城内,港内水质成了酱色,可见他们也有污染问题。河岸多高楼,易北河上修了不少大桥,方便了行人。市内火车也十分方便。河边即有车站。

港口最多的船是游船,巨大的海船恐怕无法开进来,只见远处有高高的吊塔和远洋轮船的闪亮身影。我在河边摄影,一些古楼风景很迷人,古今建筑相间,路面也很整洁,白天车如流水马如龙,各地游客一批批送达。河边还有巨大的船锚,供人观览。我们在易北河边歇息,等李兆庆去开车,约一二个小时不来,又不能走开,大家等得有些心焦,我就去附近拍照。后来车来了,是因为车被人撞了,幸无大碍。他买了水来,大家便去喝他买来的水,等车的焦躁便被冷水浇灭了不少。

我们又去几个地方转了转，回旅店小歇 2 小时。晚 7 时，去老地方吃晚餐，然后步行上街，看商店。一直走到白天所游阿尔斯特湖边，玩到大约 9 时，天还不见黑，又顺道逛街，途经一红灯区。听说有红灯区，大家就兴奋，此前只是听说，今日能得一见，便想看看到底是什么样式。街区果然灯红酒绿，李兆庆指点我们看，只见一些女郎站在门边，或坐在灯窗内，见有男士过则招手相邀，有的门窗有春宫裸女图。这些女郎年纪都不大，多是黑人，打扮入时，但不动人，极少见到白人少女在其间，可见这卖身者也多是为了谋生。这个所谓的红灯区，除明显的灯饰，并非遍地皆淫，有如汉正街，门面很多，错落相间而已，旁人可直行。据说这里卖淫是合法的，卖淫者要持证，经营者要登记，政府把卖淫视为一种职业，给那些有钱人和单身汉提供服务。我们既不买春，便无所看，开车回 VOVOTEL，住 218 屋。房间十分整洁，虽不如武汉星级饭店豪华，但整洁实用，让人舒服。

下午，我们还在离海港不远的一个山头去看了俾斯麦雕像。这是一尊高约 50 米的巨型石雕像，底座圆形，俾斯麦拄剑，两只鹰站在左右，傲立苍穹，面向大海，游人在下面只可仰视。

今天，我用心照了一些风景人像，虽是业余水平，也可留作纪念。中途，我似曾感觉到没挂上胶片，竟然没进行检查。事后证实，因为一点马虎，这一天的劳动全白费了，甚为可惜。

9 日。清晨 5 点多，天就大亮了。晨风吹拂着窗前的彩旗，近旁即是高速公路。汽车走得很早，窗户密封十分好，大约是双层，外框是钢，一圈橡胶，两层铁皮，又一层密封圈，和国内比，质量绝对上乘。我们 7 时早餐，进一自助餐厅，有面包、水果、果汁、烤肉、鸡蛋、饮料、麦片、牛奶，十分丰富，可自取用，大厅只有两个男人服务，也不用检查证件，全凭自觉。

我们的车出了汉堡，上了高速公路，一直朝西，路面较平，旁多森林，走了大约 3 个小时，路边就有了刻有荷兰国徽的石碑。李兆庆说，到了荷兰。没有国界，没有海关，没有一切可以作为国门的建筑。我们连高速公路票也没买过。荷兰境内与汉堡没有什么大区别，也是平原，多绿地，牧场连着牧场，牛群很大，偶有玉米地、麦地和土豆地。荷兰国菲利浦电器是很有名的，这个国家只有 1000 多万人，却是世界强国之一。牛奶、牛肉也是主要特产，荷兰牛也是世界有名的，大公牛、奶牛曾出口中国，到过鄂西。我在老家当知青时，就见过一只荷兰种公牛，高大雄健，不敢近前。

过不来梅，天下雨，到中午开始下暴雨，我们于 12 时到达荷兰首都阿姆斯特丹。这里原本是一片芦苇丛生的沼泽地，由于靠近北海，便于贸易，12 世纪时当地渔民开始在此定居，13 世纪末形成一座小城。后来逐渐围海扩建，到 14 世纪已成为东西方贸易的重要港口。这是一座用木桩支撑起来的"海底城市"，大部分地区处在海平面 4 米以下，靠拦海大坝和抽水设备保证城市的安全。整个城市有几百万根涂着黑油的木桩打入地下十几米的深处，仅王宫下面就竖着 13659 根这样的支撑物。阿姆斯特丹是一座风光绮丽的水城，有"北方威尼斯"之称。市内有 160 多条大小水道，将城市分割成无数的小岛，1000 多座风格各异的桥梁穿梭其间，其中 300 多座可以通行车辆。水道分布规则，状似蛛网，将城市一层一层围成半圆形。大小运河堤岸平直，船只可以自由地航行到市区的任何地方。我们去市区游览，河边都是古建筑，每户人家 50—100 平方米，高 3—5 层。楼顶上都装有吊钩，当年商人为在楼下开店，货就吊上楼。楼梯十分窄，今天仍然使用吊钩搬运家具物品。

阿姆斯特丹的钻石加工是有名的，我们在一家工厂参观，接待我们的是一名中国女子，据说是武汉军区某政委的小女儿，自称冶平。她很热情地接待了我们，给我们讲解了不少钻石知识。一是重量，二是色泽，三是选型。越重，打磨切割愈多，愈是值钱。我们无钱买，大饱眼福，听过也就忘了。

下午又去市区，路遇堵车，前面发生了车祸，慢慢走，有大雨雷电。就去港口坐游船，从桥洞下过，走运河，穿行约一小时，船上的解说有中文，感到十分亲切。看到了当年海港的船坞、闸门，运河里的水较深但还不臭，河边有不少船民，住在破船里，船被固定在岸边。现在政府控制船民，移走一户再增一户，不准扩大。有的船上人家布置得很开心，干净。这里的建筑是一种欧洲风格，有的富丽堂皇，十分好看。大雨中来到民俗村，下车走一段，有风车数架，远看像雕楼，伸出巨大的风车叶片，未能深入一一细看。风车是荷兰的标志物。据说，世界上第一座风车就是荷兰人于 1408 年发明的。荷兰风车最多时曾达到 9000 多座。它抽水排涝、碾米磨面，为创造荷兰的历史立下了丰功伟绩。现在荷兰仍有 900 座风车保留下来，作为历史文物供人们观赏。城郊有草原连片，牛群悠闲，一派田园风光。又步行于市区夜景，游人如织。又途经一红灯区，各家设一橱窗，一妖冶女子仅穿比基尼，或立或坐于室内，经灯光映衬十分显眼，向行人抛媚眼，好在不强行拉客。所经之地，窗内未见中国女子。

10 日。从阿姆斯特丹动身，往比利时进发。走约一小时，高速公路上堵车，是因为前面一座大桥过船，因为地势无法升高，桥便不高，过船时，桥面就从中间断开，各自向两岸竖立，从远处看去，慢慢呈两扇大门对立，等船过去，再缓慢放下通车，所有来往车排起了长队，如蚁爬行。路边是田野、牧场，平畴千里，土地肥沃，农作物开始多起来，主要是土豆、麦子和蔬菜棚。著名的荷兰奶牛皮色黑白相间，懒洋洋地在绿草地上吃、卧或立，数十数百头，远处有尖顶农舍和古老风车，典型的欧陆风情。

我们约 8 点 30 分到达拦海大坝，这是一项伟大的人工海堤，堤上是高速路。我们走 10 余公里，中途有观景塔，我们在这里参观。司机小李说要去城里取药，一去又是 2 个多小时不回，我们没事做，又冷，就在小店喝了一杯咖啡，才略有暖气。10 点半小李才回来，我们又回阿姆斯特丹，绕城走另一道，往布鲁塞尔。

路途中午餐，在麦当劳吃汉堡包，喝可乐，吃薯条，继续赶路。过国界而无界，只见有一界碑，上面刻一圈五星，好像是欧盟的徽章。

原子塔：这是一处很有创意的雕塑。在一片绿树丛中，一大片开阔草地，中有七个巨大不锈钢圆珠连接支撑，成原子结构状，高百尺。在阳光下闪射着银光，有楼梯可以上攀，我们远眺而没近观。下车照相数张，有一家黑人在合影，觉得好看，远拍一张。

下午到达布鲁塞尔，住金龙酒店。放下东西即去大广场。名为大广场，实际不大，约四亩地，在我们中国人眼中，这叫广场嫌小了点。这个小广场一面是教堂，尖顶高约 100 米，一面是皇宫，金碧辉煌，一面是市政厅，一面靠街市，除教堂还在用，市政厅和皇宫已不用。据说，偶有活动，皇家会从三楼阳台与观众见面。我们到这里时，这里正在举行大型歌会，广场的一半搭了歌台，放了排椅，高架上排列着高音喇叭，正在放劲歌劲舞，打闹场。我们看了一会歌会，照了相，便去街上走，到一家书店，一本也不认识，没有中文书。到几家小店，看看而已，物价比中国贵几倍，也不见得比我们丰富，不值得买什么。

回到广场时，一场大雨逼得我们逃入皇宫。进来之后才发现，里面其实是博物馆，一楼是石塑石雕，有人物、神像、壁雕拱门。二楼是油画和当年古城模型。三楼有油画，最有意思的是尿童衣饰，世界各国给尿童送来富有民族特色的服装，各色各样，各具特色，美不胜收。我说这是各民族服装比赛，真是有趣，恐怕有上百种衣饰，有牛仔服，有将军服，有酋长服，有村童服，有模特装，有便装。因此，我们就去看尿童的雕塑，就在街区的一角，半墙上一处挖空石碑，上面成反荷叶状。尿童就站在挖空处，一直在尿尿，下面有铁栅栏围住。尿童雕像比想象的小，但世界有名。据说，当年敌人来犯，尿童情急生智，一泡尿淋湿了炸药引线，救了城市和军队，因此每年都有军队来致敬。旅游产品也多有尿童题材。博物馆的顶楼也是一些绘画。外面的大雨停歇之后,我们步行回停车场,开车回金龙酒店。

吃罢饭,和黄国钧步行上街,已 8 点钟。国内应是下半夜 2 时,这里太阳还在西天,不到 10 时不会黑天。到一报刊门店,有许多报刊,不认识字,店里夹卖酒和食品。途经性用品商店,出于好奇,转了一圈,无奇不有,未敢久留。

11 日。晨起,欧洲的夏天,早晨 5 点多就天亮了,晚 10 时才黑,我们 7 时起床,下楼吃早餐。离开比利时首都布鲁塞尔,往巴黎进发。走到 11 时,高速公路上有了一个门岗,司机取一张票,虽没交钱,但让我们知道,到了法国。

我们从巴黎郊外经过时,去了滑铁卢古战场。一听滑铁卢,就想到拿破仑,就想到失败,因此要看一看。这是平原上的一个小镇,小镇上有一土丘,呈金字塔形,估计是人工堆成,顶上塑有一只雄狮。我想,那雄狮就是代表拿破仑了。我们决定登上去,登一百步台阶上到山顶,举目四顾,巴黎郊外的农村很像荆州平原,但绿化和植被要比荆州丰富得多,黄色的是麦子,绿色的是牧草,远处是城镇,郊外有田园,在清晨的阳光下显得安宁而生动。

“滑铁卢战役”是指 1815 年 6 月 18 日,由法军对反法联军在比利时小镇滑铁卢进行的决战。战役结局是反法联军获得了决定性胜利。这次战役结束了拿破仑帝国。此战役也是拿破仑一世的最后一战。拿破仑战败后被放逐至圣赫勒拿岛,自此退出历史舞台。

今古传奇主编舒少华和地税局的钟源二人在小镇商店买了两把火枪,每把 20 多欧元。我看了很喜欢,但囊中羞涩,没买,过后又后悔,因为这火枪和这地方有关联。旅游中想购物就是这样,看中了就要出手,过了这店就没那村,很难货比三家。

再走 2 小时便到了巴黎。城市郊区环行道大塞车,换了车道还是堵,走到一家旅馆,它是我们所订旅店的连锁店,但不是我们要住的那一家。我们提出能否转过来,他不同意,我们只好又去找,终于找到了,丢下行李就进城。

从远处看到了埃菲尔铁塔的身影,那就是世界上最有名的建筑物。车子眨眼就到了塞纳河,河水清清,不是城市污染了的那种死水河,比阿姆斯特丹的水质要好。我们在附近找到了一家中国餐馆,吃了饭,然后去看凡尔赛宫。

驰名世界的凡尔赛宫坐落在巴黎西南 18 公里的凡尔赛镇,它是人类艺术宝库中一颗灿烂的明珠。凡尔赛宫建于路易十四(1643—1715 年)时代。这是凯旋门边一处巍峨古老的皇宫,广场是用鹅卵石铺成的,不平,能排水,中间是某个皇帝骑马的铜像雕塑。我们买票进入凡尔赛宫。凡尔赛宫宏伟、壮观,它的内部陈设和装潢富于艺术魅力。500多间大殿小厅处处金碧辉煌,豪华非凡。内部装饰,以雕刻、巨幅油画及挂毯为主,配有17、18世纪造型超绝、工艺精湛的家具。宫内还陈放着来自世界各地的珍贵艺术品,其中有远涉重洋的中国古代瓷器。过去,这里是法国皇帝的宫殿,其中有一间屋据说拿破仑还住过。签署凡尔赛条约的宫殿很大,宫后花园有三面,十分敞亮而开阔,有花草水池等,与中国园林不一样。

晚9时,去红磨坊看歌舞表演,每人100欧元,相当790元人民币,自费,这是我人生第一次看的最贵的一场演出了。红磨坊歌舞表演作为欧洲时尚歌舞,看的人那么多,我们是搞文艺的人,应该了解一下。我们有6个人进去,里面座无虚席,侍应生将我们带入最后一台,置香槟三瓶,汽水一瓶。整个演出2个小时,以歌舞为主,间以杂耍小丑,11时结束,回馆休息。红磨房每天三场,人山人海,全世界都有人慕名而至吧。其实,场馆硬件很一般,倒真像是一家磨房改建的,但挑选的演员是顶尖的,少男少女的美貌都称得上是世界级别,节目编排富于创意,少俗气。演出技艺也是一丝不苟,服装、道具也无可指摘。总之,这些观众不是傻瓜。

晚回,已11时半,洗完已到了晚12时46分,北京时间当是清晨7时矣!

12日。今天在巴黎参观。天气稍凉,阴。

先去参观卢浮宫,这是一座全世界著名的艺术宫殿,外面古朴,里面却是现代设施,保存了全世界欧美主要艺术珍品。我们先看了古希腊的雕塑。许多大理石雕精美绝伦,他们的雕刻因为写实和三维透视,逼真而传神,题材多是武士、美女、神话题材,差不多都是裸体。油画馆厅里更是美不胜收,有不少宫廷题材的作品在美术史书上也曾见过,但实地观览欣赏,虽时间很短,亦留下了深刻印象,像断臂维拉斯、自由女神像、无头女神、牧鹅少年、蒙娜丽莎等等。可以拍照,但我没带相机的闪光灯,十分遗憾。

市政厅很雄伟庄重,只从外面看了一下。亚历山大三世桥,是塞纳河上30多座桥中居于皇宫主轴线上的一座石桥。桥头堡是金饰巨雕石柱,桥边是布满雕花和镏金的装饰,从游船上看十分美丽。军事学院也是一座古建筑,距凯旋门不远,这是广场中心地段一座四门的塔楼,四面是半圆拱门,周围是广场。延伸过去即军事学院。往东,与塞纳河垂直,凯旋门东即是有名的香榭丽舍大街,街道阔直,两边都是古建筑,显示着街道的古老与辉煌。

下午,我们去登临埃菲尔铁塔。当我们到来时,电梯忽然停开,我们每人买7欧元的票,只能爬了。步梯转很多拐,只好一个拐一个拐地往上登,我一直登上二层,从200米高空看巴黎。啊!这才是登高望远:巴黎城区广大无比,古建筑很多,整体呈一种灰色,只有塞纳河是绿色,从城中流过。河旁有小山,山上有绿树,河上多桥,把两岸连通,车行街桥,漂亮的游览船在河里往来穿行,西边天际有高楼十余栋,是新区的金融区。这里没有破坏一个旧城市,却建起了一个新城市。

巴黎是世界级大都市,古城保护得很好,保留了许多古老的街道和建筑,主要功能是文化游览和购物。很多中国游客都知道“老佛爷”,下午我们去“老佛爷”购物。“老佛爷”是一处大商场,我们走了一圈,感觉不到比北京王府井强多少,物价却比中国高10倍,买一支最差的牙刷是2.2欧元,即17.5元人民币。大家多只买点小纪念品,然后去坐游船。

在塞纳河上游览观光很舒服,主要是水体保护得很好,微浑但不臭,河边多小岛,铁塔、巴黎圣母院、卢浮宫等都在河边。这些建筑和景点从河中看又是一番景象,比如巴黎圣母院从岸上看,被周围建筑抢镜,还不觉得,从河船上看去就完全不一样了,整体感很强,尖塔和雕塑十分出色,加之处于一半岛上,有河水和堤岸相衬,有如仙境。忽然来一阵小雨。一个小时后,我们系缆上岸。

13日。晨7点30分吃早餐,天气阴凉。从巴黎出发往里昂。里昂是法国东南部城市,里昂市区位于罗讷河和索恩河交汇处,其主城区大致可以河流为界分为三大部分:西侧为富维耶山,老城区位于两河之间的半岛上,新城区则主要集中在东部。里昂是法国重要的工业城市和除巴黎之外最重要的科教中心,机械、电子、化工、重型汽车、计算机等产业实力雄厚,拥有20余所高等院校和科研机构,通常被认为是法国的第二大都市区。里昂也是法国乃至欧洲著名的文化与艺术中心,以丝绸贸易而闻名,在罗马时代就相当繁荣。

往里昂是向南走,路边慢慢有了丘陵,地里除了麦草,还有玉米、葡萄等。中途休息,有红叶李子树结了不少李子。摘而尝,有李子味,像大樱桃。休息处有很多车,都是城里人野游的,全家人,带上自行车、摩托车、食品,慢慢地开。路边森林逐渐增多,空气清新,偶有小雨。和巴黎比,路上的车子少多了,在巴黎塞车是常事。过了收费站,进入里昂路段,李兆庆不大熟悉路,为了找到预订的酒店,我们走走问问,转了一个多小时才找到。

好像今天安排的项目不多,放下东西就上街去吃中餐。找到河边一家中餐馆,说过时了,不肯再接待,便上街去吃麦当劳。吃罢就去游市容,先到一个广场,有雕像,不识外文,读不了说明,只能欣赏其造型和工艺。沙土为地,有老树成荫。有各地学生在此玩耍,各种肤色的人聚在这里,也有趣。这里的人多礼貌友好,但语言不通,无法交流。

河边景色很美,多桥,与塞纳河相像,有一教堂在山顶,夕阳映照,尖塔高耸。教堂建筑为什么多有尖塔?据说是为了与天上的神交流。我们爬上山,进到教堂里,有许多游客坐在地上,在肃穆的教堂里,大家小声说话,静坐,好像在聆听神的开示。

从教堂山看里昂市,红瓦灰墙,这是法国第二大城,一条河,绿水高树,基本上没有高楼。俯瞰里昂,我想起当年邓小平同志出国勤工俭学,就是在这里当印刷工人,朱德也是在这里入党,不觉想到马克思书中所述里昂工人大罢工的情景。

星期六,城里难得见到人,街道边停满了汽车,商店多关门,几家中餐馆也都关门。步行街上人多起来,也可能多的是各国游客。去商店里小买,给李峤买玻璃水母一只,给侄女赓玮、孙女曾玉各买发夹一小包。

在教堂边看一处古老的剧场,依山而建,半圆形,一层一层梯形座位,山下是舞台,现在,下面那剧场已经改造成现代舞台。我们去"大家乐"吃晚餐,但要到 7 点才开门,只好又去逛街,一直等到 7 点才吃晚饭,然后回酒店休息。

近日感冒,喉咙有炎症,吃了消炎药和金嗓子,有一些效果。明天要去摩纳哥。

14 号。星期天。

我们从里昂动身,走高速公路南下,慢慢出现了丘陵和山,森林渐多,应当是阿尔卑斯山脉南延,路上仍然有许多车载了全家,还有拖了游艇、房车,看得出多是到尼斯、地中海边度假的。途中天阴,多云,起雾,高速公路能见度渐弱了,汽车跑过,溅出一阵雨雾,车速不能过快。与法国、德国等不同的是,路上过了三次收费站。

大约下午 1 点 30 分到达尼斯,我们去找中国餐馆,街十分窄,停满了车,找到了车位,满巷子钻。好不容易才找到一家中餐馆,吃过才发现这是一家给外国人吃的中餐馆,菜分量低,收费高,好像是越南人开的,因为他们用中国人装束,却听不懂中国话。

简单吃了一顿不中不洋的饭,就去戛纳。车一出门就到了海边,沿英国人大道一直走,海边行数十公里就到了戛纳,有名的戛纳电影节颁奖处就在海边一处电影院。世界上那么多搞电影的人,谁都想来戛纳走走红地毯啊,红地毯还铺在地上，供人照相，广场地砖上印有不少名人的手印和签字，在一棵纺锤状棕榈树边还有一部古老的戛斯电影机和影带雕塑，很有趣。

蓝色海湾真是美丽，周围是崖壁和山，别墅一层层不规则层叠而上，各色各样构成一道道沿海的美丽风景。沿海大道可以步行，设施完备，干净整洁。只因为气温不高，下海的很少，观光者多。遇一深圳女大学生，21 岁，一人背了行李前来玩，只会英语。她说，自己走，花钱少一些。在一家叫“竹园”的中国餐馆吃晚餐，老板娘 60 多岁，是四川人，亲自炒菜，很正宗，吃得很香。她说，旁边有一家柬埔寨人也开中国餐馆，骗中国人来吃，可见中国游客之多，多到吃饭都成了问题。

我们开车沿海湾走了几十公里，到达摩纳哥大公国。摩纳哥公国是世界最小的国家之一，仅次于梵蒂冈，总面积为 1.98 平方公里。摩纳哥地处法国南部，除了靠地中海的南部海岸线之外，全境北、西、东三面皆由法国包围，是少有的“国中国”之一。摩纳哥主要是由摩纳哥旧城和随后建立起来的周遭地区组成。作为世界上人口最稠密的国家之一，摩纳哥国民极其富裕，同时也是世界上人均收入最高的国家之一。摩纳哥经济发达，主要以博彩、旅游和银行业为主，公国在服务业和小型的、高附加值的、无污染的工业的多种经营上取得了成功的开发。

从远处看，这个小公国是高山下海边的一处山湾，约 2 平方公里，依山就势修了不少房子。我们到了大公宫殿，现在已成了蒙特卡罗大赌场。蒙特卡罗大赌场是世界上最著名的大赌场之一。赌场，是一个欲望与迷梦的交织地，通常来到这里的人们都希望过一把瘾，有时候不为赌，而是赌场的氛围，能够最轻易地挑动起人们脆弱的神经。当然，这里总是能够见到世界上最戏剧性的一幕幕，有的人一瞬间变为百万富翁，有的人一瞬间倾家荡产。小雨中，我们进去参观，上二楼，要买 10 个欧元的票。导游说没有钱，意思是要我们自己掏门票，我们就只在一楼看了看老虎机，在街上走走，晚上不能照相，然后坐车回尼斯旅店。

车子爬上海边山崖，回头望去，夜色中的山崖下又是另一番景象。灯火辉煌，大富翁们在山崖上修了古堡或高屋，有如天上人家。

此摩纳哥非彼摩洛哥，两个国家，一字之差，摩洛哥王国是非洲西北部的一个阿拉伯国家。

15 日。今天整天都在汽车上，早晨 7 点 45 分从尼斯动身，经摩纳哥，沿海岸线走。高速公路 90%是由隧道串成，有的地方还是双洞、双层洞、三层洞,从石头山中穿过,其工程之大,可想而知。因为是海湾,许多房子都往山上建,一层层,一点点,绿树丛中,争奇斗艳,显示着财富和艺术。只有有钱人才能在岩石上劈山建楼,可远眺海洋,十分清雅。

走不多远,黑云即变为雨,车窗雨刮一直在工作,走了一个钟头,就进入意大利境内,一圈五星的路碑显示意大利也是欧盟国家。意大利国境内明显不如其他几国富有,房屋要简陋一些。再往前走,农田开始有了大片温棚,还出现了工厂。走不多久,前面出现了车祸,路上的车自动往两边让,中间以便警车和救护车通过。警车反应不快,过了大约半小时才来,接着拖车、救护车也来了。又过了半小时前面才疏通。我们走了大约半小时,司机转错了一个弯,到了另一条道上,前面又发生了车祸。这次可不简单,我们足足等了2个半钟头,大家只好跑到路边撒野尿,肚子饿得不行,只好去路边店买了面包充饥。直到下午2点才能移动。我们继续赶路,大约到下午6点钟才到达比萨市。来这里是为了看看比萨斜塔。

比萨斜塔竣工于1350年,但是工程早在1174年就开始了。当年,工程进行到第三层时,人们就发现,由于地基、建筑结构等原因,塔身出现了倾斜。于是工程中断了。后来,当政者变了,又延请了新建筑师继续此工程。随着时间的推移,比萨塔的倾斜程度不断增大,目前已达到4.5米,而且倾斜度还以每年1毫米的速度继续增加。斜塔塔身是用白色大理石砌成,圆柱形,高8层。前几年,一批科学家抢救了一阵。旁边有圆顶宫殿和方形宫殿,四周是中国式城墙,约20米高,有四边,修道院用。伽利略曾在此做过著名的斜塔实验。“比萨定律”就是在这里诞生的。可能正是由于它的斜,和别的建筑不一样,名气应了“歪打正着”一语,变得越来越大,参观者络绎不绝。

斜塔在封闭修整,我们就在斜塔边照相。远处黑云盖顶,电闪雷鸣,在下大雨。我们又去旁边小商店买小纪念品,然后去一家中餐馆吃晚饭。再赶路一个多钟头,于9点30分到达佛罗伦萨市。

拿出地图看,今天完全是在海岸边走,地处利古里亚海的热那亚湾,比萨和尼斯几乎是对望。明天将再南下,到罗马去。

16日。晨7点吃饭,去旅店旁超市购物,其实这是一家以食品为主的超市,无所购,买了一盒小孩玩具。9点上车,前往罗马。走了一会儿,大约在佛罗伦萨郊外高速公路即被阻,警员要我们绕路,我们一方面不知道如何绕;另一方面吸取昨天教训,干脆回比萨,又看到了美丽的斜塔,我们又去那家中国餐馆吃中饭。这个半天算是白白浪费了。

门前有黑人摆木雕摊，人比昨天增加了，那些黑人是比较的少修养，见是白人有钱人，毕恭毕敬谈生意，见是穷人或亚裔人，讲一次价不成就哄你走，还做出很不友好的动作来。听说他们还去中国餐馆要东西吃，给很少的钱，要好东西吃。又过来几个科索沃妇女讨钱，据说是难民。我想，国家穷了是不行，人穷志短，有朝一日，当我们中国成了富强之国，我们中国人就可以昂首挺胸地走在世界各国的大街上，他们也会毕恭毕敬地和我们打交道。

我们在海边走，公路的设施远不如法国，路边的农田耕作不好，房屋也较为破旧，比荆州平原差远了。有些地方似乎很干旱，草已枯黄，沙土扑地，过一段，路边别墅多了。我们走着走着来了一阵暴雨，眨眼又是晴天。我们遇上了几阵雨，或者说我们闯过了几处雨阵。在一处休息地休息，天上有战斗机拉出黑烟在天空呼啸而过。我们大家猜可能是战斗机在训练，因为意大利没有战争。

在佛罗伦萨最值得一看的当然是老桥，老桥其实就是在河上一座古老的桥上建了两排门市，上面在做生意，卖金饰，卖纪念品，价格普遍很高。过了老桥又沿河右上，发现到处有温州人在用长棕榈叶编扎蝗虫卖，问一妇女，她说每天可得 100 欧元，但开支过大。问她们，温州不是很好吗？言下之意是说何苦从温州跑到这里来扎蝗虫卖？她们说，来的时候，听说这边好赚钱，来了之后才知道事难做，语言不通，工作难找。问为什么不去给人家帮工，她说受不了，很累的。还有一个男的专门画鸟画，把几个意大利字母画成花鸟，一天也能卖几张。我们知道这是中国民间的技艺。

再过去，就是米开朗琪罗广场。米开朗琪罗是意大利文艺复兴时期伟大的绘画家、雕塑家、建筑师和诗人，文艺复兴时期雕塑艺术最高峰的代表。他与拉斐尔和达·芬奇并称为文艺复兴后三杰，他一生追求艺术的完美，坚持自己的艺术思路。他的风格影响了几乎三个世纪的艺术家。搞美术的人是十分崇拜这里的，因为这里还有最著名的大卫雕像。米开朗琪罗的代表作差不多都收集在这里，让人大饱眼福。我这个既不会画画，又不懂雕塑的人，也津津有味地看了半天。还有一座老宫，可能就是乌菲齐宫。我们在广场照相，然后回去找车。这里城市街道老旧而窄，又停满了车，走几条街也无法停下一辆车。

大约是下午 6 时，我们很顺利地到达了罗马古城，而且很顺利地找到了预订的旅店。我们放下行李就上街去，不肯浪费一点时间。这里是城中心，到处是 2000 多年前古罗马建筑的残墙断垣，巨大的圆柱，复杂的砖石建筑，雕刻、门廊、后期建造的庄重结实的大楼，百年以上的古松随处可见，虽然破旧，却更显出它的久远和深奥。意大利的历史、艺术、建筑、音乐、文艺、景色和美酒佳肴，少有国家能与之相提并论。

我们被意大利的文艺和浪漫气息所吸引，又去大街上逛。7点一过，大多数商铺打烊。物价一样高得吓人，我们在一香水专卖店看了一阵，又去走了半截街，在一古教堂前留影，就在附近一家大京城酒家吃晚餐。

17日。清晨，在旅店吃罢早餐，我们就去梵蒂冈教皇国参观。梵蒂冈是位于意大利境内的一个国家。说它是国家，是因为它具备一个国家的各种要件，它的国土像是一处飞地，位于古罗马城中。它和摩纳哥大公国同属世界微型国家。据说，世界上有主权有领土又很小的国家共有5个：梵蒂冈、摩纳哥、瑙鲁、图瓦卢、圣马力诺。他们的领土面积加起来还不足100平方公里，不过，可不能因为其国土狭小而小看他们，这些国家经济还很繁荣，个别国家的人均国民生产总值甚至已经达到发达国家水平。

停罢车，走过一个街区，就能看见一条宽阔的大街，两边立着一排石柱，街道由四方小石块整齐排列，走约100米，有一道栏杆，栏杆内就是梵蒂冈教皇国，半圆的广场，有几个警察，好像其中有印度人站门岗。我们来得早，游人还不多，每人购9个欧元的票就能进去。圣保罗教堂巍峨堂皇，先是大厅，顶上绘着天主的画，还有教皇的玻璃棺，还有几间教堂，有人在听讲经做弥撒。我们顺道往上升，走了几百级石阶上到教堂顶部，天正下雨，可以俯看来时的广场，可以看到教皇国的全部领土，约有200亩大小吧，绿化得十分美丽。从教堂顶上可以看到意大利罗马城的轮廓，到处是古老的城堡和圆柱、教堂和王宫，街道两边都是厚重的砖石砌成的房基，一切显得笨重而坚固。我们雨中围绕宫顶看了一遍，从另一边下来。有两个盲女，在朋友牵引下也上了顶，下来时一路摸下来，我跟在后面，不能催。下来之后，在水晶店给女儿李峤买了一个教堂水晶球，14欧元，相当于100多元人民币，以作纪念。

梵蒂冈博物馆里总是观众如潮，展品全是千年来各界艺术家奉献给教皇以及他国朝拜时进贡的艺术精品与杰作。梵蒂冈是天主教的中心，这些古老的教堂如今成了意大利最迷人之处，吸引着来自四面八方的游客以及虔诚的教徒和神职人员，想揭开一角融政治、宗教与艺术为一体的悠远历史面纱。

又在一层大厅参观了一阵，没带闪光灯，许多精美的雕塑和油画只能欣赏，不能拍照。接着，我们去市中心看古罗马斗兽场。这座建筑像是一个圆形体育馆，但已经大部分毁损，还可以看出椭圆形场内，四周有几层是看台，中间游道下面可以看见很窄很深的小房间，像囚笼，每间约一平方米，深二三丈。据说奴隶和狮虎就是关在这里面的，平时送食送饭，搏斗时从笼中提升起来，人兽以死相搏，十分血腥，供有钱人观看。

出来之后，我们去看“真言之口”，其实只是一块圆形石板，刻出了圣人之像，眼鼻口凿穿，许多人去旁边排队照相。许愿泉已经没有泉水了，只是一组雕塑而已。

中餐后，车开到中心繁华地带，分头购物。我和潘瀚去威尼斯广场，并至维托里奥·埃玛努埃莱二世纪念台，登上最高处，可看见罗马城全貌。太阳正好，能见度好，周围风光尽收眼底，几座雕像十分雄伟。然后，走回旅馆，其实，旅馆离斗兽场和威尼斯广场都不远，只是我们不大熟悉而已。

晚饭后，他们去购物，我一人走了几条街。有一家皮具商店，我想起意大利皮具是很有名的，便走了进去。这个老板是浙江瑞安人，交谈了一阵。他说在这里日子过得还安逸，但发不了大财。他说中国客人有的有钱，只看货不谈价，他还记得有湖北人民银行的客人来过。

18 日。7 点起床，自助早餐。

导游说今天行程很远，我们 8 时前动身，从罗马城沿中线高速路北上佛罗伦萨，大约 12 点从佛罗伦萨过。为了赶路，买了方便食品又上路。翻过一段山路，周边较为贫困，有工业区，路边种植牧草。天很热，车内没有空调，汗流浃背，几次在路边休息。翻越过这山之后就是平原，找一处阴凉地吃面包喝水。下午 3 点 30 分到达威尼斯住宿地。

我们放下行李，坐车去威尼斯，这是一座名副其实的水城。当年，从古丝绸之路运来的东方丝绸，和阿拉伯人、欧洲人做生意，这里就是一个集散地，资本主义的经济原则多从这里产生。威尼斯的风情总离不开“水”，蜿蜒的水巷，流动的清波，宛若脉脉含情的少女，眼底倾泻着温柔。其建筑、绘画、雕塑、歌剧等在世界上有着极其重要的地位和影响。威尼斯有着“因水而生，因水而美，因水而兴”的美誉，享有“水城”“水上都市”“百岛城”等美称。亚得里亚海水包围了这座不大的古城，船成了市内交通的“公共汽车”，我们坐上游船，沿河道走了一些站，就上岸，到了总督府。近万人和鸽群散布在广场上，一直连到圣马可广场。圣马可广场是一个比足球场还大的长方形广场，周围是古老的楼房，现在则成了游人吃和玩的地方，还有许多商店。我们从小街小巷过去，忽然见到了马可·波罗铜像，这个人在中国差不多是家喻户晓。这个人有些故事。

马可·波罗,13 世纪意大利的旅行家和商人。17 岁时跟随父亲和叔叔,沿陆上丝绸之路前来东方,经两河流域、伊朗高原、帕米尔高原,历时 4 年,在 1275 年到达元朝大都(今北京)。他在中国游历了 17 年,并称担任了元朝官员,访问过当时中国的许多地方,到过云南和东南沿海地区。1289 年,波斯国王阿鲁浑的元妃去世,阿鲁浑派出三位专使到元廷求婚。忽必烈选定阔阔真为元室公主,马可·波罗趁机向忽必烈大汗请求参与护送任务,在完成使命后,他们可以顺路归国。1292 年春,马可·波罗随三使者护送阔阔真公主从泉州起航出海到波斯成婚。1295 年,马可·波罗一家回到了意大利。回意大利后,马可·波罗在一次海战中被俘,在狱中口述了大量有关中国的故事,其狱友鲁斯蒂谦写下了著名的《马可·波罗游记》。《马可·波罗游记》记述了他在东方最富有的国家——中国的见闻,激起了欧洲人对东方的热烈向往,对以后新航路的开辟产生了巨大的影响。同时也是研究我国元朝历史和地理的重要史籍。

离开马可·波罗铜像,再穿过一段狭窄小巷就到了河边。河边有一桥,此桥名叹惜桥,桥上也是商铺,我在叹惜桥上买了几个玩意儿,有玻璃鲸鱼、乌龟,6 件 20 欧元,这里的玻璃制造是十分有名的,可惜又贵又难搬走。从这里再坐船回到原先泊车处。我们去一家台湾饭店吃晚餐,又去一家中国人经营的意大利皮货店看了看。

19 日。我们从威尼斯出发,6 点半被叫醒,7 点吃早餐,7 点半准时出发。走约 2 个多小时,就是沿着中线走,慢慢地向上走,是阿尔卑斯山,针叶林增多了,森林也增多了。我们进入了奥地利境内,这是一个高山国家,在 7 月的太阳下还可以见到雪山。雪峰闪射出耀眼的光,雪线下就是大森林。这里是度假胜地,有森林、草地、雪山,各家各户收拾得很干净,房前屋后种了鲜花,窗户上鲜花盛开,装点得美好而优雅。这里的空气没有污染,农家也不种庄稼,只种有草,这种牧草每年收三季,牛羊主要栏养,牧草中加饲料。高速公路经过一处山谷,实有三峡风光,只是没有水。这里是一个战略要地,从法国进入意大利,必须通过奥地利这个要冲。我们在公路边休息处吃从威尼斯台湾饭店带来的面食,吃罢再继续前进。我们必须在下午 2 点半准时赶到慕尼黑市库邦图书进出口公司门口,老金在那儿等我们。那里是我们此行的目的地和活动地,要和他们的公司负责人进行业务访谈。

因为时间关系,我们出发时,就已将西装备好,放在了车上。1 点半到达市内,我们就去皇宫前玩。池湖中养了一大群白天鹅,有人在画画,有人在照相,我们去照了相,然后换衣。我们像演员换装一样,一眨眼,一个个西装革履。好在慕尼黑气温不高,还能忍受。我们转了几圈,才找到地方,老金果然在门口迎接。李兆庆要急着回家,听说他女儿有病,我们心中有些不安。下午 2 点半进入公司,与库邦公司座谈。

斯贝克, 是库邦图书进出口公司经理,60 多岁, 从事这个工作 40 多年了,和总经理助理鲍戛尔特一起欢迎我们。他说公司成立于 1947 年,1959 年迁到慕尼黑郊区,周围都是大学,为知识分子服务,做一些代理,长期以来为中国提供文献资料,受委托采购东欧许多地区的出版物,今后会有更多的合作。他说,我们公司不大,但无人能取代,55 个工作人员,在情报信息方面不断更新。他对我们说,各位都是同行,今后可以进行很好的合作。我们德国有 1000 家杂志社,有的出 1—2 种,有的出一种,主要通过书店销售,没有自己的销售系统。

鲍戛尔特说:我们以出口为主,进口不多。中国的书在法国很少,找到中国工作人员很难,很多人不会中文。他说,中国历史长,故事编不完,但德国历史短,我们叫趣味性知识性出版物,也有故事,比如我们的啤酒好,有关啤酒的故事就很多,还有童话、漫话。德国一个刊物发行量最多 10 万,而你们一个期刊最多可达 400 万,厉害。他说,德国每一个州都有自己的教材,不一样的儿童读物,6 万—7 万发行量。

我们问:出版管理与中国有什么不同?

他们国家政府对有害青少年身心健康的书刊也不允许出售, 是有法律的, 电影电视中的色情片也都是周末 12 点以后播出, 是为了满足少数人需要。一些十分专业的图书,如化学手册,收集了世界上顶尖科学家的最新成果,发行不大,奇贵无比。但其中一些专业技术刊物各国都是要订的。信息发达之后,通过网站,都能直接看到。发行第一是报纸,二是杂志,三是图书。德国 10 公里就有一个书店。需求量最大的还是杂志,知识性趣味性。德国政府十分重视文化事业,每个图书馆要免费开放,供人们去借阅、复印。所有的税务书籍都是经营性的,德国税收监管体系是很严密完善的,所有地方都有税务顾问、会计、经济律师事务所,所以,税务刊物很受欢迎。在这里,所有出版都是私人行为,政府要出就委托给私人来办。登记注册很自由,最高准则就是德国法律之内,想做什么做什么。你可以骂政府,但不能付诸行动。还谈到了自由竞争保护法。

营销方式和渠道:以库邦为例,订户网络,60%是期刊,40%是图书。而订户中90%是图书馆，10%是散户，每年与订户联系，收集最新最完善的信息，给订户完善的信息服务，以最快速度传给读者订户，以最优惠价格送给订户。

总经理80多岁了，只要有活动，他都参加，忠心耿耿，几十年一贯制。现在的趋势是电子传媒逐渐取代纸质出版物，有些书只卖250本，作者提供经费，只是为了成名成家，不盈利。当然，有的书也能盈利。德国才8000万人，与中国不一样。对一个企业来说，最大的事情是要盈利。

德国完全是平等竞争，已不是专制时代。国家不大，出书量很大，多数书是图书馆订的，书店很少。

舒少华问：能否代理我们的《今古传奇》？答：我们的推广系统主要是图书馆，库邦没有这样的推广系统。期刊协会主要从事这个工作，有一个零售委员会。

业务访谈完出来，由金升道、鲍戛尔特陪同，坐公共汽车去市中心参观。"二战"时，因为这个城市是希特勒的指挥中心，被轰炸成一片焦土，现在所见的城市都是新建的，古老的房子很少。我们看了几处建筑，去逛自由市场，市场里卖鲜花、卖蔬菜，鲜艳而丰富。

然后，去皇家大啤酒屋喝啤酒。

其实，在这里，满街都是啤酒坊。我们购了票，进入皇家大啤酒屋。这是始建于1589年的皇家啤酒厂，经历400多年的沧桑，屋里的装饰独具特色，桌子是粗木长凳，充满野性，每人一大杯啤酒，一份沙拉，一份油炸猪肘子。屋顶鲜艳的彩画能使你感觉到一种复古的味道；宽敞的屋里不时传来钢管乐的演奏声，在这样的乐声中品味独特的德国啤酒，仿佛身跟心一起醉了；而那带着巴伐利亚民族传统色彩的歌舞表演更是使你感觉仿若置身于古老的年代。几百年来，皇家啤酒屋成了名人政客聚会的最佳地点。茜茜公主、歌德、列宁等都曾是啤酒屋的嘉宾。1780年，莫扎特在此饮酒作乐，谱写出歌剧《伊多梅尼奥》作为留念。

这是一座巨大的啤酒屋，同时约有上千人在饮啤酒，站着饮，坐着饮，围着饮，很多人大呼小叫，痛饮不归。

20日。我们在慕尼黑与李兆庆先生告别，由金升道先生驾车。行程已近尾声，一路笑话，12时回到法兰克福，将行李放在金先生公司之后就去吃饭。吃罢饭，就在大超市购物，购罢物，回到公司打包装箱，有的同志填退税单。金先生给我们每人送了一份巧克力。然后由王易小姐送我们去机场，开始踏上归程。

晚8时上飞机,北京时间21日中午12时到达北京。下午4时乘机回到武汉。

到几维鸟、考拉、袋鼠的故乡去

2012年12月7日，下午2点过后，我们从武汉天河机场飞上海。

8日。上午休息，下午从浦东机场起飞，直飞新西兰。我们从下午2点15分一直飞到9号的1点半（新西兰跨两个时区，时差与北京是5个小时），即新西兰时间6点半到达奥克兰市，途中行程1万公里，飞11个小时多一点。在飞机上因为时差无法入睡，就看电视，时而起身走动，从舷窗里看出去，周围完全茫茫一片，仿佛到了宇宙的深处。我看着屏幕上的飞行地图，我们在朝东南方向飞行，在太平洋上空，过了赤道，过关岛，一直朝东南飞，直到东方既白，朝霞满天，才到达新西兰领空。

新西兰又译为纽西兰，是一个实行君主立宪制混合英国式议会民主制的国家。新西兰位于太平洋西南部，领土由南岛、北岛两大岛屿组成，以库克海峡分隔，南岛邻近南极洲，北岛与斐济及汤加相望。首都惠灵顿以及最大城市奥克兰均位于北岛。新西兰是一个高度发达的资本主义国家。世界银行将新西兰列为世界上最方便营商的国家之一，其经济成功地从以农业为主，转型为具有国际竞争力的工业化自由市场经济。鹿茸、羊肉、奶制品和粗羊毛的出口值皆为世界第一。新西兰也是大洋洲最美丽的国家之一，总计约有30%的国土为保护区。拥有3项世界遗产、14个国家公园、3座海洋公园、数百处自然保护区和生态区。

我们到的是其最大的城市奥克兰，据说有100多万人口，中国大使馆设在该市。新国的首都设在惠灵顿，主要是考虑国会议员每年开会，去来方便，经济文化中心还是在奥克兰市。我们出了飞机就上车，沿海边南下，3个钟头到达罗托鲁瓦市，沿途还下车看了牧场。这个国家东部少山近海，有丘陵缓坡，适于牛羊，气候适于牧草生长，一眼望去，青葱一片，偶有森林，牧场用房或红或白点缀其间。牧场被划成若干块，用铁丝网拦开，牛羊一块一块轮着吃，它们永远是在吃新鲜草，这样就保证了牛奶羊奶的质量。我们参观了火山公园，还有火山烟尘和热气在向外冒，远处看去烟尘一片，其实主要是含硫的水蒸气，还有火山泥浆。据说火山泥浆是美容佳品，可涂身，可敷脸。旁边有毛利人小村庄，在树林间，建有多处毛利人小屋粮仓、厨房、议事厅，木柱雕刻，似乎是复制展览，可能是为旅游而设，因为没能见到真正生活其中的毛利人。这里气候适于人居，17 度左右，太阳出来了还是有点热。毛利人是新西兰第一批移民，他们来自玻利尼西亚，后来被英国殖民。

我在这里的动物园第一次见到了真实的几维鸟，它在阴暗林中生活，视力极差。从前，我们只是在书中见过它的画像，了解它的珍贵。几维鸟的身材小而粗短，像一只微型鹇鹋，嘴长而尖，腿部强壮，羽毛细如发丝，翅膀退化，因此无法飞行。几维鸟很容易受到惊吓，大部分的活动都在夜间进行，以躲避袭击。觅食时用尖嘴灵活地刺探，长嘴末端的鼻孔可以嗅出虫的位置，进而捕食。主要食物包括泥土中的蚯蚓、昆虫、蜘蛛和其他无脊椎动物。这鸟寿命可达 30 年，是新西兰的特有物种，也是新西兰的国鸟及象征。它的图像还和英国女王一起出现在国家的货币上。

在一处湖边见到大量黑天鹅、白海鸥。这时，毛利人学生放学了，呼叫着一群群奔涌而来，身上脸上都画着绿的红的颜色。其中有的学生年纪不大，但十分肥胖，这可能是人种的区别。中途还参观一处羊驼绒被服厂，在车间，观看制作羊驼绒被的方法，一床被要三五千元人民币，一块地毯要几万元。据说，羊驼的毛绒十分保暖，很珍贵。贵则贵矣，如果父母在，给他们买一床，倒是很好的孝敬。

毛利人女王的王宫，这是一种英国都德式建筑。从不同角度看都有些奇特，一排长长的房子，中间有一个正面高耸的大三角屋顶，两边还依次有几个小一些的三角形屋顶。有蓝天、高树、绿草相衬，十分美丽，周围风景也好，英国女王来视察时曾在此住过，后来作为历史博物馆了。

红树林。是美国人当年移植来的一种红皮针叶杉，在这里的气候下，快速生长，长成了一片原始森林，有数千万根，都是巨树，三四人合抱，高约百丈，古木参天，此真谓也。我们从林中小道走，十分惊异于这种外来树种，能反客为主，雄霸一方。据说此种红木不是珍稀红木，木质类于水杉，速生而不结实，只能取其细长者作木船的桅杆，做纸浆当是好原料。这里面好像有一个规律，无论是粮食、水果,还是树木,凡速生速长者,都不大结实。

9日。晨起,去一楼用自助餐,西餐,尚可。

8点30分起程,沿昨日的路回奥克兰,空气清新,人口不多,到处显得宽敞,悠闲而自在,所有旅游景点见到的差不多都是中国人。基本上没有拥挤现象,没见有小摊小贩,没人追赶兜售。中午回到奥克兰市,午餐之后去会见市议员。这个议员名叫文辉,他是香港人,移民来10多年了,高票当选维多克尔市议员。该市属奥克兰的一个区,他说他的办公室正在装修,就在路边交谈,我怀疑他是否有办公室,或是不愿意我们看到他的办公室,便来马路上办公。我们站着讲交通、讲经济、讲民族,也讲中国。他到过中国很多地方,关心三国文化,但没到过武汉。他私人还经营红酒生意。交谈约一个小时,便去参观。

车过富人山,山上有很多别墅,听说能见到海景的房子很贵。车过第一街,去一纪念品商店,买羊毛围巾两条,羊毛霜10余盒,花去300多澳元。

去一有树之山,山顶有毛利人纪念碑,可以看城市全景。我们去海滩边参观,去帆船俱乐部看跨海大桥,有无数帆船、游艇,泊于港湾。湖北省文联李宁同志的独生女儿一江来电话,但听不见声音,数次不通,原约定下午5时,已过。我请导游打过去,其实她已在我们饭店附近,她走过来,拿走了她爸捎来的小包。漂亮的一江已27岁,工作三年了,现在在一家银行工作,不想回国。爸妈总是为她的另一半着急。

晚,早早休息,明天去澳大利亚布里斯班。

10日。晨6点30分起床,出国办事或是旅游,一切都是按计划办理,要一环扣一环,最讲究的是要准时,如果团队中出现一两个自由神,那你整个行程就很不爽快了。我们准时抵达机场,9点多起飞,NZ135航班是新西兰飞机,飞近3个小时才到达布里斯班。

布里斯班是澳大利亚的东部沿海城市,出海关时遇到一些麻烦。我们在飞机上照旅行社给发的入境卡,用英文填写,结果澳大利亚要我们拿中文卡填写,又听不懂边防检查人员的话,比画一阵才明白,又回到后面重填。澳大利亚入境检查很严,不准带任何水、食品、饮料、液体,稍有发现就要罚款。邹成贵、杜丹娅如实申报带有小吃,也要开箱检查,当然,最后也都放行了。

我们一出关,陈导演已在外面等着,他恐怕70岁了,开了一部车,还带着行李拖斗。我们去看市政厅广场,然后去布里斯班河南岸公园参观。这里曾是88届世博会的会址,其他国家的展厅建筑都拆了,现在还留有尼泊尔的一座木建筑,近似一座小庙,很好看。布里斯班河沿岸都是小别墅式建筑。什么是别墅?在中文里,是指在郊区或是风景区建造的供休养或居住用的园林住宅。我看,在这里,每一栋住房都可以称为别墅。在河两岸,在山头,星罗棋布,都是两层小楼,因为土地广阔,人口少,都配有草场花园,政府把绿地都建成公园,还有无数高尔夫球场。公路四通八达,除了街市有些人,路上全是车,没有人走,都不急不忙地生活着。我们从拥挤而喧嚣的大武汉而来,感觉到一种少有的安宁与舒适,难怪有很多中国人要移民到这里来。

吃罢中饭,我们沿布里斯班河去黄金海岸,车行 2 个小时,海岸边有无数海湾,遍地建筑。当年,日本人在这里把房产炒得奇高,也把这片海岸建设得十分辉煌。我们先到冲浪天堂,这里是南太平洋,天空碧蓝,海水墨绿,白色的波浪一重一重向岸边推涌,沿海边都是银色白细沙,据说有 40 多公里长。无数游客、度假者在游泳和冲浪,在晒太阳。我们脱了鞋下到水边,踩着细白的银沙,舒服极了。岸边有清水,可冲澡和洗脚,不一定是因为脏,更多的是为了冲洗掉含盐的海水和沙砾。我们照相,戏水,踩沙,玩了一阵,又去帆船俱乐部看游船,船多压海,其中有一艘教堂游艇。据说世界上只有 2 座船上教堂,此一处也。旁有商店,逛了一阵去吃饭,然后我们去步行街逛街,遇到有 UGG 羊毛皮靴,给侄女庹玮买了一双,6 号,大约是 37 码,175 澳元,约合 900 元人民币。武汉的少女们正流行这种鞋。

回到旅店休息。一直睡到早晨 6 点 30 分,7 点半吃饭,8 点多到 9 点才出发,去市内参观。

今天早晨天气很好,以为不会下雨,就没拿雨伞,只带了照相机和护照出门。走到华纳电影世界,好像 10 点才开大门。世界上有两个很有名的电影公司,一个环球,一个华纳,美国好莱坞乐园里是环球公司,我去参观过。这个华纳电影世界总体上似乎不如美国的好莱坞电影城丰富,特别是野外实景。

华纳电影世界是华纳兄弟主题公园的三大主题公园之一,华纳兄弟电影世界主题公园位于澳大利亚昆士兰州的黄金海岸冲浪者天堂以北 18 公里处,是由两大电影公司——美国华纳兄弟电影公司、乡村巡回表演团及澳大利亚首席旅游业促进机构、海洋世界于 1981 年联合投资兴建,1991 年 6 月 3 日正式开放,耗资数千万,占地面积 168 公顷。陈导演带我们在场内走游一周,看各种设施、布置,有迪士尼风格的儿童乐园,有高耸入云的过山车,有异域城堡,有假山奇石,以其独特的设计风格,诱人的娱乐项目,丰富的表演节目而吸引你。我们重点看了特技车手表演。我们进到一个很大的院子,一面是坐席,台阶式,下面是场地。车手给我们表演警匪追车,赛车手秀特技,一片喝彩声，追车、超车、回车、急刹车、侧立行，惊险刺激，心跳加速，让人大致知道了那些追车的电影是怎么拍出来的。再看了一场四维电影，科幻惊险片，身临其境，风来了会吹动你的衣，雨来了能打湿脸，地动山摇，如临其境，要戴一种特制眼镜才能看。看了电影出来就下雨，昨天还是30度，太阳晒人，今天气温就下降了很多。海洋气候，说变就变。

午饭后，我们去天堂农场参观，这是一个建在山坡上的小农场。我们主要是想看考拉熊。考拉，又称树袋熊，是澳大利亚的国宝，也是澳大利亚奇特的珍贵原始树栖动物。因为树袋熊从它们取食的桉树叶中获得所需的90%的水分，只在生病和干旱的时候喝水，当地人称它“克瓦勒”，意思是“不喝水”。树袋熊并不是熊科动物，而且它们相差甚远。熊科属于食肉目，而树袋熊却属于有袋目。它每天18个小时处于睡眠状态，性情温顺，体态憨厚。我们看见有几只考拉在树上，那家伙憨态十足，慢吞吞，抱在树上吃树叶，总让人担心它受到别的动物攻击而无力反抗。不过，我在电视中见过，当有入侵者时，考拉也能清醒过来，和敌手大战，从树上打到地上，往死里打，打过之后又去树上酣睡。

澳大利亚是袋鼠的故乡，这个公园里就有几只袋鼠。袋鼠主要分布于澳大利亚大陆和巴布亚新几内亚的部分地区。其中，有些种类为澳大利亚独有。不同种类的袋鼠在澳大利亚各种不同的自然环境中生活，从凉性气候的雨林和沙漠、平原到热带地区。袋鼠是跳得最高最远的哺乳动物。两只后腿长而有力，常常将小袋鼠装在腹部口袋里，用后腿和尾巴支撑在地面，站起来。公园里的这几只袋鼠已与游人相熟，可以亲近照相。

这个公园里还有一个节目，看土著人生活技能表演，烧菜、做面包，狗追羊。牧羊犬很聪明，能把羊群赶来赶去，据说能抵四个人，所以这种牧羊犬很贵。再看剪羊毛表演，在一间很大的房子里，一只只肥羊被送过来，剪毛手很麻利地把肥大的羊子放倒，电剪刀像剃头一样在羊身上推过，很快就把一只羊剃成光皮羊了。剩下的时间，我们就逛商店，我给孙子买考拉熊玩具，30澳元，买圣诞礼物几件。回到旅店休息。明天要赶飞机去悉尼。

12日，从布里斯班乘飞机，10点半起飞，12点50分即到悉尼。悉尼位于澳大利亚东南沿海，是欧洲在澳大利亚建立的首个殖民聚落地。1788年由英国第一舰队船长阿瑟·菲利普于悉尼湾建立，最早用于收纳被流放的罪犯，后来随着澳洲淘金热期间大量移民涌入，悉尼渐成南半球最重要的都市。悉尼市环绕杰克逊港(包括悉尼港)而建，20世纪以来成为世界著名的海港城市。

午餐后即参观玫瑰湾、双湾，这地方是悉尼的海边浴场。沙滩的海沙细腻如面粉，灰白色，但海浪不如黄金海岸美丽。因为地方相对小，人却很集中，世界各地的美女似乎都集中到了这里，美女如云，目不暇接，差不多全是裸体。男人赤裸上身，穿沙滩裤，女人只戴乳罩，穿丁字裤，有的上身全裸，或仰或伏，在沙滩上晒太阳，一片肉色，有点像睡满海豹的海滩。海湾上下、山上、林中全是人，十分壮观。大家到了这里，全无淫邪之念。我们从岸边走了一遭，直达悬崖边，再折回下车处。然后驱车经富人区进入市内，去海边一处有名的海鲜馆吃海鲜。

13 日。早餐后即驱车去总督夫人海湾，从前可能是总督夫人住过，现在是一处公园。站在这里，隔一片海水，对面就是悉尼歌剧院那一片贝壳建筑，更远处是著名的海港大桥。悉尼歌剧院由丹麦建筑师约恩·伍重设计，一座贝壳形屋顶下方是剧院和厅室的水上综合建筑。歌剧院内部建筑结构则是仿效玛雅文化和阿兹特克神庙。该建筑 1959 年 3 月开始动工，于 1973 年 10 月 20 日正式竣工交付使用，共耗时 14 年。悉尼歌剧院是澳大利亚的地标建筑，也是 20 世纪最具特色的建筑之一，2007 年被联合国教科文组织评为世界文化遗产。悉尼海港大桥是一座号称世界第一单孔拱桥的宏伟建筑。悉尼海港大桥是早期悉尼的代表建筑，它像一道横贯海湾的长虹，巍峨俊秀，气势磅礴，与举世闻名的悉尼歌剧院隔海相望，成为悉尼的象征。整个悉尼海港大桥桥身长度（包括引桥）1149 米，从海面到桥面高 58.5 米，从海面到桥顶高达 134 米，万吨巨轮可以从桥下通过。我们从总督夫人海湾看过去，有一队人正沿着那桥的拱背往最高处攀登，看着都让人心跳不止。

我们在这海湾边照相、游玩，然后顺路到一博物馆参观。有油画，与欧洲油画相同，另有一秦始皇兵马俑展览，很多外国人在排队买票参观。然后到一码头，坐游轮游悉尼海湾。我们的船从歌剧院近边经过，从海港大桥下面通过，沿途停靠两处。12 点过后，在船上午餐，风光如画，从海上看悉尼，多处是海湾和岛屿，岛上多是富人住宅。有的海岛还没有开发，高楼林立处即是城市的中心。

1 点半回到酒店换衣，2 点到新南威尔市议会。江兵的夫人刘女士是一个市区的议员，她陪我们去见州议员。州议员也是女人，很热情地邀请我们参观州议会办公处，看会议室、图书室，然后座谈。大约一个多小时的座谈，因为要翻译，大约只有半个小时，主要是听她们介绍情况。看了新澳几处议会办公地，给我一种感觉，就是他们的办公地方都比较老旧、狭小，他们肯定不是没钱修新的,他们保持的是一种传统力量,一种庄严感,一种稳定感。

我们从州议会出来,途经一处购物场。这些店有的就是中国人开的,有的是中国人在帮忙经营,服务员中一定有中国人,他们很懂中国式促销法,办法是打6折。你不知道底价,又不可能货比三家,明知是哄人的,但仍然会买。我买了些羊毛油,这里的羊毛油擦手效果是很好的,还买了羊毛内衣2套,羊毛上衣两件,花去350元澳币。约8点半回到酒店休息。

14日。9点出发,参观悉尼海德公园,这是当年英国移民者建的公园。英国殖民者把囚徒送到澳大利亚之后,囚徒们就成了自由人,但他们很想念家乡,就建立了与英国一样的海德公园。有喷泉、有雕像、有大榕树,绿草如茵,随处有座椅可供休息。公园里有圣马利亚教堂,我们进到里面,建筑十分精致、十分高阔。据说前些年梵蒂冈教皇来澳大利亚时就在这个大教堂里主持过活动。

我们可以从陆地上走去悉尼歌剧院,途中有一个中国人开的澳宝店,所谓澳宝即澳大利亚宝石,为世界七种宝石之一,宝石附于矿石上,一层,不厚,但色彩丰富。我给夫人买了一款胸坠,348澳元,相当于2000多人民币。这是我们结婚以来,给她最贵的礼物了,想来惭愧。本想给女儿也买一款,钱不够了,加之也没选择到理想的。这一耽搁,悉尼歌剧院被封路了。听说是美国黑人女主持人来了,她是有名的脱口秀演员,昨天就在海边游船边见过很多记者,今天要在歌剧院搞活动,要买了票才能进去,据说有3000多人参加活动。晚上看当地电视,果然是她,胖胖的、圆圆的脸,原来,她是在推销一种羊毛衫和化妆品。

我们只好折转到奥运会址参观,这是上届奥运会场,宽阔无比,但已萧疏,还有几个场馆保留着,火炬改为喷水柱,我们走马观花。中餐是在一家很大的自助餐馆,食物很丰富,吃的人也很多。吃完饭,我们去赶飞机,飞墨尔本。

悉尼机场是全自助,拿护照去电脑上一拷,便出现了我们的名字,经确认就打出了行李条和登机卡,拿了这些又去行李托运处。电脑把行李一扫描,如果没有超重,没有违禁品,则行李就被传送进去了;反之会停下来不办,你得减少重量。我们进到机场里面,候机半小时就上了飞机,飞一个多小时到达墨尔本,导游已等着我们。

据说,1835年之前,墨尔本基本上是没人居住的。1840年,墨尔本的人口是1万人。1851年,在墨尔本发现了金矿,大量的人从世界各地(主要为美国人)前来墨尔本淘金,包括大量的华工。由于淘金热潮,墨尔本的人口迅速增长,并逐渐成为一个富有的大城市。墨尔本有“澳大利亚文化之都”的美誉,也是国际闻名的时尚之都,其服饰、艺术、音乐、电视制作、电影、舞蹈等潮流文化均享誉全球。

机场在墨尔本北20公里处,我们进城吃饭,即到酒店休息。听说这个酒店是前任市长开的,他是华人,经营酒店是他是专长。门口是一条交通要道,车辆很多,每天上下班时一样堵车。这里像郊区,很少看到行人,大家以车代步,到处是公园、高尔夫球场,蓝天白云、青草树荫,空气很清新,不像我们国内,一天下来皮鞋会脏,衣领会变黑。

据导游袁先生说,澳大利亚没有户籍制,所以,准确的人口统计只靠定点抽查,误差较大。华人在墨尔本有几十万人,很多经营饭店餐饮。我们坐车从墨尔本唐人街过,很窄的街道,两边尽是中文招牌,有一大牌坊,两边商店以饭店为主。这个国家福利较好,但缺乏劳动力,很多老人仍在服务部门工作。墨尔本以汽车工业为主,世界上四大汽车巨头在这里都有。

15日。6点多天就亮了,从电视里看到了中央4台节目,约一刻钟,7点过后下到一楼就餐,自助,较丰富。9点多才等来导游,今天去市郊的圣伯多禄大教堂,天下雨,我们去里面参观。圣伯多禄大教堂是墨尔本也是南半球最大最高的天主教堂。这座哥特式建筑风格的大教堂,大部分用青石建成,由著名英籍建筑师华岱负责设计。1897年10月教堂正式启用,但教堂三座尖塔直到1939年才完成。出来参观植物园,有池塘、古树,但品种不多,难与中国西双版纳植物园比。再参观一库克船长小屋。据说是他首先发现了澳大利亚东海岸。

回酒店加衣服,我们要驱车约2个小时去菲利浦岛看企鹅,听说那里夜晚很冷的。车在平原上走,牧草丰茂,牛多人少,难见行人。走约2小时到一岛,给人感觉很富裕,据说住民只400多人,以旅游为主。我们在小镇上吃晚饭,再坐半小时车到达企鹅保护区,买票入内。这是大海边,南太平洋,无边浩瀚,冷风吹来,晚日将落。我们在海岸边从8点多一直等到9点,才见从墨绿色的海水中回来一群小企鹅,它们在波浪与沙岸间来来回回不肯上岸。因为近千人坐在岸边的台子上,想看它们列队上岸的美景,企鹅是看见了的,肯定也是害怕的,世界上有哪种动物不怕人呢?没有,人确实是可怕的动物。

这个小岛面积不大,岛上没有高大的树木,只有一些低矮的热带灌木。小岛名扬海内外,是因为这里栖息着上万只澳洲热带企鹅。世界上的企鹅分布主要集中在南极洲,那里有好几种寒带企鹅。而澳大利亚的这种企鹅是这里独有的,个头较小,像只鸭子。这些小企鹅,岸上草丛中有它们的家,小小企鹅还在洞口等待妈妈回来。无数贼鸥在岸边飞来飞去,它们是企鹅的敌人,偷蛋高手,还抓小企鹅,一直要到晚上天色暗了,贼鸥看不见了,企鹅才敢上岸来。岸边只有几盏昏暗的电灯,游客也严禁使用照相机,因为企鹅怕光。慢慢地,从大海的远处一队队,一群群,前前后后,游向岸边。然后,它们在沙滩上,走成一线,左右摇晃着身子,快速通过沙滩,钻进草丛,各自回家。神奇的是,它们在茫茫大海之上能准确地游回来,居然能找回各自的小窝,这种本领让人类多么羡慕。我们一直跟着路台走,看两边草丛中企鹅回家的情景。企鹅回家了,眼前的大海复归平静,我们也该回家了。

16 日。晨 6 时起,吃饭,去机场,得知中国国航飞机晚点 4 个钟头,原定 11 时,现在要等到下午 3 时,机场给每人发一餐券,过关之后即在候机厅内玩,等待。午餐我点的是热狗加面包,有人倒在地上午睡,我喝了咖啡,很兴奋,睡不着,一直等到下午 4 点多才上飞机。要飞 11 个小时,北京时间到了晚上 11 点半。我想起还有襄樊作家王建琳的《燃烧的唐白河》小说没读完,就趁此机会读吧。可能是低着头,颈椎病犯了,一时冷汗淋淋,脉搏减弱,无力而卧。旁边是江德寿同志,我无力地靠在了他的身上,说,我不行了!几个人都慌了,他赶快叫来服务员,给我吸氧气,我便处于迷迷糊糊之中。我似乎听到广播找医生,没有,也就是说,这趟飞机上没有医生能救我。后来回想,当时我处在休克的状态下,脑海里波涛翻滚,灵魂似乎在轻轻飘飞,眼前金星乱舞,回放着人生的一些片断,听见有人说话,但不理会其意义,没有恐惧,没有痛苦,或者说没有方位和感知。还要一个多小时才能飞到上海。飞机上通知了机场急救车,飞机一停,医生就上了飞机,为我查了心电图,尚可,检疫官也来了,没有疫情。这时候,我已经恢复意识,待客人全下了飞机,他们用轮椅把我送出了海关。一出海关,便与机场无关了。同伴们也很辛苦,让他们先回酒店睡觉,杜丹娅和白景义两人留在后面陪我,用车把我送到了附近区人民医院急救室,查 CT,无事,查心图,无事,又查血,血压有点高,决定打吊针。忙完这些,他们两人回去,小陶陪着。我睡了一阵,早晨 6 点钟,自觉无事,为了不给大家添更多麻烦,我坚持出院,回到航空酒店。见我活着回来了,大家很高兴。

行色匆匆新马泰

2013 年 5 月，由今古传奇杂志社安排，让我和舒少华两个老社长去参访新加坡、马来西亚和泰国，派年轻人李昶随行照顾。

5 月 21 日，我们从武汉直飞香港。我是第一次到香港，但不能出去，在机场待到 22 日 1 点半，转机飞新加坡，着陆樟宜机场。飞行 4 个多钟头，有些疲倦，没安排入住，出关后去早餐，又直接去参观。先到市政广场，再到一处植物园，植物园很小，在小山上，当年是王宫所在地，然后又到海边，看鱼尾狮。这是新加坡的标志性建筑。20 年前我来时只是远远地看了一下，现在，周围有了专供游客观看和摄影的海边步栏平台，那鱼尾狮一直在不停地喷吐着海水。

花芭山，高 150 米，是新加坡最高的山了。立于此处可以俯看全岛大部分地方，可以看到牛车水，也可以看见圣淘沙度假村，还可以看到据说中国人过来疯抢的一处楼盘。

大家都有些疲劳，下午 3 时入住酒店。很多旅行社的客人都住这里，小睡，精神有所恢复。下午 4 点半，坐车去新加坡河。

新加坡河是新加坡 32 条主要河流之一。从西部的金声桥起，向南倾入滨海湾蓄水池。自从英国殖民者斯坦福·莱佛士于 1819 年 2 月在新加坡河口登陆之后，河的两岸就逐渐发展成新加坡的商贸中心。在莱佛士的免税政策下，设立在河口的商港吸引了远近的商船。商家在河岸建起一排排货仓，而这些极具历史意义的房屋现已受到整修及保护，成为高级餐厅、酒吧等。现今，小型机动船每日穿梭于新加坡河，载着游客欣赏沿河美景，了解新加坡历史。

这里也是当年的海边码头，周围高楼林立，已是金融中心，据说河水污染之后，政府花了十年工夫才治理好。河的两岸有传统小吃一条街，附近就是鱼尾狮公园、莱佛士登岸遗址、新加坡旧国会大厦、艺术之家，有榴梿大厦，有中国银行等各处国际金融机构和公益建筑。

河中游船不少，导游要大家交300元去坐摩天轮，很多人不肯去，最后大家同意去坐游船，每人交150元，说这是属于自费项目，估计导游的收入有不少在这类活动之中。游船约两个小时，在河中走了几个来回，风光是美，时有雷雨，大家看两岸风景，照相，感觉甚佳。

吃罢晚饭，去逛购物中心，四层楼，有香水、手表、皮包，百货齐备，多看少买也。晚上回到酒店，李昶的朋友约去夜总会，我推辞了。李昶就陪少华去逛街，看夜市。我回房休息。

23日。8点半上车，把我们拉到宝石店购物，有宝石项链，1500元一条。给李峤和庹玮各买一条。这些给游客购物的地方有各种精油卖，红花油、白花油、千里追风油等等，我买了几瓶鳄鱼油，据说对皮肤有修复作用，有再生因子。接着导游又把我们拉到一个百货店，无什么可买。吃了中饭，就出关。

新加坡是一个城市国家，不大，有相当多的当地华人和中国游客，在这里基本上没有语言障碍。我看跟上海市差不多吧，现在，也没什么稀奇可看了。

出了关，就是马来西亚。我们上车，等另一个团，等了近半小时，然后开车，走4个小时。马来西亚比新加坡开发要迟一些，70%是热带雨林，再就是人口少，据说只有2800多万人。政府鼓励生育，现在有10个孩子的家庭很多，要争取到2020年人口达到7000万，任务还是很艰巨的。

路边是无际的雨林，有柚木、棕榈林、椰林，很少人户，更没见到耕地，不像是一个农业国家。下午6点多才到马六甲新山市，我们住的一处旅馆，是家庭式结构，一室二厅，设备一般，有热水、电视，床很小，不备牙膏、牙刷、拖鞋，肥皂只一小块，没有洗衣粉。导游交代，外面不安全，有抢劫发生，因此建议大家洗了睡。我打开电视，只有13个台，其中有两个华语当地节目，无可看。本来应该直接去马六甲市的，说有大游行，封了路，今天不能去了。

24日，晨6时起床，7时出发，气温尚凉快。我们的车走约一个小时，到达太子城。太子城是马来西亚的新行政首都，离首都吉隆坡25公里。太子城四面环山，坐落在中心的平原地带，一条人工开挖的河流环绕四周，将城中主要的建筑串联起来，此城因太子湖而得名。市政中心是一座有欧洲风格的高大建筑，大门口的坡下即是国家清真寺，圆顶。

今日太阳很大，照相时都睁不开眼，太晒人。中途，我们到了三宝山，三宝山为郑和船队在马六甲扎营的地点。在山脚至今仍有一间三宝庙及一口三宝井。

到了异国他乡，开始听到“三宝”这个词，我还以为有三种宝贝。后来才知道，至今马六甲还保存不少郑和遗迹。郑和本姓马，名和，小名三宝。他是大航海家、外交家。庙不大，里面香火却很旺盛，还有两块御碑。三宝庙前院里的三宝井又名汉丽宝井、国王井。另一个传说说它是马六甲的苏丹满速沙为来自中国的公主，也是其妻子汉丽宝而挖掘的。三宝井因井水清澈，味道甜美，不会干涸，而被当地人视为宝井。当地华人认为这是当年郑和所掘的 7 口井之一。此井直径 2 米多，井口有铁丝网，用锁锁住，在井周围还筑起围栏及守护亭等。三宝庙前有大榕树，绿荫匝地。

我们到了马六甲海峡。学习中国历史没有不讲到马六甲的，郑和下西洋要经过马六甲，英国的鸦片要从马六甲运过来，1900 年的八国联军其中一部分人也是从这里打到中国的。这里是位于马来半岛与印度尼西亚的苏门答腊岛之间的漫长海峡，由新加坡、马来西亚和印度尼西亚三国共同管辖。海峡呈东南—西北走向。它的西段属缅甸海，东南端连接中国南海。海峡全长约 1080 千米，西北部最宽达 370 千米，东南部的新加坡海峡最窄处只有 37 千米，是连接沟通太平洋与印度洋的国际水道。经马六甲海峡进入中国南海（从新加坡到台湾附近）的油轮是经过苏伊士运河的 3 倍、巴拿马运河的 5 倍。马六甲海峡对于日本、中国、韩国，都是最主要的能源运输通道，是“海上生命线”。我们走的路边有荷兰广场，有炮台，有纪念碑，处处有华人的文化标记，许多华人当年在这里生根开花。

我们到了一处马来人的民俗馆，有纪录片，较长，约 3 个小时，记录他们在丛林中的生活情景，可惜导游只给我们 20 分钟，没能看完。我们又去参观一处高脚屋模型。他们说，当年马来人可以娶 4 个妻子，那高脚屋是小三间，但没墙、没门、没厨房、没厕所，不知怎样过日子。途中我们去参观一家锡工厂，看从矿石到加工成工艺品全过程，工厂是华人开的。这个导游是华人的第三代了，有些饶舌和强加于人，说话打机关枪似的，想到哪儿说到哪儿，还有些前后矛盾。

中午，我们没有休息，坐车 2 个小时，去云顶高原赌场。车从森林雨雾中慢慢爬，在一处山镇停下，我们排队 1 个多小时才上缆车。缆车升到约 2000 米的高山顶，眼前现出数十层的高楼来。云顶赌场是马来西亚唯一合法的赌场，观光客如去赌场，要出示护照。雪兰峨州和彭亨州的苏丹告诫穆斯林教徒不准入内。伊斯兰教是马来西亚的国教，宗教人士反对开赌参赌，政府也对云顶高原赌场作了诸多限制：只许接待外国游客，禁止本国居民参赌，不允许在媒体做赌场广告。云顶其实更像是一个大的国际娱乐城，除了庞大的酒店外，还有花园游乐场、室内体育馆及高尔夫球场等。

我们进入赌城，看了 1 个多小时，到处人山人海，一部分人围着赌桌，多数人是来参观，也不知道如何赌，加之这里人民币不能换赌码，有些人因此没能一试身手。我想，你们等着吧，等我们的国家进入了小康，人民币成了世界主要货币，你还得求着我们来换哩。我们三人一是有纪律不能参与赌博，二也没钱可赌，完全是挂眼科，算是了解生活，扩大见识吧，如果我要写小说，写赌场，也不至于瞎编。下山又要排队，也是 1 个小时左右，已经 7 点多，吃了饭，10 点多才到达吉隆坡，住纽约国际大酒店。

和我们同团的有武汉市的几个年轻人，是真正的市民，而且是城中村的拆迁户。他们突然一下子成了暴发户，又不具备掌握和使用巨额财富的素养，拿了大笔钱出来，完全是为了吃喝玩乐。他们见什么就要吃就要看就要买，也缺乏纪律观念，你排队他要插队，你要安静他要喊叫，说着地道武汉话，一副见过大世面的样子，乱吐痰，不在乎，投机取巧，让很多人侧目。我们是老乡，只能时时给以提醒和爱护。

25 日，天气晴热。早餐后开车去国家皇宫。马来西亚的皇宫制度独树一帜。马来西亚共有 9 位苏丹（国王），每位苏丹分别是所在王室的代表。9 位苏丹均有成为“阿公”的权利——“阿公”就是马来西亚宪法认定的最高国家元首——一位象征国家和马来西亚人的虚位元首（实权由首相掌握，首相为民选）——“阿公”由 9 位苏丹开会投票表决，在他们 9 个人之中产生。“阿公”每届任期 5 年，任期届满后再由 9 位苏丹开会投票选出下一任“阿公”。只有这个票选出来的“阿公”才能入住这个皇宫。据说这个皇宫原先在市内，这里是新建的，很现代。从风水学来看，这里是一处极好的地方，左右各有一圆山丘，前面很开阔，远处可见城市的高楼区，那是吉隆坡繁华现代之城，而皇宫就建在两座圆山之间的横岭平台之上，远望新城，充满想象。皇宫的下面，还有一处院落，有宫墙及大门，显得庄严而威风。大门两边各有穹门，实为岗亭，穹门内一个是骑马卫士，一个是持刀卫士，游人可以靠近照相，这肯定是为旅游而建的。

导游再把我们带到一处宝石加工厂，本想买生肖纪念品，有一款“时来运转”，一面是一幅画，一面是镶金生肖图。给女儿打电话，没打通，过了一会儿，女儿发来了信息，报了家人生肖，但我们已经出了门，便没买成。下午我们到一家巧克力工厂，买了两包巧克力，这么热的天，估计会融化掉。下午，开车4个小时，又回到了马六甲与新加坡靠近的新山市。

26日，6点半起床，行车1个多小时，到海关，出境，然后过马六甲大桥，回到了新加坡。下车入关，到机场，等飞往泰国的班机CX712，飞2个小时到达泰国曼谷机场，落地签证。因为我们不懂英语和泰国语，费了些周折，1个多钟头才弄出关。泰国导游小李来接我们团。

又是行车1个多小时，到达湄南河边，坐上了游船，才算安稳下来。我们在船上吃自助餐，一面游览，又是1个多小时。天近傍晚，河边多高楼，河中多游船，文字不通，语言不通，看西洋景而已。此湄南河不及长江宽大，但比汉水要宽一些。

泰国是此次旅游的重点。我们上岸之后，又行车1个多小时，来到一座城市，导游说要安排我们看人妖表演。原以为泰国人妖比较正宗，但看了表演，基本上就是歌舞，跟我们国内地县级歌舞团水平差不多，长得好看的人妖很少，唱的倒是中国歌曲，还唱邓丽君，整体让人失望。回到酒店，已经夜里11点了，一天大部分时间都在坐车跑路，这种奔跑式旅游，不大适合于老年人。外面下雨，倒头便睡。

27日，6点半下楼，7点发车。去参观大皇宫玉佛寺。这是一处金碧辉煌的寺庙建筑群，是白色的围墙，功能有点像中国的故宫，只是建筑更加紧凑，用了更多的金子，有更多的柱子和指向天空的佛尖塔。我走过几十个国家，也见识过很多皇宫，用过很多次“金碧辉煌”这个形容词，应该说，只有用到这个泰国大皇宫最适合——真正的金碧辉煌。

大皇宫位于曼谷市中心区，由一组布局错落的建筑群组成，汇集了绘画、雕刻和装饰艺术的精华。曼谷王朝开国君主拉玛一世登基后，于1782年把首都迁至湄南河东岸的曼谷，经历代不断扩建，终于建成规模宏大的大皇宫建筑群。大皇宫是泰国诸多王宫之一，是历代王宫保存最完美、规模最大、最有民族特色的王宫，现仅用于举行加冕典礼、宫廷庆祝等仪式。1946年拉玛八世在宫中被刺之后，拉玛九世便搬至新宫居住。大皇宫对外开放，成为泰国著名的游览场所。

玉佛寺是泰国大皇宫的一部分，位于大皇宫的东北角，是泰国最著名的佛寺，也是泰国三大国宝之一，寺内有金色舍利佛塔。玉佛寺是泰国王族供奉玉佛像和举行宗教仪式的场所，因寺内供奉着玉佛而得名。玉佛殿是玉佛寺的主体建筑，大殿正中的神龛里供奉着被泰国视为国宝的玉佛像。玉佛高66厘米，阔48厘米，由一整块碧玉雕刻而成。每当换季时节，泰国国王都亲自为玉佛更衣，以保国泰民安。每当泰国内阁更迭之际，新政府的全体阁员都要在玉佛寺向国王宣誓就职。

又在途中吃自助餐。我们发现了一个有趣现象，来泰国后，游客明显受到欢迎，不管在哪里吃饭，饭菜也都比新加坡和马来西亚要好。泰国为什么这样欢迎中国游客呢？据说这与中泰关系有关。这种友好关系由来已久，这要谈到周恩来总理和诗林通公主。据说当年中国出境旅游还处于计划经济时期，诗林通公主就向周总理提出，要求中国多给泰国一些游客，旅游经济是泰国的命脉，中国就答应了泰国的要求。泰国政府投桃报李，就要求把中国游客的生活安排好。吃和住的开支是由酒店承担的，那么就要求旅游景点游乐场所每年要向酒店饮食业返利补贴。这样就带来了双赢的局面。

下午，我们参观桂河大桥。这是一座铁路桥，日本人占领马来西亚和缅甸之后，强迫俘虏和劳工修铁路，这条铁路可通达中国昆明。当年战争十分惨烈，中国军队很多人伤亡和被俘，死了数万人，路边还可以看到很多坟墓。一架墨黑而老旧的铁路桥横卧在桂河上，我们从桥上走过去，仿佛能听到无数劳工艰辛的喘息。这条铁路已经多年不用了，随着中国“一带一路”的延伸，下一步不知是否会修新的铁路桥。

桂河比汉水要大，晚餐安排在桂河的漂流屋上。一只长方形的木屋架在筏子上，一个团可上一个船筏，一只小木屋安排两桌饭，每桌两瓶酒，两瓶可乐，饭菜可说丰盛。游客吃了饭，可以唱卡拉OK。无数只小船各自拉了筏子去桂河上走，就有无数只小屋在河上漂流。河岸边，有人家，因为是私人所有，无法像中国那样开发成江滩走廊，好处是随时能看到泰国民间生活的原生态情景。

28日，晴好。今日行程是皇家珠宝中心，数十个旅行团的车一辆接一辆地开来。皇家珠宝中心很大，服务很方便。这里的珠宝分为若干档位。我们先是很快地游览一遍，然后到自己想买东西的柜台前仔细欣赏。到了这里，不买一点，一是对泰国旅游经济不利，人家给你好饭好菜地吃，你一毛不拔，守财奴一个，那不好。另外，回去怎么给老婆孩子交代？因此，来的人怎么也会舍命采购。我选中一款宝石戒指，3200元一个，用美元，给夫人和姨妹各买一个。然后我在鳄鱼皮制品柜台前流连，还有大象皮、珍珠鱼皮制品，我就给女婿隋建华买了一条鳄鱼皮皮带，我自己倒是几次想买而没买。

中餐在一家火锅店吃,也较丰盛。然后去参观金三角风情园。这个园在一处农庄式的地方,有一个大门,既像国民党军队的营房,又不全像。可以窥见举办者九十三师的后裔们的良苦用心,一进门,就放国际歌,一条醒目的标语:还我国籍!有一些展图,在另室正放一部纪录片,历数他们的苦难。国民党九十三师隶属于原国民党云南地区的第八军,1949 年战败后由于没有退路,不得已在中将团长李国辉带领下,进入现在的金三角地区与滞留在当地的原国民党抗日远征军残部合并为九十三师。他们作为国民党残部,由于无法退回台湾岛,被蒋介石训令龟缩于金三角地区,等待所谓的"光复大陆"的时机。这支部队寄居他国,朝剿暮抚,饱经磨难,台湾居然不闻不问。半个世纪过去了,"原国民党九十三师"的番号已经只是一个特定的历史符号而已,随着时光的流逝而渐渐被淡忘。1970 年,经泰国皇室出面、泰国国王拉玛九世亲自招安,占据金三角的前国民党残军余部,在段希文将军的率领下终于向泰国政府交出了全部作战武器,全体将士和所有眷属加入泰国国籍,享受与泰国军队及家属同样的待遇。他们当中也有一部分人不肯加入泰国国籍,也就是不愿放弃中国国籍,但台湾又不管他们,他们在泰国就成了没有国籍的人。他们举办这样一个"金三角风情园",其实是在向国际上喊话,也是在向祖国喊话。

我们到来一处娱乐城,内容是骑大象。这当然很刺激。每头大象都跟着一个驯象主人,大象的背上安放有一个鞍椅,我们先走上一个木制高台,大象牵到高台旁边,我们就轻易骑上去了。每次 20 泰铢,骑 10 分钟左右。骑了大象,下来又去钓鳄鱼,在大约 30 米长的一条浑水沟里,养了几条鳄鱼。人站在有铁笼的船上划过去,有几条小鳄鱼在岸边晒太阳,目中无人,完全没有进攻人的意思,恐怕也没有进攻人的能力。但这个设计还是可以的,它搞得游客很惊险紧张,很刺激,其实没有一点危险性。

又开车一个小时,到了一个水上四季村。这个村完全建在水上,靠船和桥连接,九曲回肠。沿路有上百户商家,也都是一层小棚屋,有各种小吃、百货、特产,可吃可游,新奇不断,甚好。

再行车一小时,到了世界有名的芭提雅。这是一处被美军租赁的海军基地。芭提雅是东南亚近年来热度极高的海滩度假、房产投资、旅游、养老胜地,享有"东方夏威夷"之誉。芭提雅已成为"海滩度假天堂"的代名词。素以阳光、沙滩、海鲜名扬世界,美丽的海景、新奇的乐园,还有最负盛名的人妖表演,缤纷无休的夜文化,吸引着全世界的游客。

我们走一段很长的栈桥，摆渡到一只海上游船东方公主号去晚餐。这必须事先预约，上面有俄罗斯小姐表演。再摆渡回岸，上车走半小时，到一剧场，看泰国模特儿秀。我们购票进去，找地方坐下，其实是人妖表演。节目连轴演，进出随时互补，你看到了同一节目，就表示新一轮开始了。有时还会把游客弄上台互动，台下有的年轻人，不拘男女，兴奋得哇哇乱叫。

29日，今天要去月光岛。导游早晨就交代，衣要穿少，要带拖鞋、毛巾。我们在码头坐上快艇，在海上风驰电掣，约半小时，就有两人晕船了。沿途还会有别的游乐项目，有三人中途下船去潜水，有人下船要去乘坐滑翔伞。我们最后来到了一个岛上，有很好的沙滩，有餐厅，有树荫，有遮阳伞，大家就在这里午餐，有烤鱼、烤虾、啤酒，有米饭、绿豆汤。

我和少华、李昶一起下海游泳。这里的海水很咸，但很清澈，约游1个半小时，我就倒在沙滩上晒太阳，太阳火辣辣的，天空蓝得耀眼，皮肤很快就被晒红了，只好又下水去。

回程的船颠簸大些，但感觉很快就到了。我们得抓紧时间多看一些地方。有一处蜡像馆，陈列着几十座泰国高僧法王的蜡像，我们因为对泰国宗教情况不熟，中泰佛教界交往也不像中印和中斯等国，我们就知之甚少。然后，我们到一处公园，叫东芭公园，很大，里面有歌舞表演，有大象表演，有小商店，有餐饮，有动物园，猴子摘椰子表演等。

晚上，我们又从芭提雅栈桥码头坐船上了东方公主号船，在船上吃晚餐，各个旅行团都是这样安排，原来这是一个海上餐厅。船上很拥挤。正在吃饭，有十几个人妖突然出现了，中间是舞台，她们一出现在舞台上，走一圈，就找人照相，100泰铢一张，有很多人上去和她们照相调情。然后也有歌舞表演和杂耍，这里的表演比昨天那个所谓的模特秀要干净多了，起码没有脱衣舞。吃的海鲜，很丰富，但人多嘈杂，只适于年轻人。

30日，高潮已经过去，大家开始轻松下来。7点半起床，8点出发，去看一尊四面佛。四面佛是印度婆罗门教神祇，原是婆罗门教三大主神之一的梵天，是创造天地之神。在东南亚、泰国被认为是法力无边，掌握人间荣华富贵之神；其四面分别朝向东南西北，供信众祈福。由于外形近似中国佛像，中文译名多为四面佛。该佛有四尊佛面，分别代表爱情、事业、健康与财运，掌管人间的一切事务，是泰国香火最旺的佛像之一，人称“有求必应”。这里游人很多，游客花20泰铢，领12支香，一面插三支，许愿求爱情、事业、健康与财运。还有不少人去请佛像，1000多泰铢求一个胸挂小佛像，外面是包金，算是很贵，请(购)得之后就去旁边请僧人开光,服务一条龙,热情又周到。据说只有僧人给开了光,你请的佛才算请动。我和少华都要退休了,当然不存在求爱情、求事业,近求路途平安,远求家人平安吧,但只有国家平安我们才平安,先求国家平安吧。如果能求得来财那当然好,但若钱能求得来,那还有谁会去辛勤劳动?比如买彩票,你如果有余钱剩米,买着玩,中了大奖固然好,没中奖,你也做了些许公益事业。抱了这种公益心,你买也无妨,求也无妨。

导游引我们到了一家燕窝洞,参观燕窝的生长和采摘过程。我们看得很认真,但走到最后,还是卖燕窝的。原来,这是商家的促销活动。

中饭之后,我们往曼谷走,又进一处免税店,货物很多,主要是手表、化妆品、衣物。这些东西我们国家也很多,说不定很多就是在中国制造的哩。倒是泰纱做的披巾既是泰国特产,又不贵,给家人买了几条。

晚上收拾行装。想想此行,坐车多,行色匆匆,真正的走马观花。听说现在已经开通了中国泰国直航,泰国服务又好,到泰国一游即可。

31 日,从曼谷起飞,4 个小时,在香港休息 2 小时,再飞 2 个小时,下午 5 点回到武汉。

后记

闲暇时间增多，收入不断提高，交通、通信技术的不断进步，使得行进在小康路上的中国人，不再只是忙于温饱，也开始天南海北出省出国旅游了。这对于从漫长的贫穷沼泽中走出来的人们，真是一件破天荒的大好事儿。

行旅的自由是无限的，求乐的方式是多元的，但旅游不只是行走，文化才是核心和灵魂。旅游是一种优雅的文化行走，旅游是一种和谐的心理调节，旅游是一种心灵视野的拓展。旅游是知识的寻觅，是生命的追求。

旅游是有主题的。古时候有游方的和尚，有行吟的诗人。唐玄奘西天取经，那是文化旅游；徐霞客跋山涉水，那叫科考旅游；隋炀帝下江南，虽有政治，也可叫休闲旅游；郑和下西洋，惊险刺激，那叫探险旅游。还有新婚、探亲、考察、疗养、瞻仰圣地等等，那可以叫作专题旅游。山里人说城里人过的神仙日子，城里人说山里人是绿色生态。过去旅游全靠双脚，坐个轿子骑个毛驴算是豪华级别。今天就大不同了，飞机、高铁、轮船、汽车，还有人玩上了太空。

旅游是朝阳产业，它已经成了我国经济的一个增长点，有条件没条件都想上。旅游也成了人们生活中的一个兴奋点，钱多钱少都想游。中国人一旦荷包有钱，有的加入扫货团，有的爱做观光客，有的去做冒险家，闹哄哄把世界搞个天翻地覆。过去，不少人崇洋媚外，如今，去外国看了，却平添了许多的自信。中国游客逐渐成长为影响世界经济的一个重要因素。有钱的很任性，无钱的也任性，时常闹出一些让人侧目的行为。但旅游毕竟是个好东西。

世界那么大，故事那么多，名山大川，古建新筑，我们是应该走出去看看。旅游是一种爱的表达，爱好新奇事物，爱好异域风光，爱好不同的文明体验。人生就是一场旅游，出生即是旅游之始。我信奉“读万卷书，行万里路”，那是理想的实践，是知与行的合奏。在书中旅游，跟着笔去旅游；在旅途中读书，去理解书，去丰富书。有人能游出一种风格，游出一种自信，游出一种创意。时代的飓风摧枯拉朽，并改变着世界的面目，我们要学会把目光从熟悉的风景移开，去寻找新的感受，去发现新的美。

大江南北，五湖四海，仙乡神国。不同的地域，不同的国度，不同的景致和文化，生出不同的感受。被某个人、某种景、某首诗、某幅画所触动，到了晚上我就记下几笔，算是夜记。其中少量发表过，多数扔下了。几十年过去，现在闲了下来，把这些笔记找出来，选择其中有些趣味的，略加整理，尽可能保持原味，按时间顺序和内容归成三辑，印出来，既是一种纪念，也可赠予亲戚和朋友，算是一种旅游共享。

这本书在编辑整理过程中，传奇书局池的同志做了大量案头工作，在此表示衷心谢意。

2018 年 8 月